THE SONG OF OUR YOUTH

原著编剧：柳建伟 裴指海 谌虹颖 柳 静 王 甜
改编作者：房柳辰 柳成荫

山西出版传媒集团 北岳文艺出版社
·太原·

图书在版编目（CIP）数据

我们的青春之歌 / 柳建伟等原著；房柳辰，柳成荫改编. — 太原：北岳文艺出版社，2022.8
ISBN 978-7-5378-6078-9

Ⅰ. ①我… Ⅱ. ①柳… ②房… ③柳… Ⅲ. ①长篇小说 - 中国 - 当代 Ⅳ. ①I247.5

中国版本图书馆CIP数据核字（2019）第278748号

我们的青春之歌

原著编剧：柳建伟　裴指海　谌虹颖　柳　静　王　甜
改编作者：房柳辰　柳成荫

出品人
郭文礼

选题策划
贾新田

责任编辑
刘文飞

书籍设计
张永文

印装监制
郭勇

出版发行：山西出版传媒集团·北岳文艺出版社
地址：山西省太原市并州南路57号　邮编：030012
电话：0351-5628696（发行部）　0351-5628688（总编室）
传真：0351-5628680
经销商：新华书店
印刷装订：山西润金容印业有限公司

开本：787mm×1092mm　1/16
字数：440千字
印张：26　插页：4
版次：2022年8月第1版
印次：2022年8月山西第1次印刷
书号：ISBN 978-7-5378-6078-9
定价：68.00元

本书版权为本社独家所有，未经本社同意不得转载、摘编或复制

楔子

一九三七年七月七日,日本制造卢沟桥事变,悍然发动全面侵华战争。

在中国共产党的倡导和推动下,抗日民族统一战线迅速形成。国共两党再度合作,共赴国难。

一九三七年九月二十五日,八路军115师在平型关伏击日军,一举歼敌一千余人。

一九三七年十月十八日、二十日,八路军120师在雁门关伏击日军,歼敌五百余人。

一九三七年十月十九日夜间,129师769团突然向日军阳明堡机场发动攻击,击毁飞机二十四架。

一九三七年十月下旬的上海。

持续数十天的淞沪会战渐入危局,向后方输送伤员的队伍源源不绝,如同传导痛觉的神经网络,将战火冲天的郊野死地与上海城紧密相连。

一

上海沪江大学校园内，匆匆来往的人们仿佛被压抑的天空罩上了一层灰色。其中，一群二十岁左右的艺术学院学生身着话剧服装，披着各式各样的外套，拾级而上，显出一股压抑不住的勃勃生气，这生气尤其表现在走在最前面、穿着精致米色风衣的丁小蝶身上，她身材高挑，精致的五官兼有东西方的神韵。此刻，手提小提琴琴盒的东方海正被她用力拉着迈步前行，略带忧郁的面色使得高大俊朗的他在一行人中十分显眼。

东方海突然停住了脚步，皱眉望向天边。"小蝶，你听听，听听这炮声……"

紧抓着他右手的丁小蝶也跟着停下，眼睛却盯着近在眼前的礼堂大门。

"阿海，打仗是军人的事，你该做的就是陪我排练。我们这次演出《伤逝》，一是纪念鲁迅先生，二是……"

没有等她说完，东方海就挣开了手，不顾丁小蝶投来的不满目光，转身面向众人，大喊一声："同学们——"

东方海的声音与下方广场上传来的呼喊声重叠在一起。学生们纷纷转身，看着两辆吉普车与四辆卡车停在礼堂前。第一辆吉普车上跳下来一位戴眼镜的教务老师，他一边走来一边向学生们招手。

——演出取消了。前线医院急需支援人员，学校决定派出学生们支援前线。

随同教务老师前来的有一位上校，是丁小蝶的表哥，名叫田宝山，大她十余岁，隶属国军参谋总部，这次正是他负责前来接学生们去往战地医院。因为他在，东方海与丁小蝶没有同其他学生一起乘坐卡车，而是坐在吉普车的后排。

吉普车驶过外滩大道，东方海抱着小提琴琴盒，望着车窗外掠过的景色发怔。丁小蝶鼓起脸，探身向前提出抗议："表哥，我们是唱歌跳舞的，没学过救护。"

坐在副驾驶的田宝山从后视镜瞥着东方海，脑海中浮现起这些天一直在战地医院忙碌的东方千里教授。那是东方海的父亲，沪江大学历史系学者，学生们敬爱的老师，田宝山也做过他的学生。

"是东方教授的意思，他在担架队抬了十几天伤员，总是念着顾炎武那句'天下兴亡，匹夫有责'。"

听到是父亲的提议，东方海也只惊讶了一瞬。原本他也想要随父亲去前线出力，可是母亲担心他会弄伤拉琴的手，拦了下来。

丁小蝶心有不甘，高声说着："表哥，我不落后，也不怕死。纪念演出是学校内定的，子君这个女一号，是我经过三轮竞选争来的……我们不会救护啊！"

田宝山回过头，向表妹露出一个安抚的笑容，随即神色变得凝重。

"伤员太多，药品奇缺，音乐也许能有点儿用……音乐可以慰藉心灵。"

他又想起了东方海的母亲戈碧云，他曾经的音乐老师。尽管那些往日的课堂景象已模糊不清，可他还记得那种感觉。

一行人抵达由仓库临时改建的战地医院，外面遍地都是担架，车也只能停在很远处。东方海和丁小蝶何曾见过这番景象，一路走来，身处数百名伤员之间，目之所及尽是赤红的血与黑褐的土，呻吟声、哭嚎声、咒骂声充斥耳际，空气中的腥臭味刺激着鼻腔，连带着眼眶中也生理性地泛起泪水。

相距很远的另一边，东方千里带着一支担架队赶来，安排着将重伤员优先抬到仓库里。带头的是与东方海和丁小蝶一同长大的郭云生、郭云鹏两兄弟，他们抬着一位满身血污、难辨人形的国军上尉一路小跑，迎向仓库大门一侧检查伤情的医护人员。

年轻学生们此时正呆站在大门另一侧。外面的惨相令人触目惊心，是因为看得清清楚楚，可仓库内部的昏暗沉闷为这噩梦般的场景又增添了一丝阴森的气息。几千平方米的空间里塞满了病床，而且还在不断地增加床位，只有两排十几个灯泡吊在空中，发射出惨淡的光。门内一角约两百平方米大小的地方被木板隔出一个独立区域，东方海的目光越过"手术重地、非准莫入"的血红大字，盯着后面用于手术的无影灯的白光看了片刻，感到更加悚然。

手术区走出两个医护人员，他们抬着一个沉重的麻袋，一只血淋淋的手垂在一侧。看到丁小蝶浑然不觉地愣在门口，东方海迅速伸手将她往自己身边拉，可那只血手还是重重划在了丁小蝶身上，风衣上立刻印下几道血痕。丁小蝶茫然低头，恰好看到血手晃了几晃，她惊叫一声，转身扶着门边墙壁向外挪了几步，弯腰捂嘴干呕起来。东方海不作声地跟在她身后，忍着相似的呕吐感，伸手轻轻拍打着她的背。

在门内不远处放下重伤上尉后，郭云生和郭云鹏看到了两人，兄弟俩对视一眼，迈开步子往这边走来。在他们身后，田宝山拉住为伤员们焦虑的东方千里，低声说着什么。就在此时，那位重伤上尉突然咒骂着掏出枪，颤抖着将枪口转向自己的脑袋。眼尖的田宝山大叫一声扑过去，枪声响起，上尉没了动静。

田宝山眼睛红了，大叫道："快，快！把伤员的枪都收起来！"

担架队员与医护人员在田宝山的带领下，慌忙四下搜寻着伤员身上的武器。枪声激起了空气中弥漫的不安与烦躁，门外尚未得到救治的轻伤员们开始吵闹，打骂声四处响起，境况眼看着变得难以控制。着急的田宝山瞥到东方海手中的琴盒，灵光一闪，冲着东方海喊道："阿海，琴！拉琴！"

东方海愣了一下，条件反射般躬身将琴盒放在地上打开，取出他心爱的小提琴。当他一只手举起琴弓，另一只手按上琴弦之时，莫扎特的《安魂曲》便自然而然地流淌出来。舒缓的旋律、美丽的音色在这番混乱中是那么的突兀，以至于充满了奇妙的穿透力与感染力，才不过两个乐句，嘈杂声就开始微弱下来。

丁小蝶看着东方海，一旦拉起琴来，他就回到了往日的沉静，眼睛安宁地微微下垂着，双手不见一丝颤抖。这样的他也为丁小蝶心中注入了力量，她张开口，伴着曲子唱起了意大利语歌词。起初的两三个音节气息还不太平稳，但她很快进入了平日的状态，优美的歌声与琴音交织，其余的一切声响都静默了。

两人就这样一个拉着琴一个唱着歌，向仓库深处，向重伤员之中缓步走去。东方千里、郭家兄弟和人们一起安静地注视着他们，痛苦、疲惫的面容上有了淡淡的亮色。仓库外的一块大石上，站着手持喇叭的田宝山，他向伤痕累累的弟兄们承诺着："增派的医护人员和药品正在途中,请大家耐心等待。"

战争的惨烈超出了人们的想象,此时此刻,任何微小的希望都将是光芒。

支援演出持续了大半天,田宝山亲自开车带着他们跑遍了前线几处战地医院,最后驶入了上海城内。战事紧张,为了安全起见,三家的长辈们齐聚公共租界内的田家,等待着孩子们的归来,也等待着田宝山带回前线战况的消息。

田夫人娘家是上海滩的坐地户,有一份价值不菲的嫁妆;这些年丁小蝶的舅舅田富达跟着她父亲丁振家在上海经商,又赚得不少财富,追赶时髦,在公共租界置办了一处豪华别墅。田宝山将吉普车停在房前花园旁时,正逢东方海的家人到达。郭师傅拉着黄包车,车上坐着戈碧云与十岁的东方丹,东方千里则在一旁走着。

戈碧云从车上下来,看到儿子,立刻上前拉住他的手看,郭师傅也上前询问他们在前线是否安好。东方海摇摇头说没事。田宝山是军人,倒还没什么,东方海与丁小蝶两个大学生,衣服上都是血迹与尘土,看着十分狼狈,气味也令妹妹东方丹直呼腥臭。正当东方千里向田宝山问起国军对首都南京的打算时,丁小蝶的妈妈田知秋从房里跑出来,招呼他们进屋。

远处传来连续的爆炸声。几人默然向战场方向望了片刻,先后进了房门。郭师傅拿起毛巾擦了擦脸,叹口气,看着灰蒙蒙的天,拉着黄包车离开了。

东方海在楼上客房洗完澡后,换上了田宝山上学时的衣服。客厅中的谈话声隐约可闻。

"……上海守不住了,早做打算吧……"

那是对东方海来说尚且缺乏真实感的话语。他怔怔地倚在门边,透过长廊栏杆间的缝隙,看向坐在沙发上的众人。母亲拜托打算出国避难的丁家夫妇带上他,父亲并不乐意。他一整天没有离手的小提琴琴盒就立在离众人不远处的墙边,那是东方海至今为止的人生象征,音乐就是他的世界中心。

在他的世界中,还有一个理所当然般始终存在的人。

丁小蝶正从长廊另一侧走下楼梯，洗净了血渍和尘土的她穿着长裙，微笑着接住飞扑过来的东方丹。东方海也振作精神，走出房间。看到儿子，戈碧云立刻站了起来。

"阿海，你和小蝶跟你丁叔叔、田阿姨先去香港，再到法国，这件事已经定了，谁都不准反悔。"

"遵命，母亲大人。"

东方海看出母亲最后一句话是对着父亲说的，于是抢在父亲前面应着。不过东方千里此刻心里装的又是另外的忧虑了，他拉着田宝山问起了防守南京的计划。听到南京不守了，要直接撤到武汉，他连连摇头叹息：

"首都都要丢了，国人都麻木地沉默，真要亡国灭种了！"

然而没有人跟他有同样的心情。有人忧心钱财，有人牵挂家人，即使是才近距离接触过伤员的东方海和丁小蝶，也仍然与忧国忧民的感受距离遥远。

那天，田宝山只吃了一顿饭，就为国军撤退一事匆匆赶回了南京。

很快，上海、南京相继沦陷了。整个上海滩，除了租界，到处是日本国旗和日本兵，沪江大学已不复存在。田富达花重金为丁振家夫妇、丁小蝶和东方海弄到了四张去香港的船票，高达一根半金条一张的价格让东方千里悲叹了一番国难财。

定下出发日期后，东方海和丁小蝶开始为远行做准备。一连数日，他们骑着自行车在城区来回奔走。到了出发前一天，东方海陪着丁小蝶去南京路的裁缝店取新做好的旗袍。

那是全上海最好的裁缝店，也是丁小蝶最喜欢去的地方之一。每次定做了新式的衣服，她都一定要拖着东方海去看她试穿，只要他摇摇头，这件衣服就会立刻被她扔进箱底。当然，东方海从来都是飞快地看上一眼，然后低声说好看。

他其实不太懂什么着装的品位。在他眼里，丁小蝶怎样打扮都是好看的，每次他老老实实地道出这个感想后，免不了要受到对方的揶揄。

"人漂亮？还是衣服漂亮？"

"都漂亮。"

这么说着的东方海就会被丁小蝶用一只手指点着："你这人好没意思！就不能说人更漂亮吗？算了，不用回答了。"

即便是数落的语气也掩不住丁小蝶的愉快心情，尽管每当这种时刻，东方海的心中都会生出一种奇怪的迷茫与苦闷。

这样的日子会永远持续下去吗？不用想也知道是不可能的事。那么，结束的时候，事情又会变成什么样呢？

对东方海来说，这些都是并不清晰、一闪即逝的念头，很快就会从他那尽日里思索着音乐的脑中消失。

丁小蝶先去了东方家，把行李放在那儿。约好次日下午两点来接东方海一同前往码头后，丁小蝶便坐上了回家的车。

丁小蝶的家虽不在租界内，但也处在离租界不远的繁华地带，这一带并没有受过战火摧残，还保持着大上海曾有的神韵。走到家门口时，她很惊讶地看见三个日本兵从她家大门处出来，开着一辆三轮摩托从另一个方向走了。她既纳闷又十分不安，赶忙冲向家中，刚进入门厅便听到了舅舅田富达愤怒的说话声。

"这是明目张胆逼婚。他还要逼你当汉奸？这王八蛋，太过分了！"

逼婚？汉奸？那只会是潘家父子了。这些天和东方海一起骑着自行车时，丁小蝶就能感觉到那个对自己死缠烂打的大学同学潘梦九，时不时开着车跟在他们后面，比苍蝇还烦人。一定是仗着亲爹，有日本人撑腰，才跑来造次。

"振家，你为什么要答应把小蝶嫁给……"

听到母亲田知秋这么说，丁小蝶愣了一下。父亲答应了？那应该不会是……

"要我嫁给谁？"

看到女儿冲进来，田知秋指了指小桌上的玫瑰，叹了口气。田富达也在一旁摇头。

"潘清才带着儿子潘梦九来提亲，又许了你爸口中上海商会常务副会长……你爸什么都答应了。"

丁小蝶又惊又气，抱起玫瑰朝地上一摔，抬脚就踩，眼泪都涌了出来。

"爸！你真忍心把女儿嫁给一个汉奸？"

丁振家无奈地伸手拍了拍桌子。

"都冷静，我这是缓兵之计。明天去了香港，老汉奸小汉奸找谁结婚？"

原来是假意答应，众人这才恍然大悟，纷纷称赞是拖延时间的妙计，只有丁小蝶还在一旁余怒未消，把一束花踩得粉碎。丁振家将用人吴妈叫来，吩咐她对香港一事保密，守好房子与潘家周旋。末了，还不忘笑话女儿遇事不够冷静、缺乏历练。

丁小蝶哪里肯听，她从小到大都不是一个任人欺负的人。她在心底愤愤地想着，有机会一定要好好收拾潘梦九这个人渣。这个完全没有自知之明的人，对于她来说连阿海的一根头发都比不上。

出发的日子到了。

东方千里和戈碧云坚持要去南京路给即将远行的儿子买一块金质腕表，妹妹东方丹也吵着要同去，结果留下东方海一个人在家中收拾行李。一切就绪，只需要将几件临时加上的衣物叠好，放入箱子的顶层。

东方海叠着衣服，出神地想着一些事情，叠得很慢。马上就要出发了，也许是因为有些紧张，他开始无法确定自己真实的想法。他想要出国学习这一点没错，国外的音乐教育是他从小就向往的，可是在此时此刻他只是服从安排，并没能自己做出决定。

在这种时候离开祖国真的好吗？他想起一起长大的郭家兄弟，他们已经在前线奔走了很多次，哥哥郭云生可靠而温和，弟弟郭云鹏则活泼而顽皮，这两张熟悉的脸，被战火洗刷后，竟开始令东方海感到陌生。在朋友走远的时候，他会不会还在原地踏步呢。

他也清楚东方千里并不赞成。父亲这些天总挂在嘴边的诗书大义，东方海并不觉得听着厌烦。那种焦躁又沉痛的心情，作为儿子的他也能真切地感受到。

一件衣服从他手中滑落，掉到地上。东方海愣了一下，弯下膝盖伸长手去拾，捞了个空。他又愣了一下，正打算蹲下来，却听到了急迫的敲门声。

奇怪……这不是家人回来的声音。一个模糊的不祥预感在东方海脑中浮现，他转动门把手。郭云生站在门口，他的脸上是东方海从未见过的表情。在他身后停着一辆座位被血浸透了的黄包车。

发生了什么事情，要去哪里，那是谁的血，家人都在哪儿……不想问出口，害怕知道答案。可颤抖的声音又是从谁嘴里发出来的，是谁在和郭云生说话？东方海模糊地转着念头，明明在被人扶着走路，可他感觉不到自己的双腿。为什么要他冷静点？他明明很冷静地伸手摸着被血濡湿的座席，仿佛能感到残留的温度。

东方海完全没有注意到郭云鹏也来了，并且留在了东方家门口，他在等着马上就会来的丁小蝶，通知她这场大祸，以及东方海去了医院的消息。

东方千里和戈碧云在表店遇到了日军抢劫，遭受枪击，郭师傅载着他们去医院，一时惊慌没顾上，哭闹的东方丹也被抓走了。

赶来接人的丁小蝶和田富达都惊呆了。反应过来后，丁小蝶说什么也要去医院找东方海，田富达说要一起去，让她帮忙劝说东方海先走要紧，东方夫妇的后事，他会代为料理。

丁小蝶没有答应，在她的心里，也隐隐明白这样一件事：恐怕一切都将发生不可挽回的改变。

在抢救室外等候的时间究竟很短还是很长？东方海失去了关于时间的概念。当医生打开门时，他想要逃走的心情达到了顶点。

"女的送来就不行了，男的想见见儿子，谁是儿子？"

一旁的郭师傅与郭云生都看向脸色苍白的东方海。

"我。"

低声应着，东方海向前迈出了一步，沉默地看着几个医护人员从抢救室走出，留下手术台上已是尸体的戈碧云和奄奄一息的东方千里。当东方海走进这阴冷的房间，重重地跪在父亲和母亲身前时，先前昏沉模糊的感觉远去了，取而代之的是清晰的痛苦和咸涩的泪水。

"爸，妈——我来了——"

听到儿子的哭喊声，东方千里艰难地睁开眼，伸出一只颤抖的手。

"阿海，抓住我……带着妹妹，去……去延安，延安……"

"延安？是延安吗？"

东方海紧紧抓住父亲的手，睁大眼睛，生怕听错那细若游丝的话语。

"你大哥阿明，是……共产党……六年前到江西……从延安来过信……他说得对，中国的希望是共产党……"

堂兄东方明是共产党？在延安？为什么父亲从没说起过？比起这些，对东方海而言最为直接的事实是，父亲就要不行了。

日军残忍地杀死了他的父母，在这之前，日军已屠杀了无数人的父母、无数人的子女。为什么没能早一点儿想到呢？这种事情会发生在任何中国人身上，当然也会发生在他东方海身上。清晰的痛苦逐渐凝结沉淀，在那之上逐渐成形的，是对于日本人侵略暴行的愤怒。

"别……别冲动，去延安……找你大哥，别冲动……"

仿佛看出东方海眼底深处的情绪变化，东方千里用尽最后一丝力气捏住他的手，紧接着那一丝气力便随着他的生命之火一起燃尽了。

对于丁小蝶来说，仿佛感同身受的痛苦从得知消息的那一刻起就无比清晰。她和东方海都在幸福平稳的环境中长大，想做什么都能做到，想要什么都能得到。一朝之间失去父母和妹妹，那就是天塌了的事情。此刻的东方海会是多么痛苦，她几乎完全感受得到。

"阿海，阿海——"

尽管心中十分清楚，推开抢救室的门时，她仍是被那从未见过的景象惊呆住了——东方海跪在地上抓着父母的手撕心裂肺地哭嚎，忧心的呼唤声也堵在了胸口。

"日本鬼子太狠了，阿海，你要挺住！你要冷静，阿海……"

跟在丁小蝶身后赶来的田富达看着熟悉的老友已成尸体，语气沉痛。郭家父子三人也满脸悲痛站在门口处。

东方海不再发出哭嚎声，他松开紧抓住父母的手，静静地跪在那里，冲着众人，片刻后他干涩的声音响起："田伯伯，小蝶，我没事，我能挺住。"

田富达看了一眼眼中涌出泪水的丁小蝶。

"阿海，船就要开了，船票来之不易。你爸妈的后事我来办，你和小蝶走吧，去欧洲，成为你爸妈希望的艺术家。"

不，至少父亲不是这么希望的，东方海已经很明白了。他更加清晰地意识到自己不能走也不想走，他还没有救回妹妹，他还没有给父母报仇。

"谢谢你们。我妹妹还在日本人的手里，我走不了。"

东方海抬起头苦笑了一下，看向丁小蝶。她不能留下来，他想。她不该留在这个危险的地方，还有一对汉奸父子盯着她呢。

"小蝶，你走吧，走吧。报纸我看到了，潘梦九他爸当了汉奸，你不能留下来。你走吧，我陪陪我爸妈。走吧，你们都走吧。走——"

东方海的脸上满是狼狈的泪渍，眼睛红肿，目光却无比坚定，仿佛在燃烧着。

丁小蝶捂着嘴哭了起来，不是因为东方海决定留下，这她已经预想到了；也不是因为他狠下心来催促她走，他再凶恶的语气在此刻都不会令她感到过分。丁小蝶哭得那么凶，是因为在这样的时候，东方海还在担心她被潘梦九纠缠这种微不足道的事。

于是在这一刻，丁小蝶也做出了自己的决定。船就要开了，现在她必须做的，就是赶往码头，去那里等着她的父母。

码头上站满了送行的人。

丁小蝶拎着小帆布箱子，远远地就看到父母焦急地站在船边。急匆匆过了搭桥，上了船，她的视线始终不舍地停留在两人身上。

准备开船的汽笛声响起，水手解开了捆搭桥的绳子，搭桥慢慢与船分离。这时，丁小蝶迅速与父母拥抱了一下，紧接着拎起箱子朝码头上扔去。

在惊叫声中，丁小蝶毅然从船边跳下，回到搭桥上。为了能让父母顺利离开，她只能选择这么做。不能把东方海一个人丢在上海，他已经失去了一切，他需要她。尽管舍不得父母，尽管对看不清的未来感到畏惧，丁小蝶还是决定留下。

"小蝶，你知道你在干什么吗？你真是疯了，疯了。"

田富达痛心疾首地看着她。船上，田知秋拉着丁振家的衣角呜呜地哭着，丁振家忍着眼泪，不停地摇头："劫难啊，命定的劫难。"

跑上码头，回过身来，丁小蝶擦着眼泪向远去的轮船大喊着："爸爸，妈妈，我爱你们，我爱你们！"

田富达带着丁小蝶回到田家时，发现潘梦九正带人守在田家门口，等着丁小蝶去看订婚戒指。即使被丁小蝶厉声拒绝，潘梦九还是厚着脸皮赔着笑，说要找她父母来劝说。田富达赶忙推说丁家夫妇去了杭州，保证帮忙说服小蝶，才把潘梦九支走。

丁小蝶一时半刻无法离开上海，潘家会是个大麻烦，背后还有日本人的势力，田富达越想越担心，他要求丁小蝶必须住在位于租界内、相对安全的田家，并且在帮助东方海处理完葬礼事宜后，尽快赶去香港，在离开前，绝不能激怒潘家。丁小蝶一一答应。

另一边，在准备葬礼的过程中，在事发地附近寻找东方丹直到放弃希望时，郭家父子都不得不时刻跟在东方海身边。因为他一看到日军，便会呼吸加重，双手紧握成拳，想要做些什么简直一目了然。这时他们只能劝说他冷静下来，并且用力将他拉走。

  几天后，葬礼在郊区墓地举行。
  东方海穿着孝衣，抱着父母的遗像。在他身后，郭云生、郭云鹏等人抬着两具棺木，腰上缠着白布，郭师傅、吴妈以及一些邻居学生们手拿着白色纸花跟在后面。除了沉重的脚步声和学生压抑的抽泣声，送葬的队伍再没有其他声音。
  棺材缓缓落入挖好的墓坑，众人将手中的白色纸花一齐投入墓坑中，黑漆的棺材上落了一层白。郭云鹏接过东方海手中的遗像，郭云生则将一把缠着白布的铁锹递给东方海。东方海铲了一锹土，迟迟不肯放下，他的面部肌肉颤抖着，眼泪不停流下，终于，他把土撒向棺材。
  随着土粒撞击棺材的声音响起，学生们纷纷向尊敬的老师告别，哭声响成一片。郭云生从东方海颤抖的手中拿走铁锹，与其他人一起往墓坑里填土。
  东方海两眼盯着墓坑，一直在抽泣，穿着一身黑衣的丁小蝶走到他身旁，擦着眼泪将小提琴琴盒递给他。
  看到琴盒，东方海愣了一下，抬起头，他与丁小蝶泪眼相对。
  "你……你没走？"
  丁小蝶摇了摇头："我想陪着你，送伯父伯母最后一程。阿海，给伯父伯母听听你的琴声吧。"
  东方海颤抖地打开琴盒，拿出小提琴，拉起莫扎特的《回旋曲》。他专注地演奏着，脸上写满悲痛，丁小蝶悲伤的目光始终倾注在他身上。
  坟墓填好，墓碑立起，东方千里与戈碧云的遗像仿佛在石碑上与众人一同注视着东方海的演奏。
  琴声戛然而止，东方海跪在父母墓前。
  "爸、妈，我一定要为你们报仇！为丹丹报仇！"
  站在墓前的人们都不由自主地紧握双拳。

  让丁小蝶又惊又怒的是，潘梦九居然也来到葬礼现场，明知道东方夫妇死于日军枪下，还敢在东方夫妇墓前献花。丁小蝶走过去把花扔得远远的，田富达害怕激怒潘家，慌忙过来阻拦。

"谢谢大家来参加我父母的葬礼。"

这时，东方海站起身，鞠了个躬，拿着小提琴和琴盒走了。丁小蝶随之离开，潘梦九想要跟上去，被郭云生和郭云鹏拦住，不甘的目光一直盯着丁小蝶的身影。他来参加葬礼，除了想见丁小蝶，也是为了给他的汉奸父亲做眼线。

潘清才得知丁家夫妇没有出席东方家的葬礼，起了疑心，命人去查丁氏企业的资金流动，又提醒儿子多带人手盯紧丁小蝶。

丁小蝶此刻正在东方家中。市区几乎满大街都是日军，远没有位于租界的田家安全。可东方海却对丁小蝶提出搬去田家住的要求充耳不闻，只是怔怔地注视着桌上父母的遗像。见他这副模样，丁小蝶只好放着他不管，先与郭云生一同收拾起搬家的行李。

把箱子装好放在一起后，丁小蝶想要拿起遗像，伸出的手却被东方海挡开。

"别动！"东方海的声音压得很低，有些骇人。丁小蝶不禁生起气来。

"阿海，你还要闹多久！你今天必须跟我去租界。"

东方海看了看手中紧紧捏着的布偶，那是妹妹最喜欢的一只。

"我不去，我要等丹丹回家。"

"丹丹都十岁了，她要能回来，早就——"话说到一半，丁小蝶看到东方海眼里的泪，瞬间就后悔了。她轻轻握住东方海的手，话语声变得柔和。"阿海，我理解你的感受，现在这个家最重要的是你，你不能再出事了。"

"阿海少爷，小蝶小姐说得对，现在最重要的是你的安全。"

郭云生也在一旁点头。尽管他说会让自己青帮中的弟兄去日本人那儿打听东方丹的下落，但东方海仍坚持要留在家中。当听到丁小蝶担忧地说到街上的日军时，他反倒露出了一丝怪异的神情。

"鬼子要是来了，正好……太好……"

这副样子令丁小蝶吓了一跳，她很快反应过来，急得直跺脚，一定要把他带走。看到两边态度都十分坚决，再僵持下去只怕要大吵起来，郭云生赶忙安抚丁小蝶，让她先随郭云鹏一起回到田家，而他陪伴东方海暂时待在东方家。

郭云鹏正是田富达差去通知丁小蝶回家来应付潘梦九的。看到丁小蝶没能将东方海带回来，田富达反倒松了口气，丁家的资金还未转移完毕，要是让潘梦九看见东方海也住在这里，又是一个麻烦。

因为答应了田富达在去路平安确定前不与潘家闹翻，丁小蝶尽管十分不愿意看见潘梦九，也只好假意收下他送来的玫瑰花，又以考验他的真心为由，差使他亲自去城隍庙买蟹黄包子。潘梦九只当是丁小蝶终于愿意接受他的心意，什么要求都只管照做。丁小蝶可一点儿没客气，转身就喊上郭家兄弟，拎着潘梦九大老远买回来的蟹黄包子，匆匆跑去了东方家。

在这期间，东方海内心经历了一番怎样的煎熬，他的朋友们是无从想象的。葬礼举办之前，至少还可以将精神集中在准备葬礼之上，眼前有个事情悬着，悲愤和痛苦也都可以短暂地封存起来。

现在葬礼结束了，东方海不吃不喝，在家里来回踱步到天色完全落黑，心中积压的情绪仿佛快要爆炸。每当外面传来大喇叭播出的日本歌曲，由远到近又变远时，他都不由得捂住耳朵，站在父母的遗像前微微发抖。在他那颗从没有过什么复杂想法的心中，父母的死亡、妹妹的失联就是他的责任，现在他必须做些什么来弥补，来使错位了的一切得到妥善的安置。

下定决心后，东方海大步走进厨房，打开橱柜，拉开抽屉，四处寻找，最终找到一把剔骨用的尖刀，他又找出一块抹布缠在刀刃上，将它塞入裤子口袋。走进客厅，他拿起郭云生离开时留在衣帽架上的鸭舌帽，戴上，出了门。

只差了几分钟的时间，丁小蝶和郭家兄弟便带着食物赶到了，三人找遍了楼上楼下，也没看到东方海的身影，郭云生观察着遗像前冒烟的香。

"他没走多远。"

"他去哪儿了？难道是找日本人报仇去了？"丁小蝶喃喃说着，脸色变得很难看。

"不会那么傻吧？"

郭云鹏瞪大了双眼，丁小蝶急得直摇头。

"他就是那么傻！你们也和他一起长大，这么些年，他哪天不是读书练琴、练琴读书，可这几天，除了在墓地，他摸过琴吗？他已经魔怔了，一心只想给父母报仇。他要是叫鬼子打死了，我……我也不活了！"说着，丁小蝶就要冲出门去，郭云鹏死死拉住她。"小姐，要拼命也是我去，你不能出去！"

郭云生也拦在门前。"阿海少爷也许只是出去走走，小姐，你和云鹏留在这儿，我去找找看。"

丁小蝶反手拉住郭云鹏，恳求地看着两人："留在这儿我会发疯的，我们一起去找。"

兄弟俩对望一眼，一齐点了点头。

东方海不知不觉走到了一条商业街上。路灯昏黄，大部分商店都关着门，只有几处日本人经营的店铺还开着。其中一家日本酒馆很是热闹，门口点了几盏光线刺眼的灯笼，内里灯火通明，传出刺耳的喝酒谈笑声与留声机播放的歌曲声。

东方海躲在暗处的巷口，死死地盯着店门。他还没有失去理智到孤身闯入店中，他在等待机会。

一个日军独自从酒馆出来，手里拎着一只酒瓶，喝得醉醺醺的样子。他站在门边喝了一口酒，说了句什么，说完看了看四周，哈哈笑了两声，又将同一句话大声重复了好几遍，一边说一边朝一条弄堂走去。

东方海听不懂那句"天皇万岁"，但知道那一定不是什么好话。他从口袋中掏出尖刀，跟了上去。日军在一根电线杆处停下，东方海厌恶地皱了皱眉头，他还不想在对方一边随地小便一边喝酒时动手，就这样，他认为等到合适的时机时，迅速跑过去，把刀子朝着日军捅去。

但他忘了将缠在刀刃上的抹布解下，刀子没能扎伤日军，只是扎出一通哇哇乱叫。东方海躲过砸来的酒瓶，慌忙要解开抹布，却被扑过来的日军打掉了刀子，两人厮打在一处。没有经过格斗训练的东方海不是对手，很快被扼住了脖子，呼吸困难地挣扎起来。

就在这时，郭云生先赶到，用他手中的砖头砸晕了日军。惊慌失色的丁小蝶和郭云鹏跟在后面跑来，一左一右扶起东方海，紧张地看他有没有事。东方海只是喘着气，满地寻找弄掉的刀子，杀死日军的念头并没有远去。

街道另一边传来口哨和警笛声。郭云生向郭云鹏使个眼色，两人架起东方海就跑，丁小蝶疾步跟在后面。在他们身后，枪声凌乱地响起。

二

夜色笼罩下的弄堂口，跑出四个人影，不远处的枪声已停歇。

郭云鹏引路，东方海和丁小蝶在中间，郭云生断后，四人跳上了停在路旁的车。确保后面没有人跟着后，他们开车回到了东方家。这一次东方海不再执拗，由着郭家兄弟将行李都搬上车，自己也被丁小蝶拉上了车。郭云生开动车子，向着位于租界的田家出发。

后排，丁小蝶拉起东方海的手，在昏暗的光线中睁大双眼细细看着。

"你的手可不能受伤啊，阿海，你怎么这么傻，鬼子的手是训练来杀人的，你的手是训练来拉琴的，是用琴声来慰藉人的心灵的——"

东方海生硬地把手抽出来，看着窗外掠过的昏暗街区，声音干涩："我以后就要用我这双手杀人！"

丁小蝶瞪着他看了一会儿，将放在两人身旁的遗像拿到手中，揭开上面覆盖着的白布，递给东方海："你问问伯父伯母，他们真的希望你给他们报仇吗？"

车子驶入租界，路灯的光从车窗照进来，落在戈碧云微笑的脸上。看到母亲的面容，东方海再也忍不住，失声痛哭起来。

到了田家，丁小蝶先拉着东方海走进客厅。之前只说是去送个饭，没想到会去这么久，田富达与田夫人正担忧地等在那里，看到两人平安无事都松了口气。趁郭家兄弟搬下行李、田夫人吩咐用人刘妈准备饭菜的工夫，丁小蝶推着东方海去楼上客房，换下与日军搏斗时弄得又脏又破的衣服。在这途中，东方海只是木然地朝田富达点了点头。

"这还是阿海吗？我看就像变了一个人……可怜的孩子。"田夫人正摇头叹息，郭云生和郭云鹏一起走了进来。田富达招呼着两人："你们也吃过饭再回家吧。云生，是不是出了什么事？"

郭云生有些顾虑地迟疑了一下，郭云鹏却脱口而出："阿海少爷要杀一个鬼子，差点叫鬼子弄死了。"

田富达震惊地站了起来。

楼上的客房中，东方海木然地打量了一下房间布置，将一直抱在怀里的遗像放在床头，白布已经重新盖好，他也没有去动。

"换件衣服，下去吃饭吧。"丁小蝶拿来一身衣服放到床上。

"我不想吃。"

"东方海，你到底想干什么！想杀日本人，你有力气吗？今天要不是云生和云鹏，你早见你爸妈去了！"

丁小蝶气鼓鼓地离开了。她的话总算在东方海心头产生了些许重量，没错，不能麻木地消沉下去。即使要去见九泉之下的父母，也必须杀掉几个日本兵才行。这么想着，东方海抓起了衣服。

东方海再回到客厅时，所有人都在那里等着他。几个年轻人简单地吃了些热好的饭菜，刘妈端上来餐后水果。田富达清了清嗓子："阿海，今天晚上的事，我都知道了。我能理解你的心情，但你不能这么冲动。我正在想办法弄新的船票，一旦到手，你和小蝶马上去香港。"

"我不走，让小蝶去吧。杀父杀母之仇不报，我决不离开上海。"东方海低着头，很坚决地说道。一旁的丁小蝶不悦地哼了一声："我要是能一个人走，几天前就和我爸爸妈妈一起走了。"

东方海并不打算改变想法，却又感到一丝愧疚，只好沉默。郭云鹏与郭云生对视一眼，忙拿了两个橘子放到东方海和丁小蝶面前。田富达打破了沉默："阿海，这是战争，几十万国军都阻止不了日本人，你怎么去报仇？"

"是啊，阿海，我最爱听你拉琴，不想看见你的手沾上血。你宝山哥正在前线，我让他多杀几个鬼子，让他帮你报仇。"田夫人也跟着劝说。

东方海却摇了摇头，道："宝山哥是军人，他报的是国家的仇，可东方家的仇我要亲手来报。叔叔、阿姨，谢谢你们收留我。"说罢，他站起身，向田富达和田夫人鞠了一躬，朝楼上走去。丁小蝶起身追了过去，留下客厅中的四人面面相觑。田富达摇头叹气，叮嘱郭家兄弟最近不要再做别的营生，专门看好东方海。

对东方海来说，待在田家与留在自己家并没有什么不同，他已是孤身一人，满心想要变强，又有满心的苦闷无处发泄。他独自来到田家花园中，扎起马步，一掌一掌用力击打着树干。

丁小蝶好不容易找到他，看到这一幕，连忙跑了过来，拽住他的胳膊。东方海用力挣脱，继续拍打着树干，丁小蝶急得直转圈，不停地骂着日本人。这时刘妈跑了过来，看起来十分慌张。

"小姐，潘家来人了，潘少爷那汉奸爸爸脸拉得老长，眼里直冒火，老爷让你快过去。"

东方海立刻停下了动作，说："我陪你去。"

"你别去，我能应付。"

这个满脑子都是报仇的呆子这时候还能有点儿反应，丁小蝶半是欣喜半是无奈地摆了摆手，转身招呼着刚到田家门口的郭家兄弟："云生云鹏，你们陪着阿海，我去收拾那对汉奸父子。"

"你行吗？"

面对郭云鹏犹疑的眼神，丁小蝶嫣然一笑，道："论嘴上功夫，我几时输过啊？"

丁小蝶朝客厅走去，远远看见潘梦九抱着一大束玫瑰花坐在那儿，向着这边张望，她赶忙找了个不会被发觉的暗角，放慢脚步听着屋内的谈话。

潘清才正将一张报纸拍在田富达面前，是一份香港报纸，上面刊登的报道里有一张丁振家夫妇的照片。在潘清才的质问下，田富达佯装惊讶，好像刚发现自己的姐姐和姐夫去了香港似的。潘清才拍着桌子，唾沫横飞：

"……大日本帝国的武力是不可阻挡的，大东亚共荣圈终究会席卷整个亚洲。你以为这公共租界安全吗？你以为香港安全吗？告诉丁振家，识相的话，快点带着他的资产回上海，好好和日本皇军合作——"

丁小蝶找准时机，大步走进了客厅。

"潘会长，你现在在干什么？原来你不是想为你儿子找个媳妇，你是盯上了我家的财产啊！潘梦九，你口口声声说喜欢我，原来是在骗我。"

这番对策果然奏效，潘梦九急得站起来跑到丁小蝶面前，又是发誓又是央求爸爸帮他证明，气得潘清才狠狠地瞪了他一眼，让他闭嘴。

丁小蝶忍着笑意，朗声说道："潘会长，你们大人之间的算计我不管，我丁小蝶一定要嫁给一个真心爱我的人。潘梦九，我还没有看到你的真心呢。"说着，丁小蝶伸出手，潘梦九慌忙把手中的花递过去，跟在接过花要回房间的丁小蝶身后。丁小蝶扭头瞪了他一眼，他便乖乖停下脚步。见此情景，潘清才不由得长出一口气，恨铁不成钢地看着儿子。

花园里，东方海神色焦急地盯着丁小蝶离开的方向，郭云生站到他身边。"阿海少爷，是不是亲手杀死几个日本鬼子，你就会和小蝶小姐一起离开上海？"东方海转过头看向他，从眼神中看出他是认真在问。

"三个，我至少要杀死三个鬼子，才会离开。"

郭云生点了点头："那好。我们不能赤手空拳去干，我和帮里的大哥约个时间，看看能不能弄到武器。"

"买武器需要多少钱你说，我把房子卖了。"

这时，田富达陪着潘家父子出来了，丁小蝶也跟在他们身后。一看到院子里的东方海和郭家兄弟，她就跑了过去。潘梦九眼睛看着和东方海他们有说有笑的丁小蝶，脚下一绊，差点摔倒，一旁的潘清才伸手扶了一把，目光阴沉。

潘清才看出来了，丁家的女儿眼里只有东方教授家的儿子，身边又有郭家两个守护神挡着，自家儿子根本无法靠近。他打算找个机会，像捏死蚂蚁一样弄死这三个挡路的年轻人。

郭云生很快和青帮那边联系好了，约在石库门一家地下赌场会面，他和郭云鹏带着东方海刚走出几步路，就被有所察觉的丁小蝶追上。从潘家父子离开时起她就觉得哪里不对，好像东方海正在期待着什么。

"你们去哪儿？"丁小蝶拦在三人身前。郭云生平稳而迅速地答道："去我家，我妈想见见阿海少爷。"

她看向不动声色的郭云生，又看向移开了视线的东方海，最后看着郭云鹏。

"云鹏，你从来不说谎，告诉我，你们到底是去干什么？"

郭云鹏踌躇了一下，无奈地坦白了："我们……我们去见青帮的余大哥，看能不能帮阿海少爷找到杀鬼子的方法。"

最大的担忧得到了证实，丁小蝶眼前一黑。

"什么？你们要去找青帮？东方海，你是不是疯了！"

"一夜之间国破家亡，失去了所有的亲人，不做点什么，我才会发疯。云生、云鹏，我们走。"东方海步履决绝，郭云生向丁小蝶抱歉地点了点头，也跟着走了。

郭云鹏走出两步,又折回来,认真地向丁小蝶保证:"小姐,你回去吧,放心,我和我哥会保护阿海少爷的。"

丁小蝶看着三个人的背影,呆站在原地喃喃低语着:"阿海,我不是你的亲人吗?为了你,我离开了从未分别过的父母。你怎么就不懂我的心呢……"

进入地下赌场后,东方海内心生出一种怪诞的感觉。这里很热闹,原来这种地方在这等时候还是这么热闹。如果只是待在这儿,谁会想到外面的城市已经沦陷,这里的人们也都要向侵略者低下头颅?

穿过人群,他们来到最里面的一间办公室。郭云生所说的青帮大哥余习武身着黑色对襟缎子袄,坐在一把太师椅上,身后站着四个手下,正放出一笔高利贷。看到东方海一行人,他点了点头。东方海说明了此行的来意,惊得余习武直接站了起来。

"你要杀鬼子?"

郭云生在一旁解释着:"阿海的父母叫鬼子杀害了。"

"杀父之仇,是该报。不过这个忙,我帮不上。"余习武抬手止住了郭云生的话头,"阿生,我是答应过你,满足你一个要求,可我不能坏了帮里的规矩。这样吧,我把外面场子三天的抽成给你,你送这位东方少爷去香港,去国外都行,离开上海,时间长了,仇恨就淡了。"

东方海摇摇头,道:"我不会忘的,我这心里的恨,一天比一天更深。余老板,我不用你的人,你卖炸药给我吧,卖枪给我吧。我有钱。"他从口袋里掏出一把法币拍在桌上,却被余习武推了回来。

"快把钱收起来,阿生,带这位东方少爷走。"

郭云鹏一拍桌子,道:"余习武,我一直敬你是一条好汉,你就那么怕日本人?"

"我不为自己想,也得为手下几十个兄弟想啊。阿鹏,你朝我吹胡子瞪眼也没用。我不会做汉奸,但我也不会惹日本人。"余习武话已经说得很明白,三人只好离开。

回去的路上,沉闷的气氛笼罩着失落的三人。

"阿海少爷,我——"

东方海向满脸歉意的郭云生摇了摇头,道:"没关系。我自己的仇,本来就该我自己报。"说着,他从腰带上解下一个刀鞘,拔出一把匕首。"怎么样,很锋利吧?"

郭云鹏握紧拳头,说:"阿海少爷,明天开始,我教你练武!"

"好。"东方海点头,一旁的郭云生也点点头。

"虽然余习武不肯帮我们,青帮里还有几个要好的兄弟,改天我把他们召集起来,看看有没有办法。"

丁小蝶一直在等他们回来。她在屋子前走来走去,始终看着大门的方向。好不容易看到了东方海的身影,她向前跑了几步,却又退了回来。这一切东方海并没有看到,他看到丁小蝶时有些惊讶:"你还没休息?"

丁小蝶白了他一眼,道:"你不回来,我能安心休息?怎么样,青帮的人帮你报仇了?"

东方海摇摇头,道:"他们不愿意惹日本人。"

"青帮也变成缩头乌龟了?哼,他们不帮你,是他们没眼光,放心,我来帮你。"看出东方海的失落,丁小蝶故作爽朗地说着。没想到对面的人却皱起眉,认真地看了回来。

"小蝶,你还是尽快去香港吧。潘梦九天天来烦你,潘清才又想利用你得到丁家的公司。你父母在等着你。"

他果然还是什么都不明白。丁小蝶觉得胸口很烦闷,她跺了跺脚。

"是啊,我的亲人都在香港等着我,我为什么要赖在这破上海!"

看着她气呼呼地进了屋子,东方海在原地站了一会儿,转身去了花园。

时间静静流逝,心神不定的众人迎来了新年。整个上海完全没了往年的热闹气氛,鞭炮声稀稀拉拉,对联也贴得有一户没一户。除夕这天,东方海回到了家中,徘徊着,往昔与家人共同度过的一幕幕涌上心头,他甚至能循着记忆描摹出家人此时在屋子四处忙碌的身影。

抹着脸上的泪水,他发觉周围的幻影静止,父亲、母亲、妹妹,他们都停下手里的事,转过脸面向他,目光之中满是悲伤。东方海怔怔地站着,不知家人想要传达些什么。这时,东方丹的影子走动了起来,她停在小提琴琴盒旁边,用期待的目光看着哥哥。

东方海上一次拉琴还是在葬礼中,他都没有意识到自己已经许久没拿起琴弓拉动琴弦了。他从未这么久不拉琴，但也并不觉得有多怀念，拉琴对现在的自己来说有什么用处呢？尽管心中怀着否定的答案，东方海仍是无法拒绝家人们的目光。

琴声响起，穿过墙壁，消散在寒风中。

今年的串亲也不比往年，田家虽然挂上了喜庆的红灯笼，偌大的房子里却只有田富达夫妻、丁小蝶与东方海四个人，显得很冷清。好在郭家兄弟带着父母前来拜年，午饭总算能凑上一大桌。

趁两家长辈寒暄的时候，郭云生将东方海拉到一边。他已联络好了三个青帮的兄弟，弄到了枪支，约定两天内在郭家父母正暂住看守的丁宅碰头。复仇计划有了实际进展，东方海十分欣喜。他们不知道，青帮中布有潘家的眼线，掌握了他们行动的潘清才已设下恶毒的陷阱，一场灾厄即将降临。

在约定的时间，丁小蝶恰好与同学看电影去了。东方海来到丁家时，郭云鹏正在厨房帮吴妈包包子，郭师傅还在外拉车挣钱。过了一会儿，郭云生接回三个青帮弟兄，几人聚在庭院中，商量着以石库门一家日本酒馆为目标。

事情就发生在短短的几十秒之间。先是推开门喊着鬼子来了的郭师傅被乱枪射死，接着青帮的三个年轻人被扫射倒地，东方海和郭云生躲入厨房，为了掩护一双儿子和东方海从厨房后门逃出，吴妈也中枪身死。

三人回过神来时，已被赶到后院处的余习武和几个青帮弟兄救下，一行人将他们强行带去了石库门的地下赌场。郭云鹏一路上都在挣扎，即使被拦在办公室里，还一次次地往外冲，哭喊着要回去救他中枪的父母。郭云生心中明白父母已无生还希望，只是木然坐在那里。

东方海坐在郭云生身边，不知怎的突然想起曾在大学校园中听过的课，是哲学还是心理学呢，他想不起来，只是依稀记得有一套什么理论，说人在经受巨大的痛苦时，若是能在身旁见到遭遇相似的人，便会感到有人陪伴他一同承受，苦楚将得到缓解。真是胡扯的理论，东方海木然地想着。如今郭家兄弟不是同他一样失去了父母，没有了家吗？可这种凄惨的境况又能缓解什么？只不过是加倍的痛苦罢了。

不知过了多久，余习武带着几个人回来了。为了不让日本人以清理抗日分子的名义将尸首拿去示众，他们将郭师傅与吴妈葬在一起，并做好了记号。

"谢谢你，余大哥。"郭云生站起来，余习武摇了摇头。

"青帮中出了叛徒，兄弟，是我对不住你们。阿生，你们也很危险，潘清才把你们列入抗日分子名单——"

一直在门边挣扎着要出去的郭云鹏转身回来，抱住郭云生大哭道："哥，我要报仇！我要去杀鬼子，阿海少爷，咱们一起去杀鬼子——"

余习武一拍桌子，怒道："够了！想杀鬼子，到战场上去。你们在上海已经不安全了，说吧，是主动离开，还是我把你们捆起来绑起来送出去？"

东方海站了起来，他的心中突然被一个念头点亮了。

"我们走，我们离开上海。云生、云鹏，我准备上战场了，你们呢？"

"我也要上战场去报仇。"郭云鹏抹着眼泪，用力地点头，郭云生转向余习武。"余大哥，小蝶小姐被汉奸潘家逼婚，你能想办法帮她和我们一起离开上海吗？"

余习武果断地答应下来："你们回去收拾东西，过些天我都布置好了，就去找你们。"

于是，在失去一切的年轻人面前，全新的道路铺展开来。

东方海并不是那种会因为等待而搁置行动的人。他明白，自己踏上战场的日子早晚将会到来，为家人报仇的心愿也必将在未来的某处达成。但这并不意味着他能够对此刻在上海街头横行的日军视而不见。擦身而过时忍气吞声，恨恨地在心中想着"等着瞧吧"——他还做不到，也并不想这样。所以当看到三个喝醉的日军追赶着一位惊慌无助的年轻姑娘时，他毫不犹豫地掏出一直带在身上的匕首，跟了过去。

不过东方海还没动手，从弄堂另一头狂奔而来的郭家兄弟就用刀把三个日军都刺死了。救下了人是好事，可这一次他仍未能抓住机会宣泄心头郁积的愤怒。他感到遗憾，仿佛这三个日军若是他动手杀掉的，事情就真的会有什么不同。

三人回到田家，将发生的事与离开上海的决定告知田富达。惊闻郭师傅与吴妈的死讯，田富达跌坐在沙发上。得知他们刚杀了三个日军，他也明白事态已发展到了非走不可的地步。在潘家的监视之下，从上海去香港实在很难，不如先离开上海，找到田宝山后，再行计议。有了青帮的暗中协助，要摆脱潘家会方便些。

这时潘清才收到三男一女杀死日军的消息，便带着一队日军闯入租界，出现在田家门外。田富达一边打电话联系有交情的英方朋友，一边命田夫人引领一行人躲入书房的地下密室。

丁小蝶走出几步停了下来，潘家也算是因她而来，要想应对眼下的危机，她必须留下。心中有所计划，她与众人分开，直奔楼上的卧室。

光是田家的客厅，就涌入了十几个日本兵，及时赶回的田夫人看见日军手中的枪，畏惧地紧靠田富达站着。队伍的最后，潘清才带着潘梦九走了进来。田富达请他们就座，装作不知潘家此行的原因："潘会长，你这么大阵仗，莫非是带着人来抢小蝶？"

潘清才冷哼一声："潘某在上海滩也算个人物，用不着抢亲这种手段。我带皇军过来，是因为刚发生一起杀死三位皇军的严重抗日事件。有人举报，作案的三男一女，就藏在你家里。"

"潘会长，这个罪名太大了，田某承受不起。让你的眼线说说，小蝶这两天有什么可疑行踪没有。"

田富达故作镇定地觑了一眼天天来田家的潘梦九。果然，潘梦九困惑地扭头看着潘清才，说："爸，小蝶去过哪儿我都知道，你弄错了吧？"

门口传来吵吵嚷嚷的声音，田富达的英国朋友约翰带着两个印度巡捕进入客厅。看见屋子里的一群日军，印度巡捕忙把手里拿着的枪装好。田富达站起来迎向约翰。

"约翰先生，请坐。你来得正好，我不明白在公共租界内，为什么会有日本军队包围家门的情况发生。"

"三个日本皇军在石库门被刺杀，有线索表明凶手躲进租界这栋房子里。约翰先生，我们进租界办案子，不可以吗？"

听了潘清才的解释，约翰看着田富达摇摇头，又耸了耸肩。

"田先生，让他们搜搜吧。你没藏抗日分子，怕什么？你的脸色不好，吓成这样，是不应该的。"

"搜！"潘清才扬起一只手。

"慢着！"在这千钧一发之刻，丁小蝶从楼梯上走了下来。她换上了一身鲜艳的红衣服，黑色的长发披散下来，还化了妆，涂着口红，手中握着一把匕首。潘梦九看见这样的丁小蝶，眼睛都直了，不由自主地站了起来。

"潘会长，你想抢人就明说，何必编出这么蹩脚的理由。"

潘清才冷笑道："丁小蝶，我说的是不是事实，你自己很清楚。搜搜就知道了，你清楚藏了几个人。"

丁小蝶拿匕首对准自己的脖子，潘梦九惊叫一声。

"潘梦九，你这个窝囊废，让你爸用这么卑鄙的手段来逼我，你还是不是个男人？"

看到潘清才仍执意要搜，潘梦九拔出一个保镖的枪，对准自己的太阳穴，道："爸爸，你要是再逼小蝶，我先死给你看！"

田富达眼见局面变化，赶忙抓住机会对潘清才叫道："别再逼两个孩子了。我答应你，五天后给小蝶和潘公子举行婚礼，等婚礼过后，我会说服姐夫回上海，把丁氏企业交给小蝶和潘公子。"

潘清才眯起了眼睛，看向楼梯上的丁小蝶。田富达也转向她，使着眼色。

"小蝶，潘公子为了你，连命都不要了，他对你是真心的，你就答应这门婚事吧。"

丁小蝶稳稳地举着匕首，直盯着潘梦九，道："我要在和平饭店举行婚礼。要最漂亮的婚纱、最大的钻戒，至少三套礼服。婚礼现场要一万朵香水玫瑰，还要最红的歌星来现场表演。现在，我想请你表现出最基本的诚意，让你爸爸把这些日军撤走。"

"都依你，都依你。"

看到潘梦九投来恳求的目光，潘清才摇头叹气，他挥了挥手，十几个日本兵列队出去了。

"我怎么生了你这么个儿子！"

见丁小蝶放下了匕首，潘梦九也放下了枪。潘家父子离开后，约翰一行也走了。总算渡过了这个紧要关头，田富达与田夫人都心有余悸地坐下缓着气。丁小蝶跑下楼，去密室把三个人带了出来。

面对鞠躬道歉的郭云生与鞠躬道谢的东方海，田富达摆了摆手道："是小蝶拿命换了你们三条命。你们必须尽快离开了，我来想办法，谁都不许擅自行动。"

四人拼命点头。

有了青帮的接应，田富达的计划进行得很顺利。明面上，他在约翰的帮助下以四根金条的高价弄到了一张去往香港的船票，并且将消息透露给了潘清才，暗地里则早已将丁小蝶一行四人送到了青帮处。开船当天，田富达雇了几个年轻人扮成一样的装束，分为几队赶往码头，在潘家忙着跟踪追查这设下障眼法的队伍时，东方海一行人已平安来到另一处码头，等候登上往苏南方向去的船。

　　丁小蝶将一件包好的行李递向东方海："给你，你的琴。"

　　"我要去报仇，带这个干吗？"东方海皱了皱眉，丁小蝶仍是坚持地伸着手。

　　"阿海，我知道，你现在一心只想杀鬼子报仇。但总有一天你会发现，你手里最想拿的不是枪，而是这把琴。我也带着我的芭蕾舞鞋和裙子呢。"

　　余习武看着东方海接过琴，在几人身后感叹着："如果不是带着你们跑路，真想听听东方少爷的琴声啊。"

　　"我们很快就会回来，到时候阿海拉琴，我唱歌给你和你的弟兄们听。"

　　丁小蝶微微笑着，跳上了停在码头的船。几人在船上向余习武道谢。

　　"好好杀鬼子，好好活着，我在上海滩等你们。"

　　船缓缓开动，他们终于离开上海，去往距离战火更近的地方。

　　留在上海面对气急败坏的潘家父子，田富达本已做好了被枪杀的准备。原本只要丁小蝶安全离开，丁氏企业的资金顺利转走，他便能无牵无挂、无所畏惧。儿子田宝山正在战场上奋勇杀敌，总有一天会打回上海，若田富达死在汉奸潘清才手上，田宝山也能向潘家报杀父之仇。

　　正是怀着对儿子终将与国家一同取得胜利的坚定信念，田富达毫不客气地将找上门来的潘家父子狠狠挖苦了一番。发现丁小蝶真的走了，潘梦九不争气地大哭起来，却还拦着潘清才，不让他打死丁小蝶的舅舅。最终，田富达保住了性命，却也成了潘家扣在上海用以对付丁家的人质。

　　船在长江北岸一个简易渡口靠岸，船工们把东方海、丁小蝶、郭云生、郭云鹏四人和行李送上岸，众人挥手告别。

　　"终于逃离了噩梦一般的上海，我发誓，不把日本鬼子打败，我绝不回来。"丁小蝶看着长江对岸，握紧拳头。"阿海，你快看看地图，我们要找最近的路去武汉，找我表哥。"

东方海摇摇头道："我根本没打算去找国军。我想去延安，找共产党，找我堂兄东方明。"

这还是他第一次在丁小蝶与郭家兄弟面前说起去延安的事。这些天憋着一腔悲愤，过着浑浑噩噩的日子，他几乎忘记了父亲临终前的托付。直到不久前在青帮的地下赌场，听余习武说到杀鬼子该上战场时，这件事才重新浮上心头，点亮了他的思绪。

丁小蝶完全愣住了，过了一会儿，她气鼓鼓地瞪着东方海，说："共产党？延安？延安是什么地方？地图上有吗？你把地图摊开，看看武汉是一种什么样的存在！去武汉，找国军！"

"去延安，找共产党。"

两人互不相让地面对面站着。郭云生和郭云鹏对视一眼，插到两人中间。

"别吵了，现在已经不打内战，国共合作了。国军和八路军都在打鬼子，我们找到谁都行。"

东方海和丁小蝶都没有出声答应，不过赶路总是没有错的。走一步看一步吧——这么想着，两人都还坚持着自己心中的目标。

行路第一晚，四人遇到一位马车夫，愿意让他们在拉的草料堆上睡一宿。清晨时分，到了一处名为青龙庄的村子，马车停了下来。四人带着行李下了车，只见一大群难民正艰难地行进着，有扛着粮食拎着大包的，有扶着老人牵着孩子的，有用骡子拉上一家老小的，都神色仓皇。

丁小蝶茫然地看着眼前的逃难人群，问："他们这是干吗？要去哪儿？"

马车夫摇头苦笑道："能去哪儿？还不是瞎跑！现如今哪儿是安稳地儿，谁也说不清！"

郭云生将钱递给马车夫时，东方海上前问道："大伯，这附近哪有打鬼子的部队啊？"

马车夫数着钱，头也没抬地冷笑了一声说："死了多少人了也没把鬼子赶回东洋去，还打个屁啊。"丢下这心灰意冷的讽刺话语，他挥起鞭子把车赶走了。

四个年轻人一边走，一边惶然地环顾四周。

"应该有人知道哪有部队，走，去打听打听。"

东方海打起精神，带头走入难民群中。一个衣衫破烂的中年男人在不远处失魂落魄地走着，口中念念有词，乱七八糟地数着数字。后方一个胖女人在跟同行的老妇人说话，声音传了过来："他家叫鬼子灭了八口人，就他一个人那天去集市躲过一劫，回来一看马上晕了。乡亲帮着他把亲人的尸首裹了，又去挖坑，他就在坑边数尸首，数着数着就成这样了……"

东方海咬紧牙关，而丁小蝶同情地看了那个人一眼。更多的难民越过他们走到前边去了，每次有人从旁边经过，东方海都会看上一眼，欲言又止。终于，他鼓起勇气抓住了机会，拦住一位面相朴实的中年大叔。

"大叔，这附近有打鬼子的部队吗？"

丁小蝶抢过话头："就是国军，打鬼子的国军！"

大叔苦着一张脸瞅向他们，说："还敢找国军啊？连着吃了多少败仗，现在日本人到处抓残兵，都给捆去练刺刀了——"

这时忽然有人大喊"鬼子来了"。队伍大乱，所有人都慌慌张张找地方躲藏，东方海一行跟着躲到路边一个草垛后面。他小心翼翼地探出头来，看到一小队日军走在不远处与逃难队伍方向平行的一条小路上，他们嬉笑着，像做游戏似的，不时端起枪来朝这边的人群开火。

随着砰砰的枪声，躲在树后的一个人中弹倒下。日军哈哈大笑，走远了。东方海看得脸色铁青，从地上抓起一块石头，就要冲出去。

"你想干吗？去当靶子吗？"

丁小蝶一把拉住了他，气得涨红了脸。东方海冲动地挣开她的手。

"我咽不下这口气！"

"就这样赤手空拳地冲出去？在上海就因为你蛮干，已经连累了好几条人命！"

旁边的郭家兄弟想到死去的父母，面露伤感，垂下了眼睛。东方海冷静下来，将石头狠狠地掷在地上。方才的大叔叹了口气道："我说，你是想打鬼子吧？北边那座山上，有一支部队就是打鬼子的，但不是国军，好像是共产党的人。"

东方海精神一振："共产党？"

"草台班子收拾得了鬼子吗？我们要找正规部队，找国军！"尽管丁小蝶在一旁插嘴，东方海仍是遥望着远在天边的群山，心中燃起了希望。

三

东方海和丁小蝶两人，从小到大都没有这么苦过。赶路的日子不知何时到头，中途只能坐在路边的地上歇息，口渴都不一定能找到水喝。如果没有郭家兄弟跟在身边一路照顾着，两人怕是寸步难行。

东方海总归心里有个念想，又是个男子汉，再累再苦也能咬牙坚持下去。丁小蝶一个众人呵护下长大的小姐，走了这平时未曾走过的长路，一双脚已经疼痛难忍，嘴里不住地抱怨。

这中间还发生了一件令人哭笑不得的事。

那时郭云生趁他们缓慢赶路时四处找寻，终于雇到了一辆小推车，带着车夫兴奋地赶了过来。看到有车可坐，东方海和丁小蝶脸上也有了一丝久违的笑意。他们身后却突然跑来一对男女，打扮文雅的中年男人拎着藤箱，穿着时尚的年轻女人抱着小狗，男人一脸焦急地恳求东方海将车让给他们，说有人在追他们，还说女人刚怀上孩子，被追上就糟糕了。想到这人处境危险，还带着怀孕的家眷，比他们更困难，东方海将车让了出去。在丁小蝶失落的眼神中，那对男女迅速上了小推车，催车夫快快走了，男人还在车上朝东方海挥手致谢。

"国难当头，谁都不容易，我们能够帮人一把就帮一把吧。"

正当东方海一脸正色地对不高兴的丁小蝶说话时，远远跑来一个妇人，牵着一个女童，一边跑一边哭骂。听到她哭喊的话，众人才明白，追赶先前那对男女的不是伪军、不是黑帮、也不是债主，是那男人的结发之妻……

他们瞪大眼睛看着妇女和女童追赶而去的身影，又回头互相看看，最后三道恨铁不成钢的目光落到了东方海的身上。东方海从震惊中恢复过来，拍打着自己的脑门，懊悔不已。郭云生叹了口气，老气横秋地冲他摇了摇头。

四人继续疲乏地走了小半天，终于找到了一间可供歇脚的客栈。到客栈门前的一段路，丁小蝶实在累得走不动，还是郭云鹏背着她过去的。

客栈上下两层住满了人，相当热闹。后院挨着一个湖，到了晚上，一群年轻人在湖边燃起了篝火。东方海与丁小蝶来到时，一圈人或站或坐，激烈地争论着去路。有人嚷着除了国军其他武装都是靠不住的野路子，立即有另外的人指出国军正节节败退，武汉也并不安全，甚至还有人提议跟着只杀日本人和富豪的土匪混，场面一度十分混乱。

听到有人说应当去延安，东方海激动地站了起来，又被丁小蝶一把拽住，不远处一个短发女青年留意到他们的举动，主动坐到了丁小蝶身边。

"小妹，你们是不是要去延安找八路军？我们女师大有三个同学，都是要去那里。"

看到丁小蝶不感兴趣地否认，她递来手中的一本书，书的封面上印着"西行漫记"四个大字。

"其实延安不像你以为的那样。你看，这本书是一个叫斯诺的美国记者写的，谈了延安的各种情况……"

东方海伸手拿过书，丁小蝶没有来得及拦下。

"这本书能借我看看吗？"

"行啊，明天早上记得还给我。我叫裴采莲，住二楼东边第一间。"

东方海也报上了他们两人的名字，丁小蝶不自在地向裴采莲点了点头，拉住东方海说想去看郭家兄弟安顿得怎么样了。两人刚起身要走，争执声忽然更大了。

呼吁去武汉参加国军的青年们与倡议去延安加入八路军的青年们分为了对立的两个阵营，各种口号声与愈发热烈的篝火火光交织着。这时，去延安的支持者们唱起了《松花江上》，饱含深情的歌声平息了争吵，想要去武汉的青年们也加入合唱。

看着这一幕，东方海眼中有了泪光。他将背上的琴盒放下，取出琴来，拉起了伴奏。火光映着每个人脸上的坚毅表情，深沉的歌声与悠扬的琴声随着火光越升越高，越飘越远。

这天夜里，东方海久久无法入睡。他看完了那本《西行漫记》，将它珍重地放在收好的琴盒上。来到窗前，他深吸了一口气，后院的篝火早已熄灭，先前还能看到的残烟也飘散无踪，只有一轮圆月高高地挂在天上。

东方海凝望着月亮。对于去延安这件事，他还是第一次有了纯粹出于自身意志的向往。

轻微的敲门声突然响起，东方海打开门，看到郭云生一脸紧张地站在门外。他之前私下里塞了钱，拜托掌柜照应着点，于是掌柜一得到日军正挨家挨户搜抗日分子的消息，就来通知他们赶快离开。

四人带着行李悄悄从房间出来，迅速往楼梯方向走去，东方海突然停了下来。

"还是把他们也叫上一起走吧，都是要打鬼子的。"

郭云生着急了："我说少爷，时间耽搁不起，动静大了也怕要坏事！"

可是危机当头，东方海实在不愿就这样离开，他不顾几人的反对，先是飞快跑到了裴采莲的房间开始敲门。最后几人将二楼的房间都敲了个遍，只有裴采莲一行三人和另外两个青年相信了他们的话，九个人背着行李，匆匆忙忙从客栈大门逃出来。

没走几步，郭云生突然拦住了众人，带头的东方海挥了挥手，所有人都迅速闪到了客栈对面的小巷子里，背靠着墙壁隐蔽起来。一队日军举着火把，从他们方才站立的地方跑过，进入了客栈。

一时间日军的叫嚷声、踢门声、男人的吼声、女人的尖叫声、婴儿的哭声混杂在一起。随着枪声砰砰响起，人声戛然而止。暗巷中的众人只能痛苦地用手指死死抠着墙壁。

清晨时分，一行人在镇外的树林中分别，一张张神色疲乏的脸上满是伤感。死里逃生的经历使昨晚对于前路去向何方的争论都变得朦胧而遥远，其实只要是为了抗日，本就是殊途同归。

裴采莲等三名学生要赶往延安，那本《西行漫记》被她送给东方海作为救命的谢礼。两名青年则打算去武汉加入国军，丁小蝶却不肯同去，东方海不明白她既不愿去有八路军在的延安，也不去有国军在的武汉，到底想要去哪里。

"你不是想杀鬼子吗？那我们去打仗的地方啊。国军在哪个地方打得越激烈，我表哥就越有可能在哪里！"

于是四人决定前往战事最为惨烈、青年口中"正如人间炼狱一般"的台儿庄。

有勇气去"人间炼狱"一探究竟，多半是未曾细想这种描述所对应的现实状况。四人坐在雇来的马车上，摇摇晃晃着前往台儿庄的前半程中，还能为了一只从竹笼里伸出头来啄向琴盒的鸡开起玩笑。这种久违的轻松没能持续多久，迎面而来的难民越来越多，年老之人宁死不愿远离祖坟所在的家乡，年轻后人跪地磕头恳求，传来的哭声与喊声令车上的几人神色越来越沉重。

　　就在郭云生说快要到了的时候，郭云鹏突然伸直了脖子，指着路前方。远处出现了一群带伤的国军溃兵，衣衫破烂。一个溃兵看到难民中有孩子手里拿着吃的，冲过去就抢，孩子哇哇大哭，难民们吓得四散飞跑。

　　东方海注意到有溃兵将目光投向马车这边，立刻让车夫把车停下来，推着众人跳下车，和很多难民一道躲进路边的田里。溃兵们很快来到马车边，急躁地翻弄着车上的行李，小提琴琴盒与装有芭蕾舞鞋的皮箱都被他们毫不在意地甩落在地上。行李被扔光后，溃兵们发现了竹笼里的鸡，几只手扯烂笼子，将鸡抓出来，三两下拧断脖子，血溅了一地，一只活鸡就这样被他们生生分食。还有个溃兵从难民包裹中翻出一块饼就往嘴里塞，呛得直咳嗽。

　　没有及时躲藏的难民被溃兵们扒下外衣，穿着单薄的衣服哆嗦着跑走。溃兵们脱下军装，和枪一起扔到路边，换上抢来的难民衣服，又爬上马车，调转方向驾车远离台儿庄而去。

　　待溃兵走远后，人们才从躲藏的地方出来。郭家兄弟拾起行李，拍打着上面的灰尘。东方海弯腰去捡溃兵扔下的枪，郭云生赶忙跑来拉起他。

　　"不能要！一路上都有鬼子，看到枪会直接毙了我们！"

　　"为什么会这样？即使打仗输了，他们也是英雄啊，为什么会和强盗一样？"

　　丁小蝶望着马车远去的方向，眼里满是泪水，东方海走到她身边，无言地拍了拍她的肩膀。丁小蝶摇摇头，打起精神道："宝山哥哥绝对不会变成这样，死也会死在战场上！"

　　四人互相看了看，点点头，各自拿起行李，迈步继续向前。走了没一会儿，郭云鹏忽然又向前面一指，只见溃兵从零零星星到像蝗虫一样出现，有的独自行走，有的互相搀扶，行动迟缓，麻木地沉默着，好像一具具活着的尸体。

他们鼓起勇气，拦住了道路边缘一个单独走着的溃兵。丁小蝶小心翼翼地开口问道："大兵哥，前线情况怎样了？"

溃兵慢慢用眼光向他们扫来，东方海有些着急："我们也是要去打鬼子的！"

"还打什么？阵地都没了，去了也是送死。"溃兵有气无力地说完就绕开走了，留下他们一脸茫然地看着眼前的景象。

逆着难民和溃兵，总算走到一处小镇，每个人都很疲惫，又渴又饿。可是路边的房子都门窗紧闭，路上人烟稀少，偶尔出现的都是匆匆路过的难民，拎着包袱，牵着孩子。郭家兄弟挨着敲了几户的门，都没人应声。敲到第五家时，里面传来一个苍老的声音。

"兵大爷，真没粮食了，他们都跑了，我是跑不动才留下等死的，行行好，放过我这把老骨头吧……"

尽管明白帮不上什么忙，东方海仍是示意郭云生，将几张法币对叠塞进了门缝。放弃了找住户购买食物的打算，四人垂头丧气地走在冷清的镇子里，远远地看见围墙边有人伏在地上，他们加快脚步走去。

是一名国军伤兵，左腿已经断了，草草地缠着渗血的纱布，听见脚步声，抬起的脸有半边血肉模糊而难以辨认。东方海和郭云生连忙把他扶起来靠墙坐着，丁小蝶接过郭云鹏从包袱里掏出来的两块馍，蹲下放到伤兵手上。

"大哥，你是从前线过来的？台儿庄还在打吗？"

"打完了，失守了，整个山东都让鬼子占了。"

伤兵面无表情，丁小蝶却惊呆了，嘴唇颤抖着："……你都这样了，长官不管你吗？"

"我就是长官，一个连的最高长官。我一挥手，百多号人啊，说没就没了。"

丁小蝶站起来，跑到一边，捂着嘴抽泣起来。一旁的东方海挪到伤兵面前问："连长，我们能帮你做什么？你家在哪里？"

伤兵摇摇头，神色凄惨："家？我哪还有脸面回家？跟着我多年的兄弟都死在战场上了，我怎么跟他们家里人交代？我能说啥！还不如在阵地上叫鬼子一枪给我崩了！你们快走吧，鬼子很快就要来了。"

"我们就是要去参军打鬼子的！"

看看咬紧牙关的东方海，伤兵思忖了片刻，示意他凑近来。

"国军已经扛不住了，你们若真想打鬼子，去山西找八路军吧！听说他们顶着鬼子的刺刀枪炮往北上，哪儿有鬼子就往哪儿打。"低声说完，他重重拍了拍东方海的肩膀，东方海郑重地点了点头。

"连长，那你打算怎么办？"

伤兵凄然一笑，拉开破军装的衣襟，露出腰上别着的一颗手榴弹。

"我就在这儿等鬼子，到时候跟他们同归于尽，能灭几个算几个！"

四人离开了小镇，将他们上台儿庄前线杀敌的心愿和那位怀着必死之志的连长一同留在了那里。东方海初看到那颗手榴弹时的震惊很快化为对伤兵决心的敬重之情，此刻伴随着他沉重的脚步，又生出一种困顿的深思。

要与敌人同归于尽的心情，他怎能不产生共鸣？国破家亡，家破人亡，失败，失去，流血的伤口与流血的心，他以为自己理应最为理解这些感受，然而事实果真如此吗？他憎恨夺走自己重要之人的敌人，这股恨意强烈到不惜放弃自己二十年来拥有的一切，放弃音乐，放弃梦想，甚至放弃生命……自从那天起，他便时常在想，为什么一家人里唯独他自己存活下来，这股折磨内心的无力与焦灼是不是只要报了仇便能缓解？还是说，他内心真正的愿望是破坏自己这份幸存的安稳？要是一切都没有发生的话，父母与妹妹都平安，那么他的人生……

东方海感到手心渗出了冷汗。哪里不对，有什么地方存在根本性的错误。心中的这份惭愧与不安，到底是——

他的思考被丁小蝶打断，她在镇口停下脚步，将皮箱往地上一摔。

"去武汉！"

是的，台儿庄已不能去，到了决定下一步的时候。东方海以严肃的神情认真地看向丁小蝶。

"去延安。"

郭云鹏抱起皮箱，郭云生来回看着两人，十分为难。

自从在台儿庄附近目睹国军溃败的惨状，丁小蝶的心中就越来越慌乱。事态和她所以为的情况完全不同，令她心中的不安达到了顶点。此刻看到东方海一副毫不让步的样子，她生起气来："说好去找我表哥的，因为这里的国军失守，就改主意了吗？"

东方海叹了口气："谁说我们一定要去参加国军的？要不是有你在，我早就到延安了，这时候说不定已经当上八路军，在前线杀鬼子了！"

丁小蝶真的很气，却也不可思议地感觉在和东方海的针锋相对中，心情安定下来，找回了往日的活力。她转动眼珠，想起了先前客栈中那个女学生。

"说得好听，你去呀，不是还有人会在延安等你吗？"

"丁小蝶，你讲不讲理，一面之缘、一本书而已，让你说成什么了？"

不出所料，东方海着急了。丁小蝶露出又气又得意的笑容，寸步不让。

"就说那本书，一路上多少关卡，让你随身带着本宣传共产党的书，她想害死我们啊？"

丁小蝶当然并不是这么看待裴采莲的，但她决意无论说些什么，总之要让东方海明白，去武汉找国军才是更加安全可靠的出路。她若只是为了自己舒坦，早跟着父母去香港了，在她看来，东方海要想解开心结，加入国军杀敌有什么不一样？可是东方海听不出赌气话语底下的这些想法，反倒因此气得浑身发抖。

"行，你去找你的表哥好了！我去山西找八路军！"

"我就知道你嫌我拖累你！"这下丁小蝶也气出了眼泪，她转身就向南边走去，走出几步，又回来从郭云鹏手里抢过皮箱。

东方海也毫不客气地向路北端走了，两个人都憋着一股气，走得又急又快，郭家兄弟连忙分头拦住，苦苦劝说。听了郭云生的话，东方海也冷静了些，想到丁小蝶从小就嘴硬，又想起她这段日子吃的苦，不禁心软了下来，掉转头追上了丁小蝶。

"不吵了。你去武汉也要先到郑州坐火车，我陪你到郑州吧。"

丁小蝶还在生气，也听出来东方海还是要去延安，只是一言不发地往前走。

等他们到郑州火车站时，车站已经被军队征用，不再售票。站台上挤满士兵，行人都挤不进去，全都满脸焦虑地提着行李等在大街上。

这样看来武汉一时也去不成了，四人只好先找到一家旅馆住下，郭云生去柜台办手续时，三个人站在大堂里。

"明天再想想办法。"东方海皱着眉道，而丁小蝶早已不生气了，她眼巴巴地盯着东方海，问："要是明天也没办法呢？后天也没办法呢？你会一直陪着我吗？"

她很想知道他会怎么说，可惜这时从门外进来几个有说有笑的学生，其中竟有不久前刚被提及的裴采莲。一认出他们，她就笑着打起了招呼，东方海也欣喜地应着，丁小蝶满怀期待的回答就这么被搁下了。

"我们到郑州来和几位同学汇合，明天去延安。要不要跟我们一起走？"

东方海正要回答，看到丁小蝶正板着脸瞪过来，只好克制地笑了笑。

"我们还在考虑，本来想去武汉的，可现在火车也坐不成。"

"那你们好好考虑一下，明早七点，我们在街对面的酒家门口集合，会有车来接。如果想好了，愿意一起走，就准时到集合点。"裴采莲用充满期待的目光凝视着认真点头的东方海，"东方哥，如果你要来，别忘了带上那本书，到了延安你得还给我。"

哎？东方海愣愣地目送裴采莲转身离开，那本书不是送给他了吗？这话是什么意思，还有那目光中的奇怪神色……他摸不着头脑，丁小蝶却懂了，不仅懂了，还认真地准备应对察觉到的威胁，又多了这么一层关系，她才不要让东方海跟着裴采莲去延安。

听郭云生说东方海向掌柜的租了一个闹钟，丁小蝶心生一计。但她仍寄希望于说服东方海放弃去延安的念头，跟她一起去武汉，想办法去香港，然后出国学习。对她来说，东方海的音乐才华浪费了太可惜。在那之上，她也承认自己怀有私心，想要和东方海两人长久地在一起，远离一切混乱、不安、令人难过的事情。仿佛远离了，就能够装作一切都没有发生过似的，在心底的某处她也明白这样恐怕是行不通的，不过愿望本来就该是些不切实际或者不那么正确的东西吧？自己又从来不是个会想得很高深很长远的人，抱着这样的心愿也是可以被允许的吧？

丁小蝶敲开房门时，东方海正在整理行装，他注意到丁小蝶的目光掠过桌上的闹钟，有些愧意地停下了手中的动作。

"小蝶，我本来想一会儿就过去跟你谈谈……"

"你是不是想说，你还是要去延安？"

东方海坐在床边，坦然面对着丁小蝶紧盯过来的双眼。

"小蝶，我本来想，只要能打鬼子哪支部队都行，所以你说找宝山哥，参加国军抗战，我也没反对，一路都陪着你。可现在遇到多少事，你还没看清吗？不说国军打了多少败仗，光是士气已经低落得令人寒心。另一边参加八路军的人却个个热血沸腾，一说起延安眼睛就发出一种虔诚的光，好像那里是圣城一般。"

他说得都没错，丁小蝶默不作声。

"以前我只希望能上战场，但现在，我不想为了打仗而打仗。"

突然低沉下来的声音令丁小蝶心中一动，这是出事以来，她感觉和东方海的心最为接近的时刻，于是她也放轻了声音："……还是为了报仇？"

"也不仅仅是报仇。应该还有别的，但到底是什么，我现在还说不上来。"

东方海摇了摇头，又低头看着自己的双手，神色流露出一丝茫然与痛苦。丁小蝶突然自责起来，他经历了这么多，一定也考虑了很多，心间纠缠着许许多多的念头，如果她能更善于倾听而不是抱怨的话，如果她能更加支持他……

"那云生和云鹏呢？"

"让他们都跟着你，可以照顾好你，找到宝山哥。小蝶，我们各走各的，等战争胜利了……"

丁小蝶突然松了一口气。就在刚才，她差一点儿要决定跟着东方海一起去延安了。好在这句各走各令她明白了，他计划的战斗中并没有她的位置，那么她的决定也无须顾及他的心情。这种互不理解的状态，就这样持续下去也没有关系。

"胜利了我也不想见你！你比鬼子还坏！"咬着嘴唇忍住眼泪，丁小蝶大声甩下这句话，扭头跑出了房间。

这些四处奔波的时日，晚上都会因为白日里的疲乏睡得很熟。丁小蝶指使着郭云鹏趁东方海熟睡时对闹钟做了手脚，又偷偷取出那本《西行漫记》，第二天一早还给了裴采莲。存着一丝示威的心思，她微笑着说："这本书，物归原主，你就不用在延安等阿海了。咱们各走各的，等战争胜利了……"一半是因为想起前一晚东方海的话，一半是为着战争胜利的愿景，丁小蝶突然有些伤感，停了停，她认真地继续说道："等战争胜利了，也许还会有机会见面。"

东方海醒来时，去延安的众人已经走远了。为不好用的闹钟生了一顿气,却也终究无可奈何,他走出旅馆,坐在路边一块大石头上惆怅地叹气。跟出来的丁小蝶也爬上石头,在他身边坐下来。

"小蝶,我们去山西吧。在这里不知什么时候才等得到去武汉的火车。"

"去当八路军?我才不呢。"

东方海看着路的尽头,他并不知道丁小蝶与郭云鹏昨晚的行动,满心以为闹钟的故障是来自上天的某种预示,心中的决意因而也有些退缩。

"不是参军,你忘了,山西是我们祖籍,东方家、丁家和田家,祖辈都是晋商,是同一个镇子出来的。你不是一直吵着要回山西老家看看吗?"

他还记得这件事,丁小蝶也眺望着路的那一端,太阳早就升起来了,地平线上只有漂浮的尘土,不知反射哪里的光,有些闪闪发亮。

"现在我们在上海的家已经死的死散的散,正好回老家顺和镇去看看,那里也是我们的家。我爷爷奶奶当年住过的房子可能还在,宗族的祠堂里应该还有他们的画像。"

丁小蝶扭头看了东方海一眼,叹了口气,道:"好吧,确实也没地方可去了。"

往山西去,就是往日伪军扎堆的地方走。为安全起见,四人换上了更为破旧的衣服,尽可能不引人注意地赶路。不承想刚出发没多久还是遭遇了意外,在一处歇脚的路边饭店,没防备被两个乞丐偷走了盘缠包袱。幸亏郭云生早先嘱咐郭云鹏在另一个包袱里备了些零钱,又应付着赶了一段路。

这一天,四人捧着用最后一点儿钱买来的烤红薯,即将山穷水尽之时,与一小队身着军服的国军士兵擦肩而过,几个人的眼睛都惊讶地瞪圆了。

"这里有国军?"

丁小蝶很久没这么激动了,郭云鹏也羡慕地看着士兵们的背影。

"还挺威风,一点儿不像以前遇到的那些。"

"这是还没吃过败仗的吧。"

郭云生语气淡淡的,被丁小蝶瞪了一眼。

"说什么话呢!附近肯定有部队,我们可以去打听我表哥的消息了。"

"那我们跟着这几个大兵走,多半就能找到他们的窝!"

郭云鹏连连点头,被丁小蝶拍了一巴掌。

"什么窝啊,那叫军营!不过云鹏说得对,我们快跟上!"

东方海有些踌躇地张了张口,还是没有说什么,跟在了他们身后。

来到一处军营的大门外，小队士兵进去了，门口有两个士兵站岗。丁小蝶有些紧张地凑过去，微笑着搭话："兵哥，我们来打听一个人，我表哥田宝山，是你们国军上校……"

"兵爷，行个方便，麻烦通报你们长官一下，有军属求见……"郭家兄弟也迎上去，帮着丁小蝶说话，站岗的士兵一脸为难，东方海在不远处站着，皱起了眉头。没想到很快就有一位姓陈的副官走了出来，对他们礼貌有加，还说团座有请。丁小蝶喜出望外，东方海却闷闷不乐，一行人跟着陈副官走进了军营大门。

坐了没一会儿，一位军装严整的青年军人出现在他们面前，一脸正色道："是哪位要找国军上校啊？"

丁小蝶忙站起来，陈副官在一旁介绍："这是我们周宝庭周团长。"

"周团长，我叫丁小蝶，他叫东方海，这两位是郭云生、郭云鹏，我们是从上海逃出来的。我们都有国恨家仇，想上前线打鬼子，所以想到表哥在的国军部队当兵。"

周宝庭在丁小蝶旁边的椅子上坐下来，一拍大腿，道："好！有血性！国难当头，中华儿女该当如此！不过要打仗，只要是堂堂正正的国军部队，那都是一样地挥洒热血、报效国家啊。"

丁小蝶面露欣喜，又有点儿羞惭，道："我们都是学生，以前枪都没摸过，找表哥的部队，也是希望有个照应。"

"那倒也是。"周宝庭点着头。

丁小蝶报上田宝山的名字，周宝庭一副恍然大悟的样子，说他和田宝山是黄埔军校的旧识，一定要好好款待同门兄弟的表妹。丁小蝶高兴地双手合十，谢天谢地，郭家兄弟也十分兴奋，只有东方海一直面无表情，眉头紧锁。

到了晚宴上，满桌都是好酒好菜，郭家兄弟狼吞虎咽，丁小蝶也吃得津津有味，东方海却闷闷不乐的，筷子都没抬起来几次。周宝庭关切地问起众人路上的情况，丁小蝶说到路遇日军、难民、溃兵的事，讲起马车被抢、盘缠被偷光，又想到许久未见的父母，趁没人注意，她赶快擦掉了眼底涌出的泪花。"好在，现在有周团长帮助，能找到宝山哥了，我们也就有依靠了。"

"这样吧，小蝶姑娘，你们先住下来，我去打听一下宝山的部队在哪里。"周宝庭与陈副官交换了一个眼神,和颜悦色地说着。

"需要很长时间吗?"丁小蝶有些迟疑。

"带兵打仗岂是儿戏?部队的位置都是军事机密,哪是随便一问就能问到的!"

听到周宝庭这么说,丁小蝶只好有些恳求似的看向东方海。

"那我们就在这儿等等消息吧?"

郭家兄弟也充满期待地看着东方海。迎着众人的目光,他却站了起来。

"小蝶就拜托周团长照顾了。云生,云鹏,你们都留下来陪小蝶吧。我就不等了,还是回老家去。"说完,他把琴盒一背,大步流星朝门外走去。

也顾不上还在席间的周宝庭,丁小蝶立刻追了出来,在院子中拦住了东方海。郭家兄弟也跟着追了出来,四人站在院子中,丁小蝶最先气愤地开口:"你这是干什么!好不容易可以找到表哥了,你又要什么脾气!"

"你找到了宝山哥的校友,我为你高兴。但这是国军队伍,我不想参加。"

丁小蝶又气又难过,她揪着心口处的衣服,仰起脸一字一句地质问东方海:"东方海,正是因为你要报仇打鬼子,我才一路打听表哥,希望你进到他的部队,让他关照你。难不成我撇下父母来找表哥,是为了我自己吗?"

"上了战场都一样,扛不扛得住都是命一条。谁能关照谁?我不需要!我要的是真刀真枪地跟鬼子对干!"

东方海执拗地要走,被丁小蝶拉住衣袖。

"别说大话了,当我不知道吗?老家和延安只有一河之隔,你到延安,不也是因为堂兄在那里吗?还说什么不需要照应!"

听到丁小蝶出言讥讽,东方海气得脸都涨红了。

"你就这么小看我?随你怎么说吧!反正我要走了,你在这里好好当你的国军军属吧!"

丁小蝶也恼了,她手一甩,冷冷地吐出三个字:"你混蛋。"

从她手里挣脱,东方海本已背转了身去,听到这三个字,又回过身来。

"好,我混蛋!小蝶,我现在跟你已经不是一路人了。你有爸妈和哥哥,还有富甲一方的家业。我呢?我除了身负家仇,只是一个手无缚鸡之力的穷光蛋。你说得不错,我也只能去延安找堂兄帮忙报仇。你对我好,我知道，你们都希望我成才，我也知道。可是，我已经做不成你们希望的那种人了！"他失控般不停地说着，"我爸临终前，让我不要冲动，让我去延安找堂兄。我没有听进去，冲动了，连累了很多人。我就是个混蛋。我欠你们的情，还不了，我欠你们一条命，更还不了。小蝶，找到宝山哥后，你快去香港和家人团聚吧。我只能拖累你！我……我们真的不是一类人了。祝你早日与家人团圆。"

说到后面，他已是前言不搭后语，话音一落，便狠下心来扭头就走。丁小蝶又是咬牙又是跺脚，在他身后大喊："东方海！你自私自利，无情无义！你要走，我就当从来没认识过你！云生云鹏，你们别管他，让他走！"

郭家兄弟赶上两步，又站住了，眼看着东方海走出了军营大门。郭云生拉过郭云鹏，急促地低声嘱咐着："云鹏，小姐这边得见到宝山少爷才算是结了，我留下来陪她。东方少爷那儿，身边没个人也让人不放心，你跟着他，别让他惹出什么乱子来！"

"哥，我们非得分开吗？"看到郭云鹏有些不情愿。

"应该不会分开很久。"郭云生轻拍他的肩膀。

两人身后不远处，丁小蝶气哼哼地鼓着脸，一会儿像是要笑，一会儿又咬起牙来。

"身无分文，在这乱世，他能生存几天？要饭吗？去，劝他认清现实，乖乖回来。"听到丁小蝶的话，郭云鹏点点头，大步追东方海去了。

四

郭云鹏追上了东方海,气喘吁吁地跟在他身后。

"东方少爷,我们商量好了,我跟你走,我哥留下来陪小姐。"

"云鹏,真是难为你们了。"东方海站住,拍了拍郭云鹏的肩。

"我们倒没啥,就是小姐可伤心了。她对你这份心,谁都知道,你这说走就走,唉……"郭云鹏一边说着,一边小心翼翼地看东方海的反应。只见东方海沉思了片刻,从贴身的兜里取出一个玉坠,交给郭云鹏。

"这是母亲留给我的,我一直带在身边。麻烦你再跑一趟,把它给小蝶送去,跟她说,不要因为我难过……这算是,唉,算是留个纪念吧。"

玉坠到丁小蝶手中时,她已梳洗一新,换上了旗袍。看到自己映在镜中的脸神情酸楚,她恍惚间觉得,还不如先前穿得又脏又破,跟在东方海身后。

敲门声响起,陈副官走了进来,他神情怪异地称赞了一番丁小蝶的美貌,又问需不需要去街上逛逛买些东西。丁小蝶很勉强地应付着,推说路上累了,想好好睡一觉。陈副官走前又突然说,郭云生被周宝庭任命为三营一排的排长,马上赴任。丁小蝶只顾着为郭云生高兴,一点儿也没有产生怀疑。

睡了一会儿,丁小蝶来到花园中散步,似乎有个年轻女子正藏在一小丛竹子后注视着她,正当她要走近一探究竟时,郭云生匆匆跑来了。

"小姐,他们通知我去三营一排报到,说让我当排长。"

"我听说了。恭喜你啊云生,一来就当上军官了!"

郭云生看起来并不高兴,一脸忧虑。

"我怎么觉得……有点儿不对劲。这个军官,也当得太容易了吧?"

"这是战时,随时有牺牲,随时补充力量,没有什么奇怪的。表哥的提升就很快啊。"

丁小蝶笑着催促似的推了一把郭云生,他走出几步,又折返回来。

"可我这往营里一待,你身边就没有自己人了,想着我就心里发慌,万一你遇到什么事,可怎么办啊?"

"放心吧,这里是军营,眼下是安全的。等周团长和宝山哥联系上,我就带你走。"

听到很快能离开,郭云生脸色明朗了起来。"去哪儿?"

"其实,我找宝山哥,是想让他帮忙安排我和阿海去香港,顺着阿海想打鬼子的心思,我才说是找宝山哥的部队参军……阿海也不傻,早看到这一层了。我呢,嘴上也不让人,真把他说走了。"丁小蝶叹了口气。"要是能顺利找到宝山哥,让阿海杀几个鬼子,完成心愿,我想一定可以劝他跟我去香港。可他这一跑,我的计划全乱了。"

丁小蝶满心以为,东方海在外面碰了壁,就会回头,也许明后天就回来了,却没料到,碰壁的人会是她自己。

原来这位周宝庭周团长,根本不是什么黄埔军校毕业的国军干部,这支部队也只是国军收编的一支土匪武装力量。他仗着有这一队兵,盘踞在此处,专干些诱骗强占过路女子的苟且勾当。装作认识田宝山,就是为了稳住丁小蝶,好娶她做新的姨太太。

刚到军营的郭云生,看人来人往十分热闹,留心多问了几句,立刻明白了是怎么一回事。他急忙跑来找丁小蝶,本想说清状况,带她赶快逃出去,却没想到丁小蝶听了气得浑身发抖,坚决要去找周宝庭当面对质,结果哭闹着被两个士兵拖了回来,软禁在了房间里。

好在郭云生猜到会是这样,事先躲在衣柜中,等士兵们离开后,钻出来扶起坐在墙角哭成泪人的丁小蝶。

"小姐,别哭了,我想想办法。"

他去掰床上的铁条,没掰动,又从衣柜里找出一把铁衣架,一边弄一边安慰丁小蝶。

"别怕,明天谁要敢碰你,我就跟他拼了!"

窗边突然传来轻微的敲击声。郭云生小心翼翼地靠近,窗户一下子从外面打开了。丁小蝶认出窗外的那张脸正是之前躲在竹丛后的年轻女子。

"快走吧,我去把走廊上的兵引开,你们从花园的围墙翻出去。"

看到女子急切的面容，丁小蝶心生感激："你是哪位？"

"你要是留下，我就是你的明天。"

丁小蝶愣了一下，女子苦涩的笑容令她心里一阵刺痛。

"你跟我们一起逃吧！"

"我弟弟在军营里，我要走了，他活不成。"女子神色黯然地摇了摇头，又打起精神催促着。丁小蝶胡乱收拾了些东西，带着皮箱不方便逃走，只好把它留在了这个讨厌的地方。

两人偷偷翻过了围墙，歇口气也不敢，疾走了一整夜，直到清晨时分，确认后方没人追来，才在路边停下休息。

"小姐，我们去哪儿？"

早在夜半行路时，丁小蝶心中已有了打算。事到如今，只有一处可去，也只有去那里，才有可能找到东方海和郭云鹏。

"去山西，去顺和镇，我想看看祖爷爷捐钱修的土地庙……还有东方家的祠堂。"

为行路安全起见，两人打扮成要饭的，穿着破烂衣服，用窑灰抹花了脸。郭云生叮嘱丁小蝶不要抬眼看人，不要出声，为了让爱美又不安分的丁小蝶听话，还不时搬出周宝庭的例子来吓唬她。想到要扮丑要饭，装聋卖傻，连人都不能正眼看，还不能说话，丁小蝶忍不住流起泪来。郭云生装作没看到便没什么事，可他偏偏又来劝她不要哭花了脸引人注意，这下丁小蝶再也忍不住，放声大哭起来。

看她哭得实在可怜，郭云生叹了口气。"那你在这儿好好哭一场，我去讨点吃的。"说完，他装出一副瘸子模样，拿起不知从哪儿找来的破碗，一拐一拐地往村子走去。

丁小蝶从包袱里取出一面小镜子，看着自己丑陋的大花脸，一边抽泣一边喃喃自语："阿海，我不该和你吵。阿海，你在哪里呀？"

东方海与郭云鹏倒没有去讨饭，他们沿途卖艺，一路上也是十分辛苦。每到一处镇子，他们都会找个有人往来的路口，东方海拉小提琴，郭云鹏扮成路人在一旁叫好，扬手往地上的帽子里扔几个钱。等到行人走后，再迅速从帽子里将钱捡回来。

很难说这种做戏的方式能起到多大作用，眼看着就快要一路无事地赶到顺和镇，这天却有一位穿长衫戴礼帽的男人揭穿了两人的小手段。正尴尬时，那人道出并无敌意，只是可惜东方海的才能，曲子虽好却不接地气，在这小镇中无人欣赏。掏出十元法币递给郭云鹏，男人感叹着兵荒马乱的世道离开了。

两人小心地把钱收好，眺望着天边的落日，旅途的终点已是近在眼前。

就像顺和镇这个名字一样，镇上绿柳成荫，一派平和。镇中一块大坪地上，曲艺班班主于得水正带着家班全体成员在晨练，他的儿子于镇山带头吹响了唢呐，唢呐齐鸣中，突然刺入一声高亢的呼救声。

乐声瞬间停了下来。于镇山举着唢呐，纳闷哪里来的姑娘竟能一嗓子压下他吹出的唢呐声。于得水往远处眺望，双眉一拧，只听得又一个苍凉的男声在喊救命。听这男声有些耳熟，于得水赶忙带着于家班几十个人，循着声音奔向了镇口外的山丘上。一群人赶到时，正撞见七八个骑着马拿着枪的家丁，将柳富贵与柳二妮父女团团围在中间，为着弄丢了五只羊的事，要将柳二妮抓回去给地主老爷做小老婆。

"慢着！"于得水不徐不疾、气定神闲地走到带头抓人的管家面前，指着高大的顺和镇门楼，沉声道，"睁开眼看看，想干什么呢？在我顺和镇的地界上撒野？"

看于得水孤身一人，管家一挥手，几个持枪的家丁就围了上来。于得水吧嗒吧嗒敲了敲烟袋，瞟一眼齐刷刷指过来的枪尖，淡然一笑。跟在后面赶来的于镇山带着几十个于家班的人，手里握着长短不一的武器，又将家丁们围在里面。

管家见对方人多势众，面有惧色。于得水也不理会，旁若无人地跑去问蹲在地上的柳富贵："你会啥？"

"俺除了会吼两嗓子，啥也不会。"

"那你就唱两嗓子。"柳富贵果真就蹲在地上，张口唱了一段《黄河船夫曲》，嗓音浑厚又嘹亮，歌声充满了力量。

"唱得好！果然是你！上回去赶集听到你喊了两嗓子信天游，我翻过两道梁都没追上你。没想到今天终于见上了，这真是缘分！"于得水大喜。

"闺女比俺唱得好。"

于得水又请柳二妮唱两句，她用袖子抹了抹脸上的泪水和汗水，大大方方地唱了一段男女传情的陕北酸曲，如同天籁般的嗓音让于得水乐得直拍巴掌。"好嗓子,好嗓子!于家班正缺这好嗓子呀,跟着我干吧。"

柳富贵也喜出望外,拉着柳二妮就要给于得水下跪。

"大恩人,二妮,咱们遇到大贵人了,快跪下!"

扶起父女二人,于得水拿出两张百元法币,替他们将弄丢的羊赔了。管家一听到是远近闻名的于家班班主,又拿足了钱,立刻换上一副笑脸,客套几句,挥手带着一干家丁打马而去。

"走,回家!"于得水和蔼地对惊魂未定的柳家父女笑笑。

于家班大宅子是一处气派的三进四合院,二十余间屋子,在这一日之始的晨间热闹非凡。于得水带着柳富贵和柳二妮跨进院子,梳着两条辫子、气质沉静的于冬梅立刻迎了上来。

"爹,您回来了。咦,这是……"

"这是于家班新添的人手,快去弄些吃的来。"

于冬梅手脚麻利地将一大盘白馍和小菜摆上餐桌,又盛了三碗小米粥。柳二妮早已饥肠辘辘,也顾不上忸怩客气,端起碗就埋头呼呼地喝粥,那一副娇憨可爱的样子把众人都逗乐了。于冬梅抿着嘴笑,拿起一个白馍放在柳二妮手边的碟子里。

"妹子可是饿坏了,慢些,别噎着了,还有呢。吃完跟我去换件衣裳。"

柳二妮抬起头,不好意思地用袖子抹了抹嘴,说:"姐,你真好。"

"听妹子口音,你们从黄河西边来,怎么跑来离家这么远的地方?"

柳富贵叹了口气,柳二妮将母亲早亡、父女二人一路被地主逼迫着逃难的生活一五一十地讲了出来,于冬梅听得心口发堵。

"二妮,没想到你小小年纪受了这么多苦。"

"姐,俺和爹的命是于班主救下的,俺不怕吃苦,俺能吃苦!只要不让俺爹再受欺负,俺当牛做马也愿意!"

柳家父女二人放下碗,站起来又要跪恩人,被于家父女一把拦住。于冬梅紧紧拉住柳二妮的手。"以后你就是我的亲妹子,谁也不能欺负。你就挨着我住,住东头第二间。"

"俺听姐的。"柳二妮帮着于冬梅一起将粥碗收好,两人手拉着手欢欢喜喜地一同去厢房了。

这时家丁前来通报,国军兰团长手下的刘副官在门外,于得水赶忙请了进来。刘副官只带了个随从,两人拎着大包小包走进了院子,恭敬有加。

"兰老爷子早上仙逝了,兰团长本该亲自登门的,无奈公务吃紧,实在抽不出身,还请于班主多多包涵了。兰团长恳请于班主出山料理老太爷后事,请班主一定不要推辞。"

"哪里话,哪里话!兰团长是国家栋梁之才,若能效微薄之力乃于某之幸。"这可是件大活儿!于得水心下一喜。兰双礼也是这顺和镇上的名人,年纪轻轻就当上国军团长,又和家中爷爷感情深厚。

"虽说老爷子八十有九,也算是白喜了,但毕竟人走了,再也见不着,兰团长说了,价钱不论,必得把老爷子的喜丧办得风风光光。能不能遂了这份心愿,就要仰仗您于家班了,于班主,拜托了。"

刘副官将包装得十分精致的定金箱子放在桌上,告辞离开。于得水送他出门,作了一揖:"请兰团长放心,于家班一定成全这份至孝之心!明日一早,准时上门。"

回到院子里,于得水拿起毛笔,一边思考一边列出要新添置的行头和乐器。于镇山风风火火地闯了进来,于得水将墨汁未干的单子交给儿子。

"爹,又接大活了?"

"镇山,赶紧去套马车,带着你妹去城里置办一批新家伙回来。兰团长的身份你是知道的,咱拿了大价钱就要把活儿给人家做漂亮了!"

于镇山接过单子,小心地折好收进怀里。

"放心吧爹,我拎得出轻重呢。马上就去办。咦,我妹呢?"

于冬梅正在自己房间里给柳二妮看衣橱中的衣服,让她挑喜欢的换上。其实于冬梅并不算是大城里的姑娘,只在县城读过几年中学,但她的这一橱衣服对柳二妮来说便是从未见过的好衣服了。换上于冬梅递来的一身衣服,柳二妮开心地转起了圈。"姐,这是俺这辈子穿过的最好的衣服。"

于冬梅忍不住捂着嘴笑了起来:"你才多大,别说什么一辈子一辈子的。等你长大了,会有穿不完的好衣服。二妮,快照照镜子,真好看!"

两个女孩子头挨着头,笑脸一齐映在镜子里。屋外传来了于镇山的喊声:"冬梅,冬梅!好了吗?哥带你们去城里逛逛!"

于冬梅掀开帘子,探出头来让哥哥等一下。过了一会儿,她和梳洗好的柳二妮手拉着手出来,顽皮地从背后打了一下于镇山。"哥,快瞧瞧,这个妹妹是不是比我好看?"

于镇山转过身，看看柳二妮，一笑。"是个水灵丫头。不过，在我眼里，还是我的冬梅最好看，谁也比不了！"

　　"镇山哥，俺也觉得冬梅姐最好看呢！"柳二妮甩甩乌黑的辫子，一脸认真，于冬梅又捂着嘴哧哧笑起来。三个人有说有笑地走出院子，坐上了门外的马车。

　　"两位妹子，坐稳了！"于镇山回头喊了一嗓子，扬起鞭子，马车朝着城里疾驰而去。

　　他们来到了县城里的商业街，没过多久，于镇山手中就抱了不少乐器和办白事必需的用品，柳二妮紧紧跟在于冬梅身后，两人手上也满是东西，她带着一脸新奇的神情，对什么都看个不停。

　　"差不多齐了，走，咱们再去买点丧服。"在于镇山的招呼下，三人穿街走巷，来到殡葬一条街。不长的街道满是一家挨着一家的寿衣店、花圈店。于镇山打头走进一家店，里面挂满了白色粗麻的素衣、素裳、素冠。柳二妮也紧跟着走了进去，落在最后的于冬梅正要抬步，却突然听到一阵令她无比在意的乐声。

　　她听过这种乐器演奏的声音，以前听到的时候就很喜欢，觉得音色清亮又绵长，十分美丽。这次的乐声如泣如诉，在那美丽的音色之上，又有着更加触动她内心的丰富情感。凝神细听了一会儿，她独自循着声音飘来的方向匆匆走去。

　　道路的一旁，是东方海在拉小提琴。他拉的是马思聪的《思乡曲》，尽管衣衫破旧、满脸风尘，一心一意拉琴的他那深沉内敛的气质，深深地将于冬梅吸引。

　　听琴的人没有几个，一曲终了，郭云鹏拿着琴盒前来收钱，几个人纷纷躲开走了。只有于冬梅还站在原地，她将一张钱放进琴盒，有些不好意思地开口："这个，叫什么？"

　　东方海向她点头道谢："这是小提琴，西洋乐器。"

　　于冬梅想了想，又将一张钱放到琴盒里，东方海有些惊讶："这位姑娘，你已经给过了。"

　　"我想……想看一看你的琴，可以吗？"

　　"当然可以，给。"东方海把琴递给她。

　　于冬梅小心地接了过来，轻轻地摸着琴弦，生怕弄坏了。她把琴还给东方海后，又放了一张钱到琴盒里，这次东方海笑了起来。

"姑娘，你真的不用再给钱了，你有什么想问的尽管问。"

于冬梅脸一红。"这琴，和二胡有点儿像，但比二胡多了两根弦，拉出来的音乐真好听！这声音，我在大户人家的留声机里听到过，一听就喜欢得不行。没想到是这样一个宝贝东西发出来的，我觉得它的声音比二胡更好听。"

东方海很有耐心地对她讲解着："小提琴虽然与二胡都是弦乐，可是二胡只有两根弦，并且弓夹在两弦之间，很受束缚。而小提琴有四根弦，弓可以自由活动，演奏时可以拉也可以拨，弓法包括跳弓、顿弓等等几十种。这样小提琴就比同样是弦乐的二胡灵活很多。"

于冬梅认真地听着，又想起新的问题："你刚才拉的什么曲？听得人好想哭……"

东方海低头看了一眼手中的琴，心头浮现许多事情。"这是马思聪先生的《思乡曲》。这首曲子的灵感是一首绥远民歌，名为《城墙上跑马》。"

"那你唱给我听听。"

东方海点点头，轻声哼唱起来，于冬梅出神地听着。真好听啊，无论是小提琴的乐声，还是这个人的歌声。惦记了那么久的声音，今天终于让她见到了，还知道了这乐器的名字叫作小提琴。

可是这样一个气质出众的人，会将一件西洋乐器演奏得这么好，为什么会在山西这儿的一处县城卖艺？还有那乐声，听来内心隐隐刺痛，无论如何都放心不下，仅仅是因为小提琴的音色，或者《思乡曲》的音律？还是说，在那之下，埋藏着一个人内心的……自己又为什么站在这里，挪不开步子呢？是想要确认什么，想要努力从听到的声音中分辨出什么吗？直到东方海又拿起小提琴，开始演奏新的一曲时，于冬梅仍是默不作声地站在那里。

挑好东西结账时，于镇山才发现妹妹不见了。柳二妮一门心思都在那些纸人纸马纸屋上，被于镇山问起也茫然地四处张望。好在东方海拉琴的地方距离这家店并不远，他们花了一点儿时间就找到了还在听琴的于冬梅。

"哎呀妹子，你怎么跑这来了？"

"嘘，别吵，人家在拉小提琴。"

于镇山探出头看了一眼装钱的琴盒，摇了摇头。"就这么点啊？"

郭云鹏从琴盒里拿出仅有的三张钱，对着于镇山指了指一旁的于冬梅。

"这张，是这位小姐给的。这张，也是这位小姐给的。"

于镇山打断了他，学着他的口气。"你不用说了，这张，还是这位小姐给的！"

于冬梅把于镇山拉到一旁，压低了声音："哥，你就别添乱了，这位拉小提琴的大哥，肯定遇到难处了，咱还是想办法帮帮他吧。"

"我说妹子你这是中啥邪了？你不是给了钱了吗？还怎么帮啊？走走走，回家吧，爹还等着呢。"于镇山奇怪地看着妹妹。

"那你自己回吧，我不回去了。"

看到于冬梅有些生气，于镇山愣住了，从小到大，妹妹少有这么任性的时候。"你看你，你看你。叫我说你啥好嘛，好好，那我再多给他点钱行了吧？"

"你小声点，人家是读书人，不能伤了人家面子。我不管，你想办法。"

"又要帮人，又要顾人面子，你说我怎么就摊上你这么个妹！"

于镇山瞪大了眼睛，正拿妹妹没办法，这时看见站在一旁的柳二妮，灵机一动，招手唤她过来。

"二妮，你唱个酸曲儿，叫大伙儿乐和乐和。"

柳二妮爽快地答应了，往人前一站，亮开嗓门就唱了起来。她的歌声吸引了一大群人，人们不断地叫好，她一边唱着情歌，一边给郭云鹏递眼色。于镇山走过来，拍了愣着的郭云鹏一巴掌。

"傻小子，想什么哪，人家不是对你有意思，是让你赶紧收钱。"

郭云鹏这才明白，赶紧拿了一顶帽子走到人群跟前，人们一边乐着，一边将钱放进帽子里。曲子唱完了，人群散去，东方海看了郭云鹏一眼，明白那目光中的意思，郭云鹏犹豫了一下，还是把帽子递给了柳二妮。

"给，这是你唱来的钱。"

柳二妮背起手不要，用眼神向于镇山和于冬梅求助，于镇山干脆地站了出来。

"别推来推去了，这样吧，你们要是不好意思全拿，就一人一半好了。"

"不不不，无功不受禄，这钱不该我们得。"东方海一边仔细将小提琴收进琴盒里，一边摇头推辞。

于镇山见状，有些不耐烦起来："我说你这傻书生咋这么磨叽，你看看你自己都快混成乞丐了还死要面子！面子要是能当饭吃，你还卖什么艺啊？我跟你说啊，你拉的那洋玩意儿叫小提琴对吧？那好是好，但没几个人能听懂啊。想活命，就得学二妮，最起码能让人家听了乐和一把。"

东方海无言以对，看到他一脸窘态和一旁于冬梅投来的不满眼神，于镇山也觉得自己说得太过了些，只好转移话题："你们从哪儿来？"

"上海。"

"你们这是探亲，还是访友啊？"

"回老家，顺和镇。"

于冬梅脸上满是惊喜的神色。"去顺和镇？我们就是顺和镇的呀！"

东方海一听，也面露喜色。"你们是顺和镇的？"

于冬梅点点头。"我们顺和镇有个东方教授在上海，是个历史学家，你们认识吗？"

"正是家父。姑娘怎么知道？"

东方海有些意外，于冬梅却更加惊喜起来。

"原来是东方少爷！顺和镇谁不知道上海东方家呀，我读书的时候也听我们老师说起过，说东方教授学富五车，是咱顺和镇的骄傲。"

"那我们可以和你们一起走吗？"郭云鹏忙凑上来，也是一脸激动与期待。

于镇山爽快地点了点头。"当然可以。东方兄弟，你家在这一带，名声可大了。"

东方海和郭云鹏跟着于镇山一行，登上了马车。于镇山策马扬鞭，车子向顺和镇的方向开动。路上，于冬梅开心地唱起了歌，都是些当地人们耳熟能详的、抒发好心情的欢快曲子，柳二妮也跟着她一起唱着，歌声在蓝天白云间飘荡。

在这样明亮的嗓音下，东方海的面容不知不觉柔和了起来，迎面而来的微风也仿佛能够抚平一切似的令人舒畅。他心中明白，这一程抵达的并非归处，暂时的平稳过后，他仍是要去到战场上的。尽管如此，此刻这份安宁的心情无比真切。

马车停在于家大院门外，于冬梅从车上跳下来，对着院子里高喊："爹，我们回来了！"

几个人都跳下马车，把各样乐器、用具从车上搬下来。于得水闻声迎了出来。

"咋这么晚才回？都置办齐全了吗？"

"都齐全了，爹就放心吧。"

看见于冬梅身旁多了两个衣衫破旧的人，于得水撇了撇嘴。"这是咋回事？让你们去采办个物件，你们就带回来两张吃饭的嘴？"

东方海听了，尴尬地转身想走，于冬梅一把拉住他，把他推到于得水身前，说："爹，这是上海来的东方少爷。他是来顺和镇投亲的，正好碰上了，就一路回来了。"

"东方少爷？上海？东方千里你可听说过？"于得水愣了一下。

"正是家父。"

看到东方海点头，于得水哎呀一声，热情地上前握住他的手。

"东方教授可是咱镇子上的名流，于某仰慕已久，可惜一直无缘相见，没想到东方公子会光临寒舍，快请快请！"于得水拉着东方海进了院子，留下于镇山于冬梅兄妹俩相视一笑。

等众人带着东西都进到院子里后，于得水吩咐于冬梅把东头的正房收拾好给东方海住，又吩咐于镇山去叫厨房多添几个菜。于冬梅满心雀跃地答应着，跑进一间屋子，打开柜子抱出一床被子。正准备出去，她想了想，又从另一个上锁的柜子里换出一床崭新的锦缎被子，抱去给东方海收拾房间。

于得水则将东方海领进客厅。"东方少爷，请坐。"

"于班主，论辈分您是长辈，您就叫我阿海吧。"

于得水点点头，跟着东方海坐下来。"好，阿海，东方家离开故土多年了，怎么你想起此时回来？冬梅说你来投亲，可令尊令堂没告诉你东方家在顺和镇已经没人了吗？我听说，上海那边战事吃紧，他们可安好？"

东方海眼眶红了，他紧咬着牙，好不容易才挤出一句话："上海沦陷了，我爸妈都被鬼子杀了……"

"你说的都是真的？"于得水大惊失色。

"上海沦陷半个多月，他们在南京路……"

眼看着东方海低着头，无法顺利说下去，于得水长叹一声："原来是这样，真是天有不测啊。东方教授是我仰慕已久的人，阿海，你既然逃难至此，就先安心在我这住下吧。我于家班与世无争，凭手上的家伙什挣一碗饭吃还是没问题的。"

"于班主，我身负血海深仇，此仇不报何以为人！"东方海抬起头来。

于镇山撇了撇嘴道："就凭你这样一介书生，就会拉个琴，浑身没有四两力，养活自己都难，拿什么报仇啊？"

"我要过黄河，到延安去找八路军，找共产党。"

看他态度坚决，于得水只好点了点头，说："有志气！杀父之仇，不共戴天，该报。能帮你的，我一定帮。"

东方海感激地道谢，于得水摇摇头，看起来有些无奈。

"又是要去延安的。"

"爹，延安是真的好——"早就收拾好房间，来到客厅中听着他们对话的于冬梅忍不住插了一句嘴。于得水立刻竖起眉毛，厉声道："冬梅，这个家我说了算。你和镇山可不能去延安！"

这时，传来管家开饭的喊声，于得水站起身来，挥一挥手。

"走，一定饿坏了，先吃饭！"

到了晚上，东方海听到于镇山在吹唢呐。他听了一会儿，便把谱子记在纸上，又思索了片刻，从房间走了出来。

"镇山哥，你这一段音乐我听着有些单薄，可以改变一下。"

"你还会编曲？"于镇山停下来，惊讶地看着他。

东方海将手里拿来的一张写着五线谱的纸递过去，于镇山接过来一看，有些发蒙，说："这啥嘛，我哪看得懂这些小蝌蚪啊？"

"我拉给你听。"东方海想了想，回房间拿出小提琴。他将改编好的曲子轻声拉了起来，不一会儿，于得水、于冬梅、柳二妮都被琴声吸引出来了，几个年轻人围成一团听着，于镇山第一个叫好。

"好，好！是比我原来的好多了！"

于得水踱步过来，也惊叹着："东方家真是辈辈都出人物啊。小小年纪，懂得这么多，真是奇了。"

东方海有些不好意思地笑了笑："于班主过奖了。这一路听镇山大哥说，这方圆几十里，请不到于家班，男不婚，女不嫁，葬老人请不到于家班，女不贤，子不孝。班主肯定忙坏了。"

"忙是忙些，可高兴。咱于家班没别的，一靠本事，二靠诚信。回头再给你细说，我得准备明天的活儿，兰团长家的白喜可不是能随便对付的。冬梅、镇山、二妮，你们可都得要给我千当心万当心的。"于得水很是得意。

"于班主,明天我能跟你们一起去吗?我想见识一下。"

面对东方海的请求,于得水爽快地答应下来:"当然可以!镇山,刚才那段就照阿海的这么改!"

"好嘞!我再练练!"于镇山答应着,又吹起了唢呐。

第二天一大早,于家班一行人就赶到了兰家府中。在于得水事先吩咐下,所有房门都用白纸糊好了门框与门心,设在正方大厅的灵堂前也架起了十分考究的灵棚,黑黄两色的缎带披挂在层层门庭上,挂满了祭幛、挽联以及念经用的水陆。

人们一进到兰府,就能感受到悲怆而庄严的气氛。贵重的阴沉木棺椁停放在大厅正中间,墙上悬挂着兰老爷子的巨幅黑白遗像,门口卫队一色的臂戴黑纱,内眷亲朋一律素服重孝。国军团长兰双礼粗白布孝袍,麻绳带扎在腹部,迎候着一批又一批的吊唁来客。

于家班卖力地吹奏着,于镇山正带着三名吹鼓手吹起前一晚经东方海改编过的唢呐四重奏,吊唁的人们听得啧啧称奇。于得水又示意柳二妮和柳富贵,白衣素服的父女两人跑去跪在棺椁旁边,唱起了哭丧调。嗓子一亮出来,众人皆惊,满堂肃静。

在唢呐声的伴奏中,于冬梅也加入其中,哭丧曲唱得令人断肠。兰双礼哭得泣不成声,一片呜咽。吊唁的宾客在灵前跪叩,哭悼,兰双礼带着一众亲眷叩谢还礼。

八个戴孝的汉子绑好了巨大的黑漆棺材,只听于得水一声高喊:

"众孝子听着,起驾咯——"

棺材被抬出了堂屋,兰双礼抱着遗像走在队伍前面,长长的送葬队伍缓缓前行。白幡飘舞,白色纸钱漫天飞扬,哭丧调在天地间萦绕。

东方海跟在队伍的最后面,久久不能从震撼中恢复过来。

五

柳二妮拉着于冬梅走进东方海房间时,只见他正埋头在纸上写着什么。柳二妮虽不识字,远远看去,也看得出他不是在写字,不禁十分好奇:"上海哥哥,你这满纸的小蝌蚪是啥啊?"

听到声音,东方海放下笔,转过身来,递给二人几张记好的谱子。

"这是五线谱,我在记你们在兰家葬礼上唱的曲子。"

"五线谱?"于冬梅纳闷地翻看着,倒觉得那五条线和小提琴上的弦似的,此外也看不懂什么。

"嗯,有了这个东西,就可以记下任何一首曲子了。"

"真的假的?"听到东方海的话,两个姑娘同时一脸惊讶地抬起头来。

"对啊,不信我拉给你们听。"拿出小提琴,东方海对着写好的谱子拉起来,一曲接着一曲,全是柳家父女在兰家葬礼上唱的哭丧曲。

"上海哥哥,这些曲儿你怎么都会呀?"柳二妮听着,惊讶地瞪大了眼睛。

"这么多曲子,你听一遍就全会了?"于冬梅也不敢相信地瞪着双眼。

两人的表情实在夸张得可爱,东方海忍着笑意,拍了拍桌上的一小摞谱子,说:"这不,就是靠这个五线谱记下来的呀。那你们是怎么学唱歌的?"

两个姑娘对视一眼。

"俺就是俺爹教我,一句一句学的啊。"

"我们都是这样学的,我唱歌,我哥学吹唢呐,都是没有曲谱的,全靠口耳相传,像我哥,是听了师父吹的曲子后,自己再靠着记忆吹曲,用我们的行话讲就是'刮耳音'。"

"真不容易!"这回轮到东方海露出惊讶的神情。

于冬梅点点头,道:"可不是呢,我们学个艺那是要脱几层皮的,师父就是教,唱的也都是宫商角徵羽,而且吹曲不分小节,就是一口气往下吹,十分难学,最后能吹成气候的那真是凤毛麟角了。"

"俺连冬梅姐说的这些都不懂……"柳二妮揪着辫子,突然抬起手拍了一下。"上海哥哥,你能教俺们认这些个小蝌蚪吗?"

于冬梅也在一旁投来期待的目光,东方海爽快地答应下来:"当然可以,来,现在就开始!"

三个人坐下来,头挨着头,开始了五线谱的教与学。这一幕被路过的于得水看在眼里,心中暗生计议,东方海是个对于家班会有大用的人才,他决定找机会好好谈一谈。

当日晚些时候,刘副官代表兰团长登门道谢,因为丧事办得风光,给了加倍的赏钱。于得水心下很是得意,又是好礼又是感谢,送走刘副官后,意气风发地带上于家班全员去了顺和镇最好的酒楼。

酒楼大包间里,桌子上满是丰盛的酒菜,于得水将兰家追加的赏钱打成一摞红包,分给众人,发到柳二妮时,不忘大声夸赞:"妮子唱得好着呢,给咱于家班长脸了!来,给你,去做身漂亮的新衣裳。"

"俺爹说不能乱花,要攒着给俺办嫁妆。"柳二妮高兴地接过来,立刻交给身边的柳富贵。

"小妮子不害臊呢,是不是急着想和哪家的哥哥对酸曲呢?"于冬梅逗她,柳二妮率真地笑了。

"俺要有相中的哥哥,就和他对上三天三夜呢!"

众人都哈哈大笑,于得水又递给东方海一个红包。"阿海,你也有份,给!"

看东方海推辞不要,于冬梅接过来强行塞给他。"你这人真是的,快拿着,这是你应得的。"

于得水想起白天的计议,觉得此时正是个好机会,便轻咳一声,还煞有介事地将手中的钱票抖了抖。

"阿海啊,看到了吧,想要在乱世中自保,首先是要好好活着,活着靠什么?手艺嘛。我告诉你啊,一切都是假的,只有钱拿到手上才是真的。乱世,那就随它乱去吧,普通百姓就像是根草,再大的风,就算吹折了草,来年新的小草也就长出来了。草民这个自称,还有古人说的'野火烧不尽,春风吹又生',就是说的这个理。阿海,我替你打听过了,眼下到了黄河汛期,水太大,我看你找八路军的事要从长计议了。这样,你要是不觉得委屈，不如就先加入我们于家班。别的不敢说，但我保你能过上安生日子。"

没想到于得水这一番大谈生活经最后会落到请自己留在于家班这一处，东方海不禁怔了一下。他明白于得水也是一番好意，然而他所期望的，并不是过上安生日子。

"覆巢之下焉有完卵？如今这世道哪里又容得下我苟且偷生？"

看东方海讷讷的样子，尽管对他所说的语句并没有全然理解，但多少怀着相似心情的于冬梅开口道："爹，东方哥说得对，你睁开眼睛看看哪，都快国破家亡了，你还就想着自己的小日子。"

于得水瞪了于冬梅一眼，道："你就是整天看那些书把脑子都看坏了，一个女娃儿家老想那些打打杀杀不着调的事！虽说这是乱世，南京都城、太原省城，都挂了什么膏药旗，可顺和镇不是还安安稳稳的吗？你不是还好好地坐在这儿吃香喝辣吗？是饿着你了还是冻着你了？你看见国破家亡了？"

东方海再也忍不住，站起身来，激动地说："我看见了！上海已经变成尸山血海，南京更是成了人间地狱！人们一个一个、一家一家地倒在这血海中，我……"他说不下去，浑身颤抖，痛苦不堪地捂着脸，于冬梅闻言也落下泪来。

"大侄子，大侄子，对不起，勾起你的伤心事了。来，喝酒喝酒。"看到场面变得有些尴尬，于得水慌忙打着圆场。好在席间其他人并不像于冬梅般被东方海所说的话触动，一场庆功宴也就顺利继续了下去。

夜里，于镇山敲响了于得水的房门，父子二人在桌边坐下。

"爹，我妹心里有人了。"于镇山没头没脑来了这么一句，于得水愣住了。在他眼里，女儿还没长大呢，天天让他操心，生怕最后没个好归宿，对不起孩子们过世的娘。

于镇山有些着急地加重了语气："真的，我妹看上那白面书生了。"

"你是说东方少爷？"

于镇山抱起双臂，点了点头，神情很是复杂。

"除了他还有谁？我妹一看见他，两眼里就噌噌噌冒火苗呢。你没见她把自己的嫁妆，那崭新的缎料被子都拿去给那小子用了？"

"是吗？"听到于冬梅动用了那床重要的被子，于得水有些惊讶。

"试一试就知道了，我去试试东方少爷，爹你试试我妹。"

听到于镇山的提议，于得水老到地点了点头。其实他不是没看到，只不过没往这上面多想，试试总是不碍事的。

第二天一早，于镇山就去了东方海房间，走到门口，看到他正在写曲子，又不知道该怎么试，停了下来。东方海抬头看见他，赶紧放下笔。

"镇山哥，快进来坐。"

于镇山走进屋里，摸了摸那床丝缎的龙凤棉被，问："这被子盖得舒服不？"

东方海连忙点头，看他那副一无所知的样子，于镇山有些不悦地嘀咕起来："你当然舒服了，那是我妹给自己备下洞房用的，便宜了你这小子……"

"镇山哥，你说啥呢？"东方海只见他嘀嘀咕咕，没有听清，于镇山碍着妹妹的面子又不能明说，只能不好意思地搓着手。

"没啥，没啥，你在编曲呢？我能看看吗？算了，你那洋玩意儿，我也看不懂，不如你给我讲讲？"

"行啊，我正要找你呢，这些天我一直在琢磨，怎么能让民间音乐和西洋音乐结合起来。"东方海微笑着点点头。

"要真能合成，那咱于家班可就吹遍江湖无敌手了！你快弄出来。"于镇山眼睛一亮，兴奋起来。

"我上次听你吹了一曲，记下来了，改编了一小段，要不，我们试试？"

于镇山一乐，摸了摸头，说："嘿，你小子，本来是我来试你的，现在倒成了你试我。"

看到东方海一脸疑惑，于镇山慌忙摆了摆手，跑去拿了唢呐回来。东方海照着曲谱哼出来，于镇山边听边记下。

"行，我记住了，这曲儿好听！我先吹一个，你听听。"

于镇山把方才东方海教的曲子用唢呐吹出来，东方海由衷地赞叹着："对，一个音符都没错，你记忆力真好！"

"我可不是跟你吹，我这'刮耳音'的功夫可是童子功！"于镇山得意地挺起了胸。

"知道你厉害了，咱们合奏一曲试试？"

两人就用小提琴与唢呐合奏了一曲，乐声悦耳又和谐，吹完这一段，于镇山很是高兴地说："好听好听！阿海你赶快写完。"

东方海也欣喜地点了点头,想起今天还有事情要做。"哦,对了,镇山哥,要没什么事,我就带冬梅她俩去买五线谱的书了。"

于镇山这才想起自己来找东方海的目的:"等等,我还有几句话想问你。"

"好,你说。"

憋了半晌,他也实在不知道该怎么问出口,只是毛躁地蹦出一句话:"你记住,你得对我妹好,我可就这么一个亲妹子,你敢让她伤心,我揍你!"丢下这句话,于镇山转头就走,留下东方海不明所以地看着他的背影。

于冬梅站在门口。于得水将冬梅叫到屋里,招手让她进来坐。

"啥事啊,爹?二妮还在等着我一起去找东方少爷学五线谱呢。"

"坐下,有大事跟你说。"

于冬梅只得乖乖坐下。于得水不慌不忙地将远近几户人家的公子数了个遍,于冬梅却又是摇头又是撇嘴,只说不嫁人,要在家陪着爹。于得水一脸无奈:"你这丫头!左不是右不是,我看就给你个太子你也要嫌他没登基。"

这时,于镇山从门外闯进来,道:"爹,我说中了吧,我妹她有心上人了!"

"哥就会胡咧咧呢,爹你别信他。我不跟你们说了,东方少爷要教我们识谱呢,他该等急了。"于冬梅脸一红,急急地说完,夺门而出。

"我看是妹子你心急了吧?哎妹子,一会儿回来哥还有个好东西要给你呢!"于镇山冲着她的背影高声喊着。

回过头,他冲于得水一乐。

"爹,这回你信了吧?"

"东方家的家世背景和声望,还有东方少爷了不得的音乐天才……"于得水何尝不希望于家能有个光耀门楣的好女婿,不过他觉得情况并不乐观。"只怕是你妹子一厢情愿啊。"

"他敢不答应?还有比我妹更好看的人吗?他敢伤我妹的心我揍他!"于镇山眉毛一竖。

"胡闹!"于得水摇头叹气。

这些日子对于丁小蝶来说,是人生中最为凄惨灰暗的时光。一路乞讨,露宿街头，好不容易到了顺和镇，她满面病容、衣衫褴褛地蜷缩在路边。郭云生看在眼里，急在心里，只能在路旁的地里翻找能吃的东西，找了半天才挖出来一只土豆，他将土豆递给丁小蝶，又去找烤土豆用的柴火。抱着几根柴火走回来时，他留意到路上有说有笑的一行人。

"小姐，你快看！"

"看什么？"丁小蝶疑惑地抬起头，只见郭云生用手指着两男两女，激动得说不出话来。她一下子认出了东方海的身影，觉得像做梦一样，不知哪来一股力气，站起来就去追。追了两步却又停了下来，她看着自己脏兮兮的一双手，声音也和两只手一起发抖："云生，哪里有水？"

郭云生被问蒙了，他还指着前面，着急地说："小姐，东方少爷，看，东方少爷——"

丁小蝶像是没听见，转身向来时路过的山丘跑去。郭云生一看着急了，转身向东方海他们追去，一边跑着一边叫着："阿海！阿海！等等我！"

先是于冬梅听见了，她停下脚步，问："东方哥，是不是有人叫你？"

东方海停了下来，回头望去，看到郭云生急急跑过来的身影。郭云鹏也看到了哥哥，他欣喜地叫了一声，跑着迎了上去。东方海环顾四周，脸上浮现焦急的神色："小蝶呢？她怎么没跟你在一起？"

总算跑到了记忆中山丘下的那处小水沟，丁小蝶慌乱地用手掬起水清洗自己的脸，自言自语："怎么是这样？怎么回事？"

蹲在水沟边，看着自己脏兮兮的倒影，她的眼泪不停地往下掉，不知道该怎样才好。追过来的东方海在不远处停下，看着丁小蝶这个样子，他感到心很痛，一时竟也不知该怎么办才好。默默地站了一会儿，他终于忍不住冲了过去。

"小蝶！"

听见那每天都在牵挂的熟悉的声音，丁小蝶站起来，转身跑向东方海，一头扎进他的怀里，哭喊着："阿海！阿海！"

东方海定了定神，看向怀里的丁小蝶，伸手擦掉她脸上的眼泪。那张总是白净精致的脸满是灰尘，被泪渍弄得痕迹斑斑，令他心疼不已。

"小蝶，你怎么弄成这样了？"

丁小蝶更加委屈了，她呜呜地哭着，又是生气又是开心地捶打着东方海。"都怪你！都怪你！我还以为再也见不着你了！"

跟着追过来的于冬梅和柳二妮看到这一幕，都愣住了。

一行人回到了于家大院，东方海带着丁小蝶进了房间，倒了一杯水给她。"小蝶，我不知道你这一路竟受了这么多苦，对不起，我不该离开你的。还好，你没出什么事，要不然我真是……小蝶，你怎么了？"

丁小蝶眼前一阵发黑，摇晃了两下，东方海忙扶住她，伸手摸了摸她的额头。"哎呀，你在发烧。小蝶，于班主一家都是好人，你且安心住下。我去给你抓点药来，你先休息一会儿。"

东方海匆匆离开，院子另一端的厨房里，于冬梅正生火烧水，灶里炉火正旺，照着她脸上被烟熏出来的泪渍。她心情复杂地抬手，用袖口抹了一把脸。水烧好后，于冬梅将烧好的热水兑了些冷水倒进大木桶，拎到了丁小蝶的房间，放下水，她又从自己屋里抱了一堆东西来。

"你先洗个澡吧，这毛巾衣服都是新的，只是乡下东西，你且将就着用吧。"

丁小蝶感激地道谢，于冬梅走了出来，替她掩好门。

于镇山赶着马车回来，远远看见柳二妮等在院门口。他还没停好车，柳二妮就跑着迎了上来，一脸慌乱，直叫着"不好了，不好了"，于镇山惊愕地问出了什么事。

"那个，上海哥哥，他，他……"

"他咋了，别急，你慢慢说。"

"上海哥哥的媳妇找上门来了！"柳二妮深吸一口气。

"什么？他有媳妇？"于镇山睁圆了眼睛。

"就住冬梅姐隔壁那间房。"柳二妮点点头。

"妮子，你帮哥把马拴好，哥去收拾那个狐狸精。"于镇山急匆匆地把马鞭交给柳二妮。

柳二妮接过马鞭后，于镇山气冲冲地跨进自家院子，直朝着丁小蝶房间奔去。他一把推开房门，正撞见丁小蝶在洗澡，屋子里水汽弥漫，于镇山下意识地抬手擦了一下脸，也没看真切，只觉得似云雾中有一个仙子一般。

他猛然退到门外，讷讷地道歉，关上了门，心烦意乱地走进院子，差点撞上心急火燎赶来的于冬梅。

"哥,我听二妮说了,你可不能乱来……"

于镇山不等她说完就拉着她走进了自己房间,按着她坐下,又心事重重地给她倒了一杯水。

"妹子,你在哥眼里最好看!"

"哥,你说啥呢?"不知于镇山发的什么癔症,于冬梅伸手在他眼前晃了晃,于镇山抓住她的手。

"妹子,你听我说,哥明天就去给你买最贵的料子,给你买最好的胭脂水粉,把你打扮得跟城里人一模一样,上海小姐有啥了不起,咱把她比下去,对,比下去!"

于冬梅噘起嘴道:"她是她,我是我,谁要和她比。"

"好好,不比,不比。差点忘了,哥还有样好东西给你。"于镇山掏出一个精致的小盒子递给于冬梅,"这是我好不容易收来的,人家告诉我,这香胰子,就加入了青木香、甘松香、白檀香、麝香、丁香五种香料,同时还配有白僵蚕、白术等多种可以让皮肤白皙细腻的中草药,还有滋养润泽皮肤的鸡蛋清、猪胰,用后皮肤细滑,香气扑鼻,很是珍贵的。你闻闻,香不香?"

于冬梅接过来,闻了闻,开心地点点头。

第二天清晨,于镇山从房间走出来,正撞上丁小蝶在院子里压腿练功。

"早!"丁小蝶礼貌地微笑着问好,于镇山不太自然地点了点头。

"小蝶,怎么不多睡会儿?身体都好了吗?"东方海从一旁走了出来。

一看到他,丁小蝶满面笑容,亲热地叫着:"阿海,早!我没事了,好久没练功了,骨头都硬了呢,今天你再陪我练练。"

"好。"

听着二人的对话,于镇山满脸不悦,他套好马车,扬起鞭子,奔驰而去。

傍晚时分,于镇山从城里回来,夹着一个包裹,兴冲冲地将布置饭桌的于冬梅和柳二妮拉到屋里。

"快来看看,哥买了什么?"于镇山打开包裹,拿出几块布料递给于冬梅。"妹子,你好好看看,这料子可是今年开春才上市的,大城市里来的正宗行货,喜欢吗?"

"真漂亮!哥,你眼光不错啊,花了大价钱吧?"于冬梅把布料拿在手上细细看着。

"钱算什么，只要我妹子喜欢，那就值，有钱能买来我妹子高兴吗？二妮，来，这块是专门给你买的。"于镇山大咧咧地挥了挥手。

"镇山哥，你待俺真好！"柳二妮高兴地接过布料。

"怎么没看见阿海？"于镇山搓了搓手，探头向院子里张望着。

柳二妮不高兴地撇了撇嘴说："上海哥哥天天陪着那个女的，就在镇子西头那个亭子里，那女的穿一身怪里怪气的衣服，颠个脚尖不停地转圈，上海哥哥就在一边给她拉琴，这两天都没空教俺和冬梅姐认五线谱了。"

于镇山一听，脸色都变了。于冬梅赶忙使了个眼色，柳二妮醒悟，猛地捂住自己的嘴。

于镇山以练习合奏为由，将东方海单独约到亭子里。等东方海背着小提琴来到时，他一言不发地黑着脸。

"镇山哥，你的唢呐呢？说要练合奏，怎么唢呐都不带？"东方海浑然不觉。

于镇山盯了他半天，突然挥起拳头，东方海脸上猝不及防挨了一拳，整个人都被打蒙了。"于镇山，你为什么打我？"

"不服？这一拳是替我妹揍的！我问你，你想不想娶我妹？"于镇山收回拳头，挑衅地望着他。

"不想。"看东方海想都不想就这么回答，于镇山气得又把拳头抡起来。意识到自己话说得不清楚，东方海赶忙解释："我是说，我和冬梅在一起，相处得很好，我们是好朋友，没有别的。"

"你没想别的，为什么还要撩拨她？"

看到于镇山愤怒的样子，东方海十分无奈地说："我做什么了？"

"你没做什么？打你来我家之后，你主动叫了她多少回，还教她认什么小蝌蚪，头挨头那么近，你还往她碗里夹过菜，这我都记着呢！对了，还有两次，你拉了她的手！你教她拉小提琴的时候，这样，这样……"于镇山比画着。

"我那是教她拉琴的姿势。"东方海哭笑不得。

"你明明已经有了女人，你吃着碗里的还盯着锅里的，我不该揍你吗？"

"我哪里有什么女人？"东方海莫名其妙地看着他。

"人家都找上门来了,你还耍赖?你还是不是男人啊?我承认,你那青梅竹马是长得不错,但也没我妹好看!"

于镇山挥舞着拳头上来又要打,东方海一边躲避一边大声辩解:"镇山哥,你误会了!你把我想成什么人了!"

"我不管你是啥人,只要你欺负我妹,我就揍你!你知不知道来我们家求亲的都快把门槛踏破了,我妹偏就看上你这没四两力的傻书生,我要不是看在她的分上,我非揍扁你不可!"

于冬梅跑了过来,她推开于镇山,挡在东方海身前,一张脸涨得通红。

"哥,你疯了吗,东方哥什么时候欺负我了?人家从来没有说过什么,是你自己想歪了!我再也不要理你了!"

于镇山有些下不来台,只好讪讪地收了手,不甘心地嘟囔着:"我这可都是为了你啊。"

于冬梅又羞又气,于镇山仍是对不明所以的东方海一肚子意见,三人尴尬地站了一会儿,沿着三个方向离开了。

一天清晨,丁小蝶穿着旗袍,在院子里练习美声唱法。厨房里,柳二妮坐在灶台前,于冬梅正往锅里添水做饭,听到丁小蝶的歌声,两人都有些惊讶。于冬梅停下手里的活计,扭过头出神地看着窗外的丁小蝶,柳二妮跑到门口看了看,又愤愤不平地坐了回来:"唱这么难听,也不知道上海哥哥为啥还喜欢。"

"他肯定是懂得她的。"于冬梅神色有些失落,语气淡淡的。

"你看她穿的那衣服,露着那么长的白生生的腿,一看就是财主家的小老婆才穿的。"柳二妮撇了撇嘴。

"才不是呢,这叫旗袍,大城市的姑娘都穿这个。"

这时,于镇山挑了一担水进来,柳二妮看看苦笑着的于冬梅,又看看窗外的丁小蝶,来了劲头:"冬梅姐,你身材比她好多了,你要是穿上旗袍,肯定更漂亮。"

听到柳二妮的话,于镇山回过头来,看到于冬梅面露伤感,说:"把我上次给你买的布料拿出来,咱也去做件旗袍。别人有的,我妹一定也要有,委屈谁也不能委屈你。"

于冬梅起初有些犹豫不决,在柳二妮劝说下,终于下定决心,到顺和镇最好的裁缝铺去做一身旗袍,也给柳二妮做件新衣裳。

去的路上,于冬梅把装着布料的包袱紧紧抱在胸前,慌慌张张地怕人看出来。柳二妮倒是昂首挺胸,一副满是豪情壮志的样子。

"姐,你听俺的没错,你穿上这旗袍,十个丁小蝶也比不上。"

"我也没想和她比,我就觉得,那旗袍看上去很美。"

看到于冬梅脸有点儿发红,柳二妮嘻嘻笑着凑过去说:"冬梅姐,你就别骗我了,你喜欢上海哥哥,对不对?"

于冬梅嗔怪地瞪了她一眼,有些失落地说:"其实人家两个挺般配的。"

"哼,什么挺般配的。只要他们没有拜堂成亲,上海哥哥就不是她的。冬梅姐,你只要放开那么一点点,一点点,就一定能把上海哥哥勾到手。"说着,柳二妮用手指比画着短短的距离,于冬梅笑着拍了她一下。

"小小年纪,一点儿也不害臊。"

"姐,我看好你。南方才子北方将,上海哥哥南方北方的优点都有,你要是把他放走了,会后悔一辈子的。"柳二妮趁势亲热地攀着于冬梅的肩。

看柳二妮嘿嘿笑着,于冬梅无奈地笑起来。两人来到了镇子最北边的王记裁缝铺,店主王兴业一家三口都在,儿子铁蛋在店内玩耍,虎头虎脑,调皮可爱。于冬梅是店里的老主顾了,柳二妮嘴又甜,对店里新做好的漂亮衣服赞不绝口,王兴业十分得意。

"不是吹牛,这方圆十里八乡,最好的裁缝就是我。说句托大的话,只有你没见过的,没有我做不出来的衣服。"

于冬梅打开包袱,拿出布料,王兴业用手指捻着布料,连连点头称赞:"这料子好。于姑娘,你想做成啥式样的?"

"兴业哥,这块布料给二妮做件新衣,这块,我想做一件旗袍。"

王兴业瞪大了眼睛,旗袍他还是五六年前在太原才见过,时间长了,印象都模糊了。听他这么一说,柳二妮拍了拍手。

"俺们家正好有个上海来的洋学生,她就穿着旗袍,你去看看。"

"听说是丁家的闺女?"

"对,东方家的少爷,丁家的小姐,都回来了。"于冬梅点点头。

"我如果能看几眼她穿的旗袍,保证能做出来。"王兴业心里有了底。

"兴业哥,我不想让她知道我在做旗袍,你能不能偷偷地看看?"

看于冬梅一副不好意思的样子,王兴业笑着点头。

偷看丁小蝶的旗袍样式着实费了他们一番功夫。先是跑到房间外看，结果弄出声响差点被发现，后来还是柳二妮看出丁小蝶上街去，想到了办法。

王兴业带着儿子铁蛋等在街角，很容易就认出了丁小蝶。她穿着旗袍，一摇三摆地走在顺和镇街上，引得行人们纷纷注视，既稀奇又有些敬畏地看着她。丁小蝶毫不在意陌生人的目光，自得其乐地打量着街边林立的店铺。

将旗袍的样式从各个角度看了一遍后，王兴业成竹在胸，于冬梅来到店里量尺寸时，看到铁蛋还在一旁帮忙，有些好奇："铁蛋，今天又没上学？"

"没人教我们了，老师都跑了，说是日本鬼子要来了。"

王兴业不以为然地摇了摇头道："这帮老师，唉，都是文化人呢，跑得比日本人还快。日本人又怎么了？打仗的事我见得多了，那都是当兵的事，一个教书先生又没杀人又没放火，跑啥呢？"

"兴业哥，东方少爷和丁家小姐说，日本人可坏了，他可不管你是不是当兵的，只要是中国人，见人就杀。"

"对对对，我们老师也是这么说的，说是要咱们亡国灭种啥的。"铁蛋也不停地点头。

"不要听你们老师瞎咧咧，把人都杀了，谁给他种庄稼，谁给他交税？乱杀人有啥好处？我就不信日本人不懂这个理。就像我一个做衣服的，他们能把我怎么样？来了不也得穿衣服？我说不定还得再雇几个人，把店面再扩大些。"

"你和我爹的口气一个样。"于冬梅有些忧虑地看着王兴业不耐烦的样子。

"人活的就是见识。"王兴业得意地说完，在布料上比画着，时不时地思索片刻。

旗袍终于做好了，于冬梅在店里试穿，柳二妮也换上了新做的衣服。几人都夸于冬梅穿旗袍好看，只有她自己一脸为难，一会儿嫌开衩儿开高了，一会儿又说太贴身不好。王兴业历数了一番旗袍的精要，她仍是想要换下来，柳二妮着急了，推着她就往外走。于冬梅既难为情又有点儿跃跃欲试，半推半就地穿着旗袍回家了。

没想到这天正好是于家班又接下一桩大活儿的日子，贺家庄赵老爷给儿子娶亲，女方家也是县城响当当的人物，说要把喜事儿办得空前绝后。于得水把众人召集到院子里，满面红光地宣布这一好消息。正在这时，于冬梅她俩回来了。两人推开门，一下子看到这么多人站在院子里，还都把目光聚焦在自己身上，于冬梅脸涨得通红，有些手足无措。

丁小蝶第一个上前，高兴地夸赞着她，于镇山也一边夸着自家妹妹，一边得意地瞥着东方海。在众人的夸赞声中，于冬梅神情越来越自然，还应丁小蝶的要求转了一圈给众人看。于得水满意地点了点头，决定让于冬梅和丁小蝶穿着旗袍去办赵老爷家的喜事，以后于家班有洋的又有土的，那可是接不完的活儿，过不完的好日子。因为这段时间来找的人变多了，于得水还决定留在家里守着，免得明天错过生意。

于冬梅想起前些日子在裁缝铺的对话，想让于得水跟着大伙儿一起去，怕日军会到顺和镇来。于得水却不以为然，他与王兴业一样，认定自己已通晓在这镇上生存的小道理，不去招惹日军就不会有危险。东方海很是着急，再三劝说，于得水不耐烦地让他们好好操心怎么把贺家庄的喜事办好，扔下话走了。几个年轻人明白劝不动于得水，而且平安日子这么久，就把一门心思都投在第二天的工作上了。

东方海找来时，于镇山气还没消，一脸不耐烦地瞪着他。东方海也憋着一股劲，他直盯着于镇山的眼睛。"镇山哥，我得先给你说清，我和你妹妹可没你想的那样。"

"我妹哪点不好？"

看于镇山一副质问的神情，东方海叹了口气道："不是你妹妹不好，她很好，是我不好，也不对，也不是我不好，反正我和你妹妹没那种事。"

"你说不清就不要说了，咱商量一下明天的喜事儿咋弄吧。"

"不行，得先把这件事说清楚了。"东方海认真地摇了摇头。

于镇山不耐烦地挥了挥手道："算了算了，你们城里人真难缠，我不好我不对我有罪行不行？我不该打你行不行？咱还是赶紧商量商量明天咋办吧。"

东方海认真地点了点头道："你能认识到打我不对，那我也原谅你了，我不是不讲理的人。明天的事我考虑好了，到时候冬梅唱你们这里的曲，富贵大叔、二妮唱喜庆的信天游，小蝶再唱《费加罗婚礼》，你用唢呐，我用小提琴，来个中西合璧的合奏给他们伴奏，保证效果很好。"

"你能不能正儿八经跟我说话？别总是用那些什么中西合璧的洋气词。好了好了，我明白你的意思了，咱不是没有合奏过。"于镇山瞪着东方海。

"你还有事没有？没有你走吧。"东方海想要解释，却被于镇山摆手推出了房门。

东方海纳闷地在门外站了一会儿，想到先前两人没少练习，配合还算默契，便转头回自己房间去了。

六

　　位于顺和镇十多里外的贺家庄，一场盛大的婚礼正在举行。宴席间，新郎新娘轮番敬酒，于镇山吹唢呐，东方海拉小提琴，两人合奏出一首又一首喜庆动听的曲子。无论是东方海手中令人新奇的洋琴，还是于冬梅与丁小蝶身上时尚的衣裳，都令宾客们议论纷纷，其中不乏一些迂腐或恶意的声音，好在台上正专心表演的年轻人们并不会听到。

　　此刻的顺和镇，街上人来人往，一派太平景象。于得水背着手，优哉游哉地在大街上走着，嘴里哼着喜乐的戏曲唱段。有人不时地向他打招呼，问候生意兴隆，他脸上满是掩不住的笑意。

　　于得水在家等生意，但等了许久也不见有人来请，便跑来大路上看一看。他不知不觉走到了镇子北边，站着张望了一会儿，路上没有一个人影，有些遗憾地咂咂嘴，干脆向王记裁缝铺走去。铁蛋在门口玩弹珠，于得水进店与王兴业寒暄了几句。王兴业嫉妒于家班收了两名洋学生，生意越做越好，话里带刺。于得水也虚荣地想要炫耀一番，称自己出门是为了躲避争着找上门的顾客。两人的谈话没几分真心实意，实在无趣，便草草结束了。

　　于镇山和东方海两人结束合奏后，开始给演唱《费加罗婚礼》的丁小蝶伴奏。在座的宾客哪里听过什么美声唱法，不由得啧啧称奇，纷纷欣羡着于家班以后的红火日子，哪料到于得水这边却是大难临头。

　　日军看出顺和镇方位紧要，又是兵源与粮源之地，决定将顺和镇从地图上抹掉。于得水从裁缝店走出没多远，便看到了日军闪闪发光的刺刀，他停住脚步，没反应过来正面对何种状况，皱着眉头，充满疑惑。街上来往的人们大多也发现了日军，没人显露出惊慌的样子跑走，都困惑地站在那里。这也只是几秒钟的事情。带队的日本军官一声令下，瞬间，日军散开，举枪射击，人们纷纷随着枪声倒地，尖叫响起，还活着的人们四散奔逃。

于得水飞快地跑进王记裁缝铺，把门关上。王兴业只听到嘈杂的声音，一脸惊慌。

"鬼子来了，鬼子来了！"听到于得水话音急促，王兴业忙跑过去，趴在门缝边向外看，只见门外不断有奔逃的人被击中倒地，飞溅的血喷洒在地上。王兴业惊恐地叫起来："鬼子怎么杀人了？咱没惹他啊！"

于得水手足无措地呆站在店里，喃喃自语："完了完了，东方家的、丁家的娃娃说的都是真的，都是真的。他们说日本鬼子来咱国家是亡国灭种的，见人就杀，不给你讲道理的……我还以为他们是瞎说的。"

"鬼子开始放火了！"

王兴业着急地在门边看着，妻子将铁蛋藏到里屋，又慌忙跑了出来。这时突然响起了敲门声。门缝边的王兴业正好对上日军军官那凶狠的眼睛，他吓得身子往后一仰，放声大叫："妈呀，鬼子，鬼子！"

日军踹开门，闯了进来，王兴业惊慌求饶，于得水故作镇静，领头的军官却丝毫不管他们在说些什么，直接挥手下令开枪。王兴业夫妻二人和于得水都在枪声中倒下，店内的地面上很快满是鲜血。

婚礼现场的热闹仍在继续，人人喜气洋洋，台上唱歌的由丁小蝶换成了柳二妮，曲子也变成喜庆的陕北民歌。

裁缝铺里，铁蛋跑了出来，摇动着父母的尸体，哭喊着。于得水艰难地侧过身来，声音虚弱而焦急："铁蛋，你别叫，别叫。"

铁蛋见状，不敢再发出声音，于得水看着远处街上乱窜的日军，低声招呼铁蛋过去，艰难地将自己身上的血抹到铁蛋身上、脸上。

"铁蛋，你快躺下装死。"

铁蛋听话地躺下，于得水用半个身子罩着他，两人闭上眼睛。又一队日军进来，看到店里一片狼藉，并未怀疑，扬长而去。听到枪声与喊杀声渐渐向南远去，于得水艰难地支起身子，低声招呼，铁蛋忙起身扶起他。

"爷爷，咱去哪儿？"

于得水一脸焦急。"我们于家班的人都在贺家庄办喜事，咱得去报个信，别让他们回来。"

铁蛋艰难地搀扶着于得水，两人出了裁缝铺。大街上满是尸体，房屋熊熊燃烧，远处的日军仍在烧杀不止，于得水和铁蛋小心翼翼地贴着墙，往镇外挪去。

台上唱曲的又换成了柳富贵，欢快又有力的信天游令宾客们纷纷叫好。于镇山与东方海的伴奏就没停过，两人一脸专注，不见疲态。

于得水与铁蛋总算在镇外不远处一棵树下，找到了一头拴着的毛驴。于得水艰难地挨到毛驴跟前，痛苦地捂着肚子直喘气，身体下坠。铁蛋再也撑不住他，两人倒在地上。

"铁蛋，你听爷爷的话，骑上这头毛驴，往西走，别回头，去贺家庄，找到于家班，告诉他们，别回来了，能跑多远跑多远。"

"爷爷，你咋办？"

看着铁蛋一脸焦急，于得水无力地摇头。"你不用管我，赶紧去吧。见到于镇山，告诉他，就说我说了，无论他们往哪里跑，都要带上你。"

铁蛋解开毛驴，试了好几次都骑不上去，于得水见状艰难地跪坐起来，弯下上身。

"你踩着我肩膀上去。"

踩着于得水的肩膀，铁蛋终于爬上毛驴，他低头看了一眼于得水，被那双眼中的焦急所催促，吆喝着毛驴，向贺家庄方向奔去。

于镇山放下唢呐，刚拉起二胡没多久，一根弦就断了。这时，满身是血的铁蛋骑着毛驴出现在赵家大院门口，众宾客见状哗然，纷纷起席避让。

于镇山扔下断弦的二胡，飞快地跑了过去，台上的众人也纷纷跳下来，赶到铁蛋身旁，只见铁蛋冲着于镇山哭叫："叔，叔，快跑吧，我爹我妈死了。鬼子来咱镇里了，见人就杀，我爹我妈死了。"

于镇山抓住铁蛋的肩膀，问："我爹呢？"

被于镇山的吼声惊到，铁蛋想起于得水的嘱咐，着急地说了出来："你爹也快死了，他让我来给你报信，让你们别回去了，能跑多远跑多远。"

此时宾客已乱成一团，很快作鸟兽散。于镇山红了眼睛，顺手抄起墙边一个铁锨。

"狗日的鬼子，老子和你们拼了！"

于家班几个青年人有拿棍子的，有拿镢头的，一齐涌出大院。众人跳上停在门外的马车，于镇山催促着驾车的郭云生："快，快，快回镇里！"

马车顺着大路向顺和镇疾驶。

在顺和镇北边不远处的坡路上,他们见到了于得水。铁蛋走后,于得水艰难地在地上蠕动着爬行,身后留下一条血路。

马车立即停了下来,车上的众人借着坡路的地势,能看见日军仍在镇子里烧杀。于镇山扑过去,抱起于得水,只见他肚腹处的衣衫已被鲜血染透。于冬梅也跑过去,跪在一旁哭泣。于得水艰难地抬头,看看儿子,又看看女儿,再看看东方海他们,脸上竟浮现出些许笑意。

"你们都在,真好,真好。孩子们,别回去了,快跑吧,离鬼子越远越好……"

于冬梅哭着喊他,郭云生上前来。

"大家别慌,先把于大伯抬到马车上,找医生看看……"

"你们快跑吧,别管我了,赶紧去延安吧……小鬼子,真狠啊!"

看到于家班众人平安无事,于得水放下了支撑着他一路爬来的念头,说完便咽下最后一口气。于冬梅扑在父亲的尸体上,放声大哭,丁小蝶和柳二妮蹲在她身后,垂泪小声安慰着她。

于镇山放下死去的父亲,擦了一把泪,回身从马车上取下铁锹,大吼一声:"女人在这里等着,男人们跟我一起去杀鬼子报仇!"

东方海、郭家兄弟、柳富贵以及于家班的一众青年男子纷纷从马车上取下棍子、镢头,东方海的眼中闪着凶光。

"走,鬼子还在镇子里,咱们报仇去!"

"我也去!"丁小蝶突然站起身来,拉住了东方海的胳膊。

"你去干什么?"东方海惊愕地站住。

"我去和你一起死啊。"

郭家兄弟闻言也站住了,丁小蝶硬拉着东方海往前,一边冲着郭家兄弟喊:"你们两个愣在那里干什么?咱们一起陪少爷去死啊!"

郭家兄弟方才醒悟,赶忙跑来拉住东方海和丁小蝶。

"少爷,你看,咱都到了山西,再努力一把就到延安了,找到东方明大哥,带上他成千上万的大军,再去报仇也不晚啊。"

郭云鹏点头附和着郭云生的话:"我哥说得有道理,咱不能白白去送死。"

冲在前面的于镇山回头瞪着他们喊:"你们都是孬种!你们不去,我一个人去!"

这时，一队杀气腾腾的日军突然出现在坡路另一端，喊了起来："花姑娘，花姑娘……"

丁小蝶、于冬梅、柳二妮惊慌地靠在一起。于镇山气得大叫："妈的，来得正好，老子正要去找你们！"

"和鬼子拼了！"东方海大吼一声，冲到于镇山身边。郭云生忙上前将丁小蝶挡在身后，手里紧握着棍子，郭云鹏拿着一把镢头，赶到东方海身侧，此时已是不得不战。

在这千钧一发之际，众人身后传来吼声。"来得早不如来得巧，传我命令，把这股鬼子干掉！"一支军队从众人身边冲过，向日军席卷而去。领头几人骑着马，手持长枪短枪向日军射击，后方队伍也呐喊着越过山坡，边跑边射击。只见冲在最前面的男青年一骑突入敌群，一把手枪转瞬间已射倒数个日军，马腿被枪击中，他从马上跌落下来，就势一滚，躲过一个日军捅来的步枪。他半跪着身子，一手按住敌方步枪枪身，另一只手中枪声响起，日军倒下。他扔下打尽子弹的手枪，拽过步枪，大声吼着，左右开弓，接连捅倒数个日军。

转眼间，这支军队与日军搅成一团，战局进入肉搏激战阶段。军队人数压过日军，处于上风，在搏杀的人群中，青年的勇猛尤为显眼，丁小蝶眼睛闪亮地指向他。

"这个男人真能打，是个真正的军人，铁马冰河入梦来，虎啸风生，盖世英雄啊！"

东方海因帮不上忙而着急，又有些困惑："这是什么队伍？"

"看他们的衣服，不像是兰双礼的晋绥军，倒像是八路军。"柳富贵不太确定地说着。

"八路军？我找的就是他们！"东方海听了大喜。他想迎上前去，郭家兄弟赶忙紧紧拉住他。

"八路军就是比国军强。"丁小蝶先是有些失落地喃喃自语，接着，她扭头果断地看向东方海。"阿海，你说的也许是对的，咱们还是去投八路军吧！"

激战中，于镇山冲上前，捡起日军尸体边的枪，一连射倒三个日军。日军见战况不利，迅速退走，作战参谋张志成向英勇青年请示："团长，咱们追上去把他们干掉？"

八路军独立团团长石保国翻身骑上警卫员小四川牵来的马，举起望远镜向顺和镇方向观察。只见大队日军从镇口涌出，带队的日本军官挥着军刀，正在指挥队伍组织进攻，后方还出现了迫击炮。石保国放下望远镜，摇了摇头道："至少有一个连队的鬼子，咱们每个人步枪里才有三发子弹，还是老办法，打得赢就打，打不赢就走，让他们吹胡子瞪眼去。"

在石保国的命令下，独立团开始撤退。退到于家班众人身旁时，丁小蝶突然蹿出来，拽住了石保国的马缰绳。

"你们打啊，你们这么多人，怎么不追着打鬼子了？"

石保国皱着眉头看看她，撇了撇嘴道："看你打扮也是个大小姐，你懂什么打仗？"

"你们那么厉害，明明能把鬼子打败的。"

尽管丁小蝶还拽着缰绳不放手，石保国听了她的话却很高兴。

"那当然，八路军当然能把鬼子打败。不过，八路军只打聪明仗，让鬼子吃亏，不打让自己吃亏的仗。"

他看看丁小蝶，又看看于冬梅和柳二妮，嘿嘿地笑了。"我今天救了三个美人，这仗打得值。"

"我们是从上海来的。"

丁小蝶扭头指着东方海和郭家兄弟，东方海满眼期待地看着石保国，急切地抢下丁小蝶的话头："我们要参加八路军，打鬼子。"

石保国上上下下地打量东方海，尤其是看到他背上的琴盒，露出了怀疑的神情。

"我们在上海已经杀过三个鬼子了。"看出石保国的疑问，郭云生站了出来，丁小蝶也在一旁点头道："我亲眼看到的，我作证。"

"是真的，我们从上海过来，就是为了参加八路军打鬼子。"东方海也用力地点头。

石保国征求地看了眼一旁的政委赵松林，赵松林点了点头。此时，独立团仍在撤退中，只有几个骑马的干部停在这边，日军的迫击炮弹在稍远处落下，于家班众人下意识地躲闪，而几位军人丝毫不慌。

"只要抗日，我们共产党都欢迎。你们跟着我先到根据地吧。"

听到石保国的话，东方海、丁小蝶、郭家兄弟惊喜地互相看着。看到了于得水的尸体，石保国又转向于镇山和于冬梅。

"老人是被鬼子杀的吧。顺和镇毁了,你们也不要回去了,跟我们一起走吧,先让老人入土为安。"

"我还想杀鬼子。"看于镇山有些不愿意,于冬梅拉着他胳膊摇了摇,悲伤地压低了声音:"哥,咱们先把爹埋了。"

眼看大批日军就要攻过来了,众人赶忙将于得水的尸体抬上马车,跟在队伍后面,向独立团根据地进发。

众人跟随着独立团的部队,来到距顺和镇五十里开外的董家庄,独立团司令部办公的地方就设在这里一处已去逃难的大户人家的民宅内。一行人将马车停在宅子门口后,就去村外不远处找到了一片空地,挖好墓坑,将于得水的尸体放进墓坑中。郭家兄弟开始填土,于镇山、于冬梅跪在地上哭爹,柳二妮搀着泪眼婆娑的柳富贵。

"得水兄弟,你大仁大义收留我们父女,还没来得及报答你,你就走了。我没啥送你,就唱一曲送你吧。"柳富贵唱起了哭丧调。东方海见于冬梅哭得伤心,上前扶住她安慰着。丁小蝶看着这一幕,不知为何心中感到些许不安,她有些困惑地眨了眨眼睛。

"小蝶,你来照顾一下冬梅。"听到东方海的招呼,丁小蝶没再多想,上前扶起于冬梅,柳二妮也扶起了于镇山。东方海取出小提琴,拉起了如泣如诉的《安魂曲》。

不远处,石保国对赵松林说:"这哭丧调唱得让人想流泪,还有这琴,听着就想大哭一场,这些人可是人才啊。"

赵松林点了点头,道:"土洋结合,我还是第一次听到,他们这可是在创造。"

班主去世,顺和镇被毁,于家班只能散了,剩下东方海、丁小蝶、于家兄妹、郭家兄弟和柳家父女八人。他们来到司令部求见团长,哨兵通报后,团长石保国、政委赵松林、作战参谋张志成三人一起接见了他们。

"团长,我们要参加独立团,立即上战场杀鬼子。"

于镇山也跟着东方海上前一步,"我们都要参加独立团。"

石保国背着手,在他们面前走来走去,不时地打量他们。"你们说要参加独立团,我得考考你们。你是干啥的?"

他在丁小蝶跟前停下,丁小蝶有些得意地扬起了头。"我会唱歌剧,还会跳芭蕾舞。"

"芭蕾舞？芭蕾舞是个啥东西？"

看石保国一脸惊讶，赵松林忙上前解释："团长，芭蕾舞是一种外国舞蹈，跳起来时，要用脚尖点地，所以又叫脚尖舞。"

"这个有意思，你跳跳这个洋舞让我开开眼界。"

石保国往后退了两步，兴致勃勃，丁小蝶不敢相信地瞪着眼睛看他。赵松林见状赶忙又向石保国解释："团长，这芭蕾舞要求很高，要穿特制的足尖鞋、舞蹈衣，另外，舞台至少也要铺上木板才行……"

"麻烦麻烦，还不如秧歌。"石保国摆摆手，又充满期待地看丁小蝶，"我最爱听歌，你唱个听听。"

丁小蝶觉得石保国这个人实在土里土气，忍不住带着些挑衅发问："你知道《卡门》吗？"

"我不知道，听名字不咋样。"石保国老老实实地摇头。

"那你知道《达芙妮》吗？"

"我也不知道，但这个名字土，想来和李大妮、柳二妮啥的也差不多，你唱唱。"石保国还自鸣得意地看了眼柳二妮。

丁小蝶撇了一下嘴角，唱了一段歌剧《达芙妮》中的女声独唱。石保国听得一愣一愣的，满脸困惑，扭头问战友们："你们听懂了吗？"

另外两人和他一样困惑，石保国放下心来，笑嘻嘻地看着丁小蝶。

"你唱的这个歌太高深，我虽然一句也没听懂，但我知道是个好东西。"

一旁的东方海跃跃欲试，"团长，你来考考我，我拉小提琴，你肯定能听懂。"

"你不用拉了，我听过了，确实不错。"石保国摆摆手，转向柳二妮，"小姑娘，你是唱啥的？"

"我会唱信天游。"

石保国大喜："这个最对我的劲，你唱个听听。"

柳二妮唱了一曲抒发爱情的信天游，石保国连连鼓掌。

"你唱得好，唱得妙，唱得呱呱叫。"

"团长，我们通过没有，能不能当八路军？"

看东方海一脸着急，石保国煞有介事地点了点头。"你们个个身怀绝技，都有两把刷子，正是我们共产党需要的人才，都能当八路军。"

上海来的四人兴奋地欢呼起来，其他人也一脸雀跃，石保国做了个手势让他们冷静。

"你们都能参加八路军,但我独立团可不敢要你们。"

"怎么不能要?"东方海又着急了。

"我有的是力气,打鬼子不比你们差。"于镇山也一脸不悦。

"你们不要急,听我慢慢说。前几天,我遇到带着抗敌剧团第三队的光未然,你们应该知道,他是个大作家,是大宝贝。你们是上海来的学生娃娃,有知识有文化,也是宝贝。你们虽然能当八路军,但俗话说得好,浅水难养蛟龙,平阳难藏猛虎,我们独立团庙小装不了大和尚,你们应该到延安去当八路军,那里有陕北公学,有鲁迅艺术学院。我看你们就非常适合去鲁迅艺术学院。"

听到鲁迅艺术学院的名字,东方海更是焦急:"我们不上学,我们要参加独立团,立即上战场杀鬼子。"

"我们独立团一直在作战,没办法收留你们。再说了,你们又没有进行过军事训练,杀不了鬼子不说,还会拖我们的后腿。要想打鬼子,也得先去延安,学会打枪再说。"

"团长,我会用匕首,我在上海就差点弄死一个鬼子,我不怕死。"

面对始终坚持的东方海,石保国开始有些不耐烦了:"你一个娃娃,动不动就死死死,你不怕死,我还怕你死呢。文化人是党的宝贝,我可不敢收留,你们去延安。"

于冬梅走到东方海身边,压低了声音:"东方大哥,团长说得有道理,砍柴得先磨刀,咱们到了延安再说。"

郭云鹏也点了点头,还掉起了书袋。

"孔子说过,工欲善其事,必先利其器。先去延安,学会打仗的本领,再到战场打鬼子不迟。"

丁小蝶看了一眼于冬梅,过来挽住了东方海的胳膊。"阿海,听团长的话,咱去延安。"

"石团长,我们去了延安,能当八路军吗?"

被东方海一双认真的眼睛盯着,石保国拍拍胸膛。"我用我这一百多斤给你保证,到了延安,你们肯定能当八路军。我们独立团推荐的,一定能当。"

"能上战场杀鬼子吗?"东方海又不甘心地问着。

"能,当然能,当兵打仗,天经地义。"石保国频频点头。

"那我们今天就走。"下定决心,东方海一脸坚定。

石保国苦笑着摇了摇头道:"那可不成,我得为你们的安全负责。从这里到黄河边,还有一百多里地。我可告诉你们,你们不在乎自己的小命,也要考虑考虑我的感受。到处是鬼子,你们要是有个闪失,我石保国的脸往哪里放?我得给延安那边联系,我们派人把你们送过黄河,延安再派人把你们接过去。我们团护送投奔延安的学生娃娃多了,都是这样干的,规矩不能坏了。"

"团长真是贴心,谢谢团长,谢谢团长。"

石保国得意地朝丁小蝶笑笑:"还是这位女娃娃懂事。你们先去休息休息,等我消息。"

一行人只能先行离开,走出一段距离后,丁小蝶回头看向石保国。

"也就大不了几岁,居然叫人家娃娃,没大没小!"

几天后,石保国带着一名排长和十多名独立团战士来到了东方海他们的住处。见到石保国,房间里的众人激动地站了起来。"团长,我们今天能走了吗?"

"延安已经来电,让我们独立团立即护送你们过黄河。今年黄河水特别大,真邪乎了。延安特地安排了船老大接你们,我还没享受过这待遇呢。说起来,咱们也有缘。下次我有机会到延安,一定要去会会你们,你们要表现好一点儿。"

东方海等人兴奋地向石保国点头。"团长放心,我们一定好好干。"

石保国指了指身后的钱排长说:"这是我们侦察连的钱排长,他完成这趟任务,回来就要提连长了。我把我手下最能打仗的排长派来护送你们,你们路上要听他指挥。"

钱排长立正敬礼,众人慌乱地回礼。看到有人学着样子作敬军礼状,有人抱拳回礼,石保国不禁面露微笑。

在董家庄村口,一行人与石保国告别,铁蛋也跟在队伍里,于冬梅牵着他的手。

"姑姑,到了延安我还能上学吗?"

"能,当然能,延安有小学,有中学,还有大学呢。"

听到于冬梅的安慰,铁蛋却并不开心。

"我不上大学,我长大了就当八路军,也要打鬼子。"

于冬梅心情复杂,不知该不该劝说,石保国却在后面大声吆喝起来:"你们等一下,我还有句话要交代你们。"

众人回头,石保国看起来非常严肃。

"你们要记住,要珍惜在延安的学习机会,好好干革命,年纪轻轻,不要谈恋爱。"

"这管得太宽了吧。"

石保国听到丁小蝶的低声嘀咕,却没什么反应,而是看着正东张西望完全没听进去的柳二妮。原来石保国自从那天听到柳二妮唱信天游,便对她有意。"那个……那个柳二妮,我刚才说的话听到没有?"

柳二妮茫然地看着石保国,于冬梅在一旁小声提醒:"团长刚才说,到了延安不能谈恋爱。"

"团长大叔,我记住了,到了延安不能谈恋爱。"

石保国有点儿尴尬:"我年纪也不大嘛,叫我大叔,也太抬举我了,叫大哥,叫大哥就行。"

"小蝶,你笑什么?"丁小蝶捂住嘴扑哧笑了,东方海奇怪地看着她。

丁小蝶压低声音:"他在咱面前托大,口口声声叫咱娃娃,这会儿又嫌人家二妮叫他大叔叫大了。"

"确实不应该叫他大叔,他和咱也没差几岁嘛。"

看东方海一脸认真,丁小蝶无奈地白了他一眼。"没情趣,连人家二妮都不如。"

路途中,众人与诗人光未然相遇,便一同前往延安。这是一次奇遇,那时,东方海一行人刚爬上一座山坡,只见坡上有七八个人,其中三人八路军装束,其余则是些青年男女学生,有个青年军人正在高声朗诵着一首诗,那饱含深情的声音低回深沉,在空旷的土地上方回荡着。

> 五月的鲜花开遍了原野,
> 鲜花掩盖着志士的鲜血。
> 为了挽救这垂危的民族,
> 他们曾顽强地抗战不歇……

东方海兴奋地赶了过去。"这是大诗人光未然的作品,我很喜欢。"

"他就是光未然。"

旁边一个青年学生话音刚落,光未然便转过身,笑呵呵地看着他们。

"你们是投奔延安的学生?"

东方海激动地点头道:"我是上海沪江大学的。真没想到,一直读您的诗,今天会在这里遇到您。"

另外两名军人走了过来,其中一人面向钱排长开口:"你是独立团的钱排长吗?"

"是,请问首长有什么事儿?"钱排长敬礼。

"我们是吕梁根据地的,本来要护送光未然老师去延安,昨天石团长带着部队到了前线,说你们正好护送一批青年学生过黄河,让我们在这里等着。光未然老师和到延安去的这批学生就交给你了。"

"请首长放心,我们一定完成任务!"

两名军人与众人告别,壮大的队伍继续前行。又赶了一阵路后,气势磅礴的黄河终于出现在他们眼前。站在山坡上,看着黄河滚滚而去,东方海兴奋地举起手。

"啊,黄河,母亲河,我来了!"

光未然也激动地看着黄河,脱口而出:"我站在高山之巅,望黄河滚滚奔向东南……从昆仑山下,奔向黄海之边,把中原大地劈成南北两面。啊,黄河!你是中华民族的摇篮!"

"光老师,你一开口就是诗啊。"

光未然微笑看着正由衷敬佩的丁小蝶说:"看到了黄河,我想起了屈原在《天问》中说的一句话,一蛇吞象,厥大何如?日本就是这样。在不可战胜的中华民族面前,他们终将失败。"

"我也要做首诗!啊,上海啊,你真远啊!啊,黄河啊,你真黄啊!"

就连一向稳重的郭云生也兴奋起来,他学着东方海的样子大喊,众人闻声笑成一团。

来到黄河岸边时,一条大木船已停在那里,船老大看到他们,站了起来。

"终于等到你们了,快上来!"

众人正要上船,钱排长一声大喊:"快,鬼子来了!"

回头望去，只见数不清的日军向黄河岸边冲来，钱排长冷静果断地指挥着："一班保护大家上船，二班、三班跟我来阻击鬼子。"

一班战士们紧张地扶着众人上船，看到船上还有空间，光未然焦急地招呼着："你们也快上来！"

"你们快走！我们的任务是保护你们安全过黄河！"班长说完，便带着几名战士向钱排长所在的阻击阵地冲去。

船老大将船开离岸边，日军炮火猛烈，有些炮弹落在水中，在船边炸起水花。在摇晃的船舱中，众人下意识地蹲下身子。等他们从慌乱中稳定下来，再抬头看时，只见护送他们前来的独立团战士已牺牲了大半，为了给离岸尚且不远的他们争取时间，钱排长带着仅剩的几名战士与人数占压倒性优势的日军近身拼起了刺刀。

一个战士被日军刺中，仍然奋力向前，刺刀更深地没入身体，但他的刺刀也捅进了日本兵的身体内……船上的众人被这一幕惊呆了，他们满含悲愤，焦急地看着激战中的战士们。

好不容易打退了一批日军，但很快又有下一批涌来。钱排长向四周看了看，留意到稍远的地方有一处悬崖。"同志们，我们往悬崖那边转移，把鬼子引到那边去。"

战士们且战且退，向那处悬崖移动。

随着离岸边越来越远，浪越来越大，木船忽上忽下，行进越来越吃力。船上的男青年们在船老大的号令下，奋力摇橹。于镇山和柳富贵带头呼喊着船夫号子，浪花扑面而来，激流呼啸，在与惊涛骇浪的一番搏击后，他们终于抵达了黄河西岸。

一行人跳下船，站在岸边还能看到对岸的激战，焦急地观望着。只见东岸的悬崖上，只剩下钱排长等七八个人，都成了伤痕累累的血人。大群日军包围着他们，喊话要他们投降。重伤的钱排长摇摇晃晃地站着，看到大船已渡过黄河，扭过头来，看着剩下的几名战士。

"弟兄们，我们完成了任务！既然我们走不了，那我们就回家。黄河就是我们的家，我们死也要和母亲在一起！"

钱排长和剩下的战士们互相搀扶，艰难地向悬崖边走去，一边走着，一边唱着《义勇军进行曲》，伴随着怒涛的吼声，他们纵身跳下滚滚黄河。对岸的众人被这一幕深深震撼，眼中满含泪水，光未然激昂地说道：

"他们是军人模范、民族的光荣。英雄的故事,像黄河怒涛,山岳般地壮烈!他们把守着黄河两岸,不让敌人渡过!他们要把疯狂的敌人埋葬在滚滚的黄河!我要为他们写诗!"

丁小蝶紧紧拉住东方海的手,柳二妮瘫在地上,哇的一声哭了,柳富贵弯身扶起她,哼唱着哭丧调,她止住哭声,伴着父亲一同唱起来。丁小蝶会意地松开了手,东方海取出小提琴,拉起《安魂曲》,为英勇战死的战士们送行。一时间,歌声、乐音,在咆哮着的黄河的映衬下,宛若东方巨人为英勇抗战发出呐喊,气势恢弘。

七

直到走上延安的街头，黄河边那一幕仍历历在目，东方海一行人都显得疲惫而伤感。

"累了没？再坚持一下啊，就当逛逛街，以后可没那么多机会出来逛了。"带领他们的军人干部热情地招呼着。众人知晓这份好意，勉强打起精神来，向四周张望。街边林立着各种店铺，人来人往，十分热闹，小吃摊的摊主和食客们好奇地抬头看向他们。有一对夫妻在远处争吵，一支小型宣传队在路边演出，中央一个人打着快板，认真的听众围成一圈。铁蛋羡慕地盯着一个小女孩手里的风车，小女孩也回头看看他，炫耀地将风车吹得转起来。

"这里哪有布料店和裁缝铺？"丁小蝶突然出声问道。

"好像城那头有，不顺路。"军人干部一脸为难。

"小蝶，我们是来参军的，你还想着穿衣打扮……"东方海伸手拽她的衣袖，丁小蝶瞪了他一眼，没再吭声。又走了一会儿，她累得直喘气，虚弱地放慢了脚步。

"走不动了！还有多远啊？"

"来来，我让你，你来骑吧。"正骑在马上的光未然听到，立刻便要下来，众人忙把他拦住。

看到东方海责备的目光与一旁柳二妮嫌弃的神情，丁小蝶更加不开心了："我又没说我要骑马！怎么了，走累了哼哼一声也不行啊？我是被押解的犯人吗？"

东方海不再理会她，转身走远了，众人也继续前行。看到这一幕的柳二妮对于冬梅说起了悄悄话："刚才还精神儿好得要去买布料做衣服，衣服一做不成，腿儿就软了，白骨精也没她会变！"

于冬梅没接话，看起来有些担忧。

到了一个岔路口，军人干部神秘地一笑："得分头走了，光未然老师跟我们走，另几位同志，你们从这条路往下走一段，有人想见你们！"

于镇山从马上取下行李，光未然骑在马上，笑着用未受伤的手与他们挥别，几人沿着另一条路走远了。东方海一行则来到了延河边，这时前方忽然传来一个浑厚的声音："小提琴家，长大了嘛！"

"明哥——"东方海惊喜地大叫，冲上前去，在东方明面前站定，上下打量着他，激动得不知所措。突然东方海啪地双手抱拳，东方明也双手一抱拳，两人嘿哈地摆出几个武术过招姿势，之后一同大笑起来。在场的其他人见状目瞪口呆，只有丁小蝶跟着露出笑容。

"从小到大，一见面就闹这一出，有完没完哪？"

东方明感慨地拍着东方海的肩膀："小时候我们都想当盖世英雄，想拯救全天下的人。现在我们真的在走这条路了，我用枪，你用小提琴。"

"不，明哥，小提琴不能拯救天下，我连爸爸妈妈都保护不了……"东方海哽咽着说不下去，眼中泛起泪光，又突然激动起来，"明哥，我来延安就是为了参加八路军，上战场打鬼子，为爸爸妈妈报仇！你要帮我！"

"阿海，我非常非常理解你的心情，可是报仇雪恨的方式有很多种，你一定要用自己最擅长的那一种，发挥自己最大的作用，这样报仇才是最有效的！"东方明伤感地看着他。

东方明要把铁蛋送去学校，把柳富贵送到家属区，还把郭家兄弟带去连队当兵，却不让东方海跟着走，坚持要他去鲁迅艺术学院报到。

"从现在起，你们要抛弃很多个人想法，要有集体意识、纪律观念。"站在作为办公室的窑洞门口处，鲁艺音乐系协理员叶作舟身着军装，一脸严肃地说。她面前站着垂头丧气的东方海，还有丁小蝶、于镇山、于冬梅、柳二妮。

"我们鲁迅艺术学院是一所高等艺术院校，学校的主要发起人还是毛主席呢！目前我们有美术、戏剧、音乐三个系，采用三三制，就是在校学习三个月，外出实习三个月，再回校学习三个月，所以啊，我们的学员既是演员，也是战士！学校有很多社团，到时候你们就知道了，活动会很丰富，出去演出的机会很多，地方上的老百姓，无论男女老幼都喜欢我们的节目……"

叶作舟看看心不在焉的东方海，又低头翻看报名表。

"你叫……东方海,政工部的东方明是你哥?难怪要让独立团护送你们过来,听说还牺牲了一个排的官兵!"

看叶作舟一副痛心的样子,众人面有难堪,又不好解释,丁小蝶却忍不住了:"你什么意思?没搞清楚情况就胡乱判断!我们也很难过,为了送我们安全到达,牺牲了那么多同志。但这和东方明没有关系!是独立团的石团长……"

"同志!"被叶作舟打断,丁小蝶傲气地抬着头说:"我叫丁小蝶。"

"丁小蝶同志,请你注意自己的态度和言行。这里是延安,不是长沙、武汉,更不是十里洋场的大上海!大家都是同志,相互平等,没有大小姐和小丫鬟的区别!你的说话方式需要改改。"

丁小蝶与叶作舟互不退让地瞪着对方。

"我是什么说话方式?说人话不行啊?"

"这还像人话吗?我告诉你吧,你的说话方式是盛、气、凌、人!"

叶作舟毕竟是常与不服管的学生打交道的协理员,严肃而镇定,丁小蝶气得脸通红,还要反驳,被东方海用眼神制止了。看到丁小蝶落了下风,柳二妮在一旁偷笑,于冬梅抿紧了嘴。

"过几天会统一考试。大家把东西带上,先跟我去宿舍安顿下来。"方才的争执仿佛没发生过一般,叶作舟扫视着全体人员,平稳地发出指示。

一行人去往作为宿舍的窑洞,叶作舟大步流星走在前面,隔着一段距离跟在后面的东方海和丁小蝶都打不起精神,两人低声说着话:"搞不懂明哥怎么回事,非要我去考什么鲁艺,要是想读书、学艺术,我还用得着来延安吗?来延安我是要打仗的!"

"我也不想考。你看那个女的那副样儿,脸板得可以切菜了!然后又和一帮没文化的人一起上学,烦不烦!"

"小蝶,你不一样,你还是留在后方好。正好你可以教他们学文化。"

丁小蝶一脸不悦,柳二妮和于家兄妹却一脸新奇与兴奋。

"冬梅姐,终于有治住白骨精的人了!"柳二妮眼神朝前面的叶作舟一闪,笑了。

"别这样说,刚才小蝶是替我们大家解释。这个叶协理员,就是误会我们了,以为是东方明大哥徇了私情。"

"反正我不喜欢那个大小姐!她解释归解释,干吗把话说那么难听?

害得我们大家都没脸面了！"

看柳二妮噘着嘴，于冬梅说："说哪话呢？铜钱别人赏，脸面自个儿挣。"

"对，铜钱别人赏，脸面自个儿挣！"柳二妮故意大声把这话重复一遍。走在不远处的丁小蝶听到了，脸色更加难看起来。

女生宿舍的窑洞不大，靠窗是个大通铺，每隔一段距离放着一个枕头，枕头上有布包袱、书、衣服之类的东西。几个女孩在房间里，或坐或躺，有一个正捧着书站着看，边看边走来走去。叶作舟一行推开门进来时，女孩们同时抬头朝她们看去。

"还能挤下三个吗？"叶作舟打量着大通铺，一个女孩满脸的不高兴。

"三个！我们就这已经不敢翻身了，还要挤三个，饺子也没这包法！"

"大家既然来延安，就是来参加革命的，为革命抛头颅洒热血都可以，挤个铺就觉得苦了吗？"

叶作舟慢慢踱步过去，微微笑着，捧着书的女孩把书放下，去床上把自己的枕头往旁边挪。

"叶协理员说得对，要图舒服就不会离开家了。挤就挤点吧。"

其他人只好跟着挪枕头，叶作舟转向新来的三人。"你们把东西也归置归置吧。"

三人开始整理自己的东西，丁小蝶顺手把一个枕头又往边上挪了挪。

"再挪我就要掉炕下了。"

看到枕头的主人抗议，于冬梅赶忙凑过来，"我来睡边儿上吧。"

刚把各自睡的位置归置好，丁小蝶忽然又跳起来，瞪圆了眼。

"有虱子？"

叶作舟轻描淡写地瞟她一眼。"我们还叫它革命虫呢。在前线打仗的话，有时几个月都洗不成澡，革命虫来得可热闹了。"

"小蝶，没那么夸张，我帮你把被单再抖抖灰吧。"于冬梅正要伸手去收被单，被几个女孩亲热地拉住。

"哎呀，一看你就是个好姐妹！你是来考啥的？"

"冬梅姐的歌唱得可好了！"

听柳二妮抢着这么说，于冬梅很是不好意思。

"二妮的嗓子比我好多了。"

四个女孩好奇地围住她俩，又是夸她们的名字好听，又是央求她们唱一首，于冬梅轻轻哼起了民歌，女孩们都鼓起掌来。丁小蝶一个人在大通铺上整理东西，面无表情，叶作舟看了她一眼，走出门去。

转眼到了考试这天。

考场外的空地上，三三两两聚着一些年轻人，或站或坐，有闲聊的，也有在准备考试的，有人在吊嗓子，还有人在给乐器调音。于冬梅、柳二妮走来，看见柳富贵和于镇山已经到了，还带着唢呐二胡，柳二妮高兴地迎上前。

"爹，你怎么来了？"

"听说我闺女今儿要考试唱歌，我专门跑来给你拉个琴打个帮手！"

柳富贵笑眯眯的，柳二妮也喜滋滋的，于镇山发现丁小蝶没在。

"咦，怎么就你们两个？"

"人家大小姐叫我们先走，她还要在宿舍打扮打扮呢。"

柳二妮撇撇嘴，于冬梅也四处张望着。

"你怎么也是一个人？东方哥呢？"

"我也不知道。一大早就不见了，我以为他先到一步了呢。"于镇山无奈地摇了摇头。

这时鲁迅艺术学院编审委员会主任李伯钊来到考场外，她走到空地中间，面带微笑，叶作舟跟在她身后。

"同志们，今天上午是音乐系的现场考试，考试项目为技术测验，明天笔试再考作文和音乐常识。请大家不要紧张，准备充分，到时候我们一个一个点名入场，请不要随意走动、大声喧哗……"

李伯钊还在那里宣布纪律，于镇山听得一脸疑惑："啥？还要考作文和……音乐啥玩意儿？"

"啥叫笔试呀？"柳二妮也跟着呆住了。

"笔试就是要用笔来写答案的考试。她说的作文和音乐常识，都是要写字来答卷的。"于冬梅给他俩解释。

"啊？那咋办？我不识字呀！就说嘛，我来考啥学，那个团长大叔非说这个学校不管你会不会写字，只要歌儿唱得好就成！"

于镇山比柳二妮还着急："我虽然识几个字，那也只能查查皇历，认个借据啥的，哪能写作文呢？这笑话可闹大了！"

于冬梅也才意识到问题的严重性，她皱着眉。"要不去问问那个叶协理员，有没有什么说法，可以让你们破例一下？"

"她看上去……厉害得很……"柳二妮为难地瞅着远处的叶作舟。

这时一个战士走出考场，在门口大声点名："于冬梅！于冬梅入场！柳二妮准备！"

于冬梅无奈，只好朝考场走去，半路上又担忧地回头看看，柳二妮急得跺了一下脚。

东方海早就背着小提琴，朝着与考场相反的方向赶去，一路打听着找到了东方明办公的窑洞。他突然闯进去时，东方明正在看一份文件，抬头见是他，吓了一大跳。

"怎么回事？你今天不是考试吗？来这儿干吗？"

东方海把背上的琴盒取下来，放在桌上。然后拉开桌前的椅子，一屁股坐上去，与东方明面对面。他先是拿起桌上一支钢笔在手指间绕来绕去玩弄，直到东方明着急地一把夺过钢笔，东方海才板着脸开口："我明跟你说了吧，我吃了多少苦，千里迢迢到延安来投奔你，就是想着延安还有一个姓东方的，是我大哥，他和我有同样的国恨家仇，一定会理解我、帮助我，让我实现上战场打鬼子的愿望！可你倒好，你让我去考那个破学校，什么鲁迅艺术学院！我要想继续学艺术，还需要费这么大劲吗？放弃上海的优越教学条件，来这儿干吗？这破窑洞里有哪一个教得了我？"

东方明直摇头道："还要我怎么跟你说？每个人都有自己擅长的事，而你，你是一个音乐天才，应该用小提琴去征服世界而不是用枪杆子，还不懂吗？如果叔叔婶婶还在世，你觉得他们是希望你用音乐来支持抗战，还是只是作为一个士兵上战场打枪？"

"我不管！反正我今天来了，不把我放到连队当兵我就不走了！琴就搁你这儿替我保管着，等我打了胜仗你再还我。"

看东方海一副蛮横的样子，东方明生起气来："胡闹！这里是延安，你不要来耍少爷脾气！看人家云生云鹏……"

"就是！云生云鹏都能当兵打仗，凭啥我不能？你还是不是我哥？我也要去云生云鹏的连队，带我去见他们！"

东方海越说越来劲，东方明心生一计："好，我让你见他们！"

从考场里传来于冬梅的歌声，考场外等候的学生们静静听着，脸上都露出赞赏的笑容。叶作舟正要进考场里面去，于镇山带着二妮拦到了她面前说："叶协理员，我说，那个……那个，笔试啥的，是每个人都得考吗？"

叶作舟不明所以地点点头，于镇山和柳二妮对视了一眼，柳二妮拉拉他袖子，让他继续说。

"是这样的，现在那里面考试的，是我亲妹子于冬梅，她和我，还有二妮，我们在老家都是于家班的，专门拉拉唱唱的，唱歌是吃饭的活计，你可以去打听打听于家班的唱功，绝对是竖大拇指的！不信你听，你听，我妹子唱得咋样？厉害吧？"

"嗯，还有呢？"

看叶作舟有点儿不耐烦，于镇山厚着脸皮说了下去："我妹妹倒是念过中学，可我和二妮都没读过什么书，除了飞嗓子就没学别的，你说要是明天还来考啥作文，那可真是难为我们了！能不能给通融一下，唱歌啥的，我们可以多考几遍，考十遍都可以！就是写，就饶了我们，行不？"

叶作舟愣了一下，无奈地摇摇头："你们不知道鲁艺是什么吗？它是培养革命艺术家的摇篮，是一所大学。大学懂吗？进大学是有门槛的。虽然对专业特别过硬的，我们可以特招，但也不能随便一个跑江湖的就放进来啊！"

"你这个女八路说话咋这么难听？跑江湖的又咋了？一不偷二不抢，凭本事吃饭！"

于镇山一脸不悦，二妮正要附和他，叶作舟毫不客气地继续说着："你跑你的江湖，跟我没关系，但你要来考鲁艺，那就得掂量掂量。像你这样，大字都不识一个，就是让你考进来，你能读得下去吗？趁早还是回去吧。"

于镇山还要跟她争吵，于冬梅从考场出来，脸上带着笑意，但看到眼前的场面，她又愣住了。

"你哥想特殊照顾，不参加文化考试，我没答应，他就成这样了。"

于镇山的脸色比叶作舟还要难看。"啥破学校，老子还不想考呢！二妮，咱们走！"

于冬梅没拦住，于镇山还是坚定地走了，柳家父女跟在后面，在众目睽睽之下扬长而去。走了一段路，一直没说上话的柳二妮气不过，忽然转身跑几步，站到一个坡上，遥遥对着考场的方向，清清脆脆地亮了一嗓。歌声飘荡在延安上空，待考的学生们、站在考场门口的叶作舟和于冬梅、考场里面的考官，都被清亮的歌声所吸引，抬起了头。亮完这一嗓，柳二妮痛快地一甩大辫子，扭头走了。

考场设在教堂小小的布道厅中，此时正是考试间隙，考官们坐着，小声地互相交流。一个胸前挂着方盒子相机的清瘦青年走了进来，叶作舟招呼着他："关山，你好好拍几张我们现场考试的照片，下次登到报纸上，让毛主席也看看！"

关山很受鼓舞地笑着点点头，他举起相机，叶作舟赶忙挡住对准她的镜头。

"快别浪费胶卷了，这玩意儿花钱不说，还得费老大劲从外面带回延安。你呀，要选准最好的目标，争取每一张都拍漂亮！不说了，你是美术系老师，这个比我懂。"

正说着，报名字的士兵走到门口，对着外面喊了起来："下一位，丁小蝶——"

叶作舟听到这名字，脸上现出一丝鄙薄之色，但很快变成了惊异。关山看向门口的眼神也完全凝固了，考官们扭过去的头也像是收不回来，全是震惊的表情。

在门口出现的丁小蝶，头发微卷，蓬松地披散在肩，一张化过淡妆的脸精致玲珑，她穿了旗袍，走到台上，风华无人能及。现场仍安静着，关山拿着相机上的手微微颤抖，丁小蝶大大方方地开口："我叫丁小蝶，本来是上海沪江大学艺术学院的学生，上海沦陷后，我就离开了学校，离开了父母……"说着，她眼神黯然地往下一垂，考官们脸上一片同情之色。

"我从小就学习钢琴、芭蕾舞，后来又跟一位意大利老师学习声乐，今天，我为各位献上歌剧《蝴蝶夫人》的选段。"

丁小蝶开口演唱起来，是她最擅长的美声唱法，歌声悠扬，考官们听得专心致志，就连叶作舟都认真地注视着她。回过神来的关山，举起相机对焦，一会儿走到前面去，一会儿退到后面来，咔嚓、咔嚓连续拍了好几张，叶作舟见状拉住了他。

"哎哎，不是叫你节约胶卷吗！"

演唱结束时，一个考官带头啪啪啪地鼓掌，像是提醒了众人，所有考官都鼓起掌来，掌声越来越热烈，到后来全都激动地站了起来。

"太专业了！原汁原味啊！"

听到考官的夸赞，丁小蝶眼里含着泪笑了。

这时，考场门口一阵喧闹，竟是郭云生、郭云鹏押着东方海闯了进来。奉了东方明的指示，兄弟俩见抵达考场，才放松了手上的力气，东方海终于挣脱控制，他生气地瞪着郭家兄弟。

"要是在上海，你们敢！"

"可惜这不是上海，是延安！"

叶作舟疾步上前，东方海看到是她，立刻把脸别开，一言不发。

"怎么回事？还没叫下一个考生呢！而且一次只能进来一个人！"

郭云生一边取下背着的小提琴盒，一边向叶作舟解释："少爷他……不，东方海同志应该今天参加考试，他找不到地方，东方明同志就让我们送他过来。"

"又是你！你叫东方海，我记住了，离了你哥，你连考场都找不到了？门外那一大片参考的，哪一个是被护送过来的？"

"阿海！正好我考完了，你来，把你的小提琴拉一个！"东方海还没来得及反驳，丁小蝶便抢着高声招呼道。

"好呀，我也想听听，东方明的弟弟是什么样的音乐天才！"叶作舟闻言一脸讥讽。

郭云生已经打开琴盒，东方海看看面前这几个人，赌气地取出小提琴，把琴弓在弦上胡乱擦过，吱吱呀呀，根本不成曲调，甚至成了噪声。几个考官痛苦地捂住了耳朵，其中一个站起来打断了他："你到底会不会拉？"

丁小蝶、郭家兄弟看到东方海这么胡来，都气得不行，可东方海就是扬着一张无所谓的脸。

"对不起，我就这水平。"

"请等等！"

正当主考官站起来，打算宣布东方海的落榜时，光未然突然出现在考场门口。

"各位，请听我说一句。这位小兄弟，刚才虽然表现不好，但那不是他的真实水平。我在这次渡黄河回延安的时候与他同行，亲耳听到了他拉的曲子，我可以向各位保证，那是我有生之年听到过的最好的小提琴曲！他是一个天才！天才，不容埋没啊！"

光未然又一脸认真地转向东方海。

"小兄弟，我们同船而来，有那样一番经历，也算是生死之交了吧？如果你和我一样，心里一直记着那些牺牲的战士，记着他们一张张年轻的脸和脸上期待的表情，请你为他们演奏一曲，行吗？"

东方海伤感地低下头，片刻之后，他果断地抬起琴，搭上琴弓。悠扬的琴声倾泻而出，飘荡在考场上空，所有人都听得如痴如醉。一曲终了，全场静寂，接着有人鼓掌，然后是如雷的掌声。

光未然欣慰地笑了。郭家兄弟、丁小蝶来到东方海身边，兴奋地拍打着他，东方海有些不好意思起来。

"天籁之音哪！不同凡响，不同凡响！我想说要录取你，可怕只怕，我们这里没人能教得了你呀！"

光未然接下主考官激动的话语："所以，我的建议是——请他做老师。"

就这样，最初连考试都不想参加的东方海，成了鲁艺音乐系的助教老师。

于冬梅、丁小蝶与东方海三人已成为鲁艺的成员，而离开了考场的于镇山他们三人在一名憨厚老农民的帮助下，找到了一处废弃的窑洞，作为安身之所。

柳家父女还是头一回拥有属于自己的宽敞住处，十分高兴。于镇山听老农民说于家班在延安也有名声，很是兴奋。三人决定动手把窑洞收拾起来，重振于家班的生意，要把这窑洞变成虎啸风生之处。

作为助教，东方海从学生宿舍搬了出来，与关山同住一个窑洞。他背着琴、带着包袱进门来时，关山正坐在桌前看书。

"我叫东方海，音乐系新来的助教。"

"我知道，我知道，那天我也在考场，你就是那个天才小提琴家！幸会幸会，我是美术系老师关山。"关山迎上来，热情地和东方海握手。

东方海一边解下小提琴盒一边打量着四周，教师宿舍的条件是比很多人挤一个大通铺的学生宿舍好多了，他想起了丁小蝶，不知她住得怎么样。

"……小蝶要看到我这条件，说不定又要闹起来。嘿，如果她真闹，我就说，好哇，咱俩换吧！我要是跟她换，美死你了。"东方海开玩笑地说着，冲关山笑起来。

关山有些慌乱地把给东方海倒的水放到桌上，伸手去合上方才他正看的那本书，好在东方海并没有看到，打开的书页间夹着一张照片，是穿着旗袍在考场上深情款款地唱歌的丁小蝶。

　　鲁艺的教室，大多设在窑洞门口的空地上。东方海负责的第一堂课，是艺术概论。他站在一块写有课程名称的简易黑板前，来回踱步，他面前的空地上，坐着十几名军人。他们军姿严整地坐着，眼珠却随着东方海的踱步左晃右晃。

　　东方海下定决心似的停下脚步，在黑板前站定，清清嗓子："你们这个……是个短训班，这个短训班嘛，就是短期培训一下……大家不要紧张，啊，不要紧张，我……我也是刚来的，助教。今天，是第一次上课，啊。"东方海长出一口气，擦擦汗。

　　"你们有什么问题想问吗？"

　　下面的学员你看看我，我看看你，面有疑虑，一个人举起手。

　　"报告！请问助教同志，我们都是基层部队打仗的，平时也就会集合唱歌时打个拍子，现在让我们学这艺术啥玩意儿的，有啥用啊？"

　　"这个问题……其实我也……"

　　第一个问题就答不上来，东方海正紧张着，学员之一忽地站起来，转过身，微笑着面向众人。

　　"我们是基层部队推选出来的文艺骨干，哪怕只会打个拍子，那也是会打拍子的骨干呀！鲁艺是我们八路军的最高艺术学府，能到这儿来学习，是来之不易的机会。在这儿啊，虽然学不成艺术家，但回到连队，拉个歌、合个唱，咱至少也算半个行家了不是？要说鼓舞士气，咱可是有大功劳！"

　　下面的学员听得神采飞扬，个个来了精神，东方海感激地看着这位发言人。

　　"这位同志说得很好！都是我想说的。对了，同志，你……挺面熟啊！"

　　"我是独立团的作战参谋，张志成。"

　　看到他笑起来的样子，东方海醒悟过来。

　　"对对对，张参谋！你怎么来了？"

　　"本该是宣传干事来，结果他临时被派了任务来不了了，政委不想浪费这个培训名额，我这只鸭子就上架了。"

　　张志成无奈地摊了摊手，下面一个学员抢着说道："你是赶鸭子上架，我是被他们说唱歌像公鸡打鸣，咱们鸡鸭同笼了！"

众人哄笑起来，不远处李伯钊正和叶作舟说话，被笑声吸引，两人都转头来看，李伯钊欣赏地向东方海那边点了点头。

"你看，新来的东方助教干工作很有热情嘛，把一个短训班的课都上得这么活跃！"

课程结束后，东方海拉着张志成，爬上鲁艺旁一处满是林木的山坡。两人来到一片林间空地，平日缺乏锻炼的东方海喘着气。

"你今天又救了我一命！"

"站在人前说几句话，最开始啊，确实很要命，我当班长时第一次要给战士们讲话，硬是憋了半天，最后蹦出俩字儿，解散！"

两人一起大笑了一阵子，东方海突然有了一个想法："那你第一次开枪呢？"

"怎么，今天专门关心我的人生第一次经历啊？第一次开枪其实比说话容易。说话得自个儿攒够了词儿，才能让它往外蹦，枪呢，它自己有子弹，你只要手指一扣，啪，就出去了。"

看张志成笑得轻松，东方海叹了口气道："说得容易。"

"怎么？大音乐家兼助教东方海同志，好像有心事？"

东方海诚恳地看着他。

"我们能不能互相帮助？我给你上课开小灶，下了课你给我搞军事训练！"

"你们鲁艺不是也有军事训练吗？"

东方海摇了摇头，眼中透出坚定的光亮。"那点训练哪够啊！我是要当军事尖子，像你这样的！特别是，你得好好教我打枪，听说你是神枪手级别的。等我也练成了神枪手，他们会让我去前线的！"

张志成摸着头为难地说："说我是神枪手嘛，我原则上不反对。但是巧妇难为无米之炊呀，神枪手是靠子弹喂出来的。要是在我们独立团还有办法可想，可在这延安，我没辙啊。"

"子弹嘛，我想办法！"东方海沉思片刻。

于是东方海偷偷摸到了连队训练场旁边的树林中，将训练休息间隙的郭云生、郭云鹏喊了出来，兄弟俩看到他都很高兴。

"东方同志，听说助教当得不错呀！"

"我就说嘛，我们小姐相中的人肯定是不会错的。"

"现在也得叫丁小蝶同志。"郭云生用胳膊肘戳着弟弟。

"那我可不习惯！"

东方海板着脸打断了两人。

"行了行了！少来这套，你们两个，一到延安就被东方明那家伙收买了！"

郭家兄弟做出要解释的无辜状，被东方海断然制止。

"我今天不是来跟你们算账的，但你们得弄清楚，我和东方明，谁跟你们更亲？"

"你。"郭家兄弟一脸正色。

"当然是我呀！这一路艰辛地走过来，我们已经是生死之交了！再说以前吧，东方明老早就干革命了，走了，在上海是谁罩着你们？小姐骂你们，是谁帮着说好话的？再往前，八岁那年，谁帮你们跟弄堂里的徐胖子打过架？"

"你帮我们打架？"

老实人郭云鹏一脸惊异，又被哥哥用胳膊肘戳了一通。

"是是是，东方少爷帮我们打的，出奇制胜，我们脸都抓烂了您还啥事儿没有！"

东方海哼了一声："记得就好。我也不要你们报答啥，你们现在在连队，天天搞训练，方便的时候吧，记得给我顺几盒子弹，啊。"

"什么？！"郭家兄弟同时发出了惊叫声。

相较之下，丁小蝶的处境远不如东方海顺利，参加军事训练，她喊累，被叶作舟点名批评。训练到一半，于镇山居然跑了过来，原来他还在为叶作舟说他和柳二妮没文化的事生气，新起的于家班接了几个活儿，赚了些钱，他一心想来叶作舟面前炫耀一番，最后还是于冬梅把他推走了。

东方海也没那么容易如愿以偿，他来到上次与郭家兄弟见面的地点，出现的却是东方明。私自弄子弹是违反军纪的大事，郭家兄弟自然不敢瞒着东方明，这下东方海不仅计划落空，还不得不收好一整袋琴弦。这些天他一直以弦断为借口拒绝练习拉琴，现在只好拿着琴弦发怔，一个人生闷气。

初到延安的一行人中，眼下只有于冬梅认真地学习着，内心充实而平静。鲁艺音乐系的学员同时还要兼任平剧团团员，进行平剧表演的基本功训练。在休息时间,叶作舟找到于冬梅,要她帮助丁小蝶端正学习态度。尽管心里很为难,于冬梅仍是答应下来。

训练继续,专业老师示范着,学员们都咿咿呀呀跟着学,只有丁小蝶一个人不开口,于冬梅小声劝她:"小蝶,你就跟着,哪怕哼几下,让人以为你在练习了也行。"

"我不像你会做表面文章!我不想学这个,不学就不开口,免得坏了我唱美声的感觉。"丁小蝶白她一眼。

"哎呀,协理员刚才都跟我说了,说你态度不端正……"

于冬梅有些着急,丁小蝶一听却生气了:"好你个于冬梅,没了柳二妮,你又找了个同盟对付我是不是?"

"我哪有!"被丁小蝶这么一说,于冬梅委屈得快要哭出来了,叶作舟都看在眼里。

"丁小蝶,从军事科目到专业学习,你没有哪次训练是认真的,今天下课你给我留下来,补课!"

丁小蝶气得瞪着叶作舟。

又到了休息时间,几个女孩跑来安慰被留堂的丁小蝶。

"小蝶,你就别倔了,听说那叶协理员以前是带兵打仗的,骨子里就是个男的,根本容不得谁反抗命令。"

"还不止呢,说是她呀,结婚没多久呢,两口子感情好得很,没想到丈夫在前线牺牲了,这样一来她受了打击,脾气就变坏了,看谁都不顺眼!"

没想到叶作舟背后还有这些故事,丁小蝶心情复杂起来:"……怎么让我遇上了这样一个女人。"

课程很快结束了,女孩们纷纷把水袖脱下来收好,只有丁小蝶仍然穿着水袖,一动不动站在练功场中间。人们都散去了,最后只剩下丁小蝶和叶作舟两人。叶作舟看了看丁小蝶,想了想,无奈地叹了口气。

"算了,你也下课吧。"

叶作舟正要走,丁小蝶却忽然开口唱了起来,她披着水袖,有板有眼地一甩,又捏着兰花指,时不时倚一倚,做出平剧标致的妩媚姿态来,与此同时,她嘴里唱出的竟是美声的歌剧。用平剧的动作配合着西洋歌剧的美声,奇异又绚丽。

丁小蝶投入地表演着,叶作舟愣在那里,久久盯着她。

回到办公室后,叶作舟呆坐在桌前。过了一会儿,她从办公桌的抽屉里取出一面小镜子,镜面映照出她忧伤的面庞。她又把小圆镜翻过来,熟练地抠开镜子后部,从里面取出一张照片,照片上是她与已战死的丈夫,两人笑吟吟地骑在马上。叶作舟轻轻摩挲着照片,泪水无声地落了下来。

东方海下定决心,来到了征兵处。

在角落中观察情况时,他看到一对拉拉扯扯的父子,已到中年的父亲将还未娶亲的年轻儿子拽回了家。东方海加入长队,轮到他时,镇定地报上了方才从父子争执中偷听到的姓名与住址。

无论如何,他都要到前线去。他赶了这么远的路,经历了这么多的波折,可不是为了找一个安全的地方,继续教什么音乐啊。这根本不是他所期待的延安生活,那么他只能靠自己的努力去改变现状。

八

丁小蝶拒绝剪头发。

"小蝶,这是规定,到了部队都得剪。"

于冬梅轻轻拉拉丁小蝶的袖子,可她依旧一脸傲气。

"规定是死的,人是活的。"

"又是你!回回都是你挑头!不服从命令,顶撞上级,违反规定,要在战场上直接就给你执行纪律了!你说,今天你是把头发剪了,还是直接抱铺盖卷走人?"

叶作舟觉得自己这段时间生的气比前二十多年加起来还多,丁小蝶只是冷冷地看着她。

"我已经向上级机关打了报告,他们还没回话。"

"你以为你是谁呀?剪个头发就要打报告,如果革命需要你牺牲生命呢?你不就当叛徒了?"

这下叶作舟真的气炸了。

"革命要我牺牲生命可以,那确实是革命为了胜利,需要我做出牺牲,可是革命叫我剪头发,我就不知道革命拿我的长头发去干什么!"

"本事不大,嘴皮子功夫倒上了天了!好,那我告诉你,你不是说怕虱子吗?虱子最喜欢长头发!你要留着它,不出一礼拜就可以生出一窝一窝的虱子来!"

丁小蝶仍旧不急不慢地说:"协理员不是说,虱子是革命虫吗?我就和这革命的虱子培养一下感情好了。"

叶作舟气到极点,却无话可说。

简陋的理发室,镜子都是碎掉又粘回去的,女孩们惶然地排着长队,有几个低头抹着眼泪。最后,在理发师的询问下,于冬梅第一个走上前,她坐了下来,闭起眼睛,听着剪刀声在耳边咔嚓咔嚓响起。

"我好希望我是丁小蝶!"这时,不知是谁抽泣着小声说了这么一句话,传到了于冬梅耳中。希望自己是丁小蝶吗?在一点点失去珍重爱护着的长发的过程中,于冬梅回想着与东方海的相遇,回想着丁小蝶的出现,静下心来,她极为轻微却很坚定地点了点头。丁小蝶很特别,是那种令人羡慕的、闪闪发亮的特别,但是她于冬梅只希望做好自己。

丁小蝶不在理发室中,她跟着叶作舟去了办公室,在那儿等候着上级对她报告的回复。叶作舟坐在桌前,看着一份文件,时不时抬起头瞪一眼坐在桌子对面的丁小蝶,每次看到的都是丁小蝶面无表情的脸,她又把目光放回文件上。

这时从外面急匆匆跑进来一个战士。

"协理员,征兵处押了一个人过来,说是冒名顶替去参军,被发现了,那人就说是我们鲁艺的老师。征兵处带他来核实情况!"

叶作舟大惊,她刚站起来,从门口就进来几个人。只见两名战士押着东方海,还有一个干部,正要和叶作舟说话,叶作舟却直盯着东方海,惊讶地睁大了眼。

"东方海!你跑征兵处去干什么呀?你已经是军人了!还不清楚吗!"

东方海垂头丧气不说话,丁小蝶冲过去,使劲掰开押着东方海的那两个战士的手,干部见状点了点头。

"看来,他这次说的是真话,确实是你们的人。"

"对,他是新来的助教,是我们学校的问题。东方老师,你真够可以的。"

看叶作舟黑着脸,干部笑了笑:"也不要太过责怪他,他就是想到前线打仗,没别的坏思想。也是啊,男儿一身热血,就当挥洒疆场。别人在前方流血牺牲,自己却一天到晚唱唱跳跳,想着也不是滋味!"

叶作舟生气地看着他:"什么叫唱唱跳跳?我们的艺术人才对政治宣传工作很重要!"

"是,是,你说是就是。行,那我们就走了。"干部临出门前,又转向东方海。"小同志,争取下次上战场啊,不要用别人的名字了!"

干部和战士们离开后,办公室里只剩下他们三个人,丁小蝶和东方海站在一起,叶作舟看着这两个人,一脸恨铁不成钢的样子。

"你们两个,才到鲁艺来几天,一个赛一个,要上房揭瓦!到底是大上海来的大少爷、大小姐,不适应革命生活,不接受组织纪律的约束!那你们到延安来干吗?"

东方海和丁小蝶都不回答,叶作舟想了想,一脸痛心,道:"我是没招了,算了,我去给你哥打电话,让他把你领走吧,鲁艺庙太小了,容不下你这大音乐家!回头我们发个通报,给你个处分,算是开除你了,你到别处高就吧!"

东方海一听慌了:"那可不行,协理员,我哥要是知道我又闯祸了,还被鲁艺开除,说不定真就把我送走了!我还没上过战场,没打过鬼子,家仇未报……"

叶作舟被东方海拖住,两人在屋里拉扯着,丁小蝶见状,冲到桌前,抓起一把剪刀。叶作舟吓得大叫:"丁小蝶,你要干什么?!"

丁小蝶一脸痛楚道:"我剪!我剪头发还不行吗!协理员,你今天放过东方海,我把头发剪了,你也好跟领导有个交代,怎么样?"

"这是你谈条件的时候吗!"

"我真的要剪了,我剪了你还不说话就算是默认了!"

丁小蝶一手拿剪刀,一手抓起自己的长发,咬紧嘴唇,闭上眼睛,握剪刀的手正要使劲,李伯钊突然走了进来。

"别剪!丁小蝶同志,我认真看了你打的报告,觉得你说得有一定道理。我们剧团经常有演出,老要花钱去买假发,现在这么困难,能省就省点,我们研究通过了,特批你们这一届音乐系学员留长发,以后演出方便。"说完,她转身看看目瞪口呆的叶作舟、东方海,又转身看看拿着剪刀定格在那儿的丁小蝶,奇怪地眨了眨眼。"你们干什么呢?"

回到宿舍,东方海坐在窑洞的椅子上,他疲惫地仰起脸。敲门声传来,他一边应着,一边起来打开门,只见一头短发的于冬梅站在门口。

"头发呢?"

"说什么话呢,又不是尼姑,头发当然在呀,只是剪短了。好看吗?"见他一副惊异的样子,于冬梅噘起了嘴,东方海只好点点头。

"嗯。越来越像协理员。"

"我哥说,今天他看到征兵处的人把你抓起来了,所以,我来看看你……"于冬梅一脸担忧,她跟在颓废的东方海身后,走到屋里。正在这时,关山回来了,看到屋里的两人,他愣了一下。

"这是于冬梅。冬梅,这是关山。"

于冬梅和关山互相点头,关山笨拙地走到书架前,匆匆地取了一本书就往外走。

"哦,这个,这个,我是回来拿本书的,拿去画室看的。你们慢慢聊啊。"

关山又出门去了,受他慌张的神色影响,于冬梅和东方海两个人有点儿尴尬。片刻的沉默后,东方海开口解释不久前发生的事。

"哦,今天那事吧,就是我冒用了别人的名,想去参军,上前线打仗。哪知道后来我冒名的那个家伙又跑来报名,我就露馅儿了。唉,要不是回鲁艺核实了身份,我差点儿被当成奸细给抓起来。"

于冬梅惊讶地瞪大了眼睛,东方海摇摇头表示已经没事了,停了一下,他有些突兀地问道:"冬梅,你喜欢延安吗?"

于冬梅微笑着点点头:"我喜欢!这里的人都有一种……往高处飞的感觉,好像天天都过得挺有念想。而且这里的人喜欢我,大家相处起来很愉快。"

"可我……感觉自己像被困在一个瓶子里,瓶颈很深,瓶口小,怎么努力也出不去。就是那样一种……一种憋屈。"

东方海深深地叹着气,于冬梅有些犹豫,但仍是鼓起勇气说道:"你困在瓶子里,又不会孤单,至少有我……还有小蝶、二妮、我哥,陪着你一起啊……"

"阿海!"

忽然门被推开,丁小蝶走了进来,看见于冬梅也在,她愣住了。

"小蝶来了?我听说东方哥今天遇到了麻烦,特意来看看。没事就好。那我走了,你们聊。"于冬梅赶忙解释着,匆匆出去了。

丁小蝶斜睨着她的背影。"慰问得可真及时啊!现在头发剪了,更像个女干部了,做思想工作也是一套一套的吧?"

"别这样说冬梅,人家比你适应能力强,在鲁艺待得好好的,学东西认真,进步很快。你也应该——"

东方海话还没说完,就被丁小蝶打断了:"我也应该像她那样活?忍气吞声地活，就为了拍叶作舟的马屁？"

"你看你，把谁都当敌人。其实叶协理员，也没有你说得那么不好，她也就是坚持原则了一些……你啊，对她有偏见。"

丁小蝶瞪大眼睛："我有什么偏见？你又不是没看见，自从我来到鲁艺，她就看我不顺眼，我后来才知道，她丈夫在前线牺牲了，她感情受伤，心理变态，就见不得别人比她强，比她好，比她有才，比她漂亮！"

"你要是一直用这种眼光去看待她，那你永远也无法走出狭隘的阴影！"

"我狭隘？我——"

东方海有些生气了，丁小蝶更是气得哭了起来。不巧这时关山又走进门来，看见丁小蝶，他呆住，接着慌忙往书架处走。

"哦哦，那个，我刚才拿错书了，我是来换本书的，马上就走……"

丁小蝶一抹眼泪，一声不吭地走了。东方海烦闷地叹了口气，伸手抓抓头发。关山则静立在一旁，注视着丁小蝶离去的背影。

这天夜里，丁小蝶侧躺着通铺上，睡梦中轻轻叫了一声"爸爸妈妈"，忽然醒来。她睁大眼睛，愣了几秒钟。通铺上的其他女孩仍在睡着，其中一个翻了个身，屋里传来清晰的呼吸声，夹杂着某个女孩的呼噜声。

丁小蝶坐起来，左右看看。她下床，推门来到屋外，月亮又大又圆，月光砸在窑洞门口的院子里，砸到丁小蝶身上，她映在地上的影子显得那么弱小。抬头朝那圆月望着，她的眼泪终于流出来。谁也不在她身边，现在的日子比讨饭的时候还要辛苦。她扑通跪在地上，呜咽着哭起来。

窑洞修缮一新，延安的于家班落成了。

这是于镇山、柳富贵、柳二妮三人延安新生活的正式开端，他们决定以后要在这里美美地过日子，把日子过得越来越舒坦。柳二妮正拿着柳富贵给的钱，去往集市买些窗花之类的家用品，她蹦蹦跳跳地走在路上，高兴地哼着信天游。

先前救下众人的独立团团长石保国也来到了延安，他奉命来延安抗日军政大学进修学习，为期半年。他在前线冲杀惯了，不太适应这种平静的日子，不过想到可以趁此机会给自己讨个老婆，还是很兴奋的。心中早已有了大概的想法，他骑上马正要向鲁艺奔去，学员队长赶来，叫住了他。

"石保国，你去哪里？"

"我去鲁艺看一下音乐系的协理员,你知道的,我们可是老战友。我到延安来,还没顾得上看她呢。"

学员队长点了点头:"快去快回,下午毛主席要来抗大讲课,别迟到了。"

石保国骑着马路过延安街头,看到柳二妮在小摊边摆弄着一个小饰品,急忙拨转马头,差点儿撞到一个行人身上。他低头向行人道歉时,柳二妮看到街角拐弯处的小店里有窗花,高兴地跑了进去,等石保国再抬起头来,已找不见她了。

与此同时,鲁艺平剧团正在排练戏剧《打渔杀家》,东方海在一旁指导乐队队员。负责分配任务的教员点到了丁小蝶与于冬梅的名字,两人兴冲冲地过去,充满期待地看着教员。

"你们一个是唱民歌的,一个是唱美声的,不是平剧专业出身的,只能演 B 角。"

于冬梅认真点头,丁小蝶不情愿地嘟着嘴。两人走到排练场边。

"你知道 B 角意味着什么吗?那只是替补,如果没有机会,一辈子都上不了舞台"

面对丁小蝶的抱怨,于冬梅并没有泄气。

"我知道,但组织上安排的工作,我们就要努力做好。小蝶,只要我们准备好了,总有机会的,要是我们不努力,就是机会来了,我们也没办法上台去演。我们还是好好排练吧。"

"这简直是欺负人!欺负咱们是新人,那些当了 A 角的,哪里会把机会让给咱们?咱们再努力有什么用?反正我不干。我才不演什么 B 角,要演就演 A 角。"说罢,丁小蝶怒气冲冲地走了。她从排练场出来,差点儿撞上骑马经过的石保国。石保国勒住马,一看是她,不由得微笑起来。

"咦,这不是那个上海妹子吗?乖乖,换上军装还真漂亮。"

"让开!"丁小蝶不高兴地瞪他一眼。

石保国有些惊讶:"我是独立团的石保国呀,你不认识我了?"

"我怎么不认识你?你又不是找我的,你是要去找叶作舟的!快去找吧,我烦着呢!"

石保国跳下马,嬉皮笑脸地凑到正没好气的丁小蝶跟前。

"还能算出我去找谁,我也算算你吧。咋了?小蝶妹妹,愁眉苦脸的,谁惹你了?"

"快走快走,别挡着我的道。你也别问叶作舟在哪儿,我不知道。"丁小蝶不耐烦地挥着手。

"听你这口气,对叶协理员有意见?我告诉你,这个女人可不得了,当年在红军妇女团里可是营长,带着几百号女兵,冲锋起来像一阵风一样,所到之处,敌人血流成河。我们这些老爷们儿都佩服得很呢……"

"不就是杀过人吗?有什么了不起!"

石保国碰了一鼻子烟,却也不生气,仍旧笑嘻嘻的。"小蝶妹妹,你在这里习惯不习惯?咦,你好像瘦了嘛。"

"我习惯不习惯关你什么事儿?"

丁小蝶绕开他,向一边走去,石保国翻身上马,看着丁小蝶的背影摇头。

"这脾气,吃了枪药了!还是那个二妮好啊,又会唱又会笑,城里的小姐哪里比得上。"

叶作舟正在鲁艺旁的菜地浇水,放下水壶后,她捡起一根树枝,做瞄准状。

石保国骑马奔来,笑着招呼她:"嫂子,又想打枪了?"

"石保国石团长,你怎么跑这里来了?"

石保国翻身下马,把马随手拴在树上,走到一脸惊讶的叶作舟跟前。

"准确地说,是奉命回延安到抗大上学,得半年呢。"

"才半年,你看我,都不知道何时是个头儿。你该知足了,打鬼子的大英雄,手下有几千人,还开辟了一大块根据地。我呢,只能困在这里,想打仗想得拿根树枝就当是步枪。"

叶作舟失落地叹气,石保国安慰她:"打仗是我们男人的事儿,你们女人嘛,应该是来让男人疼的。"

"你呀,还是老样子,说话没个正经样儿。"

石保国想起自己来的另一个目的:"嫂子,上次给你介绍的那几个学生怎么样?我刚才在街上看到一个,唱歌唱得很好听的那个,可一转身就又找不到她了。"

"唱歌那个?你说于冬梅呀,我们录取了,她蛮好的,是棵好苗子。"

石保国有些着急:"我说的是另一个。"

叶作舟斜眼看他。"噢,我听明白了,你是来这找老婆的。石团长,做人要厚道,你家里不是还有一个老婆吗?"

"我正要给你说这事儿呢,她前些日子托人捎来信了,已经嫁人好几年了,孩子都生了好几个。"

看石保国高兴的样子,叶作舟哭笑不得:"石团长,我真不知道该如何说你,人家老婆改嫁了,难受得不行,你倒好,就像遇上一件天大的喜事儿。"

"嫂子,你又不是不知道,我和她纯属父母包办的封建婚姻嘛。这样好,我俩都解脱了。"

叶作舟干脆地点点头:"那你说说,你看上谁了,我给你保媒。"

排练场中,东方海从舞台一边走下来,招呼着于冬梅:"小蝶呢?你们不是在一起排练吗?"

"……她对演 B 角有意见,刚才出去了。"

看于冬梅一脸为难,东方海有些生气。

"她刚来的新人,上来就想演 A 角,哪里有这样的道理?"

"喝口水吧。"

于冬梅把一个茶缸递过去,东方海接过。

"小蝶还没适应这里,你去劝劝她吧。"

"我才不去呢,她现在一见我就说要离开这里,我躲都躲不及。她想通了,自己会回来的。"

"我真担心她,这样下去也不是个办法。"

"她要是有你一半儿就好了。"

听到东方海的话,于冬梅一愣。

"东方老师!"乐队那边有人喊起来,东方海把茶缸还给于冬梅,匆匆赶去,于冬梅神色复杂地凝视着他的背影。

叶作舟带着石保国来到鲁艺的训练场,只见男女学员们正在训练刺杀。

"你们也搞军事训练?我还以为你们整天都在学吹拉弹唱。"

"那当然,文艺战士首先是战士,战士哪有不进行军事训练的道理?我们鲁艺三分之一时间用来学习,三分之一时间用来训练,三分之一时间用来生产。"

石保国了然地点点头:"那和我们也差不多。"

"我不是带你来视察的,你到底看上谁了,你指一下,让我看看。"

在叶作舟的催促下,石保国张望着人群,摇了摇头。

"我已经看过了,她不在啊。我要找的是那个会唱信天游,梳着大辫子,个子小小的那个。"

叶作舟恍然大悟:"我想起来了,是柳二妮。"

"你们没录取她?"

看石保国一副吃惊的样子,叶作舟瞪他。"你以为我们这里是草台班子啊?我们这里是有门槛的,不是什么人说考就能考的。就凭唱得好就能来?我们还要考文化课,她都没读过书,我们怎么能录取她?"

"那她在哪里?"

石保国着急了,叶作舟却很无奈。

"她又不是我们鲁艺学员,她在哪里,我怎么知道?"

"你不知道,肯定有人知道。嫂子,你就帮帮我这个忙,帮我打听打听。"

石保国不甘心地说完,便打算离开,叶作舟一把拉住马缰绳。

"你这就要走?我答应帮你这么大一个忙,你如何谢我?"

"嫂子,这个,这个,你说咋谢咱就咋谢。"石保国为难地摇头。

叶作舟很干脆地要求道:"让我骑上你的马遛两圈。"

因为还要赶回去听毛主席讲课,石保国这次只答应让叶作舟骑上一圈。

叶作舟骑在战马上,英姿飒爽,宛如驰骋在疆场。她的心中浮现出许许多多的回忆——带着红军妇女团冲锋、与敌军肉搏、抱着阵亡的丈夫恸哭……尽管泪水缓缓从脸侧流下,她仍是意气风发地纵马前行。

又是几天过去,延安下起雨来,雨势不大,在鲁艺音乐系的教室里,师生们正在召开民主生活会,叶作舟站在教室中间,样子很严肃。

"今天我们召开一次民主生活会,解决一些同学的思想问题。你们当中,有些同学来到鲁艺的时间不长,可能不了解情况。我告诉你们,党对鲁艺是非常重视的,毛主席在鲁艺成立时发表演讲时说'鲁迅艺术学院要造就具有远大的理想、丰富的斗争经验和良好的艺术技巧的一派文艺工作者,这三个条件缺少任何一个便不能成为伟大的艺术家'。毛主席还为鲁艺题写了校训'紧张、严肃、刻苦、虚心'。"

叶作舟看了一眼丁小蝶,丁小蝶抱着胳膊,眼神赌气又挑衅。

"鲁艺是有门槛的,这门槛还是很高的,多少人想来鲁艺学习而不得,而在座的个别同学,却不知道珍惜这宝贵的机会。"

于冬梅伏案做着笔记,叶作舟看向她,口气变得缓和。

"我今天要特地表扬一下于冬梅同学,并不是说她有多么优秀,而是她学习用功,工作积极,遵守纪律。可以说,在各个方面,于冬梅都是大家的学习榜样,也是大家的一面镜子,拿她对照自己,每个人都想想自己的差距。"

话锋一转,她看着丁小蝶,口气变得严厉。

"相反,我们有些同学,入学这么长时间了,还摆不正自己的位置,不服从管理,不服从工作安排……"

丁小蝶知道叶作舟是在批评她,故意摆出一脸不屑的样子,虽然没直视叶作舟,却跷着腿晃着。叶作舟被她这副样子气到了,指着她大声道:

"丁小蝶同学,我问你,平剧团让你担任B角,你为什么不服从安排?"

"我不喜欢那些吱吱哇哇的戏,也不感兴趣。还说是民主生活会呢,表扬谁,批评谁,还不是你说了算?这算哪门子民主?"丁小蝶很干脆地回答,说着,她还撇了撇嘴。

"你……你还有理了?"

"丁小蝶同学刚来嘛,人人都有个适应期……"关山在一旁低声打圆场,却被叶作舟瞪了一眼,他低下了头。

"我不会平剧,所以也演不了B角,你爱咋批就咋批吧。"丁小蝶一副无所谓的样子。

叶作舟气得冷笑起来:"好,你说你不会,也不愿意学,那行,教员安排你排练话剧《血祭上海》呢?你难道也不会吗?"

就算是话剧,丁小蝶也是不演B角的,她已经清楚地拒绝了教员,现在也毫不退让地直视着叶作舟。

"我就是不会。"

东方海始终在看着丁小蝶,他越来越生气,终于忍不住站了起来。

"你撒谎,你这不是能力问题,是态度问题。你在学校就表演过话剧。"

"你说什么?"丁小蝶呆呆地看着东方海,有点儿不相信自己的耳朵。

"你会演话剧,次次都是主角,你为什么说不会?"

"丁小蝶同学,我们作为艺术家,一定要先学会做人。你不想演是一回事儿,你会不会是另一回事儿,一个人首先要诚实。"

因为有东方海的批评,叶作舟的口气反而缓和了,可东方海仍是不依不饶。

"你看看人家于冬梅,根本就没学过平剧,甚至连话剧都没听说过,你知道吗?你不愿意演《血祭上海》的B角,人家于冬梅全接过来了,认认真真地排练,完全胜任了。"

丁小蝶从惊愕中醒过神来,满脸通红,突然她拍案而起:"她是她,我是我,你凭什么拿她和我比?不错,我是会演话剧,次次都是A角,我哪点儿做得差了?凭什么现在让我演B角?我就是不演!还有,东方海,我问你,叶协理员批评我也就算了,你有什么资格训斥我?"

"这是民主生活会,人人都有发言权,东方海完全有资格批评你。"

看都不看一脸严肃的叶作舟,丁小蝶愤然指着东方海。

"谁都可以批评我,谁都可以把唾沫吐在我脸上,但就是你不行!东方海,你必须向我道歉!"

"我说错了吗?我说的都是实话。"东方海不明白自己有什么不对,他还只顾着生丁小蝶的气。叶作舟来回看着针锋相对的两人,她也不希望将好好一个会开成这样。

"东方海没有错,没有必要给你道歉。丁小蝶同学,大家是在帮助你,是为你好……"

"是为我好?什么民主生活会?把大家集中起来批我一个人,当众羞辱我,是为我好?算了吧,你们的好,我承受不起!"痛苦地喊出这些话,丁小蝶转身就跑,她重重地把门关上,冲入雨中。

从教室里跑出来,丁小蝶在细雨中奔跑。跑出很远,她才慢慢停下来,茫然地在雨中走着。看到有人骑马冲了过来,她让到一边,那人却勒住马。

"又是小蝶妹妹啊,上海来的大小姐就是不一样,雨中漫步是不是特别有情调?"

丁小蝶狠狠地瞪着笑眯眯的石保国:"关你屁事!"

"看看你说的,如果啥事都能用'关你屁事'和'关我屁事'来回答,那世界不是臭烘烘的?"

差点儿被石保国逗笑，丁小蝶还是忍住了，她指着鲁艺的方向。

"你不是去找那个女人吗？快去吧，她现在心情好着呢。"

话音刚落，她打了一个喷嚏，石保国翻身下马，凑到她跟前看了看，脸上还是嬉皮笑脸，但口气却很关切："咋了？是不是感冒了？"

"是不是感冒关你什么事儿？我就是死了，和你们也没关系。"

看丁小蝶没好气，石保国做出一副夸张的神情。

"看你这话说的，咋和我没关系？关系大着呢，你是我们独立团推荐来的，不管你咋想，我可是把你们都当作我们独立团的人了。来，上马！"

他翻身上马，然后向丁小蝶伸出一只手，丁小蝶一脸疑惑地看着他。

"干什么？"

"雨中漫步有味道是有味道，可泥巴太多，骑到马上，走自己的路，让泥巴溅别人身上吧。"

丁小蝶脸上终于露出笑意，她抓住石保国的手，翻身上马。石保国调转马头，向来路驶去。天空渐渐放晴，远方出现一抹美丽的彩虹。

石保国带丁小蝶回到抗日军政大学的学员宿舍中。丁小蝶在床铺上坐着，连着打了好几个喷嚏。不一会儿，石保国端着一碗热气腾腾的姜汤进来，放在嘴上吹了吹，递给了她。

"快趁热喝了吧。延安不比你们大上海，说要药，药就来了，我们在前线，有个头疼脑热了，一碗姜汤就解决问题了。"

"其他学员呢？"丁小蝶接过姜汤，好奇地打量着空无一人的宿舍。

"他们去和延安中国女子大学搞联欢去了。"

"有这等好事，你应该比谁都积极啊。"

丁小蝶撇嘴，石保国点点头，又摇了摇头。

"我确实比他们积极，我本来就是去找你们叶协理员……"

"别提那个女人，那么多学员，她就盯着我，处处和我过不去，总是找我碴儿。"一听到叶作舟的名字，丁小蝶就生起气来，石保国茫然地看着她。

"不会吧，她当年在妇女团当营长时，就像一只老母鸡，战士们就像小鸡，她总想把她们罩在身子下。长征过草地时，她们营一个女战士生病，她硬是背着女战士过完了草地，那可是六天六夜，没吃没喝的……"

"那是从前，她丈夫后来不是死了吗？有人疼她，她自然也会疼别人，没人疼她了，她觉得这个世界都欠了她，自然把气都撒在我们身上了。"

石保国直摇头："小蝶妹妹，不是我批评你，你说的叶作舟可不是我认识的叶作舟。我们当兵就在一起，她的丈夫是一个虎虎生威的战将，也是我的好兄弟。这么多年的交情，我比你了解她。不管你信不信，反正我信她是一个难得的好领导，一个合格的军人，你要好好和她相处……"

丁小蝶不耐烦地放下姜汤。"行了行了，你不用说了，都是我不好，她十全十美天下无双，全是我无理取闹行不行？"

"我也不是这意思。人无完人，她脾气有些急躁，工作方法也有待改进的地方。你呢，也有这么一点点、一点点大小姐脾气，你俩都得改一改。"石保国赔着笑，用手指比出很短的一截，丁小蝶被他滑稽的样子逗乐，又端起了姜汤。

石保国看着她喝姜汤，得意地说："这是我亲手熬的姜汤，趁炊事员老王不注意，还偷偷地放进了两勺子白糖。"

"我说怎么这么甜呢。"

"我知道你们江南人喜欢甜食……唉，可惜啊，咱们延安的条件有限。这件事我给你记着，等我回前线，再打仗了，打扫战场时，我争取多缴获一些敌人的白糖、冰糖啥的，到时给你带回来。"

姜汤的热气在丁小蝶眼前撩起一层水雾，她心中感动，低声喃喃着："石团长，你人真好，唉，要是叶作舟，要是东方海有你一半儿就好了。"

"东方海怎么了？"

丁小蝶神色黯然道："他心里只有杀鬼子报仇，全是仇恨，哪里还能装下我？更可气的是，他还和叶作舟一起训斥我，他有什么资格训我！"说完，她把姜汤狠狠地放在桌上。

石保国忙端起姜汤，笑呵呵地递给她。"不说他了，赶紧趁热喝，身体要紧。人的情绪嘛，就像喷嚏，打出来了也就没事了。"他刚说完，丁小蝶就又打了一个喷嚏，两人不由得相视而笑。

山林间一块空地中，郭家兄弟在教东方海用枪。

"我这还是特地求你们鲁艺关山老师画的，咱就当是靶纸吧。"

郭云鹏从口袋里掏出一张纸，钉在树干上，上面画着一个日军。郭云生掏出手枪递给东方海，郭云鹏教授持枪姿势，郭云生在旁边讲解：

"瞄准鬼子的额头，目标、眼睛和手枪准星要在一条直线上，这叫三点连一线。"

东方海持枪瞄准，郭云生一边纠正他一边继续讲解："一定要用力握紧枪，直到握枪的手颤抖，然后放松一点儿，手腕一定要绷紧，这样才能保持射击时的稳定。"

郭云鹏捡起一颗石子放在枪上，手枪晃动了一下，石子掉了下来，郭云鹏又把石子放了上去。

"你什么时候能保持十分钟不让这颗石子掉下来，那就算练成了。"

"阿海，我们每周至少抽出半天时间来教你，一定会把你教成神枪手。磨刀不误砍柴工，先把瞄准练好了，等有子弹了，自然一击即中，这些练不好，有了子弹也白费。"

东方海咬紧牙关，坚定地点头："我一定会练好，将来上了战场，为我爸我妈报仇。"

回到鲁艺没多久，东方海就被叶作舟叫去了办公室。叶作舟知道东方海与丁小蝶关系好，想让他多劝劝丁小蝶向于冬梅学习，并且叮嘱东方海不要总想着报仇，要把助教的工作做好。东方海一一答应下来，又听叶作舟说打算任命于冬梅为平剧团演员组组长，欣喜地表示赞同。临走前，叶作舟又再三拜托东方海做好丁小蝶的思想工作。

离开叶作舟办公室没多久，东方海就在路上见到于冬梅抱着书从对面而来，她也看到了东方海，却转身朝另一条岔路走去，东方海赶忙追上她。

"冬梅，你怎么见到我就躲？难道我是老虎，会吃了你不成？"

于冬梅不安地左右看了一下。"东方哥，我也不是有意躲你，我怕小蝶看到了误会。"

"有什么误会的？咱们又没惹她。"

犹豫了一下，于冬梅还是将心中所想说了出来："东方哥，你有时做得也不对。民主生活会上，叶协理员批评小蝶可以，但你不应该那样说她。她很在意你，你却在公开场合批评她，她肯定会伤心的。我虽然不是很懂，但我看得出来，小蝶的心都在你身上，把你当作依靠。你就是帮她，也要讲究方法。"

"看到她我都头大了，都到这个时候了，她见了我，还动不动劝我离开延安，去香港。我还没杀一个鬼子呢，怎么可能跟她走呢？我真拿她没办法了。"

于冬梅忧心忡忡地看着东方海。

"东方哥，你也不要总想着报仇，要记得好好练琴，不能荒废了，将来打败了鬼子，你还是要当一个大音乐家的。"

"什么大音乐家！什么练琴！我现在没那个心思，眼一闭，想的全是父母。我到延安来，就是为了当八路军，好上前线打鬼子。没报仇之前，我没心思想这些。"

两人正说着，丁小蝶走了过来，看到他们，收起了笑容，在两人面前停下来，她打量着两人，语气不善："于大组长，东方老师，你们两个在一起，是在商量工作呢，还是谈心呢？"

"小蝶，我去图书馆借了两本书，正好遇到东方哥。"于冬梅强颜欢笑。

东方海却想起叶作舟的嘱咐，没头没脑来了一句："小蝶，你要多向冬梅学习。"

这句话戳到了丁小蝶的痛处，她讥讽地笑着："冬梅姐那么会讨叶协理员的欢心，我可学不来。"

"小蝶，你说话怎么这么冲？冬梅是不愿意跟你计较，你不要以为她好欺负。"

东方海越是帮着于冬梅说话，丁小蝶就越是生气，三言两语过去，两人又吵了起来。于冬梅慌忙劝和，东方海却更加生气，丁小蝶说的话也越来越难听。于冬梅也被丁小蝶带刺的话气到，一时不知说什么好，转身跑开了。东方海头也不回地去追于冬梅，丁小蝶气得跺脚，蹲下来捂着脸呜呜地哭了起来。

哭了一会儿，看到东方海又折了回来，以为他回心转意，她欣喜地站了起来，抹着眼泪恳求东方海跟她一起离开延安。却没想到东方海是回来责问她为什么要为难于冬梅，两人又争吵起来，最终不欢而散。

石保国上次就是为了丁小蝶，没来得及去找叶作舟，这次抽空赶来，却又撞上了正蹲在路边哭泣的丁小蝶。他赶忙翻身下马，走了过来。

"小蝶妹妹，这是咋回事？又哭了？"

丁小蝶看了看他，哭得更响了。"这个破地方，我真是一刻都待不下去了！"

石保国站在丁小蝶的身后，想把手放在她肩上安慰，又觉得不妥，只好搓着手。"这话我就不同意了，我觉得一点儿都不破啊，好山好水，多美啊。你要是到了我们前线看看就知道什么是破了,鬼子到处制造无人村,有些村子连一间完整的屋子都没有,那才叫破呢。"

丁小蝶站了起来,抹了一把泪。"我宁愿去前线,也不愿意在这婆婆妈妈的地方待了。"

"你这口气和叶作舟一个样儿,她也是整天想着上前线……好好好,我不提她,不提她……我再提一下吧,她其实还是为你好……"

看到丁小蝶变了脸色,石保国忙连连摆手,丁小蝶撇着嘴看看他。

"用不着你来哄我,你赶紧去找你的嫂子去吧。"

"不急不急,你有什么心事,给我说说,说出来了就好受了。"

"就你,你除了打仗,还懂什么?我对你说,还不如对你骑着的马说呢。"也不管石保国脸上赔着笑,丁小蝶说完,气呼呼地走了。

在鲁艺里转了大半圈,石保国才找到正在女生宿舍帮学员们整理内务的叶作舟。这阵子学校的工作忙,叶作舟还没顾得上帮他打听柳二妮的去处,石保国倒也不急,他把路上看见丁小蝶哭鼻子的事一说,叶作舟十分意外,在她的印象里,丁小蝶可从不在人前示弱。

"说起来,我还真没接触过像丁小蝶这样的,那真是软硬不吃、油盐不进啊。"

"说难也不难,男人靠捧,女人靠哄。你多哄哄她就好了,靠吼不管用。"

看石保国嘿嘿笑着,叶作舟忍不住打趣他:"要不,不要柳二妮了,我给你说合说合丁小蝶吧。"

看石保国夸张地举手做投降状,叶作舟笑着去抢他手里的缰绳。"好了好了,你放心吧,我会把你的柳二妮打听出来的。把马给我,我再去遛两圈。"叶作舟翻身上马,扬鞭而去,意气风发,好一会儿才回来,等在原地的石保国上前牵住马。

"说好遛两圈,这三四圈都有了,过瘾了吧。"

"过什么瘾啊,和当年骑马杀敌差了十万八千里。唉,我本来应该拿刀拿枪和鬼子拼命,可偏偏被留在了这婆婆妈妈的地方。"

石保国笑眯眯地看着一脸悻悻然的叶作舟。"你想杀鬼子还不容易?找个机会带着鲁艺的战地服务团到我们独立团去,你们教我们唱歌鼓舞士气,我带着你们上战场杀鬼子!"

"对对对，下次再有战地服务团到前线去，我一定要去。"

叶作舟眼睛发亮，石保国翻身上马。

"嫂子，马你也骑了，瘾也过了，我拜托你的事儿也要当回事儿。"

"放心，下次你来，我一定会帮你找出柳二妮！"冲着他的背影，叶作舟高声说道。

石保国就这样骑着马缓缓地离开鲁艺，嘴里哼唱起自己改了词的信天游，哼唱着他所期待的未来。

九

　　石保国刚从前面走，于冬梅便带着柳二妮过来了，叶作舟惊喜地迎了上去。柳二妮还在为不能考鲁艺的事生气，对叶作舟摆起了脸色，离开时又放声高歌一曲来挖苦她。于冬梅又是着急又是尴尬，叶作舟倒也大度，笑着夸柳二妮唱得好听，又从于冬梅口中问出了柳二妮的住处所在。

　　顺着于冬梅指点的方向，叶作舟来到于家班的新住处。于镇山正在窑洞外练习吹唢呐，叶作舟站在一旁，耐心地听着，等他吹完还鼓起了掌。于镇山却好像没有看到她一样，收拾一下就往窑洞走，叶作舟不得不叫住他："那个，那个，冬梅的哥哥，你等一下。"

　　"我有名有姓，我叫于镇山。"于镇山冷冷地回头看着她。

　　"对对对，于镇山同志……"

　　"你别叫我同志，我又没上鲁艺，不是你们的同志。"

　　叶作舟有点儿生气了："你这个小伙子怎么这样不讲理？你没考上鲁艺，是因为你自己没文化，怎么把气撒在我头上了？"

　　"咦，你这个女八路怎么这样不讲理？事情到你嘴里怎么就成了我没考上鲁艺？你让我考了吗？"

　　两人互相瞪了一会儿，叶作舟着急地摆了摆手。"我懒得和你掰扯这事儿，我来也不是找你的，我找柳二妮，柳二妮在哪里？"

　　"柳二妮在哪里，你管得着吗？我们又不是鲁艺的学生，你在你那一亩三分地呼风唤雨，到我们这里可行不通。你哪里来，还回哪里去。"

　　于镇山大踏步地往前走，叶作舟不甘心地跟了上去，对着窑洞大喊："柳二妮，柳二妮！"

　　"那个……那个谁，你找我有啥事儿？"柳二妮出来，站在窑洞口，叶作舟脸上出现喜色。

　　"二妮，你过来，我给你说个事儿。"

"你是来请我上鲁艺的吗？"柳二妮站着不动。

叶作舟哭笑不得地摇头："不是，我有其他事儿要给你说。"

"有什么事儿你就直接说吧，咱正大光明地说，不用偷偷摸摸。"

叶作舟有些为难，她左右看看。

"你爹呢？"

"你这人真怪，先是找我镇山哥，接着又找我，现在又找我爹，你到底找谁？到底有啥事儿？"

"算了，我啥事儿都没有。"叶作舟一跺脚，转身就走。

于镇山高声道："走好，不送。"

在叶作舟身后，柳二妮又放开嗓子唱起了信天游。

与此同时，东方海则来到了鲁艺音乐系主任冼星海的家中。他前来拜访时，冼星海正在伏案作曲，夫人钱韵玲支起一口锅炒着黄豆。

"冼主任，你好，我是东方海，你找我有什么事？"东方海有些拘束地走了进来，冼星海热情地和他握手。

"东方，你好你好，快坐。这是我爱人钱韵玲。我们是几个月前刚在武汉结的婚，婚礼主持人还是田汉呢。"

东方海好奇地看着钱韵玲手中的锅铲。"师母，你在忙什么？"

"我在做咖啡。你们冼老师喜欢喝咖啡，这里没有咖啡，我就想了一个办法，用黄豆炒一炒，然后磨碎，拌上红糖，算是延安产的土咖啡吧。"

看东方海一脸惊奇，夫妻两人一起笑起来。

"你还别说，还真是另有一番风味。对了，我一到鲁艺来，就听人说，你是个音乐天才，小提琴拉得特别好，我想听听。"

东方海取出小提琴，冼星海带着审视的目光看着他。

"那你就拉一曲尼古拉·里姆斯基-科萨科夫的《野蜂飞舞》吧。"

东方海深吸一口气，拉起了《野蜂飞舞》，一曲终了，冼星海轻轻鼓掌。

"好，你拉得确实好，不过，你最近好像没有好好练习吧？"

"是的，我最近拉得不是很多。"

东方海低头承认，冼星海摇了摇头。

"这可不行。我们搞音乐的，不仅仅靠天分，还要靠勤学苦练。一天不练，自己知道，三天不练，同行知道，一年不练，天下人都知道。你是个难得的音乐人才，浪费了自己的才情就太不应该了。"

"是，我一定好好练。"东方海惭愧地点点头。

这时，毛主席来了，手里还拎着两只鸡，东方海忙跟着冼星海夫妻一同迎了上去，只见毛主席微笑着把手里的鸡提起来给他们看："这是边区政府给我送的鸡，说要让我补充营养。我想，独乐乐不如众乐乐，就借花献佛给你拿来了。"

"主席，您整天也是粗茶淡饭，还是拿回去吧。"

冼星海有些不安，毛主席却干脆地把鸡递给了钱韵玲。

"我粗茶淡饭没啥，你们这些才子就不一样了，创作可是浪费脑细胞的，营养跟不上可不行。"

"感谢主席关心，我一定创作出伟大的作品。"

毛主席转向东方海，冼星海连忙介绍："这是音乐系助教东方海，也是一名小提琴家。主席，要不要听听？"

"好，我来点，还是你拉个最拿手的？"

东方海架起琴。"主席您点。"

"我听说马思聪在去年创作了一曲《思乡曲》，你拉来听听。"

一曲终了，毛主席赞许地点了点头："你拉得好，很好地表达了这支曲子的神韵。这支曲子拨动了多少为抗日救亡而奋战的中华儿女的心弦，引发了多少爱国爱乡的炎黄子孙的共鸣，激励人民投身抗战。"

"毛主席，我有一个请求。"东方海鼓足勇气，上前一步，毛主席饶有兴趣地看着他。

"你说说看。"

"我在上海目睹了鬼子的烧杀抢掠，我的父母也死于鬼子的枪下。我是奔着救亡图存的心来到延安的，我想到前线当一名真正的八路军，真刀实枪地和鬼子拼命。"

"你把手伸出来，让我看看，我可是会看手相的。"东方海疑惑地伸出手，毛主席拿着他的手端详了一会儿。

"你这双手，我给你看过了，你这手是拉小提琴的手，不是拿枪的手，你不能成为朱司令的兵，你是鲁司令的兵。"

"主席，你就批准我上战场吧。"

看东方海一脸的不甘心，毛主席语重心长地说道："这场战争可不是打死一两个鬼子的事儿，这是一场持久战，这不仅是中日两国物质层面上的较量，也是中日两个民族在意志与精神上的较量。文艺战线也很重要。

你现在已经在战场上了。"

"主席说得对,要想战胜敌人,必先武装精神。"冼星海也在一旁用满含深意的目光注视着东方海。

"前年丁玲来到延安,主动要求到前线去看看。我给她写了一首词,通过电报把这首词发给她了。这首词里有这么一句:'纤笔一枝谁与似?三千毛瑟精兵。'你们这些大艺术家,是不拿枪的战士,厉害着呢,你们用自己的双手,创作出的唤醒人民、催发革命激情、鞭挞黑暗势力的作品,简直顶得上三千精兵呢。"

冼星海连连点头:"主席说得好,我们还是应该用手中的笔参与这场战争。"

这才坐下一会儿,毛主席就为着其他工作,向他们告别了。毛主席走后,冼星海拿过放在地上的两只鸡,递给了东方海。

"冼主任,这是主席送给您的鸡。"

面对东方海的疑惑,冼星海笑得开心:"主席借花献佛,我也再来一次借花献佛,你拿回去交给叶协理员,给大家改善一下伙食。"

"这怎么行?你的教学、创作任务那么重,要好好补充营养。"

见东方海极力推辞,钱韵玲也过来劝说:"你就收下吧。你们冼主任工作起来不要命,思考一旦成熟,那劲头是相当惊人的,可以连续几天几夜不休息,一直到作品完成才作罢。你放心,中央早就知道他是个拼命三郎,特批他每周能吃上两次肉、两次大米饭,每餐多加一个汤。"

"延安对知识分子的尊重,那可不仅仅是口头上,而是扎扎实实地落实的。"

冼星海这么说,东方海也只好点头,满怀感激地接过,道谢离开。

看到他提着两只鸡回来,鲁艺食堂前的空地上一会儿就聚起来好几个人。

"太好了,终于有肉吃了。"

"孔子三月不知肉味,我是半年不知鸡肉味了。"

众人七嘴八舌地议论着,满脸激动,丁小蝶也在其中,虽然没那么兴奋,但也被众人的情绪感染,脸上写满了期待。关山从食堂拿着一把菜刀兴冲冲地过来。

"让开,让开,我来杀鸡。"

众人蹲成一圈，研究如何杀鸡。

"我在家里见过吴妈杀鸡，是从脖子处下刀的。"

听东方海这么说，关山沉思片刻，只见他一手拿着菜刀，一手摸着鸡脖子，摸了好大一会儿，也没见什么动静。

"关山，你在干什么？"

"我在找颈动脉。"

东方海恍然大悟："对对对，先找到颈动脉再说。"

又过一会儿，还是毫无动静，围着的学员们着急起来："杀个鸡那么婆婆妈妈，找什么颈动脉，照着鸡脖子咔嚓一刀不就行了？"

"你行，那你来。"关山把菜刀和鸡递给了说话的学员。那人拿着菜刀犹豫起来，抬头看到众人充满期待的目光，只得硬着头皮小心翼翼地用菜刀在鸡脖子上划了一下，鲜血涌出，鸡拼命挣扎，歪着脖子在地上跑，血沫乱飞。众人赶紧弯腰追着，场面乱成一团。

刚赶到的叶作舟一把将鸡抓起来，又好气又好笑："杀个鸡就这么难？"

众人齐齐点头，叶作舟伸出手。"把菜刀拿来。"

她手起刀落，干脆利落地杀掉了两只鸡。众人愣愣地看着她提着死鸡走向食堂的背影，丁小蝶啧啧感叹着："杀鸡不眨眼，太残忍了。"

终于盼到开饭，丁小蝶迫不及待地夹起一块鸡腿肉，刚放在嘴里咬了一口，她就跳了起来，把鸡腿肉吐在了地上，众人惊愕地看着她。

"看什么看？做得这么辣，还让不让人吃饭了？"

"丁小蝶，你把这块鸡肉捡起来吃掉。"叶作舟站了起来，严厉地说。

丁小蝶吃惊地看着她："你说什么？"

叶作舟痛心疾首道："你知道不知道，二万五千里长征红军吃的是什么？是连皮带、皮鞋都要煮煮吃的。现在生活好了吗？你知道不知道延安有多困难？这两只鸡还是边区政府送给毛主席补充营养的，毛主席舍不得吃，送给了冼星海主任，冼主任又送给咱们，你就这样糟蹋它？"

"你给我煮皮带、皮鞋，我照样能吃，但我就是不能吃这辣子鸡，一点儿辣的都不行。"丁小蝶毫不退让。

一旁的于冬梅低声说道："协理员，小蝶是在上海长大的，不习惯吃辣也是情有可原。"说着,她站起来,从地上捡起那块鸡腿肉,到食堂窗口用水洗洗,自己吃了。

"你看看人家于冬梅,你要是有她十分之一的觉悟,就啥事儿都没有了。"叶作舟指指于冬梅,向丁小蝶说道。

"别拿我和她比,她是她,我是我!"丁小蝶重重地放下手中的筷子,跑出了食堂。

叶作舟冲着她的背影直摇头,东方海看到于冬梅向自己示意,才反应过来,追了出去。

东方海追上来时,丁小蝶已是满脸泪水,她转过身来,定定地看着东方海:"阿海,咱们一起离开延安吧。"

"动不动就要走,你这样能干什么事儿?"东方海有些恼怒,丁小蝶一脸失望。

"你不愿意跟我走?"

东方海挥了一下手。"走什么走?怎么走?现在到处是鬼子,我们已经到了延安,上了鲁艺,穿着八路军的衣服,就应该按八路军的标准要求自己,如果要走,我也只有一个去处,那就是上前线杀鬼子。"

"那好,你就跟我一起上前线杀鬼子好不好,我们一起离开这里好不好?"

看着丁小蝶恳求的目光,东方海真的无法理解她在想什么。

"你想得容易,说上前线就能上前线?我都试过好多次了,我还当面向毛主席请求过,可有什么用?"

"我明白了,你千方百计地找理由,只是不想和我在一起而已。我只问你,你到底有没有爱过我?"没料到丁小蝶突然抛出这样一个问题,东方海的脸痛苦地皱了起来。

"我现在什么都不想,我就想着为父母报仇。"

"我知道你喜欢的是于冬梅。好,东方海,你走着瞧,你总有后悔的一天!"丁小蝶恨恨地说完,转身快步离开了,东方海停在那里,犹豫了一下,转身向着食堂走了回去。

丁小蝶在不远处的土坎上坐着,流着泪,拿着石子往身边一块石头上砸,一边砸一边嘴里喃喃有词。石保国骑着马冲了过去,没走多远,忙又勒马停下。丁小蝶听到声音，抹了一下眼泪，站了起来，石保国翻身下马，牵着马走过来。

"小蝶妹妹，你这是在看风景呢，还是……哦，你怎么又哭了？"

"刚才我们吃的是辣子鸡，从来没吃过这么辣的，辣得眼泪都止不住，以后再也不吃了。"丁小蝶掩饰地说着。

石保国恍然大悟："哦，可不是嘛，你们江南人是不吃辣的，爱吃甜的。我得给你们协理员说一下，要照顾一下小蝶妹妹的口味。"

"用不着你说，我也用不着她照顾。"

看丁小蝶又气鼓鼓的，石保国笑了："小蝶妹妹，你也不要生气，你们协理员也不是有意为难你。她的底细我清楚，她本来也不吃辣的，就是在红军时，敌人围剿，除了辣椒，连个菜叶子都见不着，她才开始慢慢吃的。"

"她能吃并不能代表我也能吃，就为了一个鸡腿，当众给我难堪，她这不是欺负人吗？"

"我的大小姐，你就不要生气了，为了一个鸡腿，引发了一场战争，传出去了，人家都要笑话呢。如果是为了一个男人撕破脸，我觉得倒还值得。"

石保国的话实在有趣，丁小蝶忍不住扑哧一声笑了出来。

"你说得也是，就像为了海伦，打了十年的特洛伊战争，都成了史诗了，我们这场十分钟都不到的鸡腿大战，再轰轰烈烈，也上不了史书。"

"海伦是谁？特洛伊战争是哪年打的，我怎么没听说过？"

丁小蝶愣了一下，看看满脸疑惑的石保国，摇了摇头。

"夏虫不可以语冰，井蛙不可以语海，凡夫不可以语道。你可以走啦。"

石保国皱眉道："小蝶妹妹，你说的话虽然我没全懂，但我也能听出个大概，就是对牛弹琴的意思呗。"

"嘿，石团长，人不可貌相啊，你居然还听出个八九不离十了。"丁小蝶惊讶道。

石保国洋洋得意地说："那当然，听话听音嘛。你觉得对牛弹琴有失斯文，我却觉得未必。你给牛弹琴，牛虽然可能听不懂，但它觉得那也是好听的，你若大声叱骂牛，它也知好歹的。我是放牛娃出身，你听我的没错。你就把我当作牛吧，有啥心事了就给我说说，说出来心里就好了，我这人没别的优点,就是善解人意。"

"……真没见过像你这么厚脸皮的人。"

石保国哈哈一笑,翻身上马而去,丁小蝶看着他的背影,心中竟然有些惆怅。

叶作舟坐在距离鲁艺不远的一处山坡上远望,石保国打马上来。

"嫂子,我找你半天,你原来躲在这里来了,是看风景呢,还是有心事了?"

"石团长,你说说,这些城市来的女娃娃怎么这么不懂事呢?"叶作舟闷闷不乐地站起来。

"我刚才遇到那个上海妹妹了,你也真是的,把人家都训哭了。"

"她哭了?她那么气势汹汹,还会哭?"虽然不是第一次从石保国口中听到了,叶作舟仍会感到惊讶。

"哎呀我的姑奶奶啊,说句不好听的话,你都忘了你自己是个女人了。当着那么多人的面,你把人家狠狠地批评了一顿,谁能受得了?"

"那她也不应该扔鸡腿。延安这么困难,还是毛主席送的鸡,她说扔就扔了,你说像话吗?我已经拿这个大小姐没办法了,真不如上战场去,说打就打,白刀子进,红刀子出,哪里有这么多婆婆妈妈的事儿。"

石保国笑眯眯地把马缰绳递给了叶作舟,说:"给,你今天好好过过骑马的瘾,想骑多少圈就骑多少圈,反正也没有课。"

叶作舟开心地接过马缰绳,走了两步,又回头看石保国,说:"石团长,你不是来找那个大辫子吗?"

石保国猛地拍了一下自己的脑袋。"哎呀,看我这记性,把正事儿都忘了,你找到她了?给她说了吗?她愿不愿意?"

叶作舟直摇头:"我还真找到她了,可她根本就不听我说话啊。这个大辫子,还在恨我不让她考鲁艺的事儿,我一开口,她本来愿意的,也会变成不愿意了。石团长,这事儿还真得靠你自己了,该做的,不该做的,我都做了,实在是没招了。"

"真没招了?"

叶作舟翻身上马,摇了摇头。"真没招了。"她挥起马鞭,骑马而去,留下石保国在原地惆怅地叹气。

石保国亲自下延河摸了几条鱼，借街头小饭店的砂锅熬了一锅美味的鱼汤。这鱼汤当然不是他自己喝的，他那肚子随便什么都能填饱，他花这么大心思，是为了哄一个人高兴。

拎着做好的鱼汤，石保国走出饭店，马却被赶着处理公事的叶作舟和于冬梅借走了。怕鱼汤凉了不好喝，他只好脱下上衣把砂锅连着筐包起来，顶着冷风大步流星地向鲁艺走去。

被叫出来的丁小蝶不明所以地跟在石保国身后，走进鲁艺旁的桥儿沟小树林，只见石保国献宝一般解开衣服，从筐里拿出碗和勺子，又打开砂锅盖子，鱼汤的热气立刻冒了出来，他麻利地往外盛着鱼汤。

"我的马叫你们叶协理员骑走了，这鱼汤要是凉了就不好喝了。来，尝尝。"

丁小蝶接过碗，先是喝了一小口鱼汤，不相信似的看看石保国，又看看砂锅，立刻大口大口喝起鱼汤来。石保国看着她，露出笑容。

"慢点喝，慢点喝。"

"再来一碗。"丁小蝶把空碗递过来，石保国从砂锅里捞了鱼在碗里，又加了汤递回去。

"小心鱼刺。这鲫鱼哪都好，就是刺太多。这个季节没有青菜了，要是能在里面放一把嫩生生的小白菜，就更好了。"

丁小蝶熟练地把鱼刺吐出来。

"刺多的鱼才鲜美。论吃鱼，我是老手了。我家的餐桌上，一年四季没断过鱼……"

突然，她端着碗怔在那里，眼泪流了下来。石保国慌张起来："怎么了，小蝶，鱼刺卡着了？是不是鱼的苦胆没收拾干净，苦着你了？"

"我……我想我妈了，我妈知道我喜欢吃鱼，每次做鱼，她都亲自下厨……"丁小蝶把碗放下，双手捂着脸哭起来，石保国围着丁小蝶转了两圈。

"你看看，你看看，又哭上了！不哭行不行？我大冷天下河摸这几条鱼，容易吗？烟熏火燎地把鱼汤炖出来，跑了这么远的路送给你，可不是来惹你哭鼻子的！"

丁小蝶掏出手绢擦擦眼泪。

"我只是被感动了。原以为你只是个会打仗的大老粗，没想到你还挺细心的，有点儿像我们上海男人，还会炖鱼汤，炖出来的鱼汤还这么好喝。"

"好喝你就多喝点儿，看看你瘦的，我在你面前大气都不敢出。"

石保国松了口气，又从锅里添了几勺汤给丁小蝶。

"我有这么可怕吗？"

"我不是怕你，我是怕我出口大气把你吹跑喽。"

"真夸张。"丁小蝶忍不住笑了，石保国出神地看着她的笑容。

"又会哭又会笑，挺可爱一姑娘，怎么都说你不好相处呢？"

丁小蝶变了脸色，把碗放下。"谁说我不好相处？是不是那个叶作舟？她整天看我不顺眼，她才不好相处。"

"喝鱼汤，先喝鱼汤。"

东方海拿着一包点心走近时，石保国正把碗放到丁小蝶手上。远远看见劝丁小蝶喝汤的石保国脸上关切的神情，东方海转身就想离开。可叶作舟和于冬梅也走了过来，两个人边走边小声讨论着，于冬梅一抬头看见东方海，忙招呼一声："东方。"

这下走不成了，东方海只好停下脚步，有些不自然地应着："叶协理员，冬梅。"

"东方，正好有事找你。咦，石团长，你在这儿干什么？"于冬梅张望着，看看丁小蝶和石保国，又看看满脸乌云的东方海。

叶作舟果断地走了过去，于冬梅拉拉东方海的衣袖，东方海迟疑了一下，也跟在她们后面，石保国有些尴尬地看着走近的三人。"别误会，可别误会喽！我在做小丁同志的思想工作。"

丁小蝶站起身，看着东方海和于冬梅。"石团长关心革命同志，做鱼汤给我喝，有什么好误会的？石团长，谢谢你，今天是我来到延安之后，感觉最温暖的一天。"

"石团长，你做思想工作下的本钱不小啊，我都不知道你还会熬鱼汤。"叶作舟毫不客气地用勺子在砂锅中翻搅着。

"这都是当年长征的时候学来的本领。小丁是上海人，吃不惯这里的饭菜，熬个鱼汤给她解解馋。"

"鲁艺南方学员不少，下次再摸到鱼，多摸点儿，拿到鲁艺的食堂熬鱼汤，让大家都解解馋。"

看出叶作舟有些不悦，石保国连连点头："没问题，摸鱼我是老手了。"

东方海想了想，还是把带来的一包点心递给丁小蝶："关山说你没吃饭，特意从老乡处拿了点心给你。"

原来叶作舟与于冬梅是为了寻找东方海来到此处,不久将有记者团来到延安,叶作舟打算让东方海与于冬梅共同出一个既有质量又有新意的节目上欢迎晚会。丁小蝶一听,又不高兴了,她不明白为什么她的歌剧配东方海的小提琴就不行。

叶作舟向她解释,西洋艺术虽然好听,但上次去部队慰问演出时效果很不理想,于冬梅也说要丁小蝶一起,三个人肯定比两个人的想法更好。丁小蝶却谢过石保国,拿着点心包扬长而去,于冬梅跟了过去。东方海看了看砂锅,向石保国和叶作舟点点头,也跟了过去。

追到女生宿舍,东方海等在外面,于冬梅在里面劝说丁小蝶。

"小蝶,我和东方商量好了,这次的节目咱们俩来个女生二重唱,就唱陕北民歌。东方说了,二妮会的歌多,咱们去找二妮,看看选哪一首比较好。"

"二妮唱的歌,不就一个调子么,除了那些上不了台面的歌词,能有什么区别?想让我加入你们,就得唱我选的歌。"

于冬梅也不生气,只是耐心地说着:"小蝶,这是学校布置的任务,叶协理员说了,这个节目要表现出延安本地的风情。"

"她懂什么!反正要我唱酸曲、跳秧歌我就不去。"

受不了丁小蝶的态度,东方海走了进来。"不去就不去,冬梅,咱们走。"

"东方——"于冬梅还想再说什么,丁小蝶把他们两人推了出来。

"快走快走,别在这儿烦我!"

门关上了,东方海扭头就走,于冬梅看看紧闭的门,犹豫了一下,追着东方海去了。过了一小会儿,丁小蝶打开门,看向东方海、于冬梅走远了的背影,一跺脚,朝另外一个方向走去。

关山在排练场舞台下方支起画架,从不同的角度审视着排练场。丁小蝶冲了进来,她走上舞台,不管不顾地跳起舞来。简陋的舞台地板阻碍了她旋转的脚步,于是她选择了一些跳跃性多的动作,在舞台上像个花蝴蝶一样来回穿梭。关山的目光始终追随着丁小蝶,情不自禁地开始鼓掌。丁小蝶做着谢幕的动作。"谢谢你的点心。"

关山低下头,又抬起头。"老乡送的,我不爱吃甜食,正好东方说你没吃饭……"

"他才不会关心我吃没吃饭。"丁小蝶哼了一声,走到关山的画架前。"你这是做什么?"

"戏剧社准备排练《日出》,让我做舞台美术设计。舞台虽然简陋了一点儿,但还不是问题,演员的造型设计最麻烦,我早忘了穿旗袍的女人是什么样子,陈白露的造型一点儿眉目都没有。"

看关山愁眉紧锁,丁小蝶莞尔一笑道:"想看穿旗袍的女人还不容易,我穿给你看。我这就去换衣服,想要什么样的造型都摆给你看,你准备好相机,想画下来也行,我可以当模特。终于可以干点像样的事情了。"

丁小蝶很快又赶回了排练场,她穿着旗袍,头发高高盘起,脸上化了妆,涂了鲜艳的口红。在舞台上,她摆着各种造型,或回眸一笑,或托腮含笑,时而高冷,时而沉思。关山认真地给她拍照,注意到丁小蝶脸色冻得有点儿发青,他忙把自己的军装脱下来披在她身上。

"外面太冷了,你等一下,我去找点木炭,等会儿画像的时候别把你冻坏了。"

关山背着相机走了,丁小蝶把军装裹紧,两个女同学走了过来,看见丁小蝶这副打扮,围了上来。其中一个女孩一脸羡慕地摸着旗袍的料子,另一个则有些嫉妒地上下打量着。丁小蝶一时兴起,后退两步,与两个同学拉开距离,伸出一根手指放在红唇上:"嘘!我不是丁小蝶,我是陈白露。太阳升起来了,黑暗留在后面。"

她挺起胸,两手伸向前方,一只脚向后退了一小步,白皙的大腿隐隐露出。不巧叶作舟这时走了过来,看到丁小蝶军装下面露出来的大腿,她眼睛睁得溜圆:"丁小蝶,你在干什么!"

丁小蝶转过身来,用空洞的眼神看着叶作舟,喃喃自语:"但太阳不是我们的,我们要睡了。"

"看看你这副打扮,头发盘得像鸟窝,嘴唇画得像喝了血,大冷天露着大腿,你也不怕冻出关节炎。陈白露这个名字,怎么听着像个妓女?"

叶作舟走近打量着丁小蝶,毫不客气,丁小蝶冷笑一声:"陈白露就是一个高级妓女的名字,她是著名戏剧家曹禺先生剧作《日出》中的主人公。叶协理员还真是聪明,不知道这个剧,听名字就能猜出主人公的身份是个妓女。"

"你读书多,你了不起,你看不起老百姓都爱听的民歌,醉心于扮演一个妓女，这是不是就是你所说的伟大的艺术？你想追求伟大的艺术，回你的上海去追呀，别用八路军的军装为一个妓女的角色取暖。"

叶作舟伸出手指点着，丁小蝶气得抓住身上的军装扔在地上。

"不就是一破军装吗，有什么了不起，我不穿了！"

"捡起来，把军装捡起来！"叶作舟双眼冒火。

"不捡，一会儿说我不配穿军装，一会儿又让我捡军装，我为什么要听你这个霸道军阀颠三倒四的话？"

"姑奶奶我和国民党的军阀打了七八年，你居然说我是军阀！你这个四体不勤、五谷不分、贪图享受、自私傲慢的资本家的臭大小姐，你居然敢侮辱我！"

被叶作舟一把抓住肩膀，丁小蝶毫不示弱地瞪着她。

"是你先侮辱我的，我抛弃一切来延安参加八路军，为了体验一个作家塑造的伟大角色，你这个什么艺术都不懂的军阀居然说我不配穿军装！"

两个女同学见此情景忙过来劝架，关山跑了过来，把手中的木炭扔下，捡起地上的军装。

"叶协理员，都是误会，丁小蝶不是自己要穿成这样，她是帮我的忙，她在为我的舞台造型当模特。这军装是我的，不是丁小蝶的，我已经捡起来了。"

叶作舟松开了手，两人仍是互相瞪视着。

东方海、于冬梅、于镇山和柳二妮一起走着。东方海轻拍着双手找节拍，于冬梅和柳二妮边走边唱着《绣荷包》的曲句，于镇山手里拿着唢呐，不时伴着两人的歌声吹个调调出来。

"一绣一只船，船上撑着帆……冬梅姐，丁大小姐真能要我教她唱歌？她那双眼睛可在头顶上长着呢，老说我的歌土得掉渣。"

听到柳二妮的话，于冬梅与东方海有些心虚地对视一眼。

"东方会把这首歌重新编曲，里面的词儿我们再找人改改，这首《绣荷包》肯定人人喜欢听，人人喜欢唱。"

"我妹子说得有道理。再说了，东方兄弟一出面，小蝶小姐哪敢不听？这世上都是一物降一物。"说着，于镇山要去拍东方海的肩膀，却被闪开了。只见丁小蝶从远处跑了过来，气喘吁吁的，她一把拉住东方海的手。

"阿海，你带我走吧，我们离开这个地方。"

"你……你又怎么了？"

见东方海愣住，丁小蝶使劲晃着他的手。"这个地方，我一天都待不下去了。"

"小蝶，出什么事了？"

丁小蝶白了关切的于冬梅一眼。"出什么事你最清楚，还不是你向叶作舟告了状，说我不想和你一起唱民歌，叶作舟才对我横挑鼻子竖挑眼的。"

于冬梅着急地摇头："我什么都没有说。"

"冬梅在叶协理员面前真的什么都没说。"

丁小蝶松开东方海的手，说："我就知道你会护着她。"

"小蝶小姐，我以我手中的唢呐发誓，我妹子从来不是搬弄是非的人。反倒是你，还有那个凶巴巴的女八路，一直都习惯自说自话，肯定是你们中间有了误会，别把我妹子牵扯进去。"于镇山也声援着妹妹。

柳二妮跟着点了点头，说："对呀，丁小姐，冬梅姐的为人我最清楚了，别的不说，这大半天的时间，冬梅姐一直都在挑你能唱的曲子，处处为你着想。"

丁小蝶对几人的话充耳不闻，又抓住东方海的手，说："阿海，你跟我去那边，我有话对你说。"

东方海看看丁小蝶，又看看于冬梅，一时不知该说什么好。看出他的为难，于冬梅拉起柳二妮的手。"二妮，哥，食堂快开饭了，去晚了就吃不上饭了。"

于镇山直盯着东方海和丁小蝶，柳二妮拽拽于镇山的衣服，三个人走出几步，柳二妮压低声音："看丁小蝶那样子，肯定和那女八路狠狠干了一架，咱们赶紧听故事去。"

听到柳二妮的话，于冬梅停下了脚步。"哥，二妮，我这个月的饭票快吃完了，你们回于家班陪富贵叔吃饭吧。"她撇下两人大步走了，柳二妮朝于镇山吐吐舌头，于镇山叹了口气。

两人来到桥儿沟树林，丁小蝶满脸激动地向东方海诉说着："阿海，这就是我们面临的现实，负责管理我们的，是一个连《日出》都没有读过的人，怎么能指望这样的人理解我们？"

东方海把丁小蝶拉到一块石头上坐下。

"小蝶，你别这么激动。你说叶协理员不理解你，你有没有试着去理解她？"

"我去理解她，为什么？"丁小蝶瞪大眼睛，东方海避开她的视线。

"人与人之间的关系都是相互的，如果你能看问题客观一点儿，就不会和别人有这么多矛盾。"

丁小蝶站起身，道："你什么意思，阿海？别告诉我，你很满意现在的处境，想在这儿一直待下去。"

"不，我没想在这儿一直待下去。"

看东方海摇头，丁小蝶热切地注视着他说："那我们走吧，离开延安，离开鲁艺。"

"可我现在并不想离开。"

"你不想待下去，又不想离开，你到底想干什么？"

"我在等机会，等去前线的机会。冬梅说了，学校会派战地服务团到前线，那时候我就有机会杀鬼子报仇了。"

猛然听到于冬梅的名字，丁小蝶冷笑一声道："呵，原来于冬梅给了你承诺呀！她能帮你报仇，你相信她当然胜过相信我了。人，真有意思！"

"我相信我自己。小蝶，就待在延安，待在鲁艺吧，我们一边读书做音乐，一边上好军事课，将来到前线去……"

东方海说得十分诚恳，可丁小蝶捂住了耳朵，道："前线，前线，阿海，你不知道我现在有多么痛苦？"

"小蝶，你别闹了好不好，你不该说叶协理员是军阀，她虽然严厉了点，但毕竟是老红军，一个女的爬雪山过草地走完了长征，还牺牲了丈夫……"

丁小蝶不认识似的看着东方海。"人人都说我不对，我以为你会站在我这边，没想到你也这样对我。"她边说边往后退，撞在一棵树上，她使劲拍打一下树干，转身跑了。

石保国牵着马站在女生宿舍门外，想去敲门，又有点儿犹豫。他本是来找叶作舟的，这回他又跑去延河摸了好几条鱼，既然答应过去鲁艺食堂给学生们熬鱼汤，他就一定会做到，结果到了却见叶作舟黑着一张脸，问了问果然是又和丁小蝶闹矛盾了。他站在那里犹豫了一会儿，也弄不清楚自己到底在操什么心，最终转身走了。

没想到他正要上马，丁小蝶便抹着眼泪跑了过来，看见石保国，哇的一声哭了起来。石保国忙扭头走过来问："小蝶妹妹，怎么了？"

"石团长,所有的人都在欺负我。"

不远处东方海呼唤的声音传了过来,丁小蝶抓住石保国的衣袖。

"石团长,我不想见他。"

"来,上马,我带你喝鱼汤去。"石保国整理一下马鞍,丁小蝶扶着他上了马,追过来的东方海看了看坐在马上的丁小蝶,又看了看牵着马的石保国,在两人身后停下脚步。

丁小蝶与叶作舟的这次争吵,最后以音乐系负责人的口头警告作结。在批评丁小蝶的这一次会议上,于冬梅因为表现优异,被任命为协理员助理,得到众人热烈的鼓掌庆贺。在于冬梅站起来敬礼时,丁小蝶表情木然,机械地拍着手。

时间过得飞快,从东方海他们赶到延安进入鲁艺至今,已数月有余。尽管总算从叶作舟处得知了柳二妮的所在,石保国在抗日军政大学为期半年的进修却眼看便要结束,他决定暂时先不考虑婚姻的事了,说来也怪,他更为关心的,反倒是叶作舟与丁小蝶之间如何相处的问题。

十

从那天起,丁小蝶便失去了神采。

排练合唱时,她站在学生堆中,不时被前排的人挡住,她只是表情木然地唱着。其他人在食堂吃饭,她独自在宿舍啃着窝窝头配咸菜。被噎到时,端起茶缸却发现里面没水,她只好使劲捶着胸口,眼泪无声地流下来。她似乎也失去了时间的概念,不知道这样的日子已经过了多久。

实际上,记者团今天才要抵达,排练场的舞台上,于冬梅正在练习独唱《绣荷包》,她边唱边舞,把思念情人的少女情怀表现得淋漓尽致,东方海在一旁拉着小提琴伴奏,两人配合默契。丁小蝶在台下看着,时而握紧双手,时而咬着嘴唇,一曲终了,她走到正在擦拭琴弦的东方海身边。

"阿海,你出来一下。我就说几句话,耽误不了你多长时间。"

东方海看看正在忙着和舞台指导讨论站位的于冬梅,拿着小提琴跟在丁小蝶身后走了出去,于冬梅看着两人的背影有点儿愣神,但很快集中了注意力,专心听舞台指导讲话。

他们来到了离鲁艺不远的延河边,丁小蝶表情阴晴不定,迈着机械的步子,看到近在眼前的延河水,才停下脚步。东方海的神情也很复杂,有点儿着急,又有点儿不耐烦,但更多的是隐忍和困惑。他把小提琴放在一块石头上,走到丁小蝶身边,只见她伸出手指向水面。

"和黄浦江没法比,对吧?"

"可是很清澈、很透明,最终的流向也是大海。"

从东方海的话中听出了陌生的距离感,丁小蝶黯然注视着水流。

"阿海,我们认识多少年了?"

"按照大人们的说法,我爸妈带着六个月的我参加了你的百日宴。"

"我记得,小的时候,你总是追着我跑,有什么好东西都和我分享,我生病了、受伤了,你比谁都紧张。十岁那年,因为我妈妈身体不好,我跟着她在法国住了两年,再回到上海,就变成我追着你跑了,直到现在。"

丁小蝶的话语声中满溢着深情,东方海静静听着,没有说话。"这么些年,我对你的心思人人都知道。那么多人追求我,都被我拒绝了,我一直在等着你,等着你向我表白。我知道你是一个很有责任心的人,不到事业有成、不到有一定的经济实力,你是不会开口的。所以,我比你更关心你的音乐、你的成就,我比你更盼着你成功那一天。这一切曾经离我们那么近,如果没有这该死的战争,此刻的我们应该在塞纳河畔,你已经举办了第一场小提琴独奏音乐会,你会手捧鲜花向我求婚……"

"小蝶——"

丁小蝶收起梦幻般的眼神,看着东方海。"我是不是很会做梦?"

"我们现在没有做梦的时间,也没有做梦的条件了。国家正在危难当中,个人的命运如果不和国家的命运连在一起,会轻得连羽毛都不如。小蝶,我知道你最近压力很大,可你一直是个不服输的人,我相信你能克服现在的困难,找到正确的路。"

东方海明白自己此刻说出的绝不是丁小蝶期盼听到的话,可这确实是他真实的想法。果然,丁小蝶脸色一沉,道:"我丁小蝶当然是个不服输的人,我不管国家的命运会向何处走,我自己的命运一定要自己来掌握。东方海,我刚刚那番话是在向你表白,我爱你,爱了很多年,现在我要你的回答,你爱我吗?"

东方海避开丁小蝶灼灼的目光,沉默地看着河水,丁小蝶扳过他的身体。"你回答我,今天一定要给我一个答案。你爱我吗?"

"别逼我,你明明知道我现在没有资格考虑这个问题。"东方海痛苦地注视着丁小蝶。

"为什么没有资格?就你和鬼子有仇吗?就你处在战争中吗?延安没受过鬼子飞机轰炸吗?可延安每天都在举行婚礼,每天都有孩子出生。死亡的威胁一直悬挂在头顶上,你知道人有多么的孤独和绝望吗?我是女人,我需要一份情感的支持。阿海,你爱我吗?"

丁小蝶热切的眼神令东方海感到窒息般的难受,他转身走了几步,蹲在地上,看着河水,喃喃说道:"我不知道,每天一闭眼,我的脑海中就有父母躺在血泊中的画面,我的心中只有仇恨。对不起,小蝶,你要的我给不了。"

两人之间沉默着，只有河水在哗哗流动。这时于冬梅出现在远方的路边，她想跑过来，却察觉出两人之间微妙的气氛，站在那里等了一会儿，她终于还是喊了起来："小蝶，东方——演出队马上要出发了——"

"回去吧，今天的演出很重要。"

东方海站起身，丁小蝶却背转身看着河水。

"你先回去，我想静一静。"

东方海迟疑了一下，拿起小提琴朝于冬梅走去。丁小蝶猛地转身，看到他们肩并肩离去的背影，眼泪大颗大颗流下。丁小蝶伸手擦了一把，又理理衣服和头发，用低沉的声音坚定地对自己说道：

"再见，我的青春，再见，东方海。"

心意已决，丁小蝶演出也不去了，反正她只不过是合唱队中的可有可无的一员。她步伐坚定地走在路上，脸上带着决绝的神情，走向抗日军政大学。

此时抗大的食堂中正在举办庆祝研修结束的联欢会，几十个学员分成两队正在拉歌，石保国是其中一队的领队。一个学员领着丁小蝶进来时，他们这一队正被另一队压制，不知该唱些什么好。丁小蝶从中间的通道走过，众人的目光都被她吸引，只见她走到石保国面前。

"石团长。"

石保国惊喜万分："小蝶，丁小蝶！太好了，你真是我的及时雨。这位就是鲁艺的大艺术家丁小蝶同志，她会唱歌剧，还会跳芭蕾舞。小蝶，把你那什么咏叹调来一曲，直接灭了他们。"

"大家好，我叫丁小蝶，是鲁艺音乐系的学员。"丁小蝶落落大方地环视一周，笑盈盈地示意正起哄让她唱一曲的众人安静，站到石保国面前，她直视着石保国的眼睛。"石团长，在唱歌之前，我想请你做一个选择题。第一个答案是，你请我再去那个小饭馆喝一次鱼汤，喝完之后我就离开延安，想办法去香港找我父母，我不管路上会遇到多少困难，也许会死在路上，但我还是想去见我父母，回到原来的家里。第二个答案是，你娶了我，给我一个新的家。"

石保国愣住了，他下意识地压低声音："小蝶，咱们遇到问题解决问题，别随便做决定，这可不是儿戏。"

"你的意思是选第一个答案？"

眼看着丁小蝶神色黯淡下来，石保国又是握拳又是搓手。"我，我——"

现场炸了锅，学员们纷纷嚷着要他选第二个，丁小蝶再次示意众人安静，她扑闪着眼睛看向石保国，声音十分温柔："石团长，保国同志，我在等你的答复。"

石保国看了看她，又看了看众学员，众人安静地等着，他最终摇了摇头。

"这是你的选择题，但我也可以给你一个答案，还是那句话，这不是儿戏，我不能答应你。"

丁小蝶愣住了，学员们也都愣住了，低声地议论起来，石保国有些尴尬："小蝶妹妹，我知道，你是一个好姑娘……"

"你们没有一个是男儿！"丁小蝶愤怒地扔下这句话，冲出了食堂。

石保国也从食堂跑了出来，不过他不是为了追赶丁小蝶，他只是想静一静。学员们都不明白发生了什么，纷纷埋怨他拒绝了大好的机会，他们只看到石保国这半年来三天两头往鲁艺跑，哪里知道他一直想找的是另外一个人。

结果这么多趟跑下来，他一次都没见到柳二妮，每次遇到的都是丁小蝶，这和每次去找的都是丁小蝶，好像也没什么区别吧？

石保国坐在一处土坎上，茫然地将目光投向远处，不停地抽着随手摸来的烟。但他心思全在别处，不停地被烟呛得直咳嗽。他想起很多事，想起在顺和镇外第一次遇到丁小蝶的时候，想起在独立团听不懂丁小蝶唱歌的时候，想起许多次看到丁小蝶各种哭泣的样子，想起丁小蝶一脸幸福地喝着他煨的鱼汤的样子……

石保国呼地站了起来，大踏步地往回走去，赶到宿舍外，利落地解下马缰绳，脸上不自觉地浮现出笑容。他骑马狂奔到鲁艺女生宿舍外，上前敲门。房间里没有声响，他又大喊着丁小蝶的名字，还是没有动静，疑惑地推开门。房间空无一人，只见床头有一摞叠得整整齐齐的军装，他心中焦躁起来。

石保国赶忙跑到教师宿舍，东方海与关山都在窑洞里坐着，听到他要找丁小蝶，关山犹豫着开口：

"她刚才来了一趟，还说要到香港去找她爸妈。"

"她只是说说。"东方海满不在乎，石保国却一拍脑袋。

"糟了,她真要走了。"也顾不上跟房间内的两人细说,他转身骑上马,沿着大路追去。

好在没多久,石保国就追上了丁小蝶,他跳下马来,拦在她身前。
"我的姑奶奶,你真的要走啊。"
"你来干什么?让开!"
丁小蝶瞪着他,石保国张开双臂。
"我不让你走!"
"你既然不愿意娶我,为什么又不让我走?"
石保国真心诚意地注视着一脸愤怒的丁小蝶。
"我愿意娶你!"
"算了吧,刚才我问你,你不是不愿意吗?我算看透你了,你对我做的一切,全是虚情假意。"
石保国猛然摇头,又点头,他的脸着急地涨红了。
"小蝶,我给你做的一切都是真的,只不过……只不过……只不过我不知道我其实爱的是你,现在我知道了……"
"我不会相信你的……"没等丁小蝶说完,石保国便弯腰把她抱了起来。
"放下我,放下我!"
石保国一声不吭,把挣扎着的丁小蝶稳稳地放在马上,然后骑上马。丁小蝶慢慢安静下来,让石保国抱在怀里,两人向抗大而去。他们回到食堂时,联欢会还没散去,石保国把丁小蝶抱下马来。
"你要干什么?"
"你当着大家的面问我了一个问题,我要当着大家的面回答你。"
他拉着丁小蝶的手走进食堂,学员们先是惊奇地看着他们,继而爆发出热烈的掌声,石保国大声说道:"大家静一静,我要宣布一个重大消息,我,石保国,要娶丁小蝶了,这一辈子好好待她,有再大的苦再大的难,都不离不弃。"
"谢谢,谢谢你。"丁小蝶流下泪来,掌声更加响亮。
在众人的起哄声中,石保国把丁小蝶高高抱起,在原地转圈,所有人都在欢呼着,这时学员队长走了进来。
"呵,这么热闹!这位女同志是?"

石保国把丁小蝶放下来，向学员队长敬礼，一旁的学员抢着说道："报告队长，她是石保国刚找的媳妇，是鲁艺的学员。"

"报告队长，是我主动提出要嫁给石保国同志。"丁小蝶也动作标准地敬礼。

"爽快！我批准你们的婚事了。这可是我们抗大的大喜事，我要和鲁艺的校领导通个气，在这批学员离开延安前，给你们办一个热热闹闹的婚礼。"

"谢谢队长！"敬着军礼的两人脸上洋溢着笑容。

丁小蝶也有不知情的事，在她无故缺席演出的这个晚上，在她冲进教师宿舍甩下话语要离开延安的这个晚上，叶作舟与东方海两人，终究放心不下，分别躲在女生宿舍的两边，直到眼看着她人回来了，才安心离开。

于冬梅也一直担忧地坐在炕上等候着，听到丁小蝶开门的声音，她急忙躺下，装作已经熟睡。对众人的关心一无所知的丁小蝶，摸索着拿出笔和两张纸，趴在炕上，用被窝蒙住头，并打开手电筒，先在一张纸上写下"结婚报告申请"几个大字。

第二天一早，于镇山和柳二妮赶到集市上采办各式用品，延安的集市虽不算大，但很热闹，固定的店铺不多，大部分都是地摊。两人来到一处卖窗花红纸的摊位前，正巧遇上石保国和他的两个同学在挑选喜字窗花，柳二妮先认出了石保国，惊讶地打着招呼："团长大叔，怎么是你？"

"好像听说你来了延安，原来是真的。"于镇山也一脸惊讶，石保国有些尴尬地看向柳二妮。

"有一回在大街上，我们差点碰上面，要是碰上了……你们俩这是？"

"最近办喜事的比较多，得多备点材料。石团长，你这又是要帮谁办喜事呀？"于镇山留意到他们手中的喜字，好奇地问着。

"石团长要结婚了。"一旁两位学员乐着开口。

"石团长这回可有福气了，要娶鲁艺的女大学生。"

柳二妮瞪大了眼睛，石保国挠挠头，于镇山赶忙问道："鲁艺的，谁呀？"

"我要和丁小蝶结婚了。"石保国有些不好意思地笑了一下。

"丁小蝶！不可能！"柳二妮和于镇山异口同声道。

"你们不相信是吧，我现在也还是晕乎乎的。不过确有此事。婚礼后天举行，我送请帖给你们。二妮，我想请你在我的婚礼上唱首祝福歌，就唱你最拿手的，行不？"

柳二妮傻傻点头："行，当然行，我一定去。"

于镇山也回过神来，他乐得一拍手，笑道："太好了，这真是太好了。石团长，你是个大好人，恭喜恭喜，我和二妮一定会把你的婚礼搞得热热闹闹。你慢慢选，我和二妮还有事。"

于镇山拉着柳二妮走了，看着两人的背影，石保国心中不禁感叹着命运的奇妙，但这种时候就不要去考虑什么"如果"了，他摇摇头，驱散脑袋里的想法。

叶作舟昨晚眼看着丁小蝶回到了宿舍，今天的晨练却没个人影儿，脸色又沉了下来。于冬梅和东方海出完早操后也四处寻找丁小蝶，他们找到小树林中，看到关山正在画板上夹着的一张传单纸上作画，于冬梅走了过去。

"关山，你有没有看见丁小蝶？"

"没看见，她怎么了？"

关山忙搁下画笔，于冬梅一脸担忧。

"她昨天没去参加系里的演出活动，今天一大早人又不见了，没出早操，要是再不参加今天的训练，恐怕要受处分了。"

"你昨晚很晚回宿舍，是为了等丁小蝶？"关山恍然大悟地看向东方海，东方海点了点头。

"我们再去找找。"东方海和于冬梅走了，关山拿起笔，却无心作画。正当他开始收拾画具时，丁小蝶走了过来，满面笑容跟他打招呼："你好，关山。"

"丁小蝶，你在这儿啊。于冬梅和东方正在找你，你快去追他们。"

关山一脸惊喜，丁小蝶却哼了一声道："我为什么要去追他们？我是找你有事。麻烦你给我设计一份结婚请柬，做个木刻。"说着，她换了一副喜悦的表情，把一张纸递给关山。

"这是我和新郎的名字，还有婚礼的时间地点，一定要抓紧啊！谢谢！"说完，丁小蝶飘然而去，留下关山呆愣地看着纸上的名字。

"石保国，这个男人是谁？"

到了正式训练时分,丁小蝶还是不见踪影,于冬梅和东方海一边训练着,一边在人群中寻找丁小蝶的身影。不远处,叶作舟手里捏着两张纸走过来,目光往人群中搜索着,向着于冬梅和东方海这边靠近。与此同时,关山也来到了训练场,柳二妮和于镇山从另一个方向跑过来,他们三拨人,都向着于冬梅和东方海赶去。

叶作舟最先来到两人身边,她刚要开口,紧跟着跑来的柳二妮喘着气急急地说道:"冬梅姐,上海哥哥,小蝶小姐要和团长大叔结婚了!"

东方海和于冬梅显然没反应过来,他们还笑着和跟在后面的于镇山打招呼,然后才一齐愣愣地看向柳二妮。

"你们不相信吧,团长大叔说的时候我也不相信,可他们确实要结婚了,团长大叔还让我和镇山哥去唱祝福歌。"

"千真万确!我确实想不到这两个人能走到一起,肯定是丁家小姐主动的,我看石团长的嘴都乐歪了,他那两个战友都羡慕得不得了。"

叶作舟上前一步,瞪了兴奋的于镇山一眼。

"这是学校的训练场,不是清凉山下的集市,请你们离开。"

于镇山后退一步,连连摆手道:"我走,我马上走,你眼睛别瞪那么大,我害怕。冬梅,我和二妮在教堂那边等着你。东方兄弟,再见。"

东方海好像没听见于镇山招呼似的呆站在那里,看到他的神情不太对劲儿,于冬梅忍不住也瞪了哥哥一眼。于镇山见状吐了下舌头,拉着柳二妮走了。叶作舟把脖子上的哨子递给于冬梅,道:"于冬梅,你负责大家今天的训练。"

"是!"于冬梅敬了个礼,接过哨子,吹响集合号,训练场上的学员们迅速集合排队,东方海也迈着机械的步子加入人群中。

听到丁小蝶要出嫁的消息,郭家兄弟立刻赶来抗日军政大学,和几位学员们一起,将一孔原是宿舍的窑洞收拾出来,作为一对新人的新房。

看众人上上下下忙活得又脏又累,石保国拿着烟过来,想说将就将就算了,他在这儿也住不了几晚,可学员们都很热情,坚持不能将就。一个大大咧咧的学员开起了不太正经的玩笑,正在清扫墙壁的郭云鹏听到,重重咳嗽两声。石保国忙拉着那人往外走,刚出门就看见叶作舟黑着脸站在那里,不由得吸了一口凉气。

石保国和叶作舟来到校园中一处有桌凳的树下,他用手擦了擦凳子,请叶作舟坐下，叶作舟却把手中的两张纸拍在桌子上。

"石保国，你什么时候变得这么有心计了？你拿柳二妮当借口，天天往鲁艺跑，原来是盯上了丁小蝶，还骗我说替我做思想工作。从你拿着一砂锅鱼汤去小树林的时候我就觉得不对劲，到底还是让你得手了。"

"小叶，嫂子，是我被丁小蝶那丫头得手了。你是没看到那天晚上的情景，她给了我两个选择，我要不娶她，她就要离开延安。"

石保国又是抱拳又是搓手，叶作舟也不知是气是急，连连跺脚。

"这丁小蝶可是鲁艺当台柱子培养的！你们学校领导给我们学校领导打过电话，丁小蝶的结婚报告和请假报告都批下来了，还特地指派我作为女方代表协助筹备婚事。我告诉你，这桩婚事，我一根手指头的忙都不会帮，你的婚礼我也不会来参加。"

"忙可以不帮，婚礼可得参加，咱们的关系可不比旁人。再说了，小蝶是你手下的兵。"石保国赔着笑，叶作舟却摇着头。

"我手下不止丁小蝶一个学生。这个丁小蝶太不让人省心了，她说嫁就嫁，也不管留下个什么烂摊子，让东方海……"意识到此话不妥，叶作舟看了一眼石保国，不说了，石保国却很坦然。

"你那儿不是还有个于冬梅吗？唉，小蝶要不是伤了心，她能会嫁给我？"

"书读得多的人，心里弯弯绕也多，我也不知道那些年轻人都在想些啥。你既然要娶丁小蝶，就要好好对她。"叶作舟抓起桌子上两张纸，转身就走。

训练场上空荡荡的，只剩下东方海在练刺杀，他机械地重复着同一个动作，于冬梅站在不远处注视着他，于镇山陪在妹妹身旁，柳二妮则在一边跳沙坑。

时间又过了一会儿，于镇山实在忍不住了："你说这人书读多了就是愚，我真搞不懂这个东方大少爷，丁小蝶围着他转，他爱答不理，丁小蝶要嫁人了，他又这个样子。"

"你不懂。"看看满面愁云的于冬梅，于镇山叹了口气。

"我是不懂，我也不懂你了，丁小蝶嫁给别人，没人和你争东方大少爷了，你应该高兴才是，可你这脸拉得比谁都长。"

"就是就是，冬梅姐，你应该高兴才对。"柳二妮赞同地凑了过来，于冬梅摇了摇头。

"他那么痛苦,我怎么高兴得起来。"

这时,关山手里拿着一沓请柬过来,给他们一人发了一张,柳二妮打开看着。

"这是啥,又有画又有字,挺好看的。"

"丁小蝶和石团长的结婚请柬。你做的?刻得真好。"

关山对于镇山的称赞感谢地点点头,便拿着请柬向东方海走去。

"关山。"关山停下脚步,回头看着正迟疑着的于冬梅,她也只是下意识地开口阻拦。"……算了,你去吧。"

关山走了过去,把请柬递过去,东方海打开看了看,颓然地坐到地上。

转眼到了婚礼当天,于镇山、柳二妮和柳富贵都装扮好了,于镇山还带着自己最拿手的几样乐器。他们正在饭店门口等着,于冬梅从里面走了出来。

"冬梅姐,走吧,婚礼时间快到了。"

于冬梅对柳二妮摇了摇头道:"我等着东方和关山。"

"那俩人都喝成那样了,还能参加婚礼?"

于镇山扒在窗边觑着饭店内堂,只见东方海和关山坐在角落里,桌子上摆着一盘炒花生米、一盘炒土豆丝,两个简单的菜几乎都没动过的样子,桌下倒着一个已经空了的酒坛子,桌上还放着一坛酒。饭店老板端着一个砂锅出来。

"刚刚那位姑娘让给你们上一个暖胃的菜,这是本店新开发的招牌菜——砂锅鱼汤,清淡暖胃,营养丰富。"

东方海怔怔地看着砂锅里白色的鱼汤,端起酒碗一饮而尽。东方明和郭家兄弟骑马来到了饭店门外,三人下马走来,众人互相打着招呼。

"阿海呢?"

于镇山将屋子里的一角指给郭云生说:"在里面喝着呢,已经喝了一坛。"

"我去把阿海带出来。"郭云生请示似的看向东方明。

"算了,由他去吧。走,咱们去参加婚礼,毕竟是小蝶的婚礼。"东方明迟疑了一下,摇了摇头。

"你们也准备参加婚礼吧,我和我哥骑一匹马,匀出一匹马给你们。"

柳二妮面露喜色，刚想开口答应郭云鹏，于冬梅却果断地拒绝了："我等着东方，东方不去，我也不去。哥，你也不准去。"

"我不去，坚决不去。"于镇山连连点头，柳二妮为难地看向柳富贵。"爹，我已经答应团长大叔了。团长大叔救过咱们的命。"

"于老班主也救过咱们的命，听冬梅姑娘的。"

听柳富贵这么说，柳二妮只好恋恋不舍地看着东方明和郭家兄弟离开。

抗大校园里，树上贴着大红的喜字，丁小蝶坐在树下，远望着道路另一端。她穿着齐整的军装，胸前别着一朵红花，头上戴着一个红色绢花做的头饰，整个人既精神又好看。一样装束的石保国走了过来，他也顺着丁小蝶的目光远眺。"还没来？"丁小蝶摇摇头，石保国掏出怀表来看看。"那就再等一会儿，超出一会儿没关系。"

丁小蝶却站了起来，她拍了拍裤子上的灰。"不等了，走，咱们结婚去。"

夜色降临，于镇山背着醉酒的东方海，柳富贵搀扶着跟跄的关山，于冬梅和柳二妮拿着几样乐器，一行人沿着延河向鲁艺走去。

窑洞内，红蜡烛燃烧着，映着墙上贴的大红喜字，脸颊红红的丁小蝶拥着一床花被子，端正地坐在炕上，石保国低头往炕洞里添着柴火。

"炕上暖和吗？"

"很暖和。你也上来吧。"

石保国大喜，丁小蝶却不慌不忙地伸出一根手指。"不过有条件。"

"小蝶，我知道咱俩这个婚结得有点儿仓促，你提什么条件我都答应。我这个人最大的优点就是忍耐，你放心，就是躺在你身边，我也能继续把光棍打下去。"

看石保国一脸紧张地搓着手，丁小蝶撇了撇嘴道："你把我丁小蝶当成什么人了，我向来说话算话，说嫁给你，就是诚心诚意不掺一点儿假地嫁给你。我的条件只有一个，不，两个。第一，你要骑马带着我在鲁艺校园转三圈。第二，你回根据地的时候，要带我回去。"

说到第一条时，石保国还笑眯眯地点头，听到第二条他却惊了："这怎么行，你是鲁艺的学生，不是我想带就能带的，而且根据地是前线，随时都要战斗。"

"我嫁给你，就是为了上前线，杀鬼子。"

石保国慌忙劝说道:"小蝶呀,毛主席早就给大家分了工,你和我不是一个司令的兵,你看看你这细胳膊小手,这不是拿枪的料。杀鬼子的事交给我,你就安心在鲁艺读书,好吧?"

　　"你不同意,我走。我和你结婚就是为了有个家,要是不能和你在一起,结这婚有什么意义?我去香港找我爸妈去。"

　　丁小蝶掀开被子就要下炕,石保国一把抱住她,不让她下来。

　　"你看看你这急脾气,这不还在商量吗。"

　　"保国,就带我去吧。"

　　石保国实在是无法拒绝丁小蝶那含笑的目光。"行,依你,都依你。"

　　第二天一早,丁小蝶就杀到了叶作舟的办公室。她笑眯眯地将一把喜糖放到办公桌上,叶作舟倒也不气不恼,自然地剥开一颗糖丢到嘴里。

　　"糖挺甜,但愿你日后的日子也过得甜。丁小蝶,我提醒你,要学会负责任,以后不要因为冲动的婚姻后悔。"

　　"没有冲动就不叫青春,我这个人从来就不知道什么叫后悔。在鲁艺的这些日子,你把我照顾得很好,若不是你,我还鼓不起勇气嫁给石保国。石保国年纪轻轻就独立开辟一片根据地,是打鬼子的英雄,能嫁给他,我很自豪。"

　　叶作舟毫不在意丁小蝶话里带刺,点了点头道:"你能这么想,很好。石团长是我的老乡,他回根据地之后,我会继续照顾你。"

　　"你照顾不到我了,我要和保国一起去前线。"丁小蝶等的正是这个时候,看到叶作舟眉头一皱,她得意地一甩头发。"你不是天天都想到前线去吗,你去不成!我马上就要去前线杀鬼子了,我一定会杀死很多很多鬼子,眼气死你。"

　　一口气说完这几句话后,丁小蝶翻了个白眼,趾高气扬地走了出去。叶作舟站起来追到门口,又返回来,她倒不是气自己上不了前线,她是真搞不明白石保国到底在想些什么,会同意把丁小蝶这个麻烦带去前线。

　　临行前,石保国如约带着丁小蝶骑马绕鲁艺转了三圈。东方海就像没看到没听到一般,依然在训练场上练习刺杀,于冬梅拿着一把木刀陪在他身边。丁小蝶目光瞥到两人,顿时失去了兴致。

　　当马儿踏上延河边的道路,离延安远去时,柳二妮跑了过来,边跑边喊着:"团长大哥,我那天不是故意不去参加你的婚礼,是我爹不让我去,我把那天要唱的歌唱给你们听，祝你们一路顺风——"

喊完，柳二妮放开嗓子唱起了喜庆的信天游，婉转动听的歌声中，石保国和丁小蝶打起精神，策马前行。丁小蝶就这样离开了鲁艺，离开了延安。

这天的黄昏时分，太阳西斜，一片云彩将绵延起伏的黄土地映得金光闪闪。东方海独自坐在一处山坡上，望向开阔的远方。只见远处有一群投奔延安的青年，他们背着简单的行李，风尘仆仆却充满活力，齐声唱着一首接一首的抗日歌曲。忽然歌声停止，有人高喊一声："你们看！宝塔山！"

"延安！宝塔山！我们到延安了！我们到延安了！"人群欢呼起来，青年们流着激动的泪水，拥在一起，又蹦又跳。

不知什么时候，于冬梅静静地站在东方海身后，和他一起伫望着。

"这样的情景每天都在发生，延安真像一块巨大的磁石，这么多人冒着生命危险千里迢迢奔向延安，就像我们当初一样。东方，我们的选择是正确的，你说呢？"

东方海并不是在后悔，也不是在为失去什么而伤感。尽管他确实忍不住去反复回想丁小蝶那天在延河边所说的话，想要知道那番心意究竟是如何发生了变化，又或者至今是否真的有所改变。事实上，他没有惋惜自己失去了丁小蝶的爱，他也从未想过去取得什么人的爱意，之所以无法振作起来，之所以现在才开始在意起丁小蝶的真心，是因为他在惧怕，他怕这个从小一起长大、已经如同亲人一般重要的人，由于他东方海的无情，而走上错误的人生道路。

人生在世，不可避免地会因为自身的存在而影响他人的命运。如果可以的话，东方海希望他的存在不会令丁小蝶走向痛苦，他希望丁小蝶的决定会给她自己带来幸福，可他如何能够确定这一点呢？他如何能够得到答案？

这些令东方海内心感到痛苦的疑问，无法向他人倾诉，即使面对于冬梅也无法开口。东方海无精打采地站起来，拍了拍身上的土。

"我不知道我是不是做错了什么。晚上有课，我先走了。"

于冬梅默默地注视着他远去的身影。

冬天的窑洞里，灯光昏黄，气氛却很欢快热烈。各个小组三五成群的，在分头排练着，有练歌的，有练器乐的，还有练诗朗诵的，师生们都穿着灰色的军装棉袄。来检查排练情况的叶作舟从窑洞外进来,嘴里呵着寒气,看到里面这一派热气腾腾的景象,她愉快地笑起来。于冬梅迎了过来,两人走到排练场边缘坐下。

这次延安文艺界迎新春音乐诗歌晚会是一项非常盛大的活动,音乐系的节目由于冬梅负责。从始至终,她都发自内心地喜欢延安这个地方,热爱鲁艺这个大家庭,现在唯一令她忧心的,还是东方海的状况。叶作舟也正是希望于冬梅能用自身的活力带动东方海走出低落的情绪,振作起来,一同进步。

这些天,于家班的三人也没闲着。窑洞外,于镇山正在吭哧吭哧地敲打着一块铁皮,柳二妮在另一边动作有些笨拙地纺着线。

"镇山哥,你那是做啥呢嘛?看你敲敲打打敲了好些天了。"

于镇山笑呵呵地把最后一块铁皮敲打好。

"这是我从后山拣到的炸弹皮,日本人轰炸扔下来的。这不,眼见延河就要结冰了,我上回去县上赶集,看到铁匠铺打冰刀,就画了个样子,回来照着打一个,给冬梅送去,她就可以溜冰了。"

"镇山哥,你对冬梅姐真好!"

于镇山将冰刀钉在一块木板上,拍拍手欣赏着自己的杰作。

"成了!那是!我就这么个亲妹子!二妮,来,帮哥试试!"

"好嘞!"柳二妮高兴地停下纺线,于镇山将自制的溜冰装具绑在她脚上,扶着她摇摇晃晃站起来,左看右看,满意地点了点头。

"好了,和铁匠铺打的一模一样。就是这地方得多打几个钉子,别摔着冬梅。"于镇山把冰刀从二妮脚上解下来,又开始敲打。

"镇山哥,这转眼就过年了,我听说延安有一个音乐诗歌晚会,你带我去见识见识吧?"

没想到柳二妮会对什么诗歌晚会感兴趣,于镇山想了想,爽快地答应下来:"哥带你去!我正好把这溜冰的家伙什给冬梅送去。"

舞台是临时搭建起来的,有些简陋,一条写着"延安文艺界迎新春音乐诗歌联欢会"的横幅挂在上方。台上正在表演京剧《苏三起解》的片断,台下人山人海,有延安官兵,也有当地百姓。有的坐着,有的站着,有的抄着手,有的背着手,身子挨着身子,欢笑伴着欢笑。于镇山带着柳二妮赶来,柳二妮伸长脖子,使劲往上跳着。"镇山哥,我看不到!"

"来，二妮，往前边去。"于镇山拉着二妮往前台挤。

台上，扮苏三的演员又哭又唱，突然只听得京胡的琴弦咔嚓一下崩断了，演员没了伴奏，一时间连步子都不知该怎么迈，台下发出爆笑声，演员在台上窘得不知该下去还是继续唱。于镇山一个箭步跳上台，高声给他伴奏，台下众人先是一愣，接着笑得更欢了。台上演员总算冷静下来，在于镇山的口头伴奏中从容地唱了下去，台下叫好声此起彼伏。演员演出完谢幕，掌声如雷，有人叫着再来一个，于冬梅和几个女同学坐在一起，捂着肚子笑得东倒西歪，她边笑边指着往台下走的于镇山说："哎知道吗，那……那是我哥！"

坐在她后面看演出的东方海郁郁寡欢，他甚至没有注意到，在众人的欢笑声中，一个熟悉的人影跳上了舞台，这人穿着灰色的军装，风纪扣潇洒地敞开着，军帽歪戴在脑后，脚上还穿着一双草鞋。

"光未然老师！"于冬梅兴奋地叫着，几个女同学也兴奋地捂着嘴。

光未然甩了甩头发，一只手挥舞着，还没有开口就能传递出一种激昂的情绪，全场出奇地静了下来。光未然饱含感情地朗诵起他新作的黄河组诗，他激情地挥舞着右臂，向黄河倾诉着民族的灾难……在光未然火山一样喷涌而出的激情中，全场沸腾了，一次又一次爆发出掌声。

冼星海激动地跳上台来，握着光未然的手不放。"未然，太好了！我也早想写一部以黄河为题材的大型音乐呢，你能不能把这首诗改写成歌词，让我来谱曲？我有把握！我有把握把它写好！"

在光未然朗诵的过程中，于冬梅和同学们手挽着手，神情肃然，攥紧了拳头，节目结束后，她激动地回头道："写得太好了！东方……"

东方海却不知什么时候离开了。

联欢会结束，人群散去，于镇山和柳二妮看到和同学们结伴赶回宿舍的于冬梅，在后面追着喊。

"哥！二妮！你们怎么来了？"听出他们的声音，于冬梅惊喜地回头。

两人气喘吁吁地跑到冬梅跟前，于镇山刚要说话，被柳二妮快言快语抢了先："冬梅姐，这是镇山哥给你做的溜冰刀，他可是费了好多的神呢，手都敲起血泡来了……"

于镇山轻轻敲了一下柳二妮的头，不让她再说。"就你嘴快！妹子，就你哥这手艺，比县里铁匠铺打得还要结实，你就放心地使吧，摔不着你。"

"哥，你真是的！我每天忙死了，哪有空溜冰啊！"于冬梅珍惜地接过包裹，满脸高兴地抱怨着。

"知道你忙，再忙也要操心自个的事吧？哎我问你，东方怎么样了？丁小蝶都嫁人走了，你们这是革命队伍了，那你主动点也没什么丢人的对吧？"

柳二妮也笑嘻嘻地凑上来说："镇山哥说得对，冬梅姐，你得趁空下手，要不，我教你唱酸曲，你学会了去给上海哥哥唱？"

"你这小妮子，人小鬼大！哥，你可别把二妮带坏了。行了，我得去上课了，你们回吧。"于冬梅笑着打她。

"好，走了，妹子，我过些日子再来看你！"于镇山招呼着柳二妮，两人边走边回头向站在窑洞口的于冬梅挥手作别。

十一

叶作舟敲门时,冼星海正眉飞色舞地在办公桌上摊开一张纸写字。他热情地招呼叶作舟进来,把那张纸递给她。"我正在回忆去年在武汉接到鲁艺聘书和音乐系全体师生签名信件时说过的话,你看!"

"'中国现在成了两个世界,一个是向着堕落处下沉,而另一个就是向着光明的有希望的上进,延安就是新中国的发扬地!'说得真好!"叶作舟接过来,由衷地赞叹道。

冼星海请她坐下,这次找她的缘由,是需要安排几名助手,将光未然的诗作《黄河吟》写成一部代表中华民族伟大气魄的大合唱。冼星海一直期望用音乐表现中华民族的苦难、挣扎和奋斗,表现人民对自由幸福的追求和最终取得胜利的信心,这孕育已久的创作冲动终于从光未然的激情吟诵得到了灵感。

冼星海指名要东方海参与创作中国第一部新形式的大合唱,叶作舟说东方海身上仍有很严重的小资产阶级知识分子的动摇性,完全不在状态。冼星海宽容地一笑,说:"来延安的爱国青年,很大一部分都是出身于富裕家庭,都有一个从叛逆者到革命者的成长过程。东方海他是个音乐人才,你要想办法,要引导他从叛逆者到真正的革命者嘛!"

叶作舟点点头,决定找机会和东方海好好地谈一谈。

这一天,东方海与郭家兄弟策马奔驰在山林中。他远远地跑在前面,勒住马绳,跳下马;郭家兄弟共骑一匹马,很快追了上来,两人也跳下马来。三人都跑得出了汗,东方海甩了甩头。

"好久没骑过马了,真爽!"

"阿海,这又不是上海的跑马场,这山路曲里拐弯的,你跑这么快,万一出个什么事,我和我哥回去可没法交代了。"郭云鹏责怪着。郭云生也跟着说:"是啊,要让东方明大哥知道了,准得关我俩禁闭。"

"行了行了,知道了。这儿够远了吧?学校那边应该听不见枪声了,快把枪给我,我偷着练了这么久,一次真枪也没打过,都急死我了!"东方海擦擦汗,伸出手。郭云生从马背上取下一支猎枪,递给东方海。

"猎枪?不是让我打手枪吗?你们不知道这几个月我拿个木头枪练得多辛苦,不就是为了玩个真的吗?"

看东方海一脸失望,郭云生小心地捂住自己腰间的手枪。"阿海,这猎枪可是费了好大劲才弄到的,你就别挑三拣四了。"

"好吧好吧,猎枪也算是真枪,总比那木头枪强。"

接过猎枪,东方海举起来就要开枪,郭云鹏忙拦住他。"阿海,瞄准了再开,猎枪子弹也金贵着呢,省着点,省着点!"

"知道了,知道了,我不露一手给你俩看看,你们是不信我能当神枪手。"

东方海瞄准一只兔子,扣动扳机,兔子闻声惊慌地一抬头,消失得无影无踪。看他面露尴尬,郭云鹏厚道地安慰着:"失手,失手!没关系,再来。"

东方海接连几次失手,又一只兔子出现在草丛中,这次他全神贯注地瞄准,头上微微冒汗,扣动扳机,兔子应声倒地。

"打中了!阿海,你打中了!"

"打中了?我真的打中了?我真的打中了!"郭云生兴奋地喊着,东方海都不敢相信。郭云鹏连连点头,高兴地跑去,捡起兔子,一只手高高地挥舞着。"阿海,看,你打的兔子!"

东方海还想接着打,可是猎枪子弹被打光了,看他那遗憾的样子,郭云生从腰上的枪壳里抽出自己的手枪,扔了过去,东方海忙伸出双手一把接住。郭云生又使使眼色,郭云鹏拿出三颗子弹,像宝贝似的递给东方海。

"阿海,这三颗子弹不是配发的,是我找镇山哥磨叽了多少回,他才从县里的黑市上买来的。"

"三颗就很满足了,很满足了!好兄弟,你们懂我!谢了!"把子弹压进枪膛,东方海激动地向郭云生道谢。

"阿海,快试试吧。"郭云鹏在旁边催促着。

东方海连连点头,拿起枪秀了一套身手,瞄准半天,连发三枪,两枪朝向空中,一枪朝向草丛,一只不太大的山雀和一只兔子应声倒地。郭云生高兴地拍掌，三人看看天色不早，带上战利品策马往回赶去。

叶作舟正担心东方海状态不佳，就发现所有助手中，只有他大半天不见人影。她恼火地找到教师宿舍时，恰好撞上东方海吹着口哨，肩上扛着两只野兔和一只山雀，往窑洞走来。叶作舟直接把他带去了办公室，语重心长地教育了一番，一会儿要他向冼星海学习带病创作的精神，一会儿又说延安是革命的摇篮、希望的摇篮，投身革命，大我永远高于小我。讲了一通道理后，叶作舟催着东方海拿上小提琴，带上野兔和山雀，去冼星海家工作。

东方海赶到时，于冬梅和另外两名助手正拿着冼星海刚创作出来的片断试唱。在小书房内，冼星海头上裹着一条白毛巾，盘腿趴在一张小木桌上奋笔疾书，用坏的笔尖在桌上堆成了一个小山头。

于冬梅听到东方海呼喊冼主任的声音，快步走到门口，压低声音道："小声点！冼主任正在创作。你怎么才来？"

"东方，快进来，外面冷。"冼星海夫人也闻声迎了出来。

"师母，这是我今天打到的，给您。"东方海不好意思地把手上的野兔递给她。

"太好了，冼主任好几天没吃肉了，有了这个，他的乐思一定像泉涌一样。今晚你们都在这吃饭，我去做红烧兔丁。"冼星海夫人开心地接过野兔。

东方海跟着蹑手蹑脚地走进窑洞，静静地看着冼星海浑然忘我的工作状态，于冬梅将谱子递到他眼前，说："冼主任感冒发烧好几天了，可是他完全沉浸在没日没夜的创作中。东方，你把这段拉一下，冼主任说让我们好好提意见，一个装饰音都不能放过。"

东方海拿出琴调音，他看看乐谱，悠扬的琴声随即响起。

"是东方海来了吧？"声音先从里间传出，紧跟着冼星海走了出来。"我一听琴声就知道是你！东方，你是不是好久没练琴了？"

"冼主任，您怎么知道？"于冬梅一脸惊异。

冼星海微笑着解释："他刚才的飞顿弓明显有些僵硬。"

说到喜爱的音乐，冼星海就停不下来，一听于冬梅问起飞顿弓，他便拿过琴边比画边滔滔不绝地讲解着。于冬梅听得入迷，东方海也心服口服地低头认错。

"东方啊，你不用跟我说对不起。你要好好地用功，要做普通人所不能做到的事情，吃普通人所不能吃的苦，不能浪费了自己的才华啊！"

前一秒还正向东方海严肃地摇着头，一闻到兔肉的香味，冼星海立即大喜："兔子！夫人，今天有肉吃了！"

"是啊是啊，东方打的野兔。"

冼星海夫人端着一大盘红烧兔丁走来，于冬梅上前帮忙，小木桌上很快摆出了一席晚餐。除了兔肉还有青菜，于冬梅用几只空罐头盒子盛了小米饭分给众人，冼星海迫不及待地将一块兔丁放进嘴里。

"我是饿怕了！食物对于我来说，比音乐还难求。当年在巴黎，有好几次，饿得快死了，没法，只得提了提琴到咖啡馆、大餐馆中去拉奏讨钱。有一次讨钱的时候，一个有钱的中国留学生把我的碟子摔碎，掌我的颊，说我丢中国人的丑！"

"老师，在异国他乡受到这样的折磨，那您想过要放弃吗？"

冼星海以坚毅的神情回应东方海的疑问："我也曾有过迷惘，但从未想到放弃。我只想赶紧学成回国，我要用我所学，为多难的祖国做一些什么。我有我的人格良心，不是钱能买的。我的音乐，要献给祖国，献给劳动人民，为挽救民族危机服务。"

"好香啊！"

窑洞外突然传来一个兴冲冲的声音，冼星海停下筷子拍掌大笑。"未然来了！"

光未然拿着一个小纸包风风火火地冲了进来，他听说冼星海生病了，这次手头却没有了鸡，只好费了一番功夫，搞了些白糖带来。冼星海高兴地跳了起来，嚷嚷着肉和白糖一定能使他的创作灵感哗哗流淌，招呼光未然坐下吃饭。于冬梅找出一只空罐头盒子，添了一份小米饭，光未然接过，边吃边与冼星海谈笑风生，东方海感受着两位大师的乐观、热情，为自己的状态而深感惭愧。

"东方，我爱惜你的才华，我们的音乐创作应该充满着各种被压迫的同胞的呼声，要用我们的音乐做武器投身到抗日救亡运动中去。我的作品已经找到一条路，那就是吸收被压迫人们的感情！中华民族的解放胜利，就是要每一个国民贡献他纯洁的爱国之心。"冼星海一边说着，一边把盘子里最后一点肉汤汁倒给东方海。"给你，东方，这肉汁拌小米饭才美得让人回味无穷呢，你试试！未然，我又写了一段，你快来看看！夫人，来一杯咖啡！"

光未然兴奋不已，和冼星海一起走进书房。于冬梅收拾着碗筷，见冼星海夫人往黄豆粉冲的土咖啡中加了一些白糖，她犹豫了一下，还是开口要了一小勺白糖，用一张马兰草纸小心地包起来收入怀中。

东方海在冼星海家自我反省的这段时间，叶作舟则为了他的事找到了东方明这里。两人顺着延河，一边散步一边聊天，说到东方海的心结，也说到知识分子对于革命的重要性，感叹只有把人生理想融入国家和民族的事业中，才能实现个人的人生价值。

山坡沟渠和延河两岸很是热闹，叶作舟和东方明站定，两人面对着沐浴在夕阳下的宝塔山。叶作舟正说起东方海跑去打兔子的事，郭家兄弟刚巧迎面走来，认出叶作舟，他们暗道不妙，转身就想离开，却被东方明招手叫住，便无奈地走上前去。被问起今天的行踪，郭云生抢在实诚的郭云鹏前面说是去侦查了。

"撒谎！是不是带着东方海去打兔子了？"

面对叶作舟的逼问，郭云生和郭云鹏同时给出了两个截然相反的答案。

"不是！"

"是。"

两人免不了被东方明责备一番，还要回去写检查，飞快跑开的过程中，郭云生边跑边捅着不会说谎的弟弟。"笨死了，笨死了！这下阿海要倒霉了。"

叶作舟看着他们的背影说："东方明同志，我今天来还有一个想法，鲁艺战地服务团都陆续开赴前线慰问演出，音乐系也组织了一个战地服务团近期出发去独立团，我想让东方海随队一起去，有可能的话，让战地服务团直接参加战斗。另外，去独立团要经过鬼子据点，他们毕竟没有战斗经验，所以我已经打了报告，请侦察连派郭家兄弟一起去，路上也好有个照应。"

东方明点点头道："好啊，是个好主意，我同意。他不是一心想杀鬼子吗，这个心结解不开，他就不会好好创作，就让他上前线去锻炼一下吧。"

机会来得很巧，东方海刚调整好自己的心态，就能如愿以偿地奔赴前线参与作战了。他很快做好出发前的准备，又随着于冬梅去了一趟延安小学，看望在那里上学的铁蛋。于冬梅用随身携带的针线缝好铁蛋衣服上的破口子，又把先前要到的一小口白糖倒给铁蛋吃，听到冬梅姑姑与东方叔叔要去前线，铁蛋也吵着要去杀鬼子报仇，最后一脸不乐意地目送两人离开。

这次战地服务团赶往前线，叶作舟安排于冬梅带队，一方面是看好于冬梅胆大心细，经得起历练，另一方面也是看出了于冬梅对东方海的感情，相信她能够尽全力保护东方海周全。从郭云生处得到消息的于镇山与柳二妮，也找来了鲁艺，说什么都要跟着一起去。拗不过柳二妮的恳求与于镇山的威胁，叶作舟只好答应将他们安排为战地服务团的编外人员，条件是必须完全听从于冬梅指挥。

最终，即将随战地服务团奔赴前线的有东方海、于家兄妹、郭家兄弟、柳二妮以及背着相机的关山。出发这天，叶作舟为他们送行，看着于冬梅带头的队伍走下逶迤山路，越来越模糊，她心中只希望所有人能平安归来，一个都不要少。

路上，见到日军的炮楼，东方海一心想要攻下日军的据点，于冬梅始终记得他们的任务是顺利到达独立团根据地，东方海也只能闷闷不乐地服从命令。在于冬梅的带领下，战地服务团在傍晚时分平安进入董家庄村口，得到独立团作战参谋张志成的接应，迅速整队，跟着张志成向独立团进发。

在独立团位于董家庄的驻地中，丁小蝶也在打靶场努力学习打枪。石保国心疼有限的弹药储备，不支持她学枪，因为没有内行人指导，丁小蝶不像东方海进步神速，往往五枪里只能打中一枪。

"你要什么我都舍得，就是这子弹，我实在是给不起啊，你知不知道，我这子弹可是一颗一个鬼子人头啊！"

"你不就心疼子弹吗？你放心，我练好了就上战场去，多杀几个鬼子，缴获一麻袋子弹还给你！相信我，我一定会成为一名神枪手的！"

面对信誓旦旦的丁小蝶，石保国一时也没了办法。后来，他想到丁小蝶真正爱好的还是艺术，就从团部仓库里找出了从日军处缴获的留声机与《天鹅湖》原声碟，手脚麻利地收拾好屋子，在地上垫一床厚棉被，作为以后丁小蝶练功的场所。丁小蝶开心地换上了芭蕾舞裙和舞鞋，留声机唱针转动着，她像一只白天鹅般随着悠扬流淌的小提琴曲翩翩起舞，美丽动人，石保国一脸痴迷地注视着她。一曲终了，丁小蝶转到石保国面前，优雅地鞠躬，做了一个标准的谢幕动作。

石保国又忙活了一阵，端来一盆热水放在床边。"来，小蝶，洗脚。一会儿水凉了。"

丁小蝶过来坐下，石保国握着她的双脚，轻轻地放在热水里。

"水温正好吧？舒服不？小蝶，你听我跟你说啊，这不有留声机了吗？练功的地方也有了，你啊，就可以练功了。你这双脚是用来跳舞的，可不敢荒废了。以后，你就专心练你的功，别老惦记着打枪的事儿了……"

丁小蝶一听，不高兴了，用脚扑腾两下，溅得石保国满脸是水。

"说来说去，你不就是怕我浪费子弹吗？"

石保国抬起袖子擦脸说："哎哎！你看又甩我一脸水，是，我是怕浪费子弹，可是，我更怕浪费了你这一身的艺术才华！你怎么就是不明白我的心呢！"

这时，张志成带着战地服务团走进来，高声喊着："团长，团长，战地服务团的同志到了！"

一行人也随着走进屋来，一眼就看到石保国正在为丁小蝶洗脚的场景，关山利落地拿起相机。

"别动，这样的画面值得留下。"咔嚓一声，关山抓拍到了这张照片。

丁小蝶看到突然前来的老朋友们，一脸惊诧，脚停在半空中，她对上了东方海的目光，瞬间变得刺猬似的。

"哟贵客呀！保国，你看你真是的，怎么也没提前说一声？我好准备准备呀。"

石保国猛然看到东方海一行人，也不避讳，大大方方地继续给小蝶洗脚。"这不是想给你一个惊喜吗？东方，哎我说你们别笑啊，我媳妇儿这双脚是跳芭蕾的，金贵着呢，我得伺候好了。"石保国用毛巾仔细给小蝶擦干脚，站起身来。"你们这一路也辛苦了，走走走，我带你们去整点夜宵。"

第二天一早，于冬梅带着战地服务团出早操时，丁小蝶跑了过来，她高声喊着东方海的名字，又用带点挑衅意味的语气对于冬梅说道："于组长，我借用一下你的人！"

于冬梅挥挥手，东方海从队列里出来，其余人继续整队，柳二妮正好端着盆走出房间,她十分在意地瞥着东方海和丁小蝶往树林去的身影。

"怎么,这么久没见,连句问候也没有?"

走到树林中,丁小蝶停下脚步,对于她咄咄逼人的态度,东方海并没有在意。"小蝶,你过得好吗?"

"当然好!好极了!我现在是独立团团长夫人,你说怎么能不好!"

丁小蝶扬起眉,东方海真心实意地说着:"小蝶,我真心希望你过得好。"

"你真心希望?是吗?我看你是说一套做一套吧,我倒是没想到你气量这么小,我的婚礼,你不仅自己不来,还鼓动我的老朋友们全体不来,不就是想晾我的场子,看我笑话吗?"

"不是的,小蝶,你误会了,那天我……我喝醉了……"

丁小蝶不容他解释:"你不用找借口了,我告诉你,你们不来,我照样嫁得风风光光,热热闹闹,因为我的丈夫是一个人人尊敬的抗日英雄!你不就是想杀鬼子报仇吗?这事容易啊,我叫我们家保国替你多杀几个就是了。"

东方海不知该说些什么,丁小蝶却情绪越来越激动:"东方海,从十二岁开始,在人群中一眼找到你就成了我最擅长的事情,我是个从不认输的人,却允许自己在你面前一直输。你明明知道我生你的气了,你从来没有道歉过,可是我却一直在原谅着……东方海,你就是个浑蛋!从今天开始,就现在,从这一刻开始,我再也不要你在我的心里来回溜达了,太难过了!"

丁小蝶泪流满面,转身冲走,东方海呆立在原地注视着她离去的身影。

于冬梅带着众人在前面走,跟在最后的柳二妮拉了一下于镇山,低声说:"镇山哥!我看到那女的一大早就把上海哥哥叫到小树林去了,还当着冬梅姐的面。"

"小树林?去干啥?"于镇山一脸警觉,柳二妮摇了摇头。

"不知道,我跟着去了,但太远,没听清,都是那女的在说,上海哥哥没说话,最后那女的自己说哭了,跑了。"

"二妮,没影儿的事别瞎说啊。你呀,是好心,但有时候好心会办坏事的,懂吗?"

走在前面的郭云生放慢了脚步,他回过头来,柳二妮不好意思地捂着嘴。"哎呀我又多嘴了！云生哥，我以后会注意的！"

郭云生拍了拍她的脑袋，说："好了没事的，你也是好心嘛，走了，快到石团长家了。"

一行人来到石保国家，只见院子中央摆放着一张四方木桌，桌上堆放着大盘小碟的丰盛菜肴。丁小蝶坐在主位，石保国坐在她左手边，东方海正要在下方的一个客位上坐下，丁小蝶却指着自己右手边的位置，看东方海怔在那儿不动，她冷笑一声："怎么，是不敢坐呢还是不愿坐呢？我有这么可怕？"

东方海赶紧走过去坐下，其他人也找位置坐好，石保国呵呵笑着指指主位上的丁小蝶说："今天的主角是我夫人，她说开始就开始。"

丁小蝶站起身，端起满满一杯酒，说："今天，我丁小蝶设家宴款待各位延安来的老朋友们，我敬大家一杯，我先干为敬！"见满桌人都举杯干了，丁小蝶又端起一满杯。"这第二杯，是我丁小蝶的喜酒。在延安，我的婚礼，在座的各位大部分都没有到场，今天，你们来了，我给你们补上！我干了！"

东方海、于冬梅、于镇山和柳二妮四人端着杯子面面相觑，不知道该喝不该喝，郭云生、郭云鹏也端着杯子呆立着，气氛变得尴尬起来。丁小蝶仍旧站着，她亦怒亦嗔，气场十足。

"怎么，不喝？那好，我想替我们家保国提醒一句，也许你们都忘了，在顺和镇口，我家保国救了我，也救了你们，这没错吧？你们可以当我丁小蝶啥也不是，我丁小蝶面子不够，我请不动你们大驾。可是，我家保国，往大了说，是战功赫赫的抗日英雄，往小了说，也是你们的救命恩人，他的婚礼，于公于私，这喜酒你们不该喝吗？"

于镇山眼见一桌人傻愣着，忙带头端起杯子一饮而尽。"该喝，该喝！"众人也一饮而尽，丁小蝶又满上第三杯，笑盈盈地转向石保国。

"这第三杯，我要敬我家保国。"

石保国意外地怔住，他不好意思地摆手。

"我就不用敬了，小蝶，咱回家喝，回家喝！"

丁小蝶一反平日的骄纵刁蛮，她认真地注视着石保国的双眼。

"这杯酒我一定要敬，你也一定要喝！保国，我知道我有很多缺点，你不是看不到，而是包容了我，我任性我胡闹，你不是不恼火，但是，你情愿伤害自己也不会伤害我。你不懂浪漫，不会甜言蜜语，但在我难过伤心的时候,你会心疼,会跟我一起难过,会对我说'是我的错,是我的错!'这些,我都知道,我都记着呢!石保国,今天当着大家伙的面,我告诉你,人,是我选的,婚,是我逼的,我不后悔。我丁小蝶,也决不会负你!这杯酒,我敬你是条英雄汉子,也敬你是个好丈夫!"

石保国本来在憨憨笑着,听着丁小蝶一席话,这个铁血汉子感动得眼泪都出来了,他一把抓起酒瓶,大口大口喝着。"值了!我石保国死了也值!"

这时警卫员小四川进来报告,晋绥军兰双礼团长送贺礼来了,石保国让小四川先将兰双礼请到团部,马上带着丁小蝶去会会。至于战地服务团的工作安排,他已经委托政委赵松林听取于冬梅的汇报,赵松林此刻在医院慰问伤员,战地服务团直接找去正合适。

石保国和丁小蝶赶到时,兰双礼正打量着团部的陈设,身旁的地上摆放着两大箱礼物。

"兰团长,抱歉抱歉怠慢了!"石保国快步迎进来,伸出手,兰双礼转过身与他握手。

"哪里哪里,早听说石团长大喜,这一直抽不开身,来迟了,还望石团长别怪罪啊!"

"兰团长客气了!咱们是一家人嘛。"

"可不是,要不是我同学田宝山说起,我还不知道你夫人就是上海来的丁小蝶呢,她人呢?"

丁小蝶走了进来,她微笑着向兰双礼问好,兰双礼看到她,眼睛都瞪大了,抚掌称赞着:"石团长,你可真是福气不浅!小蝶啊,你父母听说你嫁人了,托你表哥给你带来了一箱嫁妆,那个箱子就是你表哥田宝山特地托人送来的。"

"兰团长,你与我表哥是真同学还是假同学啊?"

听到丁小蝶这突然的问题,兰双礼也不生气,他疑惑地歪了歪头。

"那还能有假?我与宝山是黄埔六期同学,我俩还睡的上下铺呢,如假包换啊,为何这么问?"

"哦,这说起来话长了。小蝶从上海出来,本来是要投奔你的,结果路上差点儿被你们国军一骗子骗去当姨太太了,还好,她机灵,逃出来了。"石保国早听过丁小蝶说起先前路上遭遇的难事,经他一解释,兰双礼就明白了。

"啊还有这事？那真是万幸了！现在的国军啊，鱼龙混杂。唉，不提了！小蝶，这一箱呢，是我备下的一份薄礼。我对石团长敬佩已久，你又是宝山兄的妹妹，这份礼算我的一个心意吧，你打开看看，喜不喜欢？"

丁小蝶将箱子打开，见里面都是些首饰布料，她直截了当地摇了摇头。

"兰团长，我不喜欢这些东西。"

没料到她会这样回答，兰双礼愣了一下，继而哈哈笑道："小蝶这率性我喜欢。好，你说，你想要什么，我回头就给你补上！"

"我想要枪，要子弹。"

兰双礼更加意外了，他指着石保国，说："石团长，你这本事也太大了，一个上海洋小姐跟了你没几天就喜欢上舞枪弄棒了，高人！在下佩服！行，小蝶，这不是什么难事，现在国共两党在合作，携手抗日，只要是打鬼子，谁打都一样，我说话算数，回头就给你送一车武器弹药过来。那我就先告辞了！"

送走兰双礼，石保国乐得抱起丁小蝶亲了一口。"还是我媳妇面子大，这平时我问兰双礼要几颗子弹都费劲，你都不知道他有多抠门！难得他这么大方一回！"

独立团医院中，政委赵松林正和伤员们围在一起谈天说地，好不热闹。

"我跟你们说呀，当年我从老家安化出来的时候，才十三岁，打着赤脚沿着资江走了七天七夜，差点儿饿死，最后还是红军救了我的命，我就铁了心跟着红军一直走到今天……"

"赵政委！"

这时于冬梅带着战地服务团赶到，赵松林热情地迎了上去。

"是于冬梅同志吧？欢迎欢迎！"

"战地服务队想尽快给官兵慰问演出，政委，您看怎么安排？"

"石团长跟我说了，没想到你们这么快就到了，要在全团组织可能还得准备几天，要不，你们先休息休息？"

于冬梅摇了摇头，她看看伤员们，心中有了想法。

"我们来不是休息的，这样，赵政委，要不我们先给伤员们演一场，或者教他们唱歌也行。"

"那太好了，你看什么时候演？"

"就现在!"

赵松林哈哈大笑道:"真没想到你们文艺兵也有这股子冲锋劲头!好,需要我配合尽管说!"

"谢谢政委。大家准备一下,我们马上为伤员同志们演出。"于冬梅招呼战地服务团,又转向关山。"关山,同志们还要稍等一会儿,你先给他们画像吧。"

"好!谁想画的坐这里来。"关山拿出画版,伤员们踊跃地围了过去。

"给我画,我要给我娘带回去。"

"我也要画,我媳妇三年没见人了,保不齐把别的男人认成我了。"

关山微笑着连连点头:"都画,都画,一个一个来。"

伤员围成一圈看着关山画画,啧啧称奇:

"从延安来的就是不一样,个个都一身才华,可惜,我们没到过延安。"

"没关系,我下次来给你们带些延安的版画来,你们一看就知道延安是什么样子了。"

伤员们兴奋地互相看看,又一齐看着关山。

"真的吗?关画家,你可要记着啊!"

"放心吧,忘不了!"

不一会儿,一个临时台子搭好了,伤员们兴高采烈地坐在台下,丁小蝶也赶来了。

"于组长,听说你们要演出,也算我一个,可以吗?"

"当然可以!你本来就是我们中的一员,现在又是独立团团长夫人,你能参加,我们求之不得啊。"

于冬梅爽快地答应着,这时小四川跑来向赵松林打报告。

"报告政委,团长让你马上回团部。"

"冬梅同志,真对不起,我不能在这陪你们了,我先回团部了。"赵松林对于冬梅说完,匆匆离开。他赶到团部时,见石保国正拿着一支笔,在作战室的大地图面前沉思。"老石!"

听到赵松林的招呼,石保国拿起笔在地图上边比画边说:"老赵,刚接到情报,连续一个星期,日军运送物资的辎重车队都从南峪公路经过,因为一路没遇到什么阻击,鬼子十分麻痹。侦察员已经勘察好地形,只要我们从这掐住鬼子的咽喉要道,就能把鬼子引进设伏圈,打一个漂亮的伏击战！"

赵松林激动地点头："好啊！我早就想干他一家伙了！我们好好部署一下。"

在临时舞台上，于冬梅为伤员们演唱《在太行山上》，她边唱边指挥着："战友们，跟我一起唱好吗？"

伤员们在于冬梅的带唱下，高声齐唱："抗日的烽火，燃烧在太行山上！气焰千万丈！"

气势高昂的一曲结束，丁小蝶走上台，她演唱的是美声《今夜无人入睡》，伤员们听不懂，但一看是团长夫人，也热烈鼓掌。

"听说团长夫人爱打枪，浪费子弹，团长那叫一个心疼啊。"

"团长怕老婆，每天晚上都给她洗脚。全团都知道啊。"

"那又怎么样，人家团长夫人要貌有貌，要才有才，上海来的洋小姐，主动要嫁我们团长，就上天给她摘星星也应该啊！"

欢乐融洽的气氛中，关山一脸专注地为台上的丁小蝶画着像。

十二

战士小吴正带领着东方海往连队训练场赶去,两人路过董家庄村口一块空地,只见一群战士们正在施工,工事尚未完成,但能看出是在搭建颇具规模的舞台。

"小吴,这是在修舞台吗?"

"是啊,团长和政委说了,咱们独立团现在兵强马壮,要把气势搞起来,这个舞台修好了,就可以全团搞大型文艺晚会了,气派吧?"

东方海点点头:"很气派!"

"到了,东方老师,你看,我们连都集合好了,就等您了。"

小吴开心地笑着,指向前方的训练场,只见战士们列队整齐,正在合唱《游击队之歌》,歌声激昂。连长看到东方海到来,朝队伍一挥手,战士们停下歌声,鼓掌欢迎。东方海在掌声中站到队伍前,夸奖道:"我刚才都听到了,不错,上次教的都会唱了!好,我们今天开始按演出效果排练。小吴,你们准备好了吗?来,你们到中间来。"

小吴带着三名战士化装成游击队员,在合唱队伍前方表演,他们的动作有些笨拙,逗得战士们哈哈大笑,现场气氛十分热烈。

"笑什么?他们演得很像神枪手啊,对不对?"看到这么说的东方海脸上也是掩不住的笑意,小吴红着脸。

"我们本来就是神枪手嘛,不用演!"

"大家认真排练,等你们团的大舞台修好了,争取让咱们这个节目成为独立团的保留节目,好不好?"

战士们受到鼓舞,齐声叫好。

"好了,我们现在练合唱部分,连唱三遍,第一遍中强,第二遍弱,第三遍最强。一开始要唱出点弹跳一样的感觉,'在密密的树林里'两句要唱得精神、机警;到'没有吃没有穿'换一种感情,很豪迈的,要有线条感；从'我们生长在这里'再找回弹跳一样的感觉，带着一点儿坚定的情感。听明白了吗？"

"明白！"战士们齐声答道。

"好，我们试一试。"东方海抬起手指挥。

关山在一旁专注地画画，排练一会儿后，东方海示意战士们休息片刻："好，唱得不错！休息一下。关画家在那边，大家可以找他去画像。"

战士们高兴地围到关山那边去了，几个战士拿起关山的画本翻看着，边看边议论：

"这羊画得跟真的一样！关画家，应该加上一条狗，放羊人不带狗，要吃狼的亏。"

"要是放羊人身上背上一条麻袋就带劲了，麻袋能挡风雨，遇到母羊在山上下羔，还可以装进麻袋里背回来。"

关山听了，拿过画本，又拿起画笔，只见画上很快添了一条狗，放羊人手上也添了一只刚出生的小羊羔，他笑着把画本递给战士们看："看看，是这样吗？"

"是这样，是这样，美着呢，好着呢！"

方才几位战士高兴地叫着，这时炊事班班长大老李指着相机问道："这是个什么东西？"

关山拿起相机，道："我正要给你们讲讲，这个是照相机，还有这个叫胶卷，这个呢叫支架，以后你们上前线打仗，见到这些东西记得都一定要完好地带回来，这是宝贝，我们现在没有，要靠你们缴获回来。都认识了吗？"

战士们高兴地答应着，大老李也拍着胸脯，用家乡话保证着："关画家，你放心，下次我专找背着这东西的鬼子杀，连鬼子的狗头和照相机都给你带回来！"

"大老李，你背着大铁锅跑不快，还是我们打冲锋的去杀吧，你就只管把饭做香了！"

一名战士在一旁笑他，关山拿着相机站了起来。

"来，我给大家照一张集体合影，下次再来就给你们一人一张。"

东方海招呼众人围到一起，关山数着"一、二、三"，相机咔嚓一声，留下了这一群战士们生气勃勃的影像，东方海惊讶地看着人群中的大老李。

"你是炊事班长？那饭勺子都在你手里，你怎么比谁都瘦？"

"他啊,生怕我们吃不饱,所以自己常常饿着肚子的,好几次把自己饿晕了。"一名战士在旁边抢着回答,大老李不好意思地笑了,关山感动地举起相机。

"真是了不起,我想给他单独照一张,你们同意吗?"

"同意!"战士们齐声喊着,大老李激动得不知所措,搓着手红着脸拘谨不安地坐在那里。东方海走到他身边,替他整整军装,并将自己的钢笔拔下来,插在他的口袋上。"别紧张,别紧张,李班长,你是哪儿的人啊?"

"我是安徽无为骆家瓦村的嘛。"

大老李开心得像个孩子似的笑了,关山摁下相机,咔嚓一声记录下这个瞬间,东方海看着战士们开心的样子,也笑着拍了拍手。

"好了,我们继续排练!"战士们迅速整队。东方海站到队伍前,抬起双手,开始指挥。

两辆车一前一后开入独立团防区,前面的吉普车上,坐着兰双礼和张志成,后面跟着一辆满载枪支弹药的卡车。没走多远,前方传来激昂的歌声,听到是《游击队之歌》,兰双礼精神为之一振。

"嘿,这歌声,真提气!志成,你们共产党真是办法多啊!这是又要开晚会?"

"兰团长,鲁艺战地服务团来慰问演出,音乐系的东方海老师在帮连队教歌呢。"

看张志成一脸得意,兰双礼来了兴趣。

"哦,一直听说这是个从上海到延安的音乐天才,难道是他?"

"对,就是他!我们毛主席都夸他琴拉得好呢!他还会作曲、指挥,总之,就是什么都会!我可是他的学生呢!厉害吧?"

兰双礼连连点头:"厉害厉害!见见,行吗?"

"行啊,走吧。"

张志成指挥司机往连队的方向开,车在训练场不远处停下时,东方海他们正要收工。

"不错!再练几次就可以参加演出了!好,时间不早了,今天就练到这里。小吴,你们几个有表演动作的要多练练。关山,我们回团部吧。"

关山收起画版,小吴和战士们依依不舍。

"东方老师,关画家,你们还会再来吗?"

"会的！我们一定会再来的！"

东方海向战士们保证着，突然听到有人喊他，回头一看，张志成和兰双礼从吉普车上跳了下来。

"志成，你怎么来了？"

"我来接兰团长去团部，正好路过。兰团长，这就是东方老师！"

兰双礼上前伸出手，自报家门："晋绥军兰双礼。久闻大名，总算是见到真人了。"

"我是东方海。兰团长，咱们见过，在你爷爷的葬礼上。"

东方海握住他的手，两人为缘分的奇妙而相视一笑。

"走吧，捎你们一程，上车。"

"好，关山，走。"东方海拿起琴，招呼关山一起乘上吉普车。

听到汽车声，正在团部作战室研究战略的石保国抬起头。

"不会是兰双礼吧？走，去看看。"

石保国和赵松林并肩迎了出来，兰双礼一行人跳下车，走进团部院子。石保国正要上前握手，丁小蝶抢先跑了出来，她并没有看到东方海和关山，直接走到兰双礼面前。

"兰团长，兰大哥，言而有信，是个男人！"

几个国军士兵将卡车上的大木箱子搬下来，摆放在地上，兰双礼将一个箱子打开给丁小蝶看。

"那当然！我答应的一定兑现。小蝶，六箱弹药，几十支长短枪，归你了！"

众人都围了上去，拿着武器爱不释手，石保国笑得最为灿烂。

"大方！张志成，把东西收了。"

"哎，石保国，听清没有？这东西是兰团长送给我的，处置权应该归我吧？"

看丁小蝶不依，石保国只好点头。

"你石团长的面子要维护，枪和一半子弹，归你处理。另外三箱子弹，发给我学习打枪的连队，还有团医院的伤兵。说清楚，是我搞来的子弹。"

听着丁小蝶的利落安排，石保国瞪大了眼，兰双礼朝随行的刘副官使个眼色，刘副官又从吉普车后座拿出一个包裹，兰双礼接过来，递给丁小蝶。

"小蝶，这两支枪是我从鬼子那里缴获来的，送你了，两百发子弹，也归你。"

"太好了！还是表哥的同学懂我。"

捧着包裹，丁小蝶目光闪闪发亮，兰双礼很受用地接收了小蝶的感谢，石保国也识得这是名枪，伸手就要去抢。

"这可是宝贝，小蝶，放你那还真是浪费了，要不，我给你保管着？"

"休想！我还不知道你，到你手上我还能要得回来吗？"

丁小蝶赶紧把一长一短两支枪连同子弹仔细包严实了，她想了想，又拿出一部分子弹，招呼着刚路过的郭云鹏，把装着两支枪的包裹递给他。

"云鹏，给，帮我藏好！"

"放心吧，我一定帮你保管好。"

郭云鹏接过来，丁小蝶用脚踩着弹药箱。

"石团长，你是不是对我这样分配枪弹有意见？"

"没意见，没意见，按你说的办。"

石保国连忙摇头，东方海和关山在不远处看着丁小蝶，神情复杂。

在独立团待着的这些日子，战地服务团的工作除了演出，还有下乡收集民歌，动员群众等，这一天，结束了工作的于冬梅带着于镇山和柳二妮来团部报告。石保国一听到他们又收集到十几首开花调民歌，便要柳二妮唱一首新学会的歌来听听。柳二妮放开嗓子唱了一曲，石保国连连夸赞，张志成也在一旁欢欣雀跃。

"团长，战地服务团到连队去可受欢迎了，战士们现在的精神头，那可是嗷嗷叫！咱们这回收拾鬼子，绝对干净利落！"

不想这话被正好经过门口的东方海听到，他急忙从院外冲了进来。

"石团长，要打仗了？"

"还正在部署呢。"石保国埋怨地瞪了张志成一眼。

"石团长，我要求参战！"东方海一挺胸膛道。

"你那双手是拉琴的，不是拿枪的，给你枪你也不会用啊。"

看石保国一脸无奈，东方海扬起头说："我会！"

"真会假会？正好我要去训练场检查射击，你敢不敢去考一考？要是打不准，你今后可再别吵着要参加战斗了。"

东方海信心满满地点着头："好！"

石保国不知道东方海在延安进行过秘密训练，想不到东方海居然打出了五发全部命中的好成绩，他满脸惊讶。

　　"怎么样，石团长，我可以上前线杀鬼子了吧？"

　　"两码事，这只是个杵在地上一动不动的纸牌牌，打中也没什么了不起的，真上了战场你敢不敢扣扳机还另说呢，这杀鬼子和打靶可完全是两码事。"

　　东方海急了："你不给我机会怎么知道我不行？你现在抓两个鬼子来，看我敢不敢砍下他们的头，石团长，你可是答应了的！"

　　"我什么时候答应了？接着练！"扔下这话，石保国扬长而去，气得东方海冲着他背影大喊："言而无信，非君子也！"

　　这才刚被东方海指责"言而无信"，回到家中的石保国又被丁小蝶抢白一通："你拉着东方海去靶场考枪法？石保国，他的手是拉琴的，不是拿枪的，你想干什么？你看人家真会打枪，傻了，答应的事也反悔了。懒得理你，我走了！"

　　"你去哪儿？"石保国愣愣地追到门口，丁小蝶的声音远远传来。

　　"回娘家！"

　　"什么？娘家？你娘家不是上海吗？哎，哎，你可别乱来啊！"

　　一旁的小四川忍着笑，给着急的石保国解释："团长，嫂子说过，鲁艺是她娘家。她说回娘家可能是去战地服务团了。"

　　"鲁艺是她娘家？"石保国挠着头发蒙，他还以为丁小蝶在鲁艺没留下什么好回忆，因而对鲁艺也不会有多少感情。他倒也有一小部分猜对了，丁小蝶好不容易主动提出要加入到战地服务团的队伍中去，却与柳二妮一言不合吵了起来，于冬梅来劝和，又被丁小蝶指责战地服务团的工作内容浪费了东方海的音乐才华："你懂他吗？你懂他的音乐吗？连个谱都不识，你能帮他实现他的音乐梦想吗？你看看他一天心都用到哪去了！"

　　"东方海是我的队员，他的心用到哪去了，不是你该操心的吧？丁小蝶，我知道，你也就是爱嘴上逞个强，你心里根本放不下鲁艺，放不下东方，我敬你对他的那一份情义。还有，我让着你，不代表我怕你，你和二妮一样，我把你们当姐妹。"于冬梅不恼不气，丁小蝶被她说得哑口无言。

　　"还有，你理解东方的音乐，可是，你理解他的心吗？你懂他为什么一定要亲手杀鬼子，甚至三番五次地闯祸还不甘心吗？你不懂，我懂！"

　　丁小蝶呆立在那儿，其实，懂与不懂，又有谁真的明白呢？只不过丁小蝶与鲁艺的距离，此生还未能比从前更为接近。

石保国真不知该拿东方海怎么办："这个东方海真是让我头痛，小蝶还跟我急眼，老赵你说我冤不冤啊？她和那东方海，俩人就跟商量好了似的说我不是君子，什么君子不君子的，老子是军人！人家说秀才遇到兵，有理说不清，老子是兵遇到秀才了，上哪儿说理去啊我？"

赵松林还没说话，只听门外一声招呼："石团长！赵政委！"

石保国一听正是东方海的声音，急得跺脚。赵松林笑眯眯地低声在他耳边说了一番话，石保国立刻高兴起来。

"团长、政委，我听说，团里正在部署新的作战任务，我要求参加战斗，杀鬼子！亲手杀鬼子报仇，是我最大的心愿，你们就给我个机会吧？"东方海一进来，就直截了当地说道。

石保国摆了摆手，道："东方啊，你的心愿我们非常理解，但是，你不是战斗员，也没有战斗经验，上前线杀鬼子不是你的任务，这也不是闹着玩儿的事情，搞不好会因为你而打乱整个战斗部署。后果很严重知道吗？"

"我保证听从命令，服从指挥，绝不乱来。"东方海坚持着。

石保国依着计划，故作无奈地望向赵松林。"行，我们会认真考虑你的要求，不过我这有事个想请你帮忙。"

"行行，赵政委，什么事你尽管说！"

赵松林看着一脸惊喜的东方海，含笑说："你看啊，我们独立团队伍越来越壮大，想请你写一首团歌来鼓鼓士气，壮壮军威，这个任务你能完成吗？"

"写歌、作曲、拉琴是我的专业啊，这有什么难的。"

看东方海欣然应允，石保国乘胜追击道："那你敢不敢打个赌，你的团歌如果写好了，我们就批准你参加战斗。"

"那写好的标准是什么？"

"标准就是独立团的战士人人都叫好，人人都会唱。这不，团里的大舞台马上就要建成了吗，团歌大合唱就作为晚会的压轴节目，怎么样？"

东方海毫不犹豫地点头："好，这个赌我打了！"

"有种！如果没有写好，你就乖乖地拉你的琴，别再提打仗的事了。"

"当然，愿赌服输。我马上就回去写！"

赵松林也含笑点头："去吧。我们等你的大作。"

东方海兴冲冲地跑了出去，石保国如释重负道："老赵，你这主意好，总算把这小子稳住了。"

说干就干，东方海回到住处就开始创作团歌，直到深夜，昏黄的灯光下，小桌上堆满了揉皱的纸团儿。突然间，灯油耗尽，灯灭了，东方海看着黑漆漆的屋子，急得团团转。

"这可怎么是好！"他打开门，天上挂着一弯新月，于是他干脆蹲在门边，借着朦胧的月光继续在纸上边写边念念有词。这时，一缕灯光在上方亮起，东方海抬起头，看到于冬梅正举着一盏油灯。

"太好了，有灯了！"

东方海将于冬梅让进屋，两人把灯放在桌子上。

"东方，写歌也不急在这一晚上，早点休息吧，明天还要去连队教歌。"

"知道了，我可是打了赌的，写不好团歌，我就没机会杀鬼子报仇了。"

于冬梅点点头："那好，我今天带队去梅城和兴县，赵政委说那两座城的百姓为了躲鬼子都跑光了，但这里是新开辟的根据地，上级有指示，部队需要群众回来配合工作。宣传鼓动工作正好是我们的强项。你就不用参加了，继续写团歌吧。"

"不，我加班写，不会耽误正常工作的，一起去。"东方海坚定地说完，继续埋头在纸上涂写了起来，于冬梅默默地注视了他一会儿，悄无声息地掩上门离开了。

第二天一早，战地服务团下到县城动员群众，留在团部无事可做的丁小蝶碰到了行色匆匆的郭云鹏。

"云鹏，你这几天怎么都不见人影，去哪儿了？"

"我跟着侦察连郑连长去侦察地形了，小姐，哦，小蝶，我告诉你，团里有新的战斗部署，应该很快要打仗了！"

丁小蝶睁大了眼睛问："真的吗？那东方海在做什么？"

"石团长让阿海写团歌，这几天都在熬夜写呢。"

愣了一下，丁小蝶很快明白过来："写团歌？他这是醉翁之意不在酒，就是变着法子想摁住阿海呢，姜还是老的辣啊！云鹏，我那把枪你可得给我藏好了，我要用的。"

郭云鹏犹豫了片刻，有些担忧地问道："小蝶，你不会也想着要上前线去杀鬼子吧？"

丁小蝶摆出一副理所当然的表情，点了点头："阿海那脾气你还不了解吗？我得盯着他知道吗？"

街道上空无一人，两侧的民居门窗紧闭，战地服务团的众人站在街道中心。天空飘起细雨，于冬梅抬头看了看，发出命令："大家行动吧。"

众人冒着雨，开始沿街一首接着一首地高唱着抗日救亡歌曲，于镇山也带着柳二妮和几个人敲着锣打着鼓，扭着秧歌穿街走巷。东方海拿起小提琴加入了他们，于镇山用唢呐与他合奏，柳二妮亮开嗓子，唱起新学的山西民歌。关山拎着石灰桶，挥舞着刷子，沿街书写墙头标语，画些八路军前线抗日、英勇杀敌的生动的墙头画。

一名衣衫褴褛的男子从后院溜进一间屋子的厨房，慌乱地寻找食物。他揭开锅盖往里看，锅底空空如也，最后在院子里一口破坛子中找到几条酸菜。他抓了一条塞进嘴里，把剩下的用纸包好揣入怀中，正要出去，听到东方海推门的声音，便随手拿起一根木棍，躲在门后。

东方海跨进门，一眼看到正举着木棍的男子，连忙解释道："老乡，别怕，我们是八路军。"

男子将信将疑地望着不远处战地服务团的成员们，跟在东方海身后的于冬梅拿出一包吃的递给他。

"老乡，八路军打了胜仗了，你们可以回家了。"

男子接过吃的，一言不发就跑了，他跑回距离县城不远处的一个山洞中。里面拥挤着逃难的男女老少，见他气喘吁吁地跑进洞，纷纷围上来七嘴八舌地问着："山下咋样，还有鬼子吗？"

"没有，有八路军，刚才你们听到的歌就是八路军唱的，他们说把鬼子打跑了，我们可以回家了！看，这些吃的都是八路军给的。"

"我们可以回家了！"众百姓欢呼着，涌出昏暗污浊的山洞，往山下跑去。

这些天，大战在即，董家庄的众人都十分忙碌。独立团作战室中，石保国和赵松林忙着研究作战方案，张志成、侦察员、郭云生、郭云鹏等人都围在地图前。战地服务团宿舍里，东方海开始给写好的歌词谱曲，他从天亮写到天黑，又从天黑写到天亮。

夜里，丁小蝶做了噩梦，她在哭喊中被石保国摇醒，满脸的泪水和汗水。

"小蝶，又做噩梦了吧？别怕，有我在呢。"

一轮明月将淡淡的光芒投入房中，石保国心疼地给丁小蝶轻轻擦脸，紧紧依靠着他，丁小蝶喃喃低语："保国，你答应东方海，让他去杀鬼子吧。我们在上海经历的，真的太可怕了，他眼睁睁地看着自己的父母死在鬼子枪下……太可怕了，太可怕了！"

"小蝶，我哪能不理解？可是战场上刀枪不长眼，我是怕他有什么闪失啊，好了我答应你，会成全他的，睡吧。"丁小蝶乖乖地在石保国臂弯中合上眼。

天亮了，东方海终于完成了团歌初稿，他桌上堆积的废纸比之前又多了好几倍，走出房门，他看到柳二妮正好洗漱完，便招呼着："哎二妮，你来！"

"上海哥哥，你又熬夜了吧？看你这眼睛红得跟兔子眼似的。还是写那团歌？"柳二妮放下手中的盆，走了过来。

"我写好了，二妮，你来帮我试唱一下。"东方海拿出写好的团歌。

东方海一句一句地唱，柳二妮跟着唱，但唱得很别扭，东方海耐心地反复教唱，她就是顺不下来。

"上海哥哥，啥叫杀戮啊？"

"就是杀害的意思。也不全是，就是，对，就是屠杀，大规模屠杀……"

柳二妮点点头："我懂了，就是像上次鬼子杀进顺和镇那样，对吗？那芒刺又是啥意思？"

"芒刺，芒刺就是……"东方海叹气，柳二妮充满歉意地看着他。

"上海哥哥，我没文化，太笨了，你这新歌太洋气了，我真的学不会，要不，你找冬梅姐吧？"

于冬梅正好走了过来，听到两人的对话，她微微笑着。

"二妮，不是你笨，冼主任说过……"

东方海沮丧地接过话头："冼主任说过，如果一首歌教唱三遍人家还学不会，那不是学的人有问题，是写歌的人有问题。好吧，我再改改。"

"东方，我看了你写的词，太抒情，太浪漫了，战争是残酷的血腥的，没有这么多诗情画意。"

柳二妮跟着点头，东方海无奈地看着她们。

"这是艺术，你们不懂！"

他只是无心的一句话，却令于冬梅呆住了，心里有点儿不是滋味。

东方海拿着改动过的团歌去教战士们唱，可战士们也都唱得无精打采，一名战士看着并不满意的东方海，小心地开口说道："东方老师，这歌好听是好听，就是唱着提不起劲。"

东方海只好沮丧地取消排练，背着琴无精打采地往回走，快到团部时，远远看见丁小蝶在前方路口处等着他。两人来到一处山坡上，并肩坐下来，不约而同地抱住膝盖。

"把你新创作的团歌给我看看。"

"他们都不喜欢。"

东方海摇摇头，丁小蝶却固执地伸出手，他只好将随身带着的谱稿给她看。丁小蝶郑重地接过，认真看了一遍，神色逐渐激动起来："好美！我喜欢！阿海，你拉琴。"

落日余晖中，东方海拉琴，丁小蝶拿着谱子，轻声哼唱起来：

  如果枪膛对战火说："我要长出玫瑰。"
  还需要多少人去再次牺牲？
  还需要多少人，从仇恨和掠夺的欲望中觉醒？
  如果孩子问我："人类为什么会有杀戮和战争？"
  孩子啊，请让我清除内心的乌云，
  把耻辱和仇恨的芒刺修剪干净。
  我们战斗在崇山峻岭和密密的丛林，
  我们用如火的眼神仰望天空，
  我们的信仰烂若星辰，
  我们的心正燃烧着战斗的火焰，
  我们的脚步坚定地走向祖国的黎明。
  我们是独立团的士兵，
  我们是被怒火一再煅烧出的锋利刀刃，
  我们是独立团的士兵，
  如太阳的光芒不可战胜！

村口的空地上，舞台已经竣工，战士们正在打扫清理，石保国和赵松林在一旁查验，两人都十分满意。赵松林作为政委重视着部队的文化建设，石保国这个团长在经历抗大半年的学习后，也深深体会到文化艺术对于部队战斗力的重大加持。两人看着气派的舞台，合计着趁战地服务团在此，把全团集合起来搞一台大型晚会，让战士们和老百姓都感受感受独立团的精气神。

赵松林已经和于冬梅商议过了，晚会节目都没问题，由于没有灯光，不能在晚上演出，尽管独立团手中有从日军处缴获的发电机，可惜没有柴油。晚饭时分，石保国还在惦记柴油的事，丁小蝶听到他发愁的言语，心生一计，第二天独自一人跑到了晋绥军团部。

坐在兰双礼办公室宽大的沙发中，丁小蝶捧着离开上海就没再喝到过的蓝山咖啡，一脸满足地嗅着热腾腾的香气。兰双礼因为和田宝山交好，对待丁小蝶便如同对待自家妹妹一般。他对丁小蝶与东方海的事有所听闻，以为嫁给石保国这么个粗人委屈了她。

丁小蝶正色回应："不，嫁给保国我不憋屈，他待我好着呢。这乱世之中，有一个人为你遮风挡雨，知冷知热，还求什么？兰团长，我今天来，就是受我们家保国之托。一呢，独立团新舞台竣工，要举办一场大型晚会，特邀请兰团长参加；二呢，还想要点柴油。搞晚会不得有灯光嘛，我们有发电机，但没柴油。"

就这样，柴油的问题圆满解决，当天夜里，独立团领导层与战地服务团各位当即开会定下了晚会的节目安排，赵松林传达了上级对于战地服务团工作成效的表彰，众人都面露喜色，唯独东方海因为团歌创作失利，无法如约作为压轴节目登场而闷闷不乐。

在独立团新舞台上，鲁艺战地服务队慰问演出暨独立团大型文艺晚会如期举办，战士们架好了发电机，高高挂在杆子上的汽灯哗地亮起来，白晃晃的灯光照得整个舞台十分明亮，前来看热闹的老百姓们新奇地议论着，战地服务团的众人在后台开始化妆准备。

石保国、赵松林和兰双礼坐在前排观众席的中央，他们周围坐着独立团的干部们，当地百姓也几乎全都跑来看演出了，现场声势浩大。演出顺利进行，战地服务团的节目一个接着一个，终于，会议上众人商定的创新互动节目登场。只见柳二妮先是高歌一曲，继而站在舞台上，在一片热烈的气氛中，她扑闪着大眼睛对台下喊："哪位哥哥来和我对歌？"

张志成第一个站起来，其他的战士们也踊跃举手，台下一时群情沸腾。正在这时，天空传来轰鸣声，石保国脸色剧变。

"不好，敌机！安静！快灭灯！"

郭云生一个箭步跳上舞台，把愣在那儿的柳二妮一把拖了下来。于镇山也眼疾手快地拉住了于冬梅，东方海本能地用身体将一旁的丁小蝶护住。现场立即陷入一片黑暗中，但轰鸣声很快消失了，敌机并没有轰炸独立团根据地，直接飞了过去。

第二天他们才得到确切消息，前一晚日军飞机是去轰炸延安的，好在八路军总部得到情报，提前做好防备，将损失降低到了最小。独立团这边虚惊一场，晚会却受了些影响，好在临近结尾，战士们和老百姓还是很满意的，效果相当不错，伏击日军的时机也已成熟。

正当石保国与赵松林在作战室中确定最终计划时，于冬梅前来报告，代表战地服务团请求石保国批准东方海参加战斗。石保国和赵松林相视一笑，其实他们早已决定满足东方海这个心愿，让他写团歌也不是为了刁难他，只是想让他在这段备战时间里稳住自己，两人叮嘱先不要告诉东方海这个好消息，于冬梅欢欣地离开了。石保国回到家里，正在考虑找个机会把东方海叫来，东方海却拎着一个酒瓶子出现了，他已有几分醉意，趁着酒劲儿，又来找石保国继续喝。

两人就着一包花生米，在院子里的小桌上喝了起来，东方海把酒倒满，一杯又一杯地敬着石保国，喝到后来，他满脸是泪。

"石团长，石大哥，算我求你，你就让我上前线杀鬼子吧，我的父母被鬼子杀了，鬼子害得我家破人亡……我小妹妹才十岁，我还答应她生日的时候，要带她去坐摩天轮……可是，可是……此仇不报，我有何颜面苟活于人世？"

东方海抓起酒瓶咕嘟咕嘟往下灌，哭喊着，看着他，石保国也红了眼眶，举杯一饮而尽。

"你以为就你有血债？谁身上没血债？就说去年那一仗，我负伤了，当我从昏迷中醒来，发现自己还活着，浑身的血污浊腥臭，像泥浆般糊了我一身。我奇怪地问自己，你还活着？你为什么还活着？谁给你三头六臂？谁准你借尸还魂？乌泱泱的鬼子已经屠上了阵地，我握一把大刀，嚎叫着冲上去，和鬼子拼命，肉搏。我边杀边咆哮说，狗日的，来啊，来啊！有种把我也劈开，有种让我也再死一回！后来，阵地守住了，可是兄弟们伤亡惨重，我像孩子那样哭了起来，我嗷嗷呕吐。我爬上山梁对着天空，一遍一遍喊那些牺牲的兄弟回来，但谁都没有答应我……"

等丁小蝶回到家里时，东方海和石保国已醉得不省人事，桌上堆满了空酒瓶子。她叫不醒他们，也拖不动他们，只好把这两个烂醉如泥的人扔给小四川，自己又回战地服务团去了。第二天一早，石保国醒来，看到身旁酣睡的人是东方海，吓了一跳。东方海茫然地睁开眼睛，尴尬的两人互相埋怨了一番，最后石保国对着东方海离去的背影叫着："东方海，回去好好准备吧，就这几日要行动了！"

"你是说，批准我参加战斗了？真的？"东方海不敢相信似的转过脸来问：

"怎么？不想报仇了？"石保国挑了挑眉。

"不不不，我这就回去准备了！"满脸惊喜的东方海一边跑一边喊着。

他们却不知道，日军已经得到了独立团部署对其物资运输进行伏击的情报，视石保国为眼中钉的日军联队长山本龙太郎，决定将计就计。即将来临的，会是一场十分惨烈的战斗。

十三

张志成带着东方海、郭家兄弟等人猫腰上了小山坡,眼下的路便是古城到石城的唯一通路,路不宽,勉强能错车,身后不远的树林里时不时地飞出乌鸦来。

"这个点是我比对很久才确定的,视野广,易于隐蔽,这就是你的位置。"听到张志成的指示,东方海在指定的地方埋伏卧倒,张志成指着不远处。

"团长那一组,会埋伏在那儿。"张志成话音未落,将起身张望的郭云鹏一把摁下。他没发话,只是瞪了郭云鹏一眼,郭云鹏立刻明白了自己方才的行动有多么危险。

张志成捡起身旁的一根枯树枝,边画图边解释战术安排:"按情报,明天早上大约八点过十分,鬼子的车队会从这里路过,我们在他们的右侧翼。我们的方案是,等车队全部暴露在我们的火力控制范围后,两个组一起开火,团长那组灭掉打头的那辆车,我们这组灭掉最后一辆车,一头一尾掐了,车队就瘫痪了,我们再来个瓮中捉鳖!"

这个作战计划张志成说了许多遍,东方海也在脑海里排演了许多遍。看着东方海紧张的模样,张志成拍拍他的肩膀。

"到时候别慌,听我指令。你也别太紧张,打了一次,以后就放松多了。"东方海等这样的机会太久了,他不想因为紧张而错过,于是故作镇定道:"我怎么会紧张?就等着这一天,我脑子里已经预演过百八十回了!"

张志成听到这样的回答,只是笑笑。队伍都安顿好了,众人回到驻地,只等第二天重要时刻的来临。

战地服务团驻地的院子里一片安静,于冬梅看见无精打采的于镇山和柳二妮在地上玩着蚂蚁,没忍住笑出了声:"这是怎么了?不好好练嗓子,练手艺，倒和蚂蚁交上朋友了？"

于镇山扔下了手中的小木根，有些生气地说："还有心思开玩笑！"

"好像挺严重啊，莫非是独立团听歌不给钱？"

于镇山忍不住起身走到于冬梅身边。"冬梅，你说，咱们是不是跟日本人有仇？家仇！"

于冬梅点点头。于镇山气急败坏，一拳砸在桌上。"我们也有家仇，那为啥成天的，就只说东方海那家伙有仇要报？哦，我们大家就得理解他关心他？完了到了独立团，还真让他上战场杀鬼子，报仇雪恨。我们就没人关心，没人让我们去杀鬼子，哪有这样的道理！"

柳二妮拍了拍手上的泥土，起身附和："是啊，冬梅姐，不让我们老百姓上战场就算了，为啥连你也不给上？你还是个小组长呢！"

于冬梅双手搭在于镇山的肩上，一步步把他引到座位上坐下。

"你们知道，东方海是个音乐天才……"

于镇山一听到"天才"二字，火一下子就上来了，一扬手打断了她。

"天才？！天才！这话都听得耳朵起茧子了！他是音乐天才，行，我在台上让他，他一个人从头到脚表演完，我都没一丁点儿意见！可他又不是打仗的天才，凭啥上战场也要我让着他？！"

"听我说完嘛！我们都知道他是音乐天才，可他自己不知道啊！"

"啥？他自己不知道？你说啥呢，没看他牛哄哄的样儿吗？到处闯祸，回回都有人老母鸡似的护着他，还不是仗着自己能拉四根弦儿那本事！他能不知道这本事有多值价？嘁！"

"他就是不能正确衡量他作为音乐天才的价值！这么跟你们说吧，我们的国家要强大，需要各个行当的人才，就像这样。"于冬梅把桌上的四个倒扣的水杯摆在一起，把一张纸揉成团，放在倒扣的杯底上。"每个水杯都是一个行当，这个水杯是音乐，东方海就在这儿。他待在这里，是这个行当的顶尖位置。但如果，他轻易放弃这里，到他不熟悉的行当里，就成了这样。"

于冬梅又把纸团拿下来，把另一个水杯翻过来，将纸扔进去，纸团立马掉到底端。柳二妮原本挺困惑的，看到于冬梅的杯子实验，一下子恍然大悟："就是说，他在音乐的水杯上可以在尖尖儿上，如果去打仗，就会落到最底下。"

于冬梅看到于镇山还是一副不以为然的样子，继续解释："没错。打仗的话，他只是个普通士兵，对战争起不了更大的作用，可是在音乐界，他就是将军，是元帅，是几十年才出一个的天才！这种天才，对国家来说就是财富。你说，他如果懂得其中的道理，怎么会拿这么珍贵的财富去冒险，动不动就闹着要上战场？"

"那这样说起来，就更不应该让他去呀，干吗还由着他？"于镇山越听越糊涂，急得直搓手。于冬梅深吸了一口气，喝了口茶。

"如果不让他报这个仇，他的心就永远不能平静。只有给他一个机会，了他这个心结，他才能回到最热爱的音乐上来。所以石团长他们反复研究，周密部署了这场小规模战斗。独立团的任务很重，不但要打鬼子，更重要的是要保护东方海不受伤害。我们去了，只会给他们添乱！"

于冬梅见于镇山不说话，用胳膊肘捅了捅他。"怎么？于班主还有什么想不通？"

"我还有一个问题，丁小蝶去不去？"于冬梅愣住了，她一时忘了，除去东方海，还有一个丁小蝶需要看好。

此时，丁小蝶正对着镜子试穿新买的衣服，郭云鹏藏着枪，用暗号敲门。丁小蝶麻利地整理好衣服，开门把郭云鹏迎进屋，拆开包袱验枪。

"听说你们上午都去埋伏点看地形了，也不叫上我！"

郭云鹏听丁小蝶有怒气，赶忙解释："我也没办法呀，走得急，还要求保密。"

"在这独立团，我倒要看看，谁跟我保得了密。石保国不让我参加战斗，他管得了别人，还管得了我？"

丁小蝶摸着长枪，面露喜色："就是我那把好枪！短的呢？"

郭云鹏忙从怀里掏出一个小麻布包打开来，丁小蝶欣喜地把手枪拿来，插进枪套里，一拍腰杆，神气劲儿就都出来了。

"神气吧？之后便要是在别上两个手榴弹……"

"哎哟，我的大小姐，你这是要摆军火摊儿呢？可不能叫团长知道，不然还不知道怎么收拾我呢。"

"放心吧，在你来之前，我早就把小四川给支走了。"

两人正说着，门外传来石保国寻小四川的声音，小四川连忙飞奔过来。

"干啥去了，不是叫你……"石保国硬是把"看住"二字生生地咽了回去，清了清嗓子继续说道，"不是叫你照顾好你嫂子吗？"

"就是嫂子叫我去卫生队给她拿药的。"小四川辩解着。

"你就不知道找别人去拿?"

"我又没有警卫员。"

"嘿,你这小子,还委屈了?再跟你说一遍,这段时间你的主要任务就是保护好嫂子,懂了没?"

石保国把"保护"二字咬得格外重,他转身进了家门,看见丁小蝶和郭云鹏坐在桌前,疑惑不解:"这是干什么?"

丁小蝶被突如其来的石保国弄得有些慌乱,脑子一转,谎言张口即来:"那个,云鹏看书遇到不认识的字,正过来问我呢。"

"嗬,不错嘛,军事、文化都不耽误啊。"石保国把桌上那本书猛地一翻过来,书名是《红楼梦》,丁小蝶想挡住,已经来不及了。

"咦,这不是咱家那本吗?你经常看的呀。啥时候借给云鹏了?昨晚上我还在书架上看到呢。"

丁小蝶看石保国有刨根问底的意思,赶忙装作生气的样子。

"你够了没?"

"又有火药味了不是?——咦,你别说,我还真闻到火药味儿了。"

石保国站起来四处看着,丁小蝶和郭云鹏紧张起来。他在屋里转悠,一会儿拉开一个抽屉,一会儿打开一个柜子。丁小蝶心里发慌,做出一副气鼓鼓的样子,把他往屋外推,石保国拗不过,走出去把门关上,门背后露出挂着的两把枪。

丁小蝶和郭云鹏刚松了口气,忽然门又一下子被打开,石保国脸上笑盈盈的,说:"对了云鹏,晚上就在我们这儿吃吧?"

郭云鹏吓傻了,赶紧点点头,之后赶紧又摇摇头。石保国见状仰天大笑着走了,留下两人慢慢平复紧张的心情。

夜深人静,东方海坐在宿舍前,借着月光,手里玩弄着一枝枯草,心情说不出的复杂。面对第二天的任务,他多少还是有些忐忑。石保国也睡不着,他大大咧咧地闯进赵松林的房间,一推门便开口要东西。

"上回缴的鬼子烟,你这儿还有没有?"

"没了。"赵松林很不自然地把半开的抽屉合上。石保国见状上去拉扯一番,成功搜出半包烟,举着在赵松林眼前晃晃。"这是什么?还跟我藏私房呢!"

"石团长啊,石团长,回回你都装大方让我多拿些。结果呢?回头就来打劫!完了我还得背着多吃多占的名儿。"

"别跟我啰唆,我还觉得烦呢,今儿怎么都跟我捉迷藏!闹得我心里没底。"石保国皱眉点起一根烟。

"这可不像你呀老石!你哪次不是干劲十足,信心满满?这次怎么了?有了这个东方海,你就心里没底了?不是都安排好了吗,让他打几枪,杀着了鬼子就撤下来,一组人掩护他下火线,另外的人把剩下的活儿干了。"

"想是这么想的。可是一上战场啊,变数大,不一定都能按着预定计划来呀!另外,我还觉得不放心的是鬼子那头,总感觉不对劲儿。最近一段儿,他们太安静了。"

"安静不好吗?"

"有时候吧,越安静,越能闻出一种杀气。"石保国说完,深吸了一口烟,手中的烟忽明忽暗。

翌日天刚亮,石保国便把丁小蝶锁在屋里,下了死命令,任何人都不能进出。可谁也没料到,队伍刚出发没多久,郭云鹏假借上厕所的工夫,溜回去把丁小蝶放了出来,两人策马急追大部队。

张志成嘴里叼着狗尾巴草,自顾自地倚着背后的小树,打算闭目养神。

"眯会儿吧,省点力气,还早着呢。"

东方海不为所动,他趴在地上,继续架着长枪瞄准。眼下,四周一片静悄悄的,偶然飞来的鸟停在路上,啄了啄泥地,又扑棱棱地飞走了。

时间仿佛凝固了一般,一片沉寂,直到观察哨的战士伸出一只拳头——目标出现!全员警戒,就等开火的命令,东方海死死地盯着日军的车队,头上的汗水不断往下淌。不料丁小蝶突然的一声大喊打乱了整个作战计划,东方海提前开了枪,没有打中目标,车队还没有进入伏击圈就停了下来,只见运输车里装的不是装备,而是日军士兵。

石保国举着望远镜,大声喊:"他姥姥的,哪个新兵蛋子干的!往东边火力点转移,开火!"

张志成懊恼地看着东方海,同时下令:"瞄准鬼子!给我狠狠地打!"

黄土高原刺眼的阳光下,随风起舞的落叶被横空掠过的子弹撕成两半向地面急速飘去。子弹旋转着打在日军的车上,蹭出一溜火星,转移中的张志成这才发现身边开枪的人不是战士。

"嫂子？你怎么来了！"

丁小蝶有条不紊地狙击着敌人。

"我也是军人，我打枪也不错，怎么不能参加战斗？"

"团长知道不？"

"谁要他知道！"

"哎哟，我的亲娘嘞，我哪分得出三头六臂来保护你呀！"

"谁要你保护？从小到大，我要过谁保护？"

另一侧的石保国拿着望远镜观察敌情。"狗日的山本这老狐狸，还调头？！"

"团长，怎么办？"

石保国展开地图指挥："我们没能打包围，狗日的鬼子一定想把我们打个措手不及，但不可能直接从山下冲上来，那应该是……绕道……对，就是这山脊线。走！接应张志成去！"

张志成正在和眼前这批日军对射，一战士猫腰跑来。"张参谋，团长指示立刻防御西边的山脊线，鬼子会绕道到那里，从高处对我们进行火力……"话没说完，血雾从小战士的头颅上喷出。

"隐蔽！鬼子从山脊线上来了！"

小战士重重地倒在了碎石交错的地面。日军到达制高点，居高临下，火力压制下，独立团十分被动。

"回撤！把鬼子引下来！"

日军端枪从山脊上往下跑，朝张志成他们冲来，呼啸的子弹紧随着张志成等人转移的脚步，穿过泥土扬起阵阵沙尘。张志成安排郭家兄弟把东方海带走。

"我不走！我闯了这么大的祸，怎么能一走了之！"

"到这步了，就不要再固执了，听从命令！"

东方海还要说什么，丁小蝶气得去推他。

"还啰唆什么？子弹不长眼，快走！"

郭云生也急得大叫："走吧！"

听众人这般劝阻，东方海终于咬着嘴唇点点头，跟着郭家兄弟回撤。

张志成一面狙杀着敌人，一面担心着身旁的丁小蝶："嫂子，你也撤！我再派两个人保护你！"

"我不撤！我还没打中一个鬼子呢！"

石保国率队赶来接应。"鬼子已经从山脊下来，不能让他们往树林里深入太多，就在这里形成封锁线！"

张志成听从石保国的指挥号令，挥手安排战士到合适位置，一致对前方敌人射击，跑在前面的日军应声倒下，石保国又问道："东方海呢？"

"已经安排撤离了。就是嫂子不肯撤。"

"什么？她跑来了？！她不是……唉！"

石保国辗转几个隐蔽点，子弹擦身，险情频发，这才贴到丁小蝶身边，两人对视间的火药味儿不比周遭的硝烟少。丁小蝶不说一句话，手上的枪却从未停火，总算有了击杀两名敌人的功绩。石保国没空夸奖她，也没心思怜香惜玉，他知道什么叫大丈夫能屈能伸。

"来人！把丁小蝶缴械！押回去！"

两个战士上前去夺下丁小蝶的枪，连拖带拽地往树林里跑去。丁小蝶一边挣扎叫喊，一边看着石保国带队奋力死守防线，湿润的眼里模糊一片。穿过了几个沟壑，丁小蝶才停止了叫嚷，一路的挣扎让她用尽了力气，身后时不时地传来枪声。

这时，丁小蝶瞥见不远处撤退的东方海一行人，她一路小跑追到几人面前，东方海看到她，先问起来："小蝶？你怎么会在这儿？石团长呢？"

"我……我……先不说我了，鬼子快突破防线了……"

东方海听了，正要往回冲，郭云生一把拉住他，严肃地告诫道："东方海同志！你不能再任性了！今天的教训还不够深吗！"

"是啊，少爷，快走吧，你不走，小姐也放心不下！"

郭云鹏的话音刚落，一颗子弹打在旁边的树上。日军一股小队追了上来，东方海一行急忙撤退，而敌人枪声紧随。众人边跑边射击，战况并不乐观，日军倒下两个，两名战士也相继中弹。为了争取撤退的时间，小战士忍着胸膛汩汩冒出的鲜血，抱住日军的腿将其绊倒，日军举枪用刺刀猛扎，郭云生急忙赶到，一刀结果了敌人的性命，小战士却也牺牲了。郭云生极力掩护东方海他们撤离，自己成了一夫当关、万夫莫开的大将，守在大石后面，珍惜着每一颗子弹。

在山体另一侧，石保国独立团与日军的战事随着枪声渐稀进入了肉搏战。漫山的杀声呼啸着，刺刀激烈碰撞，血花四溅，满目狰狞。有的战士倒下，血流得殷红一片，又咬牙再爬起，接连数次，直至紧握住插入敌人胸腔的匕首,就此长眠。年轻的战士们怀着一腔热血,奋勇杀敌,虽身受重伤,却屹立不倒。在牺牲前的弥留之际,他们或许带着一分笑意,想象着高唱凯歌回乡的日子。

山本龙太郎在指挥所得到前线传来的消息,独立团死咬日军纵队,难解难分,一心想除掉石保国的山本可不会轻易错过这次机会,他立即命令再增援一支队伍,势必将石保国的独立团全歼。

东方海一行人在撤退中,也和追杀而来的两名日军近身肉搏起来。尽管有着人数上的优势,但无奈东方海和丁小蝶都是文艺工作者,没有经受过正规的格斗训练,状况频频危急,眼看着刺刀缓缓逼近东方海的胸膛,情急之下,丁小蝶举起石头砸向敌人,帮助东方海脱困。郭云生及时赶到,救下郭云鹏,两人架起踉跄的丁小蝶,正要离开。被石头砸晕的日军醒来,解下一颗手雷,朝着他们扔去。

郭家兄弟同时看到,一瞬间,郭云生抱着丁小蝶朝一个缓坡滚下,离手雷更近的郭云鹏则将东方海扑倒在旁边一个低洼处,用自己的身体护住了东方海。

东方海从郭云鹏身下爬起来,只看到他血肉模糊,惊叫出声:"云鹏!"

郭云生和丁小蝶从坡下连滚带爬地来到东方海身边,郭云鹏头枕着东方海的腿,奄奄一息,气若游丝,三人围在他身边掉眼泪。

"好痛啊……哥,我怕痛……"

"别怕,哥在这里。"

"小姐,我说话……算话……"

丁小蝶的脑海中响起郭云鹏曾经说过的话,他发誓会让东方海毫发无损。她说不出话,只能朝郭云鹏拼命地点着头,哭成了泪人。

此时不远处,兰双礼骑在马上,正带队行军,听到枪声,他挥手示意队伍停下,拿起望远镜观察,一名士兵跑来敬礼。

"报告!前方八路军与鬼子交战,鬼子居高临下,八路军处于弱势。同时在山脚发现鬼子的增援力量。"

刘副官骑在一旁的马上,若有所思:"看来石保国这回遇麻烦了。"

"全速前进,绕到鬼子侧后去。"说完,兰双礼挥手,晋绥军跑步出发。与此同时,八路军大队人马也接到了侦察员的消息,正调整队伍营救独立团。

坡上的日军渐渐少了，石保国刺倒眼前的最后一个敌人，一名战士跑来报告："报告！发现一小股日军增援力量，正从山脚往上爬。"

石保国气得一拍腿，道："山本挖坑，就等着老子来跳！收拢剩余的弹药，从东线撤退！"

独立团战士们赶紧收拾枪弹，伤员遍地，来不及救治，日军恐怕又要追上，石保国咬着牙，在犹豫是弃还是留，此时另一名战士跑来。

"报告！山下突然来了两支部队，正在山脚阻击日军，日军增援小队已被重创。"

石保国疑惑不解："两支友军？"

"一支是晋绥军，一支是咱们自己人，不知道是哪个部队的。"

"来得好，咱不撤了，给我打过去，两面夹击，让鬼子当肉馅儿！"

若干日军从山脚往上爬，暴露在八路军另一部和晋绥军的火力范围中。枪声大作，日军纷纷从爬了一半的坡上滚落下来。战斗很快结束，日军全灭，八路军战士开始收殓遗体，抬走伤员。

石保国看见兰双礼，急忙迎上前，说："这次多亏了五支队和兰团长！"

"你都帮我几回了，这份人情我还没还够呢！"兰双礼下马，握着石保国的手，一旁的八路军指挥官举手敬礼。

"石团长，我们正向平原开进。后会有期。"

"替我谢谢李司令、刘政委。"

五支队的人随后撤离战场，兰双礼看着伤员一一从面前被抬过。

"今天可真悬。以后，还是多走动走动。"

石保国也神情凝重地看着伤员们。

"今天这个仗，真叫悬！鬼子的鬼点子越来越多了，以后要多合作。"

"这一仗打下来，山本又要气得跳脚，一定会想什么新招来报复咱们，可得小心啊！"

不出兰双礼所料，山本一气之下把桌上的茶杯掀翻，碎了一地。一个参谋站在他面前，畏惧地深深低着头，山本一拳砸在桌上。

"这么好的机会，打了个败仗！八路五支队和晋绥军怎么会同时出现呢？"

"这实在是个意外……"

"战场上没有意外！我就不信，他石保国是猫，有九条命！"

回到独立团驻地，东方海一个人蹲在树下，他抱住双臂，神情悲伤。

"东方海！"于冬梅在远处叫了一声，东方海没有回头，一动不动。于冬梅跑来，在他身旁坐下，她转头看看东方海，他还是一动不动。

"打仗哪有不死人的？"

"云鹏是为我死的。"

于冬梅很努力地想要说些什么来安慰他："也不能这么说……"

"你不懂。既不懂云鹏，也不懂我。"

不知如何安慰，她只能看着东方海懊恼地离开。

不远处，郭云生坐在地上痛哭，柳二妮和于镇山在两旁安慰。东方海含着眼泪，站在那里凝视着他们。那三人哭成一团，谁也没有注意到东方海。他没有勇气上前，只是站在原地难以自抑地流泪，最后独自离开。

独立团战士们都军容严整，列队肃立，石保国在台上正襟危坐，轻拍着面前的话筒。他清了清嗓子，开始讲话："都说我们胜仗打得多，我们自己也这么觉得，这次战斗，要不是五支队和友军碰巧赶上，连我这个团长都光荣了！轻敌！轻敌的责任由我石保国来负。我已经申请上级处分我。"

石保国看着台下的一张张透着坚毅的面孔，他顿了顿，接着讲："另一个问题，我必须指出来，服从命令！只要有命令，那就得保证百分之百地执行！"

东方海在队伍中，羞愧难当地流下眼泪。

"在这里要点名批评一个人。东方海同志！你不听指挥，瞎逞强，乱开枪！不是你一个人乱了阵脚的事，而是打乱了我们整个作战部署！就因为你乱来的这一枪，那么多兄弟的性命，白白地丢了！"

东方海冲出队伍，走到最前排，悲愤地大喊："我对不起牺牲的战友们！对不起独立团官兵！我请求军法处置！"

"刚才我们支部开了会，鉴于东方海同志是初次上战场，缺少战斗经验，事后认错态度较好，而且经调查，他是在慌乱之下无意中扣动扳机，不是主动射击，属于失误，这一次就免于追究军事法律责任，但要提出严正批评，希望大家引以为戒！散会！"军人们列队散去，只有东方海一个人还站在原地,脸上久久带着悲愤之色。

石保国站在台上,正要走,看到东方海,便也停住了。两个人就这么隔着一段距离久久相望,神情复杂。不知过了多久,石保国叹了口气离开了。

东方海并没有回到战地服务团驻地,而是爬上了一处小山坡,他在土坡上居高临下地看着远处,满脑子都是白天战斗的场面。射击、投弹、拼刺刀、搏斗、牺牲的战友,最后是郭云鹏为救他而死的面容……一切的一切都发生得太快,一幕幕画面在眼前呈现,他的泪水止不住地流淌,渐渐地,一段旋律悄然从他的心中升起。他迅速地站了起来,哼出了一段曲子。他眼睛一亮,迅速从小土坡上冲下来,拼命地往回跑。他知道,这是战友们的嘱托,这是战友们的呼喊,他需要记录下来,需要将这一腔的愤懑和惆怅宣泄!东方海一进房间,就把门关起来,他点亮油灯,拿出一叠纸,一边哼着,一边掏出钢笔迅速地写下曲谱。

石保国背着手,慢慢地在房间里踱步,若有所思。丁小蝶心神不宁地站在一旁,抬头去看石保国,面有怯色。石保国坐下,仰起头靠在椅背上,长叹一口气,闭上了眼。丁小蝶看着他,似乎下一秒就能落下泪来。

"你骂我吧,怎么骂都行。不要不开口啊,保国你说话啊!"

半响,石保国才睁开眼,问:"小蝶,你说,你嫁给我是不是很委屈?"

"怎么说起这话来?保国,你知道的,是我自己要嫁给你的,你开始不答应,还是我逼着你答应的!这能有什么委屈?"

"是,你是自愿嫁给我的。可那是……那是,东方海的心思不在你身上的缘故吧?你在他那里受了气,又跟叶作舟不对付,两面夹击,才在我这儿杀出一条血路吧?"

"好好的,翻什么旧账!我和东方海是青梅竹马,家里边是希望我们走在一起,但世道变了,我们都不再是原来的东方海和丁小蝶了,都有了自己新的选择,这不对吗?至于叶作舟,我是很讨厌她,而且我要跟她比试比试,她能上前线打仗,我也能,我还比她更厉害!可这也不是我要嫁给你的理由!你为什么要这么想我!"

"我是觉得,你的心不在我这儿。今天这一场,我们差点儿叫鬼子给灭了,主要原因在东方海,他违反纪律擅自开枪。可是你呢?你就没责任吗?"

丁小蝶不再言语,她惭愧地低下头,石保国并没有心软。

"走之前我是千叮咛万嘱咐,一再提防,甚至把你关起来,以为这样就把你看住了。可你倒好,直接找了帮手,去了前线。我好歹还是一团之长吧,可我老婆根本没拿我当回事!后果呢?差点儿叫鬼子一口吃了!你去前线干什么啊?你说!"见丁小蝶仍不说话,石保国把他心里的气愤一股脑儿地全发泄出来。"为了东方海!你怕我保护不好他,你放心不下,你一定要亲自守着他,看着他安安全全地去,又安安全全地回!我,你的男人,三天两头带兵上战场,你咋就没对我放心不下?上个月我要上战场了,你还怪我半夜起床吵醒你!这他娘的叫什么事!"

"别说了,我错了,我认错还不行吗?"

"小蝶,不是你错了,是我们的婚姻错了。你这样一个漂亮、多才的上海滩的大小姐、洋学生,不是我石保国消受得起的,我家祖祖辈辈是农民,出个团长,就不得了了。祖坟再冒青烟也不该娶你这样的!唉,不是我的,拿了,就得还回去……"

丁小蝶惊惶地抬起头问:"你要干什么?"

"小蝶,回延安吧,这里不是你应该待的地方,我石保国也不是你该嫁的人。"

"你要赶我走?你要赶我走?从小到大没一个人这么对过我!"

石保国站起来,转身走出门去。

第二日,于冬梅推门走进办公室。只见屋里曲谱散了一地,东方海靠墙坐着睡着了。于冬梅忙上前拾起两张曲谱,左看右看,眼里闪出欣喜的光。她看到一张写满歌词与曲谱的纸,抬头写着《独立团之歌》。

东方海这时慢慢醒来,于冬梅凑上前去,拿着一沓乐谱。

"东方哥,这是你昨晚上写的?"

东方海疲惫又带点兴奋地点点头:"这是咋唱的?能唱给我听听吗?"

东方海接过谱子,小声唱起来:

　　崛起大别山,驰骋鄂豫皖,突封锁,破重围,铁流千里征川陕,抛头洒血仇未泯。

　　痛击东洋寇,浴血太行山,别至亲,赴国难,将身许国倍光荣,不灭倭寇誓不还!

　　青山无名冢,黄河不屈魂,独立团,好儿男,我死国生从容去,剿灭鬼子兵百万。

　　冲锋啊！好兄弟，杀声阵阵鸣惊雷，敌尸铺平光荣路，嘿嘿！我们是英雄的独立团！

　　冲锋啊！好兄弟，人间正道血染就，沦陷山河寸寸收！嘿嘿！我们是英雄的独立团！

　　东方海一字一句地教着于冬梅，很快，他创作的这首《独立团之歌》一传十，十传百，被整个独立团的战士们学会了。

　　这一天，独立团的指战员们集合共唱团歌，众人面容严肃，情绪激动。前来喝庆功酒的兰双礼下了车，立即被周遭的歌声吸引，他再也挪不开步子，一直站定在那里听着。石保国迎上来，兰双礼像是见到了救星，他迫切地想知道这么气势恢宏的歌曲是什么。

　　"这是什么歌？"

　　"《独立团之歌》。"

　　"我说呢，气势恢宏，豪情满怀啊！这歌打哪来的？"

　　"就是那个闯祸的东方海写的。他开始写过一首，文绉绉的，战士们都不爱唱，他还找不到原因。这下子，他上过战场了，枪声丁零当啷在脑子里那么响过一圈，算是开窍了！"

　　"东方海还真是人才啊！我很久没有为一首歌而热血沸腾了。这一首真是不同凡响！啥时候请这位大才子给我们晋绥军也写一首啊？"

　　"得得得！你啥都跟我抢！这歌啊，是我们付出鲜血代价得来的，哪能说写就写呢？"

　　兰双礼还要争论，石保国忙用酒菜堵住了他的嘴。席间，独立团众战士第一杯共敬战斗中牺牲的兄弟们，不知谁又开了个头，歌声响起，很快由一人独唱变成百人的大合唱。

　　外面下着小雨，东方海一个人拿着一杯酒，站在郭云鹏的墓前。

　　"云鹏，你能听到这歌声吗？这是为你写的！"东方海将酒洒下。

　　"云鹏，接到上级指示，明天我们就回延安了，对不起，把你一个人留在这儿了。从小你和云生就罩着我和小蝶，你们拿命来护着我，护着我这个没用的人！我恨我自己啊！"说到此处，他忍不住泪如雨下，跪了下来，伏地大哭。"云鹏！我的好兄弟！现在我爹妈的仇报了，可我欠你的、欠你们家的这份情,怎么报答得了啊!"

雨越下越大。

酒宴结束,送走了兰双礼,石保国一进屋,抬头就看见丁小蝶端坐在桌前等着。见他回来,丁小蝶站起来,迎上前拉着让他坐在椅子上。石保国不知所措地望着沉默不语的丁小蝶。

"小蝶,你这是……"

丁小蝶没有回答,她径直走出门外,不一会儿端着一个洗脚盆进来,里面是热气腾腾的水。丁小蝶把洗脚盆放在石保国脚边,抱起石保国的一条腿来,给他脱鞋袜。石保国立即拦住她,更加困惑:"中什么邪了吧?"

"你不是让我走吗?明天战地服务团要回延安了,我只有跟着他们一起走,回延安,看那儿有没有地方收留我。我走之前,也没有什么好说的,也没有什么能够报答你。你给我洗过那么多次脚,今天,就让我给你洗一次吧!"

丁小蝶说罢又去抱他的腿,石保国拦住,她深情款款地抬起头看他。

"小蝶你别这样,你就那么看我一眼,那眼睛水汪汪的,我真的就受不了……"

"将来,也不知道谁会在你身边,听你讲打仗的故事,谁会坐在你的马前,和你一起奔向疆场……我们夫妻一场,好歹让我留下一点儿念想……"

石保国抓住丁小蝶的手,贴在自己脸上,哭了起来:"小蝶啊,真是要了我的命啊!我认命了,认命了……"

"可你没说不让我走,没说还让我当你老婆……"

石保国眼含热泪道:"不走了,小蝶,咱不走……你是我石保国的老婆,谁也抢不走……"

丁小蝶也哭得泪人儿似的,她点着头,哭着哭着又笑起来。

十四

战地服务团准备启程回延安，按照之前交代的任务，张志成全权负责将众人护送到独七旅根据地。天刚亮，张志成带领着护送小分队在团部清点武器装备，石保国几次晃到队伍前，又折返了回去，犹豫再三还是把张志成叫到身边。

"志成啊，来来来，你别嫌我啰唆。按说你护送的这段是没有敌人的，但也不能掉以轻心！他们是鲁艺重点培养的人才，你一定要保护好。万一遇到敌人，切不可恋战。"

"哎哟，我的石团长，我的石大团长。啥时候变得这么婆婆妈妈的，一件事非得说上个七八遍。你就放心好了，保证出色地完成任务。有这工夫，你该多陪陪团长夫人。"张志成一如既往地嬉皮笑脸，石保国恨不得一脚把他直接踹到目的地去。

离团部不远的村口，于冬梅带领战地服务团一行人在收拾行装，队员们大包小包地背在身上。此时，石保国、赵松林和丁小蝶走了过来，身后的小四川和另一名战士各牵着一匹马。于冬梅忙迎了上去，与特来送别的石保国握手。

"于组长，非常感谢你们这次到独立团慰问演出，不但给我们送来了丰富的节目，还给我们培养了文艺骨干，可谓超额完成任务。我们这里也没啥可以表达谢意的，就送两匹马吧，一匹给鲁艺，另一匹是给叶作舟的，你们正好捎回去。"

"石团长，这可不行，我们出来时，领导就一再交代，不能麻烦你们，更不能要你们的东西，你们在前线很艰苦。"

赵松林在一旁帮腔："冬梅同志，你就不要客气了，这两匹马是缴获鬼子的东洋马。我们虽然艰苦，但敌人会经常送上门的，打一仗，啥都有了。"

石保国见于冬梅仍没有接纳的意思，继续游说："我这也是为我自己好，免得我再去延安了，你们叶协理员又要蹭我的马骑。"

"于组长，你就收下吧，回延安的路很长，正好可以用来驮行李。难不成于组长还想着让我张志成变成驴子不成。"张志成也插上了话，说完，他便示意身边的两名战士捧过马匹。

于冬梅不再好推脱，只好恭敬不如从命，让队员们把行李挪到马背上，又是鞠躬又是敬礼地感谢石团长，众人挥手告别。丁小蝶看着队伍远去，急忙招呼住走在后面的于冬梅："于组长，咱们借一步说话。"

于镇山看着自己的妹妹被丁小蝶拉在一边说话，放心不下，跟了上去。丁小蝶见状打趣着："镇山哥，我们女人之间说话，你跟着过来干啥？"

"她是我妹妹，妹妹走到哪里，哥哥都得跟上，免得妹妹受人欺负。"

"哥，你走吧，小蝶是和我说说话。"

"我不走！"丁小蝶看于镇山有种耍无赖的架势，也不去管他，转身对着于冬梅。

"于组长，你们就要回延安了，我就不拐弯抹角了。我和石团长已经结婚了，过去的事情也就过去了，我和阿海之间，你可以完全放心。我知道你喜欢他，可你们来这里已经快三个月了，我怎么没有看出来他喜欢你的意思……"

于冬梅红着脸，她别过头，小声说道："小蝶，这次来独立团，组织上很信任我，让我带队。我的任务是两件事儿，一件是来慰问演出，第二件是让东方海报仇。我没考虑个人的事儿。"

"于组长，你不要有别的想法，我是想提醒你一下，这里毕竟和延安不一样，除了我，只有你和二妮。延安就不一样了，我估计这几个月，肯定又来了不少女学生，鲁艺也会招很多新生的，美女成群。你回到了延安，可得抓紧一点儿，不要大意失荆州。"

于镇山听了半天，揣摩出丁小蝶确实是想帮冬梅，放下了戒心，笑脸相迎。

"团长嫂子，你放心好了，东方海心里早就装着我妹妹了，你要是不信……"

"哥，说啥呢你？"于冬梅急忙打断他。

丁小蝶怕兄妹二人误会，又解释着："我真是好心。阿海有才又有貌，这样的男人招人。我们从上海到延安的路上，就遇到过一个叫裴采莲的女学生,刚认识两天,就邀请阿海去延安。说不定,她现在也到了延安呢。冬梅姐,我可是希望你们俩能在一起的。"

"团长太太,小蝶妹子,东方海是那样的人吗?他就只喜欢我妹妹一个人,别的女人再漂亮,也都不入他的眼。我妹妹也很放心他。"

"哥,说啥呢你?别在这里信口开河瞎咧咧。"于冬梅气鼓鼓地推搡着于镇山。其实她心里是懵懂地害羞,也担心这些话要是传到了东方海耳朵里,就算是有的感情也给搅和没了,她也不知道再说些什么好,不知所措地跟上了队伍,留下丁小蝶和于镇山站在原地。

丁小蝶笑了笑说:"算我多嘴吧。"

于镇山追上于冬梅,嘿嘿地笑着说:"妹,我刚才说的可不是信口开河,我是替你说的,你敢说我说的不是你的心里话吗?"

"就你话多。"于冬梅嗔怪地打了于镇山一拳。

战地服务团返回延安的途中一路顺利,但张志成总觉着平静的背后隐藏着巨大的阴谋,如同暴风雨来临之前平静的海面,越是顺利,越是需要谨慎前行。离山陕交界处约莫一百公里的时候,张志成招呼众人停下脚步。

"大家注意了,我们离独立团驻地董家庄已经很远了,这段路比较复杂,每个人都必须听从我的指挥,没有我的命令任何人不许擅自行动,尤其不能随便开枪。"

众人点头应着,一定按指令行事。于镇山心里不以为然,倒觉得能打上一场会是件极其爽快的事情。于冬梅了解哥哥,没等他得意起来,便嘱咐着:"哥,你可别逞能,要听张参谋的话。"

比起于镇山,张志成更担心的是略显疲态的东方海,旧恨又添新仇,张志成拿他没有办法,无奈之下,只能拜托于冬梅:"于组长,你要照顾好东方老师。"

东方海愣了一下,整理着衣服,把枪背在背上。"我不用照顾。"

"我说你小子,这么快就把张参谋刚交代的给忘了?咱听张参谋指挥。"于镇山插话,说着还讨好地看向于冬梅。

又翻过了一座山,队伍在山上的树林间穿梭行进,张志成突然示意众人停下。此处地势较高,能够俯瞰山下,张志成弓身继续前进,只见下面不远处坐着十来个日军,叽叽咕咕地说着什么,张志成皱眉张望着山下的敌人。

"这几个鬼子居然敢到根据地内部来了，胆儿够肥的。"

"他们拿的步枪好像也不是三八式，是咱们用的汉阳造步枪。"

不知什么时候，东方海带着于冬梅也跟到张志成身旁，在一边推理着："嘿，你小子怎么又擅离职守，不是让你别动吗？于冬梅，不是让你看好吗？"

"我根本拉不住他。"

东方海没理会张志成，装作没听见的样子。

"奇怪了，这些鬼子葫芦里卖的是什么药？"

只见山下，一个日军军官站起来说着什么，接着十多个日军站起来，把日军军服脱下，叠好，又放下背包，取出八路军军装穿上。

"这群鬼子是怎么回事？"东方海大惊，张志成也惊慌失色。"妈的，他们想干什么？"

这批日军迅速把日军军装藏匿起来，又互相整理衣服，指挥官说着一口流利的汉语："从现在开始，我们不再是旅团的挺身队，我们是八路军晋北独立团。你们都是各个部队挑出来的精通中国话的精英，我希望不要出任何差错。任务完成后，到这里集合。"随后，日军军官掏出一张地图，摊在地上，布置着作战任务。

坡上的三人你看看我，我看看你，东方海和于冬梅都在等张志成的命令。

"如果不是亲眼所见，还真分辨不出来。"于冬梅一脸的不可思议，她努力想要看得更仔细。张志成从怀里掏出一支烟，用手挡着风艰难地点燃。

"如果只是换衣服，只要一碰上，立马就能露馅，他们能这么自信，一定是精通中国话的，妈的，这一手真是毒辣！究竟是要干什么？"

"管他们干什么，只要是鬼子都该杀，把他们干掉再说。"

东方海却等不及了，他的手指扣在扳机上，随时准备开火，张志成一手按在他的枪上。

"这些鬼子是挑出来的，要打，我们还不一定能打得过。再说，鬼子这样干，一定有大阴谋，我们跟着他们，先把他们的意图查清再说。"

"就这样把鬼子放走吗？"

"不是放走他们，我们跟着他们，伺机找到兄弟部队把他们干掉，最重要的是得搞清他们的意图。"张志成又弓着身子往回去，东方海却往前爬了一点儿，于冬梅忙跟了上去。

"一，二，三……"东方海轻声数着日军的人数，他兴奋地抓着于冬梅的胳膊。"才十二个！打吧，咱们有二十个人，又是出其不意，一定能把他们干掉。"

"东方哥，要听从张参谋的指挥。"

"他太优柔寡断了。一想到云鹏的死，我就恨不得冲上去把鬼子撕成两半。"

"人家张参谋一直是打仗的，比咱们有经验，一定要听张参谋的指挥。"

东方海看到日军准备出发了，急忙招呼摸出一段距离的张志成："张参谋，他们要走了。"

张志成赶紧爬了过来看了看，说："别急，咱们找机会跟着，摸清了他们的意图，再找机会联系兄弟部队把他们干掉。"

"找机会，找机会，现在就是机会。他们就这一点儿人，我们随便就拿下了，等他们走了哪有这么好的机会？"东方海端起枪瞄准一个日军，嘴里争辩着，"万一跟丢了怎么办？万一被他们发现了怎么办？"

"东方老师，这不是拉小提琴，打仗，你还得听我的……"

张志成的话音未落，东方海扣动了扳机，枪响。

一个敌人应声而倒，其余日军立即卧倒，有的还击，有的匍匐寻找遮蔽物，子弹从张志成头顶飞过，身后的树枝断裂，张志成怒瞪东方海。

"谁让你开枪的？"

"还剩下十一个鬼子，一会儿就打完了。"东方海不服地辩解着，张志成气极，只好迅速安排。

"大家注意隐蔽。于组长，你带着大家在这里还击，我迂回到鬼子侧后，咱们彼此掩护，把这股鬼子干掉。注意留一个鬼子的活口！"

张志成带着两名战士借着地形掩护向日军侧后迂回，最终在侧面伏下，他把手枪插回枪套，伸手："拿步枪来！"

一个战士递过步枪。张志成瞄准敌人，一枪击倒一个日军，快速再瞄准，又干掉一个，日军发觉，向这边还击，子弹把张志成的帽子打掉，他捡起帽子，正要带两名战士转移，一个战士惊叫："张参，你看！"

张志成伸头一看，只见多出来了二三十名日军，有的着八路军军服，有的仍穿日军军服，他立刻意识到情况不妙："不好，快撤！"

张志成带着两名战士赶到于冬梅处，口里忙喊着："快撤！快撤！"

"我刚打死一个鬼子……"东方海还想再打，于镇山一把把他拉起来。

"听张参谋的话，快撤，快撤！"

张志成带着众人撤退，一阵狂奔，枪声稀疏，似乎摆脱了敌人。

"这伙儿鬼子可能有大阴谋，要赶紧找到咱们的队伍把这个情况报告上去！"

于冬梅环顾四周，没有发现东方海，一下子心就悬了起来。

"东方海呢？东方海没跟上来！"

众人这才发现东方海不见了，身后是零星的枪声。

"我回去找他。"说完于冬梅就往回跑，于镇山急忙跟了上去。

张志成转向一名战士，吩咐道："你带大家在这里等着，在十分钟内如果没有见我们回来，你们就迅速转移，就近找到八路军，把情况报告上去。"张志成回身要走，郭云生也跟了上去。

东方海躲在一块大石头后面向追来的日军射击，不料子弹卡壳，他慌乱地退着子弹。眼看日军就要扑上来了，张志成赶过来向敌人射击，他向于冬梅大喊："你带东方海走，我们掩护。"

于冬梅去拉东方海，东方海还不愿意走。"我要为云鹏报仇！"

"你害死的人还不够多吗？快走！"

东方海挣扎着，还想再打死几个日军。这时，于冬梅看到一个日军正在向这边瞄准，她冲过去护住东方海，腹部中弹，倒在了东方海的怀里。

"冬梅，冬梅！"

于镇山听到喊声，扭头看到妹妹倒在血泊中，立刻蹿了过来。他一把将东方海推到一边，抱着于冬梅大叫："妹子，妹子！"

"快撤，快撤！"

张志成带着战士掩护，于镇山抱起于冬梅，东方海惶然地跟在后面。战士中弹倒下，郭云生忙扑了过去，他正要背起战士，战士却艰难地摇头说："把手榴弹留给我，别管我了，保护好他们……"

眼看日军越来越近，郭云生只好把身上的手榴弹留给那名战士，含泪而去。负伤的战士向日军射击，弹尽。日军围了上来，其中一个用流利的中文说道："你投降吧，我们也优待俘虏。"

战士躺在地上，脸带笑容。日军围上来，明晃晃的刺刀对准了他，他猛地拉响了藏在身下的手榴弹。

东方海听到爆炸声，回头望去，一片硝烟，他跪倒在地痛哭："是我把他害死的，是我把他害死的……"

"现在不是哭的时候，鬼子还在追，快走！"

张志成架起东方海快速离开，和大部队会合，于镇山放下于冬梅，焦急地跪在一旁，东方海过去抓住于冬梅的手说："冬梅，你一定要坚持住，一定要坚持住！"

听到有人呼喊自己的名字，于冬梅缓缓醒过来，她看看东方海，又看看于镇山，艰难地开口说道："我没事，我没事，哥，我要交代你一件事儿……"

"冬梅，你说，你说什么我都答应。"

"你……你……别怪东方哥，他就是想多杀鬼子……"

于镇山一拳砸在地上，他早在心里打定主意，谁为东方海求情都不管用，可偏偏求情的是他的亲妹妹。看着于冬梅气若游丝的样子，他不敢说个不字，可那个害得妹妹身负重伤的家伙就在眼前。

"哥，你一定要答应我……"

"好，好，冬梅，我答应你，我答应你。"

敌方的枪声越来越密，于冬梅伤势很重，她已经把自己的命给了东方海，不想再拖累众人。

"你们不要管我了，你们快走……"

"冬梅，我们一定要把你救出来，要死，大家就死在一起……"

眼看日军就要冲过来，众人全部拿起枪来，子弹上膛，决定与日军拼个你死我活。不远处突然传来激烈的枪声，张志成大喜，张望着山下。

"同志们，是我们的队伍！"

八路军战士从四周涌来，他们集火消灭着眼前的日军。东方海跟着战士们一起，近乎疯狂地向日军冲杀，他心中的仇恨一波接着一波，既痛恨着敌人也悔恨着自己。日军支撑不住，很快尸横遍野，最后只剩下两个穿着八路军军装的日军，在一块大石头后负隅顽抗。

"别开枪，留活口！"张志成大叫着，枪声停止。

"你们缴枪吧，顽抗下去只是死路一条。"张志成向敌人大声喊话。

两个浑身是血的日军看着逐渐缩小的包围圈，相互点了点头，把枪口顶在对方脑门，扣动扳机。张志成看着倒地的尸体，顿足大骂。

支援部队的干部赶了过来,见到自杀的日军,满脸的惊讶与困惑:"啥情况?这帮鬼子怎么穿着八路军的衣裳?"

"我也不知道,这里面一定有阴谋,本来想留个活口,谁知这俩家伙居然会来这么一手。"

"你们是哪个部队的?"

"我们是晋北独立团的,正要护送鲁艺战地服务团回延安。你们是哪个部队的?我们这里还有伤员,急需治疗。"

"我们是一二九师补充团的。前面村子有个郎中是我们的人,快把她送到那里。"

干部带着张志成等人来到郎中家,老郎中立即查看于冬梅腹部的伤势,她已经昏迷不醒。老郎中吩咐着旁边一个老太太。

"快,把咱们前几天买的那块布料拿来!"

老太太冲进里面拿出一块白布,老郎中把一些中药敷在伤处,撕开白布,迅速给于冬梅包扎。东方海看到郎中只是止血,慌了神,急切地说道:"她身体里还有子弹没有取出来!"

"她伤得太重,这个我无能为力,只能先把血止住,你们赶紧找到可以做手术的地方去。"

于镇山双手张开,拦住老郎中,道:"不能治你也得治,现在我们到哪里去找做手术的地方?"

"我听说前天八路军在庙岭那边打了一仗,那里肯定有能做手术的,你们快去吧。"

张志成解围,把于镇山拉到一边。"对,那边是独七旅,他们刚打了一仗,咱们赶紧过去。"

东方海抢身上前,想要去抱于冬梅,于镇山一把将他推到一边,自己抱起妹妹,冲出屋去。老郎中找来马车,一二九师的干部与张志成一行人告别,两路人马分道扬镳。马车一路向庙岭狂奔,没人顾及沿途崇山峻岭的风光,怀中抱着妹妹的于镇山更是恨不得脚踩筋斗云,一下十万八千里。

庙岭正是独七旅的根据地所在,周遭古香古色的村落像是一片净地,白求恩诊所就设在其中一座庙内。车还没停稳,东方海便慌张地喊人救援。白求恩诊所里病人的哀号声此起彼伏,庙内安置着十多张手术台,医务人员在紧张地忙碌着。白求恩的助手李慧珠医生和两个军医匆匆赶出来,将于冬梅抬到一座手术台上,白求恩也闻声过来,检查着于冬梅的伤势,东方海万分焦急:"白大夫,她的伤怎么样?"

白求恩检查完于冬梅,并没有回复东方海,只是吩咐李慧珠准备手术。东方海和于镇山还想再问,被一位军医驱赶出来。

众人在外面焦急等待,于镇山看着安然无恙的东方海,再也忍不住,一拳打过去,又扑在倒地的东方海身上补了几拳。东方海在地上本能地抱着头防御,众人赶紧拉住于镇山,于镇山挣扎着大喊大叫:"你这个混蛋,三番五次地惹事,只知道自己过瘾,哪管别人!你就是一个自私自利的家伙!你这个混蛋,我妹妹这次要是活不过来,老子一定会让你偿命!"

"你打得对,我确实该打,我不但该打,我该死。我是只想着我自己,我害死了云鹏兄弟,又连累了大家,还害得冬梅为我负了重伤,我真他妈的不是个东西。"东方海跪在地上,痛哭流涕。

"镇山哥,事情已经这样了,你再打再骂也没有用了。上海哥哥心里够难受了,你就别再往他心上捅刀子了。"柳二妮紧紧地抓住于镇山。

于镇山根本没有理睬,怒道:"你这个混蛋,到处闯祸,你报了父母的仇,又多了云鹏的仇,云鹏的仇还没报完,又害死了八路军,现在又拉上了我妹妹,你还配当个八路军吗?还他妈的是个教员!你他妈的狗屁不是!"

"你打我吧,如果你能出气,你想怎么打就怎么打,我错了,我不该冲动,是我害死了云鹏,害了冬梅!"

这时李慧珠走了出来,厉声呵斥:"白大夫正在做手术,你们吵什么吵?安静点!"

于镇山这才停止挣扎,东方海忙从地上爬起来,跑到李慧珠跟前。

"小姐,不,医生,冬梅怎么样,能不能救活?"

"她的伤势很重,白大夫在尽最大努力。"说完,李慧珠又进了手术室。

众人呆呆地站在外面,一片安静。东方海颓废地蹲在地上,用手揪着头发,一副天塌下来的样子。

一场与死神搏斗的救护之后,白求恩和李慧珠出现在众人面前,白求恩脸带疲惫之色,身上的白大褂上染着斑斑血迹,李慧珠面带喜色。

"放心,你们的于组长命真大,她很坚强,虽然现在还昏迷不醒,但已经脱离危险。你们应该感谢白大夫,如果不是碰上白大夫,怕是悬了。"

于镇山扑通一声跪在地上，猛地磕头。"白大夫，你的大恩大德，我们于家一辈子都不会忘记。"

白求恩慌忙过来搀扶，说："不要这样，不要这样，救死扶伤本来就是我们医生的天职，这和军人杀敌一个道理。"

"他说什么？我妹妹不会死吧。"于镇山听不懂英文，以为妹妹的病情有变化，他一把鼻涕一把泪地回头询问着东方海。

"放心吧，你妹妹没事。不过病人现在还很虚弱，需要休息，你们不要去打扰她。"李慧珠忙上前解释。

次日，张志成带着独立团的战士们和独七旅进行交接工作，随后和一行人告别，东方海趁此机会溜到诊所，白求恩正在收拾手术器械。

"白大夫，冬梅怎么样？"

"没事，等麻醉药的劲儿过了，她就会醒过来。"

东方海取下背着的小提琴，想为于冬梅拉一曲，白求恩好奇地看着他。

"如果我没看错的话，这个应该是意大利的瓜奈里小提琴，这琴是谁的？缴获日本人的？"

"不，这是我的小提琴。"

"这是你的小提琴？"

"白大夫，你想听什么，我给你拉一曲吧。"

"我有点儿想念家乡加拿大了，你给我拉一曲《红河谷》吧。"

东方海深情地演奏了一曲《红河谷》，白求恩情不自禁地随着哼唱起来。琴声悠扬，于冬梅慢慢地苏醒过来，东方海见状，激动地扑到她身边。

"冬梅，你怎么样？你没事吧。"

于冬梅支起身子，看到白求恩，感到疑惑："发生什么事了？这是哪里？"

"这是白求恩大夫，加拿大共产党员，参加援华医疗队，去年春天到华北抗日前线来，是他把你救过来的。我们现在是在独七旅根据地。"

"谢谢你，白大夫。"

白求恩看着于冬梅，脸上露出一丝喜悦。"美丽的姑娘，你醒过来了，太好了。可我又要赶往前线了，你安心留在这里养伤，祝你早日康复。"

"白大夫，我没事，我能走的。"

"不，你至少还需要在这里休养两个月，我已经做了安排，医生要随时复查、复检。你是革命军人,一切行动听指挥,这是我的命令,希望你能遵守。现在你好好休息吧。"

东方海送白求恩走出诊所,白求恩用欣赏的眼神看着他。"东方先生,虽然刚才我只听了你拉的一小段小提琴,但我听得出来,你是一个音乐天才,一定要保护好自己的手。"

"白大夫,您太忙了,有机会的话,我完整地给您拉一曲。"

白求恩摇头叹息:"真可惜,中国现在被日本侵略,你这不是拿枪的手,而是应该在世界乐坛大放异彩的手。"

"毛主席说过,抗日战争是持久战,最后胜利是中国的。我是一名文艺战士,手中的琴就是我的武器,我会用好我的武器,为抗战发出怒吼,为战士发出呼声!"

"我参加过西班牙内战,深知战争的残酷。东方先生,身为军人,我敬佩你背着小提琴上战场,但我希望能和你在胜利之日再聚首,再次聆听到你的美妙音乐。"

东方海停下,向白求恩敬礼。"一定的,白大夫,我们一定能在胜利之日再见面!"

一行人兴奋地聚在于冬梅病床前,于镇山拿着湿毛巾,擦着她额头微微渗出的细汗,一个大老粗在这特定的时刻变得极其温柔:"我就知道我妹子命大,大难不死,必有后福。"

东方海也心疼着于冬梅,看着她每挪动一下,就会因为伤口的拉扯而眉头紧蹙,他想说些什么,却欲言又止。于冬梅看出他的为难,有气无力地宽慰道:"东方,你……不要总怪自己,我们都是为了打鬼子,要怪只能怪鬼子。"

于镇山瞪了一眼东方海,端着水盆径直从他面前走过,话里有话地说着:"冬梅,以后你走到哪里我都要跟着你,免得有人又要连累你。"

"哥,你在说什么呢?东方哥这次上了战场,打死了好几个鬼子呢。以后不许你再这样说东方哥。"

"我不说了,不说了,冬梅,你饿了吗?想吃什么?"

"哥,我不饿。东方,我想听听我们第一次见面时你拉的曲子,我记得你告诉我,那是马思聪先生的《思乡曲》。"于冬梅望着东方海,目光中满是平静的神情,东方海心头一紧,取出琴来。

"对对对,是马思聪先生的《思乡曲》。"

众人在东方海的琴声中,也想念起自己的家乡。

石保国推门进来,丁小蝶正在房间里跳芭蕾舞《天鹅湖》,她没有停下,一曲跳完,摆着最终的舞姿,朝着石保国俏皮地眨眨眼。

"我跳得怎么样?"

"小蝶,咱商量个事儿,你看吧,你跳得这么好,但这又没专门跳舞的地方,我要是给你弄个大场子,这传出去了,说是团长夫人搞特殊。我看,你还是回延安吧。"

石保国搓着手,丁小蝶一听果然不高兴了。

"石团长!你不是说不撵我走了吗?现在怎么又要撵我走了?"

"我的姑奶奶啊,我这不是撵你走,是为你好。你这次也到战场上看了,子弹不长眼啊。你跟我上前线不就是想消灭几个鬼子吗?你枪也打了,鬼子也干掉了好几个,该回鲁艺了。"

"我不回,我才打死了几个鬼子,那个小个子女人都打死过几十上百个白军呢。"

丁小蝶噘起嘴,石保国无奈地瞪着她。

"你和叶作舟比什么?人家当年是妇女团的营长,领几百号人,出生入死,杀进杀出。我的姑奶奶,你和叶作舟不一样啊,叶作舟有你的嗓子吗?叶作舟会跳你这脚尖舞吗?你是艺术家,你应该回延安!"

"可我也是你老婆啊,我总该给你生个儿子吧。"

听丁小蝶这么一说,石保国咧嘴哈哈大笑,道:"你说得好像也有道理。"

房门外,小四川端着一盆水。

"报告团长,水烧好了。"

"好,我知道了,你放在门口吧。"

石保国正一脸宠溺地给丁小蝶洗着脚,张志成突然一头撞了进来,石保国神情有些尴尬。

"不会报告吗?冒失!"

"我本来只是想先看一下,啊,不是,我是想先报告一下,谁知脚下一绊就直接进来了。"

丁小蝶忍不住,捂着嘴笑出了声。石保国把丁小蝶的脚捧在怀里,用帕子仔细地擦着，一边跟张志成聊着："把鲁艺战地服务团安全地送过去了？"

"出事儿了，出大事儿了。"

石保国和丁小蝶都是一惊，听张志成说到于冬梅中枪，石保国立刻坐不住了。

"我怎么交代你的？要用生命保护他们的安全，谁也不能出事儿！"

"团长，嫂子，你们不要急。于组长是为了救东方海而受伤了。好在我们遇到白求恩大夫，他把于组长救过来了，人没事了。"

丁小蝶和石保国长长地松了口气。张志成又将路遇日军乔装成八路军的事一说，石保国思索一番，命令他立即向总部发电报，通知所有部队加强戒备。丁小蝶穿上鞋，递给石保国一杯水，说："东方海他们滞留在独七旅的驻地庙岭，于冬梅又因为他负伤了，他要是还想着报仇怎么办？我觉得他还是应该尽快回延安比较好。"

"你说得对。"石保国叫住已经走到门口的张志成，"张参谋，你同时再发一份电报，让总部通知鲁艺，就说他们的老师东方海惹了很多事儿，让他赶紧归队。"

张志成敬礼离开。

冼星海收到电报，叫来叶作舟，两人也不知东方海都惹了什么事，心绪不宁，只好先按照上级命令，以排练《黄河大合唱》为由，给独七旅发电报催战地服务团速回。电报很快发到庙岭，来到于冬梅手中。

"鲁艺来电了，让你们赶紧回去，说是正在排练《黄河大合唱》，你们必须回去。我本来也要回去，但医生检查后，说还不能下床走动，至少再待一个月。我其实真想和你们一起走。"

柳二妮握住于冬梅的手说："姐，我在这里陪你。"

"二妮，你虽然不是鲁艺的，但万一延安演出需要你呢？你还是回去吧。这里是咱们八路军的根据地，他们把我照顾得很好，我一个人留在这里就行。"

东方海上前，站也不是，坐也不是。"我要留下来。祸是我闯的，你的伤是因为我才受的，我要留下来照顾你。"

"电报上指名道姓让你务必回去，这是命令。"于冬梅将电报递给东方海看。

"你害我妹妹害得还不够吗？我妹妹让你回去你就回去，哪有那么多废话？"于镇山在一旁瞪着他。

"要走你们走，我要留下来。"

于冬梅坐直了身子，坚定的目光投向东方海。"东方哥，这次出来，叶协理员让我负责，你要是还拿我这个组长当回事儿，就听我的话，跟着大家一起回去。"

"我就是把你当回事儿了，所以我一定要陪着你，等你伤养好了，我和你一起回去。"

"叶协理员那么信任我，让我带队，如今，云鹏牺牲了，我又受了重伤，我已经很难过了。鲁艺让你回去，如果你再不听的话，我的任务等于又没完成，你让我如何向叶协理员交代？"

"这，这……我就是要等着你养好伤。"

"你若不肯走，那我只好立即出院，提前和大伙儿一起回去了。"

她作势要起床，众人赶紧拦住，于镇山把东方海拽出病房外。

"你就不要给我妹子添乱了，都走，我留下来，我也不是八路军，我就是我妹子的哥，我留下来天经地义。特别是你，别在这里给我抢，我算看透你了。"

东方海随着一行人勉为其难地回到了鲁艺，他们刚抵达，便碰到了正要外出的叶作舟。郭云生和关山牵着两匹马过来，把缰绳交给叶作舟。

"独立团送给我们两匹马，是缴获鬼子的东洋马，一匹送给咱们鲁艺，一匹送给你……"

叶作舟却对马视而不见，她打量着众人，严肃地问东方海："你把我的于组长弄哪里了？于镇山呢？"她又转向郭云生，拍着他的肩。"你弟弟呢？"

"我弟弟，我弟弟牺牲了……"

东方海也嗫嚅着："冬梅受了重伤，在独七旅驻地庙岭养伤，于镇山在陪着……"

"这到底是怎么回事！"

叶作舟没有料到电报上说的惹祸竟然这么严重，东方海自责地低下了头。

"这全怪我，都是我惹的事儿……"还没听完东方海的话，叶作舟气得直跺脚。

"你看看你这一趟，弄出多少事啊！你杀了几个鬼子？报仇了？可这仇报了，又来了新仇。你懂不懂？如果不把日本鬼子彻底赶出中国，这仇永远报不了。"

"协理员，我现在才明白，这场战争不是我一个人的事儿，是全民族的事儿。我的战场在鲁艺，在舞台，我的武器是音乐。"

叶作舟还想说些什么，众人都帮着东方海说话，她只能作罢："好了好了，既然回来了，就安心工作。《黄河大合唱》连排几次了，你也帮不上忙。过几天公演，到时你们好好看看，多学习学习。"

"是，我一定好好学习。"

"吃一堑长一智，你也要好好反省反省，在哪里摔倒就在哪里爬起来，不要在哪里摔倒了就在哪里躺下。"

叶作舟牵过郭云生手里的马，抚摸着马背，说："真是好马。这个石保国，还算有点儿良心，把我的人都拐走了，我要他两匹马也没啥。关山，你先把那匹马牵到鲁艺管理处，这匹马我先遛两圈，待会儿我自己送去。"

叶作舟翻身上马，又扭头对东方海言语："你有空去找一下冼主任吧，他对你也很关心，你去给他汇报一下，另外看看还有什么事儿需要帮忙。"

叶作舟策马飞奔而去。

十五

东方海在冼星海家门外徘徊了一整夜,也没能鼓起勇气走进去。为了《黄河大合唱》的排演,无数人进进出出,可就是没有东方海的身影。他自觉无颜面对牺牲的云鹏、受伤的冬梅,也没有力量直视自己的内心。东方海奔跑着,跑过巍巍宝塔山,跑过奔腾不息的延河,即使满头大汗,哪怕步履蹒跚,依然跑个不停。对他而言,似乎只有生理上的疼痛才能安抚少许心里的创伤。

叶作舟把这一切都看在眼里,她找来东方明,指着不远处的东方海说:"刚回来那天还好,我训他他也听着,自己也承认了错误。没几天就成了这个样子,提不起精神。课不好好上,饭不好好吃。你去见他吧。我怕我忍不住又要批评他。"

东方明走到已经瘫坐在地上的东方海身边,拧开军用水壶盖子递给他。东方海挣扎着站起,低着头不作声,只管大口喝水,呛到后剧烈咳嗽起来。东方明看得心疼,拍打着东方海的背,东方海眼角满是被呛出的泪水,像孩子一样哭着喊了一声:"哥!"

"看看你这样子,又是汗水又是泪水,去洗把脸,整理一下军容,跟我去吃饭。"

"我不想吃。"东方海摇头。

"不想吃饭,那你想干什么?前线也去过了,鬼子也打过了,你还想干什么?"东方明加重了语气。

"哥,云鹏为了我……"

"云鹏牺牲了,你以后活着的目标是不是就是为他报仇?对了,你已经为他报了仇,回来的路上又主动打了鬼子,听说于冬梅同志为了救你受了重伤,你是不是还想着要为她报仇?"东方明拉着东方海的手看了看,又放下来。"你还弄不明白,你这双手该干什么吗?听说你写了一首《独立团之歌》，能和冼星海同志的《太行山上》比吗？那可是传遍根据地传遍全中国的歌，那才是你应该追赶的目标！阿海，你该成熟起来成长起来了！"

东方海低着头不说话，过了一会儿，他突然想到还有一个人也在煎熬之中。

"云生还好吧？"

"云生一向能藏得住事，他表面上看来比你好，正常吃饭，正常睡觉，正常出操，正常参加学习。可不管怎么说，他在世上一个亲人也没有了。阿海，这是咱们东方家欠人家的，一定要还。"

对于郭云鹏的牺牲，有一个人比东方海更加放不下，那就是郭云生。他整理着弟弟的遗物，东西很简单，只有被褥和几件衣服。每叠起一件衣服，他就能想起一段往事，睹物思人，泪眼婆娑，以至于柳二妮过来送糕点，他都未能察觉。

热腾腾的山楂糕出现在郭云生眼前，他这才回过神，忙摆摆手道："先放着吧，我过一会儿再吃。"

郭云生转过身把郭云鹏的遗物包成一个小包袱，压在自己的铺位底下，然后抱着打包好的被褥准备出门。

"二妮，你先坐着，我去一趟总务处。"

"这些被褥是云鹏哥的吧？"

郭云生轻轻点头："嗯，按规定要上交。"

"我和你一起去。我爹说了，要带你去我家吃饭，我爹特意去集市买了鱼。"

"我要训练，还要学习，你和富贵叔说一声，他的心意我领了。"

郭云生头也没回地出了门，柳二妮扶着门框，看着他远去的身影，暗自下决心，一定要让他好起来。

东方海原本以为拉琴能让自己振作起来，可翻来覆去连一首曲子都无法顺利拉完，他拿着小提琴垂头丧气地走着，和从另一侧走来的叶作舟撞到一起。

叶作舟一看是东方海，克制住自己的怒火问："练琴去了？"

"嗯，练了一会儿。"

"你是不是还没去见冼星海老师？"

东方海躲着叶作舟的视线，从牙缝里挤出来几个字："老师很忙，我在办公室见不到。"

"老师的家在哪儿你不知道？东方海，这都多长时间了，你怎么还是一副丢了魂的样子？你这个样子，对得起在根据地牺牲的郭云鹏吗？对得起正在养伤的于冬梅吗？你要振作，振作知道吗？"

"协理员……我……我去上课了。"

东方海架不住叶作舟的质问，扯谎跑远了。走在礼堂前，他迎面看见冼星海带着几个人过来，下意识地想要避开，但空旷的广场上无处可避，他只好迎着走了过去，向冼星海敬礼。

"东方海，你这个音乐系的助教，我这个系主任见你一面还要上折子吗？我在忙着《黄河大合唱》的第一次公演，你在忙什么？"

"对不起，冼老师。"东方海讷讷地道歉。

"我知道你在战场上经历了生死，作为一名战士，这种经历应该让你意志坚强，作为一名艺术家，这种经历应该成为你创作的源泉。你现在这种状态对吗？东方海，该收收心了。《黄河大合唱》三天后公演，你原本可以是这部作品的参与者，现在，我只能邀请你作为观众来听这部作品。"冼星海说完就走了，留下东方海面红耳赤地站在原地。

他并不是不想振作起来，他尝试过，努力过，所有人都告诉他，他是一个天才，他的战场应当是音乐的海洋，他应当用尽心血去创作去投入。可是他此刻心中满是畏惧，他害怕自己在艺术中也会像在战场上那样，成为一个一无是处的人，他害怕再次失败。为了给父母报仇，他搭上了云鹏的命，想要为云鹏报仇，又搭上了冬梅的半条命。在他的眼中，自己就是个废物，又谈何艺术创作呢。

东方海心中的苦无从排解，只能在训练场上拼了命地又跑又跳。柳二妮在一旁实在看不下去，她张开双臂，拦在了东方海面前。

"上海哥哥，看你这一头汗，你是不是和云生哥一样，一到训练场，就死命跑，死命跳？"

"见过云生了？"

"见了好几次了，他不怎么搭理我，在根据地的时候，他们兄弟两个最关心我了，特别是云生哥说我唱歌比小蝶小姐好听，还常常和云鹏哥争……"

听见郭云鹏的名字，东方海不自觉地又低下了头。

"你们这样不对，为什么都不愿意提起云鹏哥？打仗总是要死人的，你们杀了那么多鬼子，已经给云鹏哥报了仇，为什么还是放不下？"

"云鹏是因为我才死的。"

"我知道，可你老是放不下，云鹏哥在天上能安心吗？云生哥和你一样，总是怨自己没有保护好云鹏哥，他在训练场上那个样子，比你还吓人，这样下去，身体哪能受得了。我爹说了，要想让云生哥变好，得给云鹏哥做个招魂仪式。"

东方海像是抓到了救命稻草，眼睛里放出了光。"招魂仪式？"

"云鹏哥埋在山西根据地，得把他的魂招过来，和云生哥见上一面，两下才都能安心。你们都是八路军的人，八路军不讲究这些，说都是封建迷信。可云生哥现在的情况，不这样做不行啊。"

"我去找我哥。"就在这一刹那，东方海感到自己似乎被一只大手拖出了泥潭，招魂仪式的想法看似荒唐，但未尝不可一试，此时此刻，他想以让云生振作起来而赎罪。

东方明听东方海说要为郭云鹏招魂，吃惊得差点把手中的杯子掉在地上。"招魂？阿海，你已经是鲁艺学员、八路军战士，怎么还信封建迷信这一套？"

柳二妮一着急，也顾不上措辞，没大没小地在东方明面前叽叽喳喳起来："军官大哥，我知道你们八路军规矩大，可你也看到了，你这个弟弟还有云生哥，天天因为云鹏哥的死半死不活的，不做点什么，他们可都废了。"

"你这个丫头个头不大，说话口气不小，阿海和阿生都是八路军战士，我相信他们能克服自身的痛苦，振作起来。"

"这些日子，我是亲眼看着他们怎么过来的，要是不做点什么，等着他们自己想明白，他们早把自己的身体搞垮了。"

东方海抬起头来，他迷茫的神色中已经多了几分坚定。"哥，这一路走来，我参加了几次当地老百姓的葬礼，他们有些仪式确实能让人心里平静下来。"

"云生现在的状况确实让人担忧。这样吧，仪式不要太复杂，主要是让云生敞开心扉，他的心事太重了。"东方明沉吟一番，点头应允。

"明天是云鹏二十岁生日，就定在明天晚上举行吧。"东方海见状打起精神来。

"柳姑娘，需要多少钱，我出。"东方明因党员身份不能参加，所以就想出点钱，帮个忙。

柳二妮歪着脑袋，扶着门边，笑吟吟地看着东方明说："就许你们八路军爱护部下，不许我们老百姓帮帮朋友？什么钱不钱的，你当我是来招揽生意呀？冬梅姐交代过我，要照顾好上海哥哥和云生哥，我这是在替冬梅姐操心。"

黄土高原一到晚上，四处都静悄悄的，风声吹过，黄沙满天。离鲁艺不远的一处十字路口中央，摆着一张四方桌，上面点着两根白蜡烛，摇曳的火光映衬着郭云鹏的牌位。东方海跪在地上，点上一根香插在香炉中，烧了几张纸钱，磕了三个头，站起身，郭云生也照样做了一遍。柳富贵一边撒着圆纸钱一边唱招魂调，声音高亢，在夜色中传得很远，柳二妮歌声清亮，隐隐带着期盼。

听着悲情的招魂调，郭云生泣不成声，此时，一根蜡烛结了一个灯花，发出啪的一声爆响，郭云生猛地睁开眼，注视着摇曳的烛光。

"云鹏，是你吗？云鹏，对不起，是我没有保护好你。爸爸妈妈去世之后，我带着你四处漂泊，让你受尽了苦，对不起。从小我就管你管得严，打过你也骂过你，今天是你二十岁生日，说好在生日这天我要陪你做你想做的事情，喝酒，抓野兔，下河摸鱼，可什么都没有实现，是哥哥对不起你。云鹏，你要能活着该有多好，哪怕再多活一天，你想干什么都行，我再也不会管着你，拦着你，都让你尽兴。云鹏啊，我的弟弟云鹏啊——"

东方海也流着泪跪在一旁。"云鹏，都是我不好，我冲动，我懦弱，我一心只想着复仇，是我害死了郭叔和吴姨，是我害得你背井离乡，害得你为我而死。我没有资格说对不起，我也不知道该怎么办。云生，你打我吧，这一切都是我的错。"说罢，东方海抓起郭云生的手，要往自己脸上打，郭云生一把拦住他，眼角的泪滴落下来。

"阿海，这不是你的错，都是鬼子害的我们。你杀了鬼子，我杀了鬼子，云鹏也杀了鬼子，云鹏死得没有遗憾，我只是舍不得他，舍不得我唯一的弟弟。"两人双手紧握，东方海满脸是泪。

"云生哥，我来做你弟弟！我代替云鹏做你的亲弟弟。从今往后，我东方海就是你的弟弟。我会代替云鹏,和你像亲兄弟一样生活下去,我们一起上战场,一定要把日本鬼子打跑,把上海夺回来,把沦陷的中国国土夺回来。云生哥——"

"云鹏,阿海说的话也是我要说的话,你安心走吧,安心去找爸爸妈妈,打鬼子的事情我们来做。"

郭云生看着郭云鹏的牌位,月亮静静地挂在天上,月光安宁地撒下来。

"快擦擦鼻涕,这是冬梅姐送给我的手绢,送给你了。"柳二妮递给东方海一块手绢,又掏出一块递给郭云生。"你也擦擦,鼻涕都过河了。"

"让你们见笑了。"

柳富贵看着漫天飘零的纸钱忽明忽暗,牵着衣角擦了擦湿润的眼眶。"哭了好,这一哭,心中的疙瘩没了,以后的日子就顺溜了。"

"就是,你们男人总说什么男儿有泪不轻弹,男人也是人,心里难受就要哭出来。在一起哭过了,说过了,事情也就过去了,要是再能一起喝个酒——"东方海突然起身,环顾四周,柳二妮诧异地看着他。"怎么,上海哥哥,还真想喝酒了?"

"不是,你们听,有歌声,这是从没听过的旋律,这旋律,这旋律……走,过去听听。"

东方海循着歌声传来的方向快步跑去,郭云生和柳二妮跟在他身后,柳富贵在最后慢慢走着。

东方海在街上奔跑,《黄河大合唱》的旋律越来越清晰。音乐和歌声从礼堂里传了出来,礼堂门口聚起了很多人。东方海一路跑来,心情激动地听着里面传出的旋律,他向礼堂门口的两位战士说明了身份,急急冲了进去。

舞台上《黄河大合唱》正在彩排,进行到了《保卫黄河》这一乐章,乐队奏响激昂的旋律,身着军装的演出人员正在激情澎湃地朗诵着。

"但是,中华民族的儿女啊,谁愿意像猪羊一般任人宰割?我们抱定必胜的决心,保卫黄河!保卫华北!保卫全中国!"

台下,冼星海等人正专注地看着台上的演出。东方海走了进来,音乐的旋律包围了他,他神情激动一步步靠近舞台,歌声铺天盖地将他包围:风在吼,马在叫,黄河在咆哮,黄河在咆哮……东方海的脑海中闪现他初过黄河时的情景——那翻腾的巨浪,那船工划船时手臂绷起的肌肉,那正和日军战斗着的钱排长等人的面孔，他的双手不自觉地握在一起，坚定的目光中闪着泪花。

彩排结束后，东方海来到冼星海家门口伫立着，手里不停地打着节拍，脸上一直带着激动的表情。他迫切地想要见到冼星海，就这样在门外精神振奋地站着。

冼星海终于回来了，他打量着东方海。"看来你已经打起精神了。"

"如果听了《黄河大合唱》还打不起精神，我就枉为中国人，枉为中华民族的子孙。如果我一直在延安就好了，我错过了《黄河大合唱》这首不朽名曲的诞生过程……"

"东方，学会拍马屁了？你怎么就断定这是一首不朽名曲？"

冼星海推开门，邀请东方海进屋，钱韵玲倒了热水。

"师母，打扰你了。"

"星海在写《黄河大合唱》曲子的时候，几乎六天六夜没睡觉，和那几天比，这都不算啥。"钱韵玲含笑看着冼星海。

"多谢夫人那几天一直陪着我，为我熬红枣汤，烤山药蛋，还要想办法给我做红烧肉。"

"老师，那六天六夜是一段神奇的时间，可以想象在这间屋子里曾经激荡着多么伟大的灵感，你一直能听到黄河的声音吧，你能听到每一个不屈服的中国人的心声吧，这首曲子太伟大了！"

"夸张。"冼星海摇了摇头。

"不，不夸张，我其实根本没法用语言表达我的心情。老师，你说过，一首曲子好不好，就看人是不是听了三遍就会唱。我只听了一遍，这些旋律就深深刻印在我的心中，我的脑海中。是，我是个搞音乐的人。这和平常记谱子不一样，这是灵魂深处产生的共鸣。您的这部《黄河大合唱》，它蕴含着和黄河一样奔腾不息的能量，它不止抵三千毛瑟精兵，它蕴含着千军万马。老师，我相信，会有很多人唱着这首歌来参军，会有很多人唱着这首歌去前线杀敌。"东方海仍是无法平息激动的心情。

冼星海看着激动的东方海，感慨地说："看来，你的魂回来了。"

"是的，老师，像您以前说的那样，我这双手可以拿枪直接杀敌人，但我这双手应该拿起别的武器，别的更有力量的武器。我要训练自己，我要像您一样找到属于我自己的音乐的力量，我要像您一样做一个对国家对民族有用的人。"

冼星海对东方海赞许地点了点头："我早说过，总有一天你会认识到你这双手的真正价值！"

翌日，《黄河大合唱》首次公演，台上是激情洋溢的演出人员，台下是如痴如醉的观众。毛主席也观看了这一场演出。演出极其成功，自公演之后，整个延安大地上无时无刻不飘扬着《黄河大合唱》的旋律，无论是战士还是文艺工作者，无论是老人还是小孩，都有模有样地学唱着。

保育院有几个四五岁的孩子，他们一人挎着一根树枝，在院子里做游戏，嘴里面哼着：风在吼，马在叫，黄河在保小，黄河在保小……其中一个小女孩看到穿着军装的东方海和郭云生，把树枝一丢跑了过来。她拽着东方海的衣角，仰起头，露出天真无邪的笑容。

"叔叔，叔叔，你们会唱这首歌吗？风在吼，马在叫。"

"会呀，有什么问题吗？"

"这歌里面有一句很奇怪，说黄河在保小，我都找遍了，我们保小没有黄河。"

东方海忍俊不禁，他蹲下来揉了揉小女孩的头发。

"小朋友，这句歌词是这么说的，黄河在咆哮。咆哮的意思是愤怒的声音。因为日本鬼子侵略我们，所以风在怒吼，马在怒吼，黄河也在怒吼，让我们全中国人都要起来，去打日本鬼子，保卫黄河，保卫我们的国家。"

"啊，原来是这个意思。"小女孩如获至宝，急切地跑向另外几个孩子。"我们都唱错了，黄河不是在保小，黄河也不是在包饺，黄河是在咆哮，在怒吼，要把日本鬼子赶出去！"

柳二妮看着玩耍的小朋友，脑中突然萌生了识字念书的想法。

"云生哥，我也想识字，想念书。"

"我最近也在读书学习，我教你。"

"我还想参加八路军，我能不能去你的部队呀？你不是当副连长了吗，我想去你手下当个小兵。"

郭云生微笑着看向她。

"我们连队不要女兵。再说了，你歌唱得那么好，应该去鲁艺。"

"人家鲁艺不要我，嫌我没文化。"

东方海安慰道："鲁艺毕竟是一所大学，文化课成绩差得远的话，在里面学习起来很困难。不过我听说可以破格录取。"

远在山西的于冬梅最关心的是自己何时能够出院,为她做例行检查的女医生一边耐心地记录着各项指标,一边说道:"再观察一段时间。我知道你急着回延安,可你现在的身体状况不适合长途行走。听最近送来的伤员说,鬼子加大了对黄河渡口的封锁,想回延安不容易。"

"回不去延安了?这可怎么办,一个月两个月还能坚持,时间长了,富贵大叔还有二妮可支撑不了于家班。"于冬梅还没有说什么,于镇山倒先急了。

"哥,你就别操心于家班的事了,他们在延安怎么都能生存下来。我不需要你照顾,你参军去吧。"

"我是不怕上战场杀敌,我是怕一参军,不知道被分到哪个部队。我可在咱爹坟前发过誓,一定要在你身边照顾你。就算参加八路军,也要回延安参加鲁艺。反正你在哪儿我在哪儿,除非你嫁了可靠的人,我才放心。"

女医生见于镇山呵护妹妹,笑了起来。"这样的哥可太少见了。你就留在医院吧。"

"我们的钱都花完了,也不能让我哥在医院白吃白住。"

"你这个哥哥心灵手巧,医院大部分是男伤员,我和院长说说,先让你哥在这儿当个男护士。"

于镇山愣住了,说:"啊?我堂堂的于班主……"

"哥,听医生的。要是不能马上回延安,我也准备在医院做点护理工作。再说了,我们还可以给伤员们唱唱歌,演演节目,鼓舞鼓舞士气。在石团长的根据地,我们不是经常这么做吗?"

于镇山赶忙跟着于冬梅说道:"唱歌我也在行,我还会各种乐器,可惜我的行头都不在这儿。医生,我要是每天去病房给大家唱唱曲儿,是不是就不用当男护士了?说真的,我有点儿晕血。"

"我去和院长商量商量。有些重活儿杂活儿你可得帮着干。"

"这个没问题。"于镇山放下心来,连连点头。

去过保育院后,柳二妮便一直缠着郭云生要学字。郭云生带着课本来到于家班窑洞中,得意地拿出自制的小黑板说:"这几本课本是好不容易得来的,一定要保护好。黑板是我自己做的,能用好长时间。"

柳二妮摸着黑板,心里暖暖的,不经意间,望向郭云生的眼中满是爱意,郭云生有些难为情地躲避着她的目光。"把我上次教给你的十个字写出来看看。"

柳二妮胸有成竹地拿起粉笔,一笔一画有模有样地写着。郭云生在她身后,想上前,又有点儿不好意思,就在一旁假装打量着房间里的摆设。

"云生哥,我有两个字不会写,你教教我。"

郭云生这才敢走上前,只见黑板上写着四个字,上面是"云生",下面是"二妮"。他脸红起来,慌忙摇手道:"这不是我教你的十个字。"

"这是我最喜欢写的字。云生哥,教我写'郭',还有'柳'。"柳二妮很清楚自己的心情,她毫不掩饰。

"粉笔给我。"郭云生败下阵来,故作镇定。

"我要你手把手教我写,你教我写嘛。"柳二妮撒娇地说着。

郭云生紧张地清了清嗓子,又整理了下衣襟,站到柳二妮身后,握住她拿着粉笔的手,在黑板上写下"郭"和"柳"两个字。最后一笔写完,两人四目相对,手并没有松开,柳富贵在门口见此情景,咳嗽了一声。

"富贵大叔,我……我在教二妮写字。我还有事,先走了。"郭云生结结巴巴地说完,迅速从柳二妮身边跳开,抓起自己放在桌边的帽子,逃命似的从柳富贵旁边跑了出去,差点儿被门槛绊倒。

"那什么,爹,生意谈成没有?"柳二妮岔开话题。柳富贵叹了口气,坐到桌前给自己倒了杯水。"我唱起曲儿很溜到,一谈起生意就拙嘴笨舌的。那管家一听说于班主不在,立马脸就沉下来了,说是没有于班主的唢呐,哭丧调就哭不出味道来。"

"那怎么办,我们已经没多少钱了。"

"我已经让伙计们先散了,就剩咱爷俩儿,咋都好说。二妮,你去找找东方少爷,问问学校当官的,于班主和冬梅姑娘啥时候能回来。这都三个月了,就算冬梅姑娘的伤没好利索,回到延安养着也更方便呀。"

柳二妮跑到东方海住处,追问于冬梅何时能回到延安,东方海将她带去了叶作舟办公室。

"叶大姐。"

"哟,二妮来了,中午就在食堂吃饭吧,我请客。"

"我不是来吃饭的,我是来打听冬梅姐消息的,冬梅姐啥时候回来呀?"

叶作舟无奈地瞟一眼东方海，说："二妮，东方昨天问过我这个问题，前天好像也问过，我的回答都一样，我也不知道。东方，你没和她说？"

"我说了，二妮不信。叶大姐，你好好和二妮解释解释，我还有事。"东方海说完，转身走了。

"你这么大的官，怎么能不知道呢？你们不是有那什么电报吗，上次不是一个电报就把上海哥哥和我们叫回来了。不能再发个电报把冬梅姐叫回来？"柳二妮跑到叶作舟身后，又是捏肩，又是捶腿，百般讨好。

"电报不是说发就能发的。再说了，冬梅的伤也不知道养好没有，就是养好了，要是根据地那边需要她，说不定她就留在那边了。"

"不可能，冬梅姐绝对不会留在那边，上海哥哥在延安，她肯定会回延安。"

叶作舟打量着柳二妮问："那你还着什么急？东方着急我可以理解，你嘛，你是不是在盼着于镇山于班主回来？"

"你不要乱点鸳鸯谱，我有喜欢的人。"

"谁呀？"

"不告诉你。"

叶作舟笑起来说："二妮，你喜欢的人要是普通老百姓，我祝福你们早结良缘，要是喜欢上了八路军，我可得和你说一下，八路军结婚是有规定的，达不到条件不能结婚。"

"啥条件？"

"八路军要想结婚，男方必须满足三个条件之一：超过二十八岁，超过五年党龄，担任团级以上职务。"

"啊？这么高啊？不过我也放心了，就算冬梅姐晚回来几天，上海哥哥也不会被别的女人抢走了，他好像不够条件结婚。"

柳二妮放心地拍着胸口，叶作舟越看她越是觉得可爱。

"你对冬梅真不错。"

"那当然，冬梅姐比我亲姐姐还亲。"

"你很讲义气，怪不得当初石团长看上的是你。"

"我一直把团长当大叔看。"

叶作舟逗她："看来你喜欢的人肯定年轻英俊了，是谁呀，告诉我吧。"

"不告诉你。叶大姐，真不能给冬梅姐发个电报？镇山哥不回来，我们于家班就要散伙了。叶大姐，要不，你让我来参加鲁艺吧，我已经认字了，云生哥已经教会我认好几百字了。"

"啊哈，我知道了，你喜欢的是郭云生，对不对？"

结果，被猜中心思的柳二妮心里一慌，全然忘记了来找叶作舟的目的。

东方海在延安，天天盼望着于冬梅回来。于冬梅努力地恢复着伤势，她也想早日回到延安，可面对着伤员们，又十分地不舍。她每日都打起十二分的精神，为医院的伤员们献唱，嗓子唱哑了，就吹起口琴。一天，于冬梅接到与晋北支队一同赶回延安的命令，她满心都为了能够回到延安，回到鲁艺，再和战友们一起上前线慰问而欢欣雀跃。

月照高山头，病房里亮着灯，于冬梅在灯光下剪了一个白求恩医生的侧影，惟妙惟肖，她把剪纸贴在房门上，鼓励着伤员们。

"这间病房我之前也住过，当时就是白求恩医生救活了我的命，咱就把这病房叫作白求恩病房吧，我相信大家都可以康复的。"

这时，白求恩和李慧珠来到了病房门口，于冬梅有点儿不敢相信地看着他们。

"美丽的姑娘，我们又见面了。"

于冬梅握住白求恩伸出的手，激动地说："白求恩医生，我真不敢相信又能见到你。"

"冬梅，白求恩医生去雁北支队从这里路过，听说你还在，特意来看看你。"李慧珠打趣着。

于冬梅拉着白求恩进了病房，给伤员们介绍着："战友们，这就是我的救命恩人白求恩医生，他是加拿大共产党员，也是我们的战友。"

"白求恩大夫，这可真巧了，我妹妹刚把这间病房命名为白求恩病房，你就来了。你们看，像不像？"于镇山给伤员们看白求恩的侧脸，又举起于冬梅手中的剪纸。

伤员们都说像，白求恩拿过剪纸，赞道："美丽的姑娘，你还有一双灵巧的手，太完美了。"

伤员们争先恐后地说着于冬梅的好，她有些惭愧地低下了头，说："可惜我嗓子哑了，不能唱歌了。"

"你的伤恢复得怎么样？"

于冬梅转了一圈，说："已经完全恢复了。"

"真的吗，让我来检查一下。美丽的姑娘，我可以请你跳支舞吗？"

"我不会跳你们国家的舞。"

"很简单的，跟着我的节奏来就行了。"

白求恩哼着《红河谷》的旋律，带着于冬梅开始跳舞。起初，于冬梅有点儿生疏，几次踩到了白求恩的脚，但很快就掌握了舞步的节奏，两人迈着舞步出了病房。于镇山拿起口琴，吹着《红河谷》的调子伴奏，跟了出去。医生们与几个伤势较轻的伤员也跟了出去，很快，更多的伤员和医护人员从房间里涌了出来。不知是谁把煤油灯拿来挂到树上，借着院子里的光，所有人都加入了跳舞的队伍，汇成一片欢乐的海洋。

白求恩注视着和伤员们尽情舞蹈的于冬梅，身旁的医生不由得感叹着："伤员们都很喜欢听于冬梅唱歌，都说她的歌声是最好的止疼药。"

"她会一直留在这里吗？"

"不，她明天一早就要出发去延安，有人在延安等着她。"

白求恩叹了口气："太可惜了。如果打中她腹部的子弹再高出一厘米就好了，这位美丽的姑娘也许永远做不了母亲了。"

皎洁的月光照耀着院子里欢乐的人群，同样照进了鲁艺的宿舍里。关山被东方海的叫声惊醒，他点亮煤油灯，凑过去看，只见东方海表情痛苦地呻吟着："冬梅……冬梅……"

"东方，东方，醒醒……"关山轻轻推东方海。

"冬梅！"他猛地坐了起来。

"东方，你咋了？"

东方海愣了一下，看清是关山，有些怅然若失道："我刚才做了一个噩梦，梦见，梦见冬梅牺牲了……"

"冬梅在白求恩大夫那里疗伤，没事的。"

"可这么长时间了，她怎么还不回来？"

关山来了兴致，他立即坐上了东方海的床铺，盘起腿问："东方，你老实告诉我，你是不是喜欢上冬梅了？"

"没有，没有，她是为我负的伤……"东方海忙摇头。

"算了吧，东方，你可瞒不住我，你几次说梦话，喊的都是冬梅，这不是喜欢是什么？咱俩是睡一个屋里的，你要是不对我说实话，那就有点儿把我当外人了。"

"没有，没有，我没把你当外人。"

"你啊,大家都知道你喜欢冬梅。嘴巴可以骗人,眼睛是不会骗人的。你看到冬梅,那眼神真是没法说。人家小蝶也不是傻子,能看不出来?她为什么要嫁给石团长?还不是看出了你的心思。她为什么要离开延安?你瞧你看冬梅的样子,眼睛里淌蜜,放在谁身上,谁也受不了。"

东方海咬着牙想了一会儿,一拍大腿道:"我是喜欢冬梅,她身上有一种我在上海从来都没见过的气质,纯朴、善良。她唱的歌,也像天籁之音,我从来都没听过,这些都深深地吸引着我。可能我看到她第一眼起就喜欢上她了。对,我是爱她。"

"这就对了,是爱就大胆说出来嘛,光在梦里说有啥用?"

"可现在是战争,鬼子占了大半个中国,国将不国,何以为家?我本来有一个家,幸福美满,可鬼子来了,父母死了,妹妹下落不明。云生云鹏也有一个家,他们父母被鬼子打死了,云鹏也牺牲了。国破,我们的家也都支离破碎了,我是眼睁睁地看着身边的亲人一个个走了……我们应该先把鬼子赶出中国,再考虑个人的事儿。"东方海说着说着,神情黯淡下来。

"东方,我这就要批评你了,毛主席都讲过多少次了,抗战是持久战,不是一天两天的事儿,也不是一年两年。抗战是持久战,爱情却不能是持久战。人家冬梅是姑娘,你难道就这样和人家耗下去?"关山撇撇嘴。

"我也想过,咱们虽然是文艺战士,但首先是军人,在这场战争中,军人都要准备随时牺牲,何况,咱们的文艺战士已经有在前线英勇牺牲的了……我要是再成一个家,再支离破碎了,不管留下的是谁,都不好过。我不想拖累冬梅。"

"你啊你啊,你已经拖累冬梅了,人家的心思都在你身上,你还这样犹犹豫豫……某些人啊,真的是身在福中不知福啊。"

关山起身,吹灭煤油灯,躺下时长叹一声。

十六

郭云生站在接待处大门外的树下张望，东方海和柳二妮一起走了过来。远远看见郭云生，柳二妮赶忙小跑几步来到他面前，甜甜地叫了一声："云生哥。"

"二妮，谢谢你。"郭云生也含笑看着她。

"云生哥，你的事就是我的事，再说了，唱歌是我最拿手的，我保证帮你们连拿冠军。"

"你们连第几个唱？"东方海也走了过来。

"倒数第二个。阿海，有你给我们当指挥，有二妮给我们帮唱，这次的比赛我们肯定拿冠军。"

"云生哥，你们连拿了冠军，你会不会升官呀？"柳二妮扑闪着一双大眼睛，她可是在盼着郭云生早点当上团长。郭云生也明白她的心思，微笑着说还有四年他就满二十八岁了。

"云生哥，比赛歌曲练得怎么样了？"听不明白两人对话的东方海一心惦记着接下来的比赛。

"《太行山上》没问题，《保卫黄河》问题也不大。"

"放心吧，我唱的《黄河怨》肯定能给你们的《保卫黄河》出大彩。"

"二妮，比赛的时候一定要看我的指挥……"

三个人说着话，向作为赛场的军营中走去。

于家兄妹带着一队人风尘仆仆地来到了延安，于冬梅停下脚步，指着不远处的宝塔山。

"看，延安宝塔，我们马上就到接待处了。"

"真是一个漫长的旅途。"

一名戴眼镜的青年骑在马上，神情憔悴，长出了一口气。一旁年长的领队也安下心来,招呼着众人:"终于到延安了。你们记着,一定要睁大眼睛,好好观察观察,弄清楚这个偏僻的小城延安,到底有什么魅力,能吸引这么多人前来。"

"你们看看我妹妹,她一进入延安地界,整个人就不一样了,一点儿不像受过重伤刚刚养好的样子,要不是她嗓子还没恢复好,说不定这会儿就唱起来了。"于镇山笑眯眯地看着于冬梅,领队也点头称是。

"于小姐确实和路上不一样了,路上你比那些护送我们的八路军战士还要紧张还要警惕。这会儿放松多了,就好像到家了一样。"

"延安就是我的家,欢迎你们来延安这个大家庭做客。走,我带你们去接待处。"

于冬梅被有些着急的于镇山悄悄拉住。"妹子,给他们指个路就行了,你不急着回鲁艺见你想见的人?"

"你急着回于家班先走好了,我要完成我的任务。"于冬梅认真地说完,带着一队人继续向前走。

"这一到延安,妹子就不是我妹子了,又成了于组长。"于镇山在原地愣了一会儿。

郭云生所属连队的一小队战士唱着《保卫黄河》,与他们擦肩而过。

从接待处走出来,于冬梅擦擦脸上的汗,于镇山心疼地看着她。

"妹子,这一路上够你忙的,比个男人干的事儿都多。你这身子骨才刚刚好,医生不是交代了吗,还得好好养着。你在这儿等一会儿,我去雇个毛驴,你骑着回鲁艺。"

"哪有那么夸张,剩下这十里路,我跑都能跑回去。再说一路上咱们的行李都是你拿着,你是不是累了?我帮你拿点。"

"我堂堂男子汉,这点行李算什么。走吧。"

两个人走了没几步,于冬梅突然停下脚步,于镇山赶忙问着:"咋啦?累了?哥背你。"

"不累,你听那歌声,挺带劲儿。"

这时,东方明带着警卫员走了过来,看见于冬梅,他愣了一下。

"小于,于冬梅。"

"东方首长好!"于冬梅看见东方明,忙跑过去敬礼。

"你的伤好了?"东方明打量着她。

"是，完全好了，今天刚刚从前线回来。"

"这么说，给记者观察团带路的鲁艺学员是你了。你的任务完成得很好。"

于冬梅有些不好意思地笑了，说："谢谢首长表扬。"

"赶快回鲁艺吧，你们的叶协理员一直在打听你的情况。对了，机关各部队在举行歌唱比赛，阿海被云生的连队邀请来当指挥，你要不要进去看看？"

听到东方海就在这儿，于冬梅愣了一下，连忙点头："要去，要去。"

警卫员带着于家兄妹进入军营训练场时，郭云生所属的连队刚登上临时搭建的舞台，东方海背对着台下开始指挥。参赛曲目开端是一段柳二妮的女声独唱，穿着白底蓝花上衣的她梳着一个大辫子，和穿军服的战士们对比鲜明却又很和谐。她唱完一段《黄河怨》，东方海指挥棒一点，战士们开始合唱《保卫黄河》。台下准备上场的最后一支队伍与观看比赛的战士们都很专心地听着。

于冬梅的目光始终锁定在东方海的身上，她站在那里，安静地感受着东方海背影带来的震撼，于镇山也在她身旁停下脚步。战士们的合唱越来越洪亮，柳二妮也加入进去，最后，在东方海有力的手势中，歌声停下，台下响起热烈的掌声。东方海转过身来，柳二妮、郭云生和三个战士走过来，六人站成一排向台下的战士们敬礼，掌声一浪高过一浪。

于镇山站在那儿拼命挥手，终于成功引得台上三个人的注意。柳二妮又惊又喜，忙用手捂住嘴巴，控制自己不叫出来；郭云生笑着点点头，算是打了招呼。东方海却只看到鼓掌的于冬梅，他一阵激动，觉得眼眶发热，忍不住就要往台下走。郭云生见状忙拉住他，指挥着队伍从旁边下台。

东方海和柳二妮急匆匆地从侧面走下台子，柳二妮向于冬梅跑着，眼泪忍不住涌了出来，她一下子抱住迎过来的于冬梅，哽咽着说道："冬梅姐，你可回来了，我都快想死你了。"

"二妮，你唱得真好。"于冬梅松开柳二妮，给她擦眼泪。

"都是上海哥哥教我的。你和上海哥哥说说话吧，他可想你了。"

"东方哥。"

东方海看着于冬梅发红的脸颊，他很想拥抱一下她，但只是伸出手。

"冬梅，你好。"

于冬梅刚伸出手来，于镇山却抢先一步握住了东方海的手。"二妮，东方海,你们眼里都只有我妹子,我这么大个人站在这儿,你们都当我是棵树?还是棵挂满行李的树。"

"我来,帮你拿。"东方海忙伸手拿行李,柳二妮也拿过一件。

"镇山哥,你辛苦了!我爹可想你了!"

"唉,也只有富贵叔惦记着我。"

行李一拿,东方海的注意力又全回到了于冬梅身上。

"身体完全恢复了?"

"嗯,完全好了,健康得很。"

"镇山,冬梅,见到你们真高兴。"郭云生跑了过来。

"云生,清明的时候,我本想去一趟石团长那里,给我爹和云鹏上上坟,可那个时候冬梅的伤势还很严重。"

听到于镇山的话,郭云生神色伤感了一瞬,很快恢复如常。

"没关系,心里想着就都有了。你们先找个地方说说话,等我忙完歌唱比赛,给你们接风。"

"接风的事情我来干吧。"叶作舟牵着马,突然出现在众人身旁,原来她在办公室接到电话,得知于冬梅伤愈归来,高兴得亲自骑马来接,一路边走边打量着路边的行人,好不容易才在这里找到了他们。

"叶大姐。"于冬梅惊喜地迎上去,一下子扑到叶作舟怀里。

叶作舟拍拍她的肩膀道:"回来就好,回来就好。我看看,嗯,脸色不错。"

于镇山也赶忙跑了过来。"叶领导,你真是个好领导,居然劳动你的大驾亲自来接冬梅,谢谢了。"

"我来接我鲁艺的人,有什么好谢的。我倒是该谢谢你,这么长时间一直照顾冬梅。把行李放马上吧,别打扰人家比赛。"

于镇山忙把行李放马上,接过了马缰绳。

"多谢领导,领导一来就把我给解放出来了。你不仅是我妹子的好领导,也是我的好领导。我来牵马。"

一行人在台上《太行山上》的歌声中向外走去。

这天夜里,于家班住处也摆下了接风宴,设在柳富贵的屋中,炕桌上摆了四个菜,关山也跟着东方海来了。于冬梅和柳二妮端着最后两道菜过来,郭云生给众人斟好酒,于镇山举起杯来。

"来来，大家先干一杯。"

"镇山，冬梅，你们回来了，我这心才踏实了。镇山，对不起，我没把于家班撑起来。"

看柳富贵眼眶一红，于冬梅急忙抢过话来："富贵叔，你是于家班的台柱子，那些杂事本来就不该你操心。是我拖了我哥的后腿。"

"我也有责任，冬梅受伤是因为我。"东方海也自责着。

"过去的事情大家都不要再提了，向前看，大家都向前看。富贵叔，于家班想再兴盛起来，容易。来，再走一个。"于镇山摆了摆手。

"冬梅姐，我可是天天都盼着你回来，我现在认识字了，云生哥给我找的小学课本我都会读。"

柳二妮朝郭云生靠了靠，于镇山看出端倪，笑着给郭云生递眼色。

"云生，你行呀，石团长都做不到的事，你居然做到了。没想到我一回来就有喜酒喝。"

"镇山哥，你别随便开玩笑，这会儿我只拿云生哥当老师。八路军那边规矩大，连冬梅姐都不能随便结婚，我着急也没用啊。"

一直没说话的关山看了看东方海，突然说道："冬梅想什么时候结婚都没问题，鲁艺的学员和教员，不受285团条件限制。"

柳二妮听到这句话，有点儿发愣，于冬梅也看了一眼东方海。

"好好的，说这些干什么，我来敬个酒吧，谢谢大家惦记着我。"

众人碰杯，东方海把于冬梅的酒碗夺过来喝了，又把自己碗里的酒喝了。

"你少喝点儿酒。"

"东方海，你可和以前大不一样了，都知道关心人了。看来我在庙岭的医院打你打对了。"看于冬梅拉下脸来，于镇山忙岔开话题，"关山，咱俩碰杯。关山，你说你们鲁艺，真得有了大学问才能上？"

"美术系对文化课的要求不是很严，像我，也没有正经的中学文凭。你的专业在乐器和唱歌方面，这个问题，你得去问音乐系的叶协理员。"

于镇山眼珠一转，道："这位叶领导，她最喜欢什么？"

"马。叶大姐最喜欢马，石团长是她老乡，又是她的老战友，最了解她，所以才托我们带马给她。我去鲁艺，不是碰到她在工作，就是看见她在骑马。"

柳二妮说完，东方海跟着补充道："叶大姐喜欢的还有一个，就是才华。"

"这个也对，上海哥哥有才华，叶大姐就特别关照上海哥哥。她有一次听我唱了歌，还夸我。镇山哥，她不是还批准咱们当了战地服务团的编外人员吗？"

于镇山连连点头："有戏，绝对有戏。来来，喝酒，这次祝愿我们能心想事成。关山，东方，我妹子又回学校了，你们两个要多关照她。"

饭后，柳二妮和于冬梅在厨房洗碗。柳二妮到门口看了看，回来悄声说道："冬梅姐，你不在这段时间，我为啥老往鲁艺跑，一是我很喜欢鲁艺这个地方，还有一点，我得帮你看住上海哥哥。"

"看啥看，我可没让你做这种事。"于冬梅又是好气又是好笑地看着她。

"这半年多，鲁艺来了不少新学生，上海哥哥除了给她们讲课，别的时候都像一个木头人一样。也是，他连丁小蝶都没看上，更不用说别人了。"

"是啊，他连丁小蝶都没看上，更不用说别人了。"于冬梅叹了口气。

"你不一样啊，冬梅姐，你可是他的救命恩人。"

"我不喜欢他因为感恩接近我。"

柳二妮一手支着脸颊，出神地说着："管他是什么原因，只要他喜欢接近你就行。冬梅姐，我们刚回到延安的时候，因为云鹏哥刚死，你又受了重伤，云生哥和上海哥哥心里都不好受，他们俩当时都是半死不活的，真的很可怜。云鹏哥生日那天，我和我爹陪着云生哥和上海哥哥在二里沟那边给云鹏哥招魂，云生哥和上海哥哥那天晚上哭得特别伤心，我应该就是那时候喜欢上云生哥的。我以前还从来没有对男人有过感觉。"

"二妮真的长大了。"于冬梅感慨地拍了拍柳二妮的肩。

"姐，你那么喜欢上海哥哥，主动点吧。要是关山哥不在这儿就好了，一会儿你和上海哥哥一起回学校，走到桥儿沟的小树林，你就说你害怕，上海哥哥肯定会拉你的手，我最喜欢云生哥拉我的手了，他的手大大的，暖暖的……"

"真不害羞！"柳二妮一脸陶醉，于冬梅捏捏她的脸蛋。

"冬梅，我们该走了。"这时，东方海在外面叫着。

"好，这就出去。"于冬梅答应着，转身要走，柳二妮一把拉住了她。

"姐，听我的，把关山哥支走，一定要和上海哥哥去一次小树林。"

"再胡说,我拧你的嘴。我走了。"于冬梅轻轻甩开柳二妮的手,笑着走了。

第二天一早,于镇山和柳二妮拎着筐进了鲁艺的马棚,两人来到叶作舟那匹马前,把筐里的饲料倒出来喂马。回去的路上,他们正好迎面遇见来看马的叶作舟,叶作舟先打了招呼,于镇山应着,故意把筐往后藏藏。

"领导,以后别叫我于班主了,于家班我不准备再开下去。你可以叫我于镇山。"

"那你也别叫我什么领导,我又不领导你。你也叫我名字吧。你不开于家班,以后准备干啥?"

"叫名字多不礼貌,我也跟着冬梅和二妮叫你大姐。我准备干大事,大姐等等看就知道了。再见,大姐。"

叶作舟纳闷地扭头看了一会儿于镇山的背影。等进了马棚,她看到马槽中掺了黑豆的草料,心里明白了些。她解开缰绳,拍拍马屁股道:"这是在拍你的马屁还是在拍我的马屁?"

于镇山和柳二妮在桥儿沟树林里又遇到了于冬梅,听哥哥说刚去给叶作舟的马送了饲料,她有点儿生气:"哥,我在鲁艺很好,不需要你给叶协理员送礼。"

"区区一点儿饲料,哪就和送礼扯上了?再说了,我可不是为了你,是为了我和二妮,还有富贵叔。我们都想加入鲁艺,要加入鲁艺,必须得过叶大领导这一关。"于镇山解释着。

"叶大姐可是很清正廉明的,惹恼了她,别说加入鲁艺了,恐怕你们以后想来见我都不行了。"于冬梅一脸担忧地看着他。

"妹子,你放心,哥向你保证,我一定能加入鲁艺。你上次受伤后,我就发誓,一定不能离开你。"

"冬梅姐,除了在你身边照顾你,镇山哥和我一样,很想参加八路军。关山哥说了,鲁艺的学员教员结婚不受条件限制。我要和你在一起,和你一样每天唱歌,去前线慰问,我还要能尽快结婚。"柳二妮也一脸认真。

"妹子,我和二妮参加鲁艺的事你不用管,你只管上好你的学,演好你的节目,每天高高兴兴的。"

这时一名学员走过来招呼冬梅参加音乐系和抗大的联欢活动,于镇山笑着让她放心，把她推走了。

没想到这次活动生出了不必要的事端，一位李旋风李团长对上台演唱的于冬梅一见钟情，骑马追来鲁艺排练场，硬要于冬梅当着同学们的面收下他的全部身家——一个装有一匹绸缎布料和几件金银首饰的包袱。于冬梅不肯收，他扔下就跑了，几个同学围着包袱起哄，感叹礼物贵重。于冬梅沉着脸，把包袱直接拿去了叶作舟办公室。

见于冬梅只是把包袱往办公桌上一摊，低着头不说话，叶作舟站起来，答应会解决这件事，让她不要有思想负担。叶作舟拎着包袱来到马棚，看看槽子里的饲料，拍拍马屁股，解开缰绳把马牵了出去。来到抗大，她直接找到李团长的领导，明确表示于冬梅拒绝任何形式的追求，将包袱物归原主。

学校里的消息往往传得很快，关山走进宿舍时，东方海正在给一首歌编曲，他朝关山点点头，继续沉浸在工作中。关山泡了两杯茶水，又拿出刻刀和一副刻了一半的木板，比画了两下，终于忍不住把东西放下，转向东方海说："东方，于冬梅回来时间不短了，你和她见过面没有？"

"你这问题真奇怪，见呀，天天都见，排练厅、训练场、办公室、食堂，咱们三个今天一起吃的早饭呀。"

东方海心不在焉地应着，关山有点儿着急："我说的不是这种同学式的见面，我是指你们两个单独见面，还不是为了工作单独见面，我说的是约会。"

"我们没有正式约会过。"

东方海放下了手中的笔，关山追着问他："你不喜欢她吗？我记得冬梅在山西那边养伤的时候，你天天心绪不宁，那明显是相思入骨的表现。"

"她现在回来了，健健康康待在我身边，我每天都能见到她，我觉得这就够了。"

"东方，你还是太理想主义，整个鲁艺不止你们两个人，整个延安更不止你们两个人。我刚刚听到一个爆炸新闻，抗大一个团长学员来向于冬梅表白，送了一份厚礼。"

对于这个消息，东方海显得不怎么在意："冬梅是个有主见的人。"

"如果不只是礼物，还有别的因素呢？东方，一家有女百家求，于冬梅经过战火洗礼，如今是名副其实的鲁艺一枝花，你对她是什么样的感情，该表白就得主动表白，别等她也叫别人带走了，又来找我喝闷酒。"

"关山，你什么时候也变得这么俗气了，那些情啊爱啊，统统不在我的关注范围，我和冬梅，我们有更重要的事情要做。"

东方海说着，把桌上的纸叠起来，拿着走了，关山笑着摇了摇头。

没想到这半天都还没过去，于镇山和柳二妮也听到了传闻。他们给叶作舟的马添饲料时，遇见了于冬梅。柳二妮赶忙眉飞色舞地将听闻描述一番："姐，你现在可有名了，我这一路碰见一个认识的人，都会给我讲李团长求婚的故事。听说包袱里有十根金条、春夏秋冬的绸缎料子、几十双玻璃丝袜……"

听着柳二妮的话，于冬梅眼睛越瞪越大。"这都哪儿跟哪儿呀，李团长没有求婚，就是送了礼物，说想和我见面。那包袱里总共就有一块料子、三件首饰，两件都是银的。"

"你现在比当年丁小蝶还有名，有人说团长大叔把整个延河的鱼都摸过来送给了鲁艺，这才把丁小蝶娶走了。大家都在打赌你什么时候会嫁给李团长……"

于冬梅摇了摇头道："真无聊，别再说了。"

"我觉得这是个好事，能让东方海那小子有点儿紧张感……"于镇山的话被一阵马嘶声打断，从抗大回来的叶作舟骑着马在三人身边停下。

"叶大姐，你的马受惊了？"柳二妮惊讶地问道。

只见叶作舟的马向前走了两步，伸头去于镇山拿着的筐里吃饲料，叶作舟冷笑一声，说："马没受惊，马认出了拍它马屁的人。冬梅，李团长的事情已经解决了，他不会再来找你。你，跟我来。"

叶作舟把马缰绳扔给了镇山，仰着头朝前走。于镇山朝有些着急的于冬梅摆摆手，一手拎着筐，一手牵着马跟在叶作舟后面走了，柳二妮也一脸焦急。

"叶大姐的脸黑得比乌云还黑，镇山哥肯定顶不住。我们上鲁艺的事儿黄了。姐，怎么办，要不我去你们食堂择菜去？"

"二妮，你的专长是唱歌，不是择菜做饭。冬梅，你这会儿有时间吗？"

看到东方海走了过来，柳二妮一下子又充满活力，她看到东方海手里拿着一张折叠起来的纸。

"有，冬梅姐当然有时间。上海哥哥，你手里拿的，不会是情书吧？"

"不是，这是我为冬梅编写的一首歌。"

"真的吗？练歌的话，这大街上不合适，你们去小树林吧。快去吧。我看看镇山哥去。"

柳二妮朝于冬梅挤挤眼，把冬梅推到东方海身边，转身走了。走出没几步，她回头看见于冬梅和东方海并肩离开，又悄悄跟了过去。

于冬梅跟着东方海来到桥儿沟树林中，她打开那张纸，上面是一首歌的谱子，歌名处写着《绣荷包》。

"还真是一首歌谱。这首歌我唱过很多次了，当初咱俩还一起表演过。"

"我知道，这首歌最能代表你的演唱风格，我又重新给它编了曲。你唱唱试试，特别是这一部分……"

于冬梅感到心情有些复杂，她把谱子收了起来。

"东方，李团长的事情你听说了吧？"

"听说了，现在传得很厉害，你不去管它，过几天，那些传言自然就消失了。"

"我对李团长一点儿印象都没有，以后也不打算和他有什么来往。"

她都这么说了，东方海看起来还是像个木头一样。

"我知道，你应该和我一样，暂时不要考虑个人问题。"

"你……不打算考虑个人问题？"

"我的经历你很清楚，本来做着艺术梦，一下子国破家亡，我受到的冲击别人无法体会。"

于冬梅不是不能理解东方海的心情，但正是因为一直以来都比旁人更为理解，此刻她才感到有些急躁。

"我爹也是鬼子杀害的啊。"

"所以我一直很佩服你，你有那种把痛苦化为力量的能力。来到延安，其实是一种新生活的开始，你很快就投入了新生活，可我始终无法适应，沉浸在痛苦中不能自拔。"

东方海目光诚挚，于冬梅默默看了他一会儿，低声说道："可你现在已经好了啊。"

"那是用云鹏的生命和你的伤换来的，还有《黄河大合唱》给我的震撼。我现在很少考虑自己，一心只想在艺术领域探索，我想写出像冼星海老师那样有思想、有力度、有深度的作品，我想让我的作品有鼓舞人的力量。虽然现在我还做不到，但我在努力做准备。"

于冬梅叹了口气:"那你还有时间给我编曲子?"

"给你编曲子,我永远都有时间。冬梅,在咱们这一届学生中,你是最有发展空间的,我一直想为你写一首歌,可我创作上西洋音乐留下的痕迹太重了。我现在只能对你熟悉的歌曲略做修改,尽量让你的演唱有新意。"

于冬梅的神色温柔起来,她把歌谱展开拿好。

"嗯,我唱唱试试。"

"这里,特别注意这个地方。"东方海指着歌谱中间的地方,于冬梅轻轻哼了起来,躲在一棵树后的柳二妮一脸迷惑。

"他们进了小树林,还真就谈唱歌了。冬梅姐唱得真好听。"

另一边,于镇山跟着叶作舟来到马棚,叶作舟把马拴好,于镇山把筐里的饲料倒进马槽,叶作舟站在一旁,看着筐空了。

"这是最后一次。"说完,她转身往外走,于镇山拎着筐跟了出去,两人又回到叶作舟办公室。

于镇山等的正是这个时候,叶作舟一问起他的企图,他就将想要加入鲁艺的事诚恳地和盘托出:"叶领导,因为我妹子冬梅的原因,咱们也没少打交道,去年冬天,你还特意批准我和二妮作为编外成员参加了鲁艺的战地服务小组。正是这次根据地之行,让我的思想发生了翻天覆地的变化。冬梅在山西养伤的时候,我陪着她在战地医院工作了不短时间,我是受过八路军教育的人。在石团长的根据地,张参谋就建议我留下来。可我觉着我这一身本事,只有在鲁艺才能发挥出来。"

叶作舟打量着于镇山道:"你一身本事,我怎么看不出来?"

"叶领导,我打听了,鲁艺是艺术院校,如果有特殊的才艺,文化课差一点儿,也是可以破格录取的。我去了一趟根据地明白了,共产党八路军的文艺,是要为战争服务的。如果我向你证明了,我有绝活儿,而且是特别能鼓舞前方战士士气的绝活儿,你能不能破格录取我?"

叶作舟看着于镇山的眼睛,于镇山也很严肃地看着叶作舟。

"看在你诚心诚意的分上,我给你这个机会。记住,必须得是大家公认的绝活儿。"

"放心吧,领导,我于镇山不是喝稀饭长大的。我去准备了。"

于镇山站起来往外走,叶作舟在他身后喊:"哎,不是说过了,别叫我领导。"

"是，大姐！"远远传回来于镇山带着笑意的声音。

于镇山的计划，是利用于得水留下的积蓄，组建一个腰鼓队，去安塞参加斗鼓大会，把冠军的金腰鼓拿回来。这金腰鼓便是证明，证明于家班有前线用得上的绝活儿，于镇山和柳二妮也就能加入鲁艺了。为了顺利拿到金腰鼓，于镇山此刻也顾不上管东方海和自家妹妹的事了，谁知那李团长仍不气馁，不仅托领导屡次联系叶作舟求情，还擅自跑来鲁艺转悠。

叶作舟被弄得烦不胜烦，只好分别找到于冬梅和东方海，想做好两人的思想工作。谁知于冬梅既不想给东方海压力，也不愿意考虑东方海之外的人选，东方海也认为于冬梅还没有恋爱结婚的想法，即使叶作舟拿丁小蝶当年的离开来激他，也只是愣着沉默了一会儿。

他其实比任何人都清楚，自己对于丁小蝶与于冬梅是完全不同的情感。先前丁小蝶嫁给石保国，他喝得大醉，只是害怕丁小蝶跟他赌气做出的决定会是个无法挽回的错误，去过独立团后，他明白丁小蝶过得很好，就不再介怀了。可他从未设想过冬梅不在自己身边的状况，叶作舟的一番话终究是令他的想法发生了微妙的改变。

于冬梅的心境也发生了变化，她开始躲着东方海。察觉到这一点的东方海开始心烦意乱，连琴都拉不下去，这天他又在宿舍叹着气，无可奈何地将琴收好，转向一旁正专心刻着版画的关山。

"关山，今天那个李团长又来训练场了，叶协理员把他劝走了，可是大家一直在议论，冬梅的脸色很不好。"

"这些我都听说了。看来这件事并不像你说的那样，很快就过去了。"

"冬梅最近总在回避我。"

东方海叹了口气，关山抬眼看着他。

"现在这种情况下，冬梅身边需要的不是男性朋友，而是男朋友，未婚夫。"

"可是我，我还没有准备好面对一段感情。我现在只想练琴，只想追随冼星海老师的脚步，寻找属于我的音乐。"

关山无奈地盯着东方海看了一会儿，突然有些伤感地开口说道："我少年的时候，只想用这双手画画、雕刻、拍照，只想创造美的作品。后来有一天，我突然想用这双手抓住另一双手，想用这双手拥抱一个人的身体，想为她擦去眼泪，想抚摸她的发丝。可她不属于我，我什么都做不了。你这双手，除了拉琴、作曲，就不想再做点什么了吗？"

听着关山的话，东方海摊开两只手，呆呆地看着。片刻后，不知哪里来的一股决心，他冲出宿舍，先是跑去于冬梅宿舍敲门，又冲到空无一人的排练厅，跑过小树林，惊吓到一对情侣，可哪里都没有于冬梅的身影。

于冬梅正在于家班住处的院子里看于镇山和柳家父女练习斗鼓，她有些心不在焉。休息时，柳二妮靠着她，问鲁艺最近有什么好玩的故事，她都笑得很勉强；于镇山问起叶作舟的近况，她也随便地应付着。看出冬梅状态不太对，于镇山只是想开个玩笑逗她："发生什么事了，是不是东方海欺负你了？那个榆木疙瘩要还是天天蔫不唧的，对你一点儿表示没有，我就要做主把你嫁给别人了。"

于冬梅却忍不住哭了起来。"我不嫁人，我不想嫁给别人，我谁都不想嫁！为什么女人就非得要嫁人，为什么我就不能过平静的生活，好好唱我的歌！"

"冬梅姐，别哭，你别哭。"柳二妮忙拉住于冬梅的手。这时郭云生跑了过来，他看着满脸是泪的于冬梅问："冬梅，你已经得到消息了？"

于冬梅擦擦眼泪，看向郭云生。

"白求恩医生牺牲了，是在抢救伤员的时候染上破伤风去世的。"

于冬梅呆住了，眼泪更是止不住地流下来。

十七

东方海跑遍了鲁艺附近都没有找到于冬梅,他来到叶作舟的办公室,正看到她一脸惆怅地放下电话。

"东方,看见冬梅没有?"

"我也在找她。"

"救过冬梅性命的白求恩医生牺牲了,你快去找找冬梅,好好安慰安慰她。"

东方海回想自己这一路找来,于冬梅只可能是去于家班了,他又一路跑到于家班住处前。远远看到窑洞的灯光,他正要过去,于冬梅正好从院子里走出来。她一边走一边擦着眼泪,朝另一个方向走去,东方海忙跟了过去,一直跟到了延河边。天上挂着一轮明月,照得河水闪闪发亮,于冬梅静静地看着河水流淌,东方海则在不远处站定,沉默地看着她。

"白求恩大夫,我哥哥在家里给你设了灵位,给你烧香,给你送纸钱,你很不习惯这种纪念方式吧,这是我们中国人的心意。你在我哥哥心中,是神。"

此刻的于家班窑洞中,于镇山把写有"白求恩医生之灵位"的纸贴在一块木板上,柳富贵把香炉在灵位前摆好,柳二妮端来几样供品一一放好,三人在灵位前上香,跪下磕头,烧了纸钱。于冬梅明白这祭奠方式并不合适,但这是一番心意,与她此刻站在延河边的心意是相通的。

"白求恩医生,延河的水能流向大海,你家乡红河谷里的水也能流向大海,海洋的水都是相通的吧。如果你的灵魂已经回到了家乡,通过延河,通过大海,通过红河谷,你能听到我的心声吗?我的生命曾经遇到过危险,是你救了我。我现在面临着极大的困扰,真希望有人能像你一样,拿一把手术刀,把我心里这些困扰清除出去。"

这一刻,于冬梅仿佛觉得心头的苦恼已经少了许多,是啊,和白求恩医生的一生比起来,她的生活是多么安宁而幸福,她正在烦恼的也都是些多么微不足道的事。

"白求恩医生,你一直都在前线辛苦奔波,救了那么多伤员的性命,这会儿你可以安息了。你喜欢跳舞,我跳给你看吧。我想用这种方式来纪念你。"

于冬梅哼着《红河谷》的曲子,在河滩上独自起舞。

东方海想要过去陪伴她,但又停下了脚步。他静静地看着在月光下翩翩起舞的于冬梅,听着她哼唱出的优美曲调,耳边响起了关山的声音:"有一天,我突然想用这双手抓住另一双手,想用这双手拥抱一个人的身体,想为她擦去眼泪,想抚摸她的发丝……你这双手,除了拉琴、作曲,就不想再做点什么了吗?"

东方海深吸一口气,朝于冬梅走去,轻轻叫了一声:"冬梅。"

于冬梅蓦地停下舞步,她回过头来,脸上的泪水还没干。

"东方,我……我在想白求恩大夫……"

"我知道,这是他喜欢唱的曲子,是他喜欢跳的舞。我想和你一起跳,让白大夫看看……"东方海停顿了一下,觉得心头似有说不尽的万语千言,"今天有人问我,我这双手除了拉琴、作曲,就不想再做点什么了吗?一直以来,我和你在一起,就想用这双手拉你最喜欢的曲子给你听,就想用这双手为你喜欢唱的歌编出更优美动听的旋律。可今天晚上,此时此刻,我想用这双手握住你的手,想陪你跳舞,想用这双手拥抱你,想为你擦去眼泪,想捧着你的脸告诉你,尽情哭吧,尽情伤心吧,尽情抒发你的情绪吧,我会在你身边,一直都在你身边陪伴你。"

"天哪,东方!"于冬梅低声说着,脚步不由自主地朝东方海走来。东方海也向她走去,伸出手,紧紧地抱住了她,两个人轻轻哼着《红河谷》的旋律,在河滩上缓缓迈出舞步。

来到延安这么久,东方海还是第一次找到了东方明家中。窑洞外,八岁的侄女点点正一个人在一蹦一跳地玩耍,东方海从远处走来,叫她的名字,点点歪着头打量他。

"你怎么知道我叫点点?"

"你猜?"

东方海笑着弯下腰逗她，点点想了想，惊喜地张开双手搂住东方海的脖子。

"你是小叔！爸爸早就说过了，点点有个会拉琴的叔叔！"

"点点真聪明！"东方海把点点抱起来转了一圈，又拿出一个口琴吹了一支摇篮曲。"好听吗？"

"嗯，真好听！"

东方海把口琴送给点点。"那，这个就送给你，小叔有空就来教你吹。"

"谢谢小叔！小叔，你教我拉琴好吗？"

"好啊，我一定教点点。"

东方明的妻子刘雯热情地迎出来。

"是阿海来了吗？点点，快让小叔进来！"

"嫂子！"东方海笑着打招呼，刘雯也满面笑容。

"阿海，你哥可是在我耳边念叨了不知多少回，终于见到你了！外头冷，快进来。你哥说，怕我的衡阳菜把你辣坏了，所以，他要亲自烧菜。来，阿海，吃饭。"

刘雯边摆碗筷边招呼东方海坐，东方明正在厨房炒菜。

"你嫂子从重庆带来了一点儿竹笋和腌肉，我给你做了个竹笋腌鲜。阿海，你尝尝怎么样？"

东方明端着一盘菜出来，东方海夹了一块笋放进嘴里，赞不绝口。

"家乡的味道！哥，我好久没吃到了！"

"妈妈，我要吃剁辣椒。"

刘雯拿出一个小玻璃瓶子，里面是鲜红的剁辣椒。

"点点是无辣不欢。来，给。"

东方明也往自己碗里夹了一筷子辣椒。

"我这是娶了个湘妹子，又给我生了个小辣妹子，我呀，就成少数民族咯。嗯，这剁辣椒正宗，香！再给我来点。"

"小叔，你吃，可好吃了！"点点从自己碗里挑了一点儿辣椒非要东方海吃，东方海张开嘴吃下辣椒，被呛得眼泪直流，一副狼狈样。

东方明一家三口乐坏了，刘雯一边给他倒水一边笑说："阿海，阿明刚开始吃辣椒的时候和你一模一样。多锻炼锻炼就好了。要不，再来点儿？"

东方海忙把碗缩回说："哎哎我就算了，哥，我看你也被嫂子和点点改造得差不多了嘛。嫂子，你这次来了就不走了吧？"

"不走了，我已经正式从重庆八路军办事处调到延安工作了。阿海，听你哥说，音乐系有个唱民歌的山西姑娘不错，叫什么小梅？"

东方海喜滋滋地回答道："于冬梅。"

"看你这满脸喜色，是不是有好消息要报告啊？"

"还，还没什么……"

东方明笑眯眯地看着堂弟，说："还什么还？昨晚你是不是和于冬梅约会了？云生和二妮说看到你们了。"

"那不算约会吧，上次冬梅为了我负了重伤，是白求恩大夫救了冬梅的命，得知他牺牲的消息，冬梅很悲痛，我就是陪她去祭悼一下白大夫。"

"我听你哥说了，冬梅为了你连命都不顾，这样的好姑娘你可一定要珍惜啊！"东方明与刘雯夫妻俩前后催促着东方海。

"阿海，你呀，就是优柔寡断。这方面，你连云生都不如，他都有了二妮了，你呢？这回那个抗大的团长半路上杀出来追冬梅，要不是叶作舟拦住，于冬梅也是团长夫人了！你好好学我，做事就要当机立断，我当年跟着周副主席，才十四岁，但我追随共产党的心就再也没有动摇过。我追你嫂子也一样，一眼相中，一追到底，当时追你嫂子的人少说也有一个加强排吧，最后突出重围的就是你哥我，对吧，小雯？"

刘雯笑他："你就吹吧！不过阿海，我听你哥说，石保国团长一碗鱼汤就拐跑了丁小蝶，你可别让冬梅姑娘又叫人拐跑了。"

"哥，嫂子，我今晚就想向冬梅表白。"东方海有些不好意思地道出来意，父母去世后，对他而言，堂哥和堂嫂就是他做出重大人生决定时必须知会的家人。

"我了解过了，这个姑娘歌唱得好，人品也好，是音乐系重点培养的对象，这样的好姑娘配得上我们家阿海。你抓紧把事办了，早点儿给东方家添个孙子，我们点点也好有个弟弟。哎，你等等。"刘雯走进里屋，拿出一条珍珠项链交给东方海。

"阿海，这条珍珠项链是我妈留给我的，喏，你收好。"

"谢谢嫂子！"东方海接过来。

这时饭也吃完了，他要帮着收拾碗筷，刘雯忙推开他。"不用你管，你去把项链送给冬梅姑娘，别再拖拖拉拉的。快去快去。"

"阿海，听你嫂子的，快去吧。"

"好，那我走了！点点，小叔下次带个会唱歌的阿姨来跟你玩好吗？"

东方海弯腰逗着点点，点点开心地举起了手。

"小叔是要结婚了吗？我想要个弟弟。"

"你个小人精！对，小叔要结婚了！"

东方明一家三口送东方海走出窑洞，天空翻滚着乌云。

"快下雨了，阿海，你骑我的马回去吧，我明天正好要到你们那边去办事，再顺便骑回来。"

东方海感谢地向东方明点点头，策马而去，天边传来隐隐雷声。

于冬梅在排练场中练习平剧，叶作舟从外面进来，叫住了她："冬梅！"

"大姐，有事吗？"

叶作舟一眼看到她额头上密密的一层汗珠，道："你看你这一头汗，当心感冒了，休息一会儿。"

"没事的，我想把法门寺再练练。"

"冬梅，你也得把个人的事放心上了，你和东方最近怎么样？"

于冬梅羞涩地一笑道："还好吧。"

"哦？什么叫还好吧？是他向你表白了？"叶作舟敏锐地捕捉到于冬梅神色的变化，她忍不住激动起来。

"我也不知道算不算……"

"啥叫算不算啊！你呀，干起工作来爽快利落，在这种事情上就变得不自信了？我看东方海就是个感情被动型的，你可得有主见哪。对了，我来找你是要告诉你，毛主席接见白求恩医疗队，李慧珠大夫来延安了。"

"真的？她在哪儿，我去找她！"

早料到于冬梅会是这个反应，叶作舟笑道："医疗队住在马列学院后山窑洞，快去吧，骑我的马去。"

于冬梅跑到训练场外，纵身上马，向马列学院方向赶去。她与东方海都骑马前行，在两条极为相近的蜿蜒小路上，两人擦肩错过。

来到白求恩医疗队住处，于冬梅跳下马，向工作人员打听李慧珠的所在。这时，李慧珠迎面走来，热情地拥抱了她。

"冬梅！冬梅姑娘，我正想找你呢！"

"李大夫！没想到能在延安见到你！"于冬梅满脸高兴，李慧珠上下打量着她:"是啊是啊!看样子,你恢复得不错,越来越漂亮了!"

"慧珠姐,你又笑我。你快跟我说说,白大夫是怎么牺牲的?"

两人手拉着手,在院子里的石头凳子上坐下,李慧珠神情肃穆,缓缓道来:"上个月中旬,白求恩大夫准备回国一次,他说要向世界人民宣传中国的抗日战争,募集经费和药品。中共中央和聂荣臻司令员同意了他的请求,军区卫生部特地为他举行了欢送会。正在这时,日军调动五万兵力,对北岳区发动了大规模的冬季大扫荡,白大夫得知这一消息后,决定推迟回国。他带领我们医疗队,赶往涞源摩天岭前线,在离前线只有七公里的孙家庄停下来,将手术室设在村外一个小庙里,抢救伤员……"

于冬梅静静地听李慧珠讲述。

"二十分钟后,只剩下最后一名受伤的战士小朱。这时枪声四起,子弹呼啸着从头顶掠过。小朱是大腿粉碎性骨折。为加快手术速度,白大夫把左手中指伸进伤口掏取碎骨。结果碎骨刺破了白大夫的手指,但他只是把手指伸进消毒液里浸了浸,又继续手术,直到缝完最后一针,才跟随担架转移到村后的山沟里。十分钟后,敌人就冲进了孙家庄。"

"白大夫真了不起!"

李慧珠神色黯然起来。

"是啊,可是,第二天,白大夫手指上的伤口发炎了,他忍着肿胀和剧痛继续医治伤员。十一月一日,我们医疗队准备转移时,从前线送来一名患颈部丹毒合并蜂窝组织炎的伤员,这属于外科烈性传染病。白大夫不顾劝阻,立即进行手术抢救。手术过程中,手套被锋利的手术刀割破,白大夫带伤的中指受到致命的细菌感染。无情的病毒侵蚀着他的血液,他发起了高烧。可他不顾大家的劝阻,继续随医疗队向火线开进。从十一月二日到六日黄土岭战役前夕,他亲自主刀做了十三例手术,还写了治疟疾病的讲课提纲。他的手指感染加重,肿胀得比平时大两倍,但他却说,不要担心,我还可以照样工作。"

听着的于冬梅已经哭成了泪人,李慧珠红着眼眶,继续说着:"白大夫伤势恶化,转为败血症。聂荣臻司令员派医生携带药品器械赶来了,下令要部队不惜一切代价把白大夫安全转移出来。白大夫病危的消息,也牵动了晋察冀边区每个知情人的心。村民送来了上等的红枣、柿子,路过的八路军战士隔窗献上了特有的军礼……白大夫医术精湛,但脾气古怪、暴躁,不过这种暴躁却从来不会发泄到病人身上。我在白大夫身上学到了很多东西,他给我们上野战外科示范课,手把手教我做野战手术,没有丝毫洋专家的架子,他还为野战手术专门设计的一种桥型木架,搭在马背上,一头装药品,一头装器械,他给取名叫'卢沟桥'。他告诉我,当一名好医生不仅要技术好,还要时刻准备上前线……"

"白大夫的遗体安葬在哪儿?"

李慧珠一脸悲痛,她对于冬梅点了点头。

"白大夫是十一月十二日五时十二分在唐县黄石口村逝世的。当天上午十时,交通队就将遗体化装成重伤员,抬着担架出发,急走五天,转移到了于家寨。十一月十六日,晋察冀边区聂荣臻司令员含着泪给白大夫入殓,净身整容,红绸裹体,外穿八路军新军装,用上好的柏木做寿材,埋葬于村南狼山沟口。为了防止敌人破坏,边区军民将墓地犁平不留坟头。三天后日寇果然来扫荡,没有发现墓地。"

"慧珠姐,我好想念白大夫,我好想去他的坟头再为他唱一次《红河谷》!"

李慧珠看了看手表。

"冬梅,我很理解你的心情。我早就想来延安了,正好还有一点儿时间,你陪我转转吧,但不能走远,要等毛主席召见。"

阴沉的天色下,于冬梅和李慧珠并肩走着,于冬梅指着远处的山顶。

"慧珠姐,你看,那就是宝塔山,也叫嘉岭山,传说盛唐时代,山上就建有宝塔,北宋时期,韩琦、范仲淹等一代名将,在宝塔山屯兵设寨,戍边御敌,留下了好多文物古迹。明清时期,这里庙宇林立,红极一时。可惜今天快要下雨了,平时的宝塔山可美了,下次我带你爬上去看看。"

"好啊!冬梅你知道吗,我多少回在梦里梦到过,它是革命圣地的象征,看到它就好像看到了光明。哪怕是远远地望着也很激动。"李慧珠驻足仰望着宝塔山。

"我理解,第一次到延安的时候,我们看到宝塔山都激动得哭了。"

"冬梅,你看一说白大夫的事都忘了问你了,白大夫也一直牵挂着你,打听了好几次,不知道你上次受的伤恢复得怎么样了?"

"我已经都好了,没事了!"

"真的都好了?没有什么不正常吗?"李慧珠认真地看着她。

"慧珠姐,我实话告诉你吧,其他都还好,就是,那个……不太正常。"

"难道白大夫的判断是对的……"李慧珠一惊,脱口而出。

"白大夫的判断?他说了什么?"于冬梅急忙问道。

"没说什么,他只是担心你的伤会有后遗症。"李慧珠欲言又止。看到于冬梅真的很在意,她叹了口气:"冬梅,那我就把白大夫的原话如实告诉你吧,不过你要听清楚,千万别乱想。白大夫说,你受伤的部位,有可能导致你再也没有机会当妈妈了……"

听到这句话,于冬梅呆立在那儿,李慧珠抓紧她的手安慰着:"冬梅,你听我说,白大夫……"

不巧这时工作人员跑来报告,毛主席要接见白求恩医疗队的各位,李慧珠只好站起身,她边整理军装边对于冬梅说着:"冬梅,你别多想,我回头再找你!"

李慧珠随工作人员匆匆离开,于冬梅依然呆立在那儿,也不知过了过久,天空飘起了雨,她才浑浑噩噩地骑上马。雨越下越大,于冬梅策马狂奔在回去的路上,泪水混合着雨水从脸上不停地淌下,她的脑海中始终回响着李慧珠的那句话,像一个诅咒般挥之不去。

仿佛前一天的重演,只是少了几分不安,多了几分兴奋,东方海走进音乐系教室,呼唤着于冬梅的名字,又转身跑向排练场,从空无一人的排练场茫然地退出来,他抬头看着飘雨的天空。雨很快下大了,东方海冒着雨赶到音乐系宿舍时,于冬梅也刚回来没多久,她呆坐在床上,头发上还滴着水。

"冬梅!冬梅!"

东方海一身湿漉漉的,站在门外,于冬梅听到喊声蓦然一惊。

"冬梅睡了!"

"麻烦你帮我叫一下,我有急事找她!"

于冬梅看着镜子映出的自己的脸,因为东方海的到来,又淌满了泪水。

"好,我帮你看看。"

听到同学在外面的声音,于冬梅迅速躺到床上,她用被子把头蒙住。

"东方,她真的睡了,你先回去吧。"

于冬梅蒙着被子压抑住声音痛哭起来,东方海失望地返身走进雨中,他带着一身水回到教师宿舍,关山忙拿来一条干毛巾。

"东方?你怎么淋了一身雨啊,快擦擦,小心感冒了。你去哪儿了?"

"我去找冬梅,她睡了,没见着。"东方海接过毛巾擦着头发。

"你这么急着找她,有什么事?"

"我嫂子让我给她送条项链。"有些不好意思开口,东方海从口袋里拿出珍珠项链。

"东方,你这个人,遇到感情的事怎么这么扭捏呢?明明就是你自己想去找她表白。"

"是的,可是好奇怪,她说她睡了,不见我。"

关山一反常态,坐到东方海面前,像个老妈子似的唠叨起来:"东方,我可跟你说,你得抓点紧了。你知不知道,延安男女性别比例严重失衡。"

"关山,合着你每天出去不是为了写生,而是去做人口普查了?"

东方海跟关山开玩笑,他却一脸严肃道:"我从抗大那边听到,找媳妇的标准已经一路放低了,现在只要求一是女的、二是大脚、三是识字就好。你听听,这说明什么?"

"可我听说,延安的女孩子们追求的是自由恋爱。"

"天真!虽然她们一脑门子妇女解放、独立平等,一些青年女性还拉起'不嫁首长'的大旗,但她们中的绝大多数最终还是只能以'革命价值'为价值,以职位高低为高低,以嫁给长征老干部为荣。真正坚持'平等'的,凤毛麟角。"关山不停地说着,倒了一杯热开水端给东方海。"丁玲说过,在延安,女同志的结婚永远使人注意,而不会使人满意的。若是嫁了工农干部,会受到知识分子干部的嘲讽,若嫁了知识分子,工农干部也有意见,这就是现状。"

"这么严重?我不信。"东方海被他说愣住了。

"你别不信啊,东方,像于冬梅这样,人长得漂亮,又是音乐系的台柱子,不知有多少双眼睛盯着呢,我可是提醒你了。"

东方海固执地摇了摇头道:"恋爱要'革命的原则、不妨碍工作学习的原则、自愿的原则',这是毛主席说的'三不'原则,难道不算数?"

"你怎么这么书呆子气呀?那还有'组织分配'呢,一个二十二岁、走过长征的女孩被安排给五十四岁的老干部,组织告诉她这是一项庄严神圣的革命任务,她爽快应答'保证完成任务',就打起背包走上夫人岗位。我再提醒你,前面死追于冬梅的那个团长,虽然被叶协理员给摁住了,可我听说那人可比石保国还轴,他要想占领的阵地就是拼了命也非得拿下,你啊,当心吧。"

被关山说得有些心虚，东方海嗫嚅着说："他就一大老粗，女孩子的芳心又不是碉堡，靠炸的？"

"你以为你有文化，懂艺术，就稳操胜券是吧？我告诉你，女孩子最架不住硬汉还有一颗细腻的心，你顶多会对女孩子说生病要多喝热水，但人家石硬汉技高一筹，他会破冰捞鱼熬鱼汤，这样的铁血柔情哪个女孩能把持得住？丁小蝶嫁你还是嫁他，需要选吗？"

"也对啊。"东方海傻了。

"行了，快睡吧，明天一早赶紧行动。"

关山展开被子躺下睡觉，东方海还愣怔在那儿发蒙。

这天，下了一夜的雨。夜雨淅沥中，有一对一夜无眠的人。于冬梅坐在被窝里，双手抱膝，头深深地埋着，东方海听着屋外的雨声，辗转反侧，无法入眠。第二天一大早，东方海急匆匆地走进音乐系教室，看见于冬梅正在整理教室，他一下子高兴起来。

"冬梅！我就知道每天都是你第一个到。你昨晚怎么睡那么早啊？来，我帮你一起。"

"你有事吗？"东方海顺手拿起扫把，帮着打扫，于冬梅边清扫边冷淡地背对着他。

东方海拿着扫把，像个小尾巴似的跟在于冬梅后头，语无伦次说了一堆话："我昨天去我哥家吃饭了，我嫂子从重庆调到延安来工作了。对了，我小侄女叫点点，她可聪明了，一下就猜到了我是谁。你知道吗，她提了一堆要求，还让我吃辣椒，我可是出了大洋相。对，我嫂子是湖南人，人可好了，下次我带你去见她。还有，嫂子还让我把这个给你。"

东方海从口袋里拿出项链，想给于冬梅。于冬梅却又是一个转身，把后背对着他。"让开，别挡着我！"

东方海伸出的手僵在那，停了半晌，他对着眼前的背影怯怯地问道："冬梅，你怎么了？是我做错了什么吗？"

"对不起，叶协理员找我还有事。"于冬梅夺路而去。

东方海呆立在原地，叶作舟和于冬梅擦肩而过，走了进来。她回头看看于冬梅，又望望东方海，一脸不解："这一大早，你俩唱的是哪一出啊？"

"她不是说你找她有事吗？"

东方海一脸茫然，叶作舟更是莫名其妙。

"我什么时候找她了？不对啊，昨天她还喜滋滋地说你们俩好了，你是不是惹她生气了？"

"没有啊，我昨天晚上去找她，但是她睡了，没见着。我嫂子让我送的项链都没送出去。她怎么好像变了个人似的？"

叶作舟想了想，一副恍然大悟的样子。"这你就不懂了，女孩子家都矜持，总不能你一开口就欢天喜地应承了，对吧，这是考验你有没有诚意，你得多追几回，变着花样追！"

"叶大姐，你好像很有经验。"听叶作舟这么一说，东方海稍微放下心来，他打趣着。

"我能有什么经验，面对你们这些满脑子长心眼的小怪物，我不得恶补点理论嘛。"叶作舟摇头笑了起来。

"明白了，好像有点儿道理，我试试。"

说干就干，东方海看音乐系学生刚进行完军事训练，追着到了小树林边，在山坡上摘下几枝野花，拦住众人，当着所有同学的面把花献给了于冬梅。

"愿所有的美好如约而至。"

"东方老师，请注意影响。"见同学起哄，于冬梅尴尬地退了一小步。

"于冬梅同学，我在组织的支持下，本着'革命的原则、不妨碍工作学习的原则、自愿的原则'追求我的爱情，不会造成任何坏影响。"

见东方海强行拦住想转身走的于冬梅，同学们笑得更欢了。

"对呀，这'三不'原则可是毛主席说的，冬梅，你难道连毛主席的话都不听了吗？"

"有什么事，我们到那边说。"

于冬梅急急忙忙走到旁边的小树林，东方海跟在后面，同学们笑着喊加油，东方海也笑着回头挥了挥手，继续往前走着。两人走到树林另一边，于冬梅突然停步，东方海差点儿撞到她，忙后退两步。

"东方老师，我请你不要这样胡搅蛮缠。"

"我怎么胡搅蛮缠了？冬梅，你到底怎么了，为什么像变了个人？发生什么事了？"

于冬梅背对着他，不吭声。

"冬梅，你说话呀，你为什么不理我？"

"好，我告诉你为什么，因为我不想考虑个人问题。"

东方海没有退却，他诚恳地说道："冬梅，这些我都知道，我不会拖你后腿的，我们共同进步！"

"不，顾家难顾国，顾卿难顾党，沉溺于卿卿我我就不能全心全意扑在革命上。"

"冬梅，你这是什么歪理啊？你被禁欲主义洗脑了吗？"听着这番话，东方海哭笑不得。见于冬梅不再言语，东方海忽然蹿到她面前，单腿跪地。"冬梅，嫁给我！"

于冬梅也愣住了，说不清是喜是悲，她呆立半晌，一字一顿地拒绝："不，我不愿意！"

"冬梅，是不是我做错了什么让你生气了？你为什么要这样心口不一？你为了我做了那么多事，甚至连自己的命都不要，我知道你心里是有我的，你不会是担心我放不下小蝶吧？我对她和对你从来不一样，我对你是真心的！"东方海跪在地上不起来。于冬梅感受着心中撕裂般的疼痛，她咬了咬牙道："东方海，你不要自以为是，心里有你就一定要跟你过一辈子吗？丁小蝶心里也有你，她还不是嫁给了别人？东方海，我们不是一路人！"

于冬梅掩面冲走，东方海跪在地上，怔怔地望着她远去的背影。

这一幕恰好被走在半路的柳二妮看到，她完全不明白发生了什么，跑到于镇山一行人租下来练习斗鼓的院子中。于镇山正带着几个于家班的人在敲敲打打，一边练着，一边为决赛时人手不够的事发愁。柳二妮气喘吁吁地冲进院子，一看还有别人，向于镇山直招手。

"镇山哥，你过来，我有事跟你说。"

"二妮，哥正忙着呢，还有啥事比咱参加八路军更大的事，回头说，啊。"

"真是急事！是冬梅姐的事！"

"什么？冬梅出什么事了？快说！"于镇山立马停下手中的活儿。

"我刚才看到，上海哥哥在小树林跪在地上，冬梅姐也在。上海哥哥向冬梅姐求婚，跪地上求。"

"真的？这大喜事啊！二妮，这事是天大的事，咱们得赶紧准备起来。"

于镇山精神一振，柳二妮慌忙摆手道："不是不是……"

"二妮，你说话能不大喘气吗？你别急，好好说给哥听。"

柳二妮镇静了一下，终于连贯地说了出来："上海哥哥向冬梅姐求婚，可不知为啥，冬梅姐不干，一口给回了，最后呢，冬梅姐哭着跑了。"

"这可真是大事！"于镇山大吃一惊，他拉上柳二妮，两个人立刻赶到鲁艺排练场。于冬梅穿着戏服一个人在练功，她甩着长长的水袖，疯狂地旋转着，旋转着，终于摔倒在地，伏在地上痛哭。

"妹子！"于镇山大叫一声跑了过去，扶起满脸是泪的于冬梅，心痛不已。"妹子，妹子，出啥事了，跟哥说，啊！你别哭啊，有哥在呢，别哭别哭，你把哥的心都哭碎了……"

"哥，没事，我就是太入戏了。"

于冬梅掩饰地低头擦着泪，柳二妮却着急地问道："冬梅姐，上海哥哥是不是向你求婚了？"

"妹子，你不是早就等着这一天了吗？咋了？是不是东方那小子又犯浑了？你告诉哥，哥帮你做主！"

"我的事不要你管！你们都走，让我安静一会儿！"于冬梅生气地看着两人。

着急的于镇山和柳二妮只好又跑到音乐系外面喊东方海，叶作舟闻声出来，三人都不知道东方海和于冬梅之间发生了什么。听到东方海求婚被拒绝，叶作舟也大吃一惊。于镇山知道自家妹妹最听这个大姐的话，求她去劝劝，叶作舟立刻找到排练场，竟也史无前例地被于冬梅的顶撞气得说不出话来，最后，只好让于冬梅休两天假，先跟着于镇山回于家班待一阵子再说。

东方海察觉到异样，跑到叶作舟办公室来，询问于冬梅先前的行踪，得知她态度开始发生变化正是在见过李慧珠医生后，他匆匆转身离开，找到了白求恩医疗队的住处，在院子里踱步等候。

"东方老师！我们又见面了。"李慧珠看到东方海，热情地伸出手，东方海忙握住她的手。

"李大夫，你好！你们是刚从毛主席那里回来吧？"

"是啊，毛主席号召我们要向白求恩大夫学习，像他那样做一个高尚的人，一个纯粹的人，一个有道德的人，一个脱离了低级趣味的人，一个有益于人民的人。"

东方海喃喃地重复着:"做一个高尚的人,一个纯粹的人,一个有道德的人,一个脱离了低级趣味的人,一个有益于人民的人……毛主席说得真好!"

"嗯!东方,你找我有事吗?"

东方海犹豫了一下,仍是开口问道:"我想问问,冬梅这两天情绪很反常,是不是发生了什么事?"

"哎呀!这正是我担心的,这可怎么办才好?"李慧珠愣了一下,立刻明白了是怎么一回事,她看着一脸焦急的东方海。"东方,冬梅在养伤的时候时常提到你,看得出来你在她心中有很重要的位置,你可不可以先告诉我,你们是什么关系?"

"我向她求婚,被她拒绝了。"

李慧珠严肃地点了点头:"果然是这样!东方,冬梅的事我可以告诉你,怎么选择你自己考虑吧。"

十八

东方海漫无目的地走在路上,他的脑海里不断回响着李慧珠的话,不知不觉中,走到了东方明家的窑洞前。正当他犹豫要不要进去时,跑出来的点点看到了他,惊喜过来拉住他的手。

"小叔!妈妈,小叔来了!"

"阿海?快进来。饿了吧?我去给你拿点吃的。"刘雯也迎了出来,她倒了一杯水给东方海。

"阿海来了?吃饭了吗?怎么不带冬梅一起来?"

"小叔,你不是说要带个会唱歌的阿姨来结婚的吗?说话不算数。"

看着东方明一家三口关切的眼神,东方海摇摇头,欲言又止,直到东方明着急地追问着,他才一脸痛苦地开口说道:"冬梅拒绝了我的求婚,因为白求恩医疗队的李慧珠大夫来延安了,她告诉冬梅,白大夫说她可能没有机会当妈妈了,我也是刚知道。"

东方明与刘雯两人先是半张着嘴呆愣了片刻,然后对视了一眼。

"没想到冬梅姑娘遇到这样的事了,唉,真是可怜。"

"可不是嘛!做妈妈是每一个女人最大的愿望,她心里一定很痛苦,阿海,你准备怎么办?"

刘雯看看女儿点点,又征询地望向东方明,东方海也看着东方明。

"阿海,虽然我们东方家是三代单传,但这是你的终身大事,你自己拿主意吧。"

东方海坚定地点了点头道:"冬梅是因为我才负的伤,我现在心里除了内疚就是心疼,我是真心爱她的。哥,嫂子,我下决心了,不管她变成什么样,我都要娶她!"

"阿海,我支持你!一个人要讲良心。阿海,你再说说,白大夫的原话是怎么说的?"东方明闻言赞许地看着弟弟。

"白大夫说，冬梅受伤的部位再高一公分或者低一公分就好了，现在打中的位置可能会导致她没有机会当妈妈了。"

听到东方海这么说，刘雯站了起来说："可能？那就是说也有机会能生？不行，我得找李大夫再问问清楚，我要让她亲自告诉我是完全没机会了还是有一线希望。"

刘雯匆匆跑出窑洞，骑上东方明的马奔驰而去。

另一边，于镇山将于冬梅带回于家班窑洞中，四口人正在炕上吃饭，四方桌上摆着几道菜，于镇山往于冬梅碗里夹了一块鸡肉。

"妹子，你看你都瘦成啥样了，这是上回打的一只山鸡，特地晒干了给你留着呢，多吃点儿。"

"我吃饱了。"于冬梅放下筷子，她几乎没吃什么。

"这都还没吃呢，咋就饱了呢？妹子，不管发生啥事，你也不许这么作践自己的身子骨啊！你还年轻，还得养好了，将来好生娃呢！"

于冬梅闻声痛哭起来，柳二妮急得也快哭了。

"冬梅姐，冬梅姐你咋了？你这一伤心让我都想哭了……"

"二妮，走，跟爹去把马喂了。"柳富贵强行拉着柳二妮离开了。

于镇山等他们走远后，向于冬梅身边靠了靠说："妹子，现在就咱兄妹俩了，你有啥苦处就说吧，哥给你做主。"

"哥，我可能永远都生不了娃了！"于冬梅哭喊着。

"什么？我苦命的妹子啊，你说这老天是不长眼了啊！"于镇山惊呆了。

于镇山抱住妹妹哭了，过了一会儿，想起柳二妮说过的事，他抹了把眼泪，抓住于冬梅的肩。

"妹子，我也不是叫你瞒东方海一辈子，咱先把婚结了，把日子过起来，娃的事慢慢再合计，行吗？再说了，你这也是为他才受的伤，咱也不是赖上他，但凡有点儿良心，他就得负这个责！"

"不，哥，我不能答应他，更不能欺骗他！东方家三代单传，我不能给他生娃，心上就像压了块秤砣，你想让我背着这秤砣过一辈子吗？"

"妹子，你啥事都只知道为别人打算，听哥的，你就为自己打算一回，行吗？日后东方真的怪起来，哥担着！"看于冬梅仍是流泪摇头，于镇山咬了咬牙。"白大夫说的不是有可能吗？咱去找最好的郎中调养，没准儿就能治好呢？不行，我得找李大夫再问问清楚，我要让她亲自告诉我是完全没机会了还是有一线希望。"

于镇山匆匆跑出窑洞，骑上马奔驰而去。

这天正是白求恩医疗队离开延安的日子，于镇山和从另一个方向追来的刘雯，两人都只能远远看到李慧珠与医疗队众人骑在马上远去的背影。

傍晚，于冬梅和几个女同学来到延河边洗脚，对岸几名战士列队傻看着，几个姑娘笑闹着，给于冬梅唱她们听到的编来取笑抗大学员难找对象的歌，好不容易把这些天都闷闷不乐的于冬梅逗笑了，东方海却又出现了。于冬梅刚站起来要躲，就被他一把拉住。"冬梅，你跟我来！"

"你干什么？放开我！"于冬梅挣扎着，东方海却不松手，强行拉着她，在众目睽睽下离开。两人来到那晚伴着《红河谷》旋律相拥起舞的河滩上，天逐渐黑了下来，看来似乎又要下雨。东方海停住脚步，松开于冬梅的手。

"东方海，你想干什么！"梅恼怒地看着他。

"冬梅，嫁给我！"东方海转身面对她，再次单膝跪地。

"我已经跟你说过了，我不……"

"我都知道了！"东方海毫不犹豫地打断了她，于冬梅呆立着，东方海又低声补上解释，"我见过李慧珠大夫了。"

"既然你都知道了，还来找我干什么？同情？报恩？我告诉你，我不需要人可怜！"

东方海站了起来，他灼灼的目光在黑夜中闪闪发亮。

"冬梅，我不是可怜你，我爱你，不管你是不是能生孩子我都爱你！我知道，我以前做得不好，可是我现在看清了，真的看清了！对小蝶，我会有一种保护她的冲动，就像自己的妹妹一样，而我第一次看到你，就觉得心里跳的节奏不一样。你记得吗，在那个地方，你听我拉琴，围着我，问这问那，我心里的那种感觉从来没过。你的眼神像太阳的光芒一样，让我忘记了自己的落魄和难堪，我跟着你回家，就像是找到了命运的归宿一样，我觉得自己何其幸运，我们像两条溪流，共同奔向一个山谷。你是这个世界上真正认识我和真正爱我的人！不管什么时候，一见你的眼睛，我便清醒起来，充满力量。冬梅，我不能没有你！冬梅，你也是爱我的，不是吗？答应我，嫁给我！"

"不，东方，正因为我爱你，我才不能这么自私，我不能害了你，你忘了我吧……"于冬梅哭着摇头。

一道闪电映照着于冬梅脸上的泪,天空开始落下雨滴,她转身想要跑开,被她抛在身后的东方海高声喊道:"冬梅,我已经写好了上前线的申请,你如果不答应,我就离开延安,随便去哪个前线部队,我要战死沙场,就当是我把这条命赔给你。"

于冬梅听到,下意识地转身扑到东方海怀里,用手狠狠地捶打着他。

"你这个傻瓜!你这个傻瓜!"她一边哭一边骂,东方海伸出双臂紧紧地抱住她,低下头深情地亲吻着她。在这场雨中,两颗心终于走到了一起。

自那以后,时间过得很快,河滩上冒出了青草,这一天,上面还架起了用树枝搭建的婚礼花棚,叶作舟正喜气洋洋地带人在婚礼现场张罗着。对她而言,这场婚礼不只关乎两个人的爱情,还是音乐系内部的第一个婚礼,当然要大张旗鼓地办好。于镇山也带着他操练已久的斗鼓队来到,他招呼众人架起鼓,喜气洋洋地嘱咐兄弟们打出精神来。

鼓乐声中,来参加婚礼的音乐系及其他鲁艺师生们,前来看热闹的延安百姓们,还有保育小学的老师孩子们,把一方草坪挤得满满的。

音乐系主任冼星海带着夫人钱韵玲到来,两人的孩子算起来近些日子也该出世了,光未然跟在两人后面,叶作舟迎了上去。听她说这回要搞个盛大的音乐婚礼,冼星海很是开心。几人坐好,婚礼如期开始,一番激昂的鼓声过后,于镇山头戴黑色高帽,手持魔术棒,吹着轻快的口哨俏皮地登场,他从空空的帽子里变出五彩缤纷的塑料碎花,又把系在腰间的丝巾掏出来,变成一团熊熊火焰,人群中发出阵阵惊呼和不息的掌声,在场的孩子们欢声不断。

于镇山摘下礼帽,双手抱拳谢幕后,柳二妮与柳富贵登台,亮开嗓子对唱专为婚礼准备的喜庆信天游。二人唱完,音乐系的女生们头戴花冠,由铁蛋和点点在最前面引路,列成两路纵队,手牵手上场,边走边低声吟唱着《红河谷》。

纯人声的四句一小节过后,小提琴声响起,全场安静下来。身穿军装、头戴花冠的新娘于冬梅缓步走来,同样同样身着军装的新郎东方海在路的尽头拉着小提琴,微笑地等候着她,在琴声中,于冬梅继续唱着,歌声悠扬动听,充满深情。

正在这时,日军敌机从头顶飞过,扔下大包大包的策反传单,叶作舟笑称这是鬼子的贺礼,招呼众人捡起传单,拿回系里统一销毁。关山捡了一大包,他想起画纸短缺,犹豫了一下,悄悄带回了宿舍窑洞中。

洞房花烛夜,窑洞内张贴着双喜字,挂着关山送来的鸳鸯版画,东方海和于冬梅两个人都有点儿不自然,气氛一时有些尴尬。于冬梅看还有红纸,拿起剪子剪着窗花,东方海则搓着手,在那儿傻笑。

叶作舟抱着两捆麦秸秆过来,笑着赶跑了正在门外偷听的铁蛋和几个年轻人,进来帮两位新人把床铺好,又喜滋滋地离开了。房间里只剩下东方海与于冬梅两个人,昏黄的灯光下,东方海轻声开口:"冬梅,天不早了,休息吧?"

"那,你先把灯吹了。"于冬梅脸红起来。

"冬梅,我想好好看看你。"东方海温柔地凝视着她。

"不,我不想让你看到我的伤疤,怕吓到你。"于冬梅扭过身,东方海却一把拉过她,抱在怀里。

"傻瓜,那个伤疤是我们的'爱情疤',我就要看,我要牢牢记在心里,于冬梅不仅是我东方海的妻子,还是我的救命恩人!"

烛光轻摇,新婚的两人面带幸福的红晕,深情相吻。

东方海与于冬梅两人已结为夫妻,接下来的紧要事件便轮到斗鼓大赛了。这将决定于镇山与柳二妮能否顺利加入鲁艺。距离比赛之日还有半月有余,叶作舟一早来到于家班训练斗鼓的院子外,本想立刻进去,但看到的画面让她蓦地驻足。于镇山正在训练斗鼓,他一个人打得酣畅淋漓,左右开弓、马步冲击、穿插对打、开合斗打。叶作舟看得眼花缭乱,情不自禁地鼓掌叫好。

于镇山听到声音,停下来和叶作舟聊起了斗鼓的历史和讲究:"可别小看这斗鼓,使用的乐器不多,只有鼓、锣、镲三件,却能打出大自然的风雨雷电,人世间的喜怒哀乐。传说大禹在治理黄河时,黄河里有一条蛟龙兴风作浪,大禹怀抱济世拯物之心,奋力擒拿它。十里八乡的老百姓们纷纷赶来,在黄河岸边的龙王汕摆起了鼓阵,成千面锣鼓争抢着涌向瀑布,他们用气势冲天的鼓声压住黄河的怒吼声,以此来震住黄河的蛟龙,为禹王爷击鼓助威,所以形成了斗鼓。当大禹将蛟龙压在壶口的十里龙槽中之后,人们摇鼓庆祝胜利。"

"要练成绝活,难度很大吧?"

于镇山一边演示给叶作舟看,一边介绍:"那可不是吹的,光是鼓谱就有乱刮风、三条碱、四声鼓、高桥鼓、大秧鼓、歇歇鼓、跑罗汉、常流水等好多种。打击技巧的变化有正击、轻击、边击、帮击,镲有擦击、抛击、闷击、平击,每种击法还可细分,打法技巧不下几十种。"

"想不到你懂得还挺多的。"叶作舟由衷地赞叹道,于镇山笑起来。

"还有半个月就是一年一度的斗鼓大赛了,你能去吗?"

"我今天就为这事来的。这不正好想安排下去采风嘛,我准备就带他们去安塞。我了解过了,安塞的腰鼓、民歌、剪纸、农民画都是非常出名的民间艺术,值得去学习、挖掘。也顺便给你去捧场助威!"

"这可太好了!"于镇山惊喜地拍手道。

就在音乐系采风队和于家班斗鼓队一同出发去安塞的两天前,冼星海的夫人钱韵玲顺利生下了女儿,听到女儿第一声响亮的啼哭,冼星海大喜,对一旁的叶作舟感叹生了一位女高音。在一片欢乐的气氛中,众人来到安塞,于家班一路闯进斗鼓大赛的决赛,叶作舟带着东方海他们,还有为柳二妮专程打报告同来的郭云生,一行人在台下为于家班加油鼓劲。

第一轮是个人竞技,于镇山与多年的冠军金腰鼓得主、安塞鼓王第八代传人的高队长在台中间斗得难解难分,姜还是老的辣,于镇山稍不留神,一个动作失误,败下阵来。第二轮综合竞技,于家班以柳二妮、柳富贵与于冬梅的歌声作为秘密武器,取得了压倒性的胜利,观众们连连为天籁般的歌声惊呼。

到了最后一轮团体竞技,两支鼓队摆开阵势,主鼓指挥,锣主奏,群镲齐鸣,众鼓争威,上百面鼓,成百副镲,共鸣齐奏时,如天地轰鸣,使人感受到当年大禹征服蛟龙的威风。斗着斗着,只见高家班那边又上来了三十人,队伍壮大后更加威武,于家班对比之下便显得队伍单薄了。突然,叶作舟、东方海带着音乐系的众人跳上台,身着军装的他们手里拿的却是就地取材的锅碗瓢盆,这个特别的方阵加入了于家班鼓队,节奏铿锵,十分新颖,观众大呼过瘾,斗鼓大赛最终在欢乐的气氛中圆满落幕。

回延安的路上,柳二妮怀抱着黄灿灿的金腰鼓,一行人兴奋不已。东方海为于冬梅抬去头发上的草叶,被众人笑着嫌腻歪。于镇山对叶作舟的救场表达了郑重的感谢,满怀期待地问起加入八路军的事,叶作舟开怀地笑着让他放心,回到延安后,她就去向上级请示。

冼星海听叶作舟汇报于家班斗鼓队拿到了冠军,精神一振,立刻便想到斗鼓这种形式融舞蹈、武术、打击乐为一体，又具有高亢昂扬、粗犷豪放、剽悍威武、威猛刚烈等特点，非常适合引进来服务部队。听叶作舟说柳家父女也想进入鲁艺，他痛快地答应下来，考虑到鲁艺学员经常到部队演出，要穿越封锁线，有时还要参加战斗，就安排年纪偏大的柳富贵在鲁艺做后勤工作。

这一天，在操场上，于镇山、柳二妮和三十几名斗鼓队队员穿上了八路军军装。他们都很兴奋，互相整理军装，说着打趣的话。远远见叶作舟过来，众人赶忙打着招呼："协理员好。"

叶作舟点头，在于镇山跟前停下，道："嘿，穿上军装还挺精神的。"

"从此以后我就是您的兵，您指哪儿我打哪儿，服从命令，听从指挥，只能给八路军争脸，不能给八路军抹黑。"

叶作舟很满意地点了点头："挺有自知之明嘛。"

"谢谢首长表扬！"于镇山笑嘻嘻地说道，叶作舟又看向柳二妮，柳二妮挺直腰杆。

"谢谢协理员让我当了八路军！"

"大辫子剪了，心疼不心疼？"

"报告协理员，心不疼。长头发剪成短帽盖，八路来了人人爱。"

"你还真有一手，还有啥词？"叶作舟听得一愣，很快笑起来。

"山里的石头沟里头的水，爹娘亲罢就数你。脆格铮铮萝卜绿缨缨，感谢协理员一片心。白椁子过河沉了底，我今生今世忘不了你。长长的杂面一筷筷捞，谁也不如协理员你好。"

"这些词儿都是你编的？"

"都是我编的，一句赶一句就出来了，全是我的心里话。"

"你还是真有两把刷子。"叶作舟赞许地点头。

"报告协理员，我有好多把刷子，下部队了我都会亮出来，刷刷刷！"柳二妮精神抖擞地说道。

鲁艺音乐系迎来了新的成员，却也送走了系主任冼星海，毛主席交给他一项重要任务，赴苏联完成党的第一部纪录片《延安与八路军》的后期配乐工作。冼星海出发那天，叶作舟、东方海和于冬梅来到大路边为他送行，众人紧紧握手，依依不舍地挥手。离开的人越走越远，背影越来越模糊，留下《黄河大合唱》这瑰丽不朽的乐章回响在延安每一位革命者的心中。

波折过后，众人在鲁艺的生活又回归到排练演出循环往复的熟悉模式中。这一天，于冬梅一身戏服，正要排练平剧《法门寺》，原本应当与她对戏的演员却迟迟不到，东方海便跳上台陪着她排练，两人配合默契。叶作舟从外面进来，站在台下静静地听着，一场完毕，连连鼓掌。她带来一个好消息，朱总司令刚从前线回来，想抽空听一听《法门寺》这个戏，这次演出将由于冬梅担任 A 角，叶作舟希望她能抓住机会好好表现。

经过一段刻苦的排练与认真的准备，平剧《法门寺》的演出圆满结束，众人还沉浸在表演的兴奋之中，叶作舟走上台，拍了拍手，全场肃静。

"朱总司令看了咱们的演出，非常高兴。他说，打日本有两件武器不能少，一是枪，二是笔，有了这两件武器，就一定能打败敌人。'文'与'武'是革命战车的左右双轮，缺一不可，在中华民族生死存亡的历史关头，革命文艺当然要配合民族解放战争。朱总司令还答应，会送给咱们鲁艺一批战利品作为戏剧表演的道具。"

学员们热烈鼓掌，纷纷叫好，叶作舟示意他们安静，继续说道："朱总司令还讲，八路军抗战进入了一个大发展阶段，由最初的四万六千万人，发展到了近五十万人，可谓兵强马壮。但全国抗战形势仍然很严峻，汪精卫三月份在南京成立了伪政府，成了头号大汉奸，蒋介石也与日本人拉拉扯扯，八路军准备主动出击，告诉全世界，中国人绝不屈服！"

众人群情激昂，东方海、于冬梅也跟着一起高声呐喊："上前线，我们也要上前线！"

"大家安静，听我说，朱总司令的想法和大家一样，非常欢迎大家到前线去。他说，艺术家应当参加实际斗争，不应当是旁观者，而应当是参加实际斗争的战士。只有这样，才能深入生活，创作出好的作品，为广大群众所喜爱。他还说，在前方，拿枪杆子的打得很热闹，拿笔杆子的打得虽然也还热闹，但还不够，他希望前后方的枪杆子和笔杆子亲密地联合起来。大家想不想去前线？"

"想！"学员们齐声呼喊，声浪激荡在舞台上方。

说起想要奔赴前线的信念，没有人会比此刻的叶作舟更为强烈，因为学院主任李伯钊不在延安，叶作舟打定主意，便找到了东方明，请他这位首长批准自己参加战地服务团，带队去前线。东方明答应后，严肃地叮嘱叶作舟记住战地服务团的主要任务是去部队慰问演出，鼓舞部队杀敌，在途中一定要尽量避免与日军作战。

从东方明家出来，叶作舟遇见了铁蛋，他跟在叶作舟身后，称呼她协理员，说也要去她手下当兵，上前线杀鬼子，还说别人杀的不算数，只能自己亲手报仇。铁蛋令叶作舟想起了刚来延安时的东方海，她微笑着让铁蛋先好好上学，然后与他拉钩约定，长大后一起去前线杀敌。

战地服务团出发那天，马车上放着锣鼓家什，每人背着一支崭新步枪，因为带上了于家班斗鼓队，人数多达三四十人，叶作舟骑着马，向众人训话："八路军总部对我们这次到前线慰问演出极为重视，专门给我们调换了新枪。八路军这次主动出击是一次前所未有的大规模作战，我们能前去参战，这是无比幸运的。"

众人肃穆而立，叶作舟继续说道："鲁艺师生分成了十几个战地服务团，全部下到各个根据地去。大家都要记住了，穿上这身军装，就意味着我们首先是八路军战士，其次才是文艺家，这是不能含糊的，鲁司令的兵又要和朱总司令的兵并肩作战了……"

队伍里一阵嘈杂，叶作舟回头望去，只见郭云生带着三十余名八路军战士赶来，其中两名战士还背着轻机枪，郭云生向叶作舟报告："报告协理员，侦察连连长郭云生前来报到！首长让我带一个排护送战地服务团，从今天开始，咱们就在一起啦。"

见到故人，战地服务团的众人兴奋地低语着，听到郭云生升任连长，柳二妮尤其开心。叶作舟示意众人安静："大家看到了吧，郭连长亲自带着一个排来护送我们，可见领导对我们是多么重视，同时也说明我们被寄予厚望。朱总司令这次回延安来，还说过一句话，他说，打了三年仗，可歌可泣的故事太多了。但是，好多战士们英勇牺牲于战场，还不知道他姓张姓李。同志们，我们这次到前线去，不仅要用我们的文艺鼓舞士气，还要把战士们英勇抗战的故事搜集上来，丰富我们的创作。"

叶作舟意气风发地下令出发。

这次战地服务团的目的地也是故人所在，昔日的独立团已发展壮大成独立旅，众人又将与石保国、赵松林和张志成等人并肩作战。

半路休息时，郭云生用路边的野花给柳二妮编了一个花环，怕众人看到起哄，慌张地把花环戴在柳二妮的军帽上。一旁的柳富贵为了让两个年轻人安心说话，唱起信天游吸引众人的注意力。在一片叫好声中，于冬梅看出了端倪，和东方海低声笑着。

军帽上戴花环不符合军容要求，怕叶作舟看到会批评，队伍再出发后，柳二妮只好有些不情愿地把花环从军帽上取下来，舍不得扔掉，拿在手里，走了一段路，她跟在队伍末尾，又悄悄把花环戴到了军帽上，恰好叶作舟回过头来。

"二妮，谁给你编的花环？"

柳二妮慌乱地要拿掉军帽上的花环，叶作舟笑着阻止了她。

"别，你干吗要取下来？你戴着真好看。"

柳二妮有些吃惊，继而喜笑颜开道："协理员，谢谢你！"

"你谢我干吗？又不是我给你编的。你应该谢谢云生。云生，是你编的吧？"

郭云生羞涩地低头笑着，柳二妮追到于冬梅身旁，认真地悄声说道："姐，我有点儿喜欢协理员姐姐啦。"

战地服务团来到一处名为李园村的村庄，此地在一道山谷中，一边是山坡，另一边有条河。一行人在村口停住，叶作舟下马，左右看看。

"这个村庄不错。"

"阡陌交通，鸡犬相闻，鸟语花香，世外桃源一般。"东方海点头说着，叶作舟却指向山坡。

"你们看，要是咱埋伏在这边的坡头，在坡头那个拐弯处架上一挺机枪截尾，再在村庄这边的坡头架挺机枪掐头，可以封锁住整条路。"

"东方说的是世外桃源，协理员想的却是打仗，这真是卖盐的说盐咸，卖醋的说醋酸，吃哪行饭，说哪行话。"于冬梅笑了起来。

"我也只是随口一说。"叶作舟遗憾地摇了摇头。

正说着，村长王老汉赶来了，原来这李园村表面上是受日军治辖的维持委员会，实际上村民们都是白皮红心，在这日军来来往往的敌我交接处，经常招待过路的八路军用餐歇脚。众人在院里休息时，叶作舟招呼东方海、于冬梅、于镇山和郭云生到屋子里，开门见山地说道："你们刚才也听王村长说了，鬼子经常从这条路上过，我想打他个埋伏。你们看看怎么样？"

"我同意，日常所到之处，只要有鬼子的地方统统都是战场。"

于冬梅瞪了一脸激动的于镇山一眼道："我们也都想杀鬼子，但我们的任务是去前线部队慰问演出，当务之急是赶紧通过这里，平安到达独立旅根据地。我觉得不应该打这一仗。"

"我赞成冬梅的意见。协理员，我们连鬼子什么时间从这里通过，有多少兵力都不知道，万一被鬼子发觉了，可能会带来大麻烦。"

看东方海和于冬梅一起反对，叶作舟不甘心地看向郭云生。

"云生，你怎么看？"

"就我个人来说，我很想打这一仗。可大家说得也有道理，安全到达独立旅才是重中之重。我来时，首长也特意交代，遇到鬼子，能躲就躲；要是遭遇了，要速战速决，决不能恋战。我觉得还是不打为好。"

"看来就只有于镇山和我意见一样。"叶作舟有些难过地看看几人。

于镇山有些愧疚地喃喃说道："我又考虑了一下，我觉得我妹子说得也对，咱们毕竟是文艺战士，自卫还可以，主动找鬼子打仗，不要没把鬼子吞了，反而被硌掉牙了就不好了。"

"那好吧，暂时就这样吧，大家先休息休息。"

叶作舟无可奈何地把几人打发走，又独自一人跑到村口那条路上，她仔细地观察着地形，又跑上坡头，伏在地上观察那条道路，最后一拳砸在地上，下了决心。回到村公所中，叶作舟再次召集众人，这次还叫上了王村长，所有人都面色严肃。叶作舟向王村长确认了日军经过此处的大致时间与人数规模，脸上露出兴奋之色。

"如果只有二三十人，哪怕四五十人，这个仗我们就可以打。我们是伏兵，出其不意，又是居高临下，先来一顿手榴弹，能报销他们一半，步枪、机枪一齐开火，最后来个冲锋，完全可以打个速战速决的歼灭仗。"

"首长啊，你们千万不要在这里打，你们要是在这里打了，鬼子会来报复我们村的，他们可是烧光、杀光、抢光啊。"

王村长惊慌地摆手，叶作舟安抚他："老乡，你讲的情况我也知道，但你放心，我会想出办法的。咱们再商量商量，我觉得这个仗可以打。"后半句是对其他几人说的，见众人皱眉思考，没有应声，叶作舟语带恳求："我想打这一仗。我就给你们说实话吧，从西路军回来后，我就没再打过一仗了。我当红军、当八路军都十多年了，最后一仗还是个败仗，多少兄弟姐妹都牺牲了，而我还活着……从抗战爆发到现在，都快三年了，我连个鬼子都没见过，更别说打死鬼子了。我其实……其实连丁小蝶都不如，她都打死过几个鬼子了……"说着说着，叶作舟的声音有些低沉。"现在有这么好的一个机会，打的还是鬼子，如果还不让我打……希望你们能理解我的心情。"

"云生哥，咱们就打吧。"柳二妮忍不住拉了拉郭云生的胳膊，郭云生点头。

"我同意协理员的意见，我们八路军就是打鬼子的，这一仗，咱们打！"

"我也同意。当了八路军，我就做好了随时战死的准备，反正都是死，死到哪里，啥时候死都一样，打！"

叶作舟瞪着于镇山道:"于镇山,你不要口口声声说死,我叶作舟也算是死里逃生的,我从战争中学到的最有用的就是,如何用尽可能小的牺牲换取最大的胜利。"

"协理员,我也没想死,就是用死来表示决心。我知道,我们要尽可能让自己活着,让鬼子死。"于镇山不好意思地笑了。

叶作舟又用征求的目光看着东方海和于冬梅,东方海和于冬梅坚定地点了点头,得到了所有人的支持,叶作舟激动起来。

"谢谢大家支持我,但请大家放心,我叶作舟不是鲁莽的人,要打就打胜仗。大家到时听我指挥,能吃掉敌人,咱就打。如果敌人太多,就暂时放过他们。"

"协理员,我们听你指挥。"

众人点头,说干就干,他们带着部队在村口的山坡上隐蔽起来。王村长愁眉苦脸地跟在叶作舟后面,语气里带着哀求:"首长啊,我也知道这里地形好,好多八路军都想在这里打一仗,可考虑到我是白皮红心萝卜,为了掩护我开展工作,他们最后都没打,我怕……"

叶作舟很干脆地站定,对王村长说:"你不用怕,我有办法,既能让我们打好这一仗,也能让鬼子找不到你的把柄。我们在坡上埋伏,你也在村外两三里的地方藏好,我们这边一打响,你就往鬼子的据点跑,跑去报告他们,就说八路军在这里伏击他们了,该咋说你就咋说。"

"不不不,这当汉奸的事儿,我是绝对不能干的,我不会去报告的。"王村长惊慌地后退一步,连连摆手。

"王村长,你放心好了,我既然决定要打,这仗就一定是个可以打的仗,能在半个小时内解决战斗的。等你跑到鬼子据点那里,我们就已经结束战斗了,等鬼子来了,我们早就转移了。"叶作舟笑起来。

"这个主意好,我既向鬼子表了忠心,报告他们了,你们这边也把鬼子消灭掉了,安全地转移了。"王村长眼睛亮了。

"对,就是这个意思!"叶作舟微笑点头。

十九

　　叶作舟带领众人静静埋伏在李园村村口的山坡上，每人身前都放着几枚手榴弹。她弯着腰，从队头走到队尾，不停地提醒着众人把头放低些，把手榴弹准备好，听她枪响声，先用手榴弹砸。

　　"二妮，是不是着急了？"叶作舟来到柳二妮面前。

　　"协理员，跟着你打仗，我一点儿都不急。"

　　"你嘴巴辣起来呛死人，甜起来腻死人。"

　　两人都笑起来，叶作舟又来到东方海和于冬梅面前。

　　"这是个巧仗，大家要有耐心。"

　　"明白，协理员放心。"

　　见东方海点头，叶作舟转向于冬梅，说："冬梅，你要保护好东方老师。"

　　"协理员你放心，我会像保护自己的眼睛一样保护东方。"

　　东方海有些着急。

　　"协理员，我是男人，给点面子啊。"

　　"你是个男人，但你也是个大艺术家嘛，我们是在保护大艺术家。"

　　叶作舟和于冬梅都看着东方海笑。

　　时间飞快流逝，众人埋伏在山坡上，太阳从头顶走过落下，月亮随夜色降临升起到头顶。深夜时分，许多人都趴在坡上睡着了，叶作舟仍双目炯炯有神地盯着大路。等到第二天日上二竿，众人都等得有些着急时，自远而近，传来了越来越响的汽车声，叶作舟拔出双枪道："准备战斗，大家听好，以我枪声为号，先给鬼子来顿手榴弹会餐，再来一波子弹点心，然后咱们冲锋！"

　　日军很快出现在他们视野中，只见两辆小轿车后跟着六七十名日军。尽管战地服务团在人数上稍有劣势，叶作舟仍是果断地在日军进入伏击圈的那一瞬间扣下了扳机。枪声响起，众人将手榴弹铺天盖地砸向日军。手榴弹爆炸的气浪过后，日军有的往前跑，有的往后跑，埋伏在两侧山坡上的机枪同时响起，步枪的射击声也接连不断。

"同志们，冲啊！"叶作舟站起来大喊一声，带领众人冲到大路上，与残存的日军展开肉搏。敌军中，手持双枪的叶作舟神勇无匹，初次上阵的柳二妮也在紧要关头为于镇山解了围，东方海用刺刀捅向扑倒于冬梅的日军……很快，在众人的勇猛冲杀与互相支持之下，日军被全数消灭。

"大家把鬼子的钢盔、步枪，特别是歪把子机枪收了，赶紧撤退。"在叶作舟命令下，众人紧张地打扫战场，郭云生带人赶来马车。

"快走，快走！"

众人把缴获的武器都堆到马车上，放不下的就随身带着，迅速撤退，很快进入了安全区域，柳二妮背着两支三八大盖，追上叶作舟。

"协理员大姐，你真厉害，我给你唱首歌吧。"

"你不会再唱那些恶心我的歌吧。"叶作舟想起以前的事，忍不住逗她。

柳二妮脸一红，赶忙说道："不会啦，不会啦，这次我给你唱好听的。"说完，柳二妮唱起一首《当红军的哥哥回来了》。叶作舟静静地听着歌声，又想起了自己带着红军妇女团冲锋的日子，想起与敌军肉搏的战场，想起抱着阵亡丈夫恸哭的时候……察觉到脸上有泪水流下，她突然拍马远去。

"我又唱错了吗？协理员不喜欢我唱的这歌？"柳二妮有点儿不安地看向于冬梅。

"她喜欢你的歌，只是，只是她心里苦……"从同学口中听到过叶作舟的往事，于冬梅轻声对柳二妮解释着。

"我从前还唱过挖苦她的歌，想想真不应该。"

"没事儿的，协理员不是记仇的人，她挺喜欢你的。"于冬梅安慰着，低落的柳二妮振作起来。

"我以后一定也要对她好。"

两年多过去，独立团已成为独立旅，但董家庄的驻地并没有变，石保国与丁小蝶的家也还是原来的样子，简陋却很温馨。丁小蝶把头发盘成发髻，两人坐在桌前吃着简单的饭菜，石保国一边给她夹菜一边念叨着要她快生个大胖小子，两人你来我往，有说有笑，把孩子的名字都想好了，取

"盼新"二字，寓意早日打败侵略者，国家日新月异。

张志成赶来报告，鲁艺的战地服务团就要到了，丁小蝶又惊又喜，一行人迎到了董家庄村口。正巧接到郭云生和柳二妮带着一个班来打前站，丁小蝶左看右看，拉住郭云生问："怎么就你们这些，其他人呢？"

"其他人还在后面，叶协理员派我俩来打前站。"

听到叶作舟亲自带队，石保国大喜："你们协理员来了？"

"是啊，协理员姐姐早就想来了。小蝶姐姐，协理员姐姐现在可好啦，你也会喜欢上她的。"

柳二妮兴奋地对丁小蝶说着，郭云生跟着说道："小蝶妹妹，阿海哥和冬梅姐结婚了。"

丁小蝶有些意外，她怔了一下，在场的众人都没有发现她神色间细微的变化。

"小四川，你带他们先安置下来。走，咱们往前面走走，接接他们。"石保国吆喝着，小四川领着郭云生、柳二妮这队人进入董家庄，石保国、赵松林则顺路向前去迎接叶作舟一行。

"你们先去吧，我回去一下，一会儿就来。"丁小蝶说完，匆匆回到家里，她倒不是因为东方海与于冬梅的婚事而失落，她是生性要强，听到老朋友老冤家这次都来了，又发生了这么重大的变化，她下意识地决定必须得郑重打扮一番去迎接战地服务团。她在屋里的穿衣镜前换了好几身衣服，都不满意，最后仍是穿着军装，只不过解了发髻，将一头长发披散下来，又匆匆往屋外跑。

她跑到村口时，石保国几人正接上了叶作舟一行人回来，他离得老远就吆喝着："小蝶，快过来看看，咱嫂子这一路上大显神威，降妖伏魔，一仗干掉了几十个鬼子！"

"协理员，你好。"丁小蝶过来，给叶作舟打过招呼，高兴地跑到背着枪的东方海和于冬梅身边。

"阿海、冬梅，你们可真厉害——"

"你头发怎么这么长？这是战斗部队，又不是在鲁艺，你留这么长的头发干什么？"叶作舟皱着眉打断了她的话。

丁小蝶愣了一下，毫不客气地说："哟，协理员，你还真是厉害，到了我们独立旅，还是威风八面啊。"

"你是石旅长的爱人，更应该注意形象。"

石保国有些尴尬过来打圆场:"小蝶有时也有演出,她经常到部队慰问,现在还是我们独立旅文化干事,培养出了不少业余文艺骨干。"

他一边说着,一边使眼色,丁小蝶却只哼了一声,亲热地拉住于冬梅的胳膊。

"冬梅姐姐,听说你和阿海结婚了,恭喜恭喜。"

"谢谢小蝶妹妹,那时也想告诉你一声,无奈咱们离得太远。"

于冬梅不好意思起来,丁小蝶点点头。

"阿海从小就知道拉琴,思想单纯,不会照顾人,也不会照顾自己,有你在他身边,我们都放心。"

见东方海在一旁只是笑,于冬梅红着脸为他说话:"阿海现在可会照顾人了。"

丁小蝶见状也笑起来:"啊,他会照顾人了?那不是他厉害,是你厉害,把他培养出来了。"

一番叙旧后,战地服务团前往独立旅安排好的住处修整,石保国跟在丁小蝶身后回到家里。沿路一直喜笑颜开,进了家门,丁小蝶奇怪地扭头问他:"你怎么回事?笑成一朵花了。"

"嘿嘿,没啥没啥。东方海可算结婚了。冬梅这姑娘还是蛮能干的,下手挺快,心想事成啦。"

石保国笑得更欢了,丁小蝶疑惑地看着他:"你就为这个高兴?"

石保国挠了挠头,道:"那当然,我只是块石头,你那个阿海哥可是朵花儿,他要还是名花无主,你这个小彩蝶在我这块石头上还能待下去吗?"

看丁小蝶并没有像往常那样被他的话逗乐,石保国不敢笑了,他小心翼翼地打量着丁小蝶不悦的神色。

"小蝶,鲁艺的战地服务团来了,也算是你的娘家人,这可是大好事。你是见谁不高兴了?你给我说说。"

"我不想说。"

"我猜猜,是生叶作舟的气呢?还是生阿海这么快就娶了于冬梅的气?"

丁小蝶生气地瞪着他,说:"你瞎说什么呢?阿海结婚我当然高兴啦。我看不惯的是你的那个嫂子,你看她,都这么长时间了,到了咱们这里,还是一副高高在上、盛气凌人的样子,一见面就训我头发长!"

"原来生她的气啊,哎呀,你要理解嘛,她带部队带惯了。"

石保国赔着笑脸,丁小蝶还是很气,她找到一把剪刀,就要剪头发,石保国赶紧抓住她的手。

"她不是嫌我头发长吗?我就把它剪了,她能做到的,我同样能做到!你放手!"

"那你少剪一点点好不好?我还是喜欢长头发……"

石保国只好放手,丁小蝶比画着作势要剪头发,一会儿觉得剪得太短,一会儿又觉得剪得太长,试了几次,还是放下了剪刀,长叹一声:"唉,算了吧,虽然我打鬼子不如她,但我歌唱得比她好。"

"就是就是,十个指头还有长短呢,咱用咱的长处和她的短处比,你一下子就压她一头了。"

丁小蝶白了石保国一眼,道:"还是怪你,我几次要到前线去,你都不让去。她现在杀了好多鬼子,又是战地服务团团长,我却只是一个旅长夫人。下次打鬼子,我也非去不可!"

第二天一早,丁小蝶盘好头发,来到战地服务团驻扎的大院子里。看到于冬梅出来,她迎了上去。

"冬梅姐,我有个事儿正要找你呢。我想借你的东方哥说几句话。"

"看你,还要给我说啊,随便借,没问题。"

于冬梅笑着回头喊了两声,东方海出来了。

"小蝶,你来了?"

"小蝶妹妹找你有事儿,你俩好久没见了,是该好好说说话了。我不打扰你们,先忙去了。"

"冬梅姐,你放心,我一会儿就完璧归赵。"

"我把东方交给你啦。"于冬梅笑着和她挥挥手。

"完璧归赵?搞得我像一个东西一样。"东方海一脸无奈。

"你才不是东西呢,比东西宝贵多啦。"丁小蝶笑道。

两人来到董家庄附近一处树林中,边走边谈。

"你知道吗?我爸妈现在在香港,可他们觉得香港也不安全了,要离开香港了。"

"你怎么知道的?他们离开香港,又能到哪里去?"

"我听兰双礼讲的,他又是听我表哥说的。我爸妈准备到美国去。现在世界到处在打仗,就美国还好。"

"这可恶的法西斯,总有一天,我们会把他们打败的。"

两人谈话的这一幕不巧被路过的柳二妮看到,她躲到一棵树后看了一会儿,着急地往回赶,慌里慌张地跑进郭云生的房间,郭云生正坐在凳子上擦着一支枪。

"云生哥,我又看到了不该看到的。我也不知道该说不该说,说了吧,我觉得不对,可不说吧,好像也不对,真让我为难。"

"先不要给别人说,给我说没事儿。"

柳二妮在另一个凳子上坐下,不安地绞着手指。

"我刚才看到丁小蝶和上海哥哥去小树林了。我亲眼看到的,忙跑回来告诉你了。干啥倒是没干啥,也就是说说话,两人可亲密啦,挨得可近了,说话声音还很低。我竖着耳朵听半天,连一星半点都没听到。"

郭云生想了想,严肃地对柳二妮说道:"他们在说啥,咱也不知道。这事就到此为止,除了我,你谁也不能再说了。"

"我连冬梅姐都不告诉吗?"看柳二妮一脸的担心,郭云生点点头。"对,对冬梅姐更不能说了。"

"什么事儿不能说?"于镇山突然走了进来,柳二妮慌忙摆手,郭云生打圆场:"镇山,没啥事儿,我和二妮就是在这里东扯西拉地瞎聊。"

"二妮,你说我对你好不好?我一直把你当作亲妹妹,你难道还有事儿要瞒着我吗?"

柳二妮被于镇山紧紧盯住,她求助地看向郭云生。

"我来说吧,其实我看也没啥事儿,二妮看到阿海和小蝶妹妹又出去说话了。他俩从小长大,一年多没见面了,说说话也很正常,你说对不对,镇山哥?"

"哼,这事不怪东方海。我已经注意到了。她见到咱们的时候,我就在那个地方站着,亲眼看到她眼睛直往东方海身上瞟,看了东方海好几次。咱们战地服务团哪里去不了,偏偏又来到了独立旅,这怎么办呢?"于镇山皱起了眉。

"那你给冬梅姐姐说说,让她留个心眼儿。"柳二妮小心翼翼地建议着。

"这种事儿咋能和她说呢？气着她咋办？"于镇山摇头。

"那你也不能去打上海哥哥。"

于镇山想了想，说："二妮，你放心，东方海是我妹夫了，我说啥也不会再打他了。这事儿我有办法。"

于镇山所谓的办法，就是直接跑去独立旅司令部找石保国，他也没说清楚，石保国一听就误会了，回到家里免不了又对丁小蝶一番质问。丁小蝶又哪里会任人背后说三道四，她当即扯了石保国的衣领，来到战地服务团驻地院中。

"东方海，你出来！你给石保国石旅长石大人说说，咱俩去小树林说了啥。"

听到丁小蝶的喊声，东方海走了出来，众人见状也围了过来。柳二妮把门掩上，趴在门缝处紧张地往外看，东方海一脸疑惑："没说啥啊，不就是说了你爸妈要去美国，还有咱们在上海时的一些鸡毛蒜皮的事吗？怎么了？"

"石旅长，你误会了，小蝶妹妹来找东方，给我说过了，是我让他俩出去说说话的。"于冬梅立刻明白了怎么回事，她笑着说。

"给你说过了？你也知道？可你哥去找我，对我说，让我留心点。"石保国却有些发愣。

"于镇山，你过来！"

于镇山在众人后面头一低，想溜走，听见丁小蝶满是怒气的叫声，他低头哈腰地过来，连连摆手道："误会，误会，全是误会。我这不也是听别人说的嘛……"

"就是，就是，我是被他带到沟里了。"

丁小蝶怒瞪一眼石保国，又转向于镇山，说："你听谁说的，让他出来！"

柳二妮惊慌地把屋门关上，坐在床边抚着胸口。于镇山为难了片刻，很是硬气地摇了摇头道："人家也没恶意，就是误会了嘛。江湖有江湖的规矩，我当然不能说是谁，好汉做事好汉当，要杀要剐你就冲着我来吧。"

"咦，看不出来，你还挺有骨气嘛。好，我就不问是谁了，如果我再听到这样的话，可别怪我不客气。"丁小蝶又拽着石保国走了，众人哭笑不得地散去。

郭云生轻轻推开柳二妮的房门，柳二妮怯怯地看着他。"云生哥，我以后再看到什么就假装没看见，啥也不说了。"

"二妮，你也不要自责了，有空了还是找小蝶认个错吧。"

"她那么凶，我不敢去。"

"你放心好了，我最了解她，刀子嘴豆腐心，人很善良的，你服软，承认错误，她会原谅你的。"郭云生笑起来。

"好，镇山哥说得对，好汉做事好汉当。"柳二妮咬着牙想了一会儿，点了点头。

柳二妮来到石保国家，鼓起勇气敲了门。丁小蝶立刻跑来开门，看到是柳二妮，满面笑容道："二妮，你来了？快进屋坐。"

"石旅长不在吧？"柳二妮小声说着，探头往屋里看了看，丁小蝶搬来一把椅子。

"他不在，你快进来吧。二妮，你坐，我给你倒碗水。"

"小蝶姐，我不坐，我不渴。"柳二妮慌张地摆手。

"二妮，你怎么了？"丁小蝶奇怪地看着她。

"小蝶姐，你骂我吧，那话……那话是我传的。就是……就是说你和上海哥哥去小树林的话，是我传给镇山哥的……"柳二妮低头拉着衣角，说着说着就想哭了。

丁小蝶先是愣了一下，很快就笑了，她过来拉住柳二妮的手说："哎呀，我以为是什么事儿，原来是这事儿。没事，我已经把石保国狠狠教训了一顿。要是别人传的，我还在心里打个问号呢，二妮妹妹传的，那绝对是无心的。你就像一颗璞玉，遍体透明，哪里会害人？"

"姐，你真不怪我？"柳二妮惊异地看着笑盈盈的丁小蝶。

"二妮，我不怪你，我本来也只是生石保国的气，说清楚了，风一吹就没了。"

"姐，这事儿你不怪我，可从前的事儿你也得原谅我，我从前，我从前一直觉得你不好，还对冬梅姐说过你的坏话。"

泪水在柳二妮的眼眶里打转，丁小蝶轻轻捏了捏她的手。

"二妮，你又扯到哪里去了？那时我就是人见人烦狗见狗嫌，连我自己都有点儿讨厌我自己呢。"

"姐，你真好。"

丁小蝶松开手，转身走进内室，再出来时手里多了一个精致的发卡，她把发卡递给柳二妮。"二妮,姐没啥礼物送你,这个发卡是我从上海带来的,就送给你吧。"

"谢谢姐!"柳二妮不知如何表达心头的感动,突然给丁小蝶敬了一个军礼,丁小蝶赶忙故作认真地回礼,如释重负的柳二妮喜笑颜开。

"姐,那我有事先回去啦。"

"二妮,有空你就过来玩啊。"丁小蝶点了点头,送到门口,与她挥手作别。

这场小风波过后,叶作舟对战地服务团全体成员进行了一次严肃的训话,动员众人全心全意干好自己的本职工作,开展演出,服务部队,提高部队战斗力,战地服务团即刻行动起来,分成几路下到各个连队中。

关山还记得上一次来时的约定,带来了他创作的版画,有些是战士们故乡的名山名水,更多的是延安的风景胜地,有宝塔山、延河、清凉山等地。于镇山带领斗鼓队给战士们表演,石保国和赵松林看完赞不绝口,极力支持将斗鼓这种新颖的形式引进部队,并决定以后每次大型作战前,以斗鼓定输赢,由获胜的连队来担任突击队。正说着,石保国一拍手道:"说干就干,上级不是让咱打金汤县城吗?咱这次就用斗鼓胜负来选突击队。"

叶作舟点点头:"好,我这就让队员们下到各个连队,争取这几天就把每个连队教会。"

几天过后,在斗鼓队成员的指导下,悟性最高的连队已基本掌握了斗鼓的诀窍,叶作舟看完战士们的表演,和连长、指导员在一起说话。

"你们连队这么快就学会了斗鼓,还是蛮厉害的。除了斗鼓,你们还有什么需要,尽管给我们说,我们这次到部队来,就是为了活跃部队文化生活,鼓舞士气……"

这时,外面突然一片欢腾,叶作舟扭头去看,只见战士们涌向刚刚到来的丁小蝶,齐声欢快地叫起来:"嫂子来了,嫂子来了!""嫂子,我们可想你啦。""嫂子,再教我们一支歌吧!"

"嫂子,你上次教我的字我都会写了!"

战士们围在丁小蝶身边七嘴八舌地说着话,都很兴奋。叶作舟认真地看着满面笑容的丁小蝶,像是在看一个她完全不认识的人。

上级命令独立旅在这次破袭战中把金汤县城拿下来,这是一场硬仗,金汤县城驻有日军一个大队，并且这座县城的围墙是用麦秸秆混合糯米筑成的，正如它的名字，固若金汤，要想强攻，将会付出很大代价。旅长石保国、政委赵松林、参谋张志成他们已经在司令部围着地图想了很多天，都没有想出一个智取的好战略。这一天，石保国独自一人在司令部，看着桌子上的地图，眉头紧紧地皱着。他站起来走了两步，又回来盯着地图看了一会儿，再来回走，听到叶作舟的声音在门口打报告。他忙招呼她进来，慌乱地想把地图收起，叶作舟伸手按住地图。

"慢着，不就是想打金汤县城嘛，我看看又有什么？"

"这打仗的事儿，是我们作战部队的分内事，我们独立旅现在兵强马壮……"

石保国尴尬地笑了笑，叶作舟不耐烦地打断他："我知道了，根据地扩大了两倍，人口增加了一倍，民兵不算，人马都快一万了，随随便便就可以拉出两个团。"

"所以，战地服务团，顾名思义，服务嘛，你懂的。"

叶作舟对搓着手的石保国点点头："对，我们主要是服务部队，我来这里，该做的事儿都做了，教会了每个连队斗鼓，也慰问了，也演出了，这是服务团的公事。可我叶作舟个人的事儿……"

"这个我懂，不就是想再打一仗吗？这个没问题，你指挥过几十次上百次战斗了，可我担心战地服务团的其他同志。毕竟是文艺战士，从军杀敌，以笔为枪嘛，真要打起仗来，还是要真刀真枪拼命的。"

"这个你放心，我带的兵我心里有数。石旅长，我也不为难你，咱们还是公平点，我的斗鼓队现在已经分散到各个连队了，服务团留下的同志从前也没学过斗鼓，我让于镇山现在就教他们，到时咱们一起比赛，如果我们赢了，那突击队就是我们的。"叶作舟傲然一笑。

"我不答应你行不行？"石保国走了几个来回。

"不行。"叶作舟异常坚定。

石保国只好接受她的挑战，他想了想，又补充道："你们的人数太少了，正好我们侦察连人也不多，把你们加强给侦察连，哦不，把侦察连加强给你们，你看行不行？"

"韩信用兵，多多益善。那这个连就由我指挥了，赢了斗鼓，到时突击队可是我们的了！"

叶作舟成竹在胸，毕竟他们这支队伍中不少人都曾在安塞登台助阵，与鼓王队伍同台竞技过。几天后的旅部斗鼓赛中，战地服务团不负所望夺得头筹，东方海、于冬梅、于镇山在舞台上收拾腰鼓，叶作舟激动地跑上台。

"你们表现得很好，咱们赢了这场比赛，这次战斗，他石旅长是没办法不让咱们参加了。"

"协理员亲自上场给我们加油鼓劲，我们不赢才怪。"

于镇山高兴地竖起大拇指，东方海却有些担忧："协理员，虽然我也很想打这一仗，可毕竟是攻打敌人坚固设防的县城，咱们服务团都是拉二胡的、唱歌的、演戏的，参加战斗可以，当突击队，我怕……我怕影响了整个战斗。"

"对，我们不怕死，就是怕影响作战。"于冬梅也跟着点头，叶作舟向他们眨眨眼。

"你们放心好了，你们的担心正是石旅长的担心，我只不过是用当突击队来说事儿，他石旅长不答应咱当突击队，咱就退一步，要求让咱们服务团也参加这一仗，我让这么大的步，他石旅长还有啥话说？"

"千军万马向前冲，孙子兵法藏胸中，运筹帷幄之中，决胜千里之外，协理员英明。"于镇山又竖起了大拇指，叶作舟笑起来。

"油腔滑调，讨厌！"

得知战地服务团在斗鼓赛中取胜，石保国立即将叶作舟叫到了司令部，赵松林也在，两人恳求地看着叶作舟。

"嫂子，攻打日军坚守的金汤县城不是儿戏，我们曾经打过几次，都无功而返，这次志在必得。斗鼓用来鼓舞士气行，打仗还得靠我们。所以，这次斗鼓定输赢就算了吧，突击队还是我来带。"

"协理员，老石的意见是对的，这次攻打金汤县城事关重大，既然要打，就一定要胜，不能不慎重。"

叶作舟故作不悦，慢悠悠地开口："你们不想让我们战地服务团当突击队，那也行，我们可以委屈一下，把突击队让出来，但必须让我带着战地服务团，再给我一个营，让我带着参加这次战斗。"

"协理员，我知道你从前很能打，可你毕竟有三年多没带过部队打仗了，再说，这又是打鬼子。"赵松林有些犹豫。

叶作舟只管瞪着眼睛看石保国，石保国咬牙下定决心。

"只要不当突击队，我给你两个营指挥都行！"

"两个营倒不必了,一个营就够了。"

"你这么笃定,是不是有啥高招了?"石保国观察着叶作舟得意的神情,赔着笑问道。

"那当然,千军万马向前冲,孙子兵法藏胸中,运筹帷幄之中,决胜千里之外,我自有高招。"

"金汤县城难打,是因为它有三个鬼子的中队守着。我们就把它们调出来打。三十六计中有围魏救赵,兵法中也有围点打援。我们就把这两个计谋糅合在一起。你们看,这是周村镇,据侦查结果,原来驻在周村镇的日军中队被抽调走,现在周村镇由一支伪军守着。我们如果智取周村镇,调动日军一部来援,县城空虚,我们就可以乘机取之,同时把援敌消灭在半路。你们看看,怎么样?"叶作舟指点着地图。

石保国和赵松林俯身看着地图,两人脸上浮现出惊异之色。

"果然是高招。"

"协理员,你这个主意太好了,我完全赞成。"

这些天,丁小蝶与叶作舟在路上时不时碰见,但总是一个敬礼一个还礼,气氛有些尴尬。丁小蝶人虽不在战地服务团,但每天也是在连队间跑来跑去,和战士们打成一片,做的工作与叶作舟一行人实是异曲同工。

独立旅依照叶作舟的想法定下作战总策略的这天晚上,石保国回到家里,随手把帽子揭下来扔到桌上,在桌旁剪指甲的丁小蝶抬头瞟了他一眼。

"怎么商量的?"见石保国装傻,丁小蝶嘴一噘,"你们要打一个县城,还当我不知道呢。"

"有纪律嘛,不能泄露军情。"

丁小蝶哼一声,继续剪指甲。石保国坐下,端起水杯来喝水,突然一口水喷出来,笑了,他一边笑,一边对丁小蝶说着:"那叶作舟……怕是看上人了……"

"什么什么?快说说,她看上谁了?"

看丁小蝶对叶作舟的事如此介意,石保国卖起了关子,他把水杯往桌上一放,身子往椅背上一靠。

"哎哟,我这肩膀呀,最近老有点儿酸,要是有俩小拳头给捶捶就好了。"

丁小蝶斜着眼看他,扯起嘴角一笑,走到他身后,给他捶打起来。石保国闭着眼睛，享受地哼起了小曲，丁小蝶终于不耐烦地使劲打了他一拳。

"美死你！快说，叶作舟……到底怎么了？"

"跟你说啊，这叶作舟提出了一个行动方案，她要化装成新娘子坐花轿去……"

"什么？她要当新娘子？简直想象不出来！谁敢娶她呀，那母老虎的脾气……对了，那谁当新郎官呢？"丁小蝶睁圆了眼睛。

"于镇山。"低声说完，石保国又憋不住笑了起来，丁小蝶愣了一下。

"好你个叶作舟！难怪那么喜欢于冬梅，敢情早就打这主意了！"

"哎，这么说可就过了。小叶啊，以前是泡在前一段感情里面出不来，现在嘛，也该走出来，往前看了。"说着，石保国的神色严肃起来，还有些伤感。"我还真希望她不是演戏，真真儿地找个新郎官，好好过日子。我说，若是哪一天我上战场没回来，你不要像小叶那样，难过那么长时间，得认真另找一个……"

"呸呸呸！说瞎话，要挨打，下辈子变乌龟爬！"

丁小蝶急得用手去捂他的嘴，石保国掰开她的手，憨厚的笑容中满是深情，他开口要说话，丁小蝶又去捂他的嘴。

"你要说，我们好好儿地过一辈子。"

"我们好好儿地过一辈子。"被捂住嘴的石保国点着头，声音含糊不清。

丁小蝶听得笑起来，仍然捂着他的嘴不放，两人隔着手掌相视而笑，石保国伸手挠她痒，两人笑成一团。

叶作舟在营区一边散步一边思索战略细节。于镇山在不远处认出她，马上躲到了树后，稳了稳情绪，又假装没看到似的向她迎面走去，走到眼前，装作惊讶的样子。

"叶大姐！"

"是你啊。"叶作舟吓了一跳，看到是他，点了点头。

"哟，这么晚了不睡觉，你还在思考国家大事？"

"我至少还在思考国家大事，你瞎逛啥呢？"

"你这个问题，把我问住了。我也想知道，这大晚上的，我瞎逛啥呢？也就听到一丁点风声，激动个啥呢？"于镇山眉头紧锁，他抱起胳膊做思考状。

"你听到什么风声?"

看到叶作舟还没反应过来,于镇山倒先不好意思起来。他一边支支吾吾说着,一边拿眼角去偷瞄叶作舟:"也没……啥,就是听说,好像要去执行任务,我要配合叶大姐做点啥啥的……"

"刚拿出初步方案,具体行动、参与人选什么的都还没确定……这可是军事机密,你可别乱去说!"叶作舟明白了是怎么一回事,她脸红起来,有些慌乱。

于镇山啪地立正道:"是!我,于镇山,山西人,今年二十五岁,相貌堂堂、一表人才,身强力壮,尚未婚配。父母去世,有一妹妹于冬梅,温柔敦厚,很好相处……"

"你在说啥呢!"叶作舟又羞又急地打断他,于镇山仍打直腰板站着。

"我是在向组织表态,一定会尽全力配合协理员同志此次行动!希望组织信任我、考验我,早点把这项光荣而重大的任务交给我!"说完,于镇山向叶作舟郑重敬礼,之后以标准军人姿势向右转,齐步走。

叶作舟看着他走远的背影,咬了咬嘴唇,忍不住羞涩地笑了起来。

二十

"你们那任务什么时候开始啊?"临睡前,丁小蝶突然问道。

"都说了有纪律,别问那么多了,反正你也不能参加。"

"我又不是不守纪律,就是好奇,想着叶作舟坐花轿的场面,嘿,简直是世界奇迹!"

石保国把一只手搭到丁小蝶肩上,丁小蝶把他的手推开,石保国一脸委屈:"怎么了嘛?"

"就你会这样对我!也不去看看,这全旅上下,谁不喜欢我?随便数一个连,干部吧,我一个个地都能叫出名儿,战士吧,全听过我唱歌,还都给我鼓过掌……"丁小蝶不服气地说着。

"我说姑奶奶,我知道你不服气叶作舟去打仗,把你撂下了。可这次的行动摊子太大了,难保你的安全,你就别掺和了。"石保国低声哄她。

"哦,叶作舟上阵是正儿八经地打仗,我去了,就是给你们添乱了?"

两人生气地互相看着,然后各自躺下,背对背,用手枕着头。过了一会儿,石保国忍不住开口:"叶作舟这次又不是打鬼子!是去拿下一个伪军的团,行了吧?告诉你了。"

"在哪儿呢?"

"周村镇。也巧了,那个团长就姓周,好像叫周宝庭。"

丁小蝶猛地一翻身坐了起来,吓了石保国一跳。

半夜听到急促的敲门声,张志成打着哈欠披上衣服,睡眼惺忪地拉开门。只见小四川站在门外,叫他赶快去一趟石旅长家,说嫂子看起来很激动。张志成一头雾水地赶到时,丁小蝶正在屋里焦躁不安地走来走去,石保国坐在一旁闷着头抽烟。看到张志成进来,丁小蝶正要抢着说话,石保国抬手制止了她。

"张参谋，周村镇那个伪军团长，是不是叫周宝庭？"

张志成想了想，点了点头："是的。"

"他是个什么来历？"石保国一边指着椅子示意他坐，一边问。

张志成边坐下边说："他呀，简直就是一混子！最早他是个占山为王的土匪，像他这样，本来是该抓住杀头的，没想到要打鬼子了，国军要扩充力量，土匪头子就成了国军团长，驻地在河南。后来呢，鬼子来了，他竟然不敢打，直接投靠了日本人。按日军的部署，原封不动地把部队移到这儿来，当起了伪军团长。"

"真是他！这个混蛋！"丁小蝶咬牙切齿地说道。

"嫂子认识这个人？"张志成发蒙了。

"太认识了！我要参加这次行动！"

"我得和政委商量一下。"石保国把烟掐灭，站了起来。

"我去找赵松林！这就去！"丁小蝶急得一跺脚，转身便要出门。石保国和张志成忙拉住她。

"保国，这个人逼我当他的小老婆，如果不是逃出来，我这辈子都叫他给害了！你要理解我，我一定要亲手抓住这个坏蛋！"

张志成听到丁小蝶悲愤的话语，也激动起来："原来是这样，旅长，就让嫂子去吧，叶协理员的方案是不动枪弹拿下守镇子的伪军，那边相对安全。"

石保国看着丁小蝶，郑重地点了点头。

在批准丁小蝶参加作战行动这件事上，叶作舟与石保国起了争执。在叶作舟看来，这是组织决定的军事行动，不是为了结个人恩怨。石保国便翻出了上次独立团配合安排东方海上战场，差点毁了一次军事行动的旧账。正当两人争执不下时，丁小蝶出现了，她神情庄重地向叶作舟保证绝对听从命令服从指挥，叶作舟为难地看看她，又看看石保国，只好艰难地答应下来。丁小蝶立正感谢叶作舟，又请求亲自审问周宝庭，叶作舟正要发作，石保国却在叶作舟旁边抢着批准了。丁小蝶高兴地离开后，石保国无辜地看着又是生气又是无奈的叶作舟。

独立旅的烟草储备也不足了，把金汤县城打下来，应该能缴获不少烟草，众人对这场战斗都是摩拳擦掌，充满期待。直到众人齐聚作战室前，赵松林还在担心丁小蝶的加入，石保国指出有叶作舟压阵，尽可以放心。

先前摊在作战室桌上的地图已被挂了起来，取而代之摆上了简易的沙盘，沙土堆出山形地势，散布的小木块则代表着建筑物。石保国带着独立旅干部们、叶作舟带着战地服务团骨干，一群人围在沙盘边站着。石保国手中拿着一根小木棍，他指向沙盘中的木块堆。

"这就是周村镇。我们这次要兵分三路，一路由叶作舟协理员带队，直取周村镇，让周村镇的伪军向金汤县城的日军发出求援信号。"木棍末端在沙盘上标有周村镇的区域画了个圈。

"一路由赵政委带队，埋伏在金汤县与周村镇之间的山路上，当县城出来的日本援军到达这里，一举将他们歼灭！"棍子又在金汤县与周村镇之间的小路上画了个圈。

"最后一路由我带队，等日军派出援军，守城日军力量减弱后，我们可趁机将城门攻破，捣了山本的老窝！"

棍子最后在金汤县城画了个圈，在场的众人看着这三处地方，眼中闪烁着激动的光芒。

这次作战，丁小蝶的加入还真帮了大忙。在她的妙手下，一个个面容清秀的年轻战士，描了眉，抹上腮红，画好口红，戴着假发，身穿女装，看上去完全是一群俊俏的姑娘。丁小蝶又叮嘱他们模仿女人的姿态走路，战士们现学现练，笑成一团。

办公室里间，叶作舟生气地将胭脂盒往地上一扔，看着镜子中脸上涂得红彤彤的一大片，她急得快哭了。

"什么破玩意儿！比枪都难弄！我们那儿的人，从战场下来，把脸上的灰擦一擦就结个婚。"

"可不能让敌人看出，你是个上战场的新娘！"

于镇山着急地在旁边说着，叶作舟看到他更加来气："你走！走！"

于镇山只好离开了，过了一会儿，叶作舟感到一只手轻轻扳着她的肩膀，以为是于镇山又来了，回头正要发火，却见是丁小蝶。她另一只手里捏着一块湿毛巾，轻轻地把叶作舟脸上的大红胭脂擦掉。叶作舟不知道说什么好，尴尬地任她摆弄，丁小蝶认真地给叶作舟搽粉、描眉、擦腮红、画口红，又给她梳上新娘的发髻，再给她换上新娘的红色衣裙，每一道程序都仔仔细细。

最后出现在镜子里的，是一个出奇漂亮的新娘。于镇山一进来就呆住了，眼睛都看直了。叶作舟有些羞涩地低了低头，又抬起头来看着丁小蝶，眼神里充满感激。"谢谢你。"

"你原来有这么美！"丁小蝶微笑着说道，两人都有些不知所措。

作战正式开始，伪装好的迎亲队伍出发了，一行人走在前往周村镇的路上。骑马的于镇山胸前扎大绸花，跟在花轿边，乔装打扮的战士们在一旁步行，战地服务团的随行成员都带着吹拉弹唱的器具。行至半路，离周村镇尚远，叶作舟掀开轿帘，露出脸来打量。

"还有多远？"

"还早呢。这么着急到婆家？"

骑在马上的于镇山嬉皮笑脸，叶作舟瞪他一眼。

"于镇山同志，我命令你汇报！"

"大约还要小半个时辰。"

"好。注意警戒。少说废话。"

叶作舟说完，放下轿帘，于镇山故作夸张地摇头叹气："这么凶！谁跟我说的这门亲啊？我得揍那媒婆一顿！"

众人都窃笑起来，叶作舟在轿子里咬着嘴唇，也忍不住笑了。走在队伍里的于冬梅笑着低声对东方海说道："哎，你看，叶大姐和我哥，还真是挺配呢，是不是？"

"亏得是执行任务，如果是真的……好难想象，我大舅子的老婆是我领导！"东方海叹着气。

"那又怎样？"

"那就不用担心睡了懒觉被抓缺勤了！"

于冬梅又好笑又好气地瞪他一眼，她看到队伍里丁小蝶表情严肃地走着，又悄悄问东方海："小蝶这次，感觉好严肃啊！"

东方海理解地点了点头："她差点儿就被害了。换成谁，也不会放过那样一个恶棍。"

这周村镇的伪军团长周宝庭，正是当年东方海一行人遇到的国军团长周宝庭。这个人并没有什么变化，虽然从国军变成了伪军，从河南跑到了山西，仍是每日里混日子，抽着雪茄听着豫剧，对陈副官得意洋洋地宣讲他所谓的乱世生存哲学，最后，满心只惦记着多抢占几房姨太太。

原本他只是成日里在住处二楼端着望远镜往街上找女人，结果误打误撞发现军营对面的茶铺里，有两个帽子压得很低、脸色警惕的青年已经坐了好几天。明知这是被派来监视自己动静的人，周宝庭倒也毫不在意，对他来说，世道不管怎么变，只需走一步看一步，随波逐流即可。

周宝庭发现的这两个人，是独立旅最大的敌人山本龙太郎为防八路军攻打周村镇，命人派来盯梢的，而茶铺的伙计与老板才是独立旅此次作战的外围侦查人员。叶作舟带领的迎亲队伍出发后不久，赵松林便带领一支队伍沿小路秘密来到预定埋伏点，在周村镇与金汤县相连大路旁的小树林中，战士们各自找好隐蔽点，埋伏起来。石保国与张志成带领的部队也迅速来到金汤县城外的山丘上，隐蔽起来，从石缝间能看到不远处的金汤县城墙，墙上日军守卫森严。

"这计划可是环环相扣，如果鬼子不派兵去救周村镇，那可怎么办？"张志成担忧地低声问道。

"周村镇如果被拿下，金汤县的脖子就被捏住了，山本太清楚了，他绝不会撒手不管的！"石保国摇了摇头。

怀着对战术的信心与信念，埋伏的两队人马在时间的流逝中沉下心来等待着。娶亲队伍到达周村镇镇口，于镇山递了个眼色，一帮人吹吹打打起来，顿时围上来不少看热闹的，跟在后面嘻嘻哈哈，一路走向伪军军营门口所在的道路。娶亲队伍里有男扮女装的战士，怕被看出端倪，低着头走路，旁边看热闹的小媳妇们和老太太们指指点点着战士们的大脚。热闹一直延续过来，守在军营门口盯梢的两名日军听到了，昂起头张望着。正在打牌的周宝庭和姨太太们也听到了动静，看到窗外的娶亲队伍，姨太太们撺着不让周宝庭去，陈副官心领神会地溜了出来。

娶亲队伍来到伪军军营门口，十来个伪军士兵出来看热闹。茶铺老板和伙计对了对眼神，伙计拖着两个条凳出来，在街道中间摆上，笑嘻嘻地看着于镇山。"新郎官大方点，给点喜糖喜钱，不然这道板凳关可过不去！"

众人都拍手起哄，又有几个围观的年轻人跑到茶铺里去拖了好几条长凳出来，堆在路上设置障碍。群众、伪军士兵都乐翻了，只等着看好戏。

于镇山下了马，一脸着急地冲茶铺伙计作揖。"兄弟行个方便，娶个媳妇不容易，路还远着呢……"

那伙计坐在条凳上，跷起二郎腿，脸朝天仰，一副不通融的样子。看热闹的人群起哄，于镇山抹着汗，于冬梅上前，给伙计送喜糖，众人激动地大声叫好。几个伪军士兵凑了过去，于冬梅忙给他们也散发喜糖。

"烦军爷行个方便。"

士兵们只是嬉皮笑脸，这时陈副官笑眯眯地出现在门口。

"我说怎么这么热闹，原来是有大喜事呀！"

东方海、丁小蝶怕被陈副官认出，立刻悄悄往轿子后面躲。东方海留意着丁小蝶，她已是一脸愤怒，拳头紧握。

"这位军爷，烦您给说个话儿，我这大喜的日子，大老远地接到新媳妇，还得赶好时辰拜堂呢，您看看，您看看，哎呀，这可怎么好呀！"

于镇山连忙对陈副官作揖，于冬梅上前敬烟，陈副官很享受地吐出一口白气。

"大兄弟，你也知道这闹喜的规矩，有热闹大家凑，就图个喜庆，对吧？看看，兄弟们想瞧瞧新娘子，这点儿小心愿，总得遂一遂吧？"

"这可万万使不得！老家规矩大，没有拜过堂，不能揭盖头哇！"于镇山做出一副惊吓的样子。

陈副官不听他的，兀自涎着脸来到轿前，笑嘻嘻地说道："新娘子可否给陈某人赏个脸？"

见没有动静，陈副官不甘心，伸出手去要掀轿帘，忽然帘子从里面掀开，露出叶作舟那娇美的新娘装扮的一张脸来，于镇山痛苦地大叫一声，抱了头蹲在地上。陈副官看得惊呆了，叶作舟故作楚楚可怜地看着他。

"军爷，您行个方便，放我们走吧！"

陈副官这才回过神来，露出一副贪婪的表情。

"走是可以啊，但既然来了，也要从周村镇的风水宝地、我们团座府邸上过呀！来人！送新娘子过风水宝地！"

陈副官一挥手，众伪军士兵大笑着，上前推开四个轿夫，七手八脚地抬起轿子就往军营大门里走，娶亲队伍顿时慌乱了，挤上去，闹着推着，一起往那大门里涌。余下的士兵嬉笑着要拦住人群，没能拦下来，最后只好把扮新郎官的于镇山一个人挡在门外。眼见大门在面前关上，于镇山急得跳脚，大声叫唤："娘子！还我娘子！"

陈副官一番耳语，听得周宝庭眉飞色舞，他嚷嚷着紧急军务，撇下吓呆的几个姨太太，急急往外赶。两人来到一口门厅时，伪军士兵们已经把花轿停在那里，送亲队伍的人都被士兵们拦着不让靠近。周宝庭走过去，笑眯眯地站在花轿旁边。丁小蝶从人群缝隙里看到周宝庭，不禁眼冒怒火，东方海关切地看着她。

"鄙人是这周村镇的守镇武官周宝庭，听说小娘子貌美如花，可否让周某人观瞻观瞻您的花容月貌啊？"

花轿的门帘一动，叶作舟款款而出，众人惊叹着红衣新娘的美貌，周宝庭也看愣了，嘴都合不拢。不等他回过神来，叶作舟便迅速来到他身边，不知从哪里掏出一把枪，顶住了他的头。

"别动！"

众人大惊，士兵们正要举枪，却见送亲队伍里的男男女女和涌进来看热闹的群众竟然训练有素地各自用枪对准一个伪军士兵，迅速控制住了局面。

"你你你……你们是什么人？"

"八路！"

听到叶作舟的回答，陈副官脸上的肌肉都颤抖起来，而周宝庭一动不动，脸上堆起尴尬的笑。

"哦，八路军啊，好说，好说！都给我把枪放下！"他朝伪军士兵们喊道。

士兵们一个个地放下了举枪的手，两名八路军战士过来，将他们手里的枪缴了，又按照叶作舟的命令把伪军士兵们全数押走。叶作舟又命令周宝庭带她去找电话机，其他人按预定方案，分组行动，控制整个营院。

被押着去电话室的路上，周宝庭一边走一边和颜悦色地跟叶作舟套近乎，解释他身不由己才成为汉奸的苦衷，叶作舟只是不耐烦地推了他一把，让他少说废话好好带路。来到装修奢华的书房中，叶作舟指着电话机，命令周宝庭打给金汤县城的日军大队长，报告遭遇八路军突然袭击，已受重创，请求大力支援。为了增加求援电话的真实性，随行的战士打了几发空枪，茶铺门口的两个盯梢日军听到军营传来枪声，警觉地站起，侦查人员事前听到过这两人说日语，明白他们是日方的眼线，也紧张起来，好在有于镇山的配合，暂时打消了两名日军的疑心。

谁知山本没收到监视人员的通报，疑心有诈，不同意金汤县城派出中队支援周村镇。守在金汤县城外的石保国与赵松林两路人马久久不见有日军出城，都着急起来，只能寄希望于叶作舟一队在周村镇的进一步行动。

叶作舟并没有辜负他们的期望，她安排东方海带人拿上伪军的枪弹，去周村镇外山坡上打了一轮空枪,又有几名化装成群众的战士来到茶铺中,于镇山配合着外围侦查员演了一出逃命的戏,接着悄悄跟在那两名日军身后,等他们用藏在楼上客栈房间中的秘密电台给山本方报信后,将他们击毙,并捣毁了电台。

这下山本与日军大队长都慌了,派出两个中队支援周村镇,金汤县城只留下一个中队防守。石保国派人从小路通知赵松林做好与两个中队对打的准备,赵松林接到消息,丝毫不差地判断出最佳开火时机,打了日军一个措手不及。听到赵松林那边战斗打响,石保国也趁着守城日军最为慌乱的时机发动了进攻,很快,城墙上的日军火力点被摧毁,城门也被炸开,独立旅一路冲杀进日军大队长办公室,砸开门,正见到日军大队长吞枪自杀。在电话另一端听到枪声的山本龙太郎,就像挨了一记耳光,拿着电话,久久说不出话来。这场攻打金汤县城的战役,以日军的惨败告终,独立旅大获全胜。

在截获援军与攻打金汤县城的战斗进行当中,周村镇这边一切顺利,伪军被控制起来,周宝庭住处的院子里,集合了一群穿着各色花旗袍、吓得瑟瑟发抖的姨太太。丁小蝶走到她们面前,一个一个地看过去,越来越焦虑,看到最后一个,也没有找到当年那位救过她的女子。

丁小蝶来到关押周宝庭的书房中,周宝庭正无所事事地靠墙坐在地板上,抱着胳膊打瞌睡,他一下子惊醒过来,仰头愣愣地看着丁小蝶。

"咦,你这姑娘好面熟……我还在做梦吗?"

"再美的梦,也该醒了,周团长!"丁小蝶讽刺地说道。

"哎呀,这不是,这不是小蝶姑娘吗?"周宝庭晃了晃头,从地上爬起来,惊喜地看着丁小蝶。

"想不到我们还久别重逢啊!"

周宝庭也不在意丁小蝶脸上的冷笑,十分激动地说:"是啊是啊,老熟人了不是?你不是找当国军的表哥去了吗?怎么在这儿呀?这是八路军啊。"

"我参加的就是八路军!"

"哦,哦,好的好的,八路军也挺好。国军确实,打仗老打不赢,嘿嘿。你这条路啊,算是选对了!中国的希望就是八路军!"

丁小蝶突然掏出一把手枪,径直地对准周宝庭的脑门。"我恨不得一枪崩了你!"

"这是说哪话呢小蝶姑娘?我有什么对不住你的,有话好好说嘛!"

周宝庭神色惊慌,丁小蝶一脸悲愤。

"有什么对不住我?我差点儿就被你这个无耻混蛋给害了!"

"哦,你说的是那个呀。那个那个,我其实是特别喜欢你,真的真的,我可以向上天发誓,我从来没有那么喜欢过……"

"闭嘴!你喜欢的就可以霸占吗?如果不是我逃出来,今天就跟楼下那群姨太太一样,只有等人解救,才能重见天日了!"

周宝庭愣了一下。"啊,姨太太们都给抓起来了?哎哟那可怎么得了!小蝶姑娘,你能不能帮我通融一下,对我怎么都可以,可别伤到那些个女眷,她们都跟我好长时间了,有的还怀了孩子,你说这要是有个三长两短的……"

"你还真挺心疼她们呢!放心吧,我们会放她们走,让她们各自回老家去。"

周宝庭又连忙摇头道:"哦?那可不行!算了算了,还是押着吧,等我脱身了,还得有姨太太呀!"

丁小蝶气得不知说什么好,这时突然想到自己要找的人。

"你的姨太太里,有没有一个,她弟弟在你手下服役的?"

"哦!那是老五。老五呀,年前生了孩子,我怕这兵荒马乱的,伤着孩子了,就把她送英国去了。你看看,我哪个女人吃过亏?老大,现在在美国,吃着利息过得美美的,老三,在香港,上个月还收到信,说是香港不太平,她也要去美国,又跟我要钱呢。老五、老六……只要给我老周家留了血脉的,哪一个我都给安顿得舒舒坦坦的!我过得辛苦点没事,俸禄之人嘛,难免奔波,可我的女人和孩子,绝对不能受苦!所以啊,小蝶姑娘,不是我自夸,你当初要是跟了我……"

"呸!"丁小蝶拿枪指着他,指头放在扳机上,负责看押的战士吓得赶快跑过来。周宝庭缩起了脖子,他身后的墙上挂着一幅大字:仁义礼智信、温良恭俭让。丁小蝶指着那幅字骂道:"你这样的混蛋,还有脸挂这样的字!"说着,丁小蝶走上前,一把扯下那幅大字,墙面露出一个大壁柜,其中一格放着丁小蝶从上海带出来的高级皮箱。

丁小蝶惊讶地瞪大了眼,她想把自己的皮箱打开,却发现锁住了,在她的命令下,周宝庭叹口气,从衣兜里掏出钥匙打开皮箱。丁小蝶推开他,走上前，箱子里竟然装着各式各样的女式内衣，有丝巾、首饰、胭脂等女性用品，一小扎用丝线捆起来的黑白照片，照片上的女人都衣衫不整，此外还有一本厚厚的笔记簿。

"这些是什么东西？"丁小蝶惊得瞠目结舌，她指着箱子问。

"这些啊，这些都是跟过我的女人，不管成不成得了夫妻，总得留下点念想不是？哎呀，我这个人就是念旧，对女人是一等一的好！凡是跟过我的，都没亏待过！"

在周宝庭滔滔不绝地炫耀时，丁小蝶慢慢翻拣着箱子里的东西，又取出那本笔记簿来翻看。只见上面记满了周宝庭霸占女子的时间、人名、详细描述，有的贴了照片，在最前面甚至按照姓名编写了索引。

丁小蝶眼睛越瞪越大，周宝庭见状，深情款款对她说道："你看，我给她们都留着纪念呢。你那一章……在四十七页。"

丁小蝶万分震惊地翻到第四十七页，上面只有几句抄来的《关雎》。

"唉，你是唯一一个没有让周某人成功载入史册的，我一直惦念着你哪！"

丁小蝶气得又把枪举起来，直抵到周宝庭脑门上。

"现在就是打死你，也嫌让你死得太痛快了！"

负责看押的战士又着急地跑了过来，丁小蝶点点头，表示明白，放下了枪。

"要不是我们有纪律，不能杀俘虏，你今天别想活着出这道门！"说着，丁小蝶把手中的笔记簿狠狠地砸进箱子，箱底露出书的一角。她眉头一紧，伸出手去，小心翼翼地拿出那本书，封面上赫然印着《西行漫记》。丁小蝶心里一慌，没有拿住，书掉到了地上，她颤抖着嘴唇问：

"这书是谁的？你把她怎么了？"

"哎哟，她呀，她……不怎么听话，就……"

"就怎么啦？你这个畜生！是不是裴采莲？她在哪儿？还活着吗？"丁小蝶上前一把揪住周宝庭的衣领。

"哎哎，怎么说的这是，我难道还会弄死她……你怎么还认识她？这这这……"周宝庭一边说，一边淌着汗，他掏出一把钥匙，丁小蝶押着他来到后院中。

"真不能怨我，她太不听话了！一来就动剪刀，直接要往脖子上扎，那是把我给吓得！一般的，关几次也就听话了，可谁像她，关了十次八次都改不了，出来就咬人！已经闹成病了！你说说……"周宝庭一路上不停地辩解着。

"你不是对女人好吗？"丁小蝶恨恨地看着他。

"那也要女人认我这个好呀！像采莲这样的，真是没法把她的心烘热啊！"

在后院一所偏僻的小房子前，周宝庭用钥匙打开了房门上的铁锁，门一开，丁小蝶迅速挤了过去。这里只有一个小而高的窗洞，光线昏暗，是个洞穴般的牢房，一个披散着脏兮兮长发的人蹲在牢房深处，她用双手抱住双臂，惊恐的眼睛从头发丝的缝隙间露出来。

"采莲……是你吗？你还记得我吗？我叫丁小蝶……"丁小蝶声音颤抖着，裴采莲一动不动，眼睛里的惊恐更深了。丁小蝶轻轻碰她一下，她尖叫一声，跳到一边去，丁小蝶把手伸向她。

"来，不要怕，慢慢的，你可以出来了。"

裴采莲抬头看着丁小蝶，她迟疑着，仍然不敢过来，丁小蝶眼泪流了出来。

"采莲，你忘了吗？是你约我们一起到延安的，我们已经到了延安，参加了八路军，可就是一直没看见你……东方海到处都打听过，逢人就问有没有见过裴采莲……"

慢慢的，像是回忆起了什么，裴采莲的眼神活过来，她转向丁小蝶，眼巴巴地看着她。丁小蝶把那本《西行漫记》递到她手上，她低头仔细地看看，翻翻，用脸贴贴，小声地哭起来。丁小蝶小心地把手放到她肩上，慢慢揽过她，轻轻拍着。

"我说吧，她就是有病。"

听到周宝庭插嘴的声音，裴采莲抬起头，看到是周宝庭，她惊恐地胡乱叫起来，直往牢房深处躲，没命地要把自己藏起来。丁小蝶忍无可忍，站起来冲到周宝庭面前，掏出枪来，将枪口对准他的额头，周宝庭已经不怕了，他冷笑一声。

"又来了是不是？我说，你就不能换个花样？"

"周宝庭！你信不信我真的毙了你！"丁小蝶咬着牙说，周宝庭不屑地看着她。

"好呀！你毙了我！你要是毙不了我，回头我归顺了八路军，你信不信，我还是继续当我的团长？当八路军的团长！这江湖上，谁坐龙椅不是批一样的奏折？我早把你们那套政策研究透了！投诚、起义，都可以收编，而且吧，你们说是一夫一妻，那是公开的，我私底下养几个小老婆，还是谁也管不着！我那些到了美国、去了香港的姨太太，你们更管不着！我就告诉你，等我当了八路军的团长，本团座第一件事就是把你拿下！我不管你是……"

丁小蝶手中的枪响了，周宝庭猛地往后一倒，丁小蝶长长地舒了一口气，握着枪的手慢慢放下来。裴采莲站起来，慢慢走向周宝庭的尸体，她先是弯下腰去看看，之后发疯一般朝那具尸体狠狠地踢，边踢边哭着，累得踢不动了，她就站在那儿，痛哭起来。交代一旁目瞪口呆的战士照看好裴采莲后，丁小蝶冲回书房，拿上箱子回到后院中，她把箱子往地上一倒，又把手上拿来的油灯朝箱子上一扔，划亮一根火柴，抛在那本笔记簿上面，很快，整个箱子都烧起来，火光映着丁小蝶神情复杂的脸。

"到底出了什么事？怎么就开枪了？你刚才在后院烧的是什么东西？"

大厅里站了许多人，都看着生气的叶作舟和一脸平静的丁小蝶。

"你别问了，我不会告诉你。"

"丁小蝶你简直目无军纪！来之前说得好好儿的，你也保证了又保证，才让你参加这次行动，就算是石保国给你百般开恩，最后一条底线都是——不杀俘虏！你可好，一枪就毙了一个手无寸铁、认罪态度好、积极配合工作的俘虏！还是一个团职俘虏！"

丁小蝶看了看裴采莲，她正沉默地坐在角落的椅子里。

"人，确实是我杀的。但我不后悔，我愿意接受任何军法处置。"

"你这是什么态度？还没认识到自己的错误是不是？"

这时，出去打空枪的东方海背着枪，带着几个战士回来了。

"出什么事了？"

一见到东方海，裴采莲忽然眼光直了，没有人注意到角落里的她，但她还是非常心虚地把身体转过去，背对着东方海，一脸的痛楚与仓皇，这一幕都被丁小蝶看在眼里。

"小蝶，到底怎么了？"东方海追问着。丁小蝶从背对着东方海瑟瑟发抖的裴采莲身上移开目光，苦楚地扬起头道："我杀了周宝庭这个人渣！"

东方海不知道说什么才好，丁小蝶看着他，只是含着眼泪摇了摇头，过了一会儿，她又去看角落里的椅子，那里却已经空了。

这一天，整个独立旅营区欢天喜地，有的战士忙着清点收缴来的枪支弹药、生活补给，有的战士押着大批俘虏走过，有的战士在说说笑笑地抬东西。石保国却坐在花台上发愣，连赵松林递来的烟都没有心情抽，打了这么大的胜仗，他还情绪低落，只能是为了丁小蝶的事。

枪杀俘虏，违反军纪，丁小蝶一回来就被关进了禁闭室。她坐在小床上发呆，厚重的木门上有个小窗，光线从那里斜斜地射进来，忽然间被挡住了。丁小蝶扭头去看，石保国正站在那里，两人隔着那个小窗互相望着，默默无言。过了一会儿，石保国拖着沉重的脚步走了，丁小蝶落下泪来。她又定定地望着那个小窗，在她出神的想象中，小窗像一个屏幕，映出活动的人影来，人影越来越清晰，那是裴采莲跌跌撞撞地走在路上，丁小蝶脑海中响起她自己的声音。

"采莲，跟我去延安吧！"

画面中的裴采莲站住，凄然地摇了摇头，从怀里抽出那本《西行漫记》来看看，抚摸片刻，又揣回怀里，走远了。

丁小蝶眼睛一闭，昏了过去。

二十一

独立旅卫生队里，石保国坐在病床边，病床上躺着昏迷不醒的丁小蝶，石保国看看丁小蝶，叹了口气，满眼都是心疼。一名军医走了进来，他郑重地告诉石保国，丁小蝶怀孕了。在卫生队照顾伤员的于冬梅听到丁小蝶怀孕的消息，着急地找到叶作舟，两人赶来卫生队，却发现丁小蝶不见了。一脸焦急的卫生员说，石保国走后，丁小蝶醒来，她知道自己怀孕了，仍是坚持要回到禁闭室，怎么拦都拦不住，叶作舟和于冬梅只好又去拉上石保国。

"哎呀，我们去卫生队，人家说小蝶自己坚持要回禁闭室，现在你看怎么办？"

叶作舟一边走一边说着，石保国一脸无奈，来到禁闭室门外，看守的战士打开门，只见丁小蝶坐在禁闭室的小床上发呆。于冬梅跑上前，抓起她的手。

"小蝶，你可受苦了！"

"冬梅，叶协理员，谢谢你们来看我。"丁小蝶一脸平静地望着她们，微微一笑。叶作舟看了石保国一眼，石保国有点儿尴尬，他咳了一声后开口说道："那个那个……小蝶，医生说，你怀孕了，可得要好好照顾你才行。"

"这是我的事，不用你操心。"

"哪能这么说话呢？唉，故意气我是不是？"丁小蝶看都不看石保国一眼，他急了。

"小蝶，现在不是置气的时候。有孩子了，考虑问题就得更成熟了。我说，对杀俘虏这件事，你好好地认个错，当众做个检讨，态度端正了，可以争取宽大处理！"

叶作舟上前劝说，丁小蝶傲然道："谢谢协理员。我杀的不是俘虏，是祸害！既是以前的祸主，也是将来的祸根。除掉他，我没有什么好检讨的！"

"你到现在都还嘴硬不认错？简直是……"

于冬梅摆了摆手，不让着急的石保国说下去。她转向丁小蝶道："小蝶，你就是不为自己考虑，也要想想肚子里的孩子啊！这么一直关禁闭关下去，孩子可受罪了！"

"我不能让我的孩子以为，他的妈妈是一个犯了大错的人。他应该以我为荣。"

"真挺光荣是不是？"

见石保国真生气了，叶作舟赶忙拉住他，说"小蝶，你再好好想想，不要任性。做母亲的人了，为人处世都要更成熟一些才是。"

丁小蝶不说话，叶作舟转向其他人道："我们先回去吧。"

石保国出门前又回头看看丁小蝶，欲言又止，最后还是叹口气，走了，丁小蝶还维持着那个姿势，一个人待在禁闭室中，神情冷静。

转眼间，丁小蝶关禁闭已满七天。这一天，旅部会议室中，独立旅干部们汇聚一堂，讨论对丁小蝶违反军纪事件的处理意见。石保国率先提议取消丁小蝶的干部身份，直接降为战士，以赵松林为首的其他干部们都觉得这个处分过重了，降职一级更为合适，石保国一脸沉重地坚持着自己的决定。杀俘虏，是破坏抗日统一战线政策的行为，性质恶劣，会对争取伪军部队投诚的战略产生严重影响，不能轻判。另一方面，违反军纪的丁小蝶正是旅长石保国自己的夫人，如果不从重处理，他也不再能够要求其他部下服从命令、遵守纪律。结果已定，散会之后干部们纷纷走出会议室，赵松林一边戴帽子，一边催石保国先回家好好准备赔罪，由他去禁闭室向丁小蝶宣布处分决定。

丁小蝶拖着疲惫的身体回到家，她刚进院子，就看见一大群人聚在这儿，叶作舟、于镇山、于冬梅、东方海、柳富贵、柳二妮、郭云生都来了，众人在厨房进进出出，忙着张罗一桌饭菜。石保国穿了个围裙，两手的袖子挽得老高，一手拿着一把菜，看到丁小蝶，所有人都迎上去和她说话。

"小蝶，你可回来了！"于冬梅笑盈盈的。

"有没有闻到你最喜欢的鱼汤的香味儿？"东方海跟着问道。

"是什么好日子吗？"丁小蝶有些吃惊，一时没有反应过来。

"当然是好日子啊,庆祝你和保国有了一个新生命!"叶作舟笑了。

丁小蝶深吸一口气道:"谢谢大家的好意!刚才赵政委跟我宣布了处分决定,我现在不再是干部,而是八路军战士丁小蝶了。这也算是我的新生!战士丁小蝶,重新开始!谢谢大家!"

所有人笑着鼓起掌来,隔着一段距离的石保国也看着丁小蝶笑了。

独立旅的战士们很快都听到了旅长夫人怀孕的好消息,见到出来买盐的小四川,战士们纷纷送上贺礼,有熏肉、罐头、调味品等,小四川忙不迭地应着,手里的东西越来越多,抱都抱不下。小四川回来没多久,赵松林也拎着贺礼来到石保国家,进了院门,他笑着和众人打招呼,把手头的东西交给迎上来的石保国。

"这是给小蝶补身子的,没你的份儿啊,可别偷吃!"

围坐在大饭桌旁的众人都笑了起来,热情地给赵松林让座,小四川往杯子里倒酒,倒到丁小蝶时,于冬梅拦住了他。

"给小蝶倒杯茶吧,可不兴让孕妇喝酒。"

小四川点头,待一席准备妥当后,丁小蝶端起茶杯,动情地说道:"有劳各位,我丁小蝶从上海到延安,又到董家庄,这条路,说实话是我以前从来没想到过的。虽然吃过一些苦,我不后悔,能遇到你们这样知心贴心的朋友,是我丁小蝶这辈子的福气!这几天我在禁闭室里回想了很多很多事,越想越觉得幸福。我要敬大家一杯!"

众人都微笑着举杯,石保国频频点头:"是啊是啊,我家小蝶是各位看着一点点进步、一点点成长起来的,我也要感谢大家!"

"你说的就带领导味儿了,没人家小蝶说得好。"

"在家里她才是领导好不好。"

石保国委屈地看着赵松林,众人又笑起来,一起碰杯,喝酒。

"好酒!这还是从周宝庭的酒窖里弄出来的,怕是存了好些年头了。"

听石保国说到周宝庭的名字,众人都有点儿尴尬,席间沉默下来。柳二妮和于冬梅小心地看向丁小蝶,只见她神色自若,叶作舟索性问她:"小蝶,那天你在周宝庭的后院里,到底烧了什么东西啊?"

"叶大姐,还是不要问了,这事我不想说。"

丁小蝶淡然一笑,赵松林打着圆场:"来来来,继续喝!小四川,倒酒!"

小四川应声过来,这时柳二妮笑着问于冬梅:"冬梅姐,小蝶姐都有孩子了,你们打算啥时候生呀?"

于冬梅脸色一沉,不知道说什么好,只是端起酒杯来喝酒,不知实情的叶作舟以为她是害羞了,便对柳二妮说道:"人家冬梅事业心强,要把工作干好了再考虑生孩子。"

"看嘛,冬梅又得表扬了,我又成落后的了。我也不想啊,都是石保国这个坏蛋!"丁小蝶噘起了嘴,石保国乐呵呵地点头。

"好好好,怪我,怪我!"

众人又笑起来。笑声中,东方海极为关切地注视着于冬梅,她仍然尴尬地端着酒杯,掩饰性地小口抿着酒。

饭后,众人陆续从石保国家的院子出来,一路上有说有笑。于冬梅小心地避开众人,悄悄走上一条小路,慢慢走到一个僻静的小土坡上,心事重重地抱着双臂,望着远处。跟过来的东方海走到她身边,轻轻把手搭在她肩上,关切地问:"怎么了,冬梅?"

于冬梅回头看看他,有些忧伤地摇摇头。

"是不是因为刚才二妮那句话?"

"阿海,你会不会后悔和我结婚?"于冬梅叹了口气。

"胡思乱想!我怎么会后悔呢?经历了这么多事,你还没有想明白吗?有孩子是一种未来,没有孩子也是一种未来,并不是非要有孩子参与,人生才完美无缺。"

"可老话总说,不孝有三,无后为大。"

"那是愚昧的旧思想!旧时代的人,认为要把血脉流传下去,必须一代代地生孩子,可你自己想想,你还记得你的祖爷爷吗?就算你哥哥继承了于家的姓,就算他再找老婆生个姓于的孩子,这对已经死去的先祖而言,又有什么意义?也就是一个姓而已,其他的,没有任何关系,没有任何感情,这和一个陌生人又有多大区别?"东方海摇了摇头。

"还真是这样呢。"于冬梅若有所思。

东方海继续坚定地说着:"我们中国人,就是夸大了传宗接代的意义,把希望寄托在无法预料的未来,寄托给无法预料的后人,这还是一种生物繁衍的原始观念。如果只是为了繁衍,那人类和一棵树、一条鱼、一只兔子又有什么区别?人与其他生物的区别就在于,我们不是只求活着、复制自己，而是要建设自己的人生，让它过得有美感、有价值、有担当。"

"阿海，你让我觉得，这人生比我想的有意思多了。"

于冬梅点点头，终于露出了笑容，东方海看着她，也笑起来，两人相视而笑，拥抱在一起，互相依靠着看向远处的风景。

日子平稳地过去，独立旅营区俨然成了战地服务团成员们的第二个家，他们每日练功，时有演出。这期间，独立旅又打了几次胜仗。振奋人心的好消息也从四处传来，八路军在华北接连打了几个大胜仗，百团大战的胜利令战地服务团的众人十分激动，期待着有朝一日能把鼓舞人心的文艺演出送到一线指战员面前。

独立旅的众人也成日里喜气盈盈的，又一次胜利归来，赵松林与石保国在办公室里闲聊。

"好家伙，这两仗打的，可真带劲儿！延安要不表彰你，那都说不过去了。"

"唉，没事，咱要谦虚、谨慎！不要拿成绩说事儿。再说了，延安表彰不表彰没关系，咱家小蝶要能奖励我一个大胖小子，我真要大醉三天！"石保国爽快地笑着。

"不能这么封建，要是生个女儿，跟你家小蝶一样漂亮又有才，不也挺好？"

"好是好，就怕我女儿将来遇不到像我这么好的男人，那怎么办？"

"刚刚还说要谦虚谨慎呢。骗子！"赵松林直摇头。

这时，小四川打着报告，抱了一个沉甸甸的箱子进来。

"旅长，这些缴获的东西是分给你和嫂子的，您要不要看看？"

"奶粉、罐头、布料……不错，小孩做衣服的都有了……咦，这是什么？"

石保国一边翻着箱子里的东西，一边口里念叨着，从里面拿出一个匣子来，赵松林也凑过去看。

"哦，这是鬼子用的照相机，应该还有胶卷，要配合着用。"

"嘿，这玩意儿金贵，我可用不起。不过我知道谁用得起。"

石保国得意地一笑，叫上了张志成和几个干部，拿着相机找到关山，想趁这个机会照张合影。关山在营区中找到一棵很精神的树，让一行人在树下站成一排，他拿着相机走开了一段距离，却在镜头中看到众人表情都紧张得僵硬。

"大家放松点，不要那么严肃。"

"要……要怎么才叫放松？"

"笑一笑嘛。"关山从镜头后探出脸来。

石保国和赵松林互相看看，又转头看向镜头，两人鼓足勇气似的咧嘴露出牙齿装笑，关山从镜头里看到，叹了口气，他放下相机，耐心地启发众人。

"你们是打了大胜仗的英雄，要笑得很大气，充满自豪感！"

石保国焦躁不安地左右看看，硬着头皮说道："大家跟我一起来。哈哈哈、哈哈哈、哈哈哈！"

站成一排的人都干瘪地发出笑声，配上僵硬的表情，效果十分诡异。关山看着这一幕，眼都直了。这时他背后忽然响起了一片自然的笑声，回头一看，柳二妮、于冬梅、于镇山和叶作舟不知什么时候开始在一旁看热闹，已经乐翻了。石保国、赵松林他们也跟着尴尬地笑起来，关山抓住机会，照下了这个瞬间。

石保国又领着关山来到自己家门前，两人弓着腰，悄悄推开院门，蹑手蹑脚地进了院子。丁小蝶正背对着两人，在院子里晾床单。见关山准备好了相机，石保国轻轻喊了一声，已是大腹便便的丁小蝶转过身来，在她转过来的一瞬间，关山咔嚓一声按下了快门。

丁小蝶大喊一声，石保国递个眼色，关山赶快抱着相机溜出了院门，丁小蝶笨拙地追过来，石保国上前一把抱住她。

"你这个坏人！我说了不拍照片，不拍照片，你非要给我拍！这样子丑死了！"丁小蝶一把拍在他身上，石保国笑着点头。

"好好，以后再也不拍了！我不过是想留个纪念嘛。其实你现在这个样子，在我眼里最最最漂亮的！"

丁小蝶嗔怒地噘了噘嘴，又不好意思地笑了，石保国轻轻把耳朵贴在她膨起的肚子上。

"我儿子在跟我说话呢。我儿子说，爹呀，娘长这么漂亮，你怎么这么能耐呀！我以后上哪儿去找这么美的媳妇？"

"儿子儿子，老这么喊，要是生个女儿呢？"

丁小蝶又好气又好笑，石保国蛮横地摇摇头。

"肯定是儿子呀！咱们不都说好了，就叫石盼新！你看，多好的名字，盼望新中国，盼望新世界！要是女儿，肯定长得像你这么漂亮，想着我这么漂亮的女儿，将来要跟一个我不认识的浑小子跑了，我这心里就闹腾得！现在都睡不好觉了！"看石保国说着说着一脸着急，丁小蝶扑哧一下笑了。

"想得可够长远的啊！先说眼前的，是女儿的话，我可要叫她丁盼新了？"

"也叫石盼新。"看石保国一副不服气的样子，丁小蝶白他一眼，作势生气，走开了。石保国冲着她的背影小声喊："石盼新，石盼新，石盼新！"丁小蝶一回头，石保国马上坐好，假装打蚊子。

很快，独立旅接到延安发来的电报，通知石保国去参加表彰大会，作为先进旅团指挥员代表在会上发言。面对这来自宝塔山的召唤，石保国忽然想到，这时正好可以将丁小蝶带去延安，让她在那边安安全全地生产，孩子生下来还有保育院照顾。

没想到丁小蝶一听生气了，说什么也不去，延安是安全、方便，但她只想待在独立旅，只想和自己的丈夫在一起，将来共同抚养他们的孩子。石保国把话说得不留余地了些，丁小蝶竟然收拾好东西，对小四川说要去看董家庄新来的老中医，结果一个人顶着个大肚子，跑到晋绥军营区投奔兰双礼这个娘家人去了。

无可奈何的石保国只好独自带上两个战士，出发赶往延安。众人在营区大门口告别时，关山上前将加紧洗好的照片递到石保国手中，看到是丁小蝶抱着大肚子的那一张，石保国顿时乐开了花。他谢过关山，小心翼翼地将照片放进衣兜里，又用手拍了拍衣兜。赵松林让他放心去开会，石保国向众人挥手作别。

"找到小蝶，跟她说，在家照顾好石盼新——"说完，他一踢马肚，跑向前方，留下众人莫名其妙地互相看看。

"石，石……石什么？"东方海第一个出声。

另一边，丁小蝶在晋绥军得到了娘家人级别的悉心招待，兰双礼差人给赵松林送了信，赵松林和叶作舟得知丁小蝶去了晋绥军，感到安心的同时也有些哭笑不得，考虑到晋绥军那边各方条件都比独立旅这里更好，赵松林决定先让丁小蝶在那边待上一段时间，正好也省得他们再为这位任性妄为的旅长夫人头痛。

八路军的连胜激起了日军的疯狂反扑，在山西与独立旅和晋绥军长期对抗的山本连队，接到上级命令，集结大批兵力，要与国共两方决一死战。收到急电时，赵松林正和张志成在作战室研究地图，看到电报内容，两人的脸色变得十分严肃，石保国的离开太不是时候了，因为与日军集结兵力对比处于弱势，独立旅部队必须立即转移，同时还要组织董家庄的群众安全撤离。详细的方案由张志成负责，他又给延安发了急电催石保国速回，叶作舟带领的战队服务团也必须跟随部队一同行动。

决定下得突然，独立旅进入与时间赛跑的阶段，各连队开始通知转移时，柳二妮还在一块空地上为一个排的战士们演唱民歌。于冬梅和于镇山跑到空地旁，着急地朝她招手，示意她停下来，柳二妮看到后有些疑惑，但因为正在演出，不敢停下来，所以还继续唱着，只是唱得有些磕磕绊绊了。战士们也有些奇怪地看着她，又互相看看。于镇山不耐烦了，直接冲过去，一把抓住柳二妮的袖子，拖着她就走。柳二妮叫起来，看表演的战士们也议论纷纷。这时，一个指挥员跑来，发出紧急集合的通知，战士们匆匆跑了。

于冬梅、于镇山带着柳二妮跑进办公室，叶作舟和东方海、郭云生已经在了，见他们进来，叶作舟招呼着："快来。我们刚接到消息，鬼子要对根据地进行疯狂反扑，独立旅马上要掩护群众撤离董家庄，我们战地服务团按上级要求，要随部队一起，完成撤离群众的任务。"

于镇山点头："我去通知其他人收拾东西。"

"动作要快，不要拖泥带水。"

郭云生关切地问柳二妮："东西多不多？要不要帮忙？"

"东西倒没啥，就是我爹听说后山上有个会唱'拉手调'的，昨天就出去找那人去了，说要去会会这个民间高人，可能要两三天以后才回来。现在他还没回来，怎么办呢？"

柳二妮急得脸色都变了，郭云生忙安慰她："你别急，我们想办法找到他！"

她担心地点了点头。

石保国与两名战士连着赶了几天路，风尘仆仆地来到延安，冲出来迎接他们的是脸色焦急的东方明。他把急电的内容说给石保国，又说上级批准他马上回去指挥战斗。听到日军来势凶猛,且目标正是独立旅旅部所在的董家庄,石保国又惊又气,调转马头,骑了就跑,两个战士也匆匆跟着他离开。

此时的董家庄村子里,赵松林和张志成正带着战士们组织群众转移,村里的男女老少纷纷带着大包小包,仓皇失措地加入逃难的队伍。战士们帮着群众抱小孩、拿东西,一名战士在队列旁边维持秩序,大声喊着:"老乡,跟上啊!"

"我不走!粮食都在屋里,出去只有要饭!"

一个老头被儿子拽着在哭喊,另一个年轻妇女拉着赵松林的袖子哭诉。

"八路军大哥,我爷爷八十七了,实在走不动啊,咋办?"

"派个战士去,背出来!"

听到赵松林的命令,张志成指着一个战士。

"你跟着大姐去,把老人背出来!"

妇女道着谢,领着战士匆匆离开。柳二妮着急地在人流中寻找,不断地喊着:"爹——爹——"

"姑娘,你别喊了,我听着老以为是我闺女叫。"一个逃难的老头路过,对她说道。

"找到了吗?"看到郭云生过来,柳二妮赶紧问。

郭云生遗憾地摇了摇头,柳二妮急得掉起眼泪。

"我爹没回来,我不能离开董家庄!"

"说什么傻话呢!鬼子扫荡,别说你这样女娃娃,连鸡鸭都不会放过的。他们所到之处,寸草不生!"

"那可怎么办哪?"

郭云生安慰她:"二妮,你别急,大叔肯定在这不远处,他会跟着群众一起转移的。"

"那我们再找找。"柳二妮抹抹眼泪,又开始在人群中边搜寻边喊着。

傍晚时分,部队集结,跑步开拔,赵松林和叶作舟在行进的队列旁说着话。

"我们马上到晋绥军那里接丁小蝶。"

"辛苦你了,叶协理员!我们不能等了,必须马上走,要赶到鬼子来之前掩护所有群众安全转移。"

叶作舟点点头:"明白,我们一接到丁小蝶就赶去和你们会合。"

"记住,下一个集结点在青铜岭!"

叶作舟再次郑重地点了点头。

晋绥军也收到了日军来袭的消息,丁小蝶听到士兵们向兰双礼汇报撤离的进度,惊觉独立旅也会开始转移。兰双礼希望丁小蝶随医疗条件更好的晋绥军离开,丁小蝶却决定与独立旅共进退,来到营部大门口时,天色已晚,恰好叶作舟一行人赶着马车前来接她,丁小蝶又惊又喜。

"叶大姐!"

"你让人担心死了!"叶作舟走上前,恨铁不成钢地看着她。丁小蝶低下头,一脸知错了的神情。

"大部队正在撤。"

东方海说着,于冬梅关切地问丁小蝶:"小蝶,你的身体,能坚持吗?"

丁小蝶眼里涌上泪,使劲点了点头,兰双礼上前,向叶作舟点点头。

"我们也要撤了,小蝶就交给你们了。"他想了想,又抿着嘴说道,"希望大家都好运吧!"

叶作舟一行都向他点点头,众人急急忙忙把丁小蝶扶上马车,向青铜岭进发。来到一处岔路口,东方海观察着地形。

"就要进山了,都是小路,马车走不成了。"

"下来,车扔了,马带上。"

叶作舟扶着丁小蝶下车,几人从不远处向他们跑来,是于镇山和柳二妮,他们还带着几位战地服务团的成员。

"叶大姐!"

"镇山、二妮,你们怎么还没走?"

于镇山看看东方海身旁的于冬梅,开口说道:"我让服务团其他人跟着部队先走了,我们在这儿等你们。"

"叶大姐,我爹还没找到,真怕他出什么意外……"柳二妮声音里带着哭腔,叶作舟轻轻拍着她的肩。

"大部队都转移了,群众也走了,你不能冒险留下来。柳大叔就是回来,看到部队走了,又是兵荒马乱的,他也不会待在原地等你。"

柳二妮难过地点点头,丁小蝶看了看几人,有些担心地问:"二妮,云生呢?"

"他帮我找爹没找到,只好跟着部队赶往青铜岭了。"

现在就只有柳富贵下落不明,叶作舟抬头看看夜空,深吸一口气道:"快走吧!"

一行人迅速列成一队,走进山路。

这一夜,柳富贵偏偏在董家庄后山迷了路,仿佛遇到鬼打墙一般。他跌跌撞撞地走在山里,一脚深一脚浅,走了好半天,站在一棵大树底下休息,忽然间,他伸出手仔细摸摸这棵大树,叫了起来:"怎么又走回来了?这棵树不是刚才我见过的吗!"

他十分泄气地倚着树干坐下来,自言自语:"唉,老了,老了,真是不中用啊!这点山路居然都走迷糊了!我家二妮一定担心死了!"

柳富贵无助地望着天空,低空悬着一弯残月,不知哪枝树枝上的猫头鹰咕咕叫着。歇了一会儿,他又一瘸一拐地走起来,不住地擦汗,兜了一圈,他再次回到方才那棵大树下,他停住脚步摸了摸,绝望地扇自己的脸。

"你个老东西,你个老东西!记性都丢光了!"他疲惫地靠着树干坐下来,自言自语,"我不走了,不走了,说啥也不走了,不定这山里头有妖怪,就想留我一夜呢……"

柳富贵靠着树干,慢慢眯上眼睛睡着了,猫头鹰的叫声停住,从树枝上飞起,翅膀掠过月影。山间的另一条小路上,丁小蝶躺在摇摇晃晃的担架上,眼睛盯着天上的残月,四周只有沉重的脚步声与赶路的喘息声,此刻被浓重的夜色与紧张的气氛放大了,无比清晰地传到她耳中。她听到于冬梅不小心脚一滑,差点儿绊倒,东方海上前扶起她。

"冬梅,没事吧?"

"没事。"

于冬梅很快站稳了,东方海关切的话语声响起。

"黑灯瞎火的,你不要靠外面走,当心滑下去!"

"嗯,好。"

丁小蝶躺着,听着他们的对话,她的心中翻来覆去只有一个念头。

"保国,你在哪儿?保国——"

同一轮月下,石保国骑着马,他焦灼地抬头四顾,两个战士骑马跟在他身后,夜色墨一般的黑,只凭着一点儿月光,马走得很慢。

"旅长,已经看不清路了,我们休息一下,明天早上再赶路吧!"

听到战士的声音,石保国看看前面,叹了口气道:"再走一段。"

三人三马被夜色淹没。

这一夜，日军到了董家庄，山本龙太郎亲自带队，他骑马停在一个高坡上，面对空荡荡的董家庄。一名士兵前来报告："报告！八路的独立旅和晋绥军已经逃离了，连平民都几乎跑光了，只剩几个走不动的老弱之人，已经把他们集中看押起来。"

"这么快，跑了？带着一帮没有军事素质的老百姓，我谅他们跑也跑不了多远！"

山本咬着牙，日军大队长骑马过来。

"阁下，现在怎么办？"

"问问，八路军往哪儿去了。我估计这些废物也不知道情况，问完都杀掉吧。"

日军大队长向一名低级军官点点头，那名军官立正敬礼，转身大步走了。山本和日军大队长从马上下来，一名士兵提着油灯和地图过来，山本展开地图，和日军大队长就着油灯灯光研究起来。

"看来，他们的逃跑方向……"

"有三种可能。要么是大雁湾，要么是青铜岭，要么是九里堡。"

"最大可能会是哪里？"山本思索片刻。

"我估计会是青铜岭，因为翻过青铜岭，有一大片八路军控制的地区，他们可获得接应。但也不排除其他两个方向的可能性。我们得兵分三路，务必要找到独立旅，把这个钉子给拔了！"

"兵分三路，这样会大大削弱我们的战斗实力啊！"

"那也必须做到万无一失！而且以我们的兵力，三分之一也照样拿下他！就这样吧，每个方向去一个大队。你就带着你的大队，跟我一起去青铜岭吧！"

日军大队长立正领命，山本忽然抬头说道："对了，去问问，那些留下的平民都杀了吗？"

"已经遵照命令，全部杀了！"刚才那名下级军官跑来汇报，山本深吸了一口气。

"唉，应该留个带路的，抄近路过去。去，把翻译官叫来，跟我们这队走吧。"

朝阳升起，鸟儿跳动在山间的树枝上，发出悦耳的鸣声。靠着树干睡觉的柳富贵被几颗石头打醒，他先是用手揉揉眼，伸了一个懒腰，懒腰还没伸完，他吓得一个激灵，完全清醒过来。

在他面前站着以山本龙太郎为首的一大队日军，山本、日军大队长和翻译官孙昌本都笑眯眯地盯着他。见他醒了，山本将手里剩下的几块小石头轻轻往旁边一扔，笑起来说："看，我的石头闹钟管用吧？"

他身边的人也跟着笑，柳富贵听不懂他在说什么，只是紧张地盯着日军，慢慢地站起来，山本微笑着走到他面前。

"看你没带什么行李，你应该不是走远路的，是住这附近的吧？"

"皇军问你，是不是住这附近的？"翻译官孙昌本上前，用汉语问道。

柳富贵不说话，板着一张脸，孙昌本生气地喊道："皇军问你话呢！"

柳富贵仍沉默着，山本见状，开口说道："你只要带我们去青铜岭，走最近的小路，我可以保证你的安全。"

孙昌本跟着翻译，柳富贵还是不吭声，山本伸手制止了想要发火的孙昌本。他凑到柳富贵面前去，伸出手，猛地抽出柳富贵腰间别着的小唢呐，拿在手里端详，眯起眼看看吹孔，看看喇叭，一脸赞赏："我听过这种乐器的演奏，声音很响亮，好像满世界都喜庆了。神奇的中国乐器！"

翻译官孙昌本正要翻译，山本又用生硬的汉语对柳富贵说道："你会吹它，你是这个。"他向柳富贵竖起大拇指，"可他们，八路军，走了，不管你了，不要你了。"

柳富贵斜眼瞟着山本，山本继续说着蹩脚的汉语，"你，带我们去，找他们。去青铜岭。我，保证，不杀你！"

柳富贵冷冷地盯着山本，两人对视良久，柳富贵点了点头。他突然上前，向着山本伸出手，日军士兵们立刻将枪端起来对准他，山本却抬手让他们不要动。只见柳富贵缓缓地从山本手中夺回了唢呐，他恨恨地用衣襟擦着唢呐，擦好了，又把唢呐别在腰带上。

孙昌本上前推搡，柳富贵用肩膀抵开他的手，迈步走向前，山本若有所思地看着柳富贵的背影，大队日军都跟着走了起来。

二十二

通宵顶着夜色赶路，独立旅的战士们走在青铜岭的山路上，一个个都极其疲惫。原地休息的命令被队伍一道道传播下去，越传越远，战士们得到休息的机会，有的一屁股坐到地上，有的靠在树上慢慢往下滑，有的直接抓紧这点时间，背靠背睡起觉来，张志成也一边喘着气，一边用帽子扇风。

"走了一整宿，都是山路，够呛啊。"

赵松林擦着汗，走向高处，他拿起望远镜观察远处，又放下望远镜思考，张志成跟在他身边，这时一名侦察员跑来。"报告！发现有日军朝青铜岭方向追来，大约有一个大队。"

"鬼子这么快就咬上来了！"张志成与赵松林警觉地互相看看。

"必须在这里进行火力阻击，掩护群众继续转移。"赵松林环顾四周。

"这里有山，作为阻击点，地势还算理想。"

张志成也赞同地点头，见赵松林把手一伸，他立马取出地图来展开，赵松林指着地图。

"旅指挥部设在这里，现在马上架设电话线，保证与指挥部的联系畅通。去把三个营长都叫来！"

经过一夜的追赶，叶作舟等人也已与部队中战地服务团的其他成员们汇合，众人此时正靠在一处相对平坦的山坡上休息。丁小蝶坐在一块大石头上，叶作舟来到她身边，关切地问她："小蝶，你还好吧？"

"我没什么，就是辛苦了大家，一路上都照顾我。"

丁小蝶感激地笑着，叶作舟也跟着她笑。

"你肚子里有小八路，不照顾你还照顾谁？"

这时，不远处传来一阵吵闹声，叶作舟和丁小蝶转头去看，是东方海、于镇山和于冬梅围着柳二妮，不让她离开。柳二妮一边试图挣脱他们的阻拦，一边着急地喊着："我得找我爹！你们放我走！"

"二妮,现在部队和群众都在转移中,你到哪儿去找你爹?"

看到叶作舟过来问,柳二妮哭着说道:"刚才我睡着了,一闭上眼就看见我爹,跟我说,二妮,快来救我!我叫鬼子给抓住了!"

众人互相看看,又面色不忍地看着柳二妮。

"二妮,没听说过吗,梦都是反着来的,你做这样的梦,可能正说明柳大叔现在好好儿的,等我们安全转移了,你就能找到他!"

听到于冬梅的话,柳二妮哭着点点头,一头扑在于冬梅怀里。于冬梅抚着她的背,小声安慰她。东方海与于镇山、叶作舟都沉重地互相看看,没有说话。

在青铜岭设下的独立旅临时指挥部中,三位营长和张志成围着赵松林,等他下达战斗指令,赵松林的手指在地图上滑动。

"我们现在在青铜岭的南面,日军从北面过来。要设防,有三个方向,青铜岭的北面,地形开阔,易攻难守,这里,由一营来驻守。"

一营长立正领命,张志成点点头。

"对,一营多是老兵,大多数还当过红军,经验丰富,战斗力最强。"

"把二营放在西面,这里地形险要,除了一条羊肠小道,其他都是悬崖绝壁,易守难攻。"赵松林继续下达指示。

二营长也立正领命,张志成问道:"政委的意思,是要把三营放在东面吗?"

赵松林点点头:"对。东面是最险要的,要从那里上来,难度太大。防守的力量可以相对薄弱一些,让新兵最多的三营守东面。估计鬼子不会从东面上来,必要时,三营可支援一、二营。"

三营长立正领命,赵松林最后一脸正色地看向张志成道:"你负责配合三营长,守住东面!"

张志成敬礼领命,三位营长迅速离开。张志成转身要走,又转身回来,欲言又止,赵松林疑惑地看着他,问:"怎么啦?"

"怎么把我派到三营?三营守东面,是最安全的,鬼子最不可能从这里进攻……"

赵松林神色凝重道:"张参谋,你知道,三营的老营长前不久牺牲了,这个刚提起来的新营长是地方部队过来的,缺乏战斗经验,又带着一批新兵,实在是……唉,只有你去了,那里的防守才算让我放心了。"

"明白！"张志成一脸正色地回答后，转身迅速离开。

石保国骑着马在路上飞奔，两名战士紧随其后，马蹄踏过小水沟，污泥高高溅起。后面的两名战士表情紧张，其中一位忍不住说道："能歇会儿吗？来回这样都跑多少天了，我都快受不了了！"

"不行啊，慢一点儿就跟不上！"另一位战士摇了摇头，两人一脸痛苦继续策马飞奔，追赶着石保国。

此时的青铜岭上，一队老百姓急急地走着，几名战士护送着他们。

"还要走啊？这都走多远了！"一个妇女抱怨着。

"大婶，鬼子在后面，啥也别说了，就快点逃吧！保命要紧！"身旁的姑娘劝她。

"鬼子现在在哪儿？会不会追来了？"一个老头问道。

"大爷，我们有人留在这里，专等鬼子来，一来就打！"一名战士回答他。

百姓们放心地继续走着，赵松林在不远处用望远镜看着正在转移的群众，脸色凝重。一名作战参谋赶过来。

"报告！三个营都到达了指定位置。"

"好。酒菜摆好了，就等喝酒的来了。"赵松林点着头，叶作舟也跑了过来。

"赵政委！"

"叶协理员，怎么了？"

叶作舟一脸认真地说："赵政委，我们战地服务团请求参与阻击！"

"那不行！叶协理员，你怎么不明白？你带领的，是我军最高级的文艺队伍，他们个个都是艺术人才，不能让他们冒这个险！像东方海那样的，出了事，我们的损失可就不仅仅是军事方面的！"

"东方海、于镇山同志已经正式提出参战申请！"

赵松林有些焦虑地说："那，还有丁小蝶呢，大着个肚子，你说怎么办？"

"我会留下足够人手看护她的。"

看叶作舟一脸笃定，赵松林用手痛苦地抓着头发道："哎呀，你说你……我都不知道拿你怎么办了！石保国这家伙，怎么还不回来！"

"赵政委，没时间犹豫了，你快给我们布置任务吧！"

赵松林一脸烦乱，没有说话。突然，柳二妮慌张地跑了过来道："叶大姐，小蝶姐她……她……肚子痛了……"

两人闻言大惊，忙随柳二妮跑过去。他们赶到丁小蝶身边，看到她脸色苍白，滴着汗水，表情痛苦。叶作舟关切地抓住她的手说："小蝶，你感觉怎么样？"

"每隔一会儿……就痛一阵儿。"丁小蝶声音十分虚弱。

"你这是在开始发作了。以前我见过一个嫂子生孩子，开头就是这样。"叶作舟想起和冼星海一起将钱韵玲送到医院时的情景。

"啊？这就是要生孩子了？"于冬梅闻言，慌张起来。

柳二妮、东方海等人都围了上来，众人关切地问丁小蝶："想喝水吗？""疼得厉害不？""别怕，我们在这儿陪你。"

赵松林思索片刻，下定决心道："这样吧，叶协理员！战斗服务团的男团员——像东方海、于镇山这样的，去三营配合工作，守住东面防线。"

叶作舟起身立正领命，赵松林又说道："另外，战斗在即，所有卫生员都已经部署到三个防守点了，丁小蝶这里，就只有委托你了。"

叶作舟正要领命，忽然呆住了，有些尴尬地说："什么？我？我……我可不会接生啊！"

"你不是见过一个嫂子生孩子嘛！其他的人，见都没见过啊。"叶作舟还想辩解，赵松林摇了摇头，"不要再说了，时间紧张，我们都有任务，各自完成好分内的工作吧！"

赵松林说完，转身匆匆赶回指挥部。叶作舟站在原地，有些茫然地看看丁小蝶，又看看其他人，众人也都不知所措地互相看着。

日军在山路上快速行军，柳富贵被一名士兵押着走在队伍最前面。山本站定，用望远镜向周围观察。

"这离青铜岭不远了吧？"

"应该是不远了，但这路……总感觉走得有些蹊跷。"

日军大队长怀疑地看着柳富贵。山本走到柳富贵身前，用汉语问他："你，确定是这条路吗？"

柳富贵板着脸，冷冷地点了点头，脚下步子不停。山本盯着柳富贵的背影，孙昌本凑过来，讨好地对山本说道："阁下，我去把他盯紧些！"

山本点了点头，孙昌本点头哈腰，追着柳富贵走了。山本回头交代着日军大队长:"你去提醒他们,已经接近目标,所有人都必须保持安静,不得暴露我军的行踪!"

日军大队长和几名军官跑到队伍中,低声发布着保持安静的命令。在前面走着的柳富贵咳了一声,孙昌本赶忙低声警告他:"你小声点儿!皇军命令大家要保持安静!不能让八路军知道我们的行踪!"

柳富贵瞟了孙昌本一眼。

位于东面峭壁之上的防线处,张志成用望远镜观察着远处,看到群众已经撤离到有相当一段距离的远处,他稍微安心地放下了望远镜。

"刚才接到旅部通知,鬼子已经到前面那座山了,但奇怪的是,他们拐上了一条死路。"三营长在他旁边说道。

"死路?"张志成有些疑惑。

"是啊,据侦察,那条路通向绝壁,除非鬼子会飞,否则不可能过得去。"

张志成皱眉凝神,他心中生出一股不安的预感。

战地服务团这边,东方海、于镇山等人抬着丁小蝶,来到一棵大树下。

"就这里吧!"

众人听着叶作舟的指令,安顿好丁小蝶,开始打理周边环境。于冬梅捡掉地上的小石头,东方海在一根低垂的树枝上挂起遮挡的帘子,于镇山在地上铺棉垫,很快,一个野外临时产房布置好了。

"我听说要准备热水,我去烧点水吧!"

"千万别!如果生火,烟雾会暴露我们的具体位置!"

叶作舟赶忙拦下来,柳二妮吓得连连点头:"哎哟,有这么严重,吓死我了!"

"小蝶,条件有限,就委屈你了。"

丁小蝶虚弱地挤出一丝微笑,朝叶作舟点点头。

"你们去东面防线吧,这里有我们几个,有情况随时联系!"

东方海、于镇山也对叶作舟点点头,东方海又走上前对丁小蝶说道:"小蝶,你别怕,我们会挡住鬼子的!"

丁小蝶欣慰地笑了笑,东方海和于镇山转身离开了。

日军仍在行军中,柳富贵放慢脚步,混到队伍中,他左右看看,悄悄把手摸向别在腰间的唢呐。就在这时,唢呐被一只手抢先一步拿走,柳富贵回头一看，山本正狡猾地微笑着，用生硬的中国话说道："现在，要保持安静。这个神奇乐器，还是等任务完成，再还给你吧。"

柳富贵恨恨地看着他，山本挑衅地学柳富贵的样子，把唢呐别在自己的军装腰带上，然后笑眯眯地将一根食指放在嘴前，做个了嘘声的手势。孙昌本上前来推了柳富贵一把，柳富贵白了山本一眼，扭头继续走。又走了一会儿，一名日军侦察员急匆匆地跑过来，急切地向山本汇报："报告！前方是绝壁，已经无路可走了！"

山本大怒，他冲到柳富贵面前，咬牙切齿地说道："你……你是八路！"

柳富贵笑了一声，忽然跑开几步，他仰头向天，用民歌调子，中气十足地吼出了响亮的一嗓子："鬼子来喽喂——"

歌声突起，东面防线的张志成与三营长站定，惊疑地朝对面山上望去。指挥部中，赵松林猛地听到东面传来歌声，也吃惊地抬起了头。在大树下陪着丁小蝶的柳二妮听到这一声，整个人都惊呆了，她腾地站起来，仔细地听着，叶作舟和于冬梅也警觉地抬起了头。

山本身边的日军大队长顿时慌了，一下子拔出手枪，对着柳富贵开了两枪。山本没来得及阻拦，枪声响起，张志成和三营长被枪响惊动，张志成伸出手道："在那边！在对面山腰！"

柳二妮遥远却清晰的两声枪响吓得一个激灵，她瞪大眼睛，朝着远方望去。

"是我爹！是我爹！"

"二妮，不能去！"她要冲过去，叶作舟、于冬梅含泪死死抱住了她。她一边挣扎着一边哭喊："爹——爹——"

"不能开枪！应该用刺刀！现在可好，你让八路军知道我们走上死路了！"

山本气得大叫，日军大队长羞愧地使劲点头："卑职有罪！卑职失职！"

孙昌本看看日军大队长，小心地对山本说道："山本阁下，其实就算不开枪，刚才老东西喊那一嗓，也够暴露我们了。"

山本气得作势要拔刺刀，孙昌本吓得连连后退，道："皇……皇军，阁下，我只是实话实说而已。"

山本想了想，恨恨地收回了刺刀，他走到柳富贵的遗体前，面无表情地低头看着。

"可惜了一副好嗓子！"说着，他把唢呐从腰带上抽出来，轻轻扔到柳富贵身上。

"通知部队,原路返回,另找出路!"

日军大队长立正点头,大队日军的一双双脚从柳富贵遗体边迅速走过,牺牲的柳富贵与他用了大半辈子的唢呐,一同安然躺在山路上。

对面山崖上,张志成拿着望远镜观察着这边。

"好,他们绕了路,给群众转移争取了时间,我们也可以准备得更充分。通知全体人员做好战斗准备!"

三营长冷冷地看看他,没说话。张志成放下望远镜,不解地看着他。

"张参谋,我知道你是旅部机关派来的,但别忘了,我才是三营长!"说完,三营长转身走了,一边走一边向远处的战士下达指令:"传我命令,做好战斗准备!"

张志成冲他的背影摇摇头,叹了口气。

柳二妮倒在于冬梅怀里痛哭,于冬梅不停地拍着她的背,一旁的树下,叶作舟照顾着丁小蝶,丁小蝶的汗水已将衣服湿透,她神情痛苦。

"叶大姐……怎么,越来越疼啊?"

"生孩子就是要受这个罪。就像打仗一样,只能咬着牙拼了!"

丁小蝶哭了起来:"打仗……也没这样疼啊!我不想生了!不想生了!"

"小蝶,这个仗才开始,你可不能投降啊!"叶作舟着急地劝着她。

"石保国你个混蛋——"丁小蝶哭喊着。

以极限状态赶路的石保国三人,距离独立旅部队越来越近,趁着在溪边喝水的时间,石保国从挎包里掏出一张地图,仔细研究起来,两名战士围过来问:"旅长,我们现在是回董家庄吗?"

石保国一边看地图一边摇头道:"部队已经转移了,根据地现在没人了。"

"啊?转移了?那我们追得上他们吗?"

"电报上用暗号告诉我,第一个集结点是青铜岭,我们要直接去那里。看地图,前面那个路口一过,有一条直插青铜岭的小路,就走那条路!"

两名战士有些着急地说:"旅长,如果遇上鬼子怎么办?"

"尽量隐蔽,避免被他们发现。如果真打起来,也要快打快撤,不能和他们硬碰硬。"

"明白！"两个战士一脸郑重地点头答应。

"我还得快点去看看我老婆，快生了都。"石保国叹了口气。

"明白！"

听到两名战士又齐声喊着，石保国笑了起来："你们明白啥呀？小屁孩儿！"

他伸手撸一把身边战士的头发，从兜里掏出一张照片，递给他们看。

"看，我老婆，大上海的洋学生，会唱歌剧、弹钢琴、跳芭蕾舞。嘿，就嫁了我了！我对她呀，是捧在手里怕冷了，含在嘴里怕化了呀！现在鬼子来扫荡，她要是有危险怎么办？她肚子里还怀着我儿子石盼新哪！"

"也可能是个女儿呀"

石保国脸一板，假装生气道："就会说丧气话！一定是儿子！儿子！"

日军行军到山脚，山本点头示意，日军大队长向排头兵做手势，队伍停下来。

"已经确认，八路军带着平民是朝着青铜岭的方向逃离的。现在我们已经追上他们了。"

"那他们应该也做好阻击准备了。"

一名士兵递上展开的地图，山本和日军大队长细细研究着，山本抬起头来，向四周打量，再看看地图。

"这里的地势，确实很适合防御，但八路军想把我阻击下来，没那么容易！"

"我已经派人去实地进行地形侦察了，一定能找到他们的薄弱之处。"

山本点点头，一名侦察兵跑来敬礼。

"报告！经侦察，青铜岭北面是缓坡，地形开阔，攻击相对容易，西面、南面，系陡坡，只有一条狭窄小路可供进退，进攻难度大，东面近乎悬崖绝壁，无路可上。"

山本听了，又低头在地图上研究一番，日军大队长凑过去。

"那我们从北面进攻吧！"

"他们也会想到这点。北面的防守一定是最严密的。"

见山本摇头，日军大队长不屑地说道："那又如何？凭他们千人的小团，能挡得住我们吗？"

"别忘了，你是在和石保国打。石保国，是个有天赋的作战奇才，要是这次能活捉他,我真想跟他喝一顿酒,好好聊聊。"

日军大队长神情疑惑,山本笑起来道:"我是说,你要学习用石保国的思维,来考虑战局。他咬了我那么多次,这一次,我要老账新账一起算,一定赢回来!"

很快,日军定下最终战略,任务布置下去,士兵们敬礼,转身迅速离开。

"阁下,已经安排妥当!"日军大队长走向脸色严肃的山本。

"这是一着险棋,但也值得冒险。"

"我认为,我们还应该再派一小队人到另一面,给他来个声东击西。"

山本盯着前方,对日军大队长的提议默默地点了点头。

东方海与于镇山赶到三营防守线时,张志成正一一检查着防守点的战斗准备情况,战士们在各自岗位上架着步枪等待着。

"张参谋,赵政委派我们来支援你们东面防线。"

听到东方海的话,三营长在旁边不耐烦地插话:"我们这边不是最安全吗?下面就是悬崖峭壁,鬼子还能飞上来?还派人来支援我们,喊,说得好听,还不是想保护你们!"

东方海生气地想要争辩,于镇山拉住他,轻轻摇了摇头。张志成看了一眼三营长,转向两人道:"在战场上,形势千变万化,每个方面的防御都很重要!你们跟我来,我给你们安排任务!"

东方海、于镇山跟着张志成走了,临走时东方海挑衅地瞟了一眼满脸不高兴的三营长。另一边,临时指挥部所在的一片小树林中,不远处几名电台兵忙碌着架设电话线路,赵松林在一旁焦急地走来走去。

"有情况没有?"

作战参谋摇摇头道:"鬼子到底葫芦里卖的什么药?怎么还没动静?"

"他们时间拖得越久,群众就撤离得越远,不是好事吗?"

赵松林摇头,一巴掌拍在一棵树上,说:"他们是在想法子对付我们,花的时间多,就部署得更周密。石保国说过,有时候越安静,就越能闻出一股杀气。"

战地服务团这边,情况也不容乐观。丁小蝶痛苦地轻声呻吟着,于冬梅用一块湿毛巾给她擦汗,擦着擦着,一只手接过了毛巾。于冬梅抬头一看,是柳二妮,哭过之后的她神情依然哀伤,但已有坚强之色。

"冬梅姐,你休息一下吧,我来照顾小蝶姐。"

于冬梅看着她,点了点头,眼含泪水。

张志成带着东方海和于镇山来到防守线的一处空当,给两人设下防守点,他俯身对趴在步枪前的东方海讲解射击经验:"不用一直瞄准,不然眼睛会酸……"

已经大致掌握要领的于镇山从旁边的哨位抬起头来说:"张参谋,三营长说,鬼子绝对不会从东面进攻,是这道理吗?"

"在战场上,什么都不是绝对的……"张志成正说着,突然轰的一声,离他们不远处亮起火光,石屑与土粒飞溅,三人迅速趴在地上躲过。

"鬼子在朝我们开炮!"观察哨有人喊着。

全场紧张起来,三营长慌张地下令:"快打!打回去!"

战士们纷纷开枪射击。

"什么?鬼子进攻东面了?不可能啊!"赵松林在指挥部接到消息,大惊失色。作战参谋着急地点头:"是真的!"

"确实是东面防线。"赵松林仔细聆听着远处传来的枪炮声,他站起来,来回走动。

"政委,东面打起来了,要不要派其他两个营支援?"

"我怀疑其中有诈。"沉思片刻,赵松林摇了摇头。

在炸响的炮弹声中,张志成一边隐蔽躲避,一边拿着望远镜朝山下观察。

"鬼子就是冲我们来的!快联系旅部,给我们火力支援!"听到跑过来的张志成这么说,三营长的眼睛瞪大了。"冲……冲我们来?……为什么?"

"还愣着干什么!联系赵政委!"

三营长慌忙答应,转身跑开,赵松林在另一端接起电话说:"不可能!他们的攻击方向绝不可能是东面!你们顶着!"

放下电话后,赵松林对满脸焦急的作战参谋解释着:"要是从北面、西面派援军过去,那两个方向的防守力量就弱了,一旦鬼子发动进攻,那就麻烦了。"

"优势火力武器都在北面、西面,东面的防守力量与装备最差,万一……"

"他们有地形优势！"赵松林沉吟片刻，又沉稳地补上一句，"还有张志成。"

一小队日军士兵在树木间穿行，悄悄来到青铜岭北面防线，在坡下架起机枪射击，同时朝山上的独立旅一营守军投出手榴弹，收到北面防线遭到日军进攻的消息，赵松林激动地大喊："你看你看！我说得没错吧？鬼子就是在声东击西！他们压根儿就是想进攻北面防线！通知一营，严防死守，不得擅自撤离！"

不远处一名干部敬礼接下指令，迅速退下，作战参谋仍是一脸担忧："但是东面的张参谋来电催了几次，坚持认为敌军的目标是东面，要我们火速给他们派遣支援力量！"

"张志成也算是经验丰富的老兵了，怎么这么糊涂！他凭什么认为东面是鬼子的目标？"

听到接线员传达赵松林的质疑，张志成又急又气，他对着电话大喊："凭着我对山本的了解，还有我观察到的敌军部署，我敢这么说！"

不远处响起炮声，张志成挂了电话，冲回阵地上。三营长正在指挥两名战士抬一名伤员离开，张志成着急地对三营长说道："我催了几次，旅部还不给我们派支援力量！"

"鬼子这是在声东击西呢！你不知道北面已经打起来了吗？那才是他们的攻击目标！"

张志成摇头道："他们的重型火力都集中到东面了。"

"那又怎样？但凡有点儿脑子就想得出来，从我们东面怎么进攻？他会飞还是会爬？"

又一记炮弹在较远处炸响，炮声过后，原本在一线射击的几个战士往后撤退。

"营长！火力太强了，我们是枪，他们是炮！"

"避开炮火！"

得到三营长指令，战士们继续往后撤，张志成一脸焦虑地看着他们。

"政委！东面遭受持续的炮火攻击！"接到最新消息的作战参谋着急地跑过来，赵松林点起一支烟。

"那北面呢？"

"北面仍有小规模火力袭击。很奇怪,像是只有一支小分队在作战,而且只是骚扰,并没有正式进攻。"

赵松林面无表情地吸着烟,心中却思绪翻涌,痛苦万分。

"政委,怎么办?"

"不能动。东面再紧,北面和西面都不能动!一营和二营各抽出一个连组成预备队,随时准备支援三营。"

尽管已经大致猜到日军的战略,赵松林仍是下定决心,做出指令。

北面防线的日军小队很快被击破,但独立旅在东面防线的火力并没有增强,山本专注地听着远处的炮声。赵松林的决定是对的,一旦他下令支援东面三营,山本也会立即调整策略,大举进攻易攻难守的北面防线。

"阁下,还是坚持我们的计划吗?如果他们在东面加强了火力配置,我们就被动了。"

山本微微一笑,道:"他们不敢把北面与西面的兵力减弱,来支援东面。这是最正确的部署方法。我就是赌的这个。"

"就算炮火这样密集,他们也不敢把重心转移到东面?"山本又专注地听了一会儿,坚决地点了点头。

"下一步准备好了?"

日军大队长点头,他一挥手,一队身上背着绳索和登山钩的日军士兵排队向远处跑去,山本看着他们的背影。

"一定要加强掩护!"

日军大队长点头,山本望着远处,淡淡地开口说道:"成败在此一举。"

炮声突然停歇,东面防线的战士们纷纷从隐蔽点小心地走出来,站着不动,静静地听着,东方海开口说道:"好像炮声停了。"

"去看看。"三营长指挥着。

一名战士走到悬崖边,小心地探头出去,忽然大惊:"鬼子——"

一阵机关枪扫射,战士中弹倒下,众人条件反射地隐蔽起来。张志成迅速地移动到一个观察点,拿起望远镜,只见对面山上有日军架起的数台机关枪,对准这边随时准备开火。张志成正在疑惑,忽然一只登山钩啪地搭上来,牢牢咬住地面,登山钩连着的绳子在不停晃动,张志成大惊,他掏出匕首,刚刚走出隐蔽点,一阵枪声响起,他身后的树干上留下一串弹孔。张志成扑倒在地,匍匐前进,到了那登山钩前,他用匕首拼命一挑,连在登山钩上的绳子断裂，传来一声惨叫，抓着绳子攀登山壁的日军摔下山去。

东面防线正对的山脚下，山本用望远镜观察着战局。日军大队长站在他身边，只见二十多根登山绳长长地垂在悬崖上，日军士兵正沿着登山绳往上攀爬。

"他们都是我特意挑选出来的尖兵，精于山地作战，都经过良好的训练。"

"掩护他们的火力一定要充足。"山本赞许地点了点头。

峭壁之上，张志成向后方的三营长喊着。

"快报告旅部，敌人派兵攀爬绝壁，企图从东面攻破防线！"

三营长大惊，立即跑步离开。张志成又招了招手，东方海、于镇山和几名战士在隐蔽处聚集起来。

"不要靠边缘太近，鬼子在对面山上部署了火力，对准我们这里，就为了掩护他们的登山兵！"

"那我们怎么办？"

"你们先扔手榴弹！不要扔远了，贴着峭壁扔！"

东方海和于镇山一起点头，他们和几名战士迅速离开，张志成招来另外几名战士交代："你们带刀匍匐过去，到悬崖边缘，见绳就割！同时注意隐藏自己！"

几名战士点头离开，一名新兵没有走，害怕得哆嗦起来道："首长……我会不会……会不会死？"

新兵眼神直直的，张志成鼓励地拍了拍他的肩说："我不知道任何人的生死，包括我自己。我只知道，只要我活着，就得干好自己的事。"

东面防线战况危急，日军士兵在山壁上迅速攀登绳索。东方海、于镇山匍匐着来到悬崖边，两人拿出手榴弹，拉开，贴着峭壁往下扔，手榴弹在崖壁处爆炸，弹片与泥土飞溅。一个日军士兵被弹片击中，从绳索上掉下，另一个士兵随着断掉的绳子一起摔下山崖。

来回向赵松林传递消息的作战参谋越发焦急："政委，鬼子真的是铁了心要打东面防线！他们的兵已经在攀爬峭壁了！鬼子专门训练了一支擅长山地作战的精兵队伍，每个人都有丰富的作战经验，号称以一当十！而我们的三营几乎全是新兵，而且没有重型火力保护，后果难料啊！"

"让他们坚持两个小时！等群众转移到下一个集结地，安全了，我们就撤！"

"那……还是不让一营二营支援三营吗？"

赵松林深深地叹了口气，摇摇头道："北线、西线防守弱了，鬼子就可轻松突破防御，长驱直入。我不能犯这样的错。"

日军派往北面防线进行骚扰攻击的小队中活下来的一个士兵回来汇报。日军大队长走向山本道："阁下，您的声东击西，应该起作用了。北面一直有骚扰，八路军就不敢把兵力调到东面防线，我们的攀登队就快掌握主动了。"

山本点点头，道："炮火轰击，掩护攀登队进攻。"

在离悬崖边缘不远处用石头垒出的简易防御工事中，张志成带领东方海、于镇山和几名战士支着步枪等待着，日军的炮火突然覆盖下来，众人被火力压制得抬不起头。这一波炮击刚刚停止，一个日军士兵从悬崖边缘冒出头来，东方海正从被炸塌的工事中爬出来，他迅速开枪，日军士兵倒下悬崖，然而更多的日军爬了上来。

"鬼子上来了！"东方海高声叫着，上来的日军躲在石头后面，不时开枪射击。众人都行动起来，于镇山冲日军扔出手榴弹，手榴弹被一个日军士兵捡起来扔回，在空中爆炸。

"快撤！"三营长嚷着。

张志成迅速拦下了他的命令："不能撤！现在鬼子上来的还不多，必须顶住！不然他们会掩护更多鬼子上来！"

"怎么办？"

张志成咬牙对东方海他们喊道："打！往死里打！"

山本举着望远镜，看到攀登绳索的日军士兵纷纷登上崖顶，又有几挺重机枪通过绳索被拉上去，露出了满意的笑容。爬上阵地的日军士兵架起拉上来的重机枪，对八路军进行扫射。张志成率领战士开枪射击，重机枪火舌吞吐，阵地上伤亡很大，张志成只好大声下令："撤——"

东方海、于镇山找准机会，与其他战士们一同往后撤。稳住阵脚的日军又在山壁上放下许多软梯，山崖下的日军纷纷沿着软梯爬上去，一时崖壁上密密麻麻的全是日军。

二十三

赵松林满脸冒汗,神情紧张,终于等到作战参谋带来关键消息:"虽然三营失守,但群众已经安全转移。按照我们的计划,三营已经抵挡了足够时间。"

"现在是我们需要安全转移了,必须保存实力。通知三营,撤退!同时通知旅部所有人,赶紧撤!"

这时,叶作舟惊慌地跑了过来。

"赵政委!丁小蝶开始生了!就没有一个卫生员吗?"

"等等!"赵松林瞪大了眼睛,他咬着牙,喊住了作战参谋。

"什么?还要我们扛?开始我们要支援,你不给!现在群众已经安全转移,鬼子的重型火力压着我们,你还不让我们撤!"

张志成在密集的枪声中对着电话大吼,电话另一头,赵松林一脸沉重。

"张参谋,丁小蝶正在生孩子,旅部不能撤!旅部不撤,你就得把最后一道防线给守住!我让预备队立即支援你们。"

"嫂子她……在生孩子?"张志成哽咽了。

赵松林的声音也激动起来:"是的。我们千辛万苦地打仗,是为了什么?还不是为了孩子,为了未来!志成,请你,无论如何,坚持到孩子生下来!"

张志成咬着牙点头道:"政委放心!我张志成,哪怕流干最后一滴血,也会守住防线!"

电话挂断,赵松林深深地埋下头,张志成却一脸坚毅之色,他来到阵地,找到东方海和于镇山说:"你们撤回指挥部。"

"为什么?"

张志成神色严厉:"这是命令!"

东方海和于镇山对视一眼,点点头,转身离开,又忍不住回头看着张志成。等他们走远,张志成冲战士们喊道:"把剩的弹药都集中起来!"

张志成和三营长带领战士们一起向从崖边攻来的日军拼命射击，不断有人倒下，两名战士放下手中的枪，要抬一名伤员下去，张志成拦住他们。

"继续战斗！"所有还能战斗的人咬紧牙关，继续向敌人射击。张志成推开牺牲的机枪手，亲自操作机枪射击，腿部中弹，他继续射击着，肩膀和腹部也中弹，伤势严重。三营长和战士们扑过去，把他拖到一边，要往担架上放。他挣扎着坐起来，倚靠着一棵树，嘴里冒着血。

"这个阵地，必须守住！我宣布——不管轻伤、重伤，一律在火线救治，不抬下去！这一规定，自我开始！不许抬我下去！"

张志成喘息着，低头看向自己全身上下流血的伤口。三营长忍住眼泪，难过地看着他，张志成抬头盯着三营长说："你才是……三营的营长，这个阵地应该……由你指挥！"

"你必须接受救治！来人……"

三营长的眼泪流了出来，张志成见状，拔出手枪，对准自己的太阳穴道："我不能……给你们，留后顾之忧……我说过，此规定，自我开始执行！"

手指扣动扳机，枪声响起，张志成偏头倒下。

"张参谋——"三营长伏地哭泣片刻，抬起头，咬着牙喊道："给我打——"

石保国一行赶到了青铜岭附近，他渐渐放慢了速度，最后让马停下，两名战士也跟着他停下。石保国仔细听着，遥远的枪炮声传来，他回头说道："前面已经在交战，情况危急，我们要加倍小心！"

两名战士郑重地点头，三人继续小心翼翼地进发，来到青铜岭山脚下，石保国跳下马，两个战士随之下马。忽然，枪声响起，石保国迅速带领战士隐蔽，他小声对两名战士指示："我们要从鬼子包围圈的外围绕过去，尽量不要惊动鬼子。"

片刻平静之后，石保国带着战士在树木遮蔽下，一路跑起来，在一处小坡上，他们遭遇一小队日军，对射后迅速离开。士兵回到营地报告时，日军大队长与山本正在商定接下来的计划。

"阁下，我们已攻破敌军的东线，应该让深入战线的士兵绕到西线，从背后去攻击西面的八路军，一旦他们从西线的羊肠小道撤下来，我们山下的士兵正好可以进行阻击，将他们两面夹击！"

"好！是个好主意！"

士兵报告在山下与几名便装人士交战，日军大队长与山本都十分惊诧。问明方向后，山本举起望远镜，镜头里的树丛间，出现了石保国的身影。

"先不要实施你那个西线计划！集中兵力，把石保国拿下！"

"可是，如果现在不立即实施，恐怕会贻误战机！"

"石保国出现了，这才是真正的战机！"

日军大队长神色犹豫道："从侦察情况看，他只带了两三个士兵，派支分队就可以消灭他了，何必为他放弃一个作战计划？"

"你根本不懂！那个石保国，是个作战天才，一个人足以抵一个团、一个旅！不过，他既然突然出现在这里，其中肯定有问题，我们不能不小心！"

日军大队长着急起来："就凭他一人带两三个人，就想故弄玄虚分散我军兵力？这手段太低级了！一旦将注意力放在那几个身上，很可能会放走八路军主力！我们千万不能上他的当！"

"可我宁可放走这整个旅的人，也不能放走石保国一个人！他对我军的杀伤力太大了！传我命令，集中山下所有力量，捕杀石保国！"山本冷笑一声，不容置疑地发出指令。

丁小蝶浑身被汗水浸透了，她痛苦地呻吟着，于冬梅和柳二妮不停地安慰着她。叶作舟匆匆忙忙地从指挥部回来，没有卫生员的现实使她不得不鼓足勇气，担负起给丁小蝶接生的工作。

距离她们不远处，三营正在东线与日军苦战，石保国在山下被日军追剿。生产的过程并不顺利，丁小蝶痛苦地哭叫着，于冬梅和柳二妮充满焦虑地看着面色惨白的丁小蝶与脸色涨得通红的叶作舟。

石保国和两名战士被大批日军围住，他们边跑边回头与日军对射。距离日军越来越近，枪林弹雨也越来越密集，石保国拼命奔跑着，忽然背后中弹，一个趔趄摔倒下去。他躺在地上，意识渐渐模糊，眼前出现了丁小蝶俏皮的笑脸，越来越远。石保国在意识里向抱着大肚子微笑的丁小蝶伸出手，他的眼中爆发出最后也最为热切的光芒，在心底呼喊着："小蝶——盼新——"

与此同时，婴儿的啼哭声响亮地迸发出来，丁小蝶疲惫而幸福地露出微笑，叶作舟也欣慰地笑了，于冬梅和柳二妮激动地抱在一起。

东面防线，三营战斗到只剩三营长最后一人时，终于等到了赵松林派出的援军，大批战士携着凶猛火力将日军逼回崖边，日军四散溃退。

"撤！快撤！"得到丁小蝶平安生产的消息，赵松林大声向指挥部的众人喊着。几名干部与战士闻言快速行动，收拾好装备飞奔而去。赵松林问跑来的作战参谋："撤退命令都下达没有？"

"北面、西面已通知。东面还没联系上。"

作战参谋面色悲伤，赵松林咬了咬牙道："派人去通知。"

作战参谋点点头，匆匆离开了。赵松林跟着向前走了几步，忽然站住，他一手撑着身旁的树干，一手捂住自己的脸，不出声地哭了起来。

独立旅成功撤离青铜岭，得到了后方部队的接应。在临时驻地卫生队中，丁小蝶疲惫地躺在炕上，孩子在她身边睡着，叶作舟、于镇山、东方海和于冬梅进来看望她。经过一场战斗，众人的样子都有些狼狈，但此时相见，脸上微露笑意。

"总算安全撤离了！当时你生孩子那个样子，真把我给吓惨了！"

"叶大姐，这次多亏了你和大家，不然，我丁小蝶和孩子绝不可能这么平平安安地躺在这儿。你们这份情，我这辈子也还不了！"丁小蝶感激地看着叶作舟。

"小蝶，快别这样说，我们为你做这些都是应该的，也是心甘情愿的。你早就不只是我们的战友，也是我们的亲人！"

"是啊，不只是我们呢……"于冬梅话到嘴边，忽然又想起什么，打住话头不说了。

"我都知道了，为了保护我，牺牲了好多的战友……包括张参谋……"丁小蝶神色黯然道，她的眼睛低垂下去，泪水落出来。

东方海见状，赶忙岔开话题："对了，你生的……是男孩吧？"

"是的，便宜石保国了！"丁小蝶把眼泪抹掉，点了点头。

"当时石旅长临走时说，要你照顾好石……石什么来着？"

"石盼新。这是我们给儿子取的名字。"丁小蝶忍不住笑了出来，于冬梅也露出笑容。

"呀，连名字都取好了！"

"听着大气。"叶作舟点点头。

东方海跟着说道："这名字很有意义，盼新，盼望新中国，盼望新天地！"

丁小蝶转过头看着孩子，目光中满是爱怜道："我呀，现在只盼望他这个人，回来看看他的儿子！"

刚看望过丁小蝶，叶作舟被叫到临时办公室，柳二妮与郭云生站在赵松林面前。一看到叶作舟，柳二妮便哭着开口："叶大姐、赵政委，找不到我爹，我这辈子都不会安心！你们就答应我吧！"

"二妮，柳大叔他很可能已经……当时我听到了他吼的一嗓，然后是两声枪响。"赵松林面色不忍。

柳二妮哭着点头道："我也听到了……但活要见人死要见尸啊！我总得要知道他的下落，给他老人家一个身后的安排……"

"二妮，虽然那里鬼子已撤了，但毕竟还有危险。你一个女孩……"

"我陪她去！我和她化装成老百姓，回青铜岭去打听打听。"郭云生在一旁开口说道。

叶作舟和赵松林对视一眼，赵松林深吸一口气道："好吧！我们也不可能在这里驻扎太久，给你们七天时间，七天之内必须回来！"

"云生，你一定要保护好二妮！"

面对叶作舟的嘱咐，郭云生郑重地点了点头，他与柳二妮立即乔装打扮成村民，从临时驻地出发赶回青铜岭一带，几经周折，来到一个破败的农家小院外。两人看着院子，有些犹豫。

"好像就是说的这家。咱们去问问吧。"柳二妮小声说，郭云生点点头。

"先别急，不要暴露我们的身份，还不知道这家人的底细。"

这时院门忽然打开，出来一位中年大叔，看到两人，愣了一下。郭云生赶忙上前，小心地问道。

"大叔，这附近……不太平吧？"

"不太平。前些日子还打过仗。"大叔一脸警觉。

"打仗的时候，您在家吗？"

"鬼子都来了，还能在家待着？我们早跑了！听说鬼子退了，我们才回来的！"

"那您见着一个人没？年纪和您差不多，脸儿瘦瘦的……"柳二妮有些着急地比画着，大叔认真地观察着她的神情。

"你们是来找家人的吧？"

郭云生连忙点头道："不瞒大叔，我们就是来找爹的。听人说大叔有慈悲心，回来做了不少善事，就想来问……"

"唉！这世道乱成这样，我能做点啥呀？我也就是，回来以后带了几个人，到山上埋了不少无名尸首，大多是有穿军装的，也有几个穿百姓衣裳的。"大叔叹着气。

"穿便装的，不多吧？"

"不多，一共就四个。你说的年纪和我差不多的，有一个，是在对面半山腰上，胸口上中了两枪。对了，他身边还有个东西……你们跟我来。"

郭云生、柳二妮跟着大叔进了院子，又进了屋。大叔从里屋捧出来一个木箱，打开来，里面密密麻麻放着钢笔、信、照片之类的物件，一支唢呐显眼地摆在最上面。大叔刚把唢呐拿出来，柳二妮的眼睛就湿润了。

"爹……是我爹……"柳二妮接过唢呐，有些站不稳，郭云生伸手扶住，她扑进郭云生怀里大哭起来。

"那天有人在逃难路上看见，鬼子押着你爹，好像是要他带路来着。但是你爹真是好样儿的！他带的那条路啊，是条绝路，压根儿走不出去的，估计鬼子发现上了当，就把你爹给害了！"大叔感慨地说着。

柳二妮哭个不停，郭云生安抚地拍着她的肩，目光落在打开的木箱上。"大叔，这箱子里的东西……"

"唉！我给人家入殓了，却不知道人家的名姓，万一有像你们这样来找亲人的，总得让人家知道个下落吧！我呀，每次都从他们身上搜些东西出来，放在这儿，若是有人来寻，就拿箱子给他看，看里面有没有他亲人的物件，一来好辨认身份，二来也给亲人留个念想不是？你看，这唢呐不就让你们认出爹了吗？"

大叔说话的时候，郭云生一直目光直勾勾地注视着那个木箱。忽然，他把柳二妮轻轻扶开，走近木箱，在里面急急地翻拣，拿出一张照片来。照片上，大着肚子的丁小蝶正回眸一笑，郭云生惊呆了，柳二妮也看到了这张照片。

"旅长？大叔他也……"

两人一个拿着唢呐，一个捏着照片，紧紧抱在一起放声痛哭。

大叔又带着郭云生和柳二妮来到青铜岭后的一处山坡上，指着一个无名冢说："这一个，就是你爹的。"

"爹！我来晚了！"柳二妮上前跪下，哭着。

"大叔！您放心走吧，我会保护二妮，一生一世地保护她！"郭云生在柳二妮斜后方跪下道。

"云生哥——"柳二妮回过头，郭云生跪着过去，两人靠在一起。柳二妮泣不成声地唱起了哭丧调，调子十分哀凉。

大叔听着，忍不住抹起了眼泪，又指着另一个无名冢说："这里头有三个人，一个年纪有二十多不到三十吧，另两个都是十几岁的孩子。照片就是从二十几岁的那人身上找到的。罪过呀！老婆还大着肚子……"

郭云生和柳二妮一脸肃穆，庄重地向埋葬石保国的无名冢鞠躬，两人带着唢呐和照片回到独立旅临时驻地，来到丁小蝶面前。所有人都闻讯赶来，丁小蝶吃惊地捧着自己的照片，她的手颤抖着，泪水夺眶而出。

"他回来了，他回来了……可他连自己的孩子也没见着一面！"

于冬梅上前抱住失声痛哭的丁小蝶，赵松林面色沉重。

"老石一定是在打算与我们会合时，被鬼子发现了。当时我们就得到情报，山下的鬼子突然集结，向另一个方向去了，我们这才赢得了时间，赶快撤离……他在最后，都保护了我们，保护了小蝶和孩子……"

孩子哭起来，丁小蝶抹了抹泪，抱起正在哭的孩子，轻声对他说："盼新，你知道吗，爸爸叫石保国，爸爸保护了我们！"

众人听着，都落下泪来。丁小蝶抱着孩子走出门，走到院子里，她抬起头来，仰望着天空。

"保国，这是我们的孩子，石盼新！你好好看看！你看看他！我会把他养大成人，让他像你一样顶天立地！"

天空蔚蓝，阳光明媚，仿佛代替石保国的注视一般，温暖的光芒照在丁小蝶与石盼新母子身上。

之后，柳二妮和郭云生递交了结婚申请，两人留在了独立旅，像从前的石保国与丁小蝶一样，留在战斗的第一线，而丁小蝶带着孩子，与叶作舟一行人回到延安，回到了鲁艺。

时间流逝，一段与战斗同样艰难的困难时期横在众人眼前，物资紧缺，大人孩子都过着食不果腹的日子。这天清晨，丁小蝶在独居的窑洞中，疲惫不堪地哄着襁褓中不停哭闹的孩子："盼新不哭，你都哭了一晚上了，对不起，妈妈没用，没有奶水喂我的乖宝宝，要是你爸爸在，一定不会让宝宝挨饿……"

丁小蝶一手抱着孩子，一手拿起水瓶，可水瓶也是空的，她无奈地把头埋在襁褓中，再抬起头来，脸上满是泪水。

"小蝶，小蝶！"

窑洞外传来喊声，丁小蝶慌忙胡乱地擦干眼泪。于冬梅走了进来，她伸手接过丁小蝶手中的孩子。

"我老远就听到盼新的哭声，这又闹了一晚上吧？来，给我抱抱，你歇会儿。你是不是一点儿奶水都没了？"

"是啊！这孩子太难带了。"丁小蝶点点头，于冬梅抱着孩子，从兜里掏出一小包东西放下。

"不能怪孩子，你没奶，他是饿的，这有一小包白糖，你快去烧点水，给孩子冲点糖水。"

"好好，我马上冲！冬梅，你三天两头往我这送吃的，你们自己吃什么啊？"

于冬梅笑了笑说："你放心吧，我哥有办法。再说，大人能扛，不能把孩子饿坏了。"

丁小蝶烧好水，小心地将那一小包糖放进杯子里调匀，端过来喂给孩子。孩子喝了糖水，总算不哭闹了。

"小蝶，你看你这黑眼圈！又一晚上没睡吧，我抱盼新出去晒晒太阳，你赶紧眯一会儿吧。"

于冬梅抱着孩子走了出去，丁小蝶直直地躺到炕上，眼睛却睁着，目光空洞。

村子里到处都是荒凉的景象，于冬梅抱着孩子东张西望，看到有农妇抱着个婴儿在喂奶，她欣喜地赶过去，等婴儿不吃了，往前凑凑。

"大嫂，这娃生得真好，像你。"

"这才多大点儿啊，哪看得出来像不像的。这是你娃？多大了？咋这么瘦？"

"不，不是我的，这娃是八路军的，他一出生，他爸就牺牲了。"

农妇怜惜地摇了摇头说："可怜的娃！他怎么哭闹得这么厉害？"

"他妈妈一点儿奶水都没有，娃给饿的。"

"可怜的娃！来，给我，我这奶水也不多，这年头没吃没喝的，难熬啊，让娃吸两口吧。"

于冬梅感激得连连点头，道："太感谢你了大嫂！来我给你抱着娃。"

农妇和于冬梅换过孩子，看着孩子拼命吃奶的样子，于冬梅眼泪掉了下来。

东方海扛着一大包工具来到丁小蝶窑洞前。

"有人在家吗？"喊声没人应，东方海把东西放下，又叫着，"小蝶！丁小蝶！"

丁小蝶半天才从窑洞里出来，神情萎靡，东方海抱歉地看着她。

"吵醒你了吧？冬梅和我商量，想帮你垒个小灶。"

"你？你会？"

看丁小蝶一副不相信的样子，东方海解释着："我特地到工老师家学过了，他家的小灶垒得很好用。你看，这些炉条就是他送给我的。"

东方海跟着丁小蝶进了窑洞，察看一番，指着靠门的角落问："就这儿，行吗？"

"随便。"丁小蝶有气无力地应着，没什么表情。

"小蝶，你昨晚是不是又一晚没睡？眼睛都肿了，你在一边歇着，我一会儿就给你弄好。"东方海担忧地看看她。

东方海开始忙活起来，丁小蝶懒洋洋地看着他动作并不是很熟练地从山坡上一铁锹一铁锹地铲土，捡石块，调水，和泥。

"你现在有孩子了，不比一个人，这个小灶用得着的，孩子需要喂水，也需要洗洗擦擦，经常需要烧个水什么的。"他一边忙一边和丁小蝶搭话。

丁小蝶眼看着小灶一步步完工，觉得很神奇，眼中有了些神采。

"谢谢！"

东方海拍拍手上的泥，满意地打量着自己的劳动成果。"跟我还客气？小蝶怎么样？我觉得不错哦。对了，我再得做个烟筒。"

东方海又开始砌烟筒，他爬上爬下，累得满头是汗。"王老师说，这烟筒得讲究一些，得一样大小的石头片子砌，不然容易塌掉。我给你砌高一点儿，不能让烟往屋里灌，你是最怕烟熏的，何况还有孩子。"

丁小蝶望着东方海出神，眼前交替幻化出石保国的身影。东方海一直把烟筒砌到窑洞门上面，这才跳下来，丁小蝶递给他一条白毛巾。

东方海不接，他笑着摇摇头，用袖子往自己脸上一抹。"不用不用，你这白毛巾，留着给孩子吧。好了，我们试试？"

他往灶里塞了一把野草，点着，火光熊熊，他马上又伸出头去看窑洞门外的烟筒，只见青烟从烟筒里冒出来，东方海像个孩子似的笑了。

"成了成了！"

"别动。"丁小蝶露出了难得的笑容，她拿起毛巾，仔细擦去东方海脸上的黑灰。东方海乖乖站着，等她弄好，又把窑洞外的另一包东西拿进来，打开一看，是几个有缺口的盆盆罐罐。

"这是镇山哥从一个烧窑的老乡那里要来的，他说这些瓦盆瓦罐都是有缺口的次品，堆在那里也没用，多的是，不要钱。我想你可能需要，就挑了几个来，你是个讲究的人，要是嫌弃就扔了。"

丁小蝶赶忙说："挺好的，我正好缺呢。谢谢你。"

"小蝶，眼下这日子都过得很难，你一个人带个孩子更苦，你也别太逞强了，有需要就言语一声，总能搭把手。好了，我一会儿还得去我哥那儿，我先回去了。"

望着东方海走远的背影，丁小蝶的身形在窑洞前显得十分单薄。

东方海来到一片山地中，东方明正在锄地开荒，刘雯带着点点在挖野菜。东方海和他们打了招呼，也拿起锄头加入开荒的工作，刘雯抬头看看他问："阿海，你这一身的灰，上哪儿去了？"

"我刚去帮小蝶垒了个小灶。"

东方明一边挥动着锄头，一边叹气："丁小蝶这个上海娇小姐，现在一个人带个婴儿，真是够难为她的。"

"阿海，我看冬梅最近脸色不好，是不是营养太差了？"

东方海动作有些笨拙地锄着地，说："哪还有什么营养啊，她把家里的吃的都送到丁小蝶那儿去了，自己老饿肚子。小蝶没奶水，小盼新整天哭闹，冬梅说她比我们更难。"

刘雯也摇头叹气道："冬梅啊，真是个善良的好姑娘，我听说她时常抱着小盼新走家串户去蹭奶，这也不是个办法啊。"

"妈妈，这是什么菜？能吃吗？"点点拿着挖到的一株野菜问。

"可以的，点点，这个叫苦苦菜，你再看我手里这个，叫山苋菜，都是可以吃的，记住了吗？乖孩子，去吧。"刘雯耐心地对她讲解。

点点乖巧地点头，转身继续找野菜去了。

"哥，这困难时期什么时候才能度过啊？"

东方明停下动作，拄着锄头，一脸忧虑地说："不好说啊，现在是世界法西斯势力最猖狂的时期,也是抗战最困难、最艰苦的时期。"

"嗯,我们前几天也在抗大听了形势报告,'皖南事变'之后,国民政府对陕甘宁边区实行军事包围和经济封锁,陕甘宁边区的财政难以维持。我们现在抗日的同时,还不得不提防国民党从背后捅刀子。"

"是啊,加上华北各地连年灾荒,军民伤亡严重。我们可能会面临更大的困难啊。"

东方海、东方明、刘雯抬起头,望着灰蒙蒙的天空下荒芜的黄土地,还有那些弯腰寻野菜的人们,面色凝重。

于冬梅在窑洞中翻拣着空空如也的袋子和瓦罐,小心地拿纸包好找到的最后一捧小米。见东方海回家,她迎了上去。

"东方,你回来了,我们也就这么点小米了,我想给小蝶送去,咱们自己吃野菜,你看行吗?"

"我是没什么问题,我今天去给她把小灶垒起来了,可以熬粥、烧水了。可是冬梅,你不能再这么熬下去了,今天嫂子都说你脸色不好,这样你会把自己拖垮的。"

看东方海满脸担忧,于冬梅笑着摇摇头道:"放心吧,我哪有那么金贵,小蝶不一样,她没奶水,而且我看她精神状态也不大对,我挺担心她的。"

她正想出门,突然眼前一黑,差点儿摔倒,被东方海一把扶住。

"冬梅,你怎么了?"

"没事,我没事。你看,这不好好的吗?"于冬梅轻轻挣开,站好了,向东方海笑。

"都把自己饿晕了还说没事,你啊,什么时候知道担心担心自己!"

东方海看着于冬梅摆摆手离开,目光又转向倚在墙边的小提琴琴盒。他下定决心,独自来到冷冷清清的集市中,这昂贵到能在上海买下一栋洋楼的名琴,在如今经济困难的延安,也只能去当铺换来可怜的一点儿法币,赎回时还要加价。

东方海当琴的时候,于冬梅正抱着哭闹的孩子四处找奶吃,丁小蝶在半山腰捡着煤核,东方海拿着换来的法币,又费了一番周折,好不容易买到一只母羊,他兴冲冲地牵着羊,往丁小蝶住的窑洞走来,丁小蝶提着一篮煤核吃力地在前面走。东方海认出她的背影,大声喊道:"小蝶!小蝶!"

丁小蝶回过头,看到东方海牵着羊气喘吁吁地赶上来。

"小蝶，你又去捡煤核了？盼新有奶吃了！你看，我买了只母羊回来，我跟你说，这只母羊我可是跑遍了整个集市都没有，后来又跑了几里地，在一个老乡家才买到的，可不容易了！"

"真的吗？这只羊真的有奶吗？太好了，太好了！"丁小蝶又笑又哭。

"哎哎小蝶，你怎么哭了？"东方海一下慌了神。

"我连只羊都不如……"丁小蝶呜呜地哭着。

东方海手足无措地哄她："傻瓜！羊哪能和你比……不是，你哪能和羊比……哎呀这被你绕得我都不会说话了，好了小蝶，别哭了，你赶紧生火，我这还买了羊骨头呢，都斩成小段小段的了，别看这个便宜，老乡说，放在瓦罐里慢慢煨着，熬汤比鸡汤还好喝，你怕膻，我还弄来了一包生姜。给。"

丁小蝶接过来，东方海张望着前方问："盼新呢？是不是冬梅又抱着去蹭奶了？"

"在这儿呢。东方，你怎么来了？咦？哪儿来的羊？"于冬梅抱着盼新从两人身后走来。

"是阿海买来的。"

东方海点点头，于冬梅的目光亮起来。

"是啊，是母羊，盼新有奶吃了。"

"真的？太好了！小盼新，你有奶吃了！"

丁小蝶接过孩子抱着，于冬梅走过去摸着羊。

"乖，我们盼新就靠你了。对了东方，你哪儿来的钱买羊？"

"我……"东方海支吾着，丁小蝶和于冬梅察觉到不对，齐齐看向他。

夜晚，回到家里，于冬梅仍赌气不跟东方海说话，家中气氛沉闷。

"冬梅，别生气了好吗？"东方海哄着，于冬梅扭过身子不理他。

"我这也是实在没办法了，所以只好把琴当了，我一定会赎回来的。"

"你说当就当了，连商量都不跟我和商量一下！这琴你看得比命都重，可是你为了丁小蝶就舍得了，你恨不得把全世界都给她对吧！"

于冬梅转过来，满脸是泪，东方海看着她，目光诚恳。

"冬梅，你别说气话，你知道我不是这个意思。我是心疼孩子……"

"是，就你心疼孩子是吧？我不心疼吗？我不心疼吗？"

东方海一把搂住于冬梅，道："你让我把话说完！我是心疼孩子，可是我更心疼你！你有一口吃的就想着要给丁小蝶送去，为了让孩子蹭上口奶，你天天腿都跑细了，你看看你自己，还有个人样吗？你会把自己拖垮的！琴是重要，可比琴更重要的是人！"

于冬梅在东方海怀里失声痛哭，第二天，她顶着还没消肿的一双眼去找于镇山。听到东方海把琴当了换奶羊，又心疼哭红了眼的妹妹，于镇山保证会尽快想办法把琴赎回来。他四处打听，正巧有个大户人家办丧事，缺一个扮孝子的人，于镇山去披麻戴孝跪了三天，牵回来两只奶羊，又跑了几趟才把东方海买的羊折价退掉，结果到了当铺，法币和边币都不好用了，必须要银圆才能把琴赎回来。

叶作舟一行人正发愁去哪里弄银圆，另一边，丁小蝶已将东方海送她的玉坠拿去当铺，换回了小提琴。她抱着石盼新，背着东方海的小提琴，来到音乐系教室，于冬梅迎上去接过孩子。

"盼新来了，来。我抱抱。"

丁小蝶把琴取下来给东方海："给，你的琴。"

叶作舟惊讶地睁大了眼问："小蝶，你把琴赎回来了？你哪来的钱啊？"

"用阿海送我的玉坠换回来的。"丁小蝶直截了当地回答道。

"谢谢你，小蝶。"东方海接过琴道谢。

"谢什么，物归原主而已。"

叶作舟点点头。

"赎回来就好。小盼新，为了你，这琴可是差点儿回不来喽。"

"好，那我就为盼新拉一曲吧。"

东方海取出小提琴，拉起了摇篮曲，一曲结束，于冬梅灵光一现。

"小蝶，正好盼新没有小名，我们就叫他小提吧？小提，你喜欢吗？啊你们看，他笑了。"

果然，石盼新在于冬梅怀里欢快地笑出了声，丁小蝶也跟着笑了。

"小提？小提，你笑了！"

"小提，小提。"东方海和叶作舟都高兴地围过来连声叫着。于冬梅抱着小提，轻声哼起儿歌。

二十四

困难时期,鲁艺将学员们平日里的军事训练课时改为生产课时,只有自力更生,发展生产,才能齐心协力克服困难。学员们每日都拿着锄头和铁锹等劳动工具,在后山开垦荒地,种上蔬菜种子,悉心料理。

延安城东南方向的南泥湾开荒进展迅速,效果拔群,成为各单位组队观摩学习的典范。叶作舟不甘落后,立即向上级汇报,打算带上东方海、于冬梅、于镇山、关山一行人奔赴南泥湾。毛主席在大礼堂发表了动员延安军民开展大生产运动的重要讲话,众人会后即刻集合出发。

"这趟去南泥湾,虽然时间短,但收获真大!"

几天后,一行人走在回延安的路上,边走边兴奋地说着。

"是啊,真没想到那么一个荒山野岭变化那么大!"于镇山附和着于冬梅的话,东方海跟着点了点头。

"朱总司令那首《游南泥湾》写得真生动,我给你们背背。'去年初到此,遍地皆荒草。夜无宿营地,破窑亦难找。今辟新市场,洞房满山腰。平川种嘉禾,水田栽新稻。屯田方告成,战士粗温饱。农场牛羊肥,马兰造纸俏。熏风拂面来,有似江南好。'"

"东方,你记性可真好!可惜丁小蝶没跟着去,下次把她带上,我看她精神一直不好,冬梅,小提也快一岁了,你找她谈谈,让她把孩子送保育院,也该投入到工作中来了。"

听叶作舟说到丁小蝶,几人面露担忧之色,于冬梅率先开口:"协理员,我总感觉小蝶状态一直不大对,有一种说不上来的感觉,我挺担心她的。"

"是啊,我也觉得她完全变了个人,不会出什么事吧?"东方海也忧心忡忡地说。

"快到了,我们直接去小蝶家看看吧。"叶作舟抬头看看路前方。

一行人急急忙忙加快脚步,向丁小蝶家赶去。

窑洞中，小提已经从小小的婴儿长成可以在炕上滚来滚去的孩子了。一旁坐着的丁小蝶神情有些漠然，她低头看着小提，眼前出现一幕又一幕的幻觉，她看到东方海父母倒在血泊中、于得水倒在血泊中、护送他们过黄河的钱排长倒在血泊中、郭云鹏倒在血泊中……最后一幕里倒下的是石保国，丁小蝶紧紧地把小提抱在怀里。

"保国，保国！我在这里，我带你回家，我们回家……"

小提被丁小蝶抱得过紧，一张小脸憋得通红，但丁小蝶完全没有意识到，她怀中的小提很快被憋得脸色发紫，情况越发危急时，丁小蝶又出现了幻听。

"小蝶！小蝶，该你上场了！"

她猛地松开手，小提哇的一声哭了出来。

"听，音乐起了，该我上场了。"

丁小蝶像梦游般唱起了《蝴蝶夫人》的咏叹调，旋转着跳出窑洞外，耀眼的阳光令她抬手挡了一下自己的眼睛，她喃喃地念出剧中的台词："啊，大人，您的微笑像鲜花一样美丽，神说过，微笑可以征服一切困难……我像一个美丽的女神，从天空中月亮里轻轻地走下来。我亲爱的，我愿和你一起飞到天堂。"

丁小蝶半闭着眼，完全沉浸在自己的意念中。走在前面的东方海远远看到她正翩翩起舞，猛地停下脚步，他挥一挥手，众人都停了下来，呆呆地看向丁小蝶。东方海放慢脚步，轻轻向她走去，走到近处，他拿出小提琴，轻柔地拉了起来，听到琴声，丁小蝶回过神来，神态恢复正常。

"阿海？你怎么来了？"

"小蝶，我们从南泥湾回来了，给你和小提带了好多吃的呢。"

东方海小心地观察着她的反应，又朝身后的一行人招招手，叶作舟他们赶快跑了过来，众人走进窑洞，于冬梅抱起小提。

"小提，几天不见又长大了，来，阿姨抱抱。"

小提和于冬梅格外亲近，在她怀里咯咯地笑着，叶作舟小心地从包裹里拿出几个鸡蛋。

"小蝶，你看，这是朱总司令送给我们的，给小提蒸蛋羹吃。"

"这还有大米和黑豆呢，小蝶，这是战士们自己种的，你看这大米多白！"

东方海拿出一包大米，于镇山拿出一只南瓜，还有一个小石磨。

"看看我这儿，还有好东西，这小石磨我特意找来了，有了这个，就可以给小提磨米糊糊、豆粉了。"

丁小蝶被他们的热情感染着，脸上微微现出笑意，但仍不言语。

"小蝶，你身体怎么样？小提也快一岁了，你是不是考虑把孩子送到保育院去？现在大家都在忙，你也该投入到工作中来了。"

听到叶作舟的话，丁小蝶脸色一变，情绪变得十分激烈："你什么意思啊？说我吃闲饭吗？我就是个废物，什么也干不了！你们走！我不想见到你们！走！"她越说越激动，伸出手将桌上的东西都扫到了地上，黑豆洒出来，滚得满地都是。

"丁小蝶，你！你……"叶作舟不明白她怎么突然发脾气，气得脸色都变了。

"小蝶累了，让她休息，我们走，我们走。"于冬梅慌忙拉住叶作舟，又朝吓傻了的东方海使眼色。

"好好，小蝶，你好好休息，我们先走了。"东方海推着几人离开了丁小蝶家。

他们离开很久后，丁小蝶蹲在一片狼藉的窑洞地上，低着头一颗一颗捡着滚落的黑豆子，眼泪掉下来，洇湿了地上的黄土。捡了一会儿，她坐在地上不动了，把头埋在胳膊里抽泣，瘦弱的后背起起伏伏，终于发出了压抑的嚎哭声。

一行人回到鲁艺，找来军医一问，才知道丁小蝶患上了产后抑郁症，众人焦急地聚在叶作舟办公室里，商量对策。东方海始终没有说话，他很担心，但又茫然无措。

"东方，你有什么想法？"叶作舟直接发问，东方海只好叹口气。

"经济最困难的时期终于熬过去了，还以为一切都好起来了，谁想到，小蝶又患了产后抑郁症，我现在很为小蝶担心……"

"军医说患这个病的人容易烦躁悲观，不愿意见人，自我封闭，建议我们一定要多关心她，转移她的注意力，缓解不良情绪。东方，你对她最了解，你有什么想法？东方！"叶作舟提高了声音。

东方海回过神来，茫然地摇摇头道："我？我也不知道怎么才能治好她这个病，小蝶好强，心气高，可她其实很怕孤独，内心很脆弱，从离开上海后她经历了太多的事，精神上的压力太大了，唯一的办法就是让她轻松起来。"

"让她轻松？那还不容易，她最喜欢干什么就让她干什么呗。"

于镇山的话令东方海眼前一亮。"她最喜欢跳芭蕾！"

于镇山在鲁艺附近找到一个长满荒草的窑洞，东方海帮着他伐木、锯木板，两人一边干活一边聊着天："我找了好半天也就找到这口窑洞了，收拾收拾给小蝶用还凑合。你说要弄些啥？"

"芭蕾舞的练功房主要是对地板要求比较高，其他的就看条件吧。"

"行，我们先收拾外围。地板我最后弄。"

于镇山点点头，东方海看着于里的木板，有些惆怅，他想起很多事情。

"小蝶特别喜欢跳舞，从小的梦想就是要当一个会跳芭蕾的公主。练芭蕾可苦了，可是她一点儿也不怕，天天苦练下腰、劈叉旋转、平转等芭蕾舞基本功，光是要把脚背压出一个弧度那种痛就不是一般人能受得了的，但小蝶从来不叫痛。她嘴馋，可怕胖，什么也不敢吃，天天就吃西红柿，因为这个吃了不胖。"

"我是搞不懂你们这些城里人，尤其是小蝶，看起来那么弱不禁风的，可有时候内心又很强大的样子，到底在想什么啊。这芭蕾有什么好跳的，踮个脚尖转来转去的。"

"那是她的梦想。说起来，是我害了她，所以我心里一直觉得欠她的。"

于镇山猛地抬起头来说："你什么意思？我警告你，你现在可是我妹夫，心里可不能再有别的女人了，要不，我饶不了你！"

"镇山哥，这哪儿跟哪儿呀，我不是那意思。"东方海一脸无奈，于镇山重重地哼了一声。

"我搞不懂你们这些文化人那些花花肠子，虽然我也觉得小蝶不容易，但你要是让冬梅受委屈可不行！"

于冬梅陪着丁小蝶在门口晒太阳，小提乖乖地坐在一旁的木头马车里，于冬梅将一对毛线针递给丁小蝶，见她不接，便塞到她手里。

"小蝶，来，你试试看嘛，很容易的。"

于冬梅拿起另外一对针，织给丁小蝶看："你看，这样，对，手上的毛线往这边一挽，对，就这样。我说不难吧？"

丁小蝶跟着织了几针，突然又情绪失控："你们是不是都看不起我？

同情我？笑话我？"

"小蝶，你想哪里去了？你那么优秀，我们怎么会看不起你？你现在是有病……"于冬梅慌忙解释。

丁小蝶打断她的话："对，我在你们眼里就是有病！是，我哪能跟你比，你是进步好青年，哪儿哪儿都有你，组织信任，情场得意，有器重你的领导，有百依百顺的亲哥，有情深意长的爱人，你要什么有什么，我呢？我丁小蝶一无所有！于冬梅你用不着这样！我讨厌你这一副救世主的样子！我不需要施舍！"

"丁小蝶！"于冬梅忍无可忍，提高声音叫了一声，丁小蝶愣怔地看着她。于冬梅看似很平静，但内心里奔涌着被压抑许久的情绪，用不高却充满震慑力的声音说道："小蝶，你知道我有多羡慕你吗？你漂亮，你有才，你气强场大，你高高在上，你集万千光环于一身，你连哭都可以哭得让人心疼，你仿佛就像一道强光，往那一站就把所有人罩得严严实实，哪个女孩子不想任性？可是我不能，也不敢，因为我没有你那样的资本。别以为自己就是世界上最痛苦的人，别人的难处你又知道多少呢？你至少有了小提，而我，我也许一辈子都不会有自己的孩子了……"

"什么？冬梅，你说什么？"

说着说着，于冬梅已是泪流满面，丁小蝶呆住了。

几天过后，于镇山和东方海把窑洞收拾得崭新，地上铺着平整的木地板，窑洞门上装饰着花环。两人站在门口，满意地欣赏着自己的工作成果。众人饱含期待地将丁小蝶带来这里，她站在窑洞前，被这美丽的芭蕾舞室惊呆了，不敢相信地回过头来，东方海站在她身后微笑道："小蝶，进去看看。"

窑洞内，换好芭蕾舞服的丁小蝶试着踮起脚旋转。阳光从高窗照进来，柔和地洒在丁小蝶身上，关山在角落里神情专注地为她画像。东方海拉起小提琴，丁小蝶随着音乐投入地翩翩起舞，在一旁观看的叶作舟和于冬梅静静看着这一幕，神情既惊讶又喜悦。一曲舞毕，众人热烈鼓掌，丁小蝶优雅地鞠躬致谢，脸上露出难得的笑容，两行热泪顺着脸颊淌下来。在她的示意下，东方海也走过去，两人手拉着手向观众们致谢。

于镇山看着舞台上的两人，神情有些复杂。丁小蝶与东方海站在一起，看起来太过般配，他怕自己的妹妹受委屈。于冬梅却一心只为丁小蝶恢复笑容而开心,让于镇山不要多想,还说丁小蝶与东方海在音乐上的默契本就是谁也比不了的。于镇山却越想越担心,他一时糊涂,又跑去丁小蝶那儿说了些旁敲侧击的话,要她向前看,不要活在过去,不管是石保国还是东方海都已经过去了。丁小蝶听出他的意思,气得脸色发白,直接把他赶了出来,对叶作舟、东方海和于冬梅他们也闭门不见,一连数天,只是在家中抱着小提掉眼泪。

三人本以为丁小蝶的病这就要好了,高高兴兴地来看望她,没想到又出了状况。于冬梅在家一边给小提缝衣服一边出神,突然想起于镇山之前说过的话,叶作舟把于镇山叫来一问,气得又把他训了一通。于镇山理亏,只能低头听着。

"于镇山,你真是太让我失望了!你知不知道,丁小蝶的产后抑郁症正在恢复中,你的冲动会让我们所有人的努力前功尽弃!你怎么不想想丁小蝶她现在是病人,还带着个那么小的孩子,就算她没有工作,但她是在哺养我们八路军的后代,她容易吗?"

"你不是一直看不起她,看不惯她吗,怎么还这么向着她?"

丁小蝶消沉了几天,破而后立,终于彻底振作起来,她穿上整齐的军装,来到叶作舟办公室门前,伸出手要敲门,正巧于镇山与叶作舟的对话进行到这里,丁小蝶听到门那边的说话声,停住了动作。

"于镇山,我在你眼里是不是一个特别小心眼的女人?我告诉你,我从来没有看不起丁小蝶。毛主席都说'抗大没有考试,通过敌人的封锁线到延安来,这就是最好的考试!'她一个娇生惯养的洋小姐,能从上海到延安,又在根据地发挥自己所长,为抗日尽力,这足以证明她是一名合格的八路军战士,我叶作舟佩服她!我和她只是性格上的冲突,说实话,我内心里还挺喜欢她那股子劲儿的。"

"协理员,我错了,其实我对小蝶也挺欣赏的,我可能在心里也感觉她和东方更般配,所以我才害怕,现在咋办啊?我去向她认错?求她原谅?"

听到这里,丁小蝶推开了门。"不必了,我没事。叶协理员,我请求回来工作。"

叶作舟和于镇山都愣住了。"小蝶,你不用着急,养好身体要紧。再说,你哺养小提,他是八路军的后代,这也是工作,而且是更重要的工作。"

"小提可以送保育院。协理员,你不用担心,我知道自己在干什么。"

于镇山惭愧地垂下目光，不敢看她。"小蝶，我，我……"

"镇山哥，谢谢你，是你下的猛药才使我清醒了，你的话戳到了我自己不敢正视的角落。你说得没错，无论是保国还是东方，我都没有真正放下，我让自己活在回忆中，自怨自艾，越陷越深，不能自拔。这两天我想清楚了，与其让自己活得暗无天日，成为别人的负担和累赘，不如放下过往，从头再来，没错，我丁小蝶想试试再重生一次！"

不知什么时候起，于冬梅、东方海和音乐系的几名学员站在办公室门外，听到这里，爆发出热烈的掌声。看着丁小蝶脸上坚毅的神情，叶作舟和于镇山都欣慰而感动地笑了。

继丁小蝶归队后，音乐系又迎来了一个好消息，他们有了第一架钢琴。这一天，叶作舟带着音乐系的全体师生迎候在门口，翘首以盼，众人脸上都喜气洋洋。

"来了，来了！"

汽车喇叭声响起，一辆卡车远远地驶来，停在门口。一名战士掀起后车厢的蒙布，一架古老的德国式钢琴出现在兴奋的众人眼前，欢呼声与议论声四起。叶作舟一边指挥着，一边要上前去抬，于镇山忙拦住她。

"你还真是不把自己当女人哪，起开起开，这要闪着腰了可不是个小事。"

叶作舟瞪于镇山，东方海看在眼里，低声对于冬梅说："哎，你说他俩这感觉，是不是有戏？"

叶作舟装作没听见东方海的话，一本正经地向众人说着："同学们，大家听我说，这是我们鲁艺的第一台钢琴，是重庆一位爱国人士送给周副主席的，周副主席又派人把它翻山越岭运到了延安，这可是我们的宝贝啊！大家一定要特别爱惜它！经过组织上慎重的考虑，决定分配给少数过去学习过钢琴的人使用，使它在促进教学、演出、创作的活动中发挥作用。"

于冬梅、于镇山和其他同学们围着钢琴兴奋不已，谁也不敢动手摸一下。

"东方，小蝶，你们俩从小就学钢琴，你们来试弹一下？"

"小蝶，你来。"

丁小蝶落落大方地坐下，弹起贝多芬的《致爱丽丝》，这还是鲁艺第一次传出钢琴声，众人都听得入了迷，于冬梅更是一脸羡慕。

丁小蝶弹完起身说:"东方,琴键好像有些松了,而且接触不良。"

"对,这架琴已经上了年纪了,音不太准,也得调了。镇山哥,回头我们一起做一套调音器什么的,我给它保养一下。"

于镇山向东方海点点头:"没问题,包在我身上。"

"好,东方,你就当它的保健医生吧,其他人不经过同意不能随便摸琴。"叶作舟说着,又回过头瞪于镇山,"尤其是你!"

"我只管抬,行了吧,就不能像个女人一样说话。"

于镇山一开口,众人都低声笑了起来,又有一位男学员俏皮地笑道:"知道了,协理员,这宝贝就是咱鲁艺的'重机枪'!我们只有抬钢琴的份儿,别说弹了,连摸一下的份儿也没有。"

东方海躬身检视着钢琴的状况,一脸欣喜。"来得真是时候!我们马上要举行新年音乐会,它可就派上大用场了。"

鲁艺音乐系举办新年音乐会的当天,丁小蝶将小提送到了保育院,全心投入到工作中来。全体师生在排练场中认真地进行最终演练,于冬梅指挥着合唱,叶作舟检查服装,丁小蝶弹奏那架受到整个延安瞩目的钢琴,东方海拉小提琴,两人共同为合唱伴奏。

晚上,礼堂里坐满了军民,鲁艺正规隆重的大音乐会顺利进行,舞台上正要演出最后的压轴节目。合唱队穿着西洋风格的演出服,曲目也是西方合唱经典,纯净柔美的女声合唱《天使》和表现男性勇武的《猎人大合唱》。丁小蝶长发披肩,坐在钢琴前弹奏,东方海穿着燕尾服站在一旁拉着小提琴。音乐系的师生们全情投入,激情高昂,台上气氛热烈。然而台下的反应却形成鲜明反差,干部与记者们频频点头,战士们却听不懂,也不喜欢听,反应很冷淡,老百姓更是听不下去,没等结束就三三两两走了。

第二天,音乐系的师生们分散到各个地方向百姓和战士们了解情况,东方海和于冬梅一组,他们见到几个正要去耕地的老乡,忙拉住问着:"老乡,你们昨晚看了音乐会吗?"

"看了看了。"

"好看吗?"

"好着呢。女的唱得跟猫叫一样,男的跟毛驴叫唤一样。"

东方海和于冬梅面面相觑。

音乐系教室的墙上张贴着《艺术工作公约》与《九个月工作统计表》,

学员们凑上来围观，议论纷纷。

"哟，我们干了这么多事，怪不得忙死了。"

"开会了。这几天安排大家分头下去调研，今天就把调研的情况交流总结一下。谁先发言。"叶作舟拍了拍手。

东方海举起手道："通过这几天的调研，我很吃惊。我真的完全没想到，我们这场空前盛大、具有学院派风格的大音乐会在战士们和老百姓那里这么不受欢迎。"

"是啊，我们的合唱，大家都觉得水平很高，很专业，但战士们说你们歌唱的声音好听，但不知道你们唱的是什么，这是第一个。第二个你们合唱得怪，有的人张嘴，有的人不张嘴，怎么那么些人不唱呢？因为他们不接受多声部的合唱曲。我们那么努力地给大家唱，可是老百姓根本不接受，不能理解。看来，是我们脱离了人民群众，出了问题。"

于冬梅说完，丁小蝶举起手道："我反对！不能凭几天调研就武断地否定我们的音乐和艺术。我们的问题在于，没有认识到老百姓文化水平低，需要教育，需要普及。我认为作为延安唯一的一所文艺学院，鲁艺更应该着眼于提高。我们演出的音乐剧目都是世界级的高雅艺术经典，是经得起时间检验的。我们不是要停演，而是要更专业，要表演水平更高，艺术感染力更强，让它更具有新文化的冲击力。再说，毛主席还支持排大戏洋戏呢，对吧协理员？"

叶作舟点点头道："是倡导大洋古还是民间文艺，这不仅在我们音乐系发生了分歧，整个延安文艺界都在为此争论不休。鲁艺实验剧团决定复排《日出》，丁小蝶，你带人准备一下，我向他们推荐了你来出演陈白露。"

"真的吗？太好了！"丁小蝶喜形于色，她站起来，立刻入戏，摆出一副慵懒的神情，"我喜欢春天，我喜欢青年，我喜欢我自己。"

在场众人一下没反应过来，都愣住了，只见丁小蝶挺起胸，慢慢走到窗前。

"太阳升起来了，黑暗留在后面。"她吸进一口凉气，打了个寒战，回转头来，"但是太阳不是我们的，我们要睡了"。

"好！好一个陈白露！"一些刚加入鲁艺不久的年轻学生立刻为她欢呼鼓掌起来，叶作舟赞许地点了点头。

"好了，今天就讨论到这里吧，晚上还要去边区政府慰问演出。镇山，还是你来组织人抬钢琴。今晚去边区，路可不近啊，你们晚上得多吃一碗小米饭。"

于镇山点头一笑："好嘞！还知道关心啊！"

谁知音乐系这次会议中显露出的分歧愈演愈烈，很快，会议场变成了东方海与丁小蝶的辩论场，两人每次开会都要争得面红耳赤。

"演大戏怎么不对了？是毛主席说的，延安也应当上演一点儿国统区名作家的作品，《日出》就可以演。结果怎么样？《日出》公演八天，观众将近八万，连《解放日报》上都评价说'演出效果甚佳，获得了一致好评'。还有《带枪的人》在延安连演多场，每一场几乎观众都在千人以上，反响十分强烈。我们通过对斯坦尼戏剧表演法的学习研究与中外名剧的排演实践，话剧的表演、导演水平和创作水平是不是提高了？"

"我不否认这些大戏的艺术价值，但我们现在正处于抗战时期，就不应该让与抗战无关的艺术作品占领舞台。就说我们那台大音乐会，虽然在知识分子和文化人中博得了好评，但引起了工农干部的反感。有些从前线回延安学习的部队干部，听了一半就走了。什么是文艺的标准？我认为，文艺还是要坚持以老百姓懂不懂作为标准，坚持'大众化'的标准，坚持反映现实抗战题材的创作和演出，要以文艺作为战斗的武器。"

"请你注意，我们讨论的是'文艺的标准'，而你恰恰忽略了艺术这个主旨，你说的那不是艺术的标准，而是宣传广告的标准。他们之所以排斥'唱洋歌'，是有'听不懂'的因素，但恐怕这不是主要原因。根本原因在于，有些人认为'洋歌'是西方资产阶级的玩意儿，缺乏政治性和战斗性，不能为抗战服务，是脱离群众、脱离实际的。这实际上就是一种误解，我们应该去消除这种误解，而不是停演。"

"小蝶，我觉得是你有误解，你还是把自己当成上海来的洋小姐了，沉醉于高雅艺术，忽视抗日和实际斗争的需要。这是小资产阶级思想在作祟。"东方海一时情急，话一出口就后悔了，丁小蝶果然脸色变了。

"东方海，你是想说，我是小资产阶级臭小姐，我的灵魂是不干净的，是自私自利、怯懦、脆弱、动摇的，对吗？不要以为就你觉悟高，谁都可以批评我，你，没有资格！"丁小蝶拂袖而去，于冬梅瞪了东方海一眼，追了出去，叶作舟扶着额头。

"好了，好了！每次一开会，讨论就变成争论了，吵得我头都大了！近期我们演出大戏的任务很重，古装传统京剧也在加紧排练中，有这些闲工夫斗嘴，不如把各自的工作落实好，完成好。"

这天夜里，东方海坐在自家炕上，心神不宁地织着毛衣。看到于冬梅从丁小蝶家回来，他赶忙问道："小蝶怎么样了？她没事吧？她哭了吗？"

"你怎么能那样说小蝶？太过分了！"

东方海低头接受着于冬梅的埋怨："我也知道说重了点，那不是话赶话吗。"

"别人不知道，你还不知道吗？她思想上与那个上海洋小姐早就分道扬镳了。小蝶她离开上海，一路上经历了多少波折来到延安，又和石团长去了根据地，在炮火中生孩子。她经历了生死的考验，战胜了产后抑郁症，把小提送保育院，回来参加工作，这一切你都没有看在眼里吗？她最讨厌的就是人家说她是上海来的洋小姐，现在连你都这样说她，她有多委屈。"

东方海懊恼不已："我当时不知道在想什么……我真是混蛋，她的病刚好，我还这样伤她。冬梅，那，小蝶她吃饭了吗？"

看到他急得团团乱转，于冬梅不忍心再吓他了。"现在知道急了？你啊，太不了解小蝶了，她已经不是过去那个不堪一击的娇小姐了。放心吧，她没事。"说完，她微笑起来，东方海也安下心来。

其实，不只音乐系内部在争论，整个延安文艺界都陷入了迷茫之中，东方明与叶作舟都在为类似的问题头痛，此刻反倒是像于镇山一样既不用参与决策又没有很高文化的人心里头清闲。在东方海与丁小蝶争得如火如荼、于冬梅觉得都有道理而两边为难的时候，于镇山只管挥动锄头，将自家后头一块山坡开垦出来，种满了丁小蝶和叶作舟都爱吃的西红柿。

边区财政困难，开荒仍是主题。毛主席带头推行两大原则：一是精兵简政，调整人员；二是扩大收入，发展生产。从东方明那里领下这新的工作纲领，叶作舟回到鲁艺音乐系开会的教室，还没进门，就又听到争吵声传出来，她无奈地深吸一口气，走了进去。

"协理员，你回来得正好，我们已经决定打擂台，让观众来定输赢。"

听到丁小蝶的话，叶作舟忙不迭地点头，只要能解决问题，比一比也没什么不好。擂台赛设立在鲁艺操场上，两张桌子分别摆在两侧，每张桌上有一个大罐子和一碟豆子，丁小蝶和于冬梅各站一边，围观的人群有音乐系的师生和延安的军民们。

"今天我们在这里组织一个比赛。评委就是你们。你们喜欢谁就把豆子放在谁的罐子里。好吗？"东方海上前宣布比赛规则。

众人高声应好，丁小蝶首先唱了一曲咏叹调《卡门》的经典唱段，东方海用小提琴给她伴奏，人群窃窃私语。

"这嗓子是够亮的，夜莺一样，不过唱的是啥，一句也听不懂啊。"

于冬梅接着唱了一首山西民歌，于镇山用唢呐为她伴奏，众人听得如痴如醉，还跟着一起唱。一轮唱罢，人群排成长队，依次投豆子，于冬梅罐子里的豆子越堆越多，丁小蝶罐子里豆子寥寥无几。投票结束，丁小蝶突然开口："等一下，比赛还没完。下面，我再给大家唱一曲。"

丁小蝶亮开嗓子，唱起不久前刚找于镇山学来的酸曲，东方海和于冬梅都愣住了，就连教她唱酸曲的于镇山，都没料到她学来是为了这时候用。

"好，再来一个！"观众却兴奋地叫起来。

"今晚的比赛到此结束，大家都散了吧。"东方海匆忙宣布。

观众笑着散去，操场上只剩下音乐系的师生，东方海瞪着丁小蝶："小蝶，你怎么能为了赢就唱那么低俗的酸曲？"

"我不是为了赢，我是想让你看看，不一定老百姓喜欢的就是文艺的唯一标准，酸曲很受欢迎吧？我们应该倡导吗？"丁小蝶理直气壮地反驳着，东方海被她说得哑口无言，叶作舟在一旁直摇头。

"丁小蝶啊丁小蝶，你这究竟要唱哪一出啊！"

杨家岭，毛主席正在自家窑洞中伏案批阅文件，这时东方海和丁小蝶吵吵嚷嚷的声音来到了窑洞门口，接着传来叶作舟的报告声，毛主席让他们进来，放下毛笔，抬起头，笑容可掬地看着走进窑洞的三人。

"哈哈，你们还在吵啊？"

"报告主席，我们不是吵架，而是辩论！"

毛主席指着凳子，示意三人坐下。"哦，辩论？那还是坐而论道吧，相信真理越辩越明。"

"我和她从小吵到大，从上海吵到延安，吵惯了。没想到会惊动主席……"东方海满含歉意地说道。

"我刚才声明过了，不是吵架，是辩论！"丁小蝶向他横眉。

毛主席见状笑起来："你们辩论的问题，不是你们个人之间的问题，而是延安文艺界带有普遍性的问题。你们昨晚摆擂台很热闹啊，有人反映到我这里来了，所以请你们来，想当面听听你们的意见。"

"我们有些同志参加革命多年，仍不能跟群众很好地结合。他们醉心于高雅音乐，严重脱离群众。前些天的大合唱是一例，昨晚打擂台又是一例，观众喜闻乐见的是民间音乐……"东方海率先发难。

丁小蝶不满地抢过话来："一味地迎合观众品味只会滑向低俗化，在文化落后的地区，观众是需要教化的，这也是我们文艺工作者的使命。"

东方海和丁小蝶又开始争论不休，毛主席点起烟，看了一眼叶作舟。

"这对冤家还是青梅竹马呢。"听到叶作舟小声这么说，毛主席会心地笑了。

二十五

东方海与丁小蝶二人争论完,请毛主席评判,毛主席将吸了一半的烟放在一边,从容地开口:"古人有'阳春白雪和者寡,下里巴人和者众'的说法。丁小蝶的西洋美声唱法,曲高和寡是必然的。但事物都是相对的,如果昨晚的观众不是文化低的陕北军民,而是音乐学院的师生,情况可能会恰恰相反。"

"是呀,到什么山上唱什么歌,某人总是搞错观众对象,冷场是必然的,没有中途退席就不错了。"

丁小蝶对东方海反唇相讥:"那唱酸曲好啦!最受欢迎了!昨晚你都看到了,你不脸红,我都替你脸红!没想到你一个音乐天才,变得一味媚俗,排斥高雅艺术。哼,主席也是提倡排大洋戏的。"

"我提倡的是'古为今用,洋为中用',古今中外一切优秀文化均可为我所用,但要批判地继承,'取其精华,去其糟粕',更重要的是推陈出新,在继承中有所发展、有所创新。希望你们能创作更多更好的新形式和新内容,服务于这个新时代。"

三人听着毛主席的话,频频点头,丁小蝶又举手问道:"主席,如何看待大戏、洋戏?"

"艺术家追求更高的艺术形式是值得提倡和肯定的,你们排演的《雷雨》就很受欢迎,这说明延安的观众也不全是土包子,吃过洋面包的也不少。但这种多幕大戏应少而精,不宜多搞,尤其在敌后根据地,那里敌情复杂,条件艰苦,应多排练可在火线、行军途中、街头和田间地头随时演出的小戏。"

"主席指示非常及时。"

东方海会心地微笑,丁小蝶瞪他一眼。

"你不要曲解主席的意思,主席是说大戏要少而精,并没有绝对禁止！"

毛主席哈哈大笑道："任何事情都不能太绝对，物极必反。再说洋戏，我们提倡洋为中用，一切先进的外来文化我们都要吸纳，一味地排外是不对的，'闭关锁国'注定要失败。但不能盲目崇外，那同样是错误的。"

"主席如何看待古戏？"东方海举起手问。

毛主席娓娓道来："对于一切优秀的传统文化，我们都要继承发扬，但不能因循守旧、故步自封。认为'祖宗之法不可变'的想法，也是注定要失败的。沉醉于尧天舜日，厚古薄今是没有科学根据的，毕竟历史是前进的，今人肯定胜过古人。"

"主席的话令人信服，不似某人看问题绝对化。"

东方海只横了丁小蝶一眼，没有回嘴。

"我建议你们也要学一点儿马列主义，学一点儿唯物论和辩证法，文艺界也要反对教条主义，那种食洋不化食古不化、同群众斗争实践相脱离的倾向是错误的。"

"主席提倡文艺工作要服务于政治，如何理解政治？"

毛主席耐心地回答着东方海的问题："政治说起来比较复杂，其实也好理解。把自己的人搞得越多越好，把敌人的人搞得越少越好，这就叫政治。我们的文艺工作者要发挥自己的专长，用生动活泼、群众喜闻乐见的艺术表现形式，来宣传党的政策，发动群众、鼓动群众投身于伟大的抗战，将敌人置于人民战争的汪洋大海中，完成民族解放事业，这就是党的文艺工作者的使命。"

三人默默点头，为毛主席的高论所折服，东方海感慨地说："听君一席话，胜读十年书。投身革命以来，萦绕在头脑中的迷雾今天总算驱散了。对我个人来说，进这间窑洞之前与之后，判若两人啊，真有'洞中方一日，世上已千年'之慨啊！感谢主席的教诲！"

"教诲不敢当，你们才是文艺界的行家，我要虚心向你们请教才是。"

"主席是诗文大家，在您面前我们都是小学生。"丁小蝶连忙摆手道。

"偶尔附庸风雅而已，哪里敢称诗文大家？论弹琴演戏，那我是你们的小学生喽。还是孔夫子说得好，三人行必有吾师焉。我们要相互学习，取长补短，才能不断进步。"毛主席开怀大笑道。

"我们不久要去南泥湾慰问演出，准备工作还没做好呢，就不打扰主席了。"叶作舟见问题解决，带头起身作别。

毛主席坦率地说："是吃饭的时间到了吧？哈哈，现在边区很困难，我请不起你们这么多人在家吃饭了,请了我得饿肚子。"

三人听到主席这一番话,都坦然大笑起来。等他们出门后,毛主席拿起烟,深吸一口,缓缓吐出,喃喃自语:"文艺界的主要问题有两个,一是为谁服务?二是怎么服务?有人建议开一次文艺工作座谈会,以解决这些问题。我看很有必要啊!"

东方海和丁小蝶有说有笑地走在路上。

"毛主席的话我爱听,明明满腹经纶却说得风趣幽默、通俗易懂,这才是化腐朽为神奇的高手!不像某些人就知道掉书袋子,生搬硬套,不知所云。"

"是啊是啊,我哪能跟某人比,从小牙尖嘴利,说不赢哭也要哭赢,小赖皮。"

听到东方海的话,丁小蝶伸出两个爪子,做出要挠他的样子。

"是啊是啊,我还会吃人哪!"

两人走到关山所住的窑洞前,见他正忙着将自己创作的画挂在用树枝搭出的四方形展板上,东方海欣赏着展板下用土堆出的台阶和一旁栽好的小树。

"关山,你这几天大兴土木,终于竣工了?不错嘛。"

"哇,关山,这架势!你这是复制了一个'马克公园'啊,真漂亮!"

关山看到他俩,放下手中的活,热情地招呼着:"小蝶,阿海,快来帮我看看。这些天有一个讽刺漫画展,我想用这些画去参加,你们说好吗?"

关山指着挂了一半的画,丁小蝶一张一张看过去。

"画得真好,我喜欢!"

"真的吗?小蝶,你真的喜欢吗?"关山两眼发光,丁小蝶点点头。她好奇地摸着画纸,她不知道那是关山把之前在东方海与于冬梅婚礼上捡到的日军传单粘在一起应急用的。

"嗯!你这啥纸啊,这么厚。颜色也怪怪的。不过现在条件艰苦,有纸给你画就不错了,讲究不起,对吧?"

"对,就是这意思。"

想到已经把有日军劝降字样的一面粘起来了,关山便没多说什么,倒是东方海有些担忧:"关山,你这些画好是好,可是我怎么觉得有点儿不对味呢?讽刺是需要的,但你这大多都在讽刺自己人,这对吗?"

"讽刺是属于文艺批评的一种手段,我是出于善意地批评和揭露。延安是圣地，我希望这里只有光明，没有黑暗！"

"好，关山，你是个真正的勇士！"丁小蝶鼓起了掌。

"我还是觉得我们应该更多地关注当下火热的生活，用革命的文艺鼓舞人心。"

不理会仍是皱着眉的东方海，丁小蝶向关山说道："对了关山，过几天我们要去南泥湾采风，你一起去吗？"

"好，一起去！我相信那里的火热生活一定会让我画都画不完！"关山高兴地答应下来。

音乐系小队这次去往南泥湾采风，与当地战士们一起劳动，教战士们唱歌，组织多次大型演出服务军民，关山也埋头画下许多新作品。采风正进行得热火朝天，东方明一封急信，将他们叫回了延安。

众人匆匆赶回教室时，东方明正在里面给音乐系师生传达文件。

"报告！"东方海推开门，念文件的东方明停了下来。

"你们回来得还算及时，快找位子坐下。"

"出什么大事了？一路急行军，差点儿虚脱了！"

丁小蝶擦着额头上的汗水，东方明等众人坐好，挥着手上的文件。

"党中央在延安召开了文艺工作座谈会，毛主席发表了重要讲话。上级指示，必须迅速传达到鲁艺师生每一个人。大家要认真学习文件精神，对照检查，提高认识，积极开展批评与自我批评，使每一个人思想上受到一次真正的洗礼。"

丁小蝶听着东方明继续宣读文件，回忆起毛主席在窑洞里高谈阔论的情景。文件宣读完毕，东方明说道："下面是分组讨论，你们从南泥湾回来的同志临时组成一个小组，就在这里讨论，由叶协理员负责。其他小组分头找地方讨论。"

东方明宣布散会，众人纷纷起立，由各自的小组长招呼着出了教室。东方明将文件递给叶作舟："我去院里参加中心组学习。这里就交给你了，注意效果，切忌流于形式，要触及灵魂，真正在思想上刮起一场风暴！"

叶作舟点头，等东方明出了教室，她一边翻着文件，一边琢磨着如何才能让众人触及灵魂、刮起风暴。丁小蝶一行人静坐着，看着出神的叶作舟暗暗发笑。

"协理员，你演哑剧啊？她们都在笑你呢。"东方海忍不住开口说道。

叶作舟用笔在文件上画了几下，走到丁小蝶身边。"丁小蝶，你把这两段文件念一下。"

丁小蝶接过文件，起身离座，用话剧的腔调抑扬顿挫地念起来，不时还配以潇洒的手势。

"一切革命的文学艺术家只有联系群众，表现群众，把自己当作群众的忠实的代言人，他们的工作才有意义，只有代表群众才能教育群众，只有做群众的学生才能做群众的先生。如果把自己看作群众的主人，看作高踞于'下等人'头上的贵族，那么，不管他们有多大的才能，也是群众所不需要的，他们的工作是没有前途的。"念完这段，丁小蝶旋转，做了一个舞蹈动作，叶作舟严肃地看着她。

"继续念。"

"某种作品，只有少数人所偏爱，而为多数人所不需要，甚至对多数人有害，硬要拿来上市，拿来向群众宣传，以求其个人的或狭隘集团的功利，还要责备群众的功利主义，这就不但侮辱群众，也太无自知之明了……"

叶作舟突然开口："就念到这里。丁小蝶，你明白我为什么让你念这些吗？"

"你明白为什么让我念这些吗？"丁小蝶没缓过神来，她回过头问东方海，东方海也发着蒙摇头。

叶作舟见状，严肃地开口说道："你应该对照检查一下自己。你身上就有一种高踞群众之上的贵族气息，视群众为没有文化、不懂艺术的'下等人'！总是想教化群众，从没有想过应放下身段，虚心向群众学习，只有先当群众的学生，而后才能当群众的先生。"

丁小蝶愣住了，她如同被人当头浇了一盆凉水，气得说不出话来。其他人也呆住了，尤其是东方海，他异常不安，目光里充满了对丁小蝶的同情叶作舟也不管众人的反应，继续开火："你的那些西洋咏叹调，就是只有少数人偏爱，不受群众欢迎的作品。硬要拿来向群众宣传，这就不但侮辱了群众，也太无自知之明了……"

听到这里，丁小蝶终于发作了，她用力拍了一下桌子，手疼得一哆嗦。

"叶作舟，你不觉得太过分了吗？"她又将手指向东方海，"东方海你说，那天在毛主席的窑洞里，主席是怎么讲的？连主席都没有批我，她凭什么乱打棍子？她这是不是有意曲解主席的讲话？东方海你说，你说呀！"

东方海连忙起身，道："是，我觉得协理员上纲上线有些过分，过分！"

"过分？过分的是丁小蝶！她为了哗众取宠，居然唱酸曲，那晚看你们演出的除了老百姓还有革命军人，影响很不好，他们说鲁艺搞色情表演，还有人向上级告了状。为你们这破事，我可没少挨批啊！"

东方海替丁小蝶解释着："事出有因，小蝶不是故意唱酸曲，她只是想说明一个道理，不能一味迎合观众。"

"那也不能成为唱酸曲的理由，不要忘了我们是革命文艺战士！我在这里宣布一条纪律，从今往后，谁也不准再唱酸曲！你们同意不同意？"

看到众人点头同意，叶作舟连忙宣布散会。东方海想留下来安慰眼泪汪汪的丁小蝶，叶作舟却说要跟丁小蝶单独谈谈，东方海只好随其他人散去。等到教室里只剩下她们两人时，叶作舟走到丁小蝶身边，方才的满面冰霜迅速消失，取而代之的是异常亲切温柔的面孔，她歉疚地轻拍着丁小蝶的肩。丁小蝶一时反应不过来怎么回事，不解地看向她。

"小蝶，委屈你了。你说怎么才能'触及灵魂，刮起风暴'呢？仓促之间，我来不及细想，就拿你当了靶子。再说，我一直想把禁止唱酸曲的事给大伙儿讲一讲，也就借题发挥了。小蝶，你能理解大姐吗？"

"你这是跟我道歉吗？"丁小蝶满腹委屈，仍是气呼呼的。

"大姐真诚地跟你道歉！"叶作舟搂着她的双肩。

瞬间，丁小蝶的气已消了一大半。

"那好，你给我记住了，我给你当了一回靶子，我也有一张铁弓，说不定哪天我会把今天你射来的冷箭给你射回去。"

"那就扯平了，姐我等着。"

因为足够了解丁小蝶就会嘴上发狠，叶作舟哈哈一笑。丁小蝶走出门外，见东方海和于冬梅都在等她。

"小蝶，你别生气了。"

丁小蝶把头发往后一拢，对两人一笑。"你看我像生气的样子吗？"说完，她迈开干脆利落的步子走了。

"她没事吧？"东方海和于冬梅诧异地望着她的背影。

"你看她像有事的样子吗？"叶作舟从教室出来，笑着说完，也迈开潇洒的步子走了。看着这一幕，东方海和于冬梅不禁为丁小蝶的变化感到欣喜。

发生变化的不只丁小蝶一人，在周围人的眼中，东方海也已变得更加成熟，更加信仰坚定，很快，他入党的这一天顺理成章地到来。为他感到高兴的同时，此时还未入党的丁小蝶与于镇山也不甘落后，两人决定组成搭档，共同进步。丁小蝶打算在音乐系的学习《讲话》心得体会交流会中，以改造的全新秧歌形式进行汇报。到了交流会当天，丁小蝶与于镇山的秧歌表演令人耳目一新，大获成功，叶作舟当即表扬道："丁小蝶、于镇山用实际行动学习《讲话》，值得我们学习！我们要组织推广。"

"小蝶，原来你偷偷准备了秘密武器啊？你真厉害！这就叫不鸣则已，一鸣惊人！"东方海和于冬梅也高兴地上前来。

"我是王大化，你这个形式太好了！我要好好向你请教请教。"观众中又走出一个人，他向丁小蝶伸出手。

丁小蝶大方地握住他的手，顽皮地对于镇山眨眨眼。

"好的呀，共同进步。"

开荒热潮还未散去，革命区又卷起一股纺线之风，延安军民纺织大赛即将召开。听到点点也报名参加，东方海特意托关山从南泥湾带回一台小型纺车，搬到了东方明家。点点正和东方明一起用纺车练习纺线，她立刻高兴地坐到小纺车上去，抓了一把洗净的蓬松羊毛，用灵巧的手指将羊毛搓成卷儿，再把卷儿纺成线。东方海教给她纺线的诀窍，又唱了从南泥湾学来的《纺车谣》给她听，点点清脆的童声学唱着。此时已是夜晚，淡淡的月光下，东方明一家三口纺线的身影与东方海的歌声相互映衬着，显得格外美好。

一时间，阳光下、月光下、宝塔山下、山坡上、深谷中、延水河边，到处都是豪迈的纺线军阵，战士们与老百姓们都一边摇着纺车一边唱着歌。音乐系的师生这段时间也十分忙碌，南泥湾慰问演出跑了好几趟，还要参加大生产和纺线运动。于冬梅和丁小蝶抽空带着织好的毛衣来到保育院看望铁蛋与小提，第二天又赶到南泥湾。演出慰问之余，一行人坐在麦田边的山坡上，讨论该如何创作反映大生产的新剧。金黄的麦浪翻滚着，一片丰收在望的景象，关山兴奋地架着画板，在众人身旁挥笔作画。

讨论中，东方海和丁小蝶又争执起来，新剧采用歌舞的形式，歌用信天游加秧歌的元素，舞用安塞腰鼓的元素，这一点上两人没有分歧，但对主题是反映普通劳动大众还是反映部队领袖各执己见，谁也说服不了谁。正在二人喋喋不休之际，叶作舟拿着一个剧本过来了，是之前与丁小蝶握手的王大化所创作的《兄妹开荒》。众人接过剧本开始翻阅，边看边赞不绝口，叶作舟又通知众人，今天晚上王大化和李波便会上台表演《兄妹开荒》，让他们去现场观摩学习。

鲁艺家的新式秧歌，在南泥湾已是远近闻名，只消站在山梁子上喊一嗓子说晚上有鲁艺秧歌开演，消息就会被一道又一道地传下去。回声在山谷中飘荡，人们都从自家窑洞里涌出来，拿着小木轧，三三两两热热闹闹地往演出所在的露天广场赶来。这是《兄妹开荒》的首演，王大化与李波在台上又扭又唱，台下战士们与百姓们笑得合不拢嘴。

毛主席带着一个警卫员来到音乐系众人身边，东方海赶忙给主席让座，毛主席就在黄土飞扬的大风中，坐在长板凳上观看秧歌表演，坐了不一会儿，身上落了一层黄土，但他并不在意，看着王大化与李波的表演，兴奋得哈哈大笑。演出结束，毛主席拍拍灰站起来，走上舞台热情地与演员握手。

"《兄妹开荒》有歌有舞，田间地头都能表演。很好嘛！你们已经走出去了，把'小鲁艺'办成了'大鲁艺'"。

在毛主席的夸赞声中，现场气氛高涨，东方海举起了手。

"主席，我们要到人民中间去，要到火热的斗争中去。我已经有了一个想法，要发起一个民歌研究会，去采集、收录、汇编民间的艺术精华。"

毛主席赞许地点点头："好想法！我支持你！"

东方海一行人走在下乡采集民歌的路上，于镇山开口问道："东方，在顺和镇的时候你不就从我爹那儿收集了好多民歌吗？还不够？"

"是啊，我在顺和镇收集的是山西民歌，现在是陕北民歌，这些民歌流传了几千年，无论是内容还是形式都丰富多样，它记录了各个时代劳动人民的生活，反映了他们的苦难、他们的欢乐、他们的劳动、他们的爱情和他们的希望。这可是一座挖之不竭的宝库啊！交流、传播和研究，整理出版这些民歌，是我们的当务之急。"

丁小蝶跟着说道："我也同意，这项工作意义特别大。说实话，我一开始听来，觉得与我熟悉的西洋音乐相比，显得过于单调，但当我走在山川中的蜿蜒小路上，经过农人们劳作的山坡，或是走进任何荒僻的农村，无论到什么地方，总可以听到老乡们这样唱着他们自己的歌，歌声是那么辽阔悠远，像是山川里永远流不尽的河水，又是那么单纯朴直，充满农民深刻的情感。当我逐渐地接近了他们的生活。了解了他们的情感，就体会到这简单的山歌里蕴藏着迷人的力量，就能知道他们无时无刻不沉浸于这歌声里，并不是没有理由的了。"

东方海用力点点头道："说得太对了！就是这种感觉！我们现在收集

的陕北民歌里,最有特征的两部分是情歌和革命歌,这两部分歌曲,不仅内容深刻,语言丰富有色彩,曲调亦是简朴有力,坦率情深……"

"小蝶、东方,你俩说得真好!可是好难啊,老乡们都不好意思在我们面前唱。"于冬梅烦恼地支着脸颊。

丁小蝶想了想,拍一拍手道:"我有办法了!我们以前不是也收集了一些歌吗?我们去村头搞一个对唱,把气氛调动起来,他们就放开了。"

"这主意好!走!"

众人齐声叫好,又走了一会儿,他们来到一处乡间空坪上,丁小蝶最先亮开嗓子唱起来,于镇山拿出唢呐边吹边唱,加入对歌。听到这些熟悉的旋律,人渐渐多起来,越围越近。起先百姓们还不好意思开口,后来情绪慢慢被感染,一位青年被推搡到人前,他扭捏了一会儿,尽着陕北人的大嗓门儿唱了一曲,东方海带头叫好,围观的百姓也叫起好来。又有一名青年笑着站出来唱,于冬梅和他对唱,一个农妇站出来唱,越来越多的百姓加入唱歌的队伍中。

"快,我和小蝶记录,镇山哥、冬梅,你俩和他们继续对歌。"东方海赶紧安排着。

"娃娃们,我那还有好多呢,走,走,上我家去,边喝边唱,那才带劲呢。"这时一位大叔上前来。

"裴大叔是俺们这儿的歌王,跟他走,没错呢!"众人簇拥着东方海一行往一处院子里走去。

大叔家人把他们让上炕,端来了酒菜。东方海就和大叔坐在炕头,一边喝酒,一边对山歌,到了这一天的最后,一行人满载而归。

收集民歌的工作有了显著成果后,东方海又有了新的想法。他找来于镇山以及几名手艺好的战士,忙活着做起了乐器。

"东方,你知道不,现在延安最有名有两个人,一是王大化,二就是你,人家一说'鲁艺家的乐队来了',人都跟疯了一样赶着来看。你真行啊!"

于镇山做着一把快成形的大提琴,东方海接过来左右看着。

"我是想起上回你去安塞参加斗鼓大赛,我们最后那个乐队还挺受欢迎的,所以就想正式成立一支土洋结合、中西合璧的乐队,没想到老百姓和战士们这么喜欢。镇山哥,要说行,你是真行,这大提琴你就用个大洋油箱安上个把子,一个葫芦瓢安上个板,这音质还不错呢。好了,大家集合,练起来!"

乐队集合好,唢呐、口琴、风琴、手风琴、小提琴、竹笛、二胡、三弦、吉他、锣鼓、云板一应俱全。木鱼队左面放着用洋油桶自制的低音胡琴，侧面则是由大号搪瓷缸和饭勺组成的打击乐器。东方海走到排列有序的队伍前，拿起一根柳条枝，开始指挥起《黄河大合唱》的练习演奏。

又过去一段时间，延安开始搞整风运动，兼任独立旅旅长和政委的赵松林前来参加，他带着许多东西来到丁小蝶家，正在门前纺线的丁小蝶惊喜地招待了他，问起郭云生与柳二妮的近况，得知一切都好。赵松林看到丁小蝶精神满满地投入工作，也放下心来，赶去保育院看小提了。

丁小蝶将赵松林送来的东西都交给了音乐系，众人看到丁小蝶已真正从石保国牺牲的阴影中走出，都十分欣喜。只有于镇山，欣喜之余，心情又有些复杂。这次他倒不是为了东方海与于冬梅的事，他是为着自己对叶作舟的那份情而烦恼，他不止一次跑到叶作舟面前，暗示她也该像丁小蝶一样走出过去。叶作舟却只是装傻，哪怕于镇山鼓起勇气，对着她的背影唱起吐露心声的情歌，唱得声音中都带上了哭腔，叶作舟仍是头也不回。

转眼到了新年，一大家子人聚在东方海家的窑洞里，窗外飘着雪花，炕桌上摆着丰盛的饭菜，于冬梅和丁小蝶从保育院接出了铁蛋和小提，关山也来了。众人互相敬酒，逗着孩子，其乐融融地吃着团圆饭。饭后，丁小蝶和关山带着两个孩子在院子里玩雪，铁蛋堆雪人，丁小蝶和关山带着小提打雪仗。东方海在厨房陪着于冬梅洗碗，给她添热水，怕她的手冻着，两人闲聊着于镇山什么时候能追到叶作舟，聊着小提是会先被东方海培养成音乐家还是先被关山培养成画家。聊着聊着，东方海回想起关山曾经说过的话，他好像明白了些什么。

炕桌边只剩下于镇山和叶作舟，两人相对而坐。于镇山殷勤地给叶作舟倒茶水，叶作舟却只问他是不是该撮合关山和丁小蝶，于镇山厚着脸皮开口："要想撮合他们俩，咱俩得先成啊。"

叶作舟却不接他的茬儿："我这酒喝得浑身发热，干脆咱们也出去，在雪地里打打雪仗唱唱歌。"

于镇山只好无奈地跟着叶作舟下了炕，东方海和于冬梅也到了院子里，众人合力堆起一个大大的雪人。关山抱着小提，把两块煤球安在雪人脸上当眼睛；铁蛋跑过来，拿着一根红萝卜安在雪人脸上作鼻子；丁小蝶把脖子上的围巾解下来，围在雪人脖子上；于冬梅拿着一块红纸，和东方海一起给雪人抹了红脸蛋和红嘴唇。于镇山团起一个雪球，向雪人瞄准。

"于镇山，你别搞破坏！"叶作舟抓起一把雪捏了捏，朝于镇山打去，雪团在于镇山头上开了花。于镇山又把手中的雪球对准叶作舟，终是舍不得，故意扔偏了。铁蛋捡起滚落在雪地上的雪球，扔回于镇山身上。小提从关山怀里下来，小手握起一把雪，加入战团。关山团了雪球，给小提当武器，几个人在院子奔跑打闹。

东方海和于冬梅相视一笑，他跑回屋子里拿出小提琴，拉起《踏雪寻梅》，于冬梅跟着琴声唱起歌来。丁小蝶走过来跟着一起唱，她俩的歌声还没落下，于镇山又一嗓子吼起了信天游，歌声与欢笑声回荡在窑洞前。

小提长大了，不愿和妈妈分开，每次要回保育院之前，他都会躲到关山家里画画。丁小蝶来接时，他将自己的画和关山的画叠在一起，递给丁小蝶。

"妈妈，我不在家的时候，让我的画陪着你吧。"

"来，让妈妈抱你一会儿。"

丁小蝶把画放进口袋，抱起小提，关山跟在她身后，东方海和于冬梅带着铁蛋，一行人走在去保育院的路上。叶作舟派人来叫于冬梅回音乐系开党会，关山便从丁小蝶手中接过小提，让她回家收拾，由他和东方海去送孩子。丁小蝶回到住处，把小提的玩具收在盒子里装好，又伸手从口袋里拿出那两张画，看着小提可爱的画，忍不住笑了，又看了关山画上的她自己，非常喜欢。她打量着墙上的位置，想把两幅画挂起来，却一不当心瞥到了画纸反面，愣住了："中国将士诸君，持此票向日本军队投诚者，皆是朋友伙伴。大东亚共荣！"

丁小蝶第一次见到这传单，也不知是什么来头，她看着这些字，呼吸急促，想了想，拿着画跑去找叶作舟。她焦急地等在会议室外，看到于冬梅和叶作舟出来，忙把传单递给两人看，不料被一位面容严肃的主任注意到。在他的追问下，丁小蝶只好说出这传单是从关山那里来的。

另一边，把两个孩子送回保育院，东方海拖着关山来到桥儿沟树林中。

"看架势，你是要和我交交心，也是，自从你结婚之后，我们两个人很久没有深谈过了。"

两人在树林里熟悉的石头上坐下，东方海开门见山道："记得我对感情犹豫不决的时候，你曾点拨过我，你说你曾爱过一个女人。那个女人是不是小蝶？"

"看破不说破，暗恋这种事，一旦说破，没了神秘感，也就该结束了。"

"我记得你当时说了，很后悔什么都没做，什么都没说。现在你又有机会了，我希望这次你能勇敢一点儿。"

关山叹了口气。

"我和你的情况不一样，于冬梅一直喜欢你。"

"这世界上的事情，你不去争取，怎么知道不可能发生？你应该很清楚，我那大舅子于镇山，一直在追求叶大姐。"

"他成功了没有？"

两人想起于镇山在叶作舟面前的样子，都不自觉地露出笑容。

"我认为已经接近成功。"

"这几年，追求小蝶的人一点儿不比她结婚前少。"

"叶大姐以前说过，我和小蝶很像。既然你和我能够成为好朋友，你肯定也会是小蝶的知音。"

关山看着远方的树木，"我是她的知音。"

"那你告诉她呀。"

"我很满足现在这种状况，能够在身边默默关注她，能够陪伴着她的儿子成长，已经足够了。"关山摇摇头。

东方海有点儿着急："要是再出现一个石保国把她和小提带走了，你可别找我陪你喝闷酒。"

"我相信不会再有一个石保国，就是有，小蝶也不会跟他走，因为真有这么个人出现的话，我会挺身出来和他争。"

东方海哭笑不得地看着他，"你这是什么逻辑？非得有人和你争了你才出手？"

"我了解小蝶，她现在正摸索着走自己的路，比起谈一次恋爱，她恐怕更想打一仗。东方，你放心，我不想打一辈子光棍，也不会让小蝶一直一个人，等到抗战胜利了，我会选择在那个激动人心的时刻向她表白。"

"说话算话。照现在的国际形势，我估计这一天不远了……"

这时，一个学生跑了过来，他喘着气，有些惊慌地看着关山，说："关……关老师，你快回宿舍，出事了。"

二十六

东方海与关山赶回教师宿舍时,只见丁小蝶和于冬梅一脸不安地站在门外,门大开着,屋里站着无奈的叶作舟和那位面色严肃的主任。两个年轻人正在搜查关山的东西,他们拿着搜到的日军传单走了出来,丁小蝶看看关山,欲言又止。

"关山,跟我们去一趟教务处吧。"主任对关山晃了晃手里的传单,转身走开,两个年轻人站到关山身边,关山像被他们押送着似的跟着走了。

"这是怎么回事?"

"关山给小提画画的纸,背面是日本人的传单。"

听于冬梅这么说,东方海愣了一下,但很快反应过来。

"这有什么问题吗?这传单是几年前日本人投的,那时候延安很困难,纸张缺乏,大家都捡起来废物利用,我还曾经在背面写过谱子。是谁小题大做,把这件事报告上去的?"

"是我。我那几年不在延安,没见过这种传单,今天一看见,吓坏了,本来是想先跟叶大姐和冬梅商量一下,谁知道……"丁小蝶歉疚地小声说着,东方海一听是她,放心地长出一口气。

"我去教务处看看。你们别担心,该忙什么忙什么去。"叶作舟说完走了。

"我是不是害了关山?"丁小蝶着急地说。

"应该没什么大问题。"尽管这么说着,于冬梅的神情也很忧虑。这一天,虽然各自忙工作去了,但他们都一直惦记着关山的事,一看叶作舟开完会回来,三人立刻回到关山宿舍门前等着。见关山低着头走过来,东方海忙迎了上去,于冬梅跟在后面,丁小蝶迟疑了一下,慢慢走在最后。

"关山,组织上怎么决定的?"

"留党察看一年。"

于冬梅和东方海互相看看。"怎么给了这么重的处分?"

"我去找院党委会,你根本不是有意保留这些传单的。"

关山拦住东方海,"算了,确实是我认识不够,这些传单早该销毁。"

"对不起,是我害了你。"丁小蝶猛地鞠了一个躬。

"小蝶,这不关你的事,我不该保留这些传单,还在上面给你画像。"关山摇摇头。

"我总是闯祸,总是给别人带来伤害,对不起。"

丁小蝶抹着眼泪跑走,于冬梅追了过去,东方海看看她俩的背影,又看看关山。

"关山,走,我陪你喝酒。"

"算了,我想休息一下。"关山有气无力地回绝后,打开门走进屋里,东方海站在门外叹气。

年后的这天,叶作舟和于冬梅在办公室中布置工作。

"这年过得大家都有点儿松懈,需要把劲头鼓起来。好几个根据地邀请我们下去演出,最近大家都要辛苦一点儿。"

"意料之中的事。各个演出小组都在排新节目,争取来个新年开门红。"

叶作舟对于冬梅点点头,低头看着手里的文件,突然问道:"丁小蝶最近情绪怎么样?"

"每天就知道排练,演出,我怕她的嗓子顶不住,可又不能说。"

这时,赵松林走了进来。

"作舟同志,冬梅同志,你们好。"

"赵政委,你好。快请坐。"

叶作舟和于冬梅忙站起来打招呼,于冬梅给赵松林倒了一杯茶。

"来的时候我就说过,走的时候要把你们都带上。这不,我来邀请你们了。整风运动已告一段落,现在国际形势正在好转,日本鬼子早晚得乖乖认输。不过,我得回去按住山本龙太郎这个临死的鬼子蚂蚱。"

"你要回去打几个硬仗?"听到赵松林的话,叶作舟眼睛一亮。

"反正肯定不会闲着。走吧,跟我走吧。上次你们走的时候,根据地正是困难时期,现在不一样了,我们的面积又扩大了,大生产运动也搞得不错,生活条件比以前好了许多,战士们都非常欢迎你们这些大艺术家。"

"演出是冬梅他们这些专业演员的事儿,我只管有仗打。你要同意我参加战斗，我就带队去。"

赵松林笑着点头说："那我自然是同意了。对了，把小蝶同志带上，还有老石的儿子，独立旅的官兵都想看看老旅长的儿子。"

叶作舟激动地招呼于冬梅："冬梅，快召集人开会，把下一步的工作好好安排安排，延安本地部队的演出可以往后推一推，咱们战地服务团要好好为根据地前线部队服务。"

于冬梅陪着丁小蝶前往保育院，院长说什么都不批准她们带上孩子离开延安去根据地，这次独立旅之行小提是去不成了。东方海听到有机会去前线，拉着关山来找叶作舟，希望能让关山随行，有一个立功的机会。于镇山也表示要回去为独立旅战士们表演斗鼓，还有他和丁小蝶合作的土洋创新版《兄妹开荒》。最终，战地服务团原班人马再次踏上了前往独立旅根据地的路途。

战地服务团一行人驾着两辆车来到董家庄村口，一辆车上拉着乐器，一辆车上拉着演出服装和道具。丁小蝶看到熟悉的景物，不由自主地离开队伍，目光忧伤地打量着一切，关山关切地注视着她。

"二妮呢？怎么不过来接我们？"于镇山东张西望着，叶作舟撇了撇嘴。

"老地方，熟门熟路，有没有人接都无所谓。只是路上没遇到过鬼子有点儿遗憾，看来鬼子真是兔子的尾巴长不了了。"

这时，一个男孩跑了过来，说："你们是战地服务团的人吧？跟我来吧。"

一行人有些纳闷地跟着这个孩子，来到独立旅的大舞台前，一条写有"热烈欢迎鲁战团战友们"的横幅挂在那里。柳二妮一个人站在台上，她穿着整齐的军装，手里拿着一根竹棍，看见众人走近，她依旧站在舞台上，只是表情激动起来。

"二妮，你站在那儿干啥？还不快过来迎接我们？云生呢？"于镇山最先看见舞台上的人，他招呼着。柳二妮向他们招招手，并不下来，又挥一挥手，只见三个孩子拿着乐器上了舞台。小小军号手吹了一个集合号，几十个孩子从两边跑着上了舞台，按高低排成三排站好。叶作舟一行人走到舞台下站定，柳二妮向他们敬了个礼，转身挥动指挥棒，孩子们开始在乐器的伴奏下合唱《保卫黄河》。一曲终了，叶作舟带头鼓掌，众人也齐声叫好。

"二妮真棒！二妮成指挥家了！二妮成老师了！"

柳二妮指挥孩子们散去，这才从舞台上冲了下来，一把抱住了于冬梅。郭云生也从舞台后面跑了过来，向众人敬礼。

东方海上前握住郭云生的手道："云生哥，又见面了。"

关山和于镇山也跟郭云生握手，柳二妮到叶作舟面前敬了个礼。

"叶协理员，鲁艺战士柳二妮向你报道。"

"干得好，柳二妮，不愧是鲁艺战士。"叶作舟还了一个礼，和她拥抱。

"小蝶姐，你儿子呢，怎么没带来？"柳二妮又来到丁小蝶面前。

"保育院不让带。"丁小蝶摇了摇头。

"小蝶姐，我现在是独立旅的宣传干事，那些连队的宣传员们都可想你了。"

"我也想他们，我想这个地方。"丁小蝶用怀念的目光注视着舞台和周围的景象，喃喃说道。

"根据地收复之后，赵政委下的第一个命令，就是把石旅长和你的住处恢复成原样。走，我带你过去，你还住在那里吧。"

听到郭云生的话，丁小蝶的眼泪流了下来。她跟着郭云生来到昔日的家中，在屋子里沉默地站了许久，她的目光在各个角落掠过，脑海中闪现出与石保国共同度过的无数时光。她走出屋子，把门关上，说："我现在已经不是独立旅的人，这间屋子，我不能再住了。我们去服务团的驻地。睹物思人，在这儿，我会彻夜难眠。如果下次带小提过来，我会考虑住在这里，给他讲讲他爸爸的故事。"

柳二妮对欲言又止的郭云生点了点头。"云生，战地服务团的人当然要住在一起了。云生，今天晚上我也不回家了，我要和小蝶姐、冬梅姐还有叶大姐好好说说话。"

这时一名白净的战士拎着一个篮子走了过来，他向丁小蝶敬礼，道："嫂子好！我是独立旅二团警卫连一排三班班长张斗满，我们团最近在董家庄驻防，鲁艺战地服务团的安全由我们班负责。大家听说嫂子带着旅长的儿子来了，派我作代表，给嫂子还有我们独立旅的小八路送礼物，请收下。"张斗满双手把篮子递过来。

"你们独立旅的小八路这次没有来，礼物我就不收了。"

"礼物一定要收下，要不我回去没法交代。"

丁小蝶看了看满篮子的红枣，微笑着点点头，"好，我收下了，女同志们都喜欢吃红枣。"

郭云生锁了门，拎着行李要走，张斗满从他手中拿过行李。

"首长，嫂子的行李我来拿。"

"云生现在都成首长了。"丁小蝶笑着碰碰柳二妮，两人跟在后面边走边说话。"那可不，云生现在是营长了，手下管了好几百人呢。小蝶姐，在独立旅，你永远是大家最敬重的人。"

"大家敬重的是保国。二妮，富贵叔牺牲了，我很为你难过。"

想起柳富贵，柳二妮眼眶微红，她坚强地抬起头。

"我爹临死前吼了一声报了信，让我们的部队安全转移，他死得值。再说了，这两年云生哥没少杀鬼子为我爹报仇。对了，小蝶姐，根据地一恢复，赵政委就把石大哥和我爹的墓地迁到这边了。"

郭云生回头对丁小蝶说道："赵政委一回来就去安排工作，他要腾出明天上午的时间给石旅长扫墓。"

董家庄墓园又起了两座新坟，柳富贵的坟挨着于得水的坟，柳二妮、郭云生跪在墓前烧纸钱，于镇山过去跪下给柳富贵磕了三个头，点了几张纸钱。东方海、于冬梅、叶作舟、关山站在一旁脱帽致敬。祭奠完柳富贵，于镇山又带着东方海和于冬梅来到于得水墓前，东方海和于冬梅跪下磕头，他们站起来后，于镇山跪下磕了一个头。

"爹，冬梅嫁给了你喜欢的东方家少爷东方海。我还没成亲，不过，我很快就会给你娶一个满意的儿媳妇。"

叶作舟犹豫了一下，和关山一起走过去在于得水的坟前脱帽致敬。这时，整齐的脚步声响起，丁小蝶抱着一束纸花走在最前面，赵松林带着一队战士踏着正步，一行人来到石保国墓前。丁小蝶把手中的花放下，东方海他们都走了过来，在她身后站好，跟赵松林带领的战士们一起，向石保国的墓敬礼。

不出几日，战地服务团已经彻底在独立旅安顿好，原本这里就是众人所熟悉的家一般的地方，此番前来，众人还住在从前那个院子里，房间里不时传来乐器的声音。院子空地上，丁小蝶和于镇山正在排练《兄妹开荒》，柳二妮在一旁边看边做笔记。赵松林带着两名警卫员走了进来，寒暄过后，丁小蝶招呼一声，叶作舟和于冬梅从屋子里出来问好。

"你们来根据地精神慰问,我来你们的住处物质慰问。都拿进来吧。"警卫员朝外面招招手,几个战士抱着新棉被进来。

"你们在延安睡惯了炕,受不了这儿的倒春寒天气吧。这是我们根据地种的棉花做的被子,一人一床新被子,保证晚上暖暖和和不想家。"

"这份大礼我们收了。冬梅,你负责把被子分下去。赵政委,进来坐。"

叶作舟和赵松林进了屋子,叶作舟倒水时,赵松林看着墙上的演出表。

"工作开展得挺快。"

"咱们还是老规矩,除了正常的演出,我们还要唱一台大戏,这台大戏的时间,就定在你们打大仗前。"

叶作舟目光闪亮,赵松林点点头。

"你们好好排练,时机到了,咱们一起唱大戏。"

关山还没有从受到处分的低落心情中走出来,他独自一人来到墓地附近的山上写生。东方海一路找他找到了这里,静静地看着他作画,过了一会儿开口道:"这儿风景很美。"

"是啊,如果让我选,长眠在这儿也不错。"

"关山,我知道,你最近的压力很大,越是这种时候越要想得开,你一向是潇洒的人。"从关山的话里听出了消极的意味,东方海小心斟酌着词语。

"你放心,我绝对不可能自杀。但我渴望战斗,我渴望痛痛快快地死,像埋在那里的人们一样。这样的话,你们会来看我的。"

"关山!"看东方海加重了语气,关山苦笑起来。

"别发火,我只是感慨一下。这块根据地是试炼场,我们终究都要在这里经受血与火的锤炼。你经受过,冬梅经受过,小蝶经受过,二妮和云生也经受过,这次该我了。"

"东方老师,关山老师。"张斗满跑了过来。

"张班长。"两人招呼着。

"丁老师让我来找你,她说你会照相,也会画像。"

听到是丁小蝶让他来的,关山的神情恢复了一些亮色。

"我这次来,没带照相机,画像随时都可以。"

"能不能给我画张像?我十五岁参加红军,到现在整整十年了。我这个人,不识字,脑袋也不太灵光。这几天和你们服务团的文化人接触多了,好像有点儿开窍了。我想给家里寄封信,麻烦你给我画张像,装在信封里寄回去。"

关山向神情忸怩的张斗满点了点头道:"好,我这就给你画。"

"张班长,你班里的战士,有多少是你这种情况,从来没和家里联络过?"东方海看到关山开始神情专注地画像,便和张斗满搭话。

"我们班的战士,几乎没有识字的,都没给家里写过信。"

"你看这样好不好,让关老师给你们每人画张像,我替你们每人写封家书,一起寄回家。"

张斗满激动得一拍大腿,道:"好啊。真该谢谢嫂子丁老师,要不是她让我来找关老师,哪能有这种好事。你说我这信写啥好呢?我从来没写过信。"

"你心里想啥,说出来就好。"

"十年了,我这心里想得太多了。我爹、我娘、我哥、我两个妹子,还有我家的小黑,哦,小黑是条狗……"

张斗满说着话,关山已经把画像画好了。"张班长,你看看,不满意的话我再修改。"

张斗满端详着画像,脸上现出惊奇的神情。"又快又好,这是我吗?这个画中的人是我吗?长得还挺好看,我娘看见了肯定开心,知道我在外面没受苦。太神奇了,关老师,我能学会画画吗?"

"只要想学,肯定能会。"

"想学,特别想学。"张斗满连连点头。

"好,那我教你。"

看到关山又回到从前那样和战士们相处的状态,东方海在一旁安心地笑了。

关山回到服务团驻地,丁小蝶正在院子里练习秧歌舞蹈,他站在那里看着她挑着担子起舞,从背包里掏出画本。丁小蝶跳累了,停下来休息,关山走过来,把画的速写递给她。"我第一次看见这么美的秧歌舞。"

"我还以为,你再也不会画我了。"

"谢谢你让张班长去找我。"关山微笑起来。

"以前你来根据地,总是为战士们拍照、画像,你一直都最受战士们欢迎。关山,我只想弥补我的错误。"两人毫无芥蒂地对视着。

"小蝶，都过去了。只能说，一切都是命运。放心吧，我没那么脆弱。"

"关山在和小蝶说话，看来他们两个人终于开始正常交流了。"看到这一幕的于冬梅来到临时办公室里，对正在研究地图的叶作舟说道。

"这下你和东方可去了一块心病。"

"东方前些日子都不敢离开关山，生怕他做出过激的行为。还是小蝶有办法，知道怎么转移关山的注意力。"

"反正你们比我有办法。一个跳芭蕾的窑洞，治好了小蝶的病；关山也一样，只要手中有笔，画架上有纸，眼前有能让他感动的景、人，他就能忘掉一切。要是能有个机会让他立个功，把处分去掉，就太好了。可惜呀，关山不是个打仗的料。"

于冬梅走到桌前，跟叶作舟一起看着地图。

"大姐，有仗可打了？"

"鬼子看来真要完蛋了，很少出来扫荡，缩在各个据点不出来。攻打这些据点代价太大，意义倒不大。唯一的一块肥肉是虎口镇这个东亚煤矿。我看赵政委的目标也是这个地方。"

叶作舟敲着地图，东方海和郭云生一起走进来，看见郭云生，叶作舟眼睛一亮。

"我来传达赵政委的指示，赵政委说，想看服务团唱大戏。"

"我就在等这句话，冬梅、东方，通知各演出小队回董家庄，把咱们的大戏亮出来。"叶作舟激动地站了起来。

战地服务团布置好舞台，挂起汇报演出的横幅，台下坐满了观看演出的战士和群众。叶作舟和赵松林也坐在台下观看，演出由于冬梅在后台指挥，先是于镇山的斗鼓队表演一曲《金鼓闹春》热场，掌声响起，东方海登台指挥鼓乐合奏，汇报演出正式开始。

演出进行到一半，作战室却传来了坏消息，独立旅派入东亚煤矿伪军卧底的同志身份暴露，已经牺牲，敌人的火力分布情况无法掌握，强行进攻会伤亡巨大，战斗方案一时搁浅。演出圆满结束，叶作舟跟着赵松林来到作战室中，她提议进行一次火力侦察。赵松林眼睛一亮，却发现旅部没有绘图功力过关的侦察员，煤矿有三个入口，必须在有限的侦察时间内把所有布置画好，这是一项艰巨的任务，叶作舟当即向赵松林推荐了关山。

院子里挂着一盏灯，战地服务团的众人在等叶作舟回来。

"这次打仗，我一定要参加。上次打周村镇真过瘾，几乎没开枪就把一个二鬼子团消灭了，重点是我还扮了一次新郎官。"于镇山激动地说着，丁小蝶白了他一眼。

"这都几年过去了，你也就是扮演了一次新郎。我说你呀，天天像个牛皮糖一样黏在叶大姐身边，一点儿进展都没有，你到底行不行？"

"这次要是能打个大胜仗，我保证能当上真的新郎官。东方，你想不想参加战斗？"

"我听从叶大姐的安排。"东方海早已不是当年那个冲动莽撞的人了，他沉稳地答道。

"那你是捞不到仗打了，你不上战场也好，要不我还得惦记你的安全，惦记我妹子的安全。这几年我一天都没落下训练，论枪法，你们都不是我的对手。"

"你有叶大姐的枪法好？"柳二妮对于镇山撇撇嘴，丁小蝶走到沉默的关山身边。

"别人上不上战场不重要，咱们俩一定要参加战斗。我想火线入党，你得把你那个处分拿掉。"

"咱们还是听叶大姐的安排。关山这一次深入基层，给战士们画了很多像，写了几百封家书，回延安后，我会好好向组织汇报。还有你，小蝶，你今天的演出很受欢迎，我也会向考察小组汇报你的情况，所以你们不要冲动。"听到丁小蝶的话，于冬梅过来劝说。

"你哥最冲动，你咋不劝劝他？"

"我哥的情况比较特殊，只要叶大姐参加战斗，我哥肯定要参加，这个我劝不了。"

这时，叶作舟在张斗满的陪伴下走了进来，于镇山第一个冲了过去。

"怎么样？赵政委批准我们参加战斗了？"

"有没有仗打还是个问题。好了，你们都先去休息，关山，你跟我来。"叶作舟情绪不高，她带着关山进了办公室，东方海看一眼两人的背影。

"张班长，到底什么情况？"

"我也不清楚。我这个班负责保护你们的安全，只要你们上战场，我班的人都跟着去，负责贴身保护。"张斗满挠挠头，于镇山过去拍拍他的肩。

"张班长，你给他们几个每人派两个战士，我不用，我能使双枪。"

屋子里，叶作舟走了两个来回，才开口说道："关山，你会画地图吗？"

"你说的是作战地图？"

"兵力火力布置图。要是让你到实地看一下，能不能画出来？"

关山点点头道："当然没问题。"

"这和你平常写生创作不同，是在火力侦察中画图，很危险。"

"我不怕危险，叶协理员，把这个任务交给我吧。"

叶作舟看着关山，两人都神色坚定。

在距离东亚煤矿所在虎口镇最近的根据地，一队队战士整装待发，村口一棵大树下，郭云生摊着地图，向手下三个连长布置任务："记住，我们这次是火力侦察，只要敌人暴露火力分布就撤退，不要和敌人纠缠。"

不远处，战地服务团一众人在和关山告别。

"关山，你记住，不管运动到哪个位置，首先要保证自己的安全。"

"我知道，协理员。放心吧，有张班长保护我。"

"叶首长，只要有我在，绝不会让关老师伤一根头发。"张斗满站在关山身旁。

"关山，我相信你，你一定行的！"

丁小蝶把几支铅笔递给关山，东方海握住他的手使劲晃了两下，于镇山拍了拍他的肩。

"关山，该走了。"郭云生走过来说。

"好，我们在这儿等着。祝你们成功。"

叶作舟敬了个军礼，众人敬礼告别，作战队伍出发了。

独立旅安插在伪军中的卧底暴露后，东亚煤矿的守军全部换成了日军，不仅火力分布随之发生变化，火力程度也变得更为凶猛。由于没有预料到这一点，这次火力侦察失败了。关山画了一半的图被日军的炮火炸得粉碎，张斗满为保护关山当场牺牲，关山拿起他的枪与日军对射，也中弹倒下，郭云生带着战士们冲过来，背起关山和张斗满匆匆撤退。

叶作舟带着战地服务团的众人，一直站在村口的树下张望着，远远看见队伍的影子，于镇山兴奋地喊起来："回来了，回来了，只要拿到火力布置图，就可以打仗了。"

"云生哥，云生哥！"

郭云生走在队伍最前面，看见柳二妮蹦着招手，他快走几步过来，柳二妮忙着看他有没有受伤。

"怎么样？"叶作舟问道。

"煤矿的守军全换成了日本人，敌人的火力很猛，根本侦察不到核心火力点布置。"

"关山呢？"郭云生没说话，东方海抓住郭云生的双臂，又问了一遍。这时几副担架抬了过来，丁小蝶冲到第一副担架前，张斗满早已没有气息。

"张班长！"

"关山！"东方海冲到第二副担架旁，众人闻言惊慌地围到担架旁。关山的目光落在东方海脸上，他声音微弱："阿海，把我和张班长带回董家庄，葬在那块墓园。"

东方海忍着眼泪点点头，关山又用虚弱的声音叫着："小蝶，小蝶。"

"我在这儿。"

"手、手……"

丁小蝶伸出双手紧紧握住关山的手，眼泪流了下来，关山心疼地看着她说："别哭，别哭。"

"你别说话，这儿有医生，能救活你。"

"我在延安的东西，你替我保管吧。"关山用尽最后的力气回握住丁小蝶的手说。

"你别说话，你别说话。"

"真好，你带着小提看保国，顺便也能看看我。真好。"关山脸上带着笑，闭上了眼睛。

才过去短暂的一段时间，墓园中又添了两座新坟，丁小蝶把野花编成的花环放在关山和张斗满坟头，独立旅与战地服务团的众人在坟前敬礼。回到办公室，赵松林将独立旅为关山请功的报告书交给叶作舟，脸上满是遗憾，说："你们这一次带来了深受前线战士欢迎的节目，独立旅却没有满足你们的愿望，打一个大胜仗。"

"根据地不仅是战地服务团展示自己的大舞台，也是激发我们进行文艺创作的大本营。我们很快还会来的，我相信服务团的每一位成员更愿意和这里的战士们一起，和牺牲了的战友们一起迎接最后的胜利。"

叶作舟敬礼，离开，看到于镇山等在外面，问："你在这儿干什么？"

"等你。我知道你心里不好受，仗没打成，关山又……"

"你知道什么！如果我知道关山会付出生命的代价，一定不会让他参加这次的火力侦察。我该反省反省了，每次来根据地，我们最应该做的是什么，我最应该做的是什么。"叶作舟瞪他一眼，拔腿就走。

"你去哪儿？"

"要走了，我去和关山告个别，告诉他组织上会撤销对他的处分。"

"我看见东方海拿着小提琴去了墓地，关山是东方海最好的朋友，我们就不打搅了吧。我陪你去看看我们的大舞台，那天我和丁小蝶表演《兄妹开荒》，你为了打仗的事儿，都没有好好欣赏，我再表演一遍给你看看。"于镇山追在叶作舟身后。

"你们的排练，我看了几十遍了。"

"排练和正式演出不一样，二妮也挺出息，不声不响地弄了个儿童版《兄妹开荒》，抢了我们的风头，看来以后我还是得多琢磨一些绝活。你放心，有我在，保证你带领的战地服务团最受欢迎。"

叶作舟终于被于镇山逗笑，两个人说着话走了。

柳二妮想要跟随战地服务团一起回延安，她想念延安，想念鲁艺，想和胜似亲人的朋友们在一起，最重要的是想要回去学习，提升自己。郭云生虽然不舍，但也支持她的决定。分别之时，想到关山的牺牲，他嘱咐道："回去之后，多陪陪小蝶，关山的牺牲让她心里不好受。"

"放心吧，我回去之后和小蝶姐住在一起，一定会让她开开心心、充满斗志。"柳二妮用力点着头。

众人都明白关山牺牲后，最痛苦的人是丁小蝶，于冬梅也早早收拾好东西，来到丁小蝶的房间。她推开门时，丁小蝶正坐在床边，拿着关山的画，流着泪怔怔看着。

"我来帮你收拾行李。"于冬梅看到床上放着收拾了一半的行李，走了过去。

"我来吧。"丁小蝶把纸叠好放进口袋，擦擦眼泪。

"关山很勇敢，他走得没有遗憾。"于冬梅说着，麻利地打着背包。

"这是他给小提做的玩具，回到延安，小提问起他，我该怎么说？"丁小蝶拿起桌子上一个木刻陀螺。

"就说关叔叔留在了根据地，以后会带他来根据地看关叔叔。"

丁小蝶忍住眼泪，对于冬梅点点头。

墓园中，东方海独自站在关山坟前，拉着莫扎特的曲子。

"关山，我们要走了。富贵叔也安葬在这里，你又可以喝到他酿的美酒，听到他唱的曲子。你的离去让小蝶很伤心，这说明你在她心中有一个位置。你放心，大家会照顾好小蝶，她自己也会很好地坚持下来。我们都曾是痴迷在艺术里的人，来到延安，才开始接触真正的生活，这一点，你比我感悟得早，感悟得深。虽然我们不在一个领域，但我们有相同的艺术主张，我会帮你实现你的艺术梦，会创作出表现中华民族伟大精神的作品……"

战地服务团一行人与独立旅派来护送的战士们一道走在回延安的山路上，因为关山的牺牲，众人情绪不高，只顾匆匆赶路，这时前方传来枪声。众人迅速隐蔽到山间小路，只见一个穿八路军军装的人跑了过来，后面几个土匪追着他射击。叶作舟迎上去，一颗子弹擦过她的胳膊，她当即举枪还击，于镇山和战士班长也加入战局，土匪渐渐不敌，掉头逃跑了。

"谢谢你们。"得救的战士气喘吁吁地走了过来，看到叶作舟，他一脸兴奋，"我叫林漫，是鲁艺文学系的学员，你给我们上过军事训练课。"

"你怎么一个人在这里？"

"我毕业后在《晋察冀日报》工作，这次出来采风，没想到遇到土匪。你们这是？"

于镇山注意到叶作舟受伤，抓起她的手臂来看，叶作舟满不在乎地甩开他。"我们去根据地采风演出，要回延安。林漫，这一带虽然没有日本人，可也不在我们根据地管辖范围，经常有土匪出没，你一个人出来采风不安全。"

战地服务团的人陆续从隐蔽处出来，林漫认识东方海，两人打着招呼。于镇山从山坡上跑回来，抓起叶作舟的胳膊，把嘴巴里嚼着的一团野草吐出来抹在伤口上，又用一根红绸带缠好。

"刺脚芽，止血，消炎，我这一处理，保证你的伤口很快就好。"

"脏死了。二妮，你把药箱拿过来，给我用酒精消毒。"叶作舟故作嫌弃。

"叶大姐，镇山哥这药，比酒精好用，你们说是不是？"柳二妮笑道。

众人都笑而不语，叶作舟白了于镇山一眼，"这儿不安全，咱们先过了这座山再说。"

二十七

　　战地服务团带着救下的林漫在一处村子里休息，一男一女两个中年村民坐在众人旁边，正眉飞色舞地讲着当地白毛仙姑的传说，听着像是各种传说故事拼凑出来的，有些不伦不类。林漫却一副很感兴趣的样子，原来他这次采风，便是在四处搜寻白毛仙姑的传说，叶作舟有些惊讶。

　　"这都是封建迷信。林漫，你搜集这些故事有什么用？"

　　"这一带是我们新开辟的根据地，好多村子都建有白毛仙姑庙，老乡们天天给庙里上供，说那仙姑能惩恶扬善，治病救人，灵验得很，就只信白毛仙姑，这让我们的工作不好开展。"林漫说着，指一指旁边两位村民，"叶协理员，有些老乡，只认白毛仙姑。在这儿见不到白毛仙姑，我还要去河北那边调查，那边也有白毛仙姑的传说，只有弄清楚白毛仙姑的真相，才能教育群众。"

　　休息过后，战地服务团继续赶路，来到一处岔路口，叶作舟让两个战士跟着林漫，护送他采风，众人与林漫挥手告别。

　　回到延安，柳二妮从于家班搬来和丁小蝶同住。她在丁小蝶的窑洞里好奇地走来走去，看这看那的。"小蝶姐，你这个窑洞真大。在根据地那边，一到冬天，我就特别想念延安的窑洞，窑洞里面热乎乎的炕。哎呀，这个好，这个能在上面跳舞。小蝶姐，给我跳个芭蕾舞吧。"

　　"你还是先帮我打扫卫生，要不跳起舞来，屋子里的灰能呛死人。"正在归置杂物的丁小蝶抿嘴一笑。

　　"好，我先把这个地板擦出来。"柳二妮拿抹布擦着木地板，东方海和于冬梅来了，两人带着一大堆生活用品，东方海手里还拎着一个包袱。

　　"二妮，回到延安，是不是看着什么都好？"

　　"那当然，连这地板上的灰我都喜欢。让东方姐夫帮我拿东西，真是惭愧。"柳二妮忙帮着两人把东西放到炕上。

"这是关山的私人物品，你帮着整理一下吧。"东方海把手里的包袱递给丁小蝶。

"二妮，跟我去看看分给你的菜地，还要学一学纺线织布，回到延安，一切都要自力更生。"于冬梅挽着柳二妮，又拉拉东方海的衣服，三个人一起走了出去。

窑洞里只剩下丁小蝶一个人，她拎着包袱站了一会儿，走到木地板上坐下。打开包袱，最上面是关山的相机，丁小蝶拿起相机看了看，放在一边。她又拿出一个盒子，里面放着关山的画笔、刻刀，盒子下面是一叠画稿。丁小蝶翻看着，大多是延安和根据地的风景、战斗的场面。最下面是一个陈旧的素描本子，丁小蝶打开本子，里面夹着一张她的照片，上面是她穿着旗袍初到延安参加考试的情景，她继续翻下去，发现本子里都是自己的画像，有她初到延安时的，有她在根据地时的，有她抱着小提的……看着看着，丁小蝶的眼中满是泪水。

鲁艺的菜地上，叶作舟正带着几人整理土地，于镇山挥舞镢头刨地，干得最欢，叶作舟毫不示弱，紧紧跟在后面，于冬梅和东方海用镢头把大的土块敲碎。柳二妮拿个耙子把土耙匀，看到东方海很仔细地把每一块土敲碎，笑道："东方姐夫，我看你不是在整地，你这是在绣花。"

"二妮，说得好！"于镇山边干活边跟着起哄，于冬梅瞪他。

"哥，每个人有每个人的工作方法。咱们这是在种菜，地整好了，菜才能长得好。我们鲁艺的菜地可是在整个延安都有名。"

"种菜也能种出名声？看来这两年我错过了很多东西。"

"你在根据地干得也不错，你搞的儿童合唱团特别好。"东方海跟着于冬梅夸赞柳二妮，"二妮这一点确实做得好。"

"你们这么一夸，我都有点儿不好意思了。小蝶姐来了。她好像哭过。"

丁小蝶扛着一把老虎耙子过来，进到地里就开始刨地。叶作舟朝于镇山使了个眼色，于镇山忙过去，按住丁小蝶的农具。

"这活儿该男人干，来，咱俩换换。你像他们一样敲敲土坷垃就行了。"

于镇山把镢头递给丁小蝶，拿过老虎耙子刨地，一边刨一边唱起歌来。丁小蝶用镢头刨地，于冬梅过去把丁小蝶的镢头翻过来，指指还在敲土块的东方海。

"你就这么干吧。"

"你们不用照顾我,我这会儿需要干点儿体力活,出一身大汗。"

叶作舟边干活边观察着丁小蝶,众人又干了一会儿,她开口道:"小蝶,去保育院,把小提接回来。"

"我陪你一起去,我还没见过你儿子呢。"

于镇山对雀跃的柳二妮撇了撇嘴,也没细想便说道:"你去没有用,十几里路,你抱不动那小家伙,以前都是关山……"

于冬梅瞪了于镇山一眼,截住了他的话,丁小蝶抬起头坦然地看向众人。"关山是你们的朋友、战友,也是我的朋友、战友。只是失去他,我比你们谁的损失都大,可惜我现在才意识到这一点。"

"我帮你去接小提。"

"还是我去吧,我力气大。"

丁小蝶对东方海和于镇山摇了摇头,道:"都不用,我可以拉着小提的手,让他自己走回来。二妮,你陪我去吧。"

于镇山把柳二妮手里的耙子拿过来,换下叶作舟手里的镢头。

"出大力气的活儿我来干,你们干点儿精细活儿。"

"多种点儿青皮萝卜,我喜欢吃那个。"

丁小蝶放下农具,拉着柳二妮走远了,两个人边走边唱起欢快的歌,叶作舟看着她们的背影。

"拿得起放得下,丁小蝶这一点还挺让人佩服。"

"关山已经走了,她必须得放得下。"

听出于镇山话里有话,于冬梅朝东方海使个眼色,东方海说道:"叶大姐,我忽然想起来,还有工作要做。冬梅,我写了一首歌,需要你帮我试试音。"

"叶大姐,我们走了。我哥力气大,一个能顶仨,你就尽情使唤他吧。"

夫妻俩拿着农具走了,于镇山朝他们竖起大拇指,他卖力干着活,边干边说:"这些活我一个人能干得了,你在一旁歇着吧,要是能给我唱歌鼓劲更好。咱俩一起唱《圪梁梁》,在根据地的时候,我已经教会你了。"

"能者多劳,你说你力气大,这块地交给你了。还有,镇山,这儿是延安,是鲁艺,你少在我面前嬉皮笑脸。"没想到叶作舟把耙子一扔,也转身走了。

于镇山看看整了一半的地,苦笑着撇撇嘴,对着叶作舟的背影喊道:

"领导你放心,我一定完成任务!"

躲藏在路边的于冬梅和东方海看着叶作舟从街上走过。

"叶大姐走了,你哥一个人整那块地,怕是干到天黑也干不完,咱们去帮帮他。"

于冬梅想了想,摇摇头道:"叶大姐这是在考验我哥,咱们不能帮。小提要回来了,今天包饺子吧,小提最爱吃饺子。还有,你想想怎么陪小提玩,以前都是关山陪着他。"

"我不会做游戏,也不会做玩具,只能拉琴给他听了,也不知道他会不会感兴趣。"东方海叹着气道。

"你的琴拉得那么好,他肯定喜欢听。要是我们的孩子,一定会喜欢听你拉琴。"于冬梅对着他笑。

"我的琴声只要你听不够就足够了。如果你喜欢看孩子们听我拉琴,等抗战胜利了,我们到学校当老师,我妈妈就是一名中学音乐老师……"

两个人说着话,一起走了。

日子转眼又从初夏走到了深秋。

小提喜欢东方海拉小提琴,听得很认真,也喜欢和于镇山一起捏泥巴,捏出各种各样的形状。两人捏泥巴的时候,东方海会在一旁拉琴,拉着欢快的曲子。一行人常聚在丁小蝶家中包饺子,窑洞的墙上,用酸枣刺钉着许多关山给丁小蝶画的像。

悉心收拾的菜地已是丰收,这一天,叶作舟带着柳二妮和丁小蝶在菜地里拔萝卜,于镇山把拔出来的萝卜拎到地头,倒成高高的一堆。于冬梅和东方海坐在萝卜堆旁边,用刀把萝卜缨切掉,放进大筐里。柳二妮哼着《南泥湾》,拔起一个大萝卜,她激动地站直了身子。

"我拔了一个萝卜大王!瞧这萝卜皮,水灵灵的,一定好吃。"

菜地旁的路上,一名青年低头赶路。他正陷入深深的思考当中,朝着一棵树直直走去,正在炫耀萝卜王的柳二妮看见,急切间不知该怎么办,只是拿着萝卜指着他,叫起来。叶作舟和丁小蝶顺着柳二妮指的方向望去,也大声叫道:"小心树!"

青年一头撞到了树上,他显然还没有回过神,用手扶着树发愣。于镇山和叶作舟跑过去扶住他。"兄弟,没事吧?"

叶作舟认出了青年,是闻名鲁艺的文学系才子贺敬之。"小贺同志,我看看，还好，头没撞破。"

"这个人让我想起当年的上海哥哥，他也喜欢走路愣神，差点撞树撞墙。"

"你知道他是谁吗？就是你最喜欢唱的《南泥湾》的词作者，在延安可有名了，有个外号叫'十七岁的马雅可夫斯基'。"丁小蝶好笑地看着柳二妮。

柳二妮闻言，眼睛一亮，拿着手中的大萝卜跑了。于镇山扶着贺敬之来到萝卜堆旁，于冬梅把自己的凳子让给贺敬之坐下。

"兄弟，想啥想得这么入神，那么大棵树都看不到。"

"哥，贺敬之同志是文学系的大才子，你别兄弟兄弟乱叫。"

贺敬之哈哈一笑道："我挺喜欢这种称呼。叶协理员，让你们见笑了。"

"司机同志，请你吃大萝卜。"柳二妮拿着洗得干干净净的萝卜跑回来，把萝卜递给贺敬之。众人愣住了。

"二妮，马雅可夫斯基是苏联的大诗人，不是什么司机。"

听到丁小蝶的话，柳二妮向贺敬之吐吐舌头。"对不起了。你的《南泥湾》写得真好，我最爱唱。这是这块地的萝卜王，请你收下。"

贺敬之大方地接过萝卜，道："谢谢。对了，叶协理员，你们去过晋察冀那边的根据地，听到过白毛仙姑的传说吗？"

"你也对这个感兴趣？我们今年回延安的路上，遇到一个《晋察冀日报》的记者，他就在调查白毛仙姑的传说。"

"听说西战团的人要创作一部和白毛仙姑的传说有关的剧。这是周扬院长很重视的一个作品。"于冬梅说完，东方海补充道："这次要创作一部歌剧，音乐系已经组成了创作小组，曾提议我担任顾问。"

"西战团搞了一个剧本，没有通过，现在这个任务落到了文学系手里，我们也成立了创作小组，由我和丁毅同志执笔写，我把大致的情节写出来了，总觉得还少了点什么，没抓住那个关键的点。"

"那白毛仙姑不就是一个封建迷信的故事，有什么好写的。"于镇山纳闷地看着贺敬之。

"周扬院长已经给这部剧定了新的主题，要在剧中体现劳动人民的反抗意识，以鼓舞人民的斗志，去争取抗战的最后胜利。在我这一稿里，白毛仙姑已经变成了一个贫苦农家的姑娘，被当地一个恶霸地主看中，以讨债的名义逼迫她当了小老婆。这个姑娘忍受不了地主和地主婆的凌辱和毒害，逃到了大山深处，多年的非人生活让她的头发变成白色，被不明真相的当地群众误当成白毛仙姑。"

柳二妮愣愣地开口说道："这说的不就是当年的我吗？当年我爹弄丢了地主老财家几头羊，他们就逼着我给地主老财当小老婆。我要不是逃跑途中遇到冬梅姐一家，说不定也会逃到深山里变成白毛仙姑。"

"我虽然没有遭遇到二妮那种情况，可当年如果不来延安参加八路军，也不知道现在会过着什么样的生活。"

于冬梅沉思起来，于镇山也脸色发白。

"我爹叫日本人打死了，家也被烧了，要是不来延安，说不定我就上山当了土匪，哎呀，想想就觉得可怕。"

"我和小蝶在上海被逼得走投无路，逃难途中经历了各种危险，如果不是来到延安，来到这个全新的生活环境，我不可能走我的音乐之路。"

丁小蝶随着东方海的话连连点头说："是啊，如果我当初没有逃出上海，就得嫁给潘梦九那个汉奸，说不定早就和他们潘家同归于尽了。如果我在路上仍执着于寻找国军，即使能逃脱周宝庭的魔爪，也说不定又被谁逼着当姨太太，那就没有我的今天了。"

听着众人的话，贺敬之站了起来，激动地拍打着手里的萝卜。

"有办法了，有办法了，旧社会把人变成鬼，新社会把鬼变成人，就是这个主题，这个主题好。这萝卜真甜，真好吃，谢谢你们。我要去工作了。"

他双手抱着咬过一口的萝卜，迅速走远了，柳二妮看着他的背影说："这就走了？我还想唱《南泥湾》给他听呢。"

"天才都是这样，冼星海老师当年创作《黄河大合唱》的时候，曾经六天六夜没有睡觉。你们当时都不在延安，我负责给冼星海老师提供后勤保障，每天看着他窑洞的灯彻夜不息，也都不敢好好睡觉。我在小贺眼中看到了光，他一定能创作出一部好作品。"叶作舟感慨地说着，又埋头拔起了萝卜。

转眼又是冬季，整个鲁艺都在因《白毛女》剧本出炉而兴奋不已，音乐系的众人也是争相传阅。这一天，专心看剧本的东方海差点儿撞上墙，他还没读完，一看到是《白毛女》，丁小蝶和柳二妮抢了就跑，回到窑洞里，柳二妮手捧剧本，边看边抹眼泪。

"喜儿，可怜的喜儿！"

一旁的丁小蝶在地板上做出几个舞蹈动作，嘴里喃喃念着："北风吹，雪花飘……"

于镇山也在叶作舟办公室里专心读着剧本，看完最后一页，他把剧本合上，一拍桌子道："这个黄世仁该枪毙，绝对该枪毙！"

"激动什么？桌子都叫你拍散架了，我看看，你没把本子拍坏吧？"叶作舟瞪他。

"这么好的本子，我都是放在桌子上看的，生怕手心出汗把本子弄坏了。我能不能提个意见，这个黄世仁还有他那个狗腿子穆仁智，统统应该枪毙掉。"

"看你软磨硬泡得可怜，我才给你找了本子看，没想到你还提起意见来了。这本子没你的事，演出任务下来了，快去领着你的腰鼓队好好准备吧。"

于镇山被叶作舟赶出了办公室，在他忙着准备斗鼓演出的时候，丁小蝶和柳二妮带着剧本来到东方海家。于冬梅坐在桌子前专心读着，其他三个人坐在炕上，热烈地讨论着。

"阿海，作曲完成了没有？"

"基本上算完成了，还有几个主要的唱段没定稿。"

"开场曲《北风吹》写好了没有？"

"已经写了几稿了，还是不满意。"

柳二妮眼中露出向往的光。

"听说作曲小组里有我最喜欢的《南泥湾》的作曲马可老师，肯定好听得不得了。小蝶姐，你想不想唱喜儿，我特别想唱喜儿。"

"只要是搞声乐的，谁不想演喜儿？不过这次演出已经定了由西战团的演员来表演，我们都没有机会。"

"在延安没有机会，我们可以到独立旅根据地演啊，战士们肯定会喜欢。"

看着剧本的于冬梅抽泣起来，东方海下了炕，递手绢给她，又拍拍她的肩。

"冬梅姐，我看本子的时候，也哭了。你也想唱喜儿吧，咱们三个人都唱，一人一种唱法，就是镇山哥得辛苦一下，他一人演杨白劳要配合我们三个人。"

"天天嬉皮笑脸的于镇山怎么能演苦大仇深的杨白劳,我看他演那个十恶不赦的黄世仁还差不多。"

"丁小蝶,你再说让我演黄世仁,小心我跟你翻脸。"正巧于镇山推门进来。

"好演员从来不会挑角色,只会尽力演好每一个角色。如果你只有演黄世仁的机会,你是演还是不演?"

听到丁小蝶的话,于镇山愣了一下。"那我还是得演。二妮,走吧,有演出任务。"

"我跟你们一起去演出,顺便还能去看看小提。"丁小蝶也跟了出去。

看完《白毛女》剧本后,丁小蝶一行人也跃跃欲试地想要排练,她们来到叶作舟办公室说明来意,叶作舟却不同意:"一个鲁艺,两个班子在排练同一部戏,这像话吗?比如说,你们创作了一部戏,正在排练,别人也要和你们排练同一部戏,你们能愿意?"

"我们又不是过去的戏班子,没有竞争这种说法。我们确实是太喜欢《白毛女》这出戏了,又是一部歌剧,太对我的路子了。"

叶作舟无奈地看着满脸央求神色的丁小蝶和柳二妮,转头问旁边办公桌上坐着的于冬梅:"冬梅,你也是这个想法?"

"我感觉过不多久,咱们又要到根据地前线去了,要是在走之前,利用鲁艺的条件,排一部新戏出来,是很好的事情。毕竟在这里能够得到美术系的支持,还能得到戏剧系的指导。"

这时,东方海走了进来,于冬梅赶忙问他:"开场戏的曲子定下了?"

"定下了。"东方海点点头。

丁小蝶和柳二妮围了过去,丁小蝶拿过谱子,轻声哼着。

"冬梅,你来唱,这个比较适合你。"

于冬梅从丁小蝶手里接过谱子,看了一会儿,开口唱道:"北风那个吹,雪花那个飘……"

"太好听了。"柳二妮睁大眼睛看着于冬梅,喃喃说着。叶作舟也站了起来,认真听于冬梅哼唱。于镇山带着东方明走了进来,见众人专心听歌没有注意,他咳嗽一声。"叶协理员,东方首长来了。"

"什么首长,大家都是战友。冬梅,你这是在唱什么歌?"

叶作舟忙走过来请东方明坐下,于冬梅把谱子收好。

"大哥，你来了。我们在学唱一首新歌。"

"我听了一下，旋律很优美。"

东方海点点头说："这是鲁艺正在排练中的一部大作品。大哥，我们打算排练一个新的版本。"

"东方大哥，你支持我们一下。"丁小蝶也赶紧说道，一边说着一边偷眼看叶作舟，东方明一笑。

"你们想排练新节目，这一点恐怕在延安办不到了。现在战局发生了变化，国民党在豫湘桂战役中大溃败，日军打通了大陆交通线，但也为此付出了代价，在华北的军事力量减弱。我们的机会来了，中央决定，动员文艺工作者到前线去，参加到即将开始的大反攻中，配合部队，扩大共产党八路军的影响。如果你们想排练新节目，可以到根据地前线去排练，效果肯定更好。"

"要到前线去了，太好了！"

"你是急着要去见云生吧。"看柳二妮十分兴奋的样子，丁小蝶笑她。

"东方大哥，小日本是不是快要完蛋了？"于镇山也很激动。

"鬼子完蛋之前肯定要疯狂一把，这次去前线肯定有好戏唱。你们几个是愿意留在鲁艺排大戏，还是愿意跟我去前线？"叶作舟问他们。

"我当然是跟着你走了。"于镇山嘿嘿一笑。

"小蝶姐，一起去吧。"柳二妮转向丁小蝶。

"只要让我参加攻打东亚煤矿的战斗，我就去。"

"连我能不能捞着仗打，我都不能确定，我可不敢给你下保证。"

"那就过去看情况吧。"丁小蝶对叶作舟点点头。

"东方海，你呢？毕竟鲁艺正在排的这部大戏，你能帮上忙。"

东方海想了想，对叶作舟说道："这次的作曲小组阵容强大，我能做的工作不多。我觉得参加战地服务团，到根据地去，我能做得更多。"

"上次去根据地，我们都答应过赵政委，要和战士们一起迎接抗战的胜利。叶大姐，这次我们还要想想办法，把小提带上。"

听到于冬梅的话，叶作舟沉吟一下，答应下来："这件事情交给我来办。"

"大哥，铁蛋已经参加了八路军，我们想把他也带上。"

东方明对东方海点了点头："放心吧，包在我身上。"

叶作舟写下保证书，保证孩子绝对安全，保育院院长终于同意丁小蝶带着石盼新赶赴独立旅前线。战地服务团一行人很快再度出发，他们来到黄河边，叶作舟和于冬梅指挥众人做渡河的准备，东方海抱着石盼新来到河边，指着河水。

"看，这就是黄河。"

"黄河真大啊，黄河在咆哮。"石盼新惊奇地看着黄河，东方海揉揉他的头发。

"小提真聪明。"

"过了黄河就是山西，小提，你爸爸的部队就在黄河那边。"丁小蝶来到二人身边。

"我们要坐船过去吗？"

"是，我们坐船过去。看见没有，那边是渡口，我们就从那边坐船过去。"东方海边说边把渡口指给石盼新看。

于冬梅在一旁默默注视着这一大一小两个人，目光中满是羡慕。于镇山察觉到这一点，走了过去。

"小提，想不想来叔叔这里骑大马，这样看黄河能看得更清楚。"

"好。"

"你别乱跑，你小心我儿子。"于镇山接过石盼新，让他骑在自己的脖子上，来回跑丁小蝶喊着追了过去。

东方海一个人站在黄河边，看着黄河水沉思，叶作舟来到于冬梅身边说："你哥哥比个孩子还孩子。"

"他成了家，就会成熟起来。叶大姐，你看我哥是不是该成个家了？"

叶作舟躲闪着于冬梅的目光。"那是他的事情，让他自己考虑去。冬梅，这次我们过了黄河，不把日本鬼子打败就不回来。"

"报告，渡河准备已经完成，可以过河了。"已经是八路军战士的铁蛋跑了过来，敬了个礼。

叶作舟意气风发地抬手道："冬梅，让大家集合，我们出发过黄河，打日本鬼子去。"

"是！"于冬梅吹响了集合的哨子。渡过黄河后，又赶了一段路，众人来到一处丘陵地带休息，东方海和丁小蝶陪着石盼新唱起英文儿歌。过了一会儿，石盼新又骑在东方海的脖子上，做出拉小提琴的样子。休息时间结束，丁小蝶跟在东方海和石盼新身后走起来，神情兴奋。叶作舟赶上两步，走到她身边。

"小蝶，是不是心早飞到独立旅了？"

"那当然，到了独立旅，说不定咱就又捞到仗打了。"

叶作舟忍不住笑起来，"小蝶，你呀，和我一样，总想着打仗。"

"协理员，我哪里敢和你比？放在从前，我呀，多说也就是一个花木兰，你呢，那可是穆桂英啊。"

"小蝶，你可真会说话，我哪里有那么厉害？"从没被丁小蝶这么夸过，叶作舟有些不好意思起来。

"怎么没有？你也是带过兵的人。对了，协理员，说起穆桂英，我还会唱《穆桂英挂帅》呢，是在咱鲁艺平剧团学的，可惜那时没好好学。不过呢，我还真会唱两句。"

"真的？《穆桂英挂帅》可是我最爱听的。"叶作舟惊讶地看着她。

"协理员，那我就献丑了，给大家来上一段提提神。"丁小蝶亮开嗓子，唱了一曲《穆桂英挂帅》的经典唱段。

叶作舟由衷赞叹道："小蝶，那时我只知道你不喜欢唱平剧，没想到，你还真学会了。"

"协理员，那时我不懂事。不过呢，虽然我嘴上说不学，实际上可都看在眼里，记在心里，学会了好多唱段呢。唉，如果能回到从前该多好啊。"

回想起从前，丁小蝶有些羞涩，叶作舟认真地看着她。

"小蝶，你现在已经很好了。"

"协理员，谢谢你，你人总是那么好。"丁小蝶也真诚地回望着叶作舟。

在战地服务团赶路的同时，日军方面得到情报，兰双礼正率晋绥军孤军冒进黄龙镇，山本龙太郎随即带领联队包抄晋绥军，并对之进行猛攻。炮火连天中，兰双礼在战壕里来回跑着指挥，亲自持枪射击，决定与日军拼死一战。

赵松林收到消息，得知友军兰双礼部被日军包围在黄龙镇附近，正处于危急之中，他立即命令独立旅所有部队集结，向黄龙镇前进，先到的部队率先投入战斗，解围友军。因为山本龙太郎此番出动了整个联队的兵力，晋绥军伤亡不断。日军派出坦克，晋绥军仍未放弃战斗，敢死队员身上捆着手榴弹，以血肉之躯炸翻坦克，英勇牺牲。最后，兰双礼拿起步枪，打上刺刀，带领仅剩的晋绥军士兵冲向敌群，与日军肉搏。兰双礼刺倒几个日军，浑身是血，一颗炸弹落下，他被炸晕，倒了下来。

赵松林带领独立旅战士们以最快速度赶到黄龙镇，然而日军已经撤走，战场一片狼藉，到处是晋绥军的尸体。独立旅将晋绥军伤员全部救起，赵松林在战场上到处寻找兰双礼，最后也没有找到，只好痛苦地放弃了寻找。他带人收拾好战场，将晋绥军阵亡将士们妥善安葬，又率领独立旅将士在晋绥军官兵坟前脱帽致敬。一切办妥后，赵松林率独立旅战士们回到董家庄驻地，正赶得及迎接战地服务团一行人。

"欢迎，欢迎，可把你们盼来了。"

"我们来参加你们的大反攻，一起见证抗战胜利的到来！"

战士们在村口列队欢迎战地服务团，赵松林与叶作舟握手。一旁，郭云生与柳二妮也紧紧握手。几名战士跑过来，从丁小蝶怀里接过石盼新，高声欢呼："我们的小八路！"

众人来到独立旅第一件事便是前往墓园，给石保国扫墓，丁小蝶牵着石盼新，他手上拿着一个花环。

"保国兄弟，我们又来看你了，小蝶现在很好，小提也长大了，我们这次来，特地把他带上，让你看看。你就放心吧，小蝶是我们的亲人，小提是我们的孩子。"叶作舟说完，东方海跟着开口："保国大哥，我保证，将来一定会把小提培养成一个小提琴家。"

丁小蝶低头对石盼新说道："记住，你的爸爸叫石保国，是一个堂堂正正的中国人、抗日大英雄！"

"妈妈，我长大了也要当一个英雄。"石盼新爬上坟头，把花环珍重地放在那里。

"小提，你为什么要把花环放在那里？"

他转过头，用稚嫩的声音对柳二妮说道："夏天快来了，我要让爸爸用它遮太阳。"

丁小蝶蹲下来，紧紧地抱住了他。

战地服务团与独立旅这次重聚，有两项主要任务，一个是响应中央号召，趁日军穷途末路之际向东出击展开大反攻，另一个则是征求前线官兵对《白毛女》部分唱段的意见，争取把这部向党的七大献礼的作品《白毛女》打造成经典。

这天，在董家庄的大舞台下，战士们席地而坐，郭云生带着石盼新坐在第一排，两人身边放着好多郭云生采来的野花。叶作舟登台介绍完《白毛女》的创作经过后，柳二妮演唱了一曲《北风那个吹》，台下热烈鼓掌，郭云生跳上舞台，敬礼，把一束花献给了柳二妮。于镇山跟着上台演唱了一曲，他充满期待地看着台下的叶作舟，两人目光相撞，叶作舟低头拿起一束花，递给旁边的石盼新。

"小提，把这束花献给镇山伯伯。"

石盼新很听话地拿着花，爬上舞台送给了于镇山，于镇山抱起石盼新。

"谢谢小提。"

"镇山叔叔，你要谢就谢叶阿姨，是她让我给你献花的。"

众人大笑。接下来又是丁小蝶与于镇山合作演唱的《白毛女》片段《红头绳》。看到老旅长的夫人上台，战士们的掌声更加热烈，个个喜笑颜开。于镇山扮演杨白劳，同时又负责乐器，他一会儿在舞台中央演唱，一会儿跑到乐队操琴，忙得不亦乐乎，叶作舟在整个演出过程中指着于镇山笑个不停。郭云生把两束野花递给石盼新，他走上舞台，给台上的两人献花。丁小蝶感动地蹲下来，抱着他亲了一口。独立旅的战士们都站了起来，高声请丁小蝶再来一曲，盛情难却，她又演唱了一首《歌唱二小放牛郎》，最后在热烈的掌声中鞠躬谢幕。

二十八

叶作舟一个人在村外的路上走着，于镇山笑嘻嘻地赶过来，追上她。

"作舟，你这是散步，还是看风景呢？"

"都不是，我在考虑打东亚煤矿的事儿。"

"小鬼子很快就完蛋了，他们折腾不了几天了，你还是好好考虑考虑个人的事吧。"

"我给你说过多少遍了，我个人的事儿等到抗战胜利后再说吧。"叶作舟看也不看于镇山一眼。

"毛主席说，抗战是持久战，咱们这事儿，都这么多年了，再等等，黄花菜都凉了。"于镇山正委屈巴巴地说着。

丁小蝶牵着石盼新走了过来，石盼新手里拿着一束野花，看着于镇山垂头丧气的样子，丁小蝶笑起来说："你看你那出息，又失败了？"

"我哪像保国团长有本事，让你这个大美女主动追，不过，抗战很快就胜利了，曙光就在眼前。"于镇山讪讪地笑着。

"还曙光呢，就你这嬉皮笑脸的，谁能看上你？"

"心诚则灵，是不是，作舟？"

叶作舟不理他，转向丁小蝶，故作嫌弃："小蝶你看看，这人脸皮多厚。"

"他的脸皮比山还厚，不过嘛，情比海还深。协理员，你可以考虑考虑。"

"小蝶，就连你也来取笑我了。"

丁小蝶收起笑容，一脸认真地说："协理员，我是说真的，经过这么多年的考验，我觉得镇山大哥还真的不错。我觉得吧，打完这一仗，你们真的可以考虑考虑了。"她弯腰，低声对石盼新说道："小提，把花给叔叔。"

"叔叔，给阿姨花。"石盼新把手里那束花递给于镇山，声音稚嫩，于镇山笑得开心。

"小提人小鬼大啊，了不得，将来又是一个石保国啊。"

于镇山单膝跪地，将从石盼新手中接过的花送给叶作舟。

"作舟，皇天在上，日月可鉴，我于镇山虽是粗人，但我的感情像暖暖的阳光。我没别的想法，就想那些阳光能在以后的岁月里温暖你的心房。"

"你在说什么呢？快起来！"叶作舟急得直跺脚，丁小蝶鼓起掌来。"镇山大哥摇身变成诗人了，不愧是唱信天游的，张口就是暖人的话。"

"作舟，你要是不答应我，我就不起来。"于镇山仰头定定地看着叶作舟。

"你真是一块牛皮糖。好好，我答应你，打完这一仗，咱们就一起过日子。"叶作舟害羞起来，又想掩饰，她扔下乐开花的于镇山，也没看一眼笑容满面的丁小蝶，转身急急走了。一路走到村口，她脸上始终带着羞涩的微笑。

这时，她的视野中突然撞进一个摇摇晃晃的人影，那人穿着破破烂烂的国军军装，正艰难地向董家庄挪着，叶作舟大惊，忙迎了过去，她不认得这是晋绥军的刘副官。

"你是谁？哪个部队的？"

"我，我……"刘副官踉跄地过来，还没有说完，就一头栽倒在地。

叶作舟上前扶起他，大声向远处的于镇山和丁小蝶喊："快过来，快过来！"

"这不是刘副官吗？"于镇山和丁小蝶急忙跑过来，看到刘副官，都大吃一惊，于镇山背起刘副官，向独立旅卫生队赶去，叶作舟跟着他们，又回头让丁小蝶快去找赵松林来。

赵松林赶来没多久，刘副官悠悠醒转，他接过叶作舟倒的水，急急喝下道："快去救救兰团长……"

"兰团长还活着？"赵松林闻言大喜，刘副官虚弱地点头。

"我们中了鬼子的埋伏，全团的兄弟，都战死了……剩下的几百名兄弟，都被鬼子俘虏了，把我们送到东亚煤矿做苦工。"

"刘副官，你放心，我们一定会把东亚煤矿打下来！"

刘副官感激地看着赵松林，但神色又很焦急。

"你们要快些,鬼子很快就要把东亚煤矿的俘虏送到日本去当劳工……是兰团长他们掩护我逃出来的,让我来找你们报信,他还说,八路军一定会救我们的。"

"八路军当然不会坐视不管,只要是参加抗战的中国人,都是兄弟。刘副官,你安心在这里休养,我们一定会把东亚煤矿打下来,救出兰团长和所有的兄弟。"

安抚好刘副官,从卫生队出来,赵松林直接带着叶作舟来到司令部。他召集了独立旅其他干部们,决定暂缓响应中央向东反攻的命令,先集中兵力把东亚煤矿攻下,决不能眼睁睁地看着中国人被送到日本去做劳工。更何况,兰双礼率领的晋绥军在抗战中始终坚决与日军对抗,从未为难八路军,并且还救援过独立旅。攻打东亚煤矿,也可以算作大反攻的一部分。赵松林决定,打下东亚煤矿,救出所有国军战俘后,独立旅再向东出击。

从司令部出来后,赵松林又跟着叶作舟来到战地服务团住处的院子里,众人围着院中一张石桌,或坐或站,商议攻打东亚煤矿的策略。

"我来介绍一下情况。东亚煤矿所在的虎口镇驻有日军一个联队,联队长是山本龙太郎,一直是我们独立旅的老对手。我们独立旅和他们多次交手,但一直没能打下来。这次,无论多难,我们都要把它打下来。日军兵力虽多,但今非昔比,强弩之末,我们独立旅还是有信心的。"

赵松林说完后,叶作舟接着说明这次作战的核心难点:"赵旅长给我说过,最大的问题还是东亚煤矿的兵力部署与火力点位置不大清楚。除了日军,虎口镇还驻有一部分伪军,这部分伪军是从别的地方调过来的,一时还没有办法派人打进去。"

"我们还得到一个情报,山本龙太郎这几天去太原开会了。这是个机会。鬼子的那个翻译官孙昌本也陪山本龙太郎去太原了。对了,还有个情报,不知道有用没有。这个孙昌本的表姐白邵婷从前在英国留学,现在欧洲的形势好转,她从英国回来了,说这几天就要到虎口镇来看看表弟。"

赵松林带来的作战参谋在一旁说着,于冬梅眼睛一亮。"这么说,这个要来虎口镇的白邵婷除了鬼子的翻译官,其他人都没见过?"

"我们是不是可以乘虚而入,派人冒充这个翻译官的表姐去侦察一番,记下鬼子的兵力和火力点?"叶作舟也很快反应过来,赵松林点点头。

"这不失为一个办法,可是,派谁去才好呢?"

"我扮作下人,协理员扮演表姐,我们两个去。"

看于镇山举着手自告奋勇，丁小蝶扑哧笑了。"看你那样子，是不是急着把这仗打完？"

"别急，这事儿我也知道了，等这仗打完，你和作舟的婚事就在我们独立旅办了。我们独立旅一定会倾其所有，办得热热闹闹……"

于镇山嘿嘿地笑，赵松林也笑着说道，叶作舟瞪他们。

"老赵，你跑题了，谈正事儿，谈正事儿。"

"协理员还是应该坐镇指挥，我看还是让我去最合适。那个白邵婷是从英国留学回来的，想必也是风情万种仪态万方。这个嘛，哈哈，其实我最擅长，不用演，一招一式都很自然。"丁小蝶举着手，东方海点点头。

"小蝶有这个派头。"

"这个任务太危险了，万一被识破了，后果不堪设想。再说，小提还需要人照顾，我不同意。"叶作舟却直摇头，赵松林也表示反对："让谁去，我们也不能让老旅长的夫人去，万一出了事儿，我们对老旅长无法交代。"

于冬梅和柳二妮更是扮不来出国留学归来的大户小姐，讨论了一圈，众人只好无可奈何地苦笑着，赵松林站了起来。

"这样吧，我们再侦察，你们大家再想想，如果能想出其他办法更好。我明天再探敌营。"

第二天一大早，叶作舟便穿好旗袍，整理了一下，她左右看看，无奈没有镜子，看不出效果，只得走到门边，向外面张望。于镇山正好路过，他看到叶作舟，眼睛一下子直了。

"发什么呆，过来！"

"作舟，你穿上旗袍真好看。一直看你穿军装，真没想到，你原来穿其他衣服也这么漂亮。"于镇山赶忙跑了过来，认真地说道。

"有丁小蝶漂亮吗？"叶作舟也认真地问他。

"干吗和她比？你就是你，她是她。"于镇山一愣，连连摆手。

叶作舟却追着问："你老老实实回答我，有丁小蝶漂亮吗？"

"作舟，我眼里只有你，别人再漂亮，我都不会多看一眼。"

看于镇山误解了自己的意思，叶作舟着急地说道："你说什么呢？我只是想知道，丁小蝶一穿上旗袍，就是大城市小姐的模样，我想知道我能不能穿出这个味道。如果行的话，我想了，到虎口镇侦察这事儿，还只有我能去。你说吧，我这样化装进去，像不像一个在欧洲留过学的大小姐？"

"像是像，如果让小蝶再化妆一下，效果会更好，她上次给你化妆成新娘效果就不错。"

于镇山端详着叶作舟，叶作舟却连连摇头道："那不行，我要是去找了她，她再一嚷，搞得赵旅长知道了，我就去不成了，这事儿只能悄悄地干。镇山，你不是也给斗鼓队队员化过妆吗？你帮我化。"

"那好，那好，我就试试吧。"于镇山为难地点了点头，他拿来化妆用品，两人一边化着妆，一边拌嘴闲聊。化好后，于镇山拿了一个小镜子递给叶作舟，她看了看，点点头。

"你去看看外面有没有人，我要偷偷地溜出去，被人发现就去不成了。"

"那我跟着你一起去吧。"

"这又不是上次扮新娘，用不着你。"叶作舟摇头。

"你扮成一个从欧洲留学回来的富家小姐，肯定得有下人跟着，兵荒马乱的，你一个女人出现在那里，怕是不合适。我终归是不放心你的。"

于镇山说得有道理，叶作舟沉思片刻，看着他点了点头。

"那好，你就跟着我去吧。你去冬梅那里看看，我记得还有一个用作道具的皮箱，你拎着，把我那两支短枪，还有你的那支，压满子弹放进去，再带上几颗手榴弹，万一被鬼子识破了，咱就和他们拼了。"

于镇山忙不迭地点头，眼里满是笑意。"那当然，咱生生死死都要在一起。"

两人来到董家庄村民张大伯家，坐上他赶的马车往虎口镇去了。

东方海带着石盼新坐在田埂上。

"小提，你长大了准备干什么？"

"我准备长大了当八路军，像我爸爸妈妈一样打鬼子。"

"等你长大了，鬼子早就被打走了。那时啊，国家就不需要打仗了。"

石盼新眨着眼睛，对东方海说道："那我就跟着你拉小提琴，当个大音乐家。"

"我就等你这句话呢，我要把我全部看家本事都教给你，让你成为一个大音乐家。"东方海听到他这么说，非常高兴。

"叔叔，你的小提琴拉得可好听了，我最喜欢听你拉琴。"

"可惜我现在没带琴，我教你唱首儿歌吧。"

东方海唱起《儿童团放哨歌》，石盼新跟着唱，两人其乐融融。丁小蝶急匆匆地赶来，她穿着旗袍，脸上化了妆，她着急地问道："阿海，你看到协理员和于镇山没有？"

东方海站了起来，说："没啊，我和小提一直在这里玩，他们怎么了？"

"他们两个突然不见了，找了两个多时辰，还是没一点儿影子。"

东方海抱起石盼新，三人匆匆往董家庄村内走去。赶到司令部，赵松林、于冬梅和郭云生正焦急地等在那里。

"你见到协理员和于镇山了吗？"

东方海对赵松林摇头，于冬梅走过来。

"本来已经商量好了，让小蝶妹妹化装到虎口镇侦察，可准备出发了，却找不到协理员和我哥，都找了两个时辰了。他们去了哪里呢？"

"如果我没猜错的话，协理员带着于镇山前去虎口镇侦察去了。"

赵松林走了几个来回，东方海点头。

"协理员一听说要打仗，浑身都是劲，很有可能，他们是去了虎口镇。"

"要是这样，那就糟了。"丁小蝶惊叫一声，众人不解地看向她。

"我去是最合适的，你们想，冒充那个翻译官刚从英国留学回来的表姐，要是鬼子怀疑了，让协理员说一句英语，那不是全露馅了。"

"协理员忘了这个。"东方海大惊。

"我带人去追他们。"郭云生着急地拔腿就要走。

赵松林拦下郭云生，他思索了片刻，做出决定："已经来不及了，估计这个时间他们已经到虎口镇了。协理员身经百战，我想应该没事。但为了以防万一，我和云生带一个营向虎口镇方向移动，伺机接应。"

"我们也去。"

赵松林看看面色焦急的众人，点了点头。"好，大家一起去。"

到了虎口镇东亚煤矿的伪军岗楼外，叶作舟和于镇山下了马车，低声嘱咐张大伯在镇子东门等上两个时辰，过了时间就自己先走。接着，叶作舟穿着旗袍，于镇山跟在后面提着一个皮箱，两人大摇大摆地来到了伪军岗哨前，开始演戏。叶作舟扮起趾高气扬的大小姐还真像那么回事，于镇山的仆人也装得有模有样。两人一唱一和，顺利地骗过了站岗的伪军，进了岗楼，又取得了伪军朱连长的信任，进入了东亚煤矿的核心区。在伪军连部坐了一会儿，叶作舟提出要到处走走，朱连长不敢怠慢，带着两人在矿区中逛着。他们趁机仔细地打量着四周的炮楼，暗暗记下日军的火力点分布，眼看就要走到日军司令部附近，迎面过来一个日军军官，拦下了三人。好在有朱连长解释，日军没有抓捕他们，只是举枪逼着三人离开。

叶作舟、于镇山被日军驱赶出东亚煤矿核心区，跟再三道歉的朱连长分开，进了街边一处茶馆。茶馆的二楼上只有他们两人，斜对面是日军联队部，墙上布满密密麻麻的射孔，俨然一座堡垒。叶作舟示意，于镇山忙打开皮箱，拿出纸笔。叶作舟接过，观察着日军联队部的火力配置，不时低头，在纸上迅速画出日军兵力与火力部署的简图。于镇山负责留意街上的状况，他看到有三个日军向茶馆方向走来，立刻告诉叶作舟，两人迅速把纸笔收起，慌张地下楼。眼看着要在茶馆门前遭遇日军，茶馆伙计看出两人是打日军的人，领着他们从后门离开。

离开茶馆，叶作舟和于镇山匆匆忙忙地往镇子东头赶去，于镇山擦了一把汗。

"你说，鬼子是不是发现咱们了？"

"只是巧合而已，他们要是发现了，早就全体出动了。但如果咱们不走，他们在茶馆里再遇到咱们，那就会怀疑了。"

"你要咬定是孙翻译官的表姐，谅他们也识破不了。"

叶作舟摇摇头，低低说道："你懂什么？咱只是在走一步险棋。要是鬼子怀疑咱了，不用孙翻译官回来对质，咱就露馅了。"

"你现在的派头看上去就是一个城市的大小姐啊，怎么会露馅？"于镇山不解。

叶作舟耐心地对他解释着："我现在冒充的是鬼子翻译官刚从英国留学回来的表姐，鬼子要是让我说一句英语，那我不是抓瞎了吗？我就知道从一到十，还是听东方教小提唱儿歌时拾着听的。"

"你这么说还真是的，这个任务其实最适合丁小蝶，她会说英语。"于镇山恍然大悟地点头。

"我就是想到了这一点才抢先过来的，她虽然会英语，但实战经验不足，我怕她来了，万一出了什么事儿，咱就没办法向石旅长交代了。"

"作舟，你太伟大了。"于镇山由衷地称赞着。

"叫我白小姐，笨蛋。"叶作舟不好意思起来。

"好的，好的，我的白小姐。"

于镇山正嘿嘿地笑着，突然间，他们与载着山本龙太郎和孙昌本的车队迎面而过，尽管躲闪到了路边，叶作舟扎眼的旗袍仍是令孙昌本投来了目光。预感到不妙，两人刚加快步子，叶作舟扭伤了脚，于镇山弯下腰，背上她小跑起来。他们抵达东门，乘上张大伯的马车，向董家庄疾驶，坐在颠簸的车上，叶作舟迅速打开皮箱，取出两人的武器，与驾驶着摩托车追来的日军对射。

快到一处山坡时，机枪子弹落在马车四周，险情频发，很快车被射翻。叶作舟和于镇山就地还击，眼看日军就要冲到跟前，突然坡上枪声大作，赵松林和郭云生带领独立旅战士杀出，消灭了追赶的日军，平安接下两人。

一行人冲过来，扶起叶作舟和于镇山，赵松林焦急地看两人有没有受伤。

"作舟，万一出了事儿，我如何向鲁艺交代，向延安交代？下次不能这样了。"

"没有下次了，小日本很快就要完蛋了。"

这时，丁小蝶脆声笑着说道："哎呀，你们别顾着关心协理员有没有伤着了，快看看，协理员穿上旗袍多漂亮啊。"

众人看着叶作舟，争相夸赞起来，叶作舟不好意思地整了整旗袍。"你们就别打趣我了，我这次穿旗袍，还不是工作需要吗？其实我还是喜欢穿军装，打仗方便。"

有了叶作舟画的日军兵力与火力配置图，攻打东亚煤矿已是蓄势待发，势在必行。战斗前一日，郭云生和柳二妮特意把他们的住处腾出来，准备给于镇山和叶作舟当新房。丁小蝶、于冬梅和柳二妮乐呵呵地收拾着，在炕上铺好崭新的被褥，剪好喜字贴在墙上，想要给叶作舟一个惊喜。

第二天，独立旅埋伏在虎口镇外，战地服务团被赵松林安排随三团一起，攻打日军联队部。独立旅如今力量壮大，不仅有山炮，还有了迫击炮，随着一声令下，炮火齐鸣，日军阵地一片硝烟，东方海一行人都兴奋地看着眼前的景象。炮火准备完毕，司号手站起来，吹起冲锋号，战士们呐喊着向虎口镇冲去，与日军展开激战。

战地服务团一行人随着三团突入镇内，来到日军联队部近前，三层楼房墙上满是机枪射孔，封锁着大街，火力压得独立旅方面抬不起头。在一个拐角隐蔽处，赵松林、叶作舟、于镇山等人聚在一起商量，决定组织一支突击队，由熟悉路线的于镇山来带领，迂回到联队部斜对面的茶馆。众人冒着枪林弹雨闪进茶馆里,赵松林稍稍打开门,日军的子弹便密集地射过来,他赶紧闪了回来,于镇山从门缝里焦急地打量着对面。

"要想冲过这条马路到鬼子的联队部,必须得把这扇门打开才行,可鬼子的机枪封锁得死死的,怎么办?"

"赵旅长,我们得先回去一个人,让街正面的机枪、迫击炮一起打联队部,把鬼子的火力吸引过去,咱们趁机打开门,冲过去把它炸掉。"

赵松林点头,命作战参谋从茶馆后门绕回大街正面,让机枪和迫击炮进行掩护,看到对面日军联队部被大街正面八路军的机枪、迫击炮封锁后,于镇山从身边战士手中夺过炸药包,说:"我去把鬼子的联队部炸掉。"

"镇山,你要小心点。"叶作舟关切地说。

于镇山点头,一脚把门踹开,抱着炸药包过了街,日军的机枪扫射过来,他赶紧卧倒。叶作舟见状冲出茶馆,借着断墙的掩护,持双枪向日军射击。短枪毫无效果,她便把双枪插回腰间,从身边战士手里夺过一支步枪,瞄准日军射击孔,一枪击倒了墙后的机枪手。立刻又有新的机枪手替补上来,向叶作舟射击,子弹在她周围噗噗作响。于镇山趁机匍匐前进,终于来到日军联队部的楼下,拉动了导火索。叶作舟闪身从断墙后出现,向日军射击,吸引火力。于镇山刚撤回来,只听一声巨响,碎石子、水泥块飞溅在半空中,漫天的黑烟裹着白雾向四面散开来。

"冲啊!"赵松林大吼一声,四面八方的独立旅战士冲向日军联队部,大部队很快杀入建筑内部,残存的日军举手投降。众人打扫战场,于镇山一步不离地跟在叶作舟身后。

"作舟,你刚才为了掩护我,整个身子都暴露在鬼子的火力下,这太危险了,以后不能这样了。"

"我才不是为了你,我是为了多杀几个鬼子。"

于镇山嘿嘿笑着:"今天打扫完战场,明天咱就结婚。"

"好了好了,别贫嘴了,咱赶紧找找山本龙太郎,就是死的,也要看到他的尸体才行。"

"是,夫人大人!"于镇山滑稽地给她敬个礼,笑嘻嘻地分头去找山本了。

叶作舟带着几名战士踹开一扇门,抓到了装死的孙昌本,他也不知道山本在哪儿,不过交代了楼下还有一层地道。叶作舟留下两名战士看押孙昌本,带着剩下的人往地道赶去。

另一边，郭云生率领着二团主攻煤矿核心区，伪军和部分日军凭借碉堡和沙袋一类工事顽抗。郭云生等人受到敌人的火力压制，他们派出柳二妮向伪军喊话劝降，枪声沉寂下来，伪军朱连长早已不堪日军的羞辱，带领伪军掉转枪口，向日军开枪。郭云生观察到战机，站起来挥枪呐喊，独立团战士们向东亚煤矿核心区冲去。有了伪军的协助，日军很快被击溃，郭云生从朱连长口中问出关押战俘的地点，来到后方仓库，开枪打坏门锁。

兰双礼带着衣衫褴褛的战俘们冲了出来，他紧紧地握住郭云生的手，热泪盈眶："谢谢你们，我就知道八路军会来救我们的。"

"兰团长，你们受苦了。"

日军联队部大楼里，叶作舟带着两名战士来到地下一层，地道弯弯绕绕，有很多房间，一片狼藉的地上横着日军士兵的尸体。叶作舟往里走了一段，看到丁小蝶也在这里搜寻。

"找到山本龙太郎没有？"

"还没找到。这个混蛋，挖地三尺也要把他找出来。"

叶作舟吩咐着两名战士，四人分头搜寻，她接连踹开两个房间，均无山本踪影。房间里有些文件，她拿起来看了看，都没什么价值，又放了下来。踹到了第三间时，突然传来丁小蝶的声音："协理员，快过来，他在这里，这家伙受伤了。"

叶作舟循着声音赶到丁小蝶所在的房间，丁小蝶兴奋地扭头招呼着她："这家伙腿快被炸断了。"

山本龙太郎蜷缩在角落里，他看到丁小蝶注意力集中在叶作舟身上，突然间掏出手枪，向丁小蝶瞄准。赶来的叶作舟看到这一幕，大惊失色，她迅速抢上一步，把丁小蝶推到一边，同时向山本开枪。两支枪几乎同时响起，山本龙太郎被击中手臂，枪掉了下来，叶作舟却直接向后倒去。她伤在胸口，丁小蝶一手抱起她，另一只手捂住向外喷涌的鲜血，大喊着的声音都变了调："协理员，协理员……"

"小蝶，别哭……"叶作舟抽搐着，痛苦地咳着血沫，她艰难地伸出手，想抚丁小蝶的脸，但手还没举起，就无力地垂落了下来。

"姐姐，姐姐……"丁小蝶放声大哭，两名战士赶来，扶着已没有气息的叶作舟。丁小蝶站起来，捡起地上的手枪对准了山本龙太郎。

"丁干事，不能杀俘虏！"一名战士惊叫。

"去他妈的不杀俘虏！"咬牙切齿地说完，丁小蝶毫不犹豫地开枪，打尽了所有子弹。

叶作舟也躺进了董家庄的墓园中。

出殡那天，赵松林、东方海、于镇山、郭云生、兰双礼和一名战士，一共六人抬着叶作舟的灵柩来到墓地。列成两队的独立旅战士们，在灵柩经过面前时，一个接一个地举手敬礼。所有人都面容哀伤，最痛苦的是于镇山，他悲痛的脸因压抑而扭曲着。

随着灵柩缓缓放入坟墓，一声口令，战士们整齐地持枪指向天空，鸣枪三声致敬。赵松林带领抬棺的众人向坟墓填土，填好后，于镇山将刻着叶作舟名字的木牌砸进土里，一下、两下、三下……缓慢而沉重。

独立旅全体将士脱帽默哀，柳二妮唱起了哭丧调，所有人听着听着，都泪流满面，只剩下于镇山强忍住悲痛，抚着木牌。

这天夜里，于镇山坐在众人为他和叶作舟布置的新房中，抚摸着墙上的喜字，抚摸着崭新的被褥，不由得潸然泪下。他压抑地扑在床上，头埋进被褥中，双肩抽搐着。丁小蝶走了进来，坐在他身边，轻拍着他的肩。

"镇山哥，我知道你心里难过，你想哭就大声地哭出来吧。"

于镇山终于忍不住，放声大哭。

"我一直没有好好地给叶大姐唱首歌……我现在给她唱首歌吧。"丁小蝶站起身来，唱起《安魂曲》。东方海、于冬梅、柳二妮也来了，他们都静静地站在那里，听着丁小蝶的歌声，在脑海中以鲜活的记忆怀念着那位英姿飒爽的女英雄。一曲终了，于镇山停止哭泣，他抬起狼狈的脸。

"谢谢你，小蝶，作舟一定听到了，她会喜欢的……"

"叶大姐人虽然走了，但她会一直留在我们心里。"丁小蝶按着心口，用力地说着。

"这歌，让我听着难受……我们本来应该今天结婚的……"于镇山喃喃说着，看向东方海。

"还记得我们在贺家庄参加的那次婚礼吗？我想再听听你拉一曲。"

东方海点头，他用小提琴拉起《费加罗婚礼》，丁小蝶、于冬梅伴着悠扬的乐音唱着，声音因为哽咽压得很低，每个人都泪流满面。

几天后，众人在司令部送别恢复元气的兰双礼。

"感谢赵旅长这次救命之恩，为了打这一仗，叶协理员都牺牲了，我很过意不去。"

丁小蝶看着兰双礼，十分难过。"兰团长，这不怪你，叶大姐是为了救我才牺牲的。"

"叶协理员是一位英勇的军人，即使不救兰团长，我们八路军也要打这一仗。"面色沉重的东方海也在一旁说道。

"八路军是仁义之师，兰某深为佩服。"兰双礼深深地看着他们。

"兰团长，您再考虑考虑，您是一位抗日英雄，我希望您能加入我们独立旅。"

兰双礼对发出邀请的赵松林苦笑了一下："实在很惭愧，眼看抗战就要胜利了，我身为军人，却全军覆没，这是军人的耻辱。我在这场战争中经历了太多生死，已经累了，我想先回上海看看家人再说。赵旅长，你们共产党、八路军的恩情我记住了。"

"上海还被日军占领，你怎么回去？"

东方海与丁小蝶对视一眼，上海这个地方，对他们而言也很特殊。

"这倒没什么，日军虽然占领了上海，但我在上海还是有很多亲友的，他们会帮我。"

"既然这样，那我就不勉强了，祝您一路顺风！"

赵松林点点头，丁小蝶叫住正要转身的兰双礼。"兰团长，您回到上海，见到了我表哥，请转达我的问候。"

"好，我一定转达到。"兰双礼点头致意，转山离开。

一九四五年五月，德国、意大利法西斯覆亡。第二次世界大战的欧洲战场作战以同盟国的胜利而告终。八月，美军在广岛、长崎投下原子弹。苏联出兵中国东北，向日本关东军发起进攻。

八月九日，毛泽东发表《对日寇的最后一战》，指挥人民军队对侵略者展开全面反攻。八月十五日，日本天皇裕仁宣布投降。九月二日，日本政府在东京湾美军战列舰"密苏里"号签字投降。至此，中国人民抗日战争暨世界反法西斯战争胜利结束。

战地服务团兑现了诺言，与独立旅并肩战斗，直到抗战胜利的这一刻。全体军民在虎口镇载歌载舞庆祝日本投降，挂着"庆祝抗战胜利"横幅的舞台上，东方海正带着他组建的土洋结合鼓乐队演出。于镇山带着斗鼓队走过大街，走过广场，沿途表演，于冬梅的秧歌队也沿着另外的路线进行演出，柳二妮对人群唱起信天游。节目丰富的演出完毕，赵松林登上舞台，拿起麦克风说："我提议，在这普天同庆的日子里，向抗日战争中牺牲的将士默哀！"

全体军民低头默哀，安静过后，众人很快又因胜利而欢腾起来。人群中，丁小蝶抱着石盼新，她的脸上是喜悦的，泪水却止不住地流下来。石盼新伸出小手，给妈妈擦眼泪，边擦边问着："妈妈，大家都在笑，你怎么流泪了？"

"妈妈想起了你爸爸，想起了你叶阿姨，还有你没有见过面的郭叔叔，他们是抗日英雄、大英雄……胜利了，终于胜利了，妈妈高兴，妈妈高兴！"

丁小蝶带着泪痕对石盼新微笑，她仰起头，看向湛蓝的天空，她看得很远，很远。

二十九

抗战胜利后的第一个初春，丁小蝶的父母丁振家与田知秋回到了上海，他们来到田富达家，看着门前悬挂的青天白日旗，无限感慨："八年了，整整八年了，回来了，终于回来了！"

"是啊，是啊，胜利了，胜利了……"

丁振家打量四周，田知秋抹着眼泪，房门打开，已是国军少将的田宝山招呼着他们："姑父，姑姑！快进来，快进来！"

"哎呀，你们终于回来啦。"田富达夫妇也激动地迎了出来，众人进屋。

"宝山，我刚到香港时，得到你托人捎来的消息，小蝶、阿海去了延安当了八路军，他们现在还好吗？"丁振家一坐下就问田宝山。

"我也是从兰双礼那里知道他们去了延安的，刚开始我也想把他们接到我那里，但后来一打听，他们在延安生活得还不错。说真心话，共产党还是很重视人才的。我想了想，我整天带兵打仗，颠沛流离，小蝶、阿海跟了我，也未必过得好，就没去接他们。"

"宝山还听兰双礼讲，小蝶已经结婚了，还有个儿子叫石盼新……"

听到田夫人的话，丁振家和田知秋都觉得很意外。田知秋着急地问道："不是姓东方吗？怎么姓石？"

"我也是听兰双礼讲的，不知道为什么，小蝶没有嫁给阿海，而是嫁给了八路军的团长石保国。可惜，石保国后来战死在抗日战场上，说起来，也是一个英雄。"

"可怜的孩子，我的小蝶，年纪轻轻就守了寡……"田知秋低头抹泪，丁振家瞪了她一眼。"你咋说话呢？小蝶还年轻呢。她本来就应该嫁给阿海，那个八路军团长，哼，说不定是逼着小蝶……"

"姑夫，我详细调查了，小蝶还真不是被逼的，是她主动要嫁给石保国的。这一点，人家共产党不会像潘家父子那样……"田宝山笑着摇头。

田富达插话道："说到潘家，幸亏小蝶没有嫁过去。潘家父子当了汉奸，这大上海一光复，他们父子吓跑了，连家都不要了。谁知道现在成啥样子了，说不定哪天就被捉住枪毙了。"

"我家小蝶命苦，虽然跟了共产党受了罪，但好歹比跟了汉奸强，这也算是不幸中的万幸吧。"

丁振家却面色沉重道："现在虽然抗战胜利了，可我这一路上都在琢磨着，一山不容二虎，一国不能有两主，将来国共两党还会再打起来的，小蝶跟了共产党，可能会有麻烦。"

"上个月，国共两党及民主党派在政治协商会议上通过了《和平建国纲领》，抗日战争已经结束，要立即开始和平建设了。打了这么多年仗，人人都想和平，这仗怕是打不起来了。姑夫，你就放心好了。"

丁振家对田宝山摇头道："宝山，我要说你了，你虽然身为军人，打仗你在行，但战争你不懂，战争是政治的延续。这方面，你还得听我的。这《和平建国纲领》，怕是中看不中用，卧榻之侧，岂容他人鼾睡？共产党想平起平坐，怕是蒋委员长不会同意的。"

"咱不管他们打仗不打仗，宝山，你能不能想办法把小蝶、阿海带回上海来？"

听到田知秋提起东方海，田夫人说道："阿海也结婚了，听说是一个叫于冬梅的姑娘。"

"于冬梅？她是干啥的？她是哪里人？"

"这也是我听兰双礼说的，于冬梅是八路军，咱们老家顺和镇人……"

田宝山对田知秋说着，在一旁思索的田富达恍然大悟道："我琢磨着，顺和镇姓于的，不就是只有一家戏班吗？这个于冬梅，可能就是于家班的。"

"说了半天，原来是戏子。阿海是不是昏头了？怎么会娶这样一个丫头？宝山，你想办法把阿海、小蝶，还有小蝶的孩子带回上海来。"

田宝山没有立即应田知秋的话，他用征询的目光看着丁振家，丁振家沉吟着："我总觉得国家要打仗。要是这样的话，还是要把他们尽早带回上海，共产党迟早要被打败。退一步说，不打仗了，和平建国了，他们更不能浪费了自己的才华，回到上海发展最好。"

"我也觉得他们回来最好，宝山，你懂军队上的事情，你想想办法。"田富达也跟着说道。

田宝山想了一会儿，点了点头："小蝶、阿海他们现在正好在山西虎口镇那边，离晋绥军的防区很近，我带兰双礼亲自去一趟，他虽然不在晋绥军了，但都是旧相识，他们会帮忙的。"

正说着，已长大成人的东方丹回来了，看丁振家和田知秋面露疑惑，田夫人忙说道："这是东方家的丹丹。她可勇敢了，想当年，从日本人那里跑出来，硬是自己一个人摸到了我们家。上完了中学，现在在工厂里工作呢。"

"哎呀，还真找到了，我还想再也见不到丹丹了……"丁振家惊喜地说着，和田知秋一起过来拉住了东方丹的手。

"你们肯定就是丁伯父、田伯母了，你们走时，我虽然还小，但还记得你们的模样，都八年了，你们还是那么精神。"

"八年了，如果东方千里兄弟，还有嫂子，知道丹丹现在这么大了，九泉之下也会欣慰的。"

听到丁振家的话，东方丹的眼圈红了，田知秋拉着她坐到自己身边。

"今天是大喜日子，不说这些了。来，丹丹，坐到我身边，我要好好看看你。"

"丹丹，你哥知道不知道你还活着？"

东方丹对丁振家摇了摇头道："这八年来，我一直都不知道哥哥到哪里了，也是前不久，兰团长回到上海来，我们才知道我哥和小蝶姐姐去延安了，我都想去找他们了。"

"你不用去了，刚才我们商量好了，你哥和小蝶现在在山西虎口镇，准备让你宝山哥带着兰团长去一趟，把他们带回来。"

东方丹欣喜地看着田富达说："那太好了，我恨不得早点儿见到他们。"

田宝山灵机一动，他走上前来，对东方丹说道："丹丹，你回来得正好，如果你能写几句话，我带上捎给你哥，会更好些。"

"宝山想得周到，共产党也不知道用了什么法术，年轻人去了他们那里，都死心塌地地不回来了。"丁振家赞许地点了点头。

"好，我来写，我就写一句，哥哥，我想你。"东方丹欢快地说道。

"这一句胜过千言万语。"田宝山微微一笑。

东方海、于冬梅和丁小蝶带着石盼新在虎口镇附近的郊区游玩，东方海抬头看看不远处的独立旅驻地。

"抗战一胜利,鲁艺就迁往东北了,咱们接到的命令是就地待命,不知道下一步会给咱们安排什么工作。"

"我听说可能会组建文工团下部队去。"于冬梅一边留意着在一旁玩耍的石盼新,一边说。

"如果能成为独立旅文工团,那该多好啊。"丁小蝶脸上满是期待。

这时,身着便装的兰双礼开着小汽车来到。三人惊异看着,认出下车的人是兰双礼,丁小蝶惊喜地迎了上去。

"兰团长,你怎么来了?"

"兰团长,你怎么穿着便装?真的解甲归田了?"

"你们一会儿抛出这么多问题,我应接不暇啊,三位听我慢慢道来。"兰双礼对他们笑着,又抱起石盼新,举了起来。"哎哟,可这么高了!"

兰双礼放下石盼新,掏出一把牛奶糖。"来,小提,这是叔叔特地从上海带来的牛奶糖。"

"谢谢兰叔叔。"石盼新高兴地接过,丁小蝶眼睛发亮。"你真回上海了?都见到什么人了?你快说说。"

"我去年被你们救了以后,心灰意冷,就回了上海。你舅舅他们都挺好,还见到了你表哥田宝山,他现在已经是少将了,在他的游说下,我只好又回来了。我的那个团不但重建了,又被扩编成旅了,我就顺理成章成了旅长。"

于冬梅有些迟疑地问他:"你都成了旅长,怎么穿起便装来了?"

"虽然签订了《双十协定》,颁布了《和平建国纲领》,但到了你们八路军的地盘,还是比较敏感的。我倒不是怕你们八路军,而是军统的人无处不在,我得提防他们。"

"我爸爸妈妈呢?有他们的消息吗?"丁小蝶急急地问道。

"要说的话很多,自从上次分别,已经好几个月了,咱们没有好好聚了,三位跟我到旅部好好一叙如何?"兰双礼微微一笑。

"这样怕是不好吧。你是穿着便装来的,我们穿着军装到你们那里,似乎也有些不大方便。"

丁小蝶对犹豫着的于冬梅说道:"有什么不方便?毛主席还去过重庆呢,咱们去坐坐就回来。"

"冬梅,听小蝶的,咱们就去一趟,说说话就回来了。"

看东方海也这么说，于冬梅咬着嘴唇想了一会儿，点了点头。

"那好吧，说完话咱就立即回来。"

三人带着石盼新坐进了兰双礼的小汽车，来到晋绥军驻地所在的县城。小汽车停下一处院前，田宝山从屋内迎了出来，丁小蝶大喜，扑上去抱住了他。

"表哥！"

田宝山与丁小蝶分开，又握住了东方海的手。"我们终于又见面了！"

"八年了，都八年了……"东方海激动地点头，田宝山看着于冬梅。"阿海，我没猜错的话，这位是你的太太吧。"

"我是东方的爱人。"

"对对对，爱人，你们共产党叫爱人。"田宝山对于冬梅点点头，弯下腰抱起了石盼新。

"小提可这么大了！"

"妈妈，我给这位叔叔喊什么？"

石盼新看着丁小蝶，众人笑起来："表舅，喊表舅。"

"表舅好。"

田宝山笑着夸他："真是个聪明的小家伙。"

"快进屋，进屋聊。"兰双礼招呼众人进屋，田宝山放下石盼新，拿来一个写满英文的盒子。丁小蝶一把抢了过去，兴奋地叫道："这是吉百利巧克力啊，你从哪里弄来的？"

"小蝶，我要告诉你一个好消息，你爸爸妈妈从美国回来了，这是他们带回来的，特地让我捎过来的。"

丁小蝶惊喜地看向田宝山："他们回来了？他们还好吗？"

"好，身体都很好，就是想你，也想见见外孙。"

"可惜我现在还不能回去。"丁小蝶有些黯然。

"没事，没事，反正以后有的是机会。"田宝山愣了一下，但很快又喜笑颜开。

"真好吃啊，八年了，我终于又尝到它的味道了。"丁小蝶闭上眼睛，神情陶醉地吃着巧克力，她又给东方海和于冬梅一人一颗。"尝尝，你们也尝尝。"

"冬梅，这是巧克力，原产于中南美洲，主要原料是可可豆……"

见于冬梅看着黑乎乎的巧克力，有些犹豫，东方海微笑着对她解释着。

丁小蝶把剩下的巧克力连同盒子都给了石盼新，抬起头来问于冬梅："好吃吗？"

"真好吃。"于冬梅点头。

兰双礼开口道："时间不早了，咱们中午就到醉仙楼吃饭，一边吃一边聊。"

"太好了，我要点个清蒸鳜鱼，好久没吃过啦。"丁小蝶雀跃地说道。

"这里毕竟是国军防区，你们穿着八路军的衣服太显眼了，还是先换上便装吧，双礼都准备好了。"田宝山打量着他们。

于冬梅有些犹豫，丁小蝶见状催促着她："走吧，走吧，今天要好好吃它一顿。"

"那咱们吃过饭就赶紧回去，咱们都没有请假。"丁小蝶点点头。

"那当然，咱边吃边聊，吃完也就聊完了，正好回去。"

一行人来到醉仙楼，点了一桌丰盛的饭菜，田宝山带头敬酒，众人干杯。丁小蝶不时地站起来夹菜，一副饿急的可爱样子，田宝山看时机差不多了，开口说明来意："小蝶，我这次来，其实并非军务，而是受姑夫姑姑之托前来捎个信。他们八年多没见过你，一直牵肠挂肚，听说你有了儿子，也很高兴，希望你能带着孩子回到上海去。阿海，不仅仅是小蝶，你丁伯父田伯母也很想你，希望你能带着太太，对了，你们共产党叫爱人，也一起回上海。"

田宝山边说边递了个眼色，兰双礼说要带石盼新到街上玩，抱起他走了出去。丁小蝶只顾着吃，东方海也没多想。

"宝山，我们都是军人，军队有纪律，八路军的纪律你也是知道的，更加严格。我怕假是请不下来的，你也可以让伯父伯母来山西一趟。"

"阿海，小蝶，你们还没听明白我的意思，我不是说回上海一趟，而是希望你们能回到上海。抗战胜利了，国家要建设，到哪里都是为国出力，以你们的艺术才华，到了上海才能真正发挥作用。"

"这绝对不可能，我们是八路军，有组织有纪律，你说去上海就去上海了？"于冬梅啪地放下筷子。

"冬梅，你别激动，宝山是自己人，没有恶意。"东方海忙拉了拉她。

"冬梅姐你放心，他只是说说，咱们不愿意去，他难道能把咱们绑架去不成？"丁小蝶只当是开了个玩笑。

"阿海，你父母走了，现在就剩下你和丹丹，你八年没见过她了，难道不想她吗？"田宝山转向东方海。

"有丹丹的消息了？她在哪儿？"

东方海立刻站了起来，田宝山摆摆手。

"你先坐下来听我说。你和小蝶离开上海后，丹丹从日本人那里逃了出来，自己一个人摸到了我们家。这八年，一直在我们家，我爸妈待她和亲生女儿一样。你离开她时，她十岁，现在成了一个十八岁的大姑娘了，你难道真的不想见她吗？你看看，这是她托我送给你的纸条。"

田宝山拿出东方丹写的纸条，东方海接过，手不停地颤抖。

"丹丹，你还活着，你还活着，真好，真好！"

"你难道还不想回到上海吗？"

于冬梅悄悄地扯了扯东方海的衣服，他抬起头，哽咽着说道："想，我恨不得立即见到丹丹。但是，我是一名共产党员，还是一名八路军战士，如果要去，也得经过组织批准。宝山，你如果是真心想帮我和小蝶，那就让丁伯父田伯母带上丹丹到山西一趟吧。"

"对，表哥，你就给我爸我妈捎个信，让他们带着丹丹来一趟。"

丁小蝶在一旁点头，田宝山愕然地看着他们："我真想不明白，共产党到底给你们灌了什么迷魂汤，居然让你们如此固执？为了所谓的革命，连自己的亲人都不要了，你们共产党难道这么残酷无情吗？"

"田宝山，我不许你诬蔑共产党！"于冬梅拍案而起，东方海也站了起来。

"看来咱和宝山话不投机，回去吧。"

丁小蝶有些犹豫，但还是站了起来。这时，田宝山对着门口喊了一声，几个国军士兵进来，控制住了三人，丁小蝶大吃一惊："表哥，你真的要绑架我们？"

"是你们逼我这样做的。"田宝山平静地点点头，东方海挣扎着。

"宝山，你这样来硬的是不行的，我们不会跟你走的。"

"怕是不走也不行了，小提现在正在去太原的路上，咱们要是现在走，还可以赶上小提，一起乘火车去上海……"

丁小蝶愤怒地叫起来："田宝山，亏你是我表哥，居然会这么卑鄙，拿孩子来要挟我们！你真是个混蛋！"

"你怎么骂我都行，我这么做都是为你们好，走吧。"

在田宝山的命令下，国军士兵押着三人，上了停在门口的两辆小汽车。

独立旅这边，突然不见了三个大人一个孩子，着急的于镇山一行人找了一天，最后还是赵松林冒险骑马赶去晋绥军部打听，才知道东方海他们是被田宝山和兰双礼带走了。这件事被迅速上报到东方明那里，因为国共关系正处于紧张时期，组织上决定私下派郭云生和柳二妮潜入上海，找到东方海三人，设法带他们回延安。听到于冬梅也被带去了上海，于镇山又气又急，一连十几天得不到妹妹的消息，平日里一个硬汉，急到蹲在地上抹起眼泪来。他甚至做了个噩梦，梦见东方海和丁小蝶结婚了，于冬梅在上海讨饭。

于镇山的担心不无道理，让田宝山以石盼新为要挟把丁小蝶一行人强行带回上海，是田知秋的主意。在她的心里，自己的女儿就应该和东方海在一起，于冬梅只是个多余的存在。她在丁家别墅里安排下的房间，都刻意让东方海与于冬梅夫妻两个分开住。对于田知秋的计较，丁振家是不认同的，但也没有办法。他很清楚，自己的这位夫人与女儿都不是省油的灯。

当丁小蝶一行人怒气冲冲地跟着田宝山来到丁家别墅时，石盼新已经穿上漂亮合身的西式套装，坐在餐桌前用叉子吃水果拼盘，田知秋在一旁爱怜地看着他。丁振家听到汽车声，激动地站起来，石盼新听到妈妈回来了，却只自顾自地吃水果，田宝山带着三个人进了客厅，田知秋和丁振家看着他们身上整齐的八路军军装，一时愣住了，田知秋尴尬地笑了笑。

"小蝶，阿海，是我一个人一哭二闹三上吊的，逼着宝山把你们从共产党那边弄过来的。你看你这个宝山，叫他们回上海，也该让他们换身衣服。行了，平安回来了，好得很嘛。你们穿这八路的衣服，吓我一跳……"

"丁伯母，我们谁也没想吓您，您老人家这么做，太……太疯狂了吧？"

田知秋上下左右仔细打量一遍于冬梅，丁小蝶冲到石盼新面前，抓起装水果的盘子猛摔在地上。

"吃吃吃，就知道吃！跟我走。"

"走？丁小蝶，你给我听着，你今天要是把孩子带出这个家，我就死给你看。"田知秋抓起餐桌上的水果刀横向自己的脖子。

刚去工厂接上东方丹的田富达冲了进来，慌忙劝着："快，快把刀放下，快！这一家人好不容易团聚了，这又唱的是哪一出？有什么话，不能坐下来好好商量？八年了，鬼子都投降了，家里这点事，还要闹出人命吗？

振家，振家，你倒是说句话呀！"

田富达急得直搓手，丁振家却慢悠悠地取出雪茄，划火柴点上，他吐一口烟。

"闺女是个什么闺女，你田知秋不知道？上海沦陷了，花重金搞到的去香港船票，这个闺女为了这个阿海，废了船票，连爸妈都不管不顾了，临开船时，跳下船，陪这个阿海了。这阴差阳错的，小蝶又嫁给个抗日英雄。"丁振家站起来走过去，拍了拍石盼新的小脸蛋。"还生了这么可爱的一个小家伙。阿海呢？这娶了这么一个共产党的女英雄。你说你这个田知秋，你忘了这是战争，你忘了女儿已经在共产党那边生活了整整八年，你想用他儿子控制她，让她听你的，你这不是做梦吗？"

"小蝶，你知道妈我这些年过的什么日子吗？"田知秋哭了起来。

丁振家淡然地看了她一眼，继续开口说道："你说这些没用。你俩都有错，可你的错要占八成。你说你都知道人家阿海成了家，你让宝山他们把阿海也弄回来干什么？你们还把人家的媳妇也弄回来了。这些事你们都做得欠考虑。在香港，在美国，我都在关注你们共产党。共产党在这八年能成事，能让罗斯夫总统高看一眼两眼，前几个月，你们党的领袖毛泽东能到重庆和蒋委员长去谈判，在我看来，有两点，一是你们共产党有主张有目标，让老百姓看到了希望，愿意跟着共产党走，二是你们共产党有铁的纪律……"

"这都要出人命了，你扯那么多没用的干什么！"田富达急得直跺脚。

丁振家却显然有着自己的计议："有用没用，我都得说。国共两党虽然生分了，可毕竟没撕破脸，没打起来。美国不是派了五星上将马歇尔来调停了吗？所以宝山，你做错的，你为你姑姑做错的这件事，恐怕还是可以补救的。你说呢？"

"小蝶，阿海，于姑娘，这事确实是我考虑不周。贵党在南京设有办事机构，我会把你们的情况通报他们，向贵党做个说明。说明这错完全在我。"

丁振家对田宝山点了点头："还有别的办法。还可以说丁小蝶的父亲想和共产党合作，丁小蝶是回来谈合作的。共产党别的人可能不了解我，阿海，你的大哥东方明肯定知道我是有能力为共产党做些事的。"

"我大哥当然了解伯父。"

看到东方海已经放松下来，丁振家又过去掰开丁小蝶抓住儿子的手，

"孩子，来姥爷这边。看把孩子吓得。"

"苦命的小蝶呀，妈都是为你好啊。妈不想让你们娘儿俩再受苦了。"

丁小蝶蹲在地上呜呜地哭了起来，田知秋把刀朝餐桌上一扔，母女俩跪在地上抱头痛哭。

等到夜幕降临，田宝山和兰双礼答应会向共产党高层通报东方海一行人的行踪后，上车离开了。其实他们只是按照田知秋的吩咐，说谎稳住三人，并不打算真的去与共产党方面联系。于冬梅也并不信任他们，东方丹悄悄找到她，想要跟她一起去延安，于冬梅答应下来，心底却一筹莫展。

这一夜，于冬梅住在丁家别墅里，看着从未见过的真丝睡衣，承受着田知秋嫌弃的目光，内心从未像此刻这般焦急而痛苦。不得已之下，她去找东方海来教她用抽水马桶，夜里又在过于柔软的席梦思床上辗转反侧无法入睡，只好把被子抱到地毯上躺了下来。

丁小蝶住的房间里，田知秋跑来看她，母女俩话不投机，田知秋言语里尽是对于冬梅的不屑。听到她嘲讽于冬梅瘦得生不了孩子，丁小蝶一时气愤，不当心将于冬梅为东方海受伤后不能生养的事情说了出来。田知秋闻言惊呆了，在她的观念里，东方海娶了个不能生养的女人，就是娶了个废物，丁小蝶急得让她不许为难于冬梅，两人不欢而散。

第二天，东方海带着于冬梅和东方丹来到郊区公墓，于冬梅跪在东方千里和戈碧云的墓前烧着纸钱。

"嫂子，你没睡好？"注意到她神情憔悴，东方丹问道。

"几乎一夜没睡。床软得没法睡，地板上睡，有铺没盖，有盖没铺，睡不成。只好裹着被子靠墙打了个盹。"

"慢慢就习惯了。昨晚我睡得可真香。"

"你是不是准备待在上海不走了？"于冬梅站起身来，看着东方海。

"谁说不走了？宝山哥答应帮我们联系组织。我肯定要回延安的。"东方海纳闷地看着神情冷若冰霜的于冬梅。

"一方水土养一方人，我忘了你是上海生上海长的音乐天才了。我要提醒你，你现在首先是个共产党员。"

"嫂子，嫂子，是不是那个丁伯母说什么难听的话了？"

"真聪明！话都很好听，可眼神像刀片，割得我的心疼。又不能说，说什么？我能说什么？我这身上穿的，里里外外，全是人家赏的。"于冬梅摸摸东方丹的脸。

"我理解，我太理解了。我从鬼子拘留所里回来，家没了，我哥也走了，我只好去住田伯伯家。他们看上去对我挺好，可我总觉得自己多余。这不，初中刚毕业，我就要求进厂工作了。欠人情的感觉真的不好。"

东方丹连连点头，于冬梅问她："丹丹，你攒了多少钱？"

"钱？我没攒钱。我领了工资，全部缴给田伯母。我不想欠他们太多。所以，我想跟着你们去延安，去那个人人平等的地方。"

"可惜了，你手里也没私房钱！"

"冬梅，你这是怎么了？"

"怎么了？我和丹丹，总不能一路要饭回延安吧？"于冬梅挑眉看着东方海。

此后的很长一段时间，于冬梅跟在东方海和丁小蝶身后，他们去南京路的商店购物，在外滩上行走，前面两人有说有笑，留下神色恍惚的于冬梅跟在后面，满脸凄楚。在和平饭店西餐厅，从没吃过西餐的于冬梅向服务生要筷子，又把杯子里的红酒一口喝光，东方海和丁小蝶笑着要教她用餐礼仪，她脸色突变，把渗血的牛排摔到盘子里。去百乐门舞厅，东方海和丁小蝶在舞池里跳舞，于冬梅脸色阴沉地注视着两人，眼里燃起怒火，忍无可忍地站起来，直接转身往外面走去。她对东方海和丁小蝶两个人感到非常失望，他们完全忘记了自己八路军战士的身份，忘记了他们应当归属于什么样的地方。

这天早些时候，丁振家正在客厅里翻看报纸，他猛地站起来，惊呼："知秋，知秋，快来，快来——"

"国共打起来了？"田知秋从楼上下来，丁振家指着报纸。

"你看，你看，潘清才成了特派员了！一个上海滩商界的大汉奸，鬼子投降后，销声匿迹几个月，突然摇身一变，变成了上海核查商界通敌的特派员！"

"这上边怎么能这么干呢？你是怕他还会惦记咱们？"

田知秋拿着报纸看，丁振家踱着步，神经质地拍打着脑门，说："叫你哥马上过来，还有，给宝山去个电话，让他也回来一趟。得搞搞清楚到底是怎么回事。潘清才当了接收大员？这国民政府瞎了眼了吗？"

夜间，田宝山带着兰双礼赶来，田富达已经在了，一众人坐在客厅里，说着潘家的事。

"姑父，你和姑姑在美国住久了！潘清才这种人，到处都有。汉奸变接收大员的，多得是。南京军界，皇协军的少将中将，如今变成国军少将中将的也多得是。你们还是不要惹这个姓潘的。他上面有人！"田宝山认真地对丁振家说道。

正巧这时东方海三人回来了，丁小蝶一进门就问道："哪个姓潘的？"

"当年逼你结婚那一家呗。如今潘清才成接收大员了。"

听到这个消息，丁小蝶也呆住了，于冬梅生硬地接道："田将军答应管我们的小事，有结果了没？"

"你们三个的事情，我专门去南京梅园，见了贵党的周恩来……"

于冬梅打断故作认真的田宝山问："周副主席是不是还留着大胡子？"

"这个胡子嘛，不算太长。我讲了姑父准备和贵党合作的事，周将军让你们在上海把事情办妥了，再回延安。"

于冬梅冷笑一声，径直朝楼梯走去。"但愿田将军说的是实话。"

"阿海呀阿海，你可真是好眼力呀！"田知秋摇头摆手，东方海快步追上了楼，跟着于冬梅进到房间里。

"你什么态度？你这脾气怎么变成这样了？"

"是我变了，还是你变了？你在延安，什么时候看到周副主席留过胡子？东方海，你给我听着，我可以以你妻子的身份，忍耐到春节。我现在要以一个党员，一个鲁艺战士的身份提醒你，你身上的公子少爷劲头很可能会毁掉你。西餐厅、百乐门舞厅，它们属于我们吗？延安整风，白整了吗？"

东方海怔怔地看着面容严肃、带着怒气的于冬梅。

"你确实比我成熟……"

"你让我说完！大道理，我不跟你讲。我只问你，万一田宝山骗了我们，我们心安理得地待在大上海，日后怎么面对组织，怎么面对鲁艺的战友？我们必须自己掌握自己的命运！我们必须主动去寻找组织！"

"我听你的。"见东方海点头，于冬梅掏出一张小广告。"我们必须挣点钱！办一个教孩子们唱歌跳舞的辅导班……"

于冬梅和东方海好不容易挣了些钱，买到三张去南京的火车票，却没想到田知秋早已吩咐田宝山疏通上海的军方和警方，限制几人离开，三张票就这么作废了。客厅里,于冬梅和田知秋隔着茶几对坐,气氛紧张。

"伯母,你的女儿小蝶,你可以用你的外孙子控制住。我和东方真要走,恐怕你也拦不住吧?"

"我这都是为小蝶和她孩子好。冬梅姑娘,我准备让你走。你要是答应我的条件,成全小蝶和阿海,你就可以带着这箱东西离开。"

田知秋打开茶几上的一只小箱子,推向于冬梅,于冬梅伸手摸摸箱子里的金条和银圆,怪异地笑了几声:"真是笔好买卖!你女儿丁小蝶和东方海,青梅竹马,你们两家门当户对,又是世交,我就是一段多余的插曲。伯母,我答不答应,先另说,东方海答不答应,您老人家考虑过吗?"

"他会同意的。我看着他长大的,知道他的品性。你带着这东西走了,阿海一定会和小蝶在一起的。他们本来就有感情基础嘛。我知道,你救过阿海的命,他也是为了这个,才娶的你……"田知秋自信满满地说着。

"你知道的可真多,你都说出来吧,说,说呀——"于冬梅越听越感觉不对,有些神经质地站了起来。

"姑娘,东方家三代单传,你忍心让东方家绝后吗?"

于冬梅大笑几声,她带着哭腔喊道:"说得好,说得好!我走,我走,我成全你们——"

"怎么了?怎么了?"丁小蝶和东方海冲进来。

"你妈说我不会生养,要我拿着这箱东西离开上海,成全你和东方海……我答应成全你们了——"于冬梅说完,捂着脸跑了出去。

"冬梅——冬梅——"东方海抓起箱子朝地上一摔,追了出去。

三十

于冬梅在前面猛跑,东方海在后面紧追,在一条弄堂口,他终于追上于冬梅,一把抓住了她。

"对不起,真的对不起。咱们走,咱们回延安。"

"走,怎么走?要饭还是卖艺?没有丁家的施舍,你我今天都得露宿街头。"于冬梅仰起一张泪脸看着东方海。

"冬梅姐,快过来。"突然,郭云生和柳二妮出现在弄堂深处。

"二妮,二妮——"于冬梅又惊又喜地朝柳二妮跑去,抱住她哭起来。郭云生警觉地打量着四周。"快,快到我们住的地方。"

"我哥派你们来的?"

郭云生催促着东方海:"快走!一直有人跟踪你们。我们来上海三天了。快,这边。"

四人东拐西拐,消失在迷宫样的弄堂里。跟踪东方海他们的人,是田知秋雇的,丁振家得知田知秋想让于冬梅拿钱走人,气得指着她骂:"糊涂!混账!你干的这不叫人事!"

"没想到她性子真烈。"田知秋嗫嚅着。

丁振家边摇头边大声说着:"他们是共产党,共产党你知道吗?你女儿也是共产党!你想用这些收买他们?做梦吧你!"

"已经这样了,你说该怎么办?"

这时,丁小蝶一手拎着箱子,一手拉着石盼新,从楼梯上快步走下来。

"干什么?你要干什么?"

"你说呢?别想拦住我,除非你把我杀了。"丁小蝶看着田知秋,眼里冒着火。

"听我说几句行不行?"丁振家开口,丁小蝶有些不耐烦地看向他。

"田知秋,立马把你雇的那些个人撤了。小蝶,你觉得你在上海,能找阿海和冬梅吗？你觉得他们会回来吗？"

"他们伤透了心，肯定不会回来了。"丁小蝶难过地摇头道。

"他们教孩子唱歌跳舞挣的那点钱，够他们在上海生活三五天？回延安？容易吗？你是有钱，你怎么送给他们？"

"你说怎么办？"

丁振家沉着地点点头："这事我来办。"

于冬梅、东方海、郭云生和柳二妮在旅馆房间里商量着回延安的事。

"我坚持带上丹丹。"于冬梅说着，东方海也在一旁恳求地看着，郭云生点头。

"好，带上。费用问题，出城问题，我找青帮的朋友解决。二妮，你和我去找丹丹，让她做个准备。晚上，我去找朋友。"

"真的不管小蝶姐了？"柳二妮问。郭云生果断地点点头，"我是这次行动的负责人。"

"上海没人认识我，我去接近小蝶姐，没人会怀疑，从小蝶姐那里要钱，总比你找什么朋友借钱容易啊。"

"也安全些。二妮见见小蝶，也让她知道组织上一直在找我们。"

"可以通过电话找她呀。"

郭云生有些着急，他摆摆手制止了其他人的话。"你们知不知道有多少便衣在跟着你们？只能等我们出了上海，才能考虑救小蝶的事。这是我最后的决定。"

柳二妮戴上口罩，去工厂门口拦住了东方丹。不远处，跟在丁振家身旁暗中观察的丁小蝶摘下墨镜，激动地说道："爸爸，是二妮！爸爸，组织上派人来了。爸爸，你太厉害了！"

"两天前，我就发现了吴妈家的大儿子叫什么云生，他和这个姑娘在咱们家附近。"

丁振家招呼来黄包车夫，和丁小蝶跟上了柳二妮与东方丹乘坐的车。来到旅馆，他交给东方海和于冬梅一个装满银圆的盒子，又向于冬梅鞠躬。

"于姑娘，我再说一声对不起。"

"都过去了。小蝶，你也跟我们回延安？"

"我当然要回去。"

看到丁小蝶坚定的神色，于冬梅脸上现出了开心的笑意。

"带着盼新一起回延安？"

"孩子留在上海，他该上学了。"丁振家说道。

"小蝶，舍得吗？"于冬梅看着丁小蝶。

丁小蝶咬了咬嘴唇说："看行动吧。我明天就搬过来。"

郭云生此刻在外，还不知道在丁振家的帮助下，路费的问题已经解决。他找到曾经在青帮中的大哥余习武，想要抵押石库门的房子借钱，却得知潘清才已经侵占了那片地，房子很快会被拆掉。余习武在日军的牢房里关了三年，早已不是当年那个意气风发的大哥，他现在也只是潘家手下一个跑腿的。临走前，他给郭云生留下了三块大洋。回到旅馆，得知丁振家带着丁小蝶来过，郭云生和于冬梅决定为保险起见，先换个住处，再另行通知东方丹和丁小蝶。

没想到就在第二天一早，变故陡生，一辆卡车开到丁家门口，十几个国民党宪兵跳下车来，把丁家别墅团团围住，两个宪兵拿着探雷器进了房子，潘清才从随后抵达的黑色轿车里钻出来。田富达送东方丹去工厂，路过丁家，见此景象，慌忙下了车。

"潘先生，潘先生，潘特派员，这是怎么回事？"

东方丹也从车上下来，吃惊地看着这一幕。

"田先生，富达兄。事情是这样的，日军占领时期，这座房子是鬼子特务机关的一个办公地。这个你知道吗？"潘清才淡淡地说着。

"知道，知道。鬼子强占了这座房子。"田富达连连点头。

"是不是强占，还在调查中。根据日军留下的秘密材料显示，这座房子安放着自毁装置。我呢，今天来探望丁先生，不查看查看清楚，我不大放心。"

东方丹小心地朝四周看看，趁没人留意她，转身跑走了。她的余光掠过刚从车上下来，抱着一束玫瑰花的潘梦九。柳二妮和郭云生来到工厂门口，没有等到东方丹，便来到先前的旅馆，正好撞上东方丹慌张地赶来，她把所见的事情一讲，郭云生便心中暗叫糟糕。

原来，几天前丁小蝶带着石盼新在城隍庙游玩时，撞见了带着夫人烧香的潘梦九，丁小蝶自然不会对他客气，讥讽几句就走了。没想到潘梦九还如同八年前一样对她痴心一片，回到家里对潘清才一说，父子两人一个为财一个为色，就又算计起了丁家。此刻，他们坐在丁家客厅中，潘梦九带来的玫瑰花摆在茶几上,丁家的用人王妈在给众人倒茶。

"特派员,潘公子,请用茶。"

潘清才端起茶杯呷一口道:"我一直以为振家兄还在美国逍遥,几天前,梦九碰到了你家小蝶,我才知道你们早回到上海了。"

"谢谢挂念。光复不久,我们就回来了。"

潘清才皮笑肉不笑地说道:"我记得上次来,还是八年前的事了,我来给梦九提亲。"

"好记性。你还许了我个上海大东亚共荣商会副会长的头衔。"

丁振家也是话里有话,没想到潘梦九脸皮厚到瞎话张口就来:"对对对,你很爽快地答应了。那时,我刚刚奉国民西迁政府之命,来鬼子这儿卧底当了这个会长,想找个能干的帮手。"

"小蝶,漂亮,真是太漂亮了。"

看到丁小蝶走下楼,潘梦九忙抱起玫瑰迎上去,丁小蝶笑着接过玫瑰。

"谢谢梦九。这花还是日本的东洋蓝色妖姬?你们还在跟日本人来往?"

"不不不。这是马来玫瑰。"潘梦九连声说着。

"夫人呢?嫂夫人怎么没来?"丁小蝶又问。

"她呀,她那一页,已经翻过去了。"潘梦九激动地搓着手,又从口袋里掏出一个离婚证明。

丁振家、田富达和田知秋面露惊讶,丁小蝶把离婚证看了又看,努力控制住自己厌恶的情绪,潘清才还以为她是被感动了。

"小蝶姑娘,梦九从前对你怎样,你都清楚。你从上海消失之后,他硬是不相信,在上海又找了你三年!日本人打了珍珠港,这才娶了别人。前几天,梦九一见你,又魔怔了,哭着闹着要和你在一起。振家兄,梦九和小蝶,这真叫有缘分……"

"等等,等等!潘伯伯,我和梦九,要算是有缘无分。"丁小蝶忙道。

潘梦九一听着急起来:"你死了丈夫,我离了婚,怎么能叫有缘无分呢?"

"我是死过丈夫,可我早就又嫁人了……"丁小蝶叹一声,心里立刻浮现出一个人选,"你这个妹夫叫,叫于镇山,也是八路军的一个旅长。他杀死的鬼子和汉奸不计其数。我呢,也不是原来的丁小蝶了,我也杀过鬼子,杀的汉奸更多。三年前吧,我还亲手杀了个汉奸团长。梦九,其实我一直也挺喜欢你的……"

"共产党？大侄女，你和那个共产党的旅长分了吧。"潘清才冷笑一声。

丁振家迅速反应过来，他故作沉痛地说道："说得好！我和知秋正劝小蝶不要再跟共产党走了。这样吧，给小蝶点时间，让她把……把这个于……于旅长的事给结了。然后，然后……"

"小蝶，你说的不是真的吧？你是不是在骗我？"潘梦九痴痴地看着丁小蝶，潘清才恨铁不成钢地瞪了一眼儿子。

"真真假假，谁说得清？我也告诉你们个真假难辨的事吧。有人揭发，你们丁家的这座房，是你们主动送给日军用的……"他从黑皮包里取出个档案袋放到丁振家面前，"还有人举报，你们晋申实业公司，在日据时期，一直在为日军服务……"

"证据呢？潘清才，日本已经投降了……"田富达忍无可忍，丁振家拦住他，"富达！你让特派员把话说完！"

"我知道，田兄的公子已经是少将高参了，也算朝里有人了嘛。明说吧，不是犬子梦九这么迷恋小蝶姑娘，这件事早该公事公办了……"潘清才煞有介事地站了起来。

"怎么个办法？"丁小蝶问他。

"没收资产，主谋以汉奸罪论处。"他又从皮包里掏出一张公文，"不冤枉一个好人，不放过一个汉奸，这是我上任前给上峰做出的保证。这是给你们的正式通知。从即日起，启动对你们通敌指控的调查。丁小蝶这些年是不是也在为日本人服务，当然也需要调查。"

"什么世道？颠倒黑白……"

丁振家厉声呵斥丁小蝶："小蝶，住口！"

"调查期间，涉案人员一律不准离开上海。梦九，咱们走。"说完，潘清才转身离开。

"小蝶，你好好想想。"潘梦九深深地看了丁小蝶一眼，跟着走了。

等潘家父子离开后，丁小蝶流起泪来，"爸，妈，都是我惹的祸。"

"不怪你。潘清才最终的目的是吞掉咱们的家产。"丁振家摇摇头，田富达气得咬牙切齿。

"这个潘清才，简直不是人。"

"富达，你先去把情况告诉阿海他们，让他们先走吧。看这个形势，内战随时都会爆发。你再去趟南京，多带些钱，让宝山查清楚，潘清才的靠山到底是谁。不从上层入手，解决不了这个难题。"

丁小蝶抹着眼泪说："爸，我能干点什么？"

"小蝶呀，恐怕得委屈你一下……潘清才心狠手辣，不小心对付，就是灭门之灾！小蝶，在摸清潘清才底细之前，你要好好利用一下那个潘梦九。"

电话铃声响起，丁小蝶拿起听筒，是郭云生。她将事情大致讲了一下，郭云生挂断电话，垂头丧气地回到新住处，东方海、东方丹、于冬梅和柳二妮正在房间里等着。

"大汉奸潘清才变成了今天的接收大员。潘清才想吞掉丁家的家产，诬陷丁家跟日本人合作……"

"胡说八道！"东方海着急了。

"东方，听云生说！"于冬梅轻拍他的手背。

"潘清才用这个办法，让好多个资本家家破人亡了。小蝶和他爸妈已经失去了行动自由。小蝶他爸爸让我们尽快离开上海回延安。"

"小蝶姐呢？不管她了？她留在这里太危险了。"柳二妮着急地说。

"她们全家都很危险。小蝶那个很有能耐的表哥呢？"于冬梅脸色凝重。

"潘清才的靠山太厉害，田宝山估计没办法与他们抗衡。"

"怎么办？我们不能走。"东方海说着，看看几人。

于冬梅思索片刻，咬着牙说道："云生，东方，这个事我们不能不管！我们留下来，想办法除掉这个汉奸、人渣！云生，我、你和东方，都是共产党员，我们必须管这件事。"

"我赞成。"东方海说完，柳二妮跟着说道："云生，你要是不干，我就不跟你过了。救人，必须的。"

"我说不管了吗？古话说，将在外，君命有所不受。我决定了，除掉潘清才，救丁家。"

郭云生瞪了柳二妮一眼，柳二妮激动地亲了一下他，"我就说我没看错你。"

"一边儿去！咱们商量个方案吧。"郭云生有些不好意思，他伸手擦擦自己的脸。

丁小蝶流泪接着于冬梅打来的电话。"冬梅，谢谢你们，谢谢组织。你们有这句话就行，千万不要干傻事。这个王八蛋势力太大了。你们还是快点回去吧，不要管我。"

"冬梅姑娘，我是丁振家。我家的电话也不安全了，你们的人要和我们联系，找我家的王妈，以后她每天早上去青龙桥市场买菜。好了。不说了。"

丁振家说完，挂了电话，又对丁小蝶说道："小蝶，你去延安，跟共产党走，这一步走对了。过了这个难关，我要认真考虑跟共产党合作的事儿。这内战要是全面开打……"

"振家，你可要考虑考虑清楚。"田知秋担心地看着他，丁振家心意已决。

"大汉奸潘清才变成接收大员，这个政府该垮了。"

田富达去了南京，找到田宝山的办公室里，把一本空白支票放在儿子面前。

"你姑夫说了，花上一个亿，几个亿，都该花。送送吧。"

"爸，潘清才不好扳倒，我查了一下，他至少和第一等的三个家族有瓜葛。他出手很大，不然，也弄不到特派员的职位。"

田宝山拿起钢笔在支票上写了个数字，撕一张，又写一张，田富达看着他写支票，恨恨地说道。

"这王八蛋已经动了杀心……"

"爸，就要还都南京了，潘清才要抓谁，要查谁，需要向南京报告。双礼，这五十万，你疏通一下清算委员会，我要提前看到潘清才的报告。"

"这个办法好。"兰双礼接过，点了点头，田宝山又撕一张支票递给他。"这五十万，你选上八到十个身手好，枪法好的兄弟，暗中把他们调到我们这里。"

把兰双礼安排好，田宝山又转向田富达道："爸，我不能回上海，这会激怒潘清才。你让姑夫他们暂时忍一忍。没有必胜把握，不能出手！"

郭云生用从丁家要来四根金条，在余习武那儿买了一把日式狙击步枪。一行人决定直接除掉潘清才，解救丁小蝶一家。此刻，丁小蝶为了稳住潘家，在和平饭店被潘梦九灌酒灌到回家呕吐不止，田知秋心疼不已，丁振家在一旁哆嗦着手点烟，毫无办法。田富达从南京回来，转告田宝山的话，潘家在国民党高层有诸多靠山，只能智取，不能力敌，喝醉的丁小蝶笑起来："别担心。我嫁过去，杀了这个老杂种，杀了这个老杂种。"说着，她摇摇晃晃地上了楼。丁振家叹息一声，猛吸了一口烟。

郭云生与东方海确定了计划，由东方海带着柳二妮和于冬梅易容成卖唱的，用歌声将潘清才引到窗前，郭云生埋伏在潘家对面的废楼上，用狙击步枪取潘清才的性命。这一招很冒险，但也别无他法。这天夜里，东方海扮成一个瞎子，于冬梅扮成一个中年妇女，柳二妮扮作他们的女儿，三人乔装完毕，就等第二天一早前往潘家展开行动。郭云生告别他们，独自先行前往狙击地点埋伏下来。

这天晚上，丁小蝶也从潘梦九口中套出了话，得知国民党很快要对共产党发动内战，丁振家决定无论如何都要送丁小蝶离开上海回到延安，他要求丁小蝶第二天约潘梦九去和平饭店吃西餐，从那里直接走。与此同时，远在南京的田宝山与兰双礼，也拿到了潘清才提交的档案，确定他就要对丁家下手，栽赃丁振家是汉奸。两人把材料烧掉，立刻叫上安排好的人手，连夜出发赶回上海。

第二天一早，潘家对面的废楼里，郭云生用望远镜观察着，四个荷枪实弹的卫兵分站在潘家大门两旁。柳二妮和于冬梅走在前面，于冬梅用一根棍子牵着扮成瞎子的东方海，三个人慢慢朝潘家大门靠近。

这时，两辆吉普车和一辆卡车开了过来。车窗里，兰双礼向门卫出示了证件。

"兰双礼，田宝山，还唱不唱？"于冬梅压低了嗓子。

"往前走，观察观察。"东方海也低声说道。

车开进了院子，田宝山、兰双礼带着四个士兵朝别墅门口的卫兵走去，又出示了特别证件。进到房间中，两人直接用枪抵住了潘家父子俩的脑袋，先逼迫他写下手令，解除对丁家的监视，又将两人以回南京开会为名押送走，半路绑上石头装进麻袋，扔进了黄浦江。

这一边，郭云生始终无法瞄准，只好眼睁睁地看着潘清才被带走，东方海三人也不知道发生了什么，被丁振家催着打电话约潘梦九的丁小蝶，挂了电话，脸色也一片茫然。

"潘少爷和特派员去南京了？开紧急会议？"

"这是怎么回事？"

丁振家也愣住了，田富达走进来说道："你们家门口没兵了？"

"这个大汉奸和他的宝贝儿子,去阎王爷那里报到了。"

这时,田宝山和兰双礼穿着军装来到,两人又转向丁小蝶。

"小蝶,阿海他们还在上海。"

"两个小时前,东方海、于冬梅,还有那个大辫子,出现在潘家大门外。他们都化了装。"

丁小蝶不敢相信地看看田宝山,又看看兰双礼。

"他们真的,真的没走?郭云生呢?他在哪里?"

"没看见。可以肯定,他们是针对潘清才化的装。保护潘家的,有一个班的士兵,潘清才还雇了六个身手不错的保镖。我们要是晚到一会儿,后果不堪设想。"

"共产党可真是仁义。"田知秋怔怔地说着,兰双礼点点头。

"我和几百个兄弟,都是他们救出来的,为救我们,他们独立旅死了不少人。不是他们仗义出手,我恐怕在日本当劳工了。她们那个女长官,很厉害,会使双枪。可惜呀,也战死了。"

"她是我们音乐系的协理员。盼新就是她接生的。为了让盼新顺利生下来,打阻击的部队多坚持了一个多小时,牺牲了很多人……"丁小蝶说着说着,眼泪流了下来。

"这些都没听你说过呀。"田知秋有些窘迫地开口道。

"你把我弄到上海软禁起来,我能跟你说这些吗?组织上派了云生和他夫人,就是兰团长说的那个大辫子,来上海找我们。妈,你说,我能不想回延安吗?"

丁小蝶擦擦眼泪,田知秋叹了口气道:"都怪我。我先在香港,后去美国,走了八年,印象中共产党还是被追着打的土匪……"

"姑姑,我也对共产党有偏见。小蝶,快点儿找到他们,全面内战,已不可避免,你们得赶紧走。现在走,我还能帮些忙,走晚了,很麻烦。"田宝山说着,与兰双礼对视一眼,两人心中已有了计议。

至此,丁家的危机彻底解除,但国共内战的危机却迫在眉睫。接到王妈通知,所有人在丁家齐聚,田宝山拿过郭云生的狙击步枪端详着。

"你不是认出我了才没开枪吧?"

"他们任不是也在门外嘛,我只是怕他们脱不了身,太远了,我哪里看出来是你呀。这一犹豫,你们出了大门。"

田宝山呵呵一笑道:"我算是捡了一条命。小蝶,阿海,还有两个弟妹,这回，我带你们去南京，见见你们的大领导。我也得认识认识他们了。"

"表哥，兰大哥，我真不希望下次见面，我们成了敌人。"

田宝山和兰双礼神秘地笑着："放心吧，先总理孙先生说，天下大势，浩浩荡荡，顺之者昌，逆之者亡。何为大势，人心向背。潘清才的故事，我已经扮演了顺人心的角色。我，田宝山，一不做民族的罪人，二不做家族的罪人。"

"说得好！"丁振家拎了个很沉的箱子过来，他把箱子打开，里面装满了金条。"带到南京梅园一号，交给你们的大首长，算是晋申实业的一点儿心意。把你们从山西弄到上海，滞留了半年多，你们回去了，没点儿像样的成果，你们不好交代。请转告贵党，晋申实业全力支持改朝换代，丁振家在上海恭迎共产党主政。"

叶作舟牺牲，于冬梅失踪，郭云生和柳二妮去上海救人，久久没有消息，待在延安的于镇山起先还时不时去东方明那里追问进展，后来因耽误工作被批评了几次，也不再言语，只是时不时会跑到丁小蝶的住处，默默修补窑洞里坏掉的木地板，等着他的亲人朋友们回来。这一天，他正修着，东方明骑马过来，下了马走到他身旁。

"手艺不错呀。丁小蝶就是在这个舞台上走出了人生最黑暗的时期。"

"叶作舟下达的任务，要我想法让小蝶笑起来，我得执行命令。小蝶刚到顺和镇那天，洗完澡……"孤身一人的这些日子里，于镇山想起了从前的许多事。一直以来，他们这群人，都像是被时间的鞭子催着，事情一件接着一件，变故一场赶着一场，于镇山又本不是个会多加思考的人，他更加爱说，爱笑，喜欢热闹。叶作舟牺牲也快一年了，不知为什么，最近他却总是想到丁小蝶，想到第一次见到她时的情景。

"你……洗澡？"

看东方明愣住了，于镇山赶忙站起来解释："别，别，你别误会。算是我碰上了美人出浴。当时我一下头大了一圈，觉着这个女子太美了。后来知道她喜欢跳舞，就想让她有个跳舞的地方。"

"对呀，当时你怎么没追丁小蝶，反倒去追了叶作舟？"

于镇山卷了根纸烟说："小蝶，那是仙物，放着供的，我怕降不住。谁没有个动心的时候？但也不是谁都会付诸行动。"

"石保国比你强，敢想敢干。丁小蝶要是回来了，你敢不敢大胆追她？"

东方明面带笑意，于镇山却苦恼地挠着头，"可……可这仙女是死是活都不知道……"

"于镇山同志，经过这番考察，我认为你还是一个有整体观念的人。"东方明严肃起来，将此番真正来意道出，"东方海、丁小蝶，还有你妹妹，他们去上海，事出有因。上海大财团晋申实业的大老板丁振家，也就是丁小蝶的父亲，想和共产党接触。那时，主席也去了重庆谈判，阿海他们就自作主张去了上海。经过半年接触，晋申实业决定全面与咱们合作了。"

"他们还活着？"于镇山又惊又喜，东方明点点头。

"半月前，他们去了南京梅园，带去了五十根金条。三天前，他们到了西安。"

"跟做梦似的。"

东方明却面色忧虑道："先别高兴。昨天，全面内战爆发了，全国各地，国民党都在抓捕我们的人。西安更是这样。阿海他们现在的处境相当危险。"他掏出一张纸条递于镇山，"这是他们在西安的住处。你带几个人，去把他们接应回来。他们几个，特别是丁小蝶的安全，必须保证。"

"保证完成任务！"丁镇山举手敬礼。

西安的临时住处中，一辆卡车停在院子里，东方海一行人围住一对中年男女，面色焦急："大哥，这都说好了，你可不能坐地起价。"

"兄弟，这不是打起来了吗？你们又是往延安去，这实在……"

丁小蝶把一根金条拍在中年男人手里，"求你帮帮忙。"

"这个，听说路上设了卡，能送多远，我可不敢保证。问起来……"

丁小蝶又取下一只银镯子，"添上。问起来，就说我们是去安塞买鼓的。"

"上车吧。顶多能把你们送出富平。"

中年男人为难地点了点头，把金条和镯子塞给旁边的妇人。几个人把箱子和包袱放在车上，车开出了院子。他们才走没多久，装扮成国军上尉的于镇山就开着卡车，带着六个国军宪兵装束的战士赶来。他问明方向，赶忙上车去追，追到时，正逢东方海一行人被国民党的检查站拦下，行李中被搜出了八路军的军装。于镇山停下车，假装友军对检查站的国军喊话，出其不意开枪射击，打倒了困住东方海他们的几个士兵。

"快,快上这辆车——"

几人手忙脚乱地朝车上搬东西,丁小蝶笑着走向于镇山,"镇山哥——"

倒在地上的国军突然抬头,举枪朝丁小蝶瞄准,于镇山猛地前冲,把丁小蝶推到一边,同时向敌人开枪,两支枪几乎同时响起,国军被击毙,于镇山则被击中手臂。看着熟悉的一幕,丁小蝶恐慌地大喊起来:"镇山——"

"快——过来——"

丁小蝶很快意识到于镇山的伤势不重,她迅速跟着于镇山跳上车,追来的国军开始射击,车上只要手里有武器的人都纷纷还击。郭云生发动车子,丁小蝶和于镇山挤在副驾驶处。她转身骑在于镇山腿上,撕下自己的一绺衣服,麻利地包扎好他左臂的伤口。

枪声越来越稀,众人脱离了危险,奔向延安。

这天,丁小蝶在窑洞里编排《白毛女》的芭蕾舞版本,于镇山在一旁伴奏。

"妹子呀,你这舞越跳越有味儿。"

"你就会夸我。"

于镇山怔怔地看着丁小蝶的笑脸。"小蝶,上海那个小王八蛋逼你结婚,你说你早嫁给一个叫于镇山的旅长?真的假的?"

"你想让我证明哪个真哪个假?"

看着丁小蝶平静的目光,于镇山横下一条心来。"明说了,我希望你说的变成个真事。我觉得这个事不是件坏事,咱们两个,正好配一对儿,这么多年也知根知底……反正我下了这个决心了。我……我又不是不喜欢你。其实你到顺和镇第一天,我就……这没说出来,这是因为……你,你嫁了石保国,后来,我和叶作舟……她叫我开导你……"

于镇山越说越乱,丁小蝶吃吃地笑起来:"有你这样求爱的吗?你看都不敢看我,你还吹牛说咱俩知根知底?我要是现在答应你呢?"

于镇山愣住了,他没想到丁小蝶会这样回答,不知哪来一股勇气,他猛地把丁小蝶搂在怀里,吻了一下。丁小蝶也没想到于镇山会这么干脆地用行动代替语言,她一下子害羞起来,推开了于镇山。两人不敢去猜对方心中的想法,默然对视了一会儿。

于镇山最先采取了行动,他单膝跪地,仰着脸,真挚地看着丁小蝶。

"小蝶，嫁给我吧。我是个啥人，你都知道……"

丁小蝶也跪到地板上，打从她在潘家父子面前说出于镇山名字的那一刻起，她就隐隐觉得，他们可以在一起，也应该在一起，他们在一起会很好，因为他们这群人在这几年间一直都在一起。

"不用再说了，镇山哥。我的命，都是你和作舟姐舍命换的。我答应你。亲你的新娘吧。"

丁小蝶闭上眼睛，等着于镇山再次吻她。于镇山却紧张起来，只是很轻很轻地吻了一下丁小蝶的嘴唇。婚姻，是为了互相扶持，成为一家人。从这一点上来说，他们早已是一家人了。

遗憾的是，众人本想为于镇山和丁小蝶热热闹闹办一场婚礼，于冬梅和东方海两人尤其期待。然而此时，中央决定放弃延安，用延安换取全国的胜利，鲁艺的留守人员将跟随中央工委行动。

三年后，北平西便门一处四合院中，东方海、丁小蝶、于镇山、于冬梅、柳二妮都穿着解放军军装，胸前别着写有代表字样的红布条。

"全国要开文代会，你东方海，你丁小蝶，是大学生，是音乐大才，你们开会，这合情合理。我、冬梅，还有二妮，跑江湖出身，怎么也能当了代表呢？跟做梦一样。"于镇山叹道。

"我只是个放羊的。"柳二妮有些紧张地笑着。

"别忘了，你们都是鲁迅艺术学院的人。"东方海对两人说道，于冬梅点了点头，眼中充满对未来的向往。

"我们都用我们的音乐，为抗日战争和即将结束的解放战争，做过贡献。我相信，我们也有能力办好新中国的音乐学院。"

田宝山、兰双礼和东方丹三个人也身着解放军军装，走进院子。

"我们刘邓大军就要向大西南进军了，特地来向几位艺术家告个别。没有你们当年奔向延安，奔向希望，奔向光明，就没有我们的今天。敬礼！"

三人举起了右手，行标准的军礼，东方海一行五人也举手还礼。

尾声

十年后，北京。

音乐学院礼堂内座无虚席，丁小蝶、于冬梅、于镇山、柳二妮端坐在前排的领导位置，紧闭的大幕上方，挂着一条鲜红色的横幅。大幕徐徐拉开，台上的乐队和合唱队就位，身着盛装的报幕员款款而出。

"各位领导、各位朋友、各位老师、各位同学，大家晚上好！由我院副院长、东方海教授创作的大型交响乐《中国颂》获得国际金奖后，已在东欧友好国家巡演二十场，为国家争得荣誉。我宣布，大型交响乐《中国颂》获国际金奖汇报演出现在开始。第一个节目，《黄河大合唱》选段。指挥，东方海。首席小提琴，石盼新。"

东方海和石盼新身着燕尾礼服，从两侧登台，向观众鞠躬致意，全场掌声雷动。东方海指挥棒一扬，《黄河大合唱》最华彩的乐章奏响，台下的几人，眼中闪烁起激动的泪花。

苦难无法消弭，悲欢离合始终在上演，爱与希望也将长久存续……

一段故事可以结束，但故事本身，永无真正结束之时。

我们的青春之歌

出 品 人 | 郭文礼　　选题策划 | 贾新田　　责任编辑 | 刘文飞
复　　审 | 陈学清　　终　　审 | 贾晋仁　　印装监制 | 郭　勇
项目运营 | 有度文化·刘文飞工作室　　投稿邮箱 | liuwenfei0223@163.com
微　　博 | http://weibo.com/liuwenfei　　微信公众号 | YOUDU_CULTURE